BASTEI
LÜBBE

BASTEI LÜBBE JASON DARKS SONDERAUSGABEN IM TASCHENBUCH-PROGRAMM:

73 901 Willkommen in der Hölle
73 902 Zeit der Monster
73 903 In Satans Diensten
73 904 Flüche aus dem Jenseits
73 905 Kämpfer gegen die Hölle
73 906 Dämonenbrut
73 907 Geister, Zombies und Vampire
73 908 Gegen Tod und Teufel
73 909 Alptraum Atlantis
73 910 Im Bann der Schwarzen Magie
73 911 Vampir-Schrecken
73 912 Monster aus der Schattenwelt
73 913 Hexenspuk und Teufelssaat
73 914 Im Reich des Bösen
73 915 Grauen aus der Hölle
73 916 Sarggeflüster
73 917 Im Haus der Angst
73 918 Todesträume
73 919 Das Spiel der Dämonen
73 920 Schreckenswelten
73 921 Nächte des Wahnsinns
73 922 Werwolf-Grauen
73 923 Grabgespenster
73 924 Liebesgrüße aus dem Jenseits
73 925 Hexensabbat
73 926 Satans Welt
73 927 Jünger der Finsternis
73 928 Zeit des Horrors
73 929 Besuch aus der Dunkelwelt
73 930 Triumph der Weißen Magie
73 931 Symphonie des Blutes
73 932 Herren der Nacht
73 933 Hexenpest
73 934 Komplizen des Satans
73 935 Phantome der Nacht

JASON DARK

JOHN SINCLAIR

Dämonenehre

Acht spannende Grusel-abenteuer

BASTEI LÜBBE

BASTEI LÜBBE TASCHENBUCH
Band 73 936

1. Auflage: Mai 2002

Vollständige Taschenbuchausgabe

Bastei Lübbe Taschenbücher
ist ein Imprint der
Verlagsgruppe Lübbe

Lektorat: Hans-Ulrich Steffan
Titelbild: Maren/Bassols, Barcelona
Umschlaggestaltung: QuadroGrafik, Bensberg
Satz: Wildpanner, München
Druck und Verarbeitung:
AIT SA, Trondheim, Norwegen
Printed in Norway
ISBN 3-404-73936-1

Sie finden uns im Internet unter
http://www.bastei.de
oder
http://www.luebbe.de

Der Preis dieses Bandes versteht sich einschließlich
der gesetzlichen Mehrwertsteuer.

Inhalt

Shimadas Mordaugen
(John Sinclair Band 281)
Seite 7

Zombies stürmen New York
(John Sinclair Band 282)
Seite 105

Xorrons Totenheer
(John Sinclair Band 283)
Seite 199

Gegen Gangster und Ghouls
(John Sinclair Band 284)
Seite 297

Der Kampf der Giganten
(John Sinclair Band 285)
Seite 393

Briefe aus der Hölle
(John Sinclair Band 286)
Seite 491

Wenn Satan sich die Hände reibt
(John Sinclair Band 287)
Seite 589

Die Katzengöttin
(John Sinclair Band 288)
Seite 687

Shimadas Mordaugen

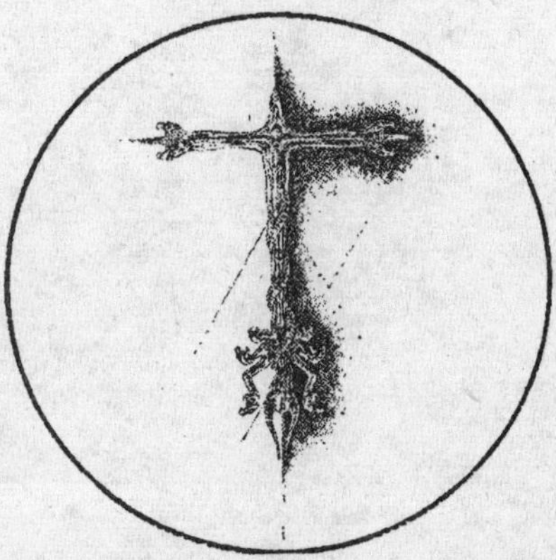

In uralten japanischen Mythen und Legenden nannte man ihn das blaue Auge. Und wie eine geheimnisvolle unergründliche Pupille schimmerte auch die Oberfläche des kleinen Sees.

Seine Tiefe war unermesslich. Niemand hatte sie bisher ausgelotet, und in den Schriften hieß es, dass der See direkt zu Emma-Hoo, dem Teufel, in die Jigoku, die Hölle, führen würde.

Überall gab es diese Zugänge, war es nun ein See, ein alter Schrein, ein Berg oder eine geschnitzte Tür.

Das Land war prall gefüllt mit geheimnisvollen Dingen, die Generationen von Göttern geschaffen und auch zurückgelassen hatten. Und die Menschen wussten dies. Sie akzeptierten es, brachten den Stärkeren Opfer oder flohen, wenn sie sich nicht mit ihnen arrangieren wollten.

Das blaue Auge lag dort, wo der Wald nicht mehr so dicht und die Berge nicht mehr so hoch waren. Es galt als Geburtsstätte für Wesen aus der Hölle.

Manchmal wurde auch ein grausamer Samurai aus der Jigoku entlassen, aber das war nicht sehr oft.

Ein seltsames Wasser füllte den unergründlichen Schacht. Wenn der Wind über die Oberfläche fuhr, wurde es nicht einmal bewegt, sondern blieb glatt wie ein Spiegel.

Es geriet nur in Bewegung oder in Wellen, wenn etwas Unheimliches geschah.

Und das passierte in der Tiefe.

Meist ereignete sich dies in der Nacht, wenn ein blasser Mond am Himmel stand. Sein seltsamer Schein warf einen langen Streifen über das Land, erreichte auch den kreisrunden See und gab der Oberfläche einen fahlen Schein.

Sie leuchtete jetzt heller, und wer genau hinschaute, konnte über ihr einen feinen Dunst sehen. Dünner Nebel, der ebenfalls das große Ereignis ankündigte.

Da kam etwas …

Es wurde in den Tiefen des blauen Auges geboren, in der Unergründlichkeit eines seltsamen Gewässers, das eine Verbindung zwischen der Welt und dem Jenseits darstellte.

Es stieg in die Höhe. Für einen Moment verdunkelte sich

die Oberfläche noch stärker. Sie wurde fast schwarz, bevor der fahle Mondstrahl sie in ein gläsern wirkendes Grau verwandelte.

Im Innern des Schachts brodelte und blubberte es. Das Wasser geriet in Bewegung, und etwas ballte sich dort zusammen.

Ein Klumpen …

Keiner konnte sagen, aus welchem Material er bestand, er war auf jeden Fall da und erinnerte an Schleim, der im Wasser trieb.

Träge schwamm der Klumpen dahin. Er schaukelte. Hätte jemand von oben in das »Auge« hineingeschaut, er hätte nicht sagen können, wie tief der Schacht war und in welcher Höhe sich der seltsame Klumpen befand, der manchmal Ähnlichkeit mit einer Qualle aufwies.

Mal blieb er auf der Stelle, mal drückten ihn andere Kräfte in die Höhe, dann sank er wieder nach unten, aber in die Höhe wurde er stärker und auch weiter getrieben.

Er hatte Zeit, durchmaß die Strecke fast gemächlich und wurde mit jedem Meter, den er der Oberfläche entgegenstieg, größer.

Hätte er zuvor in eine geöffnete Hand hineingepasst, so brauchte man nun zwei Hände, um ihn zu umfassen. Und noch immer hatte er die Form einer Qualle. Man konnte ihn auch mit einem mit blauer Tinte gefüllten Wattebausch vergleichen, der geschoben wurde.

Er drehte sich dabei. Die Oberfläche musste er bald erreicht haben, und plötzlich, während einer dieser Drehungen, war es genau zu sehen.

Nicht nur eine auf seltsame Art und Weise entstandene Qualle trieb herbei, sondern auch zwei Augen.

Ja, in der Masse befanden sich Augen. Kugelrunde, seltsam gläsern wirkende Sehwerkzeuge. Verschwommen und dennoch blank.

Augen …

Wo kamen sie her? Wer hatte sie geschaffen?

Wie sagten die Legenden noch? Das blaue Auge führt in die Hölle. Und was aus ihm herausstieg oder hervorquoll, war auch in der Hölle geboren.

So die alten Geschichten.

Also musste der quallenartige Gegenstand, der sich immer weiter der Oberfläche näherte, ebenfalls aus der Hölle stammen.

Ein teuflischer, dämonischer Gruß von Emma-Hoo!

Höher und höher stieg er. Er näherte sich der Oberfläche, über der sich der Dunst ein wenig verdichtet hatte und inzwischen zu einem Nebel geworden war.

Die Schwaden bewegten sich. Sie krochen über den glatten Spiegel, als wären sie mit tausend dünnen Fingern versehen und würden in das blaue Wasser hineinstoßen.

In der Tat geschah etwas Seltsames!

Nichts rührte sich in der Umgebung des blauen Sees. Er lag förmlich in einer Totenstille gebettet. Kein Windhauch wehte von den Hügeln. Kein Vogellaut unterbrach die Stille, und die Natur um den See herum schien den Atem anzuhalten.

Jede Pflanze, jeder Baum, jeder Grashalm spürte genau, dass etwas Neues geboren wurde.

Und auch der See reagierte.

Auf der so spiegelglatten Oberfläche bildeten sich Kreise. Als hätte jemand einen kleinen Stein auf sie geworfen, und die Wasserringe breiteten sich aus.

Zuerst nicht größer als eine Hand, dann wuchsen sie und liefen dem Rand entgegen. Zunächst waren es nur wenige, vielleicht ein Dutzend, dann bald mehr, und sie wurden schneller, produzierten Wellen, rannten und kabbelten, sodass es schien, als wollte ein kleiner Wellenring den anderen einholen und sich auf ihn werfen.

Schneller und schneller drehten sich die Kreise. Sie wurden zu einem Wirbel, der stark rotierte. Dieser Wirbel drang tiefer, sodass sich der Beginn einer Spirale bilden konnte.

Und die stieß in die Tiefe!

Das Wasser schäumte. Ein Trichter wurde geboren. Zu Beginn so breit wie der kreisrunde See, danach spitz in die Tiefe hineinstoßend.

Wie ein Pfeil war dieser Trichter. Eine lange Lanze, die sich drehte, wirbelte und den seltsamen Klumpen erfasste, ihn ebenfalls in die Tiefe zerrte, dann Schwung holte und mit einem gewaltigen Stoß in die Höhe beförderte, wobei er sich blitzschnell der Oberfläche näherte und wie von einem kreisrunden Maul ausgespien wurde.

Etwas flog durch die Luft. Es war dunkelblau, mit zwei gläsern wirkenden Kreisen darin, und es klatschte mit einem satten Geräusch nahe des Seeufers an Land.

Dort blieb es liegen!

Eine Masse, die zuckte, zitterte und pulsierte. Manchmal wurden die Augen größer, dann schienen sie von einer nicht sichtbaren Kraft nach vorn gedrückt zu werden, um die quallige, weiche Masse verlassen zu können.

Aber sie blieben kleben!

Zu fest waren die Augen mit der seltsamen Masse verwachsen, und sie drehten sich jetzt um sich selbst, weil sie die nähere Umgebung in Augenschein nehmen wollten.

Ein Glotzen, ein Starren, ein Schauen. Vielleicht die erste Suche nach Opfern, aber da gab es nichts in der unmittelbaren Umgebung, das sich dafür eignete.

So blieb es ohne Nahrung und stumm liegen.

Nur die Augen beobachteten. Kalte, blaue Kreise, Pupillen ohne Gnade, leblos und dennoch mit einem seltsamen Glanz oder unheimlichen Feuer versehen.

Ein starres Schauen, ein Glotzen, das auf den düsteren Himmel gerichtet war.

Die Stimme kam aus dem Nirgendwo. Sie sprach mit dem, der aus der unheilvollen Tiefe des blauen Sees gestiegen war.

Und das quallenförmige Lebewesen reagierte. Es veränderte seine Gestalt und streckte sich.

So blieb es liegen, wobei sich die beiden blauen Augen im oberen Teil befanden.

Es lauschte.

Bis die Stimme erklang, und sie kam ebenfalls aus dem Nichts. Sie konnte aus dem See dringen, aber ebensogut auch aus der Höhe des Himmels herunterschallen.

Sie war da, erfüllte den Umkreis und sprach mit den blumenreichen Worten eines uralten Dialekts.

»Der du in der Tiefe des blauen Auges geboren wurdest, bleibst fortan der Hüter meiner Macht und gehorchst nur dem, der dich erschaffen hat. Du wirst die Zeiten sehen, du wirst die Menschen beobachten. Manchmal hältst du dich zurück, dann wiederum sollst du eingreifen und Angst und Schrecken verbreiten. Sie werden dich fürchten lernen und dir schon bald einen Namen geben wollen. Der Unbesiegbare oder der Höllengeist. Das alles wird dich nicht kümmern, denn den richtigen Namen, den habe ich, dein Erschaffer, für dich ausgesucht. Wenn jemand Namen erfindet, dann nur Emma-Hoo, der Fürst der Hölle. Und ich habe lange nachgedacht, um dir den richtigen zu geben. Meine Wahl ist auf Shimada gefallen!«

Nach diesen Worten war es still. Als das Wesen jedoch den Namen Shimada hörte, da pulsierte seine blaue Masse plötzlich, und die Augen wurden noch größer.

Und wieder erklang die Stimme. Diesmal einem gewaltigen Donnern gleich, das über das Land rollte und irgendwo in der Ferne als Echo verhallte. Jeder Buchstabe war deutlich zu vernehmen, und der gesprochene Satz klang wie ein Schwur, der die Zeiten überdauern sollte.

»Du bist ein Stück von mir, und so habe nur ich das Recht, dir Befehle zu erteilen. Du bist Shimada, Samurai des Emma-Hoo. Aber ich gebe dir auch noch einen zweiten Namen. Herr der tausend Masken oder der Unfassbare ...«

Wieder verhallte die Stimme, während das Wesen nach wie vor nahe des Sees am Boden lag. Es hatte gehört, es würde gehorchen. Emma-Hoo konnte sich auf ihn verlassen. Und Zeit spielte für ihn keine Rolle. Was machte es schon, wenn Tausende von Jahren vergingen? Für Emma-Hoo war es nicht einmal ein Tropfen im Meer der Ewigkeit ...

»Sie wollen dich schon wieder, Sayana«, sagte die blonde Fanny und band ein Handtuch über ihren nackten Körper.

»Wieso?« Die zierliche Japanerin schaute auf.

Fanny klopfte eine Zigarette aus der Packung und hob die

Schultern. »Kann ich auch nicht verstehen. An dir ist doch nichts dran. Aber der Chef hat gesagt, du sollst kommen.« Sie blies den Rauch in Richtung Ventilator, der auch keine Kühlung in das stickige Hinterzimmer dieser miesen Peep-Show-Bude brachte.

Sayana erhob sich. Sie trug einen roten Mantel aus dünnem Stoff. Den ließ sie von ihren Schultern gleiten, als sie auf die schmale Tür zutrat und sich dann zu ihrem Arbeitsplatz begab, wobei ein Lächeln über ihre Lippen zuckte.

Es erreichte die Augen nicht. Sayana hatte es sich längst abgewöhnt, Spaß an der Sache zu finden. Es war ein Job, der sie schaffte. Nicht körperlich, sondern seelisch. Sich auf der Scheibe zu drehen wie ein Ausstellungsstück, ein nacktes Objekt, dabei lüstern und gierig betrachtet zu werden, das hielt kaum jemand aus. Daran ging auch die stärkste Frau kaputt.

Sie schüttelte sich, aber sie hatte Glück, denn sie brauchte nicht auf die große Scheibe, sondern war zu einem Einzelkunden bestellt worden. Er hockte in der Kabine, während sie durch eine Glasscheibe von ihm getrennt war und tanzte. Tanzen wurde es genannt, weil es der harmloseste Ausdruck war. Tatsächlich aber glich dies einer schlimmen Erniedrigung, die ärger war, als wenn man bettelte.

In der Peep-Show zu arbeiten, war zwar moralisch verwerflich, doch »der Rubel rollte«. Alle Mädchen verdienten gut, wenn sie sich produzierten, und bekam jemand einen Sonderjob wie Sayana, so brachte dies immer noch ein paar Scheine mehr.

Es war eine winzige Kabine. Dazu stickig, nach Schweiß und auch nach billigem Parfüm riechend.

Der Kunde stand an der anderen Seite der Scheibe. Die kleine Japanerin konnte ihn sehen, seine Gestalt, die Konturen und darüber etwas Helles, sein Gesicht.

Was mochte er für ein Typ sein?

Sayana überlegte sich dies immer, während sie automatisch ihre einstudierten Bewegungen durchführte. War es ein Familienvater, der sich in der Mittagspause Appetit holen wollte? War es ein Spanner, ein Mensch mit einem seltsamen Verhältnis zum Sex, oder war es jemand, der einfach nur nackte Frauen sehen wollte?

Schade, dass die Gesichter zumeist verschwommen waren. Sayana hätte sie gern gesehen.

Dieser Kunde stand starr.

Bewegte sich überhaupt nicht. Wie ein Denkmal kam er dem Mädchen vor.

So etwas hatte sie noch nicht erlebt. Der tat nichts, andere klopften hin und wieder gegen die Scheibe, sie bewegten ihren Mund, formten obszöne Worte oder machten eindeutige Bewegungen mit ihren Händen. Internationale Zeichen, die jeder verstand.

Das alles war sie gewohnt, deshalb wunderte sich die Zwanzigjährige mit den müden, aber auch harten Augen einer doppelt so alten Frau, dass all dies bei diesem Kerl nicht zutraf.

Der warf ihre gesamten Erfahrungen über den Haufen.

Der ist so cool, dachte sie, während sie automatisch die Bewegungen durchführte und sich auch daran erinnerte, dass sie bald Feierabend hatte. Morgen war ihr freier Tag, den würde sie genießen. Spazieren gehen, ein wenig bummeln, die Schaufenster in der King's Street anschauen …

Ihre Gedanken stockten.

Der Kerl hatte sich noch immer nicht gerührt.

Sayana war darüber fast sauer. Was ihr noch nie passiert war, das geschah jetzt.

Ihr Ehrgeiz wurde angestachelt.

Der Mann hatte nach ihr verlangt, dann musste sie es doch schaffen, ihn anzumachen.

Sie konnte sich gut bewegen. Besaß einen geschmeidigen Körper, war durchtrainiert, und sie war auch stolz auf diesen Körper. Kein Fett, sondern nur glatte Haut und darunter Muskeln, die kräftig, aber dennoch nicht zu ausgeprägt waren.

Sie tat Dinge, um die sie manche Stripperin beneidet hätte. Und es waren eindeutige Posen und Gesten, mit denen sie den Mann locken wollte. Aber sosehr sie sich auch anstrengte, der Mann hinter der Glasscheibe reagierte nicht.

Ihn erregte auch die rötliche Beleuchtung nicht, denn dieses

Licht goss von zwei Seiten seine Kegel auf die tanzende Frau. Sie wurde eingehüllt, umfangen, und das Licht glich einem nicht spürbaren Mantel, der alles an ihr bedeckte.

Den Mann interessierte es nicht.

Er stand da und starrte.

Sayana tanzte jetzt dicht an der Scheibe. Er sollte alles an ihr genau sehen, vielleicht reagierte er dann, doch sie hatte sich getäuscht.

Nichts konnte diesen Besucher reizen.

Die Japanerin schob sich wieder zurück. Sie wusste selbst nicht, weshalb sie plötzlich an ihre Eltern denken musste. Ihre Mutter war Chinesin gewesen, der Vater stammte aus Japan, deshalb konnte man Sayana als einen Mischling bezeichnen.

Die Eltern lebten nicht mehr. Sie waren bei einem Brand umgekommen, und ihre Tochter hatte es gelernt, sich allein durchs Leben zu schlagen.

Sie hatte schon überall gejobbt, aber das meiste Geld verdiente sie als Tänzerin, auch wenn sie mit dem Job alles andere als zufrieden war.

Die Zeit war bald um. Nie waren ihr die Minuten länger vorgekommen als diesmal. Als Signal würde ein Licht aufflackern, für sie das Zeichen, die Box zu verlassen.

Noch leuchtete es nicht. Es blieb ihr vielleicht noch eine halbe Minute. Was sie bisher nicht geschafft hatte, würde ihr jetzt auch nicht mehr gelingen, aber sie konnte nicht früher weggehen. Beschwerden über die Mädchen endeten für diese meist in Schlägen und Tritten. Da kannten die Aufpasser der Show keinen Pardon. Und sie kontrollierten auch, ob sich die Tänzerinnen Mühe genug gaben, denn es gab innerhalb der Szene eine große Konkurrenz.

Und dann passierte es!

Plötzlich merkte sie den Ansturm. Es war kein körperlicher Treffer, obwohl er sie wie ein Schlag erreichte, der sich über ihre ganze unbekleidete Gestalt ausbreitete.

Für einen Moment geriet sie aus dem eingeschlagenen Tanzrhythmus, stand für eine Sekunde starr und dachte wieder an das, was soeben mit ihr geschehen war.

Man beeinflusste sie!

Da waren Gedanken in ihrem Kopf. Fremde Gedanken, die sie ansprachen, obwohl sie keine Antwort geben konnte. Sie lockten, sie forderten, aber die Frau wehrte sich dagegen.

Völlig unmotiviert schüttelte sie den Kopf. Die schwarzen Haare flogen, fielen nach vorn und legten sich wie ein dünner Schleier über ihre kleinen Brüste.

»Sieh her!«

Es war ein Befehl. Sie wollte nicht, aber sie konnte nicht anders, denn die Stimme übte auf sie diese faszinierende und gleichzeitig suggestive Wirkung aus.

Deshalb stierte sie den Kunden an! Sie glaubte daran, dass er es gewesen war, der ihr diesen Befehl gegeben hatte, obwohl er kein Wort gesagt hatte, sondern nur gedankliche Order gab.

Sie schaute zu ihm.

Und da sah sie ihn zum ersten Mal deutlicher.

Nein, nicht ihn, sondern seine Augen.

Zwei waren es. Wie bei jedem normalen Menschen. Als ihr dieser Vergleich in den Sinn kam, musste sie lachen. Konnte man diesen Besucher überhaupt als einen Menschen bezeichnen? Wohl kaum, denn er zeigte keine menschlichen Regungen. Weder Freude, ein Lächeln noch eine Geste.

Nichts …

Bis auf die Augen!

Kalt und unbarmherzig war der Blick. Dazu stechend und alles durchdringend wie ein Laserstrahl. Auch Sayana fühlte durch diesen seltsamen gedanklichen Strahl ihr Gehirn regelrecht angebohrt, sodass ihre eigenen Gedanken ausgeschaltet wurden und sie sich allein auf das Augenpaar konzentrierte.

Killeraugen!

Ja, das war es!

Augen, die morden konnten und immer größer wurden. Dies geschah in einer kurzen Zeitspanne. Sie schienen plötzlich zu explodieren, zu blauen, kalten Sonnen zu werden, und im nächsten Augenblick bekam die Japanerin die Wirkung voll zu spüren.

Sie schrie auf!

Es war der Schmerz, der sie so reagieren ließ. Ein stechender Schmerz, und jedes blaue Lichtteilchen, das die Kabine ausfüllte, schien auf ihrer Haut zu stechen und wie ein kleines Messer in ihren Körper eindringen zu wollen.

Es war grauenhaft.

Das Licht war da. Ein Monster, nicht greifbar und dennoch alles verschlingend.

Es fraß die nackte Frau!

Niemand sah ihren Todeskampf. Er war zu schrecklich, und nicht einmal Schreie drangen aus ihrem Mund.

Sie blieb stumm und starb lautlos.

Die Gestalt mit den blauen Augen aber verschwand. Sie löste sich kurzerhand auf, denn sie hatte ihre Zeit genau eingehalten, da in der kleinen Box in diesem Augenblick die Lampe hektisch aufflackerte.

Die Show war zu Ende. Und dies im wahrsten Sinne des Wortes …

»Wo ist Sayana?« Der hünenhafte Kerl zischte die Frage durch die Zähne und schaute die drei im Aufenthaltsraum hockenden Mädchen unter seinen dichten Brauen scharf an.

Fanny übernahm die Antwort. »In der Kabine. Sie ist geholt worden, das weißt du doch.«

»Klar, aber die Zeit ist um.«

»Dann wird sie ja gleich kommen.«

»Sie hätte schon da sein müssen«, knurrte der Mann. »Zeit ist Geld, verdammt. Die soll wieder auf die Scheibe!«

»Bisher ist noch Lilly drauf.«

»Und dann gehe ich«, meldete sich eine Rothaarige mit leiser Stimme.

»Meinetwegen.« Der Mann winkte ab. Aus seinem Gürtel schaute der Griff eines Schlagstocks hervor. Er benutzte ihn nicht nur bei den Mädchen, auch bei aufmüpfigen Kunden. »Also, wo ist sie?«

»Soll ich sie suchen?«, fragte Fanny.

»Ja, tu das. Ich habe die Box von außen schließen lassen.« Der

Kerl stülpte die Unterlippe vor. »Wenn ich die zwischen die Finger kriege, setzt es was«, drohte er. »Wir zahlen hier für Leistung, und ihr habt sowieso schon sehr lange Pausen. Das gibt es woanders nicht.«

Fanny hätte ihm gern eine entsprechende Antwort gegeben, doch sie ließ es bleiben, denn sie wollte nicht noch einmal den verfluchten Schlagstock spüren.

Der Mann wartete.

Die anderen Mädchen sagten nichts. Sie hielten die Köpfe gesenkt, als würden sie sich wegen ihrer Blöße vor dem Kerl schämen.

Der ließ seine Blicke über die Körper der Mädchen wandern. Die Rothaarige gefiel ihm, und er beschloss, sie am Abend mit in seine Bude zu nehmen. Sie fehlte nämlich noch in seiner Sammlung. Während der Wartezeit bewegte er seine dicken Finger. Manchmal schloss er sie zur Faust, dann öffnete er sie wieder, zog an jedem Finger, und es knackte widerlich.

Fanny hatte die Tür zum Gang hin nicht geschlossen. Die Wartenden konnten ihre Schritte hören, als sie zurückkam. Auf dem Hinweg waren sie noch forsch gewesen, doch nun klangen sie seltsam schlapp, zögernd und unregelmäßig.

Ohne dass ihnen jemand einen Befehl gegeben hätte, schauten sie zur Tür. Sie hörten auch würgende Geräusche, ein Schluchzen, danach ein Schaben, als würde eine Hand über die Wand fahren.

Etwas war geschehen!

Das merkte auch der Aufpasser. Für einen Moment spürte er den unangenehmen Druck in seinem Magen. Er presste die Lippen zusammen, spürte die fragenden Blicke der anderen Mädchen auf sich gerichtet und schoss förmlich in die Höhe.

In diesem Augenblick betrat Fanny den Raum!

Sie hatte sich auf eine erschreckende Weise verändert. Zwar trug sie bis auf die hockhackigen Schuhe nichts an ihrem Körper, aber das Gesicht war grauenhaft verzerrt. Es hatte eine grünliche Farbe angenommen, die Lippen zitterten, die Augen waren weit aufgerissen, und sie atmete keuchend und stoßweise.

»Was ist denn los?«, schrie der Aufpasser.

Er erhielt keine Antwort. Fanny starrte durch seine Gestalt hindurch. Ihr Blick war gläsern.

»Rede!«

»Sayana, sie ist – sie ist …«

»Was ist sie?«

»Tot!«

Das Wort war ein Schrei, und er traf die Wartenden wie ein gewaltiger Schlag. Sie duckten sich zusammen, ihre Gesichter wurden ebenso bleich wie das von Fanny, während die Münder aufklappten, aber kein Laut aus ihnen hervordrang.

Sie konnten es einfach nicht fassen. Zu schlimm, zu schrecklich und unbegreiflich war diese Nachricht.

»Tot?«, hauchte der Aufpasser.

»Ja, tot …«

»Wo denn?«

»In der Box!«

Der Mann verzog das Gesicht, als wollte er anfangen zu weinen. Jetzt war das eingetreten, vor dem er sich stets gefürchtet hatte. Ein Todesfall in seiner Show. Das war schlimm, unbegreiflich. Er dachte daran, dass er nur ein kleines Rädchen im Getriebe war, denn die Mafia kontrollierte dieses Geschäft, und hinter ihr stand ein Name, der Furcht verbreitete.

Logan Costello.

Plötzlich sprang der Mann vor. Sie nannten ihn Sugar, aber er war nicht süß wie Zucker, sondern hart wie Stahl. Das merkte Fanny sehr bald, als sich seine zehn Finger in das Fleisch ihrer Schultern gruben und sie durchgeschüttelt wurde.

»Hast du dich nicht getäuscht? Ist sie wirklich tot?«

»Ja, ja, ja!«

»Und wie ist sie umgekommen?« Er sprühte Speichel in ihr Gesicht. Sie merkte es nicht einmal. »Hat man sie erschossen oder erstochen? Was ist los?«

»Nicht erschossen und auch nicht erstochen. Sie ist – verbrannt!«

Aus Sugars Mund drang ein fauchender Laut, mit dem einer Katze zu vergleichen.

»Verbrannt?«, hauchte er.

Fanny nickte.

Sugar ließ sie los, schleuderte sie zur Seite und tauchte in den Gang. Die Mädchen warteten zitternd. Fanny ging zu ihrem Platz und nahm eine Zigarette. Dabei schaffte sie es nicht einmal, das Stäbchen anzuzünden, so sehr zitterten ihre Hände.

Eine Kollegin gab ihr Feuer.

Sie rauchte, hustete und würgte. Auch dann noch, als Sugar zurückkehrte. Sein Gesicht war ebenfalls grau, und der brutale Typ hielt eine Hand vor seinen Mund gepresst.

»Die Bullen«, flüsterte er, »wir müssen die Bullen holen!« Nie in seinem Leben hatte er gedacht, diesen Satz einmal freiwillig zu sagen ...

Wir standen da und wussten nicht, was wir sagen sollten, weil alles so unfassbar war.

Vor uns lag etwas, das einmal ein Mensch gewesen war. Ein junger Mensch, eine Frau mit Wünschen, Träumen und Hoffnungen. Was war von ihr zurückgeblieben?

Suko sprach es aus. »Nichts als ein blauer Klumpen«, flüsterte er. »Verdammt, John.«

Dieses Wort hatte ich schon des Öfteren in den letzten Minuten gehört. Es war auch zum Verdammen, einfach grauenhaft, schlimm und kaum in Worte zu fassen.

»Da, sehen Sie selbst, Sinclair«, sagte der Kollege von der Mordkommission. »Und jetzt sagen Sie mir ...«

Ich ließ ihn nicht aussprechen. »Das kann ich ebenso wenig wie Sie.«

»Schön, dass Sie es zugeben.«

Suko bückte sich. Er hatte sich an unserem Gespräch nicht beteiligt. Wir standen in der engen Tanzbox, in der es nach Schweiß und Parfüm roch. Wie in einem Käfig fühlte ich mich, eingeschlossen, hineingepfercht, einfach unwürdig.

Ich musste mich schütteln. Man hatte uns gerufen, weil die Kollegen vor einem Rätsel standen, das auch durch Zeugenaussagen nicht gelöst werden konnte.

Da war ein japanisches Mädchen in die Box gegangen, um für einen Kunden zu tanzen. Als die Zeit um war, wunderten sich einige Leute, dass die Tänzerin noch nicht zurückgekehrt war. Man schaute nach und fand nicht Sayana, sondern einen blauen Klumpen, der einmal ein Mensch gewesen war.

Scheußlich.

Aber warum gerade dieses Mädchen? Über diese Frage dachte ich nach, während Suko die Tote genauer untersuchte. War es vielleicht ein Zufall gewesen, dass es ausgerechnet sie erwischt hatte? Daran wollte ich eigentlich nicht glauben. Es gibt ja ungemein viele Zufälle im Leben. Sie treten öfter auf, als man denkt, aber bei Aktivitäten dämonischer Wesen glaubte ich nicht an Zufälle. Und dass hier bei diesem Mord unnatürliche Dinge mit im Spiel gewesen waren, davon war ich fest überzeugt, und das konnte mir keiner widerlegen.

Was also tun?

Ich schaute auf Sukos Finger. Die Spitzen glitten über den Körper der Toten, und sie drangen auch ein.

»Ist die Masse sehr weich?«, fragte ich.

Mein Partner nickte. »Ja. Ich würde sie fast mit einem Ghoul vergleichen.«

»Aber es steckt keine Lebensenergie in ihr, oder siehst du das anders?«

»Nein, sie ist tot.«

Es lag auf der Hand, dass dieser Fall an uns ging. Ich wusste auch schon, wie wir unsere Nachforschungen beginnen würden. Da die Tänzerin mit Sicherheit nicht ohne Motiv ermordet worden war, mussten wir in ihrem Leben und ihrer Vergangenheit herumsuchen. Vielleicht entdeckten wir da einen Hinweis.

Und noch etwas kam hinzu. Der Chef der Mordkommission hatte es mir zugeflüstert. Dieser dreckige Pornoladen gehörte offiziell einem Engländer, doch hinter ihm stand ein ganz anderer. Jemand, der eine Organisation befehligte.

Logan Costello, der Mafioso!

Von ihm wussten wir natürlich einiges. Er hatte mit der Mordliga paktiert, gehörte zu den Günstlingen der Hölle, und ich hätte wer weiß was darum gegeben, ihm endlich das Handwerk legen zu können. Leider war uns dies bisher nicht gelungen.

Suko erhob sich wieder. Auf seinem Gesicht las ich Ratlosigkeit. »Hast du einen Verdacht?«

Ich leistete mir ein schmales Lächeln. »Ich weiß nicht so recht. Vielleicht können uns die Chemiker oder die Biologen mehr darüber sagen, wenn sie den Gegenstand untersuchen.«

Gegenstand war die richtige Bezeichnung. Einen Menschen hatten wir hier nicht vor uns. Man konnte beinahe an eine Materie-Umwandlung denken.

Es hätte keinen Sinn gehabt, sich noch lange hier aufhalten zu wollen, deshalb verließen wir die Box. Man hatte den Showbetrieb natürlich eingestellt, dennoch hatten sich zahlreiche Menschen vor dem Haus versammelt. In Windeseile musste es sich herumgesprochen haben, was hier passiert war.

Gern hätte ich mich mit dem eingesetzten Chef des Ladens unterhalten, der allerdings war nicht greifbar. Rechtzeitig genug hatte er sich aus dem Staub gemacht. Wahrscheinlich informierte er im Moment seinen großen Gönner Costello.

So mussten wir uns an den Aufpasser halten, der auf den schönen Namen Sugar hörte.

Mit seinen Mädchen zusammen hockte er im Aufenthaltsraum. Die Girls hatten sich etwas übergezogen.

Sugar sah aus wie ein Schläger aus der finstersten Hafengegend. Massige Schultern, gewaltige Muskeln, die das Streifenhemd fast zu sprengen drohten. Seine weiße Hose zeigte ebensolche Flecken wie der Hemdkragen, und das schwarze Haar glänzte ölig.

Als Suko und ich den Raum betraten, wandten sich uns die Blicke der Anwesenden zu. Der Inspektor schaute auf den hockenden Sugar und machte ihm mit einer Handbewegung klar, dass er sich erheben sollte.

Sugar stand auf.

Suko ging zu ihm und hielt plötzlich den Gummiknüppel in der Hand, der zuvor im Gürtel des Mannes gesteckt hatte. Mein Freund bog die Waffe durch und schaute Sugar an. »Sind das deine Argumente?«

Der Kerl schwieg, und mein Freund stellte den Mädchen fast die gleiche Frage. Er wechselte nur das dritte Wort aus und sagte seine statt deine.

Eine Antwort erhielt er trotzdem nicht. Die Tänzerinnen pressten die Lippen zusammen und schwiegen.

»Dann eben nicht«, sagte Suko, steckte die Schlagwaffe ein und bedeutete Sugar durch ein Nicken, dass er sich wieder setzen konnte.

Schwer ließ sich der Aufpasser fallen.

Dann stellten wir unsere Fragen. Suko und ich wechselten uns dabei ab, und wir ließen die Mädchen und den Mann nicht zur Ruhe kommen. Alle gerieten ins Schwitzen. Nach dem Verhör waren wir so schlau wie zuvor.

»Woher kam sie?« Ich wechselte das Thema.

»Wie?«, fragte Sugar.

»Stell dich nicht so dumm an. Jeder Mensch hat eine Vergangenheit. Sayana wird doch sicherlich mit der einen oder anderen darüber geredet haben.«

»Mit mir nicht«, antwortete der Schläger.

»Und wie steht es mit euch?«, wollte Suko von den Tänzerinnen wissen.

Eine Blonde meldete sich. Sie hieß Fanny und hatte auch die Tote entdeckt. »Mit mir hat sie mal geredet.«

»Dann raus mit der Sprache.«

»Aber nicht viel«, schwächte sie gleich ab und trank den Whisky aus ihrem Glas. »Ihr Vater war Japaner, die Mutter Chinesin. Beide leben nicht mehr. Sie kamen bei einem Brand um.«

»Weiter«, forderte Suko sie auf.

»Mehr weiß ich nicht.«

»Das ist mager, Fanny, sehr mager. Ich glaube Ihnen nicht. Sie wollen uns doch nicht weismachen, dass Sie nicht mehr aus dem Leben Ihrer Kollegin wissen?«

»So ist es aber.«

»Was hat sie vorher gemacht?«

»Keine Ahnung. Vielleicht ist sie auf den Strich gegangen. Irgendwie hatte sie bei den Kerlen Chancen, deshalb ist sie ja auch von einem in die Kabine geholt worden.«

»Und über diesen Kunden hätten wir gern mehr gewusst!« Ich wandte mich mit dieser Frage an Sugar.

Der stierte mich an und schüttelte langsam seinen kantigen Schädel. »Den habe ich nicht gesehen.«

»Sehen Sie sich die Kundschaft nicht an?«

»Nein, nur wenn die Typen Ärger machen.«

»Er hat doch eine Box bestellt, eine Einzelkabine, die …«

»Wir haben nur Einzelkabinen.«

»Ja.« Ich nickte. »Wenn Sie das so sehen, habe ich mich vielleicht falsch ausgedrückt. An wen muss man sich wenden, wenn man eine Tänzerin für sich allein will?«

»An die Kasse.«

»Und wer sitzt da?«

»Ich hole die Frau.« Sugar wollte aufstehen. Wir hatten etwas dagegen und schickten Fanny.

Die kam mit einer älteren Frau zurück, deren Körper einem Fass ähnelte. Bei jedem Schritt wackelten die Speckfalten in ihrem Gesicht.

»Was ist denn?« Nicht nur ihre Figur war außergewöhnlich, die Stimme ebenfalls. Sie klang rau, als hätte die Frau mit Whisky und Reißnägeln gegurgelt.

»Die Bullen wollen was von dir wissen, Rosa!«, sagte Sugar.

»Schon wieder?«

»Es ist ein Mord passiert«, stellte ich klar. »Jede Aussage ist wichtig. Ihre vielleicht ganz besonders.«

»Ich weiß nichts und habe auch nichts gesehen.«

»Auch nicht den Mann, der sich das japanische Mädchen bestellt hat? Das musste er doch bei Ihnen – oder?«

»Klar, den habe ich gesehen.«

»Beschreiben Sie ihn!«

»Kann ich nicht.«

»Wieso nicht?«

»Merken *Sie* sich jedes Gesicht?« Rosa schaute mich an. Auf ihren Speckfalten an den Wangen glänzten der Schweiß und die Schminke. Da konnte auch der Puder nichts mehr retten.

»Nein, das nicht. Wenn ich allerdings so einen außergewöhnlichen Job hätte wie Sie, dann …«

Rosa winkte ab. »Was ist am Kassieren schon außergewöhnlich? Ich kann Ihnen nur sagen, dass ich nichts gesehen habe. Mittags herrscht hier immer Hochbetrieb. Da kommen die Bürohengste, um in der Pause mal einen Blick zu riskieren. Ich kann euch nichts sagen, und wenn ihr mich durch die Mangel dreht.«

»Das hatten wir nicht vor. Wie ist es denn mit der Toten? Kannten Sie ihr Vorleben?«

»Nein!«

Da mischte sich Fanny ein. »Moment mal, Rosa hat Sayana nach Hause gebracht.«

»Na und?«

»Sie kennen zumindest die Adresse.«

Rosa plusterte sich auf. »Was hat das denn mit ihrem Tod zu tun?«

»Wo wohnte sie?«, fragte Suko.

»Auf der anderen Flussseite. Nahe der Waterloo Station. Die hatte da eine Bude in einem Abbruchhaus. Hinten im Hof. Ziemlich mies.« Sie gab uns die genaue Adresse.

»Und was haben Sie bei ihr gewollt?«, hakte Suko nach.

Rosa hob ihre dicken Arme. »Sie nach Hause gefahren. Ist das so schlimm? Ich habe eben ein gutes Herz. Zahlt sich wieder nicht aus, wie man sieht.«

»Waren Sie auch in der Wohnung?«

»Ja, auf einen Reisschnaps.«

»Ist Ihnen etwas aufgefallen?«

»Nein.«

»War die Wohnung klein, groß …«

»Beschissen«, erwiderte sie voller Wut. »Nur eins hat mir gefallen, hat mir sogar imponiert, aber das hing nicht mit der Bude zusammen, sondern mit dem Mädchen. Es war die Ahnentafel.«

Ich wunderte mich. »Sayana hatte eine Ahnentafel?«

»Wenn ichs sage. Ich habe extra danach gefragt und sie dann noch ausgelacht, weil sie sich so ein Ding an die Wand hängte. Aber sie ließ sich nicht beirren. Sie sprach von einer großen Ahnenreihe väter- und mütterlicherseits. Auf dieses Ding war sie verdammt stolz und bezeichnete es als ihren kostbarsten Besitz.«

Ich wandte mich an meinen Freund Suko. »Ist das üblich mit diesen Ahnentafeln?«

»Bei manchen schon.«

»Warum bei dir nicht?«, fragte ich leise.

»Weil meine Herkunft im Dunkeln liegt.«

Ich grinste. »So siehst du auch aus.«

»Kann ich jetzt gehen?«, unterbrach Rosa mit ihrer Kratzstimme unser Gespräch.

»Ja. Falls wir Sie noch brauchen, kommen wir auf Sie zurück.«

Rosa verschwand, während ich mich an Sugar wandte. In diesem Augenblick änderte sich die Situation schlagartig.

Wir alle hörten das Klirren und die schrillen Schreie. Die Geräusche drangen aus dem Innern des Baus. Und zwar von dort, wo sich auch die große Scheibe drehte ...

Suko und ich hetzten aus dem Raum!

Wie ihr Freund Suko, so stammte auch Shao aus China. Sie hatte Suko in Hongkong kennen gelernt, als sie noch Feinde waren. Dann jedoch hatte sich eine Wandlung vollzogen, die man bei beiden mit dem Wort Liebe umschreiben konnte.

Ja, sie hatten sich verliebt. So stark, dass sich Shao entschloss, Suko nach London zu folgen, obwohl er einem so gefährlichen Beruf nachging.

Eine gemeinsame Wohnung hatten sie in dem Haus gefunden, in dem auch ihr bester Freund, der Geisterjäger John Sinclair, wohnte, und beide fühlten sich wohl.

Wenn Shao auch oft Angst um ihren Freund hatte, so gab sie das nie so recht zu. Sie wollte nicht, dass Suko in seinen beruflichen Aktivitäten eingeschränkt wurde.

Auch Shao hatte schon einige lebensgefährliche Abenteuer überstanden, und vor kurzem erst hatte sie feststellen müssen, dass sie eine besondere Person war.

Als sie in die Klauen des Dämons Susanoo geriet, da war ihr

klar geworden, dass sie von Amaterasu, der Sonnengöttin, abstammte und ihr sogar ähnelte.

Dies war das bisher einschneidendste Erlebnis in ihrem Dasein gewesen, aber auch dies hatte Shao überwunden, wobei Suko ihr die nötige Unterstützung gegeben hatte.

An diesem Morgen war sie einkaufen gewesen. Einige Spezialitäten, die sie nur in besonderen Läden erhielt, weil sie aus China eingeführt werden mussten.

Mit ihrer Korbtasche bewaffnet, verließ sie die U-Bahn und strebte zu Fuß der Wohnung zu. Suko hatte ihr versprochen, an diesem Freitag früh zurück zu sein. Daraus schien allerdings nichts zu werden, denn bei einem Anruf beim Yard hatte Glenda der fragenden Shao erklärt, dass Suko zu einem Einsatz gerufen worden war. Worum es genau ging, wusste Glenda auch nicht, nur dass eine Peep-Show eine Rolle spielte.

Shao war natürlich überrascht. Bisher hatten Suko und John mit diesen Shows nicht viel am Hut gehabt. So etwas fiel in ein anderes Ressort.

Vom Himmel schien die Sonne. Es war wirklich ein Jahrhundertsommer, der Europa in seinen warmen Fesseln hielt.

Shao hoffte, dass sie am Wochenende Zeit hatte, um zum Strand zu fahren.

Shao war dem Wetter entsprechend gekleidet. Sie trug einen bunten Sommerrock aus dünnem Stoff, der bei Gegenlicht durchsichtig war. Unter dem gelben Sonnentop wippten ihre Brüste lustig bei jedem Schritt, und wenn der Wind in das lange Haar fuhr, dann wehte er es hoch. Es war eine schwarze Pracht.

Es befanden sich nicht sehr viele Männer auf der Straße. Diejenigen, die der Chinesin entgegenkamen, riskierten oft mehr als einen Blick. Für eine Asiatin war Shao ziemlich groß, dazu gut gewachsen, und sie achtete sehr auf ihre schlanke Linie.

Im Haus war es kühl. Zunächst fröstelte sie, als sie die Halle betrat und der Portier in seiner Loge strahlende Augen bekam, da er Shao entdeckte.

»Ist das nicht ein Wetterchen heute?!«, rief er.

»Fast zu heiß«, erwiderte Shao lächelnd.

»Mir gefällt es. Zudem sind die Damen dann nicht so hoch geschlossen!«

Shao lachte. »Lassen Sie das nicht Ihre Frau hören.«

»Die ist Gönnerin. Sie sagt immer, du kannst dir den Appetit draußen holen, aber gegessen wird zu Hause.«

»Das meine ich auch.«

Ein Telefon summte in der Loge. Der Portier wurde abgelenkt, und Shao ging zum Fahrstuhl. Sie ließ sich nach oben katapultieren und betrat den langen Gang.

Er war ebenfalls klimatisiert, nur die Wohnungen nicht. In ihnen lastete die Hitze. Shao stöhnte auf, als sie ihr Apartment betrat. Durch das Fenster im Wohnraum schien die Sonne, und Shao ließ schnell die Rollos davor, damit sich der Raum nicht noch stärker aufheizte, als er ohnehin schon war.

Das Einkaufen hatte sie zwar nicht angestrengt, dennoch war sie ins Schwitzen geraten. Sie zahlte eben den Tribut an die drückenden Temperaturen.

Den Einkaufskorb räumte sie leer, stellte die Dinge in den Kühlschrank und ging ins Bad, um sich abzukühlen. Eine lauwarme Dusche würde jetzt gut tun, da war sie sicher.

Wie immer hatte Suko seinen Rasierapparat liegen lassen. An und für sich war er ein ordentlicher Mensch, aber den Apparat wegzuräumen, daran würde er sich wohl nie gewöhnen.

Seufzend räumte Shao ihn auf, klappte die Türen des Wandspiegels zu, wollte sich umdrehen, als etwas explodierte.

Es war ein grellgelbes Licht. Versehen mit einem strahlend weißen Kern, und er befand sich genau im Zentrum des anderen Lichts. Das wiederum strahlte Shao aus der Spiegelfläche entgegen.

Sie zuckte zurück, riss instinktiv die Hände vor die Augen und berührte mit den Kniekehlen den Wannenrand.

Sie konnte sich nicht erklären, woher das Licht kam, schaute zum Fenster, weil sie damit rechnete, dass die Strahlen der Sonne durch die Scheibe fielen, aber das war nicht der Fall.

Hinter dem Fenster war es zwar hell, doch die Sonne schien nicht direkt darauf.

Dieses grelle Licht musste eine andere Ursache haben. Das

wurde Shao klar, als sie auf dem Wannenrand hockte und die Hände gegen ihre Augen gepresst hielt.

Natürlich brachte sie den Schein sofort mit schwarzer Magie in Zusammenhang, auch wenn er noch so hell und grell leuchtete.

Vor dieser Helligkeit konnte sie sich auch nicht durch ihre Hände schützen, sie drang trotz dieser Deckung an ihre Augen.

Und sie hörte eine Stimme.

Nicht unangenehm, sondern weich, raunend, dennoch bestimmend, als würde sie von einer Herrscherin stammen.

»Shao, Shao ...«, vernahm sie ihren Namen. »Ich hoffe, du hörst mich, Shao ...«

»Ja, ich höre dich«, murmelte die Chinesin und blieb auf dem Rand der Wanne sitzen.

»Weißt du, wer ich bin?«

»Nein.«

»Dann will ich es dir sagen, Shao. Denke bitte weit zurück! Versuche dich in eine Zeit hineinzuversetzen, die längst in Vergessenheit geraten ist, als Samurais das Land durchzogen und nach gefährlichen Räuberbanden suchten, die die Menschen terrorisierten. Weit vor dieser Zeit, da kämpften die Götter miteinander und auch gegeneinander. Es gab hohe und niedrige Götter. Ich gehöre zu ihnen, und aus meinem Geschlecht stammten zahlreiche Menschen, von denen nur eine Person übrig geblieben ist ...«

Shaos Atem glich schon einem Rufen, als sie das nächste Wort hervorstieß.

»Amaterasu, die Sonnengöttin!«

»Ja, ich bin es tatsächlich!«

Obwohl Shao mit dieser Antwort gerechnet hatte, war sie sehr überrascht.

Amaterasu! Eine uralte Göttin, ein Wesen auf der Seite des Lichts, das einmal die höchste Göttin der japanischen Mythologie gewesen war, bis sie von Susanoo, ihrem Bruder, vom Thron gestoßen wurde und im Dunkeln der Dimensionen verschwand.

Aber sie war nicht vergessen worden. Ihre Diener erinnerten

sich noch an sie. So war es der Goldene Samurai, der ihr zur Seite stand und ihr eine Rückkehr auf die Erde ermöglichen wollte. Einen Teilsieg hatte er bereits errungen. Es war ihm gelungen, den Fächer der Sonnengöttin an sich zu nehmen, eine sehr mächtige Waffe. Nur wusste der Goldene nicht, wo sich Amaterasu genau befand, denn der Weg in die Dunkelheit war dem Goldenen versperrt. Deshalb hoffte er voller Inbrunst, dass es der Sonnengöttin einmal gelingen würde, ihr Reich zu verlassen und die Länder der Finsternis zu vernichten, wozu auch der Fächer beitragen würde, den sie dann bekäme.

Susanoo aber, ihr feindlicher Bruder, gebot über das Wasser. Er hauste in den Tiefen der Dimensionen und des Meeres. Von dort aus lenkte und steuerte er die Dinge, die der Herrscher der Hölle von ihm verlangte. Susanoo war Emma-Hoo treu ergeben. Und manchmal gelang es ihm, durch Risse und Spalten im Zeitgefüge seine Dimension zu verlassen und die Erde mit all seinem Schrecken heimzusuchen.

Das alles wusste Shao, es brauchte ihr nicht erst gesagt zu werden. Diese Tatsachen gingen ihr durch den Kopf, als sie auf dem Wannenrand hockte und von der Lichtfülle trotz ihrer Armdeckung geblendet wurde.

»Was möchtest du?«, fragte Shao und zitterte dabei, denn sie konnte sich vorstellen, dass die Göttin aus einem sehr triftigen Grund mit ihr Kontakt aufgenommen hatte.

»Ich will dich warnen, Shao.«

»Vor Susanoo?«

»Nein, nicht direkt. Stell bitte keine Fragen, denn die Zeit ist kurz. Eine Legende, die zwischen dem Reich der Mitte und dem der aufgehenden Sonne pendelte, ist erweckt worden. Diese furchtbare Legende hat einen Namen. Ich sage ihn dir jetzt, und präge ihn dir bitte genau ein. Es kann möglich sein, dass er sich auch deiner annimmt. Sein Name lautet: Shimada, Herr der tausend Masken. Merke ihn dir. S-h-i-m-a-d-a!«

Und Shao, die auf die Worte der Sonnengöttin hörte, sprach den Namen flüsternd nach.

»Ja, so heißt er, Shimada. Und er ist bereits unterwegs, um eine grausame Spur zu legen. Er hat Diener um sich versammelt. Und eins möchte ich dir noch sagen und dich damit auch warnen. Diese Diener sind Ninjas!«

Shao zuckte zusammen.

Sie kannte den Begriff Ninja. Hinter ihm verbarg sich eine mörderische Kampftechnik, und Ninjas waren noch stärker als die alten Samurais. Wenn ein schwarzer Ninja, ein böser also, und ein Samurai aufeinandertrafen, endete der Kampf für den Samurai oft tödlich.

Bisher hatte Shao noch keine Gänsehaut verspürt, nun aber war es soweit. Es lief ihr kalt den Rücken hinab, denn dieser Begriff hatte sie aufgeschreckt.

»Weshalb kommt Shimada?«, flüsterte Shao.

»Ich weiß es nicht genau, meine Liebe, aber ich habe etwas gehört. Es kann ein Gerücht sein, doch ich will nicht so recht daran glauben. Er will die Macht, und er will sich von keinem mehr aufhalten lassen, deshalb sucht er die Herrschaft über Zombies, Ghouls und andere Schreckenswesen. Vor langer Zeit hatte Shimada im Land der aufgehenden Sonne gewütet, das will er nun fortführen. Zusammen mit seinen schrecklichen Helfern und Diener. Es sind Lebende und Zombies darunter, Ghouls und andere Horrorgestalten, deshalb macht euch auf etwas gefasst. Shimada kommt nicht, er ist schon da.«

»Dann müssen wir ihn stoppen!«

»Ich weiß nicht, ob das jemand kann. Wenigstens kein Mensch, denn er wird sich von einem Sterblichen nicht aufhalten lassen. Vielleicht schafft es der Goldene, doch er ist weit, ich kann ihn nicht erreichen. Deshalb wird Shimada wüten können, und er will auch den vernichten, der ihm in die Quere kommen könnte …«

»Sind es Suko oder John Sinclair?«, fragte Shao zitternd.

»Nein, es ist ein anderer. Nur einer. Aber wenn ich dir den Namen sage, wirst du überrascht sein. Welten prallen bei diesen Kämpfen aufeinander, es wird eine grausame Schlacht sein, die sich sowohl auf der Erde als auch in anderen Dimensionen entscheiden kann!«

»Den Namen, bitte!«, flehte Shao.

»Es ist – Xorron!«

Das war eine Überraschung. Oder auch nicht? Shao wusste es nicht, aber sie hätte es sich eigentlich denken können. Denn Xorron konnte man, und das hatte sie den Worten der unsichtbaren Sonnengöttin entnommen, eigentlich mit Shimada vergleichen. Er verfolgte dieselben Ziele wie diese lebende Legende, auch er wollte die Herrschaft über Zombies und Ghouls. Nein, er hatte sie wahrscheinlich. Als Letzter der Mordliga war er übrig geblieben, sah man von Lupina einmal ab, und nun war jemand gekommen, der ihm diese Macht streitig machen wollte.

Ein unfassbares Ereignis – und ein grauenvolles, das man mit Mahlsteinen vergleichen konnte, zwischen die Menschen gerieten. Xorron kontra Shimada!

Wusste er vielleicht von dieser lebenden Legende? Bereitete er sich schon auf den gigantischen Kampf vor?

Das alles waren Dinge, die Shao durch den Kopf schossen und sie völlig verwirrten. Dies merkte auch Amaterasu, und sie sprach Shao Mut zu.

»Noch ist es nicht soweit. Shimada muss sich erst den Weg zu Xorron ebnen. Aber er wird seine Spuren hinterlassen, daran kannst du ihn immer erkennen.«

»Was ist das?«

»Wer ihn als Mensch sieht, ist des Todes. Er ist aus einem See gestiegen, der sich das blaue Auge nennt. Behalte diesen Namen gut, denn wenn du in gnadenlose Augen schaust, dann weißt du, dass er vor dir steht. Sie sind nicht wie die Augen des Dämons Belphégor, sondern viel dunkler, weniger kalt, aber erbarmungsloser und auch grausamer, denn diese Augen töten. Ihre Blicke lassen Menschen zusammenschrumpfen. Und noch eins möchte ich dir sagen: Man nennt ihn auch den Herrn der tausend Masken. Dies nicht von ungefähr, denn er tritt oft genug verkleidet auf, sodass ihn so leicht niemand erkennt …«

Plötzlich war die Stimme schwächer geworden, und Shao sprang auf. Sie nahm die Hände von ihrem Gesicht weg, schaute nach vorn und beobachtete, wie die gleißende Helligkeit innerhalb der Spiegelfläche allmählich verschwand.

Die Sonnengöttin zog sich zurück.

Shao streckte ihre Arme aus. Zwischen ihnen und den gespreizten Händen schaute sie hindurch, sah den Spiegel und rief verzweifelt den Namen der Sonnengöttin.

Noch einmal erhielt sie Antwort. »Vorsicht, Shao, ich will dich nicht auch noch verlieren. Gib Acht … sehr stark … die lebende Legende … Shimada …«

»Bleib!«, rief die Chinesin. »Bitte …«

»Zu schwach. Die magische Verbindung bricht zusammen. Die Brücke zwischen uns fällt …«

Und kaum war Shao das letzte Wort entgegengeweht, da stand sie wieder inmitten ihrer normalen Welt. Sie sah das Bad, die Dusche, die Vorhänge, das Fenster, die Kacheln …

Nichts wies darauf hin, dass eine uralte Mythologie aus längst vergessener Zeit in die Gegenwart übergegriffen hatte. Doch in dieser Zeit würde man die alten Dinge sowieso nicht begreifen.

Shimada und Xorron!

Diese beiden Namen wirbelten durch Shaos Kopf, als sie mit zitternden Knien das Bad verließ. Sie lief in den Wohnraum und dachte mit Schrecken daran, was passieren würde, wenn sich die beiden Giganten schwarzer Magie gegenüberstanden. Sollten Menschen zwischen die Fronten geraten, war ihr Tod schon vorprogrammiert. Man musste alles tun, um dies zu vermeiden.

Das Telefon stand in greifbarer Nähe, und Shao wählte mit flinken Fingern die Nummer von Scotland Yard …

Ich war noch nie in einer Peep-Show gewesen und wusste nur aus »Berichten«, wie es dort aussah und zuging. Auf einer kreisenden Fläche produzierten sich die Mädchen und wurden von den Männern angestarrt, die in ihren Kabinen standen. Man musste Geldstücke einwerfen, dann hob sich eine Klappe, und der Blick der gaffenden Kerle war frei.

So einfach lief das.

Die schrillen Schreie waren von Mädchen ausgestoßen worden. Sie hatten ihren Aufenthaltsraum verlassen. Ich sah die blonde Fanny und konnte über ihre Schulter hinweg auf die Scheibe schauen. Sie befand sich etwas erhöht, war mit einem roten Bezug überzogen worden. Doch auf der Scheibe standen keine Mädchen, sondern zwei seltsame Gestalten, die aussahen wie Schatten, so schwarz, so huschend. Sie waren mit Schwertern bewaffnet und hämmerten diese gegen die Sichtfenster der Kabinen. Deshalb hatten wir auch das Klirren gehört.

Suko und ich stürmten vor.

Mein Partner nahm sich den linken der beiden vor, ich kümmerte mich um den rechten.

Ein Schwert hatte ich nicht, mit dem ich mich hätte verteidigen können. Aber das war auch nicht nötig, denn die beiden Gestalten wieselten davon.

Ich konnte gar nicht so schnell schauen, wie sie plötzlich verschwunden waren. Wie aufgelöst, sodass wir, wie vom Donner gerührt, dastanden und uns anschauten.

»Habe ich das geträumt?«, fragte Suko.

»Wohl kaum, die waren echt.«

»Verdammt, aber wo kamen sie her?«

Eine gute Frage, auf die ich auch keine Antwort wusste. Ich sah nur die Glasscherben, die auf dem Boden lagen und glitzerten, wenn sie von einem Lichtstrahl getroffen wurden.

»Hast du sie gesehen?«

Suko hob die Schultern. »Sicher, du ja auch.«

»Ich meine genauer.«

»Schwarze Gestalten mit Schwertern. Männer waren es, aber ich sah keine Gesichter.«

»Genau das ist mir ebenfalls aufgefallen«, erklärte ich und dachte nach. »Wieso sahen wir keine Gesichter? Welchen Grund gab es? Kannst du mir das verraten?«

»Nein, vielleicht hatten sie keine.«

»Aber Schatten waren es nicht. Ich meine damit solche Wesen wie aus dem Reich des Spuks. Die hier waren existent. Nur – wie konnten sie auf einmal verschwinden?«

»Frag mich was Leichteres«, sagte Suko und setzte zu einem Gang rund um die Scheibe an. Ich blieb in der Mitte hocken.

Eines seltsamen Gefühls konnte ich mich nicht erwehren. Schon jetzt empfand ich es als unangenehm, auf dieser Fläche zu sitzen und eingerahmt von den zahlreichen Guckfenstern zu sein, wovon nur einige wenige zerbrochen waren. Das Glas der Scheiben schimmerte matt. Man konnte nicht erkennen, wer dahinter stand.

Ich schaute in die Höhe. An der Decke befand sich ein kleiner Kreis aus Lampen. Sie konnten wahrscheinlich zentral gesteuert werden und ihr Licht nach unten gießen.

Ich dachte noch über die Gegner nach. Zu einem Ergebnis kam ich nicht. Huschende Wesen mit blitzenden Schwertern. Dahinter konnte sich ziemlich viel verbergen, nur die richtige Erklärung würde uns wohl so leicht nicht einfallen.

Ich sah die Mädchen, die es in ihrem Raum nicht ausgehalten hatten und sich vorsichtig näherten.

Fanny pickte ich mir heraus. »Kommen Sie doch mal her!«

Sie betrat die Schaufläche. Diesmal zögernd und nicht auf Wirkung bedacht. Den dünnen Mantel raffte sie vor der Brust zusammen, ihr Gesicht wirkte alt und grau.

»Sie haben die Schreie gehört?«, fragte ich sie.

»Ja.«

»Und niemanden gesehen?«

»Doch.« Fanny verzog das Gesicht und bekam gleichzeitig eine Gänsehaut. »Da waren Schatten.«

»Von Menschen?«

Die Stripperin dachte einen Moment nach und nickte heftig. »Natürlich von Menschen. Die sprachen sogar miteinander. Sie zischten sich etwas zu und schlugen gegen das Glas. Es sah aus, als wollten sie alles zerstören.«

Ich drehte mich zu Suko um. »Weshalb?«

»Um Spuren zu verwischen«, sagte mein Partner.

»Das ist möglich.«

»Aber welche Spuren?«, fragte Fanny.

»Darüber müssen *wir* uns den Kopf zerbrechen, nicht Sie«, erklärte ich ihr. »Meiner Ansicht nach hängt dieser Aufwand mit Sayana zusammen.«

»Und mit Costello?«, fragte Suko.

»Das ist auch möglich.«

»Wer ist das, Costello?«, wollte Fanny wissen.

»Ein Mann«, erwiderte ich und lächelte, das jedoch verging mir, denn auf einmal bemerkte ich den kalten blauen Schein.

»John, die Augen!«, rief Suko.

Fanny begann zu schreien. Es hörte sich an wie eine Sirene. Da sie direkt hinter mir stand, brauchte ich mich nur umzudrehen und sah sie in ihrer verkrampften Haltung, die Hände zu Fäusten geballt und gegen die Stirn gepresst.

Ihr Blick war dabei auf eines der Sichtfenster gerichtet. Den Grund erkannte auch ich.

Es waren zwei Augen.

Kalt, blau, gnadenlos und gefährlich!

Dieser Mörderblick traf mich wie eine Eisdusche. Ich fühlte in meinem Kopf einen Schlag und vernahm Sukos Stimme.

»John, die sind überall. Schau nicht direkt hinein. Die machen dich fertig ...«

Ich drehte mich und sah die Augen tatsächlich an. Sie befanden sich in allen noch nicht zerstörten Sichtfenstern.

Im ersten Augenblick wurde ich an Belphégor erinnert, den Hexer mit der Flammenpeitsche. Auch er hatte diese schrecklichen Augen, die voller Grausamkeit steckten, aber diese hier waren dennoch anders. Sie wirkten dunkler, gleichzeitig glasiger: grausame Ovale, in denen alles Böse steckte, was die Welt bereithielt.

Mich irritierte ihr intensives Blau!

Hatte nicht auch das getötete Mädchen eine blaue Haut gehabt? Natürlich. Wenn ich beides auf einen Nenner brachte, musste es zwischen den Augen und dem toten Mädchen einen Zusammenhang geben.

Fanny schrie noch immer.

Suko hatte sich abgedreht, er schaute zu Boden und hielt gleichzeitig seinen Arm gegen den oberen Teil des Gesichts gepresst. »Wir müssen weg, John!«, hörte ich seine Stimme. »Verdammt, diese Augen sind gefährlich. Sie können uns vernichten ...«

Ich packte Fanny. Sie war dabei, in die Knie zu sinken. Ihr

Gesicht hatte bereits einen bläulichen Schein angenommen. Sie zitterte und fror am gesamten Körper. Es ging bei ihr um Sekunden. Lange durfte ich nicht zögern, sondern riss das Mädchen herum und schleuderte es von der Drehfläche.

Suko passierte mich ebenfalls. Auch er hatte es nicht mehr aushalten können, stoppte im Gang und schüttelte sich. Dabei holte er keuchend Atem.

Ich schaute noch einmal zurück.

Die Augen waren verschwunden!

Stattdessen aber wurde die kreisrunde Fläche von einem bläulichen Schimmern erhellt, das sie genau abgrenzte und nicht einmal eine Fingerbreite überstand.

Mein Instinkt alarmierte mich. Ich glaubte daran, dass in den nächsten Sekunden etwas Schreckliches geschehen würde. Und ich hatte mich nicht getäuscht.

Plötzlich öffnete sich die Fläche.

Ich sprang bereits zurück, und das war mein Glück. Aus der Öffnung fauchte eine bis zur Decke reichende intensiv blaue Flamme, die sich da oben wie ein Pilz ausbreitete, sodass die Verkleidung dort sofort Feuer fing.

Es gab eine puffende Explosion. Die tanzenden Flammen blendeten mich. Ich drehte mich um, tauchte in den Gang ein, und mein Alarmschrei alarmierte die anderen.

»Feuer!«

Eine panische Flucht begann. Zum Glück waren nicht sehr viele Personen anwesend. So behinderten sie sich nicht gegenseitig, als sie zum Ausgang rannten.

Ein rothaariges Mädchen lief mir genau vor die Füße. Ich schnappte mir die Kleine, schob sie vor mir her, während wir von den züngelnden Flammen und den schwarzgrauen Rauchwolken verfolgt wurden. Durch die offene Eingangstür blies der Wind, sodass Durchzug entstand, der das Feuer noch stärker anfachen konnte.

Auf der Straße sah ich Suko nicht. Ich schaute mich um. Menschen eilten herbei, mein Blick glitt an der Hausfassade hoch. Über den Räumen der Peep-Show existierten noch zwei Etagen. Dort befanden sich zahlreiche Zimmer, die stundenweise vermietet wurden. Mehrere Fenster wurden aufgestoßen. Erschreckte Gesichter erschienen, zwei Mädchen begannen zu schreien und mussten husten, weil die aus der Tür quellenden Rauchwolken in die Höhe trieben.

Sirenengeheul war zu hören. Die Feuerwehr rollte an. Dann sah ich Suko neben mir auftauchen. Sein Gesicht glänzte schweißnass.

»Hast *du* die Feuerwehr gerufen?«

»Ja.«

Das Schreien der Mädchen hörte nicht auf. Zwei Männer torkelten aus dem Eingang. Sie hatten ihre Kleidungsstücke hastig zusammengerafft und hielten sie vor sich. Wahrscheinlich waren die Typen bei den Mädchen in den Zimmern gewesen.

Eines wollte aus dem Fenster klettern.

»Nein, nicht!«, schrie ich, während hinter mir der Ring aus Gaffern immer enger wurde.

Das Girl hörte nicht.

Es sprang.

Dabei schrie es, erreichte das Pflaster auf dem Gehsteig, brach zusammen und kippte zur Seite. Ich war sofort bei ihm und schaute in ein Gesicht, dessen Augen schockgeweitet waren.

Neben mir stoppte der rote Wagen der Feuerwehr. Männer sprangen herab. Sie drückten mich zur Seite, da ich ihnen im Weg stand. Auch das zweite Mädchen war gesprungen. Suko kümmerte sich um die Kleine. Wir zogen uns bis hinter den Wagen der Feuerwehr zurück und hörten die nächste Sirene.

Es kamen noch zwei Fahrzeuge. Eines davon war ein großer Löschwagen, das zweite ein Fahrzeug der Ambulanz.

Helfer nahmen mir das Girl ab. Ich war ihnen dankbar dafür, suchte Suko und fand ihn ganz in meiner Nähe.

»Das hätte ins Auge gehen können«, sagte mein Freund.

»Leider.«

»Hast du eine Erklärung?«

Ich gab ihm keine Antwort, denn ich schaute den ersten dicken Wasserstrahlen zu, die aus den Schläuchen schossen und zielsicher ihren Weg in die zerstörten Fenster fanden.

Drei Männer rannten mit zwei Schläuchen ins Haus. Sie trugen Atemschutzgeräte, während sie in der Hölle aus Qualm und Flammen verschwanden.

»He, ich warte auf eine Antwort!« Suko stieß mir seinen Finger in die Seite.

»Ich weiß es nicht!«, gab ich ehrlich zu. Damit hatte ich nicht gelogen. Ich wusste wirklich nicht, was das alles zu bedeuten hatte. Uns waren die beiden schattenhaften Gestalten über den Weg gelaufen. Wir hatten Schwerter blitzen sehen, dann waren die Augen erschienen und hatten uns bewiesen, wie gefährlich sie sein konnten.

Wer steckte dahinter?

Das Wasser rauschte in das Haus. Gewaltige Strahlen, durch hohem Druck aus den Düsen gepresst. Schäumende, lange Arme, die das Feuer und die Glut bekämpften.

Das Dach brannte noch nicht. Wasserstrahlen kippten fontänenartig darauf nieder und nässten es, damit das Feuer weniger Chancen hatte, es zu zerstören.

Auch die Nachbarhäuser wurden mit Wasser bespritzt. Die Männer der Feuerwehr wollten unter allen Umständen ein Ausbreiten des Brandes verhindern.

Bald hatten sie das Feuer unter Kontrolle. Es war daran zu merken, dass die Rauchwolken eine andere Farbe annahmen. Sie waren jetzt nicht mehr so schwarz oder dunkelgrau, sondern wesentlich heller, fast schon weiß.

Keine Gefahr mehr. Nur die verdammte Peep-Show-Bude war hin. Nicht schade darum.

Ich wollte mich schon abwenden, als ich zufällig noch einmal zum Dach hochschaute.

In dem Rauch stand eine Gestalt. Auch Suko hatte sie gesehen. Wie ich starrte er hoch und hielt den Atem an.

Im ersten Augenblick glaubte ich ebenfalls an ein Schattenwesen, aber es war eine Gestalt aus Fleisch und Blut. Sie hatte sich auf dem First aufgebaut, den rechten Arm in die Höhe gereckt, und aus ihrer Faust ragte ein gewaltiges Schwert.

»Shimada!«, hörten wir einen Ruf, dann war die Gestalt verschwunden, und wir schauten uns nur an.

Beide reagierten wir gleich. Und fast hätte ich auch die gleichen Worte gesagt wie Suko.

»Es klang wie ein Schwur«, flüsterte mein Partner.

Ich gab ihm Recht. Aber wer, zum Teufel, war Shimada? Noch wussten wir nichts, aber wir sollten ihn bald kennen lernen. Näher und besser, als es für uns gut war …

Die Umgebung des Waterloo-Bahnhofs konnte man wirklich nicht als feine Gegend bezeichnen. Hier also hatte Sayana gewohnt. In einem Hinterhaus, wie wir wussten. Dabei sahen die Vorderfronten der Bauten schon so aus, als würden sie in den nächsten Tagen abgerissen. Wie musste das Bild erst an der Rückseite sein!

Ich hatte Angst um meinen Bentley, denn einige Typen beobachteten das Fahrzeug mit gierigen Blicken. Als wir ausstiegen, zogen sich die Kerle zurück. Sie alle, die hier lebten, hatten so etwas wie einen siebten Sinn. Die rochen, wenn sich Polizisten näherten, und als solche schienen sie uns eingestuft zu haben.

An einem abgerissenen Haus gingen wir vorbei, liefen über einen schmalen Weg und gelangten an die Rückseite des Hauses, wo die Japanerin ihre Wohnung gehabt hatte.

Dort mussten wir uns erst einmal orientieren. Man konnte die Wohnung auf zwei Wegen erreichen. Über alte Feuerleitern und durch einen normalen Hintereingang.

Im Hof hing Wäsche. Vom Bahnhof her hörten wir das Geräusch der anfahrenden Züge. Kinder schauten uns aus großen Augen an. Die Kleinen waren zumeist dunkelhäutig. Wer hier lebte, war kein Europäer. Meist kamen die Menschen aus den ehemaligen englischen Kolonien.

Im Haus hatte sich die Hitze gestaut. Auf der Treppe, die nach oben führte, hockten zwei Jugendliche und kifften. Weiter oben würfelten drei Männer.

Sie alle schauten uns an.

»Polizei«, sagte ich. »Wo wohnt Miss Sayana?«

Zunächst gaben sie uns keine Antwort. Bis einer der Würfelspieler, ein magerer Schwarzer, in die Höhe wies. »Erste Etage«, sagte er.

»Danke!«

Wir schoben uns an den Typen vorbei. Der säuerliche Schweißgeruch schlug mir auf den Magen.

In einem Flur fanden wir uns wieder. Drei Türen standen zur Auswahl. Wir nahmen die rechte, weil sie mit roter Farbe gestrichen worden war. Das Zeug roch sogar noch.

Natürlich war die Tür verschlossen. In Anbetracht der Lage nahm ich meinen Dietrich und öffneten.

Als wir sie nach innen drückten, wehte uns süßlicher Parfümmief entgegen.

Suko machte den ersten Schritt und blieb, wie vom Donner gerührt, stehen. Der Angreifer schien aus der Luft zu kommen, so schnell war er, und im nächsten Augenblick raste ein Schwert auf meinen Freund zu …

Der Mann mit dem Granitgesicht hatte alles erfahren. Er wusste von dem schrecklichen Mord, und er hatte auch gehört, was mit dem Mädchen geschehen war.

Das interessierte ihn nicht. Eine Stripperin mehr oder weniger, was machte das schon? Für ihn war allein der Umstand interessant, wie die Kleine ihr Leben verloren hatte.

Kein normaler Mord, sondern eine Tötungsart, die schon einem Zerschmelzen glich.

Und das wühlte ihn auf.

Der Mann regierte über ein gewaltiges Imperium. Er war König der Londoner Unterwelt. Ein eiskalter Verbrecher und Killerfürst, der keinen Pardon kannte. Nicht umsonst stand Logan Costello so weit oben. Aber er hatte es nicht nur aus eigener Kraft geschafft, sondern auch Hilfe in Anspruch genommen. Dies von einer Seite, die man mit dem Wort Hölle umschreiben konnte.

Costello hatte mit Dämonen und ihren Helfershelfern paktiert. Jahrelang ging dies gut, bis es einige einschneidende Veränderungen innerhalb der dämonischen Hierarchie gab und sich die Mordliga, Costellos großes Rückgrat, allmählich auflöste.

Damit war auch sein Kontakt zu anderen Wesen stark reduziert worden, und eigentlich war Costello froh darüber, denn er konnte es nicht ab, dass es Wesen gab, die ihm nicht nur überlegen waren, sondern die ihn auch nach ihrer Pfeife tanzen ließen.

So genau hatte es in der Vergangenheit ausgesehen. Nun aber konnte sich Costello mehr um seine eigenen Geschäfte kümmern. Das bedeutete die Kontrolle über den Rauschgiftmarkt, die Prostitution, Glücksspiel, aber auch Dinge, die völlig legal liefen, wie das Baugeschäft in gewissen Sanierungsgebieten. Dort wurden dann mit dem schmutzigen Geld Grundstücke gekauft und die Millionen auf diese Art und Weise reingewaschen.

Logan Costello hatte sich in letzter Zeit stark um diese Geschäfte gekümmert und dämonische Aktivitäten völlig aus den Augen verloren. Nun aber war er durch den Mord an dieser Stripperin wieder daran erinnert worden.

Costello war nicht allein. Wenn es Probleme gab, die beraten werden mussten, holte er sich einen Mann, der in der Organisation eine steile Karriere hinter sich hatte. Auf Mafiakosten hatte er studiert und sein Examen glänzend abgeschlossen.

Jetzt fungierte er als Jurist der »Ehrenwerten Gesellschaft«, und er war gleichzeitig Costellos Anwalt. Sein Name lautete Paul Sorvino.

In Costellos Arbeitszimmer saßen sich die beiden gegenüber. Durch die hohen Fenster sickerte nur wenig Licht. Eine Klimaanlage sorgte stets für eine gleichbleibende Temperatur.

»Kann mir dieser Mord schaden?«, wollte Costello wissen.

Sorvino lächelte mokant. »Ein Mord schadet immer, Logan.«

Costello schüttelte den Kopf. »Das weiß ich auch. Aber man wird nachhaken, das ist es doch. Du weißt selbst, wie die Kleine umgekommen ist. Ich sage dir etwas. Das war kein normaler Mord, da haben andere Kräfte ihre Hände im Spiel gehabt.«

»Und welche?«

Costello lachte auf. »Wenn ich das wüsste. Hast du denn über unsere Spitzel nichts erfahren?«

»Schon. Deine Freunde waren wieder da.«

Sorvino brauchte die Namen erst gar nicht zu sagen, der Mafioso wusste auch so Bescheid. Er stemmte seine Hände gegen die Kante des Schreibtischs und rollte auf dem Stuhl zurück. Dabei schoss ihm das Blut in den Kopf. »Sinclair, nicht wahr?«

»Ja. Und dieser Chinese.«

»Klar, die beiden sind ja wie Zwillinge.« Costello schwitzte plötzlich. Mit einem blauen Tuch wischte er die Stirn ab. Er atmete schneller. »Wenn die beiden mitmischen, ist es klar, dass es sich nicht um einen normalen Mord handelt. Hier haben andere Mächte ihre Finger im Spiel, wobei ich mich frage, aus welchem Grunde es ausgerechnet mich erwischen musste.«

»Soweit bin ich noch nicht.«

Costello winkte ab. »Ich will auch keine Antwort von dir haben. Denk lieber über die Hintergründe nach. War es Zufall, dass es diese Japanerin erwischt hat, oder steckte System dahinter?«

»Ich tippe auf System.«

»Aber damit hatte ich nichts zu tun«, regte sich Costello auf. »Bisher habe ich mit der japanischen Mythologie nichts am Hut gehabt.«

»Gehst du davon aus, dass es sich nur um die eine handeln kann?«

»Möglich.«

»Reichen deine Geschäfte bis Japan?«, erkundigte sich der Anwalt.

Costello runzelte die Stirn. »Es gab da einige lockere Verbindungen zu den japanischen Kollegen, den Yakuza-Leuten.«

»Auch Konkurrenz?«

Costello räusperte sich wütend. »Das müsstest du doch besser wissen«, sagte er. »Wer ist denn so gut über meine Geschäfte informiert? Das bist du doch!«

»Klar, schon. Ich wollte auch nur wissen, ob du privat etwas angeleiert hast.«

»Nein.« Costello zündete sich eine Zigarette an. Er war wütend und sauer. Seine Stirn hatte er in tiefe Falten gelegt. Er regte sich besonders darüber auf, dass er nicht so recht überblicken konnte, wohin die Sache noch führte. Der Mord an dieser Tänzerin gab ihm Rätsel auf, und deswegen eine Verbindung nach Japan zu suchen, erschien ihm ziemlich gewagt.

Wenn auch nicht ausgeschlossen …

Costello seufzte. Er schaute dem grauen Rauch nach und nickte versonnen. »Ich glaube, Paul, wir kriegen Ärger. Irgendwie spüre ich das.«

»Dem Ärger mit den Bullen sind wir bisher immer gut aus dem Weg gegangen«, erwiderte der Anwalt. »Da brauchen wir uns keinerlei Sorgen zu machen.«

»Den meine ich auch nicht«, erklärte Costello. »Ärger mit schwarzmagischen Dingen.«

Sorvino rann eine leichte Gänsehaut über den Rücken, als er seinen Boss so reden hörte. Der Anwalt wusste mittlerweile, dass die schwarze Magie existierte. Er hatte sie allerdings nie akzeptieren wollen. Sie war ihm zu unheimlich, zu undurchsichtig, und er überließ es Logan Costello, gewisse Entscheidungen zu treffen, während er sich lieber mit den realen Dingen befasste.

»Ist das nicht vorbei?«

Costello schüttelte den Kopf. »Wenn du einmal in dem Kreislauf drinsteckst, bist du bis ans Ende aller Tage gefangen. Schließlich hat uns die schwarze Magie auch große Vorteile gebracht, das brauche ich dir ja nicht extra zu sagen.«

»Du hast Recht. Aber wer ist noch übrig von deiner einst so berühmten und berüchtigten Mordliga?«

»Nur Xorron!«

Da lächelte Paul Sorvino spöttisch. »Was willst du mit diesem Monstrum?«

»Ich nichts, aber vielleicht kann er mich schützen, wenn es darauf ankommt.«

»Weißt du, wo er steckt?«

»Nein!« Costello war ehrlich.

Sorvino stemmte sich aus seinem Stuhl hoch. »Dann sehe ich um deinen Schutz Schwarz, mein Lieber.« Er schaute auf seine Uhr. »Du musst mich entschuldigen, aber ich habe Termine.«

Costello winkte ab. »Sicher, sicher. Geh schon, ich halte dich nicht auf.«

»Bis später dann.«

Als ihn der Anwalt verlassen hatte, verfiel Logan Costello in ein nachdenkliches Brüten. Er hatte die Stirn gerunzelt und stützte sein Kinn auf die Hand. Ihm war die Sache nicht geheuer, er ahnte etwas, doch er wusste nicht, aus welcher Richtung es auf ihn zukam. Und das zerrte an seinen Nerven.

Japan!

Immer wieder kam er auf den Namen dieses Landes zurück. Das konnte nicht nur mit dem Tod der Tänzerin zusammenhängen, es musste noch einen anderen Grund haben.

Costello wusste ihn nicht. Noch nicht. Dennoch hatte er die richtigen Ahnungen, denn Shimada hatte ihn bereits aufs Korn genommen …

Mir war es ein Rätsel, wie Suko so schnell reagieren konnte. Jedenfalls schaffte er es, dem sausenden Schwerthieb zu entgehen, und er riss, während er nach unten tauchte, seinen Gegner noch mit um, sodass beide in die Wohnung hineinkatapultiert wurden.

Ich stand noch auf der Schwelle und kam erst jetzt dazu, meine Eindrücke aufzunehmen.

Zwei Gestalten sahen wir uns gegenüber. Beide waren gleich angezogen, sodass sie wie Schatten wirkten. Sie trugen pechschwarze Tücher um ihre Körper gewickelt. Die Tücher bedeckten sogar den Kopf und ließen zudem nur die obere Hälfte des Gesichts frei, sodass die Augen und die Nase zu sehen waren.

In den Händen hielten die Männer Schwerter mit dünnen Klingen, sodass sie schon an überlange Messer erinnerten. Jedesmal, wenn die Schwerter durch die Luft gezogen wurden, vernahm ich ein gefährliches hohes Pfeifen, dessen Nachklang bei mir auf dem Rücken eine Gänsehaut hinterließ.

Ein wirklich widerliches Geräusch, das plötzlich lauter wurde, als der Kerl mit gespreizten Beinen hoch und auf mich zuspringen wollte. Dabei hielt er seine Waffe mit beiden Händen umklammert. Das überlange Messer jagte wieder von oben nach unten und hätte mich bestimmt in zwei Hälften gespalten, wäre es mir nicht gelungen, mich zurück in das Treppenhaus zu wuchten.

Als ich auf den Boden krachte, fuhr das Schwert zum zweiten Mal nieder, und ich musste mich zur Seite rollen, sodass die Klinge neben mir ein Brett aus dem Bodenbelag auffetzte.

Erst jetzt gelang es mir, mich zu wehren. Ich schwang herum und trat mit beiden Beinen zu.

Ein guter Treffer. An der Hüfte erwischte ich meinen Gegner, doch ich hatte das Gefühl, gegen Beton zu treten, so wenig Wirkung zeigte der Stoß.

Aber er geriet aus dem Gleichgewicht und musste zurück. Vor einem lukenartigen Fenster fing er sich und griff sofort wieder an.

Dabei bewegte er nicht nur seine Beine, sondern auch das Schwert. Und wie er das handhabte. Weiterhin mit beiden Händen den Griff umklammernd, zerschnitt die schmale Klinge widerlich pfeifend die Luft. Einmal kam sie von links, dann von der anderen Seite, und sie wurde so schnell geschlagen, dass ich das Gefühl hatte, vor mir zwei Schwertklingen zu sehen.

Gott, wenn das so weiterging, erwischte er mich irgendwann.

Ich kam nicht einmal dazu, meine Beretta zu ziehen, weil ich mich zu sehr auf diese Gestalt konzentrieren musste, und ich glaubte inzwischen auch zu wissen, wen ich vor mir hatte.

Einen Ninja-Kämpfer!

Vor der Treppe drehte ich mich, packte das Geländer und sprang einige Stufen hinab.

Für einen Moment zeigte sich mein Gegner irritiert. Er zögerte mit den nächsten Schlägen. Ich setzte alles auf eine Karte, stemmte mich ab, zog den Kopf ein und rammte ihn in den Magen des Kämpfers.

Ein Volltreffer!

Er flog zurück. Auch ich stolperte vor, und als ich mich wieder gefangen hatte, befand er sich bereits in der Wohnung.

Da zog ich die Beretta.

Irgendwie musste er spüren, dass dieses schwarze Ding in meiner Hand nicht so harmlos war, wie es aussah, denn er flog zur Seite und verschwand, noch bevor ich abdrücken konnte, in einem Raum, den ich erst nach den nächsten Schritten einsah.

Ich entdeckte ihn am Fenster.

Aus einem anderen Zimmer hörte ich Kampfgeräusche. Dort schlug sich mein Freund Suko mit dem zweiten herum.

Hoffentlich packte er ihn.

Dann feuerte ich.

Diesmal entging er mir nicht. Ich hatte ihn nicht töten wollen, sondern auf sein Bein gezielt. Die Kugel traf ihn in den linken Oberschenkel.

Er klang grunzend und ächzend. Aber ich hatte den Schwarzen nicht ausgeschaltet, das merkte ich sehr schnell, denn er katapultierte sich rückwärts aus dem Fenster.

Als die Scheibe klirrte, befand ich mich bereits in Bewegung. Doch ich musste erkennen, dass ich zu spät kam. Mit wehender Montur verschwand er, auch mein silbernes Geschoss hatte ihn nicht stoppen können.

Um lange Überlegungen anstellen zu können, hatte ich nicht die Zeit. Ich wollte ihn haben, ihn stoppen, denn er stellte eine Gefahr dar.

Deshalb nahm ich die Verfolgung auf. Keine Sekunde zögerte ich, war mit wenigen Schritten am Fenster und riss es auf, weil ich nicht von den noch steckenden Scherbenspitzen aufgespießt werden wollte.

Normalerweise hätte ein Mensch in die Tiefe fallen müssen. Nicht so dieser Ninja-Kämpfer. Ihm war es gelungen, eine Feuerleiter zu packen, und die hetzte er nach oben.

Die Hälfte der Distanz zum Dach hin hatte er bereits zurückgelegt. Ich schaute ihm nach und sah ihn seltsam humpeln. Meine Kugel musste ihm doch mehr Ärger bereiten, als er zugeben wollte. Das linke Bein zog er immer ein wenig nach.

Ich drückte mich aus der Öffnung, drehte mich und nahm sofort die Verfolgung auf.

Seine Schritte hämmerten auf die Metallsprossen. Die Leiter

wankte und ächzte. Sie knirschte in der Verankerung, wobei ich hoffte, dass sie mein Gewicht auch noch halten würde, denn ich wollte den gleichen Weg nehmen.

Gnadenlos stach die Sonne vom Himmel. In London herrschten Temperaturen wie sonst nur in Miami.

Ein Wetter zum Faulenzen, aber nicht zum Kämpfen. Leider nehmen Dämonen darauf keine Rücksicht. Ob Sonne oder Schnee, sie gingen stets ihren Aktivitäten nach.

Ich jagte die schwankende Rostleiter hoch. Von der Straße her hatte ich gar nicht gesehen, dass dieses Haus ein Flachdach hatte, wo die Leiter auch endete, nur unterbrochen von den schmalen Plattformen. Der Ninja wurde langsamer. Er zog sein Bein immer stärker nach, sodass ich aufholen konnte.

Allmählich fühlte ich mich besser. Noch war nichts entschieden, aber ich glaubte inzwischen, dass ich ihn packen konnte. Wenn hin und wieder der Wind über die Hauswand strich, erfasste er auch die Kleidung des Kämpfers und ließ sie flattern.

Plötzlich blieb er stehen.

Damit hatte ich nicht gerechnet. Ich sah, wie der den Kopf drehte und zu mir hinabschaute.

Hatte er blaue Augen?

Mir schien es so. Dann aber wurde ich von einer anderen Sache abgelenkt, mit der ich nicht gerechnet hatte.

Der Ninja über mir schüttelte sich, und einen Augenblick später fiel mir etwas entgegen.

Es war ein Bein!

Für einen Moment war ich völlig sprachlos. Das Bein raste nach unten. Es hätte mich getroffen und vielleicht von der Leiter gerissen, doch ich drehte mich, während ich mich gleichzeitig festhielt, sodass ich mit dem Rücken gegen die Hauswand prallte.

Dicht vor meinen Augen tickte das Bein auf eine Stufe. Für einen Moment konnte ich es genau erkennen.

Schwarzes, wie verbrannt wirkendes Fleisch. Ich schüttelte mich, dann war das Bein verschwunden. Den Schreck musste ich verdauen und konnte mich erst später an die Verfolgung machen, denn der Ninja dachte nicht daran, aufzugeben. Auch mit nur einem Bein versuchte er, mir zu entkommen.

Er kletterte weiter. Diesmal allerdings nicht so schnell. Durch den Verlust seines Beines war er schwer gehandicapt, und er musste hüpfend die Leiter in die Höhe steigen.

Ich holte auf.

Dennoch schaffte ich es nicht, ihn noch vor Erreichen des Dachrandes zu packen. Als ich die letzte Stufe mit meinen Händen greifen konnte, gelang es ihm, sich über die Kante zu drehen und auf das Dach zu legen.

Ich beeilte mich – aber ich musste auch damit rechnen, dass er an der Dachkante lauerte und mir den Schädel abschlagen würde, wenn ich mich zeigte.

Deshalb war ich sehr vorsichtig.

Vielleicht warnte mich das Pfeifen, wenn er ausgeholt hatte, doch nichts dergleichen geschah.

Ich konnte über den Rand schauen und sah ihn ein paar Schritte von mir entfernt.

Er hatte leichte Schwierigkeiten und hüpfte weiter, wobei er Deckung zwischen den Schornsteinen suchte, die in unregelmäßigen Abständen auf dem Dach verteilt standen.

An ihnen waren Fernsehantennen befestigt, und ich sah auch die Umrisse einiger Luken, die man von innen hochdrücken musste.

Der Ninja war trotz seines Handicaps schneller. Er hatte es geschafft, in der Lücke zwischen zwei Schornsteinen einen Platz zu finden. Dort wollte er auf mich warten.

Mit einer zweiten Kugel konnte ich ihn nicht erwischen. Er hatte sich mittlerweile meinen Blicken entzogen, aber ich wusste Bescheid. Mit schussbereiter Beretta näherte ich mich seinem Standort. Ich duckte mich und schlug einen Zickzackkurs ein.

Noch immer hatte ich den Anblick nicht verkraftet, als er mir das Bein zugeworfen hatte. Das war nahezu unfassbar und unbegreiflich, so etwas ging einfach nicht in meinen Schädel hinein. Da schleuderte jemand sein Bein fort, das er kurzerhand abgerissen hatte, weil es ihn störte. So jedenfalls sah ich es.

Auch ich hatte jetzt einen Schornstein erreicht. Es war nicht derselbe, hinter dem mein Gegner steckte, sondern einer, der im rechten Winkel dazu stand.

Ich schaute mir meine nähere Umgebung an und sah etwas auf dem Dach liegen, das es normalerweise nicht geben durfte und völlig gegen die Vorschriften stieß.

Ein dickes, zerschnittenes und vorn blankes Kabel!

Hastig zog ich meinen Fuß zurück. Ich hatte keine Ahnung davon, ob es angeschlossen war, rechnete jedoch mit dem Schlimmsten.

Zunächst einmal musste ich mit dem Ninja rechnen.

Ich hörte ihn.

Obwohl er versuchte, möglichst lautlos aufzutreten, war das bei ihm nicht möglich. Dafür lag zu viel Dreck auf dem Dach. Unter seinen Schritten wurde er zerrieben.

Auch ich ging zurück. Neben mir lag noch immer das Kabel, und mich durchzuckte ein wahnsinniger Gedanke. Wenn es tatsächlich Strom führte, konnte ich die blanken Stellen vielleicht gegen den Körper des Ninja pressen oder auch die Schwertklinge erwischen, die sicherlich einen guten Leiter darstellte.

Falls er angriff …

Und plötzlich war er da! Damit hatte ich nicht gerechnet. Auch ohne sein linkes Bein war er verdammt schnell. Er hatte sich vor mir aufgebaut, behielt auf einem Bein das Gleichgewicht und riss das Schwert in die Höhe, um sofort wieder zuschlagen zu können.

Die Klinge wurde zu einem flirrenden Reflex.

Ich sprang zurück.

Noch traf sie mich nicht, aber ich riss das auf dem Boden liegende Kabel hoch, während ich mit dem Rücken gegen einen Schornstein prallte und das Kabel, mit dem blanken Ende voran, auf meinen Gegner zuschleuderte.

Hätte er noch beide Beine gehabt, wäre es ihm vielleicht gelungen, auszuweichen. So aber hatte er Pech. Das Kabel führte Strom, und das blanke Ende traf sein Schwert.

Ich hörte ein Zischen, ein Knattern und sah eine Funkenspur

in die Höhe fliegen. Es roch plötzlich seltsam, und ein bläuliches Licht umtanzte Gestalt und Waffe.

Nicht ein Schrei erklang, aber es hatte den Ninja in seiner schwarzen Kluft voll erwischt, denn er brach vor meinen Augen zusammen. Ich schaute zu, trat danach vorsichtig das Kabel zur Seite und bückte mich, um den Mann zu untersuchen.

Ich wusste nicht, ob ich es schon zuvor mit einem Untoten zu tun gehabt hatte, jetzt jedenfalls war nicht mehr viel zu erkennen. Der Strom hatte ihn voll erwischt. Aus den Löchern seiner Kleidung quoll Rauch, abgegeben von einem verbrannten und allmählich vergehenden Körper. Mit fünf Fingern fetzte ich ihm den unteren Gesichtsschutz nach unten und konnte in sein Gesicht schauen.

Es war kein Gesicht mehr, nur eine schwarze, zusammengezogene, widerliche Fläche.

Ich schüttelte mich.

Als ich meine Faust in seine Schulter drückte, knisterte es unter der Hand, als hätte ich in Blätterteig gestoßen. Das schmale, blanke Schwert war leicht gekrümmt. Die Klinge schimmerte bläulich, und sie schien mir an der Spitze etwas geschmolzen zu sein.

Ich schluckte, da ich die toten Augenhöhlen entdeckte. Da war nichts mehr in ihnen. Der blaue Blick war verschwunden. Vor mir lag tatsächlich nur noch eine Hülle.

Erst jetzt erfolgte bei mir die Reaktion. Ich fühlte mich ziemlich wacklig auf den Beinen, denn sehr leicht hätte der Kampf auch zu meinen Ungunsten ausgehen können.

Etwas zitternd schritt ich vor bis zum Dachrand. Dort blieb ich stehen und atmete ein paarmal durch. Im Hof hatten sich Menschen versammelt, die zum Dach hochstarrten. Ihnen musste das Bein des Ninja direkt vor die Füße gefallen sein.

Ich schauderte. Trotz der Hitze kroch über meinen Rücken ein Kälteschauer.

Plötzlich fiel mir Suko ein. Von ihm hatte ich noch nichts gesehen und gehört.

Einen Schritt musste ich nach rechts gehen, um das Ende der

Feuerleiter zu erreichen. Sie hatte den Hinweg überstanden und würde den Rückmarsch hoffentlich ebenfalls aushalten.

Ich drehte mich, betrat die Leiter, hielt mich an den Rändern fest und kletterte nach unten. Dabei schwankte und knirschte die Treppe. Zwei Plattformen musste ich überwinden, um das Fenster zu erreichen, durch das ich ausgestiegen war.

Ich warf einen Blick in den Raum und sah die Gestalt meines Freundes. Suko stand aufrecht, aber er hielt sich die linke Schulter und schien verletzt zu sein.

Rasch tauchte ich in das Zimmer.

Suko grinste. »Hast du ihn erwischt?«, fragte er.

»Ja. Und du?«

»Wir haben uns beide erwischt.« Suko schüttelte den Kopf. »War eine verflucht harte Sache. Wie hast du es geschafft?«

»Durch Strom!«

»Was?«

Ich ließ mich auf einen Stuhl fallen, während Suko stehen blieb, die Hand von der Schulter nahm und sich seine Wunde betrachtete. Es war zum Glück nur ein fingerbreiter roter Streifen, mehr nicht. Er würde daran schon nicht sterben.

Dann berichtete er. »Wir haben fast die gesamte Bude zertrümmert.« Er schüttelte den Kopf. »So etwas habe ich auch noch nicht erlebt oder wenigstens sehr selten, ehrlich, John.«

»Und wie hast du ihn geschafft?«

»Komm mit!«

Ich stand auf und folgte meinem Freund, der das Zimmer verließ. Er wandte sich dem zweiten Raum zu. Es war ein Schlafzimmer. Dort herrschte in der Tat das Chaos. Nichts stand mehr auf seinem Platz. Bücher waren von einem Regal gefallen, zerbrochene Töpfe, ein von Schwerthieben zerfetzter Holzschrank, zerrissene Kleidung, all das bekam ich zu sehen und noch mehr.

Der Ninja lag auf dem Rücken. In seiner Kehle steckte das schmale Schwert. Wahrscheinlich war die Spitze bis in den Boden gedrungen, hatte sich dort festgeklemmt. Der Waffengriff zitterte ein wenig nach.

»Du?«, fragte ich Suko. »Oder er selbst?«

»Nein, ich. Es gelang mir, ihm die Waffe zu entreißen.«

Aus großen Augen schaute ich meinen Freund an. »Wie hast du das denn fertiggebracht?«

»Kann ich dir im Nachhinein auch nicht sagen. Jedenfalls bin ich froh, dass es mich nicht erwischt hat.«

»Da sagst du was.« Während dieser Worte untersuchte ich die Leiche näher und fand die gleichen Anzeichen wie bei meinem Gegner auf dem Dach.

Sein völlig trockener Körper knisterte wie Blätterteig zusammen, als ich Druck ausübte.

»Was kann das sein?«, fragte ich beim Aufstehen.

»Ein Ninja.«

»Ist mir inzwischen auch klar geworden. Nur, was wissen wir eigentlich über Ninjas?«

Die Frage galt meinem Freund Suko, und er fühlte sich auch verpflichtet, eine Antwort zu geben. »Das alles genau zu erklären, würde zu lange dauern. Ich will hier nicht großartig auf die Traditionen eingehen. Nur so viel sei gesagt. Die Ninjas waren, wie auch die Samurais, nicht schlecht, sondern standen auf der Seite des Rechts, auch wenn es einige dunkle Schafe unter ihnen gab: die schwarzen Ninjas, die sich im Gegensatz zu den normalen nicht weiß, sondern schwarz kleideten. Die Ninjas tragen ihre Schwerter normalerweise auf dem Rücken. Jacken fallen darüber. Tücher bedecken die Gesichter, sodass nur die Augen freigelassen werden. So in Japan. Auf den Philippinen ist es anders. Da sind die Ninjas mit Pfeil und Bogen ausgerüstet, aber hier, John, haben wir es mit japanischen Ninjas zu tun.«

»Gibts die eigentlich noch?«

Suko wiegte den Kopf, bevor er die Antwort gab. »Man munkelt so etwas. Offiziell existieren sie gar nicht mehr. Sie sind ausgestorben, aber wie es in Japan so üblich ist, kann man die Traditionen nicht so leicht abschaffen. Das kenne ich auch aus meiner Heimat. Auch heute soll es noch Ninja-Kämpfer geben. Man könnte auch Killer sagen, denn sie arbeiten manchmal als Privat-Mörder für Konzerne oder mächtige Familien. Normalerweise gehen sie guten Berufen nach. Sie sind Ärzte, Lehrer, fast alle Akademiker, denn sie müssen auch den Background des Ninja-Kampfes begreifen, der ja eigentlich friedlich ist.« Suko räusperte sich. »Reicht das, Herr Schüler?«

»Für den Anfang.«

»Eins steht fest«, fuhr Suko fort. »Wenn wir es mit Ninja-Kämpfern zu tun kriegen, können wir uns warm anziehen.«

»Und das bei der Hitze«, stöhnte ich.

»Wobei sich die Frage stellt, welche Rolle dieser Shimada dabei spielt.«

»Vielleicht ist er so eine Art Oberninja.«

»Möglich.«

Ich schielte auf Sukos Wunde. Er hatte sie inzwischen mit einem Taschentuch notdürftig verbunden. Auf dem hellen Stoff zeichneten sich rote Flecken ab. »Jetzt möchte ich mir nur noch den Ahnenkalender ansehen«, sagte ich.

Suko deutete auf die Wand. »Er hat den Kampf heil überstanden. Ein kleines Wunder, würde ich sagen.«

Beide schauten wir uns die Tafel an. Sie war ein kleines Kunstwerk. Aus Elfenbein geschnitzt. Sie hatte kaum Ähnlichkeit mit einer normalen Ahnentafel, wie ich sie kannte.

Zwei Gesichter fielen mir besonders auf. Breitflächig waren sie, gleichzeitig fremd. Ich hatte sie schon früher auf Abbildungen gesehen und wusste, dass es sich bei ihnen um die Gesichter der beiden japanischen Urgötter handelte.

Izagani und Izanami!

Von diesen beiden stammten Legionen von Göttergeschlechtern ab, und der Tenno von Japan wurde ja heute noch von zahlreichen Menschen seines Landes als Gott verehrt oder ihm gleichgestellt.

»Nimm ihn doch mal ab!«, forderte Suko mich auf.

Das tat ich auch. Der kleine Altar hing an einem Haken. Ich hob ihn ab und drehte ihn um.

Da hatten wir ja die Ahnentafel. In sehr kleiner Schrift waren zahlreiche Namen in die Rückseite hineingeschnitzt worden. Sie sagten mir nichts und auch Suko nicht. Als letzten Namen lasen wir den des getöteten Mädchens.

Sayana!

»Sie war der letzte Spross dieser Familie«, meinte Suko.

»Und weshalb musste sie sterben?«

Mein Freund atmete prustend aus. »Du stellst heute verdammt haarige Fragen. Wenn sie tatsächlich aus einer traditionsreichen Familie stammt, ist es natürlich eine Schande, wie sie ihren Lebensunterhalt verdient hat, wenn man das mal so sagen darf. Man wird sie bestraft haben.«

»Dann muss sie etwas Besonderes gewesen sein. Eine Auserwählte, ohne dass sie es wusste.«

»Kann sein.«

Wenn ich mir die Sachlage so betrachtete, waren wir ebenso schlau wie zuvor. Wir hatten ja eigentlich damit gerechnet, Logan Costello mit diesem Fall in Verbindung bringen zu können. Dies schien doch nicht so zu sein, wahrscheinlich mussten wir an einer völlig entgegengesetzten Stelle suchen.

»Kannst du dir vorstellen, Suko, dass es Ninjas auch in London gibt?«

»Jetzt ja.«

»Und die müssten wir finden!«

»Lebende oder untote Ninjas?«

Ich winkte ab. »Hör auf. Mir reichen die Untoten.«

Vom Flur her hörten wir Lärm. Schwere Schritte polterten die Treppe hoch. Bereits an den Geräuschen erkannte ich, dass es sich dabei um Polizisten handelte.

Es waren tatsächlich die uniformierten Kollegen, die in die Wohnung stürmten. Suko und ich hielten ihnen unsere Ausweise bereits entgegen, sodass es nicht erst zu irgendwelchen Missverständnissen kommen konnte. Die beiden Beamten starrten auf den Toten. Ihre Gesichter waren blass geworden. Sie hatten das aus dem Hals ragende Schwert gesehen und schüttelten sich.

»Was ist das?«

Wir hoben die Schultern. »Kein normaler Mensch jedenfalls«, erwiderte ich.

»Und im Hof liegt ein verbranntes Bein«, wurde uns berichtet.

»Das wissen wir.«

Die beiden gaben keine Antwort mehr. Ich ordnete an, dass

sie bei dem Toten bleiben sollten, und machte mich auf die Suche nach dem Telefon, während Suko zum Bentley ging, weil er sich mit Pflaster und Verband aus der Autoapotheke verbinden wollte.

Es war nicht schwer, ein Telefon zu finden. In einer verdreckten Küche, eine Etage tiefer, entdeckte ich schließlich einen schwarzen Apparat. Ich rief unsere Mordkommission an und verlangte nur die Abtransportspezialisten.

Im Hof umstanden die Neugierigen das Bein. Manche hatten sich schon an das Bild gewöhnt, andere wiederum, die neu hinzukamen, zuckten zusammen, als sie es sahen.

Es war wirklich ein Anblick zum Fürchten. Ich verschaffte mir Bahn, drückte gegen die Wade und hörte wieder das gleiche Knistern wie schon zuvor.

Da war einiges unbegreiflich, und wir würden uns sehr anstrengen müssen, um Spuren zu finden, die auf diese geheimnisvollen Ninjas und auch auf Shimada hinwiesen.

Ihn durften wir auf keinen Fall vergessen. Er schien hinter allem zu stehen und den Einsatz zu leiten.

Zwangsläufig dachte ich an Tokata und daran, welche Mühe wir mit dem Samurai des Satans gehabt hatten. Wir selbst hatten ihn nicht einmal erledigt. Das war dem Goldenen Samurai vorbehalten, einem seiner Urfeinde.

Er hatte Tokata gezwungen, Harakiri zu begehen, und schlug ihm anschließend den Schädel ab.

Die Spuren dieses Falles wiesen auch auf die japanische Mythologie hin, und es war durchaus möglich, dass wir unter Umständen alte Bekannte wiedertrafen.

Vielleicht sogar den Goldenen oder Susanoo, einen ebenfalls gefährlichen Dämon, den ich noch in sehr unangenehmer Erinnerung hatte. Wir hatten einige Pluspunkte im Kampf gegen die Wesen gewonnen, die aus der japanischen Mythologie stammten, aber als große Sieger hatten wir uns nie bezeichnen können, dazu waren die anderen zu mächtig.

Ich ging wieder zurück in die Wohnung der Ermordeten. Dort fand ich Suko. Er hatte seine Schulterwunde verbunden und durchsuchte gemeinsam mit den beiden Polizisten die Räume.

»Wir müssen doch was finden!«, schimpfte er.

Nein, wir fanden nichts. Keinen Hinweis, nicht die Spur eines Mordmotivs, sodass uns nur die Ahnentafel blieb.

Ich überflog sie noch einmal.

Mir sagten die Namen nichts. Alles fremde Götter, aber ich hatte noch eine Hoffnung.

Und die trug auch einen Namen.

Dr. Ganasaro! Ein Professor für japanische Geschichte, der an der hiesigen Uni lehrte. Wenn alle Stricke rissen, mussten wir ihn einspannen, denn er hatte es tatsächlich geschafft, Sukos Freundin Shao den Klauen des Dämons Susanoo zu entreißen, durch eine Beschwörung, die man wirklich als einmalig bezeichnen konnte.

Die Ahnentafel nahmen wir mit, als wir das Haus verließen. Unsere Kollegen waren inzwischen eingetroffen. Ich gab ihnen noch einige Informationen, und wir tigerten zu meinem Bentley zurück.

Das Wageninnere hatte sich mittlererweile aufgeheizt. Eine Klimanalage gab es im Bentley leider nicht. Kaum hatten wir Platz genommen, als uns der Schweiß ausbrach und Suko wie immer in solchen Fällen nach seinem Motorrad verlangte.

»Das erfrischt jetzt.«

»Oder willst du zu Fuß gehen?«, fragte ich ihn.

»Fahr schon«, meinte er und schwieg, als der Wagen langsam anrollte. Bevor wir versuchten, weiterhin aktiv zu werden, wollten wir erst einmal mir Sir James Rücksprache halten.

Logan Costello spürte eine seltsame Unruhe. Der Mord an dieser kleinen Tänzerin passte ihm überhaupt nicht ins Konzept. Das Mädchen war ihm egal, aber er wurde das untrügliche Gefühl nicht los, dass dieser Mord der Beginn einer ganzen Kette schrecklicher Ereignisse war.

Wem hatte er auf die Füße getreten?

Costello wusste es nicht. Er konnte nur die Schultern zucken. Für ihn gab es nichts, was auf ein Motiv hingedeutet hätte. Vielleicht war es eine Rache aus alter Zeit, als es die Mordliga noch gab und er mit ihr paktiert hatte. Möglicherweise war er da jemandem auf die Zehen getreten, der jetzt zurückschlug.

Mit Lady X hatte er sich nie gut verstanden, aber die gab es jetzt nicht mehr. Sie konnte ihm also nicht mehr an den Kragen. Nein, da musste ein anderer Grund vorliegen.

Wieder dachte er an die japanische Mafia, die Yakuza. Hatte sie ihre Killer geschickt, um einen Menschen zu beseitigen, der ihr unliebsam geworden war?

Diese Dinge, die Costello auch praktizierte, waren einfach nicht von der Hand zu weisen. Er beschloss, seine Gedankengänge darauf zu konzentrieren, obwohl ein sehr ungutes Gefühl bei ihm zurückblieb, denn er hatte nicht vergessen, auf welche Weise die Stripperin ums Leben gekommen war.

Es war kein normaler Mord gewesen. Keine schnelle Kugel oder ein heimtückischer Messerstich, sondern ein spektakuläres Verbrechen, das Aufsehen erregt hatte, denn auch Sinclair und sein Kollege Suko mischten bereits mit.

Und da hakten die Gedanken des Mafioso ein. Er lehnte sich auf seinem Stuhl zurück, kippte ihn, indem er einen Hebel verstellte, und dachte in dieser liegenden Lage nach.

John Sinclair und den Chinesen bezeichnete er als seine Erzfeinde. Sie waren ihm auf der Spur, aber es hatte ihnen immer an den nötigen Beweisen gefehlt, um Costello hinter Gitter zu bringen. Zudem waren sie von den Mächtigen der Finsternis so stark beschäftigt worden, dass sie an Costello kaum noch dachten. Nur hin und wieder gerieten sie aneinander, und da hatte Costello bisher immer gut ausgesehen.

Sinclair kümmerte sich um den Fall. Er würde hart einsteigen, da kannte ihn Costello gut genug. Und vielleicht gelang es dem Geisterjäger, den Fall zu lösen. Und damit würde er Costello einige Sorgen von der Seele nehmen.

Er grinste, als er daran dachte. Wirklich keine schlechte Idee, wie er fand. Wenn Sinclair …

Plötzlich stockten seine Gedanken. Er hatte ein Geräusch gehört, das überhaupt nicht hierher passte.

Costello wollte hoch, denn er fühlte sich im Liegen so hilflos, als er bereits den Schatten sah, der plötzlich neben ihm erschien.

Ein Fremder in seinem Arbeitsraum!

Logan Costello, der bewacht war wie ein Kaiser, spürte einen Stich in Höhe des Herzens. Das war wirklich ein Hammer, das hatte nicht sein dürfen, aber dem Fremden war es tatsächlich gelungen, alle Wachen und Sicherheitsvorkehrungen zu überwinden und in sein Haus einzudringen. Sogar bis ins Zentrum war er gelangt und stand nun neben ihm.

Costello erstarrte. Er schrie nicht, er atmete kaum, sondern versuchte, seinen Herzschlag unter Kontrolle zu halten. Nur nicht so heftig aufregen, das war seine Devise. Nur keine große Angst zeigen, der andere würde sie ausnutzen.

Costello schielte zur Seite. Viel sah er nicht. Nur eben diesen hohen dunklen Schatten, der sich ein wenig vorneigte. Dabei geriet etwas in Costellos Blickfeld, was zunächst wie ein langer Stab aussah, sich dann aber klarer hervorkristallisierte und von Costello auch identifiziert werden konnte.

Es war ein Schwert.

Dünn die Klinge, dabei leicht gebogen und an beiden Seiten messerscharf geschliffen.

Das Schwert erreichte seinen Körper. Es legte sich auf seine Brust, wurde etwas bewegt und kroch wie eine Schlange aus Metall auf die Kehle des Mafioso zu.

Costello bekam es mit der Angst zu tun. Er gebot über ein Heer von Killern, hatte sich mit dämonischen Existenzen arrangiert und vor diesen Wesen nie so eine große Angst gehabt wie in diesen Augenblicken, als das Schwert über seine Brust kroch.

Es war gekantet worden, sodass eine scharfe Seite auf seiner Kleidung lag und sie zerschnitt, als bestünde sie nur aus dünnem Papier. Bis zur Haut drang die Klinge durch, wurde noch weiter hochgeschoben, und Costello spürte den Schmerz, als sie leicht in die Haut einschnitt.

Er wunderte sich, dass er nicht stöhnte. Wahrscheinlich war es die Angst, die ihn förmlich lähmte.

Und die Spitze kroch höher. Costello, dem der Schweiß von der Stirn her in die Augen rann, verdrehte die Pupillen und schaute nach unten. Er schielte und stierte auf das Metall. Seine

Farbe schimmerte in einer Mischung zwischen Silber und Hellblau. Eine seltsame Zusammensetzung, aber darüber dachte der Mafioso nicht nach. Er hatte nur Angst um sein Leben.

Die Klinge kroch höher. Sie näherte sich immer mehr seiner Kehle, bis sie ihr Ziel erreicht hatte.

Ein leichter Riss direkt unter dem Adamsapfel, und der Mann spürte auch sofort die Nässe des austretenden Bluts. Eine kleine rote Perle rann an seiner Haut entlang nach unten.

Die Klinge stoppte. Weiterhin berührte die Spitze seine Kehle. Der Fremde, der das Schwert in der Hand hielt, sagte nichts. Seine Waffe ersetzte die Worte.

Sekunden vergingen.

Costello atmete durch den offenen Mund. Er hatte den Blick wieder gedreht und schaute zum Fenster hin, wo das Rollo vor der Scheibe hing und das Licht nur in Streifen hindurchfallen konnte, sodass die Dämmerung des Raumes gewahrt blieb.

Und diese Schattenwelt hatte der Eindringling ausgenutzt, sonst hätte Costello ihn längst bemerkt. Zudem verstand es der andere, sich lautlos zu bewegen, oder er war aus dem Nichts erschienen und hatte sich kurzerhand materialisiert. Costello hatte lange genug mit Dämonen paktiert, um zu wissen, dass es so etwas gab, aber er hütete sich, irgendwelche Fragen zu stellen, sondern blieb still und ruhig liegen.

Dann sprach der andere. Zum ersten Mal hörte der Mafioso seine Stimme. Sie klang dumpf, grollend, war nur schwer zu verstehen, und Costello musste schon genau zuhören.

»Beweg dich nicht, sonst bist du tot!«

Costello gab keine Antwort. Er konzentrierte sich auf den Eindringling und auch auf seine Schmerzen, die wellenartig über die gesamte Brust liefen und sich mit der Nässe des Blutes zu vermischen schienen. Auf dem hellen Hemd hatte sich eine rote Knopfleiste gebildet.

»Du bist Costello?«

»Ja.«

»Und du hast einmal einen guten Draht zur Mordliga gehabt. Stimmt das?«

»Es stimmt.« Die Stimme des Mafioso klang krächzend.

Selten in seinem Leben hatte er sich so schlecht gefühlt wie in diesen Augenblicken.

»Du kanntest also alle. Angefangen bei Dr. Tod, über Lady X, Lupina, Vampiro-del-mar, Tokata und auch Xorron.«

»Du hast Recht«, hauchte Costello.

»Ja, alle kanntest du. Die meisten sind tot, wie ich hörte, aber noch leben welche …«

»Ich weiß nicht …«

Diese Antwort schien dem Eindringling nicht zu gefallen, denn er stieß ein fauchendes Geräusch aus. »Natürlich weißt du es, und ich weiß es auch. Mir ist nur nicht bekannt, wo sie sich aufhalten, denn mir geht es um einen, um Xorron!«

Fast wäre der Mafioso zusammengezuckt. Im letzten Augenblick konnte er sich noch beherrschen.

Xorron!, hatte der andere gesagt. Dann wollte er nichts von ihm, sondern nur etwas über Xorron wissen. Costello konnte den Stein förmlich poltern hören, der ihm vom Herzen fiel.

»Du hast mich verstanden?«, wurde er angesprochen.

»Ja.«

»Und du kennst Xorron auch?«

»Ich – ich – habe ihn schon öfter gesehen, und er hat mir auch manchen Gefallen getan.«

Der Unbekannte stieß ein Lachen aus. »Ich freue mich für dich, dass du ehrlich bist.«

Costello leistete sich ein Lachen, auf das der andere nicht reagierte. Er redete weiter. »Da du einen guten Draht zu Xorron hast, wirst du mir einen kleinen Gefallen tun.«

»Was?«, ächzte Costello.

»Du wirst ihn holen!«

»Xorron?«

»Wen sonst?«

Wäre Costello dazu in der Lage gewesen, er hätte den Kopf geschüttelt. So aber blieb er still liegen und dachte: Der ist verrückt, der will Xorron …

»Ich merke genau, mit welchen Gedanken du dich beschäftigst«, sprach der Eindringling weiter. »Aber glaube mir, du wirst es tun, wenn dir dein Leben lieb ist.«

Costello war nicht umsonst an die Spitze der Londoner Unterwelt gelangt. Er hatte nicht nur einen brutalen Charakter, sondern auch einen messerscharfen Verstand. Und dieser wiederum sagte ihm, dass der Unbekannte – mochte er auch noch so mächtig sein – etwas von ihm wollte, das er selbst nicht bekommen konnte, und deshalb Costellos Hilfe benötigte. Er würde ihn also am Leben lassen.

»Wer bist du?«, fragte der Mafioso, nachdem er sich zweimal geräuspert hatte.

»Mein Name ist Shimada. Merke ihn dir gut. Shimada, die lebende Legende. Ich bringe Unheil, ich bringe den Tod, wenn ich will. Und ich will töten. Er steht auf meiner Liste. Sein Name ist Xorron. Du wirst mir dabei helfen. Du hast selber zugegeben, dass du ihn kennst. Nimm Kontakt auf und hole ihn her. Bring mir Xorron. Aber beeil dich, denn ich will kein Jahr warten ...«

Es waren die letzten Worte, die Shimada gesprochen hatte. Logan Costello bemerkte noch eine huschende Bewegung und wälzte sich schwerfällig auf die Seite.

Shimada war verschwunden!

Zunächst hielt Logan Costello das Ganze für einen bösen Traum. Bis er nach unten schaute und das Blut sah, das aus seiner Brustwunde tropfte und bereits kleine Lachen auf dem Leder des Sessels gebildet hatte. Es war weiches Leder, vom Känguru. Der Sessel war sehr teuer gewesen, aber daran dachte Costello nicht, als er sich aufrichtete und mit wankenden Schritten auf die kleine Hausbar zuging, die immer griffbereit stand. Er trank gern Wein. Die Flaschen befanden sich in einem gut temperierten Kühlschrank, doch in diesem Falle brauchte er einen kräftigen Schnaps. In einer Karaffe schimmerte der Whisky, und Costello schenkte drei Fingerbreit in sein Glas.

Er leerte es mit zwei Schlucken, stellte das Glas zur Seite und schaute dabei an seiner Brust herab.

Ein roter Blutstreifen zog sich vom Hals her über seinen Bauchnabel hinweg. Und er verstärkte sich noch, denn aus dem Streifen quoll weiterhin der rote Lebenssaft.

Costello ballte die Hände. In seinen hart geschnittenen Gesichtszügen zuckte es. Die Augen erinnerten an graue Steine. Dann schleuderte er das leer Glas mit einem Wutschrei auf den Boden. Es zerbrach nicht, der Teppich war zu dick.

In seiner eigenen Burg war er überfallen worden. Es war bewacht wie ein Staatsschatz, und trotzdem war es seinem Gegner gelungen, hier einzudringen.

Unmöglich!, hatte er immer gedacht. Das Gegenteil war ihm bewiesen worden. Wie mächtig musste dieser Shimada sein, um so etwas bewerkstelligen zu können.

Costello schüttelte den Kopf. Ihm war längst klar geworden, dass er gegen ihn nicht ankam. Er hatte ihn nicht einmal richtig gesehen, nur – wenn er näher darüber nachdachte, war ihm ein schwaches bläuliches Leuchten aufgefallen, das im Zimmer lag.

Erklären konnte er es nicht, es musste aber mit diesem geheimnisvollen Shimada zusammenhängen.

Der wollte Xorron!

Zwei Dämonen, zwei Monster, zwei Legenden, die sich bekämpfen wollten, und Costello sollte sie zusammenführen.

Als er daran dachte, brach ihm der Schweiß aus, denn wie leicht konnte er zwischen diesen Steinen zerrieben werden …

Im Büro erwartete uns die nächste Überraschung. Zwei sehr nette Frauen saßen dort zusammen und tranken gemeinsam Kaffee.

Glenda und Shao!

»Ihr habt euch aber Zeit gelassen«, empfing uns die schwarzhaarige Glenda und stand auf.

»Es ging nicht anders«, antwortete ich, während Suko zu seiner Freundin Shao ging, die einen erschreckten Ruf ausstieß, als sie dessen Wunde sah.

»Was ist passiert?«

»Nur ein kleiner Kratzer«, schwächte der Chinese ab.

»Wirklich?«

»Ja.« Suko drückte seine Freundin auf den Besucherstuhl. Ich hatte auf der Schreibtischkante meinen Platz gefunden, während Glenda in ihrem Vorzimmer verschwunden war. Wir hörten das Klappern von Geschirr. Meine Sekretärin wusste genau, was uns jetzt gut tat. Eine Tasse Kaffee.

Ich sah es Shao an, dass sie etwas auf dem Herzen hatte, doch sie hielt sich so lange zurück, bis Glenda erschien und zwei Tassen Kaffee hereintrug.

Sie stellte sie auf dem Schreibtisch ab, bückte sich dabei, und mein Blick verirrte sich in dem runden Ausschnitt ihrer knallbunten Bluse, die wirklich gut gefüllt war.

»Alles gesehen?«, fragte Glenda, als sie sich wieder aufrichtete.

»Nicht ganz.«

»Das ist auch verboten«, sagte Glenda, drehte sich lächelnd um und nahm ebenfalls Platz.

Wir tranken den Kaffee und waren gespannt, was Shao auf dem Herzen hatte. Sie stand unter einem regelrechten Druck und musste ihn einfach loswerden.

Wir hörten zu.

Es war unglaublich. Während Shao redete, wurden unsere Gesichter immer erstaunter. Suko legte seine Hand auf Shaos bloße Schulter, als wollte er ihr mit dieser Geste seinen Schutz beweisen.

Wir erfuhren von der lebenden Legende.

Shimada lautete sein Name, aber der Beiname war wesentlich schrecklicher.

Die lebende Legende!

Furchtbar. Wir hatten erlebt, wie dieser Dämon kämpfen konnte, und er verstand es auch, sich zu verbergen. Denn seinen zweiten Namen hatten wir ebenfalls erfahren: Herr der tausend Masken.

Darauf kam Suko zurück. »Wie sollen wir ihn erkennen, wenn er sich verkleidet?«

Ich hob die Schultern. »Vielleicht findest du eine Wünschelrute, die auf ihn anspricht.

»Witzbold.«

»Ich finde auch, dass es keine Zeit ist, zu scherzen«, meldete sich Glenda. »Allein der Name Shimada ist schlimm genug. Lass es lieber sein, John.«

»Okay.« Ich winkte ab.

Suko erinnerte wieder an den Fall, als Susanoo Shao entführte. »Wir müssen davon ausgehen, dass wir wieder in einen Streit der Helden aus der japanischen Mythologie hineingeraten. Daran gibt es für mich nichts zu rütteln.«

»Vielleicht wird es Krieg geben«, vermutete Shao.

»Zwischen welchen Parteien?«

Shao schaute mich direkt an. »Der Goldene wird bestimmt nicht auf seiner Seite stehen.«

Da war ich skeptisch. »Wenn du das so sagst, gehst du vielleicht davon aus, dass er uns helfen wird.«

»Ja.«

»Nein, Shao. Der Goldene ist nicht unser Freund. Das hat er mir gesagt. Er ist sehr überheblich und erkennt uns als Helfer nicht an. Das habe ich längst herausgefunden. Tut mir Leid, wenn ich dich da so enttäuschen muss.«

»Es sei denn, es ginge ihm persönlich an den Kragen«, meldete sich Suko.

»Dann sieht die Sache anders aus«, gab ich zu.

»Nur weiß niemand, was Shimada vorhat«, sagte Shao. »Und das genau ist das Schlimme.«

»Hattest du nicht von Zombies und Ghouls gesprochen?«, stellte ich die Frage.

»Das sagte Amaterasu. Aber ich weiß nicht so recht …«

»Und er wird Diener haben, das heißt, er hat sie schon. Zwei haben wir getötet«, erklärte Suko. »Wir müssen uns mit Ninjas auseinandersetzen, die wohl auf seiner Seite stehen.«

Suko sprach noch mit den Frauen. Ich hörte gar nicht hin, denn mir war etwas anderes durch den Kopf gegangen. Meine Freunde merkten, wie geistesabwesend ich war, und der Inspektor sprach mich an.

»He, John, was hast du?«

Ich erwachte wie aus einem Traum und musste mich zunächst zurechtfinden. »Mir geht nicht aus dem Kopf, was Amaterasu alles zu Shao gesagt hat. Unter anderem sprach sie von Zombies und Ghouls, die Shimada auf seine Seite bringen will. Aber da wird er seine Schwierigkeiten mit einem anderen bekommen.«

Mein Freund hatte mich verstanden. »Xorron!«

»Genau!«

Wir waren starr. Niemand redete in den nächsten Sekunden. Wir alle wussten, was diese aus einem Wort bestehende Antwort zu bedeuten hatte. Xorron gegen die lebende Legende Shimada. Da würde uns etwas bevorstehen, falls unsere Vermutung zutraf. Und vielleicht als Joker noch der Goldene Samurai.

Man durfte überhaupt nicht daran denken, wie das alles noch enden konnte.

»Irgendwo treffen sich die japanische und die chinesisches Mythologie«, sagte Shao, »und wir stehen leider genau dazwischen.«

Sie hatte ein wahres Wort gesprochen. Bei Shao war der Name Shimada gefallen, bei uns auch. Und wir hatten ihn sogar gesehen, aber ich hätte ihn nicht beschreiben können, wenn man es von mir verlangt hätte. Der Blick auf ihn war für mich einfach von Rauch verdeckt worden.

Im Laufe der Jahre hatten wir zahlreiche Menschen kennen gelernt, die uns sehr hilfreich gewesen waren. Unter anderem auch einen japanischen Dozenten, diesen Dr. Ganasaro. An ihn hatte ich vorhin schon gedacht.

Er musste einfach herhalten!

Ich griff zum Telefonhörer. Die Nummer hatte ich mir aufgeschrieben. Ich hoffte, ihn zu Hause anzutreffen, denn es waren Semesterferien.

Leider erhielt ich keine Verbindung. Nach dem achten Durchläuten legte ich auf.

»Der ist bestimmt in Japan«, sagte Suko.

Damit konnte er durchaus Recht haben, doch das nutzte uns wenig. Blieb der Stammbaum des Mädchens oder die Ahnentafel. Suko hatte sie auf den Schreibtisch gelegt.

Ich nahm sie an mich. Noch einmal las ich die Namen durch, aber sie sagten mir nichts.

Wütend legte ich sie wieder zur Seite. Dieser Fall war festgefahren, da konnte man nichts machen.

»Vielleicht sollten wir Spitzel ansetzen«, schlug Suko vor. »Gibt es keine japanischen Kollegen beim Yard?«

»Nein, nur einen Chinesen.«

»Schade, wir müssten internationaler werden«, sagte Suko und schnippte grinsend mit den Fingern. »Es existiert zum Glück eine japanische Gemeinde in London, da gibst du mir Recht?«

»Natürlich.«

»Und dort könnten wir uns umhören. Wenn es etwas über Ninjas oder andere Aktivitäten zu berichten gibt, wissen es die Japaner hier in London.«

»Sie werden schweigen«, sagte Shao. »Ich würde es auch – Fremden gegenüber.«

»Wie kommst du gerade immer auf die Japaner?«, wollte Glenda wissen.

»Wegen Shimada.«

»Er kann auch andere Diener aussuchen.«

»Im Prinzip hat sie Recht«, stand Shao unserer Sekretärin bei.

»Vielleicht«, räumte ich ein. »Nur – wer begreift die japanische Mythologie besser als ein Einheimischer?«

»Dann hätte Shimada in Tokio zuschlagen können.«

»Stimmt«, gab ich zu. »Nur hat sich alles nach London verlagert. Und den Grund möchte ich gern herausfinden.«

Da war Suko einer Meinung mit mir. Er nahm die Tafel an sich.

»Was willst du damit?«, fragte Shao.

»Ich denke, wir sollten uns im Japanerviertel einmal umhören«, meinte er. »Und wenn alles nichts nützt, können wir immer noch der Botschaft Japans einen Besuch abstatten.«

Suko hatte in meinem Sinne gesprochen. Aber was war mit Shao? Mein Freund verstand den Blick, den ich der dunkelhaarigen Chinesin zuwarf.

Shao erhob sich. »Keine Sorge, ich fahre nach Hause und werde dort auf euch warten.«

»Vielleicht meldet sich Amaterasu noch einmal«, sagte ich.

Shao lächelte. »Du machst es dir leicht, immer an Informationen heranzukommen. Aber sie ist mir hundertmal lieber als Shimada oder Susanoo.«

Da hatte Shao ein wahres Wort gesprochen!

Wo Himmel und Erde zusammentreffen und einen Horizont bilden, befindet sich die Welt der Geister. So schreibt es ein japanisches Märchen, und es erzählt weiter, dass es dort auch ein Land gibt, das keines Menschen Auge je gesehen hat, denn es gehört den finsteren Geistern, Götzen und Dämonen.

Andere Geschichten berichten von mehreren Eingängen in das Land. So wurde der See erwähnt, den man das blaue Auge oder eine geheimnisvolle Höhle nannte.

Wie dem auch war oder sei, irgendwo trafen sich all diese Legenden und berührten einen zentralen Kern.

Und in diesem Kern lebte Shimada!

Er war aus dem blauen Augen gestiegen, die Legende war zur Wirklichkeit geworden, und er würde die Gräber öffnen, um mit diesen Schauergestalten die Herrschaft zu erringen.

Die Wege waren gelegt, geebnet, und auf der Erde gab es genügend Diener, die ihm folgten.

Auch im Jenseitsreich hörte man auf ihn. Wenn er kam, dann nie allein, denn bei ihm waren die schwarzen Ninjas. Diese grausamen Kämpfer aus alten Zeiten, die in den Tod gegangen waren, aber nicht vernichtet, sondern aufgefangen wurden, um zusammen mit Shimada zurückzukehren.

Sie wollten es den Menschen beweisen, und sie wollten vor allen Dingen einen unheimlichen und geheimnisvollen Gegner vernichten, der bisher als unbesiegbar galt.

Xorron!

Gegen ihn wollte Shimada seine höllischen Scharen in die Schlacht schicken. Noch war es nicht soweit, er musste warten, aber die Ninjas standen auf Abruf.

Zwei fehlten ihm. Sie waren von Menschen getötet worden, als sie den Stammbaum dieser Verräterin an sich nehmen wollten. So etwas konnte Shimada nicht auf sich beruhen lassen, und er hatte sich entschlossen, die beiden Männer zu bestrafen.

Bestrafen nannte er es nur.

In Wirklichkeit hieß das Wort töten!

Die beiden sollten sterben, und sie würden in seine Falle laufen, denn nicht umsonst nannte man ihn den Herrn der tausend Masken …

Eigentlich hätte sich Suko im südlichen Bezirk des Stadtteils Soho sehr wohl fühlen müssen, denn dort befindet sich Londons Chinatown. Hier wohnen ungeheuer viele Chinesen, ob legal oder illegal, gezählt hat sie wohl noch niemand.

Die Chinesen hatten natürlich ihre Kultur mitgebracht. Nahm man von den alten Werten der Mythologie einmal Abstand, so blieb doch etwas, das Touristen am meisten an den Chinesen schätzten.

Das Essen.

Zahlreiche China-Restaurants hatten ihre Türen geöffnet, dass man auf der Straße schon riechen konnte, was in der Küche auf dem Herd stand.

Soho im Sommer! Das war Himmel und Hölle zugleich. Himmel für denjenigen, der Abwechslung jeglicher Art suchte, und eine Hölle für die Leute, die Dienst tun mussten. Es war wirklich kein Vergnügen, bei drückender Schwüle der Arbeit nachzugehen und umhüllt zu sein vom Gestank der Küchen, den Ausdünstungen der Menschen und den Abgasen der Autos.

Durch das Chinesenviertel mussten wir gehen, um zu unserem Ziel zu gelangen.

Das japanische Viertel lag nicht weit entfernt. Allerdings unterschieden sich diese beiden Regionen sehr stark voneinander. Bei den Japanern war es längst nicht so hektisch. Es ging alles ein wenig vornehmer zu, ruhiger, und man war nicht so sehr auf billiges Vergnügen eingestellt wie ein paar Straßen zuvor.

Wir hatten uns bei einem Kollegen, der diesen Teil von Soho sehr gut kannte, einen Tipp geholt.

Noch jetzt klangen mir die Worte im Ohr nach. »Wenn ihr etwas erfahren wollt, müsst ihr ins ›Harakiri‹ gehen.«

Harakiri. Welch ein prosaischer Name für ein Etablissement, in dem man angeblich alles bekommen konnte. Vom vorzüglichen Essen als Vorspeise, über ein Glücksspiel als Hauptgang, bis hin zum Sex-Saunagang als Dessert.

Meinen Einwand, dass wir uns nicht amüsieren wollten, ließ der Kollege nicht gelten. Im »Harakiri« liefen alle Fäden zusammen. Hier wurden Wirtschaftsabschlüsse ebenso getätigt, wie Mädchen zu schlimmen Dingen gezwungen. Hervorragend ausgebildete Geishas unterhielten die Gäste, falls sie keine Lust hatten, irgendwelchen Sumo-Ringern zuzuschauen oder sich an sonstigen Kämpfen zu ergötzen.

Das Haus lag an einer Straßenecke. Von außen sah es nicht einmal besonders aus, nur die sechs Stockwerke stachen ins Auge, dazu die zahlreichen Fenster, sodass man als Betrachter das Gefühl haben konnte, vor einem Kaufhaus zu stehen.

Es gab einen großen Eingang, über dem mit heller Leuchtschrift der Name »Harakiri« stand.

Chef dieses Hauses und gewissermaßen der oberste Herrscher war ein gewisser Lou Tanaka, ein Halbjapaner, dessen Mutter aus Frankreich stammen sollte.

Unseren Chef, Sir James, hatten wir nicht mehr erreichen können. Er war dienstlich unterwegs, aber wir hatten auch ohne seine ausdrückliche Einwilligung die entsprechende Rückendeckung.

»Wie gefällt dir der Laden?«

Ich hob die Schultern. »Ist ziemlich groß.«

»Ja, wir werden uns verlaufen.«

Ich blieb überrascht stehen. »Wo willst du denn alles noch hin?«

»Mal sehen.«

»Wohl die große Lust gepackt, wie?«

»Klar. Die Lust auf Shimada.«

»Dann komm!«

Aus Erfahrung klug geworden, hatten wir uns bis an die Zähne bewaffnet. Ich trug zusätzlich meinen silbernen Bumerang bei mir, während sich Suko mit der goldenen Pistole bewaffnet hatte.

Wir hatten leider die Gefährlichkeit der Ninja-Kämpfer am eigenen Leib erleben müssen und wollten uns nicht mehr überraschen lassen, wie es schon einmal geschehen war.

Jedes Etablissement, das etwas auf sich hält, beschäftigt auch einen Portier, den man zumeist in eine Phantasie-Uniform steckt. Hier war es nicht anders.

Auch wir wurden von einem dieser Knaben begrüßt, und er hielt uns die Tür auf. »Willkommen in unserem bescheidenen Hause«, dienerte er, bevor er sich wieder in die Senkrechte stellte.

Ich schaute ihn an, sah das falsche Lächeln auf dem Gesicht und die giftgrüne Uniform, die einige Beulen aufwies, ein Beweis, dass der Knabe nicht waffenlos umherlief.

»Kann ich Ihnen helfen, Sir?« Sein Englisch war akzentfrei.

»Wir wollen uns etwas umschauen.«

»Dann sind Sie nicht wegen des Festes hier?«

Suko und ich schauten uns an. »Wie meinen Sie das denn?«, fragte mein Partner.

»Wir feiern heute ein Fest der Finsternis und gedenken der Zeit, als es noch Samurais und Ninjas gab, die sich oft im blutigen Kampf gegenüberstanden. Zunächst siegten die schwarzen Ninjas, doch die weißen taten sich mit dem Samurais zusammen und schlugen die schwarze Gefahr zurück. Das ist alles.«

Das Wort Ninja hatte bei uns schon Alarmglocken schrillen lassen. Wir schienen tatsächlich einen Glücksgriff getan zu haben.

»Und da sind nicht nur geladene Gäste?«, sprach ich den Portier an.

»Nein, Sir. Auch Menschen aus unserem Gastland sollen daran teilnehmen. Wie Sie.«

»Das finde ich gut.« Ich nickte Suko zu, und mein Freund gab mir zu verstehen, dass auch er nicht abgeneigt war. »Wohin müssen wir uns denn wenden?«

»Das Fest findet in der ersten Etage statt. In den großen Ballräumen mit den Bühnen. Sie können es überhaupt nicht verfehlen. Nehmen Sie den Lift oder die Treppe?«

»Die Treppe«, entschied Suko.

»Sehr wohl, Gentlemen. Dann darf ich Ihnen ein großes Vergnügen in unserem Haus wünschen. Sie werden alles finden, wonach Ihr Herz und Ihr Körper verlangen. Sie verstehen?«

»Natürlich.«

Die Treppe führte von der Halle aus nach oben. Sie war sehr breit und beschrieb einen Bogen. An den Wänden sahen wir Zeichnungen aus dem alten Japan. Herrlich gemalte Kirschblüten, kleine Parks, Seen oder Flüsse. Und über allem thronte der Fudschijama, Japans heiliger Berg. Er war auf jedem Bild zu sehen, und seine Schneekuppe leuchtete stets in einem strahlenden Weiß.

Ich drehte mich noch einmal um.

Der Portier hatte uns nachgeschaut. Dann, von einer Sekunde zur anderen, war er verschwunden.

Ich hatte das Gefühl, leicht durchzudrehen, lief ein paar Schritte, um einen besseren Blickwinkel zu haben, doch ich sah den Knaben nicht mehr. Er hatte sich in Luft aufgelöst.

Das war ein Ding!

Dann sah ich ihn doch. Zumindest seinen Rücken. Er stand neben einer Blumenbank und beschäftigte sich mit den Blättern einer exotisch wirkenden Pflanze.

Suko war zurückgeblieben. Jetzt kam er wieder vor und fragte: »Was ist denn los, John?«

»Der Portier ist verschwunden.«

Suko lachte leise. »Träumst du? Da steht er doch.«

»Wirklich.«

»Sag mal, was ist ...?«

Jetzt drehte sich der Mann um. Wir schauten ihn an, und auch Suko schluckte zweimal. »Das gibt es doch nicht«, murmelte er.

Und doch gab es das. Der Knabe, der vor uns stand, war ein anderer als der, der uns in Empfang genommen hatte. »Die Herren wünschen?«, fragte er. Er sprach mit der gleichen Stimme wie der Erste.

Ein wenig dumm kam ich mir ja bei der Frage vor, die ich stellte. »Sie … haben uns vorhin begrüßt, Mister?«

»Sind Sie ganz sicher?«

»Ich brauche keine Brille. Ich kann mich auf meine Augen verlassen.«

»Dann ist es gut, danke.«

Wir drehten wieder ab. Noch einmal schauten wir uns um und sahen einen Mann, der uns verständnislos nachschaute. Als wir aus seinem Blickwinkel verschwunden waren, blieb Suko stehen. Das geschah bereits auf der dritten Treppenstufe.

»Denkst du das gleiche wie ich?«, fragte er.

»Ja. Shimada, die lebende Legende.«

»Oder Herr der tausend Masken. Und damit hat er uns geleimt. Vor uns stand beim ersten Mal nicht der Portier, sondern Shimada. Liege ich da falsch?«

»Nein, Suko, du liegst goldrichtig. Besser hätten wir es gar nicht treffen können. Wobei uns Shimada gezeigt hat, dass er uns nicht aus den Augen lässt.«

Wir schritten allein die Treppe hoch. Es kam uns auch niemand entgegen, und wir ließen den Bogen hinter uns. Die Wände waren ebenfalls bemalt worden. Zweige mit Kirschblüten. Letztere in einem hellen Rot gezeichnet. Sie hingen an sehr zarten Stengeln, und als ich genauer hinschaute, sah ich, dass sie sich bewegten.

Gemalte Blüten!

Ich blieb stehen, schaute sie mir an, und meine Augen wurden groß. Jetzt sah ich keine Blüten mehr, sondern winzige Gesichter, in denen aber jedes Detail genau zu erkennen war.

Ninja-Kämpfer!

Ich sah die Tücher an der oberen Gesichtshälfte, die kalten, blauen Augen, die uns anfunkelten, und als ich mit dem Finger gegen ein Gesicht stieß, traf ich nur die Wand.

Auch Suko hatte zugeschaut. »Jetzt können wir es uns überlegen«, sagte er, »das war die zweite Warnung.«

»Wieso? Willst du fort?«

Suko lachte. »Nein, ich bestimmt nicht, aber Shimada gibt uns laufend Chancen.«

»Wir werden sein Fest der Finsternis schon stören«, sagte ich und schritt entschlossen weiter.

Die Treppe mündete in eine Halle. Damit hätten wir nicht gerechnet. Kühle wehte uns entgegen. Gegenüber entdeckten wir eine große Tür. Sie bestand aus zwei Flügeln, und wir glaubten, Stimmen zu vernehmen.

Wahrscheinlich fand hinter der Tür das Fest statt.

Die Halle war leer. Selbst die Garderobe auf der linken Seite war nicht besetzt. Wir sahen dort einige Mäntel hängen.

Dennoch hatten wir beide ein ungutes Gefühl, als wir uns daran begaben, die Halle zu durchschreiten und die zweiflügelige Tür ins Auge zu fassen.

Lauerte Shimada hier in der Nähe? Zwei Warnungen hatte er uns geschickt. Konnten wir auch mit einer dritten rechnen?

Nur wir allein standen in der Halle. Dennoch hatten wir beide das Gefühl, beobachtet zu werden.

Ich schaute wieder auf die Garderobe, wo die Mäntel hingen. Bewegten sie sich etwa?

Nein, es waren normale Kleidungsstücke. Keine Geister oder Schattenwesen, die unseren Weg beobachten wollten.

Stimmen vernahmen wir nicht mehr. Dafür Musik. Sie klang für mich sehr fremd. Höchstwahrscheinlich war das Fest der Finsternis schon in vollem Gange.

Vor der zweiflügeligen Tür blieben wir für einen Moment stehen. Wir zögerten noch und hörten die Stimme durch die Halle klingen. »Bitte, gehen Sie ruhig hinein, Gentlemen! Man wird Sie schon nicht fressen. Gäste sind immer willkommen.«

Der Portier hatte gesprochen. Er war uns gefolgt und stand am Eingang der Halle. Als er unsere Blicke auf sich gerichtet sah, verbeugte er sich und verschwand.

»War das nun der echte oder Shimada?«, fragte ich.

Suko hob die Schultern. »Tut mir Leid, aber so genau habe ich ihn nicht sehen können.«

»Dann nichts wie rein!«

Ich machte den Anfang und legte meine Hand auf die Klinke der rechten Türhälfte. Für ihre Größe ließ sie sich ziemlich leicht nach innen drücken, und wir traten nebeneinander ein.

Vor uns lag ein Saal.

Er war noch geräumiger als die Halle, die wir durchquert hatten, und mit Dämmerlicht erfüllt. Wenigstens saßen die Zuschauer im Dunkeln. Nur die große Bühne war erhellt. Sie lag links von uns und nahm die gesamte Breite des Saales ein.

Dort wurde getanzt.

Es waren Japanerinnen, die ihre Kunststücke vorführten. Im ersten Moment erschrak ich, denn es schienen nur Gesichter in der Luft zu schweben. Weiße Masken.

Bis mir einfiel, dass die Frauen sich so geschminkt haben konnten. Wenn sie zudem dunkle Kleidung trugen und nicht angestrahlt wurden, sah es wirklich so aus, als würden nur ihre Gesichter über dem Boden schweben.

Welchen Tanz die Frauen und Mädchen da aufführten, wusste ich nicht. Die Mythologie des Landes war mir nicht bekannt, und auch Suko gab keine Erklärung. So blieb uns nichts anderes übrig, als abzuwarten.

Die anderen Gäste achteten nicht auf uns. Man nahm uns als neue Gäste hin, und wir mussten uns im Dunkeln an der Wand entlangtasten, um einen Platz zu finden.

Die Zuschauer saßen nicht in langen Reihen, wie es in Theatern üblich war, sondern an Tischen und hockten dort in Gruppen zusammen. Wo es noch freie Plätze gab, konnten wir nicht erkennen. So mussten wir stehen bleiben und auf eine Pause warten.

Wir lehnten uns an die Wand. Suko stand so dicht bei mir, dass ich seine Körperwärme spürte. Gegner oder Feinde konnten wir nicht entdecken. Aber jeder Besucher des Festes stand sicherlich auf der anderen Seite.

Mittlerweile hatten sich unsere Augen an das Licht gewöhnt. Eine Mischung aus Schatten und schwacher Helligkeit. Wir sahen die Umrisse und stellten fest, dass die Tische allesamt gut besetzt waren. Das hätte ich nicht gedacht.

Auf der Bühne tanzten noch immer die Mädchen. Sie bewegten sich jetzt sternförmig aufeinander zu und hatten Lichter angezündet. Dadurch, dass ihre Körper nicht zu sehen waren, sah es für den Betrachter so aus, als würden die Lichter in der Luft schweben.

Die Lichter, von mehreren Seiten auf einen zentralen Punkt gelenkt, vereinigten sich zu einer blauen Lichtsäule, die gegen die Decke stieß und in der Höhe allmählich verpuffte.

Wir spannten uns, denn dieses Licht war uns nicht unbekannt. Sollte etwa das gleich ablaufen wie in der Peep-Show?

Nein, es gab kein Feuer. Dafür rauschte Beifall der Bühne entgegen. Vereinzelt klangen auch Rufe auf, und ein Name elektrisierte mich besonders.

»Shimada!«

Eine schrille Stimme schrie ihn. Leider konnte ich nicht erkennen, wo die Person saß. Und als es heller wurde, verstummte das Schreien des Mannes.

Auf der Bühne verbeugten sich die Mädchen. Sie waren tatsächlich schwarz gekleidet und hatten nur ihre Gesichter weiß geschminkt, sodass die unheimliche Atmosphäre entstehen konnte.

Von dem blauen Feuer sahen wir nichts mehr. Auch den Schreier konnte ich nicht identifizieren, es hielten sich zu viele Menschen in dem Theater auf.

Freie Plätze gab es auch. Zwar nicht dort, wo wir standen, sondern ein Stück weiter, nahe der Bar, wo der Saal in Nischen aufgeteilt war, die im Halbdunkel lagen.

Wir orientierten uns dorthin. Bisher hatte ich noch keinen Europäer gesehen. Wir waren umringt von Japanern, die dem Fest der Finsternis beiwohnen wollten.

»Willst du dich an die Bar setzen?«, fragte mich Suko.

»Eigentlich wollte ich mit dem Besitzer der Höhle reden. Lou Tanaka.«

»Wenn du den mal erreichst …«

»Fragen kostet nichts.« Ich drückte mich bereits auf einen Barhocker und schaute in eine halbrunde Spiegelfläche, vor der zahlreiche Flaschen standen.

Ein Keeper lächelte höflich und wischte imaginäre Staubkörnchen zur Seite. »Was kann ich für Sie tun?«

»Zwei Dinge«, erklärte ich. »Erstens wollen wir etwas

trinken, und zweitens möchten wir den Chef des Ladens sprechen.«

»Mr. Tanaka?« Er sprach den Namen beinahe ehrfurchtsvoll aus und tat so, als hätten wir mit unserer Frage nach dem Boss ein Verbrechen begangen.

»Ja, wen sonst?«

Der Keeper blieb höflich, als er seinen Kopf schüttelte. »Nein, das geht auf keinen Fall.«

»Und warum nicht?«, stieß Suko nach.

»Weil Mr. Tanaka sehr viel zu tun hat.« Der Mann begann sich hektisch zu bewegen und räumte einige Gläser zur Seite, wobei er sie noch putzte.

Der würde uns nicht weiterhelfen, da bissen wir auf Granit. Ich nickte Suko zu, und mein Freund griff unter seine leichte Jacke. Er wurde dabei von dem Keeper aus den Augenwinkeln beobachtet. Noch regte sich nichts auf dem Gesicht des Mannes. Der Ausdruck änderte sich aber, als Suko die kleine Ahnentafel hervorholte und sie auf die blanke Platte der Bar legte.

Wie gut, dass sich der Mixer festklammerte, vielleicht wäre er sonst nach hinten gekippt. Jedenfalls wurde sein Blick starr, die Lippen begannen zu zittern, und im Licht der dünnen Spotlight-Strahler glänzte Schweiß auf seiner Stirn.

»Was ist?«, fragte ich.

Er schüttelte den Kopf. »Woher haben Sie das?«, hauchte er.

»Nehmen Sie an, wir hätten es gefunden«, sagte Suko.

»Aber das ist nicht möglich. Sie dürfen diese Tafel nicht behalten, Sie sind …«

»Was sind wir?«

Der Keeper hob seinen Kopf. »Unwürdig. Ja. Sie sind unwürdig. Nur Japaner dürfen …«

Beifall rauschte durch den Saal. Er unterbrach die Rede des Mannes, und ich warf einen Blick schräg über die Schulter nach links, wo sich vor meinen Augen der Saal ausbreitete und ich auch die Bühne sehen konnte.

Nach der letzten Aufführung hatte sich der Vorhang herabgesenkt. Nun glitt er allmählich in die Höhe und gab den großen Boden wieder frei. Dort fand ein neues Programm seinen Anfang. Diesmal waren es Männer. Da das Licht wieder schwächer wurde, konnte ich nicht viel erkennen, nur dunkle Gestalten, die etwas Blitzendes in ihren Händen hielten.

Irgendwie hatten diese Gestalten auch Ähnlichkeit mit den Ninja-Kämpfern, denen wir begegnet waren, und über meinen Rücken rann es kalt. Wieder erklang Musik. Nach diesen Klängen bewegten sich die Männer auf der Bühne.

Sie führten einen Kampf vor.

Spielerisch natürlich, keinen echten Kampf, aber die Schwerter klirrten gegeneinander. Hin und wieder sah ich blaues Licht über die Gestalten gleiten. Es waren immer nur kurze Strahlen, die die Akteure trafen.

Über dem Saal lag die Dunkelheit. Nur die Ecke mit der Bar war in schwaches Licht getaucht. Aber auch hier gab es mehr Schatten als Helligkeit.

»Sie haben unsere Fragen noch immer nicht beantwortet«, erinnerte Suko den Mann. »Was ist mit dieser kleinen Ahnentafel?«

»Gehen Sie!«, flüsterte der Keeper und beugte sich vor. »Gehen Sie schnell weg! Vielleicht schaffen Sie es noch.«

»Was sollen wir schaffen?«

»Ihr Leben zu retten.«

Ich lächelte. »Deswegen brauchen Sie sich keine Sorgen zu machen, Meister.«

»Sie verstehen mich nicht.«

Suko hatte seine Hand auf die Ahnentafel gelegt.

»Holen Sie uns Lou Tanaka!«, verlangte er.

»Sie sind lebensmüde, nicht?«

»Wir wollen nur mit ihm reden. Auch wegen der kleinen Tafel«, erklärte ich lächelnd.

»Ja«, sagte der Keeper. »Ja, ich sage ihm Bescheid. Zwei Kamikaze-Menschen warten auf ihn.«

»Wieso Kamikaze?«, fragte ich.

»Weil Ihre Chancen nicht größer sind. Deshalb ...«

Wenn er das sagte, schien etwas daran zu sein. Aber Suko und ich hatten vor, uns so teuer wie möglich zu verkaufen, und das würden wir ja auch durchhalten.

»Da scheinen wir ja in ein Wespennest gestochen zu haben«, meinte mein Freund.

»Mal sehen.« Ich deutete zur Bühne. »Kommt dir das nicht bekannt vor, Alter?«

»Und wie.«

Wir hörten die Kampfschreie der Tänzer. Dazwischen das Klirren der Schwerter und die dumpfen Geräusche, die entstanden, wenn die Akteure auf den Bühnenboden sprangen.

Waren es Ninjas?

Fast hatte es den Anschein, denn sie bewegten sich äußerst schnell und geschmeidig. Sie rannten aufeinander zu, schlugen mit ihren Schwertern und boten dabei artistische Leistungen. Daran, wie sie die Arme über die Schulter warfen und die Schwerter aus den Nackenscheiden holten, erkannten wir, dass es sich tatsächlich um einen alten Ninja-Tanz handelte.

Als direkte Ninja-Kämpfer stufte ich sie dennoch nicht ein. Für mich waren sie Tänzer einer Ballettgruppe, die hier eine Tradition hochleben ließen.

Das breite Gesicht des Keepers erschien wieder. Er kam aus der Dunkelheit, geriet in den Dunstkreis einer Lampe und bewegte sich nickend.

»Er kommt.«

»Tanaka?«, fragte ich.

»Ja.«

»Dann geben Sie uns einen Schluck Cola. Aber aus der Büchse oder Flasche.«

»Das ist nicht …«

»Gib her!«, sagte Suko.

Wir erhielten zwei Büchsen, rissen die Verschlüsse auf und setzten zum Trinken an. Das Zeug kühlte, klebte leider auch am Gaumen, und wir setzten die Büchsen wieder ab.

Er war wie ein Geist erschienen. Aus dem Hintergrund löste er sich und blieb stehen.

Lou Tanaka!

Ich stieß Suko an, der bisher nichts gesehen hatte, weil Tanaka hinter ihm aufgetaucht war. Als sich mein Freund drehte, sah auch er den Mann hinter sich.

»Sie wollten mich sprechen?« Die Stimme klang nicht unsympathisch, auch wenn sie mir in der Höhe nicht ganz gefiel.

»Ja, wenn Sie Mr. Tanaka sind?«

Der Mann nickte mir zu. »Der bin ich. Kommen Sie, wir gehen zu einem Tisch! Dort plaudert es sich besser.«

Der Mixer starrte uns nach, als wären wir Todeskandidaten, die zur Hinrichtung gingen. Er hatte uns Kamikaze-Menschen genannt. Das gefiel mir gar nicht, wenn ich ehrlich war, denn wir hatten nicht vor, unser Leben so einfach wegzuwerfen.

Wir blieben nahe der Bar. An einen Vierertisch setzten wir uns. Ich hatte Zeit, mir Tanaka genauer anzusehen.

Er war für einen Japaner ziemlich kräftig. Zwar nicht so wie ein Sumo-Ringer, aber er brachte schon einiges auf die Waage, und der Korbstuhl ächzte, als sich der Mann darauf niederließ. Sein Gesicht glänzte. Der Vergleich mit einem Vollmond drängte sich mir auf. Die Hände legte er auf den Tisch und verknotete seine dicken Finger miteinander.

»Was kann ich also für Sie tun, meine Herren?«

»Ich will Ihnen zunächst einmal …«

Er unterbrach mich. »Sie brauchen sich nicht vorzustellen, Gentlemen. Ich weiß, wer Sie sind.«

»So?«

»Ja. Sie sind zum Beispiel John Sinclair. Man nennt Sie auch Geisterjäger. Der Mann an Ihrer Seite heißt Suko und stammt aus China. Er lebt mit einer gewissen Shao zusammen, in deren Adern das Blut alter Rassen fließt. Das einer chinesischen und das einer japanischen. Eine Frau mit Mischkultur. Soll ich Ihnen noch mehr sagen?« Er schaute mich grinsend an.

Ich ärgerte mich. Der Knabe war mir zu gut informiert. Da merkte man mal wieder, was die Leute alles von einem wussten.

»Sie haben Recht«, sagte Suko. »So erübrigt sich wenigstens eine Vorstellung. Aber aus welch einem Grunde wissen Sie so gut über uns Bescheid? Zumeist besitzen diese Informationen nur unsere Gegner. Gehören Sie dazu?«

»Ich bin über vieles informiert«, wich er aus und zeigte ein knappes Lächeln.

»Wir auch. Nur fehlen uns noch einige Dinge in unserer Sammlung. Ich hoffe, dass Sie uns helfen können, Mr. Tanaka.«

»Ich tue, was ich kann.« Er verbeugte sich leicht.

»Shimada!«, sagte ich.

»Was meinen Sie damit?«

»Wer steckt dahinter?«

»Einer unserer Ninja-Dämonen. Nein, der oberste Ninja-Dämon. Der Anführer der schwarzen Ninjas. Manche nennen ihn den Höllengeist. Andere den Unfassbaren, doch am häufigsten wird er als die lebende Legende bezeichnet.«

»Das ist uns bekannt.«

»Weshalb fragen Sie dann?«

»Wir wollen mehr über ihn wissen.«

Tanaka lehnte sich zurück. Sein breites Gesicht verzog er zu einem Lächeln. »Nein«, sagte er, »da kann ich Ihnen nicht helfen. Weshalb kommen Sie gerade zu mir?«

»Weil in Ihrem Haus ein Fest gefeiert wird. Das Fest der Finsternis. Wahrscheinlich Shimada zu Ehren.« Die Worte hatte Suko gesprochen und damit ins Schwarze getroffen.

Tanaka nickte. »Das streite ich nicht ab. Wir hängen eben sehr an den alten Traditionen. Ihnen als Chinese dürfte dies nicht fremd sein, wie ich vermute.« Der Japaner lächelte. »Aber was hat dieses Fest damit zu tun?«

»Vielleicht ist es gar nicht so harmlos«, sagte ich. »Vielleicht ist aus der Legende eine Tatsache geworden. Möglicherweise gibt es Shimada, oder ist das so unwahrscheinlich?«

»Ich kann es Ihnen nicht sagen.«

»Weshalb lügen Sie?«

»Da unterstellen Sie mir etwas.«

»Dienen Sie nicht Shimada?«, fragte Suko.

»Für Fremde sind Sie sehr neugierig«, sagte Tanaka. »Sie kümmern sich um unsere Kultur, die Sie eigentlich nichts angeht. Sie sind Europäer und werden nichts begreifen.«

»Ich ja«, sagte Suko.

»Entschuldigen Sie, ich vergaß.« Tanaka lächelte, als er die nächsten Worte sprach. »Manche Menschen gehen eben zu weit, wenn sie sich um irgendwelche Dinge sorgen, die schon angelaufen und nicht mehr zu stoppen sind.«

»Sie meinen Shimada?«

Tanaka schaute zwischen uns durch und weiter zur Bühne. Gab es dort etwas Interessantes?

Auch ich blickte zurück. Suko tat es mir nach. Beide sahen wir, dass die Bühne leer war – bis auf einen Gegenstand.

Es war eine Kerze!

Ziemlich groß sogar, auch sehr dick. Das konnten wir erkennen, obwohl wir von ihr nur die Spitze sahen, die in den unmittelbaren Dunstkreis der Flamme geriet und dort erhellt wurde.

Die Flamme brannte sehr ruhig. Kein Luftzug bewegte sie, und die Spitze war nach oben gerichtet, wobei sie einen Kreis unter die Bühnendecke malte.

»Weshalb brennt diese Kerze?«, wollte ich wissen.

»Zu seinen Ehren.«

Damit konnte eigentlich nur Shimada gemeint sein, obwohl er den Namen nicht aussprach. Von den Tänzern sahen wir nichts mehr. Ob sie die Bühne verlassen hatten, konnten wir nicht erkennen, da die Kerze in einem Mantel aus Dunkelheit lag, unter dem sich die Tänzer sehr gut verbergen konnten.

Als ich Tanaka wieder anschaute, sah ich auf seinem breiten Gesicht das Lächeln. Er schien mir siegessicher zu sein. Er wusste also Bescheid.

»Sie haben da noch etwas mitgebracht?«, kam er endlich zum Kern der Sache.

»Meinen Sie die Ahnentafel?«

»Ja.«

»Wir fanden Sie bei einer Toten«, sagte Suko. »Ebenfalls eine Japanerin. Ihr Name lautet Sayana.«

»Ich weiß.«

»Kannten Sie das Mädchen?«

»Nein, nicht persönlich, aber es hat einen Fehler gemacht. Es hätte die Tafel hergeben sollen. Deshalb freue ich mich, dass Sie sie gebracht haben.«

»Wer sagt Ihnen denn, dass wir sie aus der Hand geben?«, fragte Suko mit einem Lächeln.

»Wahrscheinlich werden Sie sie hergeben müssen.«

»Und weshalb ist sie so wertvoll für Sie?«, wollte ich wissen.

»Dies zu erklären, ginge zu weit. Sie kennen sich in der japanischen Mythologie nicht aus.«

»Möglicherweise irren Sie sich da. Versuchen Sie trotzdem, uns die Tafel zu erklären.«

»Sie zählt nur die Göttergeschlechter auf. Wenigstens einen Teil von ihnen.«

»Dann können wir sie ja behalten.«

»Wie Sie meinen ...«

»Oder will Shimada sie haben?«, fragte Suko.

»Sie kapieren sehr schnell.«

»Und was ist der Grund?«

»Da das Mädchen sie nicht freiwillig hergab, musste sie sterben. Auf dieser Tafel stehen Namen der toten Ninja-Führer, aber die Legende berichtet, dass sie erweckt werden können. Shimada brauchte die Tafel.«

Jetzt hatte er die Katze aus dem Sack gelassen, und wie er da saß, so fett, so siegessicher, konnten wir schon davon ausgehen, dass er die besseren Karten in der Hand hielt.

»Schauen Sie zur Bühne!«, flüsterte er.

Das taten wir.

Noch brannte die Kerze. Das blieb auch so, dennoch veränderte sich etwas.

Wir hörten einen lauten, lockenden Ruf. Es war kein Schrei, sondern erinnerte an einen fernen, sphärisch klingenden Gesang. Und es wurde nur ein Name gerufen.

Shimada!

Man rief den Dämon, die lebende Legende. Man wollte ihn herholen, und ich war sicher, dass Shimada reagierte. Wir hatten ihn gesehen, er war schon da, und wenn seine Diener ihn riefen, würde er sich ihnen auch zeigen.

»Shimada ...«

Der Ruf hallte durch den Raum. Er schwang über die Köpfe der Besucher hinweg. Die Menschen saßen wie angewachsen auf ihren Stühlen. Wahrscheinlich wagten sie kaum, Luft zu holen, denn die Spannung hatte sich inzwischen verdichtet.

Der Ruf hatte Erfolg.

Shimada erschien!

Zunächst sahen wir über der Kerzenflamme nur ein Zittern der Luft. Gleichzeitig wurde sie dunkler. Für mich nahm sie die Farbe von blauer Watte an, und sie quoll zu einer großen Wolke auseinander.

War das Shimada?

Wenn ich ehrlich war, hatte auch mich diese Spannung erfasst. Über meinen Rücken rann es kalt, denn unter der Bühnendecke manifestierten sich zwei Augen.

Shimadas Augen!

Kalt und unbarmherzig wirkten sie. Eigentlich sahen wir nur die Pupillen, denn sie leuchteten in diesem gnadenlosen Blau, das alles andere überstrahlte. Die beiden Augen standen so weit auseinander, dass sie nicht in ein normales Gesicht hineingepasst hätten. Also musste der Kopf vergrößert worden sein.

Ein faszinierendes und gleichzeitig schauriges Bild, das uns den Atem raubte.

Ich schaute zu Tanaka hin. Er hockte gespannt auf seinem Stuhl, den Blick zur Bühne gerichtet. Leicht geöffnet waren die Lippen. Im Blick des Mannes las ich Hörigkeit dem Dämon gegenüber. Tanaka war Shimada treu ergeben.

Und wieder der Ruf. »Shimada ...«

Plötzlich sprangen die Gäste auf. Nichts hielt sie mehr auf den Stühlen. Manche Stühle kippten um und schlugen dumpf mit den Rückenlehnen auf. Shimada hatte sich gezeigt, und sein Volk huldigte ihm. Sie nahmen ihn an, und die Augen des Dämons faszinierte sie.

Auch ich hatte Mühe, mich von diesem Blick zu lösen. Wäre ich ihm hörig gewesen, ich hätte mich wohl auch nicht dagegen wehren können.

Die Kerzenflamme brannte ruhig weiter. Mit ihren Ausläufern erreichte sie das Gesicht des Unheimlichen, doch viel konnten wir nicht erkennen, weil die untere Hälfte nach wie vor im Schatten des schwarzen Kopftuchs lag.

Auch Tanaka war jetzt aufgestanden. An uns hatte er jegliches Interesse verloren. Sein Blick galt einzig und allein dem unheimlichen Augenpaar.

»Er ist da!«, hauchte er mit tonloser Stimme. »Shimada ist gekommen, er hat uns erhört, und die alten Legenden haben nicht gelogen. Shimada kehrt zurück, um die Macht an sich zu reißen. Er ist der Herr über Zombies und Ninjas …«

Ich stieß ihn an. »Wie haben Sie es geschafft?«

Tanaka drehte sich. Sein Lächeln wirkte plötzlich kalt und abweisend. »Es ist geschafft«, sagte er. »Alle Arbeit hat sich gelohnt. Wir haben ihn wieder.« Er drehte sich. »Und auch die Tafel!«

Tanaka legte uns rein. Bevor wir nach der Tafel greifen konnten, hatte er sie bereits gepackt und unter Sukos Hand weggezogen. Er schrie triumphierend auf, als er sie an sich riss. Seine Augen leuchteten, und er sprang sofort mit seiner Beute zurück.

Wir blieben nicht sitzen. Suko war noch schneller als ich. Sein Arm schoss vor, er wollte Tanaka packen, doch da hatte er Pech.

Aus dem Dunkeln tauchten blitzende Schwertklingen auf. Schattenhaft sah ich die Gestalten dahinter, wollte noch zurück, aber sie befanden sich auch hinter uns.

Eingekreist.

Tanaka aber lachte laut, bevor er sich zurückzog und im Dunkeln verschwand …

Hätte Logan Costello den Würfel des Unheils besessen, wäre alles kein Problem gewesen. Aber der stand ihm leider nicht zur Verfügung. So musste er mit konventionellen Mitteln versuchen, Xorron zu finden.

Er wollte den Auftrag dieses Shimada ausführen. Nicht, weil er ihn für besonders gut hielt, er vertraute mehr auf Xorron und wollte sein Vertrauen erfüllt sehen. Xorron sollte kommen und sich Shimada stellen, denn Logan Costello glaubte fest daran, dass der Herr der Zombies und Ghouls Shimada Paroli bieten konnte.

Xorron war seiner Ansicht nach nicht zu besiegen, das würde auch Shimada nicht schaffen, und so hoffte Costello, dass ihm Xorron einen Gegner wie diese japanische Legende aus dem Weg räumte.

Wo sollte er mit der Suche anfangen?

Logan Costello hatte keine Ahnung. Er wusste zwar von dem ehemaligen Versteck der Mordliga hoch in den Anden Südamerikas, aber ob sich Xorron dorthin zurückgezogen hatte, war fraglich. Was sollte er da?

Xorron brauchte Unterstützung. Er musste die Zombies und Ghouls um sich versammeln, und er würde sicherlich alles daransetzen, um dies zu schaffen.

Normale Methoden wollte er einsetzen. Das hieß Spitzeltätigkeit, Beziehungen intensivieren, alte Reserven hervorholen und die Leute ansprechen, die ihm noch was schuldig waren. Sein Einsatzgebiet war dabei die ganze Welt.

Natürlich überforderte so etwas einen einzelnen Mann. Aus diesem Grunde hatte er seine Vertrauten zusammengerufen, um mit ihnen den Plan zu besprechen.

Paul Sorvino, Costellos Anwalt, befand sich auch unter den Männern. Er konnte zumeist mit guten Ratschlägen dienen. Costello tat etwas, das bei ihm selten genug geschah.

Er legte die Karten auf den Tisch.

Paul Sorvino nickte bei seinen Worten. Die anderen Mafiosi jedoch zogen erstaunte Gesichter. Sie begriffen nicht so recht, was sich ihr Boss vorgestellt hatte.

Deshalb sagte er es ihnen mit aller Deutlichkeit. »Es geht um Xorron, um ihn allein. Merkt euch den Namen!« Er buchstabierte ihn noch einmal, und die Männer nickten.

»Alles verstanden?«

»Ja.«

»Dann fangt an.«

Die Unterführer erhoben sich und gingen aus dem Zimmer. Nicht so forsch wie bei normalen Einsätzen, sie schlichen förmlich hinaus und zeigten sich ziemlich ratlos.

Paul Sorvino grinste. »Hoffentlich überforderst du sie nicht.«

»Sie sind lange genug im Geschäft.«

»Im normalen schon. Aber hier geht es um mehr. Um dämonische Aktivitäten. Das können sie schlecht begreifen. Auch ich schaffe es nie richtig.«

»Vielleicht geht das mal vorbei.«

»Du wünscht es dir, wie?«

Costello schlug mit der Faust auf den Tisch. »Ja, ich wünsche es mir, denn ich bin es Leid, verdammt! Endgültig Leid. Dieser dämonische Zirkus fällt mir auf den Wecker. Besonders deshalb, weil diese angeblichen Freunde stärker sind als ich.«

»Die Mordliga gibt es nicht mehr.«

»Ja, und Shimada wird es bald auch nicht mehr geben. Davon bin ich überzeugt. Dann haben wir es nur noch mit Xorron zu tun, dem letzten Erben der Mordliga. Xorron ist zwar ein Kämpfer, aber auch ein hirnloser Idiot. In meinen Händen könnte er zu Wachs werden.« Der Mafioso atmete tief ein. »Deshalb hoffe ich stark, dass Xorron den Kampf gewinnt.«

»Erst einmal muss er gefunden werden«, schränkte Paul Sorvino ein.

»Das schaffen wir. Da bin ich mir sicher.« Costello grinste hinterhältig. »Die Arme der Mafia sind verdammt lang, und sie hat ihre Augen überall. Auch Xorron wird ihnen nicht entwischen können. Es muss Spuren geben, und die werden meine Leute finden. Ich glaube nicht, dass er sich noch in den Anden aufhält. Was soll er dort? Er will die Macht erringen, und das kann er nicht, wenn er sich verkriecht.«

»Stimmt.«

Costello beugte sich vor und griff zum Telefon. »Ich selbst werde mich auch ein wenig bemühen und einige Bekannte anrufen. Vielleicht haben wir Glück und schaffen es.«

»Wen willst du anrufen?«

»Nicht meinen Freund auf Sizilien. Der hat Sinclair laufen lassen, als es um seine Tochter ging. Nein, ich beginne in den Staaten. Dort sind wir am besten vertreten.«

»Soll ich dir die Vorwahl von New York geben?«

Costello lachte rau. »Die weiß ich selbst …«

Wir standen zwischen dem Tisch und zwei umgekippten Stühlen und rührten uns nicht. Es wäre Selbstmord gewesen, jetzt irgendetwas zu unternehmen, denn ich zählte sechs Klingen, deren Spitzen genau auf uns zeigten.

Die Männer, die diese Waffen in den Händen hielten, warteten nur auf eine falsche Bewegung, um uns durchbohren zu können. Das Licht war sehr trübe, deshalb konnten wir nicht genau erkennen, wer unsere Gegner waren.

Ich rechnete aber mit Ninjas!

Schwarzen Ninjas, denn ihre Gestalten verschwammen mit der Finsternis.

Ich spürte den Druck der Klingen an meiner Wirbelsäule. Es war kein besonders ermutigendes Gefühl, die Waffen vor und hinter sich zu wissen. Dass es Suko ähnlich erging, sah ich mit einem Blick.

Mein Freund war sauer. Wie eingefroren wirkten seine Gesichtszüge. Nur manchmal zuckte kurz die Zungenspitze zwischen seinen Lippen hervor. Wie auch ich suchte er ebenfalls nach einer Chance.

Noch gab es keine. Im Gegenteil, wir standen nur Feinden gegenüber, denn wir mussten die Besucher hinzuzählen. Schließlich waren sie Shimada hörig.

Die würden eiskalt zustoßen!

Ich atmete tief ein, schaute wieder nach vorn und sah eine Bewegung. Jemand kam.

Es war Tanaka, der die Krieger zur Seite schob. Vor uns blieb er stehen.

Er stellte es geschickt an und hielt sich außer unserer Reichweite. Sein fettes Gesicht glänzte, auf den dicken Lippen lag ein Lächeln, als er sagte: »Hoch gereizt, aber verloren.«

»Noch nicht!«

Als er meine Antwort hörte, begann er zu lachen. »Was wollt ihr denn dagegen unternehmen? Gar nichts könnt ihr. Überhaupt nichts. Ihr seid umgeben von einem Heer von Feinden. Nein, eure Chance ist so groß wie die eines Schneeballs im Feuer.«

Der Vergleich stimmte zwar irgendwie, mich ärgerte er trotzdem. War es uns bisher gelungen, uns aus den lebensgefährlichsten Lagen zu befreien, so gaben wir auch in dieser Situation nicht auf. Ich sah Sukos leichtes Nicken. Er verfolgte die gleichen Gedankengänge wie ich. Sich nur nicht fertigmachen lassen.

Auch Tanaka hatte das Zeichen bemerkt. Er schüttelte leicht den Kopf. »Bildet euch nichts ein. Ich kenne euren Ruf und habe entsprechend vorgesorgt. Ihr werdet Shimada vorgeführt und seid die Ersten, die unter seinen Schwerthieben das Leben aushauchen werden. Und jetzt weg mit euren Waffen!« Sein Arm stach vor wie eine Lanze. Der Finger zeigte auf Suko. »Du fängst an!«

Mein Freund zögerte kurz. Er runzelte die Stirn, hob die Schultern und sagte: »Okay.«

»Aber hüte dich!«, zischte der Japaner. »Eine überflüssige Bewegung, eine verkehrte nur, und alles ist vorbei.«

»Nein, nein, keine Sorge …« Suko schaffte es sogar, einen ängstlichen Ausdruck auf sein Gesicht zu zaubern, und sein angewinkelter Arm näherte sich dem Ausschnitt des leichten Jacketts.

Ich kannte seinen Plan. Innerlich begann ich zu lächeln und spannte mich gleichzeitig.

Suko holte seinen Stab hervor.

Er hatte ihn aus einem Kloster. Angeblich sollte der Stab von Buddha stammen. Ob es stimmte, wussten wir nicht genau. Jedenfalls steckten magische Kräfte in ihm, und die konnten, wenn Suko ein bestimmtes Wort rief, aktiviert werden.

Dabei musste Suko den Stab nur berühren und ein Wort rufen.

»Topar!«

Nicht einmal sehr laut, längst nicht so wie der schluchzende Schrei nach Shimada.

Aber laut genug, um in der Umgebung verstanden und gehört zu werden.

Die Szene erstarrte!

Auch ich konnte mich nicht mehr rühren und wurde zu einem »Eisblock«. Wie ein Denkmal stand ich auf dem Fleck, war nur Beobachter und sah, was Suko tat.

Töten durfte er seine Gegner nicht, dann hätte der Stab seine magische Wirkung verloren. Leider blieben Suko nur fünf Sekunden Zeit, um das Steuer herumzureißen.

Ich setzte Vertrauen in meinen Freund. Er hatte längst Routine in solchen Dingen. Zumeist gelang es ihm, die kurze Zeitspanne optimal auszunutzen.

Auch jetzt wirbelte er.

Tanaka räumte er zuerst aus dem Weg und riss sogar die Ahnentafel an sich. Gedankenschnell steckte er sie weg, bevor er sich mit den anderen beschäftigte.

Suko huschte an mir vorbei und schleuderte die hinter mir stehenden Aufpasser zwischen die Tische. Sie wurden umgerissen. Ich hörte es klirren und sah Sukos Arme wie Dreschflegel wirbeln. Er senste regelrecht, und einige unserer Gegner klatschten zu Boden.

Freie Bahn!

Die Zeit war um.

Plötzlich konnte ich mich wieder bewegen, sah Suko zwei Schritte von mir entfernt und mir zuwinkend. Aus seiner rechten Faust ragte eine Schwertklinge. Der Inspektor hatte sich eine Waffe besorgt und für mich gleich eine mit.

»Fang auf!«, schrie er, als ich bereits startete.

Ich sah die blitzende Klinge in meine Richtung fliegen, und es gelang mir, die Waffe am Griff aufzufangen.

Hart hielt ich sie umklammert und bewegte mich rasch in Richtung Bar, um Suko auf dem Fuße zu folgen.

Erst jetzt hatten unsere Gegner die Überraschung verdaut. Da war unser Vorsprung bereits größer geworden. Wir hörten Tanaka keifen. »Packt sie, packt sie! Für Shimada!«

Der konnte mich kreuzweise, dieser verdammte Dämon. Und auch Suko dachte ähnlich, denn er lachte rau.

Der Keeper versuchte uns aufzuhalten. Er schob seinen Körper in unseren Fluchtweg, doch da war er bei uns an der falschen Adresse. Ich hörte es fauchen, als Suko seine Klinge bewegte. Mit einem Schrei auf den Lippen zuckte der Japaner zurück und fiel wieder hinter die Theke. Für einen Moment sah ich sein Gesicht und den roten Streifen auf der hohen Stirn. Dort hatte ihn die Spitze erwischt.

»Da ist eine Tür!«

Suko hatte sie entdeckt. Vor mir bewegte sich sein Körper schattenhaft, ich vernahm einen dumpf klingenden Laut. Im nächsten Augenblick hatte der Chinese die Tür eingetreten, weil er sich nicht erst lange mit anderen Dingen aufhalten wollte.

Wir tauchten in einen langen Gang. Er war mit hellen Tapeten versehen, die gelblich schimmerten. Auf den Tapeten sahen wir rote Sonnen.

Links gab es Türen. Wohin sie führten, wussten wir nicht, wir hatten nur Augen für die Treppe, die leider nur nach oben führte, sodass wir uns vom Ausgang entfernten.

Das ärgerte mich.

Suko jagte die Stufen hoch. Erst jetzt hörten wir hinter uns das Geschrei. Die Verfolger waren ebenfalls durch die zerstörte Tür gedrungen und hetzten hinter uns her.

In dem engen Gang behinderten sie sich gegenseitig, sodass wir wieder ein wenig Vorsprung gewannen. Am Ende der Treppe blieb ich für einen Moment stehen und schaute mich um.

Der erste Ninja hatte sich breitbeinig hingestellt und beide Hände über seine Schulter geschleudert. Er holte kein Schwert hervor, sondern kurze Dolche.

Gleich zwei auf einmal schickte er auf die Reise und griff sofort nach den nächsten Waffen.

Wir tauchten weg.

Auch Suko hatte die Gefahr bemerkt, ging ebenfalls zu Boden, und die hart geschleuderten Dolche verfehlten uns.

Auch die nächsten beiden. Dann hatten wir einen toten Winkel erreicht und befanden uns vor einer Glastür, hinter der wir die Umrisse eines Pools sahen.

Er war ziemlich groß, und um ihn herum gab es Ruhebänke, kleine Liege-Inseln und fahrbare Bars. Gegenüber befanden sich Umkleidekabinen. Wahrscheinlich auch eine Sauna und ein Solarium.

Anscheinend waren wir hier in der Lasterhöhle gelandet. Allerdings fehlten die Akteure.

Mädchen und auch Kunden entdeckten wir nicht, dafür hörten wir unsere Verfolger.

»Rüber, John!« Suko deutete über den Pool, dessen Oberfläche seltsam schimmerte. Eine Mischung aus Blau und Weiß. Abgegeben wurde das Licht von einer langen Leiste, die sich an einer Deckenkante befand.

Wir rasten um den Pool herum. Unser Ziel waren die Kabinen und die Räume, die wir dahinter vermuteten.

Aber auch die Ninja-Kämpfer hatten nicht geschlafen. Sie waren verdammt nahe herangekommen. Hatten sich sehr beeilt, und als Suko gegen die abgeschlossene dicke Glastür hämmerte, erschienen plötzlich die sechs schwarzen Gestalten.

Sie konnten sich fast lautlos bewegen und huschten sofort zu beiden Seiten des Pools weg, um sich dort zu verteilen.

Waren es Menschen oder lebende Tote?

Dass sie auch diese verdammten Tücher tragen mussten. So konnte ich nichts von ihren Gesichtern erkennen. Zumeist sah ich von ihnen nur einen weißen Streifen.

Einem Kampf konnten wir nicht entgehen.

Während Suko sich an der Tür versuchte, griff mich einer der Ninjas an.

Ich bekam Angst, als ich ihn sah. Selten hatte ich einen Menschen so springen sehen. Er überbrückte fast die gesamte Breite des Pools, sah aus wie ein tödlicher Schatten und schwang sein gefährliches Schwert.

Ich sah nur eine Möglichkeit, ihn zu stoppen.

Aus dem Handgelenk schleuderte ich meine Klinge wie eine Lanze und hoffte, dass der andere nicht ausweichen konnte.

Er schaffte es nicht. Zwar versuchte er, seinen Körper in der Luft zu drehen, aber das spitze Wurfgeschoss traf ihn trotzdem. Und es drang ein. Tief stach es in den Körper. Ich sah eine Flüssigkeit aus der Wunde quellen, und plötzlich flatterte der Ninja-Kämpfer wie ein großer verletzter Vogel.

Er sackte ab.

Und er schlug in den Pool.

Wir vernahmen das laute Klatschen, als er auf die Wasserfläche traf. Die Flüssigkeit spritzte. Fontänen aus Tropfen gischteten in die Höhe. Im nächsten Augenblick war der Ninja verschwunden und sank wie ein Stein dem Boden entgegen.

Das war geschafft.

Ich hörte Suko hämmern. Es waren nur ziemlich dumpfe Schläge, kein Klirren, das ein Brechen des Glases angezeigt hätte.

Fünf Ninjas zählte ich noch.

Der sechste trieb jetzt langsam vom Grund des Bassins an die Oberfläche. Das Wasser war wie mit gierigen Händen unter seine Kleidung gefahren und drückte den Körper in die Höhe.

Ich hatte keinen Blick für ihn, die anderen fünf waren wichtiger.

Da hatte es Suko geschafft.

Das Platschen und Klirren des Glases klang wie die schönste Musik in meinen Ohren, und Suko schrie mir schon zu, ihm zu folgen.

Ich warf mich herum. Mein Partner befand sich in Bewegung. Er trat mit dem Fuß dicke Glasscherben aus dem Rahmen, sodass er Platz für uns beide schaffen konnte.

Ich wollte bereits starten, als ich einem der Ninjas zu nahe kam. Mit Schwert und Dolch war er bewaffnet. Beide Dinge wollte er gegen mich einsetzen.

Ich musste schießen.

Sein Sprung zur Seite gelang ihm nicht mehr. Im flackernden Mündungslicht sah ich seinen Schädel, der förmlich wegflog, denn der Mann war nach unten getaucht, und so hatte ihn mein geweihtes Silbergeschoss in den Kopf getroffen.

Er stürzte in den Pool und ging sofort unter.

Suko war bereits verschwunden. Auch ich duckte mich und huschte durch die zerbrochene Tür in den anderen Teil des Komplexes.

Hier lagen tatsächlich die Schwitzkabinen, und es war ein verdammter Irrgarten aus Längs- und Quergängen, der vor uns lag. Wir wussten nicht, wohin wir uns wenden sollten, überall konnte jemand auf uns lauern, und wenn wir einen Raum betraten, saßen wir in der Falle. Keine Tür war geschlossen. Unsere Blicke fielen in die Kabinen, die ausnahmslos leer waren.

»Verdammt, hier muss es doch einen Ausgang geben!«, schimpfte ich.

Mein Freund nickte. »Sicher, aber den werden sie uns nicht zeigen.«

Hinweisschilder gab es auch nicht. Wofür auch? Wer sich in dieser Sauna aufhielt, kannte sich aus. Nur für uns war das nicht der richtige Platz.

Ich lauschte nach unseren Verfolgern. Wir hörten sie noch nicht. Dafür ein anderes Geräusch.

Ein Zischen!

»Gas?« Suko sprach das Wort zitternd aus. Er wusste, wie gefährlich und heimtückisch ausströmendes Gas sein konnte. Das konnte Menschen vergiften …

Es war kein Gas.

Dampf quoll uns entgegen. Er kam von drei Seiten. Aus offenen Düsen strömte er, und er näherte sich uns in gewaltigen Wolken, die heiß waren und unsere Körper schon sehr bald wie leichte Mäntel umgaben.

Das hatte uns noch gefehlt!

Hatten wir uns schon vorher nicht in diesem verfluchten Irrgarten ausgekannt, so wurde es jetzt noch schlimmer, denn durch den heißen Dampf waren auch die Wände nur noch als graue, lange Schatten zu erkennen und oft erst im letzten Augenblick.

Der Dampf bot Schutz für unsere Gegner. Wir mussten uns darauf einstellen, dass sie plötzlich aus den Schwaden erscheinen würden, um uns niederzumachen.

»Lass uns nur zusammenbleiben«, flüsterte ich meinem Freund zu. »Keiner geht weg.«

»Worauf du dich verlassen kannst«, gab mein Partner zurück. Ich spürte ihn an meiner Seite und merkte, dass er weiter nach hinten wollte, um vielleicht Deckung zu finden.

Auch ich lief mit.

Der Dampf hatte uns jetzt völlig eingehüllt. Wir sahen so gut wie nichts. Im letzten Augenblick erkannte ich eine Wand, lief leider noch dagegen, drehte mich und entdeckte den Schatten.

Ein Ninja.

Ich schoss.

Es gab keine andere Möglichkeit. Dumpf hörte sich der Knall an, und die dunkle Gestalt verschwand. Dabei konnte ich nicht einmal sagen, ob sie erwischt worden war.

Dafür flirrte etwas an meinem Ohr vorbei, traf klirrend die Wand und fiel zu Boden.

Es war ein Dolch.

Hinter mir klang etwas. Es war keine Klinge, die gegen eine Wand geschlagen war, sondern Suko, der kämpfte. Er hatte einen der Ninja-Leute stellen können und hielt auch noch seine Beutewaffe in der Hand. Die Klingen klirrten gegeneinander. Wer von den beiden Suko war, konnte ich nicht erkennen. Es ging einfach zu schnell. Sie blieben nicht in einer Richtung, sondern drehten sich, sodass ich mal den Rücken des einen, dann wieder den des anderen sah.

Ein Schrei stieß aus der Dampfwolke. Jemand taumelte auf mich zu. An seiner Flatterkleidung erkannte ich, dass es nicht mein Freund Suko war.

Mein rechter Arm hämmerte nach unten, und damit auch die schwere Beretta.

Es wurde ein Volltreffer!

Der Kerl brach in die Knie, als wären ihm die Beine weggeschlagen worden. Flach und mit dem Gesicht zuerst fiel er zu Boden, blieb liegen und rührte sich nicht mehr.

»Gut, John!«, hörte ich Sukos Lob.

Ich hob die Hand und lief hinter meinem Freund her. Mit gezückter Klinge stieß der Chinese in die Dampfwolken hinein. Er fühlte sich in seinem Element.

In den folgenden Sekunden wurden wir nicht mehr angegriffen. Die Gegner hatten entweder aufgegeben oder warteten auf eine günstige Gelegenheit.

Ich schaute nach rechts und links, blickte in die offen stehenden Saunakabinen hinein, sah aber nur Dampfwolken und keine schwarz gekleideten Ninja-Gestalten.

»Vorsicht, John!«

Sukos Ruf erreichte mich zu spät, denn schon prallte ich gegen ihn. Er hatte nicht mehr rechtzeitig stoppen können und die Tür viel zu spät gesehen.

Wir verloren sekundenlang die Übersicht. Das wollte ein Ninja ausnutzen. Er kam mit zwei Dolchen in den Händen. Vielleicht war es der, den ich niedergeschlagen hatte. Diese Ninjas konnten unheimlich viel einstecken, manche waren wie Stehaufmännchen.

Ich unterlief den Kerl und rammte ihm meine Faust mit der Waffe in den Magen. Er kippte nach hinten, röchelte, und ich wollte ihn schon ins Reich der Träume schicken, als ich Sukos Stimme vernahm.

»John, da ist ein Lift!«

Das war ein Ding. Den Ninja ließ ich liegen. Suko hatte bereits die Tür geöffnet, war eingetreten. Ich folgte meinem Freund, und wir befanden uns in einer kleinen Kabine, wo wir endlich freier atmen konnten, denn kaum etwas von dem verdammten Dampf war dorthin gelangt.

»Ich frage mich nur, wie viele seiner Diener dieser Shimada aufbringen kann«, keuchte Suko.

»Keine Ahnung. Bei den Letzten hier hatten wir es wohl nicht mit Untoten zu tun.«

»Glaube ich auch. Dafür waren die im Haus der Ermordeten zuständig.«

»Lass uns fahren!«

Suko stand näher an der Leiste. Es gab nur zwei Kontakte. Eine Beschriftung sahen wir nicht.

Suko drückte den untersten Knopf. Irgendwie mussten wir ja in die Tiefe kommen, denn unter uns befand sich der Ausgang, und Fenster hatten wir keine gesehen.

Der Lift fuhr nicht schnell. Jedenfalls erschien uns die Geschwindigkeit ziemlich langsam, und mein Partner murmelte manchmal eine Verwünschung. Was würde uns unten erwarten? Ohne darüber gesprochen zu haben, beschäftigten uns die gleichen Gedanken. Hatten die Ninjas gemerkt, dass wir so klammheimlich verschwinden wollten? Lauerten sie jetzt irgendwo auf uns?

»Halt dich bereit«, sagte ich zu Suko.

»Immer.«

Noch warteten wir ein paar Sekunden. Plötzlich gab es den allseits bekannten Ruck, und der Lift stand.

Unsere Blicke waren auf die schmale Tür gerichtet. Würde sie sich öffnen?

Nein, sie blieb geschlossen. Öffnen mussten wir sie selbst.

Wir hatten uns rechts und links der Tür aufgebaut, hoben zur gleichen Zeit unsere Beine und traten gegen die Tür.

Sie schwang auf. Dabei traf sie auf keinen Widerstand, sodass wir sicher sein konnten, dass dicht dahinter niemand wartete. Halb offen blieb die Tür stehen, sodass das Licht in die Kabine dringen konnte, mit dem der Raum hinter der Tür ausgeleuchtet war.

Ein seltsames Licht. Türkisfarben …

»Gehen wir?«, fragte Suko. »Am Eingang scheinen wir ja doch nicht gelandet zu sein.«

»Da sagst du etwas!«

Meiner Ansicht nach mussten wir uns unter dem Eingang befinden. Vielleicht in den weit verzweigten Kellerräumen des Hauses, das war gut möglich.

Es war wieder eine Halle, die uns aufnahm. Sofort spürten wir die andere Atmosphäre, die hier herrschte. Das Licht schien nicht von dieser Welt zu stammen. Es war klar und dennoch verschwommen. Die Luft war mit erstarrten Geistern gefüllt. Ein Hauch von Unheimlichkeit und Fremde wehte uns entgegen und schien uns umfassen zu wollen.

»Hier lebt was«, flüsterte Suko.

Ich nickte.

Was es war, konnte ich nicht sagen. Wir gingen in die Halle hinein, sahen über uns eine hohe Decke und entdeckten auch die Quelle des Leuchtens.

Es drang aus den Wänden.

Dann aber fiel uns das auf, was wir schon bei unserem Eintritt gesehen hatten.

Am gegenüberliegenden Ende der Halle war eine Bühne.

Nur gab es auf ihr keine Akteure, die etwas spielten oder sich im Spiel übten. Nein, wir sahen da große, wuchtige Gegenstände.

Vier Särge aus Stein!

Beide waren wir überrascht. Suko räusperte sich. »Verdammt, wo sind wir denn hier gelandet?«

»Vielleicht in einer Gruft.«

»Glaube ich kaum, auch wenn die Särge da stehen.« Er stieß mich an. »Komm, lass uns den Friedhof näher ansehen!«

»Friedhof ist gut.«

»Wo man Särge hingestellt hat, ist für mich auch ein Friedhof. Und wenn er sich in der Halle befindet.«

»Sehr europäisch sehen mir die Särge aber nicht aus«, sagte ich.

»Altes Japan.«

»Meinst du?«

»Sicher, da kenne ich mich aus.«

Nach diesem Worten schwiegen wir und ließen uns von der Atmosphäre einfangen.

Sie war in der Tat ungewöhnlich. Wir spürten den geheimnisvollen Hauch eines fremden Landes und einer fremden Zeit. Hier hatte sich etwas konzentriert, das man mit dem Wort Magie umschreiben konnte.

Shimadas Reich?

Weder Suko noch ich hatten damit gerechnet, in diesem Keller zu landen, wobei wir das Gefühl nicht loswurden, in einer fremden Welt zu stecken. Es konnte durchaus sein, dass wir einen Dimensionssprung hinter uns hatten, ohne es bemerkt zu haben.

Möglich war alles ...

Zur Bühne, wo auch die Särge standen, führte eine Treppe hoch. Sie bestand aus breiten Steinstufen. Jede glänzte wie dunkler Marmor, und auf jeder Stufe schimmerten japanische Schriftzeichen. »Kannst du sie lesen?«, fragte ich Suko.

»Nein.«

Als wir die Treppe hinter uns gelassen hatten und auf der »Bühne« standen, wurden unsere Augen groß vor Staunen. Erst jetzt konnten wir die Särge aus der Nähe sehen und stellten fest, dass sie in ihrer Höhe noch größer waren als wir. »Liegen da vielleicht Riesen begraben?«, hauchte Suko und konnte wie ich ein Gefühl der Beklemmung nicht vermeiden. »Das ist möglich.« Ich schluckte. »Also, ich habe ja nichts gegen Riesen. Aber als Feinde möchte ich sie nicht haben.«

»Noch ist nichts bewiesen.« Da hatte Suko Recht, und wir wollten uns die Särge erst einmal näher anschauen, bevor wir über sie urteilten.

Ich hob meinen Arm und legte eine Hand auf das Gestein. Es fühlte sich völlig normal an. In Brusthöhe etwa befand sich der Trennungstrich zwischen den beiden Hälften. Dort waren die Teile aufeinandergepresst worden.

Wen oder was enthielten die Särge?

Das war die große Frage, die mich beschäftigte. Suko sicherlich auch, doch er hatte etwas anderes vor, denn ich hörte sein Zischen, fuhr herum und sah ihn winken.

Mit wenigen Schritten war ich bei ihm. »Was ist los?«

Suko deutete auf eine Stelle an der Außenhaut des Sargs. Er hatte etwas Staub weggeblasen, und ich sah die Schriftzeichen in japanischer Sprache.

»Kann ich nicht lesen«, wisperte ich.

Suko lächelte knapp und holte die Ahnentafel hervor. Auch auf ihr standen die Namen in der uns fremden Sprache, gleichzeitig auch mit den uns bekannten Buchstaben.

»Vergleiche mal!«, wisperte Suko.

Das Licht war schlecht. Ich musste meine Augen anstrengen, aber ich fand es heraus.

Identische Schriften.

Was konnte das bedeuten? Da gab es nur eine Erklärung, die ich flüsternd äußerte. »Auf der Tafel und auf dem Sarg steht zu lesen, wer im Sarg liegt.«

»Genau.«

»Aber welche Bedeutung hat das?«

Suko hob die Schultern. Auch ich wusste keine Antwort, und so gab es nur einen Weg. Wir mussten selbst herausfinden, wer oder was sich in den großen Steinsärgen befand.

Noch hatten wir Zeit. Shimada ließ uns ebenso in Ruhe wie seine Ninjas.

Ein wenig erinnerten mich die Särge an die Begräbnisstätten der Großen Alten, die ich in der Leichenstadt gesehen hatte. Nur waren die Särge dort Wege in eine andere Welt und fremde Dimension. Das war hier vielleicht nicht der Fall.

»Dann los!«, sagte Suko.

Wir wollten uns gerade an die Arbeit machen, als es passierte. Mit einem Angriff mussten wir immer rechnen. Dass er allerdings so schnell erfolgen würde, überraschte uns. Plötzlich fiel etwas auf unsere Köpfe, wir drehten uns noch, wollten herum, aber es war schon zu spät. Jemand zog mit eiserner Kraft das große Netz zu, das auf uns gefallen war.

Wir wurden gegeneinander geworfen, stießen sogar mit den Köpfen zusammen, dann gab es einen Ruck, und das Netz glitt in die Höhe.

Mit uns als Inhalt! Ich schaute hinunter, sah die Ahnentafel vor den großen Särgen liegen und eine Hand, die danach griff. Kaum hatten die Finger die Tafel berührt, als ein höhnisches, gellendes Lachen erklang.

Shimada hatte es ausgestoßen.

Die erste Runde ging an ihn ...

Logan Costello hatte sich seine Chancen genau ausgerechnet. Wenn er davon ausging, dass Xorron zu jeder Zeit und irgendwo auf der Welt zuschlagen konnte, dann würde es bestimmt sehr lange dauern, bis er eine Spur hatte. Und so richtete er sich auf eine Wartezeit ein.

Er verbrachte sie in seinem Arbeitszimmer. Mit allen großen Mafiafürsten in den Staaten hatte er telefoniert und sein Anliegen so behutsam wie möglich vorgetragen. Ein paarmal hatte man ihn einfach ausgelacht, andere wiederum hatten sich als kooperativ erwiesen. Vielleicht aber nur am Telefon, und in Wirklichkeit dachten sie anders.

Seine Leute brachten ihm auch keine Ergebnisse. Niemand hatte oder wollte etwas von einem Monstrum wie Xorron gesehen haben. Das blieb im Dunkeln. Sollte er Pech haben?

Paul Sorvino schaute herein. Der Anwalt war der Einzige, der jeweils ohne Anmeldung zu ihm durfte. »Nun?«

»Nichts«, sagte Sorvino. »Ich glaube, wir verrennen uns da in etwas.«

Costello schüttelte den kantigen Schädel. »Nein, nie. Wir verrennen uns nicht.«

»Und du hast diesen Shimada tatsächlich gesehen?«

Der Mafioso sprang auf. »Hältst du mich für einen Lügner?«, schrie er.

»Nein, nein, nicht, aber …«

Da summte das Telefon. Es war der rechte der drei Apparate. Nur wenige Menschen kannten die Nummer. Unter anderem die großen Mafiabosse in den amerikanischen Großstädten.

Costello nahm ab. Sein Gesicht zog sich in die Breite. »Roberto aus New York. Was kann ich für dich tun, Bruder?«

»Eine gute Nachricht.«

»Wieso?«

»Du suchst doch etwas, oder nicht?«

»Ja, Xorron.«

»Und hast du nicht auch etwas von Zombies gesagt?«

»Das auch.«

»Ich glaube, da sind welche gesehen worden.«

Costello war wie elektrisiert. »Was sagst du da? Du hast welche gesehen?«

»Nein, nicht ich, Amigo. Ein Kapitän, der uns verpflichtet ist, hat vor der Ostküste ein seltsames Schiff gesichtet.«

»Welch ein Schiff? Sag schon!«

»Eine Galeere. Sie wurde von Zombies gerudert, wie er meint. Und auf dem Bug stand eine Gestalt. So weiß, so groß. Wie du sie beschrieben hast.«

»Xorron!«, murmelte Costello.

»Genau.«

Der Capo atmete tief ein. Ihn schwindelte, und er sagte nichts mehr, sodass sich Roberto schon Sorgen machte. »Bist du noch dran, mein alter Freund?«

»Ja, das bin ich.«

»Ist die Nachricht gut?«

»So gut, dass ich selbst rüberkomme. Und zwar mit der nächsten Maschine.«

»Bravo, Amigo, ich erwarte dich.« Damit war das Gespräch beendet.

Costello drehte sich zu seinem Anwalt um und rieb sich die Hände. »Wir haben ihn, Paul, wir haben ihn.«

»Und?«

»Er befehligt eine Galeere mit Zombies. Und dieses Schiff läuft New York an. Kannst du dir vorstellen, was passiert, wenn die an Land gehen …?«

Das konnte Paul Sorvino. Eine Antwort gab er nicht. Seine graue Gesichtsfarbe sagte aber genug …

Zombies stürmen New York

Das Grauen näherte sich New York!

Noch war es über einhundertfünfzig Meilen entfernt, doch jede Welle des grau wirkenden Atlantiks und jeder Ruderschlag brachten es näher.

Es war ein altes Schiff, und es erinnerte an die Galeeren, die vor vielen Jahrhunderten, von Sträflingen gerudert, die Meere durchkreuzten. Plump und schwerfällig wirkend, dazu mit schlaff hängenden Segeln, stampfte es westwärts. Sträflinge waren es nicht, die an den Ruderstangen hockten und die breiten Holzblätter durch das Wasser zogen. Andere Gestalten sorgten dafür, dass die Galeere ihren Kurs beibehielt.

Es waren Zombies!

Woher sie kamen, wusste wohl nur derjenige genau, dem sie gehorchen mussten. Und der stand auf Deck wie ein König. Eine hoch gewachsene Gestalt, größer als ein Mensch, aber im Aussehen ähnlich.

Wer ihn aus der Ferne sah, entdeckte nur die weiße, manchmal ins Beige hineintendierende Farbe seines Körpers. Besah man ihn allerdings aus der Nähe und schaute genau hin, so waren unter der Haut die grünen Knochen eines Skeletts zu erkennen.

Helle Haut und grüne Knochen.

Da gab es nur einen, der so aussah.

Xorron!

Er war es in der Tat, und er befehligte die Galeere der Zombies. Xorron nannte sich Herr der Zombies und Ghouls, er kommandierte das unendlich erscheinende Heer dieser Schreckensgestalten, und er war der einzige »Überlebende« der alten Mordliga. Nichts hatte ihn erschüttern können.

Seine untoten Sklaven ruderten. Er hatte sie aus dem Wasser geholt, ertrunkene Seeleute, die durch seine Magie erweckt worden waren und ihm nun zur Seite standen.

War die Mordliga auch zerstört worden, so hatte Xorron seine großen Pläne nicht aufgegeben. Und seine Helfer brauchten das gleiche wie er.

Menschen!

Sie mussten diesem unheilvollen Drang nachgeben, und

Xorron hatte keine Veranlassung gesehen, sich diesem zu widersetzen. Sie sollten Menschenopfer bekommen. Er wollte für eine Invasion sorgen, wie sie ein Land noch nie erlebt hatte.

Um den Schrecken zu verbreiten, musste er an einem zentralen Punkt beginnen. Er hatte sich einen Nerv ausgesucht, an dem er die Menschen empfindsam treffen konnte.

New York.

Die Stadt. Von ihr gingen die Impulse aus. Sie strahlte das ab, was andere Städte gern hätten. In ihr zuckte, brodelte und kochte es. Da lebten die Menschen inmitten einer Hölle aus Gewalt, Beton, Armut und Verbrechen. So jedenfalls die eine Seite.

Es gab auch das andere New York. Das der Künstler, der Kreativen, die jeden Sonnenstrahl feierten und New York zu einem Hexenkessel brodelnder Gefühle machten.

Wenn diese beiden Gegensätze zusammenstießen und durch die Zombies in Panik gerieten, hatte Xorron einen Teil seiner Aufgabe schon erfüllt.

Noch einen Grund gab es, in diese Stadt zurückzukehren. Hier war er wieder auferstanden. Tief unter dem Central Park hatte er verborgen gelegen, um schließlich von Dr. Tod erweckt zu werden. Der hatte ihm damals die Chance gegeben, überhaupt wieder zu leben, und Xorron war ihm bis zu dessen Vernichtung dankbar gewesen.

Während die Zombies die schwere Galeere durch die Fluten ruderten, stand Xorron am Bug des Schiffes. Er hatte sich dort wie ein helles Denkmal aufgebaut, den Blick nach Westen gerichtet, seinem Ziel zu, das New York hieß.

Noch sah er nichts. Nur der graue Atlantik wogte um ihn herum. Hin und wieder entdeckte er ein Flugzeug, das seine Bahn am blauen Himmel zog.

Es war heiß. In den Städten kochte und dampfte es. Davon merkte Xorron nichts. Bei ihm spielten weder Wärme noch Kälte eine Rolle. Xorron war gegen so etwas unempfindlich.

Am Horizont sah er auch ein Schiff. Es fuhr schneller als die Galeere, und schon bald waren die Umrisse des Dampfers vom Horizont verschluckt worden.

Das Meer lag wieder frei vor ihm.

Xorron wandte sich ab. Hin und wieder inspizierte er sein Schiff und die Rudersklaven.

Es war keine besonders große Galeere, die Xorron da befehligte, sondern eine ganz normale. Zwei Decks hatte sie, und die waren voll mit Zombies.

Xorron drehte sich um den Hauptmast herum und stieg in das untere Deck, wo die erste Lage Zombies an den Ruderstangen hockte.

Das Holz ächzte und stöhnte unter den schweren Tritten des Wesens, als er sich in das Halbdunkel begab.

Ein Mensch wäre vor Grauen zurückgeschreckt.

Es waren ja nicht nur die bleichen Gestalten mit den mageren, manchmal halb verwesten Körpern, die stumpfsinnig ihrer Tätigkeit nachgingen und nie ermüdeten, sondern auch der bissige, drückende Verwesungsgestank, der das untere Deck schwängerte und sich wegen der schlechten Lüftung dort auch festsetzte.

Xorron störte so etwas nicht. Er hatte sich längst an seine Helfer gewöhnt. Zudem war er selbst nicht anders, und er glaubte fest daran, dass es ihm diesmal gelingen würde, eine Stadt zu erobern.

Er hatte es während seiner Aufweckung ebenfalls versucht. Damals war es ihm nicht gelungen, weil es da einen Mann namens John Sinclair gab, der ihm einen Riegel vorsetzte.

Xorron musste sich bücken, sonst wäre er mit seinem Schädel gegen die Decke gestoßen. Er inspizierte seine »Leute«. Hier und da trat er gegen ein Bein, das ihm im Wege stand, oder er schob einen Arm zur Seite, der von irgendeiner Seite der Ruderbank herabhing.

Jeder sah irgendwie anders aus. Viele wiesen Verletzungen auf. Ein einäugiger Pirat war ebenso vertreten wie ein Kapitän, von dessen Uniform nur noch Fetzen übriggeblieben waren.

Insgesamt eine schauerliche Mannschaft, die lebte, obwohl sie eigentlich hätte tot sein müssen.

Sie schwiegen. Nicht einmal ein Grunzen drang aus ihren Mäulern, und die blicklosen Augen, stumpf wie alte Messer, sahen den nicht, der durch den Mittelgang schritt, wobei er mal nach rechts, dann wieder nach links schaute.

Xorron kontrollierte und hörte die typischen Geräusche des Ruderns. Es war das Stöhnen des Holzes, das Klatschen der Wellen gegen die Bordwand, und selbst die Geräuschkulisse der Takelage drang bis zu ihm ins Unterdeck.

Die Zombies ruderten!

Sie würden immer rudern, solange Xorron es wollte. Rudern oder töten, ihnen war es egal. Die Galeere sollte die Stadt erreichen, aus der Xorron einmal gekommen war.

Er schaute auf die gebeugten Rücken. Im Takt bewegten sie sich einmal vor, dann wieder zurück. Ein immerwährender Gleichklang, der nie unterbrochen wurde.

Zombies waren die besten Rudersklaven. Sie brauchten weder Essen noch Trinken, auch eine Pause hatten sie nicht nötig. Stumpfsinnig taten sie ihre Arbeit und ruderten weiter ihrem Ziel entgegen, das Xorron ausgesucht hatte.

Am Heck des Schiffes drehte er sich um und ging den Weg wieder zurück, den er gekommen war. Seine mächtigen Arme pendelten rechts und links seines Körpers herab. In dem glatten Gesicht rührte sich nichts. Die Augen waren kaum zu erkennen. Es waren nur schmale Schlitze. Ebenso wie die Nase und der Mund.

Wenn er ihn jedoch öffnete, präsentierte er eine Reihe von Zähnen, die spitzen Stahlstiften glichen. Mit ihnen konnte er die Beute reißen, und niemand hatte eine Chance gegen ihn.

Xorron galt als unbesiegbar!

Bis jetzt jedenfalls hatte es niemand geschafft, eine Waffe gegen ihn einzusetzen, die Xorrons Existenz zerstört hätte, obwohl es oft genug versucht worden war. Selbst der Geisterjäger John Sinclair hatte es mit seinem Kreuz nicht geschafft, Xorron zu Boden zu zwingen. Er wusste selbst nicht genau, aus welchem Material er bestand. Sein Ursprung war im Dunkel der Geschichte verborgen, obwohl es jemanden gab, der seine schützende Hand über ihn hielt.

Es war eine weibliche Person. Gefährlich und grausam. Sie hatte auch einen Namen.

Pandora!

Diese mythologische Gestalt hatte unmittelbar mit Xorron zu tun. Was es im Einzelnen war, darüber wusste selbst Xorron nicht Bescheid, aber in seiner Gestalt kreuzten sich zwei Mythologien oder zwei Magien.

Eine fernöstliche und eine griechische!

Xorron betrat das Oberdeck. Wieder bogen sich die Stufen unter seinem Gewicht durch, und die unheimliche Gestalt verließ das stinkende und schwüle untere Ruderdeck.

Er stemmte sich gegen den Wind, der warm aus Südosten blies und die Segel jetzt stärker gefüllt hatte als noch vor einer Stunde. Die Galeere hatte mehr Fahrt aufgenommen. Wahrscheinlich hätten die Zombies überhaupt nicht mehr zu rudern brauchen, doch solange sie keinen Befehl erhielten, damit zu stoppen, würden sie weitermachen.

Xorron schritt über Deck. Seine Augen öffneten sich dabei ein wenig. Kleine, rötlich schimmernde Punkte waren zu erkennen. Durch sie nahm er auch das Schiff wahr, das sich der Galeere näherte.

Es was nicht besonders groß. In seinen Ausmaßen erinnerte es an einen Fischkutter, der schwerfällig durch die lange Dünung stampfte, ein wenig beigedreht hatte und sich der Galeere näherte.

Längst hatte man auf dem Boot die Galeere entdeckt und sich bestimmt Fragen gestellt.

Xorron, der in Deckung des Hauptmastes stand, ließ seinen Blick nicht von dem sich nähernden Kahn. Er war sicher, dass sich dessen Besatzung die Galeere ansehen wollte, ja, ansehen musste, denn solch ein Schiff gab es eigentlich nicht mehr. Seit einigen Hundert Jahren fuhren keine Galeeren mehr. Wenn jetzt eine auftauchte, erweckte sie natürlich die Neugierde anderer Schiffsbesatzungen.

Xorron erwartete das Boot. Im schrägen Winkel lief es auf die Galeere zu, und es würde nicht mehr lange dauern, bis beide Schiffe zusammentrafen. Dann war die Besatzung des anderen Kahns sicherlich bereit, an Bord der Galeere zu gehen. Sie würde ihr blaues Wunder erleben.

Xorron konnte noch einige Sklaven gebrauchen …

Es gehörte zu den spezifischen Eigenschaften der Zombies, dass diejenigen, die von ihnen getötet wurden, nicht tot waren, sondern wieder auferstanden und als lebende Leichen weiterexistierten.

Zunächst einmal gab der Kapitän des Fischtrawlers Blinksignale. Wahrscheinlich hatte er es schon mit Funk versucht. Doch weder Radar noch Funk befanden sich an Bord der Galeere. Dieses Schiff wurde vom Peilstrahl der Hölle geleitet.

Der Trawler tanzte und schaukelte auf den Wellen. Mal ritt er auf einem Kamm, dann glitt er wieder hinunter in ein Wellental, um einen Augenblick später in die Höhe getrieben zu werden. Ein ewiges Wechselspiel, aber er behielt den Kurs bei.

Die Galeere war sein Ziel.

Xorron konnte den Trawler jetzt besser erkennen. Er sah auch die Besatzung. Die Männer hatten sich an Deck versammelt und starrten auf die Galeere, die nicht durch Technik bewegt wurde, sondern allein durch Kraft.

Zombies ruderten …

Aber das wusste keiner von der Besatzung des Trawlers. Für sie war das Schiff zwar ein Anachronismus, aber wohl niemand rechnete damit, wer es steuerte.

Die Wellen trugen den Trawler näher. Xorron erkannte bereits Einzelheiten. Die Männer standen an der Reling und nicht am Steuerstand.

Sechs zählte Xorron.

Wieder neue Opfer.

Aus seinem Maul drang ein gefährliches Knurren, und irgendwie begriff er, dass er jetzt handeln und den anderen die Chance geben musste, an Bord zu klettern.

Xorron erteilte einen Befehl an seine Diener. Er sagte dabei kein Wort, sondern gab einen geistigen Befehl, der von allen Zombies verstanden wurde.

Wie auf Kommando hörten sie mit ihrer stumpfsinnigen Tätigkeit auf und zogen die Ruder ein.

Die Galeere trieb weiter.

Wellen hoben sie hoch, drückten sie wieder nieder, und sie

wurde zu einem Spielball des Meeres, als sie jetzt in Richtung des Fischtrawlers trieb, dessen Kapitän das Zusammentreffen ausgezeichnet berechnet hatte.

Der Trawler wurde größer. Xorron konnte erkennen, dass die Menschen miteinander diskutierten. Die Besatzung nebst Kapitän war ziemlich durcheinander. Da wusste wohl keiner so recht, wie er die Galeere einstufen sollte.

Kommandos schallten über das Wasser. Sie galten der Besatzung der Galeere, doch da war niemand, der eine Antwort hätte geben können. Die Zombies blieben ruhig und warteten ab.

Auch Xorron ...

Stimmen wehten Xorron entgegen. Er vernahm die Worte und fand heraus, dass die Fischer des Trawlers überhaupt nicht wussten, woran sie waren. Für sie war das Auftauchen der Galeere ein Rätsel, und sie wussten auch nicht genau, ob sie das Schiff kapern sollten.

Einige waren dafür, andere dagegen.

Man sprach von einem Geisterschiff. Jemand bekreuzigte sich sogar, und der Kapitän war es schließlich, der ein Prisenkommando von drei Leuten zusammenstellte, das an Bord der Galeere gehen sollte. Die Zurückgebliebenen versorgten sich mit Hieb- und Stichwaffen. Dafür hatte Xorron nur ein müdes Grinsen übrig. Mit Pistolenkugeln war er nicht zu töten. Allerdings seine Diener, aber nur dann, wenn die Bleigeschosse den Schädel zerstörten.

Der Fischkutter war noch mit großen Enterhaken ausgerüstet, wie man sie von früher her kannte. Diese Haken wurden auf das andere Schiff geworfen und krallten sich dort fest.

Das Meer war bewegt, sodass dieses Manöver nicht einfach war. Manchmal kamen sich die Schiffsrümpfe sehr nahe, und sie rieben auch gegeneinander, was stets ein dröhnendes Geräusch ergab.

Aus drei Leuten bestand das Prisenkommando. Die Männer warteten ab, bis die Schiffe wieder dicht nebeneinander lagen, dann enterten sie den gegnerischen Pott.

Sie schafften es beim ersten Mal.

Mit geschmeidigen Bewegungen überbrückten sie die Distanz, gingen an Bord und schauten sich um.

Xorron beobachtete die drei Fischer aus seiner Deckung. Es waren kräftige Matrosen. Bestimmt hatten sie sich schon durch Gezahlreiche Hafenkneipen geschlagen und dem Teufel ins Gesicht gespuckt, aber als sie auf dem Deck der Galeere standen, erschien ihnen dieser Kahn nicht geheuer.

Die drei blieben dicht zusammen und schauten sich ängstlich um. Dabei hoben sie ihre Schultern, als würden sie frieren. Sie schienen zu merken, dass auf diesem Schiff so einiges nicht stimmte. Noch sahen sie keinen untoten Rudersklaven, auch Xorron ließ sich nicht blicken, aber die Atmosphäre war vergiftet.

Magisch vergiftet.

Xorron lauerte.

Er sah, dass sich derjenige bekreuzigte, der es schon einmal getan hatte. Der Matrose drehte sich dabei um und warf einen Blick auf den Trawler zurück. »Was sollen wir machen, Kaptän!?«, schrie er.

»Durchsuchen!«

»Aye, aye …«

Die Männer besprachen kurz ihren Plan. Sie steckten ihre Köpfe zusammen. Bleich waren ihre Gesichter. Keiner fühlte sich wohl. Die Planken der Galeere glichen einem Vulkan, der jeden Augenblick ausbrechen konnte.

Xorron wartete noch zwei Sekunden.

Dann löste er sich aus seiner Deckung und trat vor …

Wir hingen gefangen in einem Netz!

Dieses Netz befand sich weit über dem Boden, sodass an eine Befreiung vorerst nicht zu denken war. Suko und ich mussten abwarten. Beide schauten wir nach unten in die von einem grünlich blauen Licht erleuchtete Halle und sahen die Hand, die nach der wertvollen Ahnentafel griff und sie an sich nahm.

»Verdammt!«, presste Suko hervor. »Alles umsonst.«

Ich gab ihm keine Antwort. Mein Freund hatte jedoch Recht.

Ob nun alles so umsonst gewesen war, konnte ich mit Sicherheit nicht behaupten, aber es sah schon verflixt mies aus, denn unsere Gegner hatten es geschafft, uns zu überlisten.

Die Tafel, unser wertvollstes Stück in diesem Fall, war verschwunden. Wir wussten nicht einmal, wer sie an sich genommen hatte, denn er war wieder zurück in das Dunkel getaucht.

So warteten wir ab, denn irgendetwas musste geschehen, dessen waren wir uns sicher.

Und es geschah auch etwas.

Eine Stimme klang auf. Den Sprecher konnten wir nicht sehen, wussten aber, um wen es sich handelte, denn die Stimme war uns nicht unbekannt. Sie gehörte Lou Tanaka, dem Chef des »Harakiri«, einem Mann, der voll auf Shimadas Seite stand.

Tanaka sprach uns an. »Habe ich euch nicht gesagt, dass ihr keine Chance habt?«

Suko und ich schauten uns an. Ich sah das Gesicht meines Partners dicht vor mir. Er hob dabei die Schultern. Eine Geste, die ich gut verstehen konnte.

»Hat es euch die Sprache verschlagen?«, höhnte Tanaka.

»Nein!«, rief ich zurück. Meine Stimme hallte durch den großen Raum. »Ich frage mich nur, wie weit Sie noch gehen wollen.«

»Shimada hat mir alles erlaubt. Bisher hat es keine Schwierigkeiten gegeben, und ich werde das hervorholen, was in den Särgen liegt. Diese vier Särge und die Ahnentafel gehören zusammen. Sie bilden eine Verbindung, die getrennt worden war und nun aktiviert wird. Ihr könnt zuschauen, bevor euch der Tod ereilt.«

Ja, wir hatten einen Logenplatz. Noch immer sahen wir Tanaka nicht, sosehr wir uns auch anstrengten und die Köpfe drehten. Er hatte sich weit zurückgezogen.

Dann hörten wir ihn wieder.

Diesmal jedoch sprach er uns nicht an, sondern sagte die nächsten Sätze auf Japanisch. Wir verstanden nichts, konnten nur dem Klang der Worte lauschen. Wir merkten allerdings, dass sie einen geheimnisvollen Inhalt hatten. Das waren keine normalen Worte oder Sätze, die da durch die Halle schwangen, sondern unheimliche Laute. Sie schienen die Wände und die Särge streicheln zu wollen. Vielleicht waren sie auch für diese bestimmt, denn als Tanaka eine Pause einlegte, vernahmen wir unter uns das Knirschen.

Suko und ich hatten uns in dem leicht schwankenden und zitternden Netz hingehockt. Die Oberkörper waren vornübergebeugt, mit den Fingern fanden wir Halt in den Maschen. Irgendwie konnten wir uns mit Fliegen vergleichen, die sich im fein gesponnenen Netz einer Spinne verfangen hatten.

»Die Sargdeckel bewegen sich!«, hauchte Suko.

Mein Freund hatte Recht. Nun stellten wir auch fest, was das Knirschen zu bedeuten hatte. Als wären da unsichtbare Hände, die gegen die Deckel drückten, so wurden sie nach vorn geschoben, um das aus den Särgen entlassen zu können, was in ihnen lag.

War es Shimada?

Nein, der konnte es nicht sein, denn er war bereits zurückgekehrt. Etwas anderes musste in den Särgen verborgen sein, und wir waren gespannt, was sich da hervorschälte.

Vier Särge standen unter uns. Und jeder Sargdeckel kratzte über das Unterteil, wurde wegbewegt, sodass der Inhalt die makabren Ruhestätten verlassen konnte.

Und es erschien.

Aus allen vier Särgen gleichzeitig stieg das, was zu Shimada gehörte und uns so tief entsetzte …

Drei Schritte musste Xorron gehen, bevor er von den Männern gesehen wurde.

Die drei erstarrten!

Sie schienen innerhalb einer Sekunde zu Stein zu werden, denn was sie sahen, konnten sie einfach nicht begreifen. Noch hatten sie keine der lebenden Leichen zu Gesicht bekommen, aber sich plötzlich einem Monstrum wie Xorron gegenüberzusehen, war schon schrecklich genug. Diese weißliche Gestalt mit dem grünlich schimmernden Knochenskelett unter der fast unzerstörbaren Haut hatte diese drei harten Seeleute voll geschockt.

Xorron sagte nichts. Er ging auf sie zu, hob seinen Arm, und die Zombies verstanden das Zeichen.

Bisher hatten sie sich nicht nur akustisch ruhig verhalten, sie waren auch unter den breiten Ruderbänken verschwunden, damit sie nicht sofort gesehen werden konnten.

Nun aber zeigten sie sich.

War der Anblick von Xorron schon schlimm genug und hatte die Männer hart getroffen, so wurden sie jetzt noch mehr geschockt, denn man konfrontierte sie mit dem Schlimmsten, was es wohl geben konnte. Mit lebenden Leichen!

Für sie wurden Albträume wahr. Vielleicht hatten sie mal im Kino einen Film über lebende Tote gesehen und den Schauer auf dem Rücken gespürt. Aber dass es sie in Wirklichkeit gab, damit hatten sie wohl nicht gerechnet.

Die Zombies sahen aus wie in den Horror-Filmen. Manche sogar noch schlimmer, und sie standen wie schwankende Puppen, wobei es ihnen nicht immer gelang, die Dünung auszugleichen, denn einige von ihnen fielen zurück. Sie erhoben sich jedoch sofort wieder und gingen auf ihre Opfer zu.

Einer der drei Matrosen fing an zu lachen. Es hörte sich schaurig an. Er bewegte dabei seinen Kopf im Rhythmus des Gelächters und wurde vom Mutterschiff aus angeschrien.

»He, was ist da los?«

»Zombies!«, kreischte ein zweiter Matrose. »Hier stecken Zombies!«

Der dritte zog ein Messer. Er hatte es bisher unter seiner Jacke verborgen gehabt. Die Klinge war sehr lang, dazu gefährlich scharf, denn mit diesen Schneiden teilte er auch schuppige Fische. Er ging einen Schritt zur Seite und drehte sich. Die Klinge machte diese blitzende Bewegung mit und zerschnitt den Arm eines Zombies in Höhe des Ellbogens.

Kein Blut drang aus der Wunde. Der Mann mit dem Messer zuckte zurück. Ungläubig weiteten sich seine Augen. Der Zombie grinste ihn an. Er hatte ein gelbliches Gesicht, in dem das linke Auge allmählich auslief.

Da schlug Xorron zu! Der Mann mit dem Messer hatte sich zu nahe an ihn herangewagt. Die gewaltige Faust des Monstrums fuhr von oben nach unten, und sie traf mit einer schier erbarmungslosen Härte den ungeschützten Kopf.

Als der Matrose auf den Schiffsplanken zusammenbrach, war er schon tot.

Seine beiden Kameraden hatten dies ebenfalls mitbekommen. Sie konnten den brutalen Mord nicht fassen und zitterten vor Angst. Auch auf dem Mutterschiff hatte man bemerkt, welch grausiges Geschehen da abgelaufen war, und dort sah man auch, dass sich zahlreiche Untote von ihren Ruderbänken erhoben, um sich auf die beiden letzten Opfer zu stürzen.

»Kommt rüber!«, schrie der Kapitän.

Sie hörten nicht. Als sie sich dann drehen wollten, war es für sie zu spät.

Zombies können nicht springen oder sich kräftig abstoßen. Diese hier ließen sich kurzerhand fallen. Und sie waren nahe an den beiden Opfern, um sie unter sich zu begraben.

Die Leiber bildeten ein schlagendes, zuckendes Knäuel, auf das Xorron mit glanzlosen Augen starrte. In seinem glatten Gesicht regte sich nichts. Er drehte nur kurz den Kopf, als ein Schatten dicht vor der Bordwand der Galeere erschien.

Es war der Fischtrawler, den eine Welle herangetragen hatte, sodass sich die beiden Bordwände berührten.

Da sprang Xorron.

Und er schaffte diesen gewaltigen Satz. Sein schwerer Körper landete donnernd auf den Planken des anderen Schiffes. Drei Gegner hatte er vor sich. Den Kapitän und zwei Matrosen.

Für Xorron eine Kleinigkeit.

Der Kapitän wollte es trotzdem versuchen. Er war als Einziger bewaffnet und riss seinen Revolver hervor, während Xorron auf ihn zuhechtete.

»Aus dem Weg!«, brüllte der Mann und feuerte.

Der Revolver dröhnte zweimal. Den Flug der Geschosse konnte der Mann nicht verfolgen, er sah auch nicht die Einschläge, aber dieser weißhäutige Unhold mit den grünlich schimmernden Knochen als Skelett war getroffen worden.

Nur taten ihm die Kugeln nichts. Sie prallten ab, als wären sie gegen eine Wand geschlagen, und der Kapitän des Fischtrawlers begriff erst jetzt, dass er hier Wesen gegenüberstand, die er nicht so einfach töten konnte.

Mit einem Tritt zerhämmerte Xorron ein im Weg stehendes Fass. Seine Arme schlugen wie lange Pendel hin und her; das hässliche Gesicht blieb flach und ohne Regung.

Der Kapitän konnte an Xorron vorbeischauen und sah seine beiden Matrosen, denen der Schock in den Gesichtern stand. Sie hatten erlebt, wie unverwundbar das Monstrum war. Es hatte sogar den Geschossen getrotzt, aber sie wollten es trotzdem noch einmal versuchen. Sie nickten sich zu und sprangen Xorron an.

Ihre Arme schlangen sie um die Haut des Monstrums. Die beiden Männer stellten fest, dass sich diese weder kalt noch warm anfühlte. Sie schien überhaupt keine Temperatur zu haben.

Einer der Männer stach mit einem Messer zu. Die Spitze der Klinge hatte kaum die Haut berührt, als sie schräg nach unten wegrutschte, schnell wurde, über den halben Rücken glitt und dennoch ein Ziel fand. Es war der Oberschenkel des Matrosen.

Der Mann begann zu schreien. Er ließ Xorron los und fiel auf die Planken.

Sein Kamerad wurde von Xorron mit einer lässigen Bewegung abgeschüttelt, sodass er ebenfalls zu Boden krachte und sich überschlug.

Der Verletzte hielt sich sein Bein. Er schrie, während der Kapitän das alles hatte mit ansehen müssen und den Kopf schüttelte.

»Flieht!«, brüllte er plötzlich. »Springt ins Wasser! Ihr seid sonst verloren …«

»Das sind wir so oder so«, erwiderte der Verletzte kreischend und zog sich an der Bordwand hoch.

In diesem Augenblick wurde das Schiff wieder auf die Galeere zugetrieben, und die Bordwände gerieten sehr dicht nebeneinander. Das nutzten die anderen Zombies aus.

Von der Galeere her ließen sie sich nach vorn fallen. Ihre

Körper kippten über. Einige schafften es nicht. Sie verschwanden in dem breiten Spalt zwischen den Bordwänden und tauchten unter.

Leider gab es genug, die trotzdem den Trawler enterten. Für sie war der verletzte Matrose eine leichte Beute. Der Mann hatte seine Augen weit aufgerissen. Unter den schrecklichen Gestalten erkannte er einen seiner ehemaligen Kameraden, der als Toter zurückgekehrt war.

Dieser Anblick war so schlimm für den Mann, dass er fast den Verstand verlor.

Sein gellendes Schreien hallte über das Deck und verlor sich in der Weite des Atlantiks.

Im nächsten Augenblick brach die Woge der Zombies über ihm zusammen.

»Flieh!« Noch einmal gellte die Stimme des Kapitäns auf. Er meinte damit sein letztes Besatzungsmitglied. »Schwimm weg! Lieber ertrinken, als den Bestien in die Hände zu fallen.«

Der Matrose schluckte. Er schaute sich um. Sein Blick huschte über das Schiff, und er fragte sich, was er tun sollte.

Von hinten wurde er angefallen. Zu lange hatte er gezögert. Schwammige Pranken umklammerten seine Beine, zogen daran, sodass der Matrose nach vorn kippte.

Mit dem Gesicht zuerst schlug er auf. Er hatte sich nicht mehr fangen können, und die Untoten nutzten ihre große Chance.

Sie stürzten sich auf ihn.

Die Schreie des Mannes erstickten, als sich kalte Totenklauen um seinen Hals pressten und auf die Lippen legten. Er drückte sich noch einmal hoch, doch er konnte diese Bestien nicht mehr abschütteln. Was sie einmal gepackt hielten, das ließen sie nicht mehr los. Da waren sie eisern.

Dies alles hatte der Kapitän mit ansehen müssen. Nach den Schüssen war er zurückgewankt und in die Nähe des Ruderhauses gelangt. Die Antenne auf dem Dach blitzte, und der Kapitän nahm dieses Blitzen wahr. Es brachte ihn auf eine Idee.

Helfen konnte er sich wahrscheinlich nicht mehr. Diesen Unholden zu entfliehen, war unmöglich. Aber er wollte die anderen Menschen warnen. Es fuhren schließlich noch mehr

Schiffe diese Route, und wenn Kollegen oder Kameraden von ihm diesen Bestien in die Quere gerieten, war alles verloren. Deshalb musste er die anderen warnen!

Den Weg zum Steuerstand kannte er im Schlaf. Der Kapitän tauchte in das Ruderhaus ein, das mit modernen Geräten ausgerüstet war. Die Funkanlage befand sich an der rechten Seite, während man nach vorn, also zum Bug hin, einen prächtigen Blick durch die großen Scheiben hatte.

Er sah sie dort …

Es waren Zombies, die durch die Scheiben starrten und denen es gelungen war, die Brücke zu erklettern. Breite Gesichter. Manche gelblich schimmernd, andere grünlich oder von einer grauen Farbe. Hände drückten gegen das Glas. Sie waren gespreizt, und dazwischen schimmerte das Gesicht des jeweiligen Zombies.

Der Kapitän wollte einen Hilferuf absetzen. Irgendjemand musste sich in der Nähe befinden. Es war dem Kapitän auch egal, was sie von ihm dachten, wenn er die Wahrheit funkte. Denn wer von den anderen Seeleuten glaubte schon an lebende Tote …

Der Kapitän begann damit, seine Meldung in den Äther zu schicken.

Und dann brach die Scheibe. Ausgerechnet einer seiner Matrosen – als Zombie zurückgekehrt – war daran stark beteiligt. Er fiel mit den Scherben in das Innere des Ruderstandes, und andere folgten ihm.

Der Kapitän zuckte hoch. Das Grauen hatte ihn übermannt. Die Woge aus schrecklichen Leibern stürzte auf ihn zu. Dabei räumten die Zombies zur Seite, was ihnen im Weg stand.

Erwischt wurde der Kapitän aber von einem anderen.

Von Xorron!

Dieses Monstrum stand außerhalb des Ruderhauses, holte aus und drosch zu.

Er besaß die Kräfte der Hölle, und die setzte er auch ein. Die Faust durchbrach das Holz und die Verkleidung des Ruderhauses und setzte den Treffer optimal an.

Der Kapitän hörte neben sich das gewaltige Krachen. Er

zuckte herum, als ihm schon die Holzteile entgegenflogen und die Faust ihn erwischte.

Es war ein Treffer, wie er ihn noch nie gespürt hatte. Quer durch das Ruderhaus wurde er geschleudert, drehte sich dabei und hatte das Gefühl, als wäre sein Kopf auf das Dreifache angewachsen. Aber er konnte nichts mehr sehen, alles verschwamm vor seinen Augen, bis er plötzlich Widerstand auf seinen Schultern spürte.

Totenfinger!

Da wusste er, dass ihn die Zombies hatten. Durch den Treffer war er genau in ihre Arme geschleudert worden.

Und so eine Beute ließen sich diese grausamen Wesen nicht mehr entgehen …

Es dauerte noch eine halbe Stunde, bis Ruhe auf dem Trawler herrschte. Aber es war eine trügerische Ruhe. Die Stille des Todes lag über den Planken, nur das Klatschen der Wellen war weiterhin zu vernehmen.

Nur noch einer stand auf dem Trawler.

Es war Xorron.

Und er schlug zu. Mit seiner gewaltigen Kraft sorgte er dafür, dass die Planken in Fetzen gedroschen wurden und das Seewasser von unten her an Bord quirlte.

Da schäumte, gurgelte und brauste es. Xorron wollte dafür sorgen, dass auch die letzten Spuren verwischt wurden. Er sprang auf die Galeere und schaute zu, wie der Fischkutter allmählich in die Tiefe sank. Strudel bildeten sich. Nicht festgezurrtes Gut wurde noch an die Oberfläche getrieben, wobei es in einem Kreisel schwamm.

Dann sank das Schiff.

Xorron lachte dröhnend, als er es sah. Wie ein richtiger Kapitän wandte er seinen Kopf und blickte nach Westen.

Dort lag die Küste – dort lag New York!

Das war sein Ziel. Mit einer verstärkten Besatzung, denn er hatte die sechs Mitglieder der Crew zu Zombies gemacht und sie an Bord der Galeere genommen.

Jeder Zombie, der jetzt noch zu ihm kam, würde weitere bringen, denn New York war groß und dicht bevölkert …

Weder Suko noch ich wussten, ob es grüne Gestalten waren, die aus den Steinsärgen krochen. Vielleicht sorgte auch das seltsame Licht dafür, dass sich ihre Haut so verändert hatte. Jedenfalls waren es schaurige Wesen, die in der Hölle oder deren unmittelbarer Umgebung geboren waren.

Sie hatten eine menschliche Gestalt. Aber als Menschen konnte man sie nicht bezeichnen, denn was da aus den Särgen kroch, waren Dämonen oder Zombies.

Auf jeden Fall Ninjas!

Diese mörderischen Kämpfer, die einmal gelebt hatten, dann getötet worden waren und jetzt wieder zurückkehrten, um dem zu gehorchen, der einst ihr Herr gewesen war.

Nämlich Shimada!

Sie alle wiesen schwere Verletzungen auf, und ich schüttelte mich, als ich sie anschaute.

Aus dem Sarg, der fast genau unter mir stand, stieg eine Gestalt, die nur noch die Hälfte eines Schädels hatte. Eine schwarze, zusammengezogene Haut, während der andere Teil irgendwie vermodert war. Als der untote Ninja jetzt den Kopf drehte, erkannte ich, dass sein Mund noch völlig vorhanden war. Es war also nur ein Drittel aus seinem Kopf geschlagen worden.

Er trug die dunkle Kleidung der schwarzen Ninjas, die allerdings einen grauen Staubschleier zeigte, der bei seinen Bewegungen an einigen Stellen hochwallte.

Aus dem zweiten Sarg kroch eine bucklige Gestalt. Sie ging gekrümmt und wirkte im Gegensatz zu ihrem ersten Artgenossen sehr klein. Haare hatte dieser Ninja nicht. Sein runder Schädel glänzte kahl. Während der erste Ninja mit einem Schwert ausgerüstet war, so besaß dieser hier andere Waffen.

Es waren Dolche, und ihre Griffe ragten aus Scheiden, die an seinem Rücken befestigt waren.

Ich konzentrierte mich auf den dritten. Eine hagere, hoch gewachsene Gestalt mit einem feuerroten Gesicht und langen, spinnenartigen Händen, die bleich schimmerten.

Blieb der vierte.

Ein Wesen ohne Kopf. Der Schädel war ihm von der Schulter

geschlagen worden, aber er konnte sich bewegen. Über seinem Rücken hing ein Bogen nebst Köcher mit Pfeilen.

Mein Herz schlug schneller, als ich diese grausamen Wesen sah. Es war furchtbar. Der Gaumen trocknete mir aus, ich musste mich räuspern und wurde an den untoten Piraten erinnert, dem wir vor kurzem auf Mallorca begegnet waren. Auch er war eine Gestalt ohne Kopf gewesen, die trotzdem lebte.

Kaum zu fassen.

Ich holte durch die Nase Luft. Schaute auf meinen Freund Suko, der sich räusperte und ebenfalls keinen Blick von den vier aus den Steinsärgen kletternden Gestalten ließ.

»Verdammt, John, da steht uns etwas bevor!«

Wenn Suko bisher nie in seinem Leben Recht gehabt hatte, diesmal hatte er es. Diese vier Geschöpfe würden uns großen Ärger bereiten, falls wir überhaupt dazu kamen, sie zu stellen, denn wir befanden uns in einer wesentlich schlechteren Lage.

Wir hingen wehrlos über ihnen. Wenn es jemandem gelang, das Netz zu kappen oder zu öffnen, würden wir ihnen vor die Füße fallen. Eines dieser beiden Dinge würde sicherlich geschehen, da waren wir beide ganz sicher.

Das Netz ließ uns kaum Bewegungsfreiheit. Wir mussten uns schon zur Seite drehen, dann wieder andere Stellungen einnehmen, um wenigstens an die Waffen zu gelangen.

Eine ziemlich schwierige Angelegenheit, während sich unter uns die vier Ninjas formierten.

Sie hatten sich vor ihren Särgen aufgestellt. Dass wir über ihnen gefangen hingen, schienen sie überhaupt nicht zu bemerken. Jedenfalls noch nicht, denn sie reagierten überhaupt nicht, sondern starrten weiterhin nach vorn, in den Hintergrund der Bühne. Wahrscheinlich erwarteten sie dort ihren Meister.

Er kam nicht, dafür tauchte ein anderer Bekannter auf.

Lou Tanaka!

Vor den vier untoten Ninjas blieb er stehen, bog seinen Oberkörper zurück und begann zu lachen. »Ja, so habe ich es mir gedacht«, sagte er. »So und nicht anders. Ihr habt lange genug in den Särgen gelegen. Es hat uns unendliche Mühe gekostet, euch von der kleinen japanischen Insel bis nach England zu bringen, aber es hat sich gelohnt, wie ich sehe. Nun gehört ihr zu uns, und damit schließe ich Shimada ein. Wollt ihr ihn sehen, meine Freunde?«

Tanaka wartete die Antwort der vier Gestalten erst gar nicht ab, sondern drehte sich um und streckte seine Hände aus.

Auch Suko und ich folgten der Bewegung des Japaners mit den Blicken. Wir wollten sehen, ob er nur bluffte oder ob sich tatsächlich etwas tat.

Er bluffte nicht.

Shimada erschien. Der höllische Ninja zeigte das, was bei ihm so ausgeprägt war.

Seine Augen.

Von ihm selbst erkannten wir nichts. Die Augen schienen in der Luft zu schweben, sie hatten keinen Kontakt zum Körper, waren aber vorhanden und strahlten in einem intensiven Blau.

Der Schein breitete sich aus. Er erfasste auch die vier Ninjas und deckte sie wie mit einem Mantel zu.

Vergeblich verrenkten wir uns die Köpfe, um mehr von Shimada sehen zu können. Er hielt sich aber zu sehr im Hintergrund auf, zudem war unsere Lage mies, wir konnten uns leider nicht so bewegen, wie wir wollten, denn das Netz hatte keinen festen Boden und schwankte fürchterlich, wenn auch nur einer von uns seine Stellung um eine Winzigkeit veränderte. Dabei zog er den anderen immer in Mitleidenschaft.

»Verdammtes Netz!«, fluchte ich zischend.

Suko gab keine Antwort, denn er schaute so konzentriert nach unten, dass ich es ihm zwangsläufig nachtat.

Dort hatte sich etwas verändert.

Bisher waren die vier Ninjas nicht vom Fleck gewichen, nun aber bewegten sie sich und beugten ihre Oberkörper nach vorn. Sie erboten so dem großen Shimada ihren Respekt, zeigten ihm ihre Unterwürfigkeit und machten ihm klar, dass sie stets seine Diener sein wollten. Egal, was auch geschah.

Tanaka stand daneben. Nur hielt er sich außerhalb des blauen Scheins und schaute stumm zu.

Wir aber hörten Shimada reden!

Kein Wort verstanden wir, weil er in seiner Heimatsprache redete. Am Klang der Stimme merkten wir, dass es böse Worte waren, die da aus seinem Mund drangen, und sie galten seinen vier gefährlichen Ninja-Dienern.

Ich war davon überzeugt, dass auch das kopflose Wesen die Worte richtig verstand, denn es richtete sich ebenso auf wie auch die anderen drei Kämpfer.

Nach wie vor waren wir zum Zuschauen verdammt, aber wir hörten zu und vernahmen ein Wort, das wir kannten.

Xorron!

Der Oberninja sprach von Xorron, dem Herrn der Untoten und Zombies. Er schien seine größte Sorge zu sein, der Gegner, der ihm am meisten Ärger bereiten konnte, und ihn wollte er haben.

Da bahnte sich etwas Unvorstellbares an, sodass wir fast vor Spannung platzten.

Shimada redete weiter. Er selbst zeigte sich uns nicht, hielt sich im Hintergrund und gab nur seine Befehle oder Anweisungen, in die Tanaka hineinsprach.

Er meinte uns.

Einen Schritt ging er vor, erreichte den blauen Lichtschein, und seinen rechten Arm streckte er dabei in die Höhe, wobei die Spitze des Zeigefingers auf uns wies.

Dann redete er sehr laut und deutlich. Leider in einer Sprache, die wir nicht verstanden, doch dann wechselte er und redete in Englisch weiter.

»Ihr beide seid die großen Hindernisse auf dem Weg des ruhmreichen Shimada. Und diese vier hier werden dafür sorgen, dass ihr verschwindet. Ihr werdet ausgelöscht, sterbt unter Schwerthieben und Dolchstößen. Die lebenden Ninja-Toten sollen dort beginnen, wo wir vor langer Zeit aufgehört haben. In uralter Zeit haben sie bereits getötet und eine Spur des Schreckens gelegt, die nur unterbrochen wurde, aber nie aufhörte. Euch wird es treffen, euch soll es erwischen, denn ich will euch tot oder kopflos am Boden sehen …«

Er lachte grausam und ballte dabei die Hände.

Ich hatte mit einer ähnlichen Reaktion gerechnet. Es konnte ja nichts anderes kommen, und dementsprechend handelte ich auch.

Waffen trug ich bei mir, unter anderem auch meinen geweihten Silberdolch.

Er war nicht nur eine Waffe gegen Geschöpfe der Finsternis, sondern erfüllte auch völlig pragmatische Zwecke. So waren die Seiten scharf genug, um ein Netz durchtrennen zu können. Wenigstens hoffte ich dies.

Ich zog die Waffe hervor und drehte mich so, dass Tanaka mich nur von der linken Seite her sehen konnte. Die andere blieb ihm verborgen. In der rechten Hand aber hielt ich meinen Dolch.

Das Netz war stark. Es hielt großen Belastungen stand, aber die Schneide meines Dolchs zertrennte es.

Ich säbelte Lücken hinein. Jedesmal, wenn ich einen Strick durchtrennt hatte, gab es einen Ruck im Netz. Deshalb bewegten wir uns auch, aber ich hoffte stark, dass es dem unter uns stehenden Tanaka und den vier untoten Ninja-Kämpfern nicht auffiel.

Lou Tanaka erging sich in wilden Hasstiraden. Wir hörten gar nicht mehr hin, denn so etwas kannten wir von anderen Gegnern. Er drohte uns zehn Mal und mehr mit dem Tod, und ich musste aufpassen, damit das Loch im Netz nicht zu groß wurde und wir plötzlich hindurchrutschten.

»Jetzt ist es soweit!«, brüllte uns Lou Tanaka entgegen. Mit den Armen führte er wilde Bewegungen durch, vielleicht gab er irgendjemandem ein Zeichen.

Jedenfalls blieb das Netz nicht mehr in der Luft hängen, sondern setzte sich in Bewegung.

Ruckweise geschah dies. Wir klammerten uns fest, damit wir nicht jetzt schon durch die Lücke rutschten. Den Zeitpunkt des Kampfes wollten wir bestimmen.

Bisher hatte Tanaka nichts bemerkt. Es hätte ihm eigentlich auffallen müssen, denn an der Stelle, wo wir das Netz zerschnitten hatten, hingen die Fäden wie Würmer nach unten.

Ich warf einen Blick auf unsere vier Gegner.

Noch steckten ihre Waffen. Das jedoch änderte sich sehr bald, denn sie zogen ihre Schwerter und Dolche. Der Kopflose griff über die Schulter, holte einen Pfeil aus dem Köcher und legte ihn an den Bogen.

Er spannte die Sehne.

Die Hälfte der Distanz hatten wir hinter uns gebracht. Wenn wir jetzt sprangen, war das Risiko eines Knochenbruchs längst nicht mehr so groß.

»Los, John!« Suko machte den Anfang, drückte mir seine Hand in den Rücken, rutschte aus dem Loch und fiel dem Boden entgegen.

Auf meinen Freund konnte ich mich nicht mehr konzentrieren. Ich hatte mit mir selbst genug zu tun und drehte mich ebenfalls aus der Öffnung.

Dann fiel auch ich nach unten!

Die Maschine der British Airways flog über dem Atlantik und näherte sich dem amerikanischen Kontinent. Ihr Zielflughafen war der New Yorker Kennedy Airport.

An Bord des Clippers befanden sich zahlreiche Geschäftsleute, einige wenige Touristen, zwei Kinder und ein Mann namens Logan Costello. Er war, wie die anderen Passagiere auch, in London zugestiegen, hielt sich allerdings abseits der übrigen Fluggäste auf und schien mit seinen Gedanken ganz woanders zu sein.

Selbst die Stewardess fürchtete sich ein wenig vor dem Mann mit dem Granitgesicht, deshalb wagte sie es auch nicht, ihn anzusprechen und ihm etwas anzubieten.

Das wollte der Mafioso Logan Costello auch nicht. Man sollte ihn in Ruhe lassen, denn er hatte genügend Probleme zu wälzen, und es war sehr schwer, sie unter einen Hut zu bringen und eine Lösung zu finden.

Es ging um zwei Dinge.

Erstens Shimada und zweitens Xorron!

Costello wollte Xorron warnen, der Herr der Zombies und Ghouls sollte von Shimada erfahren. Dass es zu einer gewaltigen Auseinandersetzung zwischen ihnen kommen würde, war nicht zu vermeiden. Costello ging von Xorrons Unbesiegbarkeit aus. Er glaubte fest daran, dass es nichts auf der Welt gab, was Xorron besiegen konnte. Deshalb rechnete er mit einem Sieg des weißhäutigen Monstrums. Dankbarkeit konnte er natürlich von keinem Dämon erwarten. Aber Xorron würde es ihm auf eine gewisse Art und Weise dennoch anrechnen, dass er ihn gewarnt hatte. Darüber war er sich im Klaren.

Er selbst hatte nie gewusst, wo sich das Monstrum aufhielt. Es hatte einmal ein Versteck in den Anden gegeben. Aber was sollte Xorron jetzt dort, wenn er doch dabei war, eine grauenhafte Armee um sich zu versammeln? Er musste das Versteck verlassen, und er hatte es verlassen. Die Meldung des Kapitäns bewies es.

Xorron würde wahrscheinlich nach New York kommen, und dort wollte ihn Costello erwarten.

Welchen Plan Xorron verfolgte, wusste der Mafioso nicht. Jedenfalls musste er höllisch aufpassen, denn er wollte nicht, dass Xorron in eine Falle lief.

Shimada war gefährlich, das wusste Costello genau. Wenn es ihm gelang, Xorron rechtzeitig zu warnen, konnte dieser sich auf den neuen Gegner einstellen.

Costello fieberte der Ankunft entgegen. Obwohl er ohne Begleitung nach New York flog, brauchte er sich in dieser Stadt nicht fremd zu fühlen. Dafür würde schon Roberto Pasti sorgen, einer der Großen der Ostküste. Er hatte Costello auch die Nachricht zukommen lassen und wollte ihm am Kennedy-Airport abholen.

Die Stewardess hatte sich endlich entschlossen, den Passagier mit dem grau wirkenden Gesicht anzusprechen. »Kann ich Ihnen einen Drink servieren, Sir?«

Costello schreckte aus seinen Gedanken hoch, als er die Stimme vernahm, den Kopf drehte und in ein grünliches Augenpaar schaute. »Was haben Sie gesagt?«

Die Stewardess behielt ihr Lächeln bei, obwohl sie fröstelte, als sie die Frage wiederholte.

»Nein, danke, ich möchte nichts. Wirklich nicht.« Costello lächelte knapp.

»Ist gut, Sir. Kann ich sonst etwas für Sie tun?«

Der Mafioso winkte ab, und er sah, dass die Stewardess verschwand. Noch hatte er Zeit für ein Nickerchen. Bis sie in New York landeten, würde einige Zeit vergehen.

Costello gelang es, die Probleme aus seinem Hirn zu verbannen, und er schlief ein.

Es war die Stewardess, die ihn weckte. Costello schreckte sofort hoch, als er die Berührung an seiner Schulter spürte. »Ja?«, sagte er knapp.

»Es wird Zeit, dass Sie sich anschnallen, Sir. Wir befinden uns bereits im Anflug auf New York.«

»Danke.« Costello kannte das Spiel. Mit wenigen routinierten Griffen legte er den Gurt an, und er merkte gleichzeitig, dass die Maschine tiefer ging.

Anflug auf New York!

Der Mann mit dem Granitgesicht gähnte noch einmal ausgiebig und konzentrierte sich dann auf den Landevorgang. Er wusste, dass es bei der Landung und beim Start manchmal zu Katastrophen kam, hier lief alles glatt. Der erfahrene Pilot setzte den Clipper sanft auf.

Die Maschine rollte aus, die Passagiere konnten sich losschnallen und die Maschine verlassen.

Costello nahm sein Handgepäck mit. Auf andere Dinge hatte er verzichtet. Er trug keine Waffe, nicht einmal ein Taschenmesser hatte er eingesteckt. Der Mafioso wollte um keinen Preis auffallen.

Wenn Roberto Pasti etwas versprach, konnte man sich darauf verlassen. Er stand am Flughafen, begleitet von zweien seiner besten Männer, hielt er sich in einer der großen Hallen auf und entdeckte den Gast aus London schon sehr bald.

»Logan!«, rief er und breitete die Arme aus.

Die Männer begrüßten sich, wie es unter Mafiosi üblich ist. Sie umarmten sich, tauschten Bruderküsse aus und schlugen sich auf die Schultern.

Die beiden Leibwächter standen daneben und behielten die Umgebung im Auge. Sie überragten ihre Bosse jeweils um Haupteslänge.

Roberto Pasti war noch kleiner als Costello. Er trug einen grauen Staubmantel. Darunter einen dunklen Anzug. Sein Haar war schütter geworden. Die Goldrandbrille in dem schmalen Gesicht gab ihm das Aussehen eines Gelehrten oder eines kleinen Buchhalters, der in der Masse überhaupt nicht auffiel.

Nur die Augen des Mannes zeugten von der Härte, die in ihm steckte. Sie waren hart, der unbeugsame Wille strahlte aus ihnen. Es gehörte wirklich etwas dazu, einen Teil der New Yorker Unterwelt unter Kontrolle zu halten, aber dafür hatte Pasti gesorgt. Man gehorchte ihm, und es tanzte kaum jemand aus der Reihe. Zudem hatten die einzelnen Mafiafürsten ihre Bereiche genau abgegrenzt.

»Womit kann ich dir behilflich sein, mein Freund?«, fragte der New Yorker.

Costello lächelte. »Ich möchte, dass du mich zum Hafen bringst.«

»Nicht zu mir?«

»Nein, ich muss zum Hafen.«

»Und was willst du dort?«

Die beiden Männer schlenderten durch die Halle. Die Leibwächter blieben einige Schritte hinter ihnen und wachten mit Argusaugen über sie.

Costello hatte die Hände in den Jacketttaschen. Der kleine Bordkoffer wurde von einem Leibwächter getragen. »Weißt du, Roberto, ich bin aus einem bestimmten Grund nach New York geflogen.«

»Ja, die Galeere.«

»Genau. Ich muss dorthin, wo sie anlegt.«

Pasti schüttelte den Kopf. »Glaubst du denn, dass sie existiert?«

»Sicher, du hast es mir berichtet.«

»Das schon«, sagte Pasti und legte eine Hand auf Costellos Schultern. »Ich dachte nicht, dass du dies so ernst nimmst.«

Costello blieb stehen. »Es ist ernster, als du es dir in deinen schrecklichsten Träumen vorstellen kannst.«

»Aber wer sollte uns ins Handwerk pfuschen?«

»Das will ich dir sagen. Zombies, Untote, lebende Leichen.«

Pastis Gesicht verschloss sich. Mit der rechten Hand umfasste er den Brillenbügel und hob die Achseln. »Ich habe natürlich schon von diesen Wesen gehört, die du mir da genannt hast. Gehört, wohlgemerkt. Sogar gelesen und im Film gesehen.«

»Ja, im Film«, murmelte der Mann aus London. »Aber es gibt sie auch in Wirklichkeit. Wahrscheinlich ist diese Galeere voll von ihnen. Und Xorron befehligt sie.«

»Du wirst verstehen, dass es mir schwer fällt, so etwas zu glauben«, sagte Pasti.

»Natürlich, mein Freund, natürlich. Auch ich habe vor Jahren noch nicht so gedacht wie heute. Aber wir müssen umdenken, das kann ich dir versichern.«

»Was wollen diese Wesen in New York, falls es sie gibt?«

Costello hob die Schultern. »Eine genaue Auskunft kann ich dir nicht geben. Vielleicht will Xorron dorthin, wo man ihn auferweckt hat.«

Pasti war überrascht. »Er stammt aus New York?«

»Ja und nein. Er muss Hunderte von Jahren unter dem Central Park gelegen haben ...«

»Davon habe ich gehört. Sicher, es war doch damals in einem Theater, und zwei Männer aus London ...«

»Meine Feinde Sinclair und Suko.«

»Danke, dass du die Namen gesagt hast! Was ist denn mit ihnen? Haben sie sich zurückgezogen?«

»Glaub das nur nicht. Nein, sie sind noch immer aktiv.«

»Und dir etwa auf der Spur?«

»Das will ich nicht hoffen. Bisher habe ich nichts von ihnen gehört.«

Sie hatten sich bereits einem der zahlreichen Ausgänge genähert, blieben dort stehen und warteten, bis einer der Leibwächter einen dunkelblauen Cadillac geholt hatte. Sie stiegen in diesen bequemen Wagen und nahmen im Fond Platz.

Dort erst setzten sie ihre Unterhaltung fort. »Was willst du denn genau von Xorron?«, fragte Pasti.

»Ihn warnen.«

Da lachte der New Yorker. »Nimm es mir nicht übel, mein

Freund, aber ich komme nicht mehr mit. Wie du mir diesen Xorron geschildert hast, scheint er unbesiegbar zu sein. Vor wem kannst du ihn denn noch warnen?«

Costello runzelte die Stirn. »Vor einem Gegner, der mir ebenso stark erscheint wie Xorron. Er heißt Shimada. Man nennt ihn die lebende Legende. Er stammt aus einer Zeit, da die Europäer noch nichts von Amerika wussten. So jedenfalls stelle ich mir das vor. Wo er tatsächlich herkommt, kann ich dir nicht sagen, aber er hat mich besucht und mir befohlen, Xorron zu finden und ihm danach Bescheid zu geben.«

Pasti begriff sofort. »Dann stehst du auf Shimadas Seite?«

»Nein.«

Auf einmal lachte der New Yorker. »Jetzt durchschaue ich deinen Trick. Du willst Xorron warnen, ihn gegen Shimada schicken und rechnest mit Xorrons Dankbarkeit.«

»So ungefähr«, gab Costello zu.

»Bene, mein Lieber. Fahren wir also zum Hafen. Ich bin gespannt auf deinen Xorron. Und keine Sorge, mein Freund. Wenn die Galeere einläuft, finde ich auch heraus, wo sie anlegen wird. Meine Beziehungen sind blendend. Erst heute noch habe ich sie aktiviert. Da brauchst du dir keine Sorgen zu machen.«

Costello seufzte auf. »Ich habe das Gefühl, als würdest du die Sache zu sehr auf die leichte Schulter nehmen, Roberto. Xorron ist nicht nur gefährlich, sondern auch unberechenbar. Man weiß nie, wie er reagieren wird. Er kann sich innerhalb von Sekunden ändern und zu deinem Todfeind werden, denke daran.«

Pasti schlug seinem Freund aus London auf die Schulter. »Wir werden sehen, was dieser Wunderknabe hier vollbringt.«

»Wunderknabe ist gut«, murmelte Costello. »Wirklich, das treffende Wort …«

Da Suko vor mir gesprungen war, erreichte er sein Ziel auch als Erster. Die Höhe war nicht mehr so, dass man sich hätte etwas brechen können, wenn man solche Sprünge gewohnt war wie wir.

Kaum hatte Suko Kontakt, als er sich sofort zur Seite rollte, und zwar weg von den vier lauernden Ninjas.

Dann erreichte ich den Boden. Mein Freund Suko hatte es mir vorexerziert. Auch ich tauchte nach rechts und hörte Tanakas wütende Schreie, denn er hatte unsere Bemühungen mitbekommen.

»Tötet sie, tötet sie!« Seine Stimme überschlug sich, während ich geduckt über die bühnenähnliche Plattform hastete und mich dorthin wandte, wo der verdammte Schein aufgetaucht war und sein Zentrum lag.

Fand ich da Shimada?

Zunächst einmal Suko, der mich stoppte, als ich an ihm vorbeirennen wollte.

»Wo steckt Shimada?«, fragte ich hastig.

»Keine Ahnung.«

»Aber das Licht ...«

Das verlöschte in diesem Augenblick. Urplötzlich wurde es stockfinster. Weder der Schein der blauen Augen war zu sehen noch derjenige, der aus den Wänden dieser Halle drang.

Wir befanden uns in einem Meer aus Finsternis ...

Und wir hörten die Geräusche. Es waren zischelnde Stimmen, ein Raunen, ein Wispern. Geheimnisvoll, unheimlich. Irgendwo knisterte es, wir vernahmen Schritte.

Tapp, tapp – so hörten sie sich an, und sie passierten uns in einiger Entfernung.

Suko und ich hielten die Luft an. Meinen Freund sah ich nicht, obwohl er neben mir hockte. Ich spürte nur seine Körperwärme, ein Zeichen, dass er noch da war.

Wo steckte Tanaka?

Kaum hatte ich den Gedanken gehabt, als ich seine Stimme vernahm. Sie erreichte uns als Zischen und konnte von überall herkommen. »Wir kriegen euch noch!«, flüsterte er. »Das schwöre ich. Die vier Ninjas sind auf euch fixiert ...«

Er verstummte, wir vernahmen wieder die Schritte und sahen, als sie aufklangen, ein seltsames Glühen.

Sofort drehten wir unsere Köpfe.

Für die Länge eines Herzschlags erkannten wir die vier

Ninjas. Sie standen noch immer vor ihren Särgen, jetzt allerdings eingehüllt in dieses seltsame Glühen.

Eine undefinierbare Farbe strahlte es ab. Eine seltsame Mischung zwischen Blau und Rot, prall mit Magie gefüllt und auch dementsprechend reagierend.

Es löste die vier Ninjas auf!

Unsere gefährlichen Gegner waren plötzlich verschwunden, als hätte es sie nie gegeben, als wären sie nur Halluzinationen gewesen. Erklären konnte ich mir das nicht. Im schwachen Lichtschein sah ich Sukos Gesicht. Auch auf seinen Zügen breitete sich Überraschung aus, die ich im nächsten Augenblick nicht mehr sah, denn es war wieder stockfinster geworden, und auch die Schritte vernahmen wir nicht mehr.

Stille …

Zwei, drei Atemzüge lang rührten auch wir uns nicht, bis Suko das Wort ergriff.

»Hast du eine Erklärung?«, wisperte er.

»Nein, aber wir könnten Tanaka einmal fragen.«

»Dazu müssten wir ihn haben.«

»Klar.« Ich fingerte bereits nach meiner Bleistiftleuchte. Suko ahnte mein Vorhaben und reagierte entsprechend, denn er löste sich aus meiner unmittelbaren Nähe.

Ich knipste die kleine Leuchte an. Als der Strahl aufzuckte, bewegte ich meine rechte Hand sofort im Kreis, um auch die Umgebung erfassen zu können.

Etwas leuchtete für einen Moment weißlich.

Ein Gesicht.

Tanaka!

Sofort zuckte mein Arm wieder zurück. Tanaka duckte sich weg, wollte verschwinden, da war ich schon in die Höhe gesprungen, hetzte mit gewaltigen Sprüngen auf ihn zu und bekam ihn an der Schulter zu packen. Wuchtig schleuderte ich ihn herum.

Dabei traf mich sein Ellbogen genau im Gesicht. Meine Nase wurde erwischt, blutete sofort, und trotzdem konterte ich.

Meine Faust versank in etwas Weichem. Ich hörte ein Stöhnen und sah Tanaka taumeln.

Ein Rundschlag fegte ihn zurück. Mit dem Strahl der Lampe begleitete ich seinen Weg und freute mich, weil Tanaka genau dorthin wankte, wo ihn Suko erwartete.

Bevor Lou Tanaka gegen einen der Särge taumeln konnte, hatte mein Freund bereits zugegriffen. Er hielt Tanaka so fest, dass dieser sich nicht befreien konnte. Der Japaner machte vor Suko einen Bückling, und mein Freund hielt dessen Handgelenk fest.

Ich presste mir ein Taschentuch gegen die Nase, weil ich die Blutung stoppen wollte. Dabei drückte ich den Kopf zurück. Dinge, die jedes Kind machte, wenn es beim Spielen etwas auf die Nase gekriegt hatte.

Vor Tanaka blieb ich stehen. Er wand sich in Sukos Griff. Voller Zorn steckte dieser Mann. Er keuchte und stöhnte, wollte treten, doch Suko bemerkte dies und drückte seinen Arm höher. Tanaka spürte den Schmerz. Er blieb still.

Ich steckte das Taschentuch wieder weg und hoffte, dass ich die Blutung hatte stoppen können. Mit einem Nicken gab ich Suko ein Zeichen. Mein Freund verstand und lockerte den Griff ein wenig.

Tanaka erholte sich wieder. Er drückte den Kopf so hoch, dass er mich anschauen konnte.

Ich deutete auf die Särge. »In ihnen haben sie gelegen, sind auch hervorgestiegen und jetzt verschwunden. Aus welchem Grund? Reden Sie, Tanaka.«

»Sie wollten zu Shimada.«

»Das verstehe ich. Aber der ist nicht mehr da. Da stimmt doch was nicht.«

»Er ist noch da, hat aber andere Aufgaben zu erfüllen. Ihr habt Glück gehabt, dass ihn die Nachricht genau in diesem Augenblick erreichte und er weg musste.«

»Wohin?«

»Weit weg!«

»Das ist keine Antwort, Mann«, regte sich Suko auf. »Sag uns, wohin Shimada verschwunden ist.«

»Er will zu Xorron und nimmt seine Freunde, die untoten Ninjas, mit.«

»Gut, weiter so. Wo steckt Xorron denn?«

Da kicherte er hohl. »Ihr werdet ihn wohl kaum finden können. Xorron ist schon fast am Ziel.«

»Und wo?«

»Amerika!«

Dieses eine Wort spie er uns fast entgegen, und er hatte uns damit wirklich überrascht. Amerika! Das war ein gewaltiger Kontinent. Ich hatte davon gehört, dass sich Xorron, Vampiro-del-mar und Lady X, als sie noch lebten, in den Anden aufhielten. Sollte es dort zu einer Auseinandersetzung zwischen Shimada und Xorron kommen?

»Befindet er sich in Südamerika?«, wollte ich von Lou Tanaka wissen.

»Nein, nein!«, kreischte er. »Woanders. Er wartete auf Xorron. Vielleicht kämpfen sie schon.«

»Woher weiß er Bescheid?«

»Costello. Shimada und Logan Costello haben sich zusammengeschlossen. Das heißt, es blieb Costello überhaupt nichts übrig, als sich dem großen Shimada zu unterwerfen. Und er hat ihm gesagt, wo Xorron zu finden ist.«

Hatte ich bisher noch Zweifel gehegt, so waren sie jetzt weggewischt worden. Der Name Costello sagte genug, denn Logan Costello gehörte zur Spitze der Londoner Unterwelt.

Ich schluckte und nickte Suko zu.

»Okay, wir werden gehen.« Mein Partner hatte verstanden. Wie auch ich wusste er, dass die Zeit nun eilte. Wir durften nicht mehr lange warten, denn es stand zu viel auf dem Spiel. Wir konnten uns beide gut vorstellen, dass in diesen gewaltigen Kampf auch unschuldige Menschen mit hineingezogen werden konnten, und Tote durfte es auf keinen Fall geben, denn Xorron verbreitete genügend Grauen.

»Wie kommen wir am schnellsten hier raus?«, fragte ich ihn.

»Mit dem Aufzug.«

»Okay.« Das sagte Suko und legte Tanaka blitzschnell Handschellen an. Sie bestanden aus Kunststoff, waren aber ebenso hart wie das Metall früherer Jahre. Unser Gefangener hätte sie auf keinen Fall sprengen können.

Den Weg kannten wir. Diesmal schritten wir ihn zurück. Lou Tanaka ging mit gesenktem Kopf. Für ihn war das Fest der Finsternis beendet. Und das »Harakiri« musste auch noch näher unter die Lupe genommen werden. Dies allerdings mussten Kollegen von uns besorgen. Uns fehlte dafür leider die Zeit.

Diesmal drückten wir den Obersten der beiden Knöpfe, als wir den Aufzug betreten hatten. Unangefochten erreichten wir die Halle. Der zweite Portier schaute uns staunend an, als wir mit dem gefesselten Tanaka an ihm vorbeigingen und die Halle verließen.

Draußen stand mein Bentley.

Tanaka wurde in den Fond gesetzt. Suko nahm neben ihm Platz, und ich fuhr.

So rasch es ging, brachten wir ihn mit heulender Sirene und rotierendem Blaulicht zum Yard Building. Dort sollte er erst einmal in Untersuchungshaft genommen werden, denn Dinge, die gegen ihn sprachen, gab es genug.

Während Suko die Formalitäten erledigte, fuhr ich hoch in unser gemeinsames Büro. Glenda Perkins sah meinem Gesicht an, dass einiges hinter mir lag und meine Gefühle auf Sturm standen. Klugerweise hielt sie sich zurück und sagte nichts.

Ich aber schnappte mir das Telefon. Auch bei einem Geisterjäger geht viel Zeit mit Telefonieren drauf, und diesmal rief ich jemand an, der mich ebenfalls hasste.

Paul Sorvino, Costellos Anwalt.

Ihn bekam ich nicht an den Apparat, sondern eine Angestellte seiner Kanzlei, die einen vorformulierten Text auf Band gesprochen hatte, das nun ablief.

Ich hörte mir die Sätze nicht an, sondern versuchte, Sorvino zu Hause zu erreichen. Das klappte.

»Sinclair«, sagte er, »ausgerechnet Sie. Verdammt, ich wollte gerade gehen.«

»Vielleicht zu Costello?«

»Nein, der ist nicht in London.« Fast fröhlich sagte er dies.

Damit war ein Teil meiner Frage schon beantwortet. Ich hakte trotzdem nach. »Wo kann ich ihn finden?«

Sorvino lachte. »Glauben Sie, dass ich Ihnen das verrate, Sinclair?«

»Nun, ich dachte da an die Staaten!«

Das Schweigen des Anwalts bewies mir, dass ich auf dem richtigen Weg war. Deshalb tippte ich weiter.

»Vielleicht New York?«

Paul Sorvino, der Anwalt, antwortete glatt und sofort. »Tut mir Leid, Sinclair. Das müssen Sie schon selbst herausfinden. Ich halte das Gespräch für beendet.«

Damit legte er auf.

Ich hielt den Hörer eine Weile fest. Ein nachdenkliches Lächeln umspielte meine Lippen. Den Namen New York hatte ich bewusst erwähnt, denn Xorron hatte tief unter dem Central Park gelegen, bevor er von Dr. Tod erweckt wurde.

Viele zieht es an die Orte ihrer Schandtaten zurück. Und Xorron war es damals nicht gelungen, New York unter seine Knie zu zwingen. Vielleicht nahm er diesmal einen zweiten Anlauf. Möglich war alles. Zwar hatte mir Sorvino nicht zugestimmt, aber seine Antwort war sehr glatt gewesen. Zu glatt für meinen Geschmack, das sah mir schon nach einer vorbereiteten Lüge aus.

Als ich endlich auflegte, stand Glenda Perkins in der Tür. »Na, John?«, fragte sie. »Wie läuft es?«

»Schlecht.«

Ihre Augen verdunkelten sich. »Schwerer Ärger?«

»Es geht.« Ich klopfte mit den Fingern auf die Schreibtischplatte. »So schnell wie möglich muss ich nach New York, meine Liebe. Und Suko ebenfalls.«

»Was?«

»Ja, es geht um Xorron.«

»Ist er denn ...?«

»Höchstwahrscheinlich, Glenda. Und es kann ein Chaos geben. Wie komme ich am schnellsten über den Atlantik?«

»Die Concorde ...«

»Nein, nein, wir müssen sofort los.« Ich legte die Stirn in Falten. »Soll das Militär mal etwas für mich tun.«

»Du willst mit einem Düsenjäger ...?«

»Ja. Ich werde mich rüberschaffen lassen. Wo ist Sir James? Der hat die besten Beziehungen!«

»Vorhin sah ich ihn in seinem Büro.«

Ich ging los und rief Glenda noch zu, dass sie Suko nachschicken sollte, wenn er kam.

Den gewohnten Weg nahm ich, schritt über den Gang, klopfte an, stieß die Tür auf – und blieb schockiert stehen.

Auf dem Platz hinter dem Schreibtisch hockte nicht Sir James Powell, sondern ein anderer.

Shimada!

Die Galeere rollte weiter über die lange Dünung des Atlantiks. Kurs: Westen.

New York, die Küste, die Menschen in dem Hexenkessel Großstadt – all das wartete auf die Zombies, die sich auf den Weg gemacht hatten.

Und Xorron stand am Bug.

Er glich einer schaurigen Galionsfigur, hatte sich breitbeinig aufgebaut und mit einer Hand an einem Vormastsegel festgeklammert. Das Schiff tauchte ein, kam wieder hoch, und die untoten Sklaven ruderten wie die Weltmeister.

Inzwischen war die Mannschaft verstärkt worden. Sechs weitere Mitglieder hatte sie bekommen. Da es noch genügend Platz auf den Ruderbänken gab, konnten sie sich setzen und halfen ihren Artgenossen, die Galeere durch die Wellen zu rudern.

Bei Tageslicht würden sie den Hafen nicht mehr anlaufen. Auch die Dämmerung würde schon vorbei sein und die Dunkelheit über dem Land liegen.

Das wollte Xorron auch. Es war ihm recht, wenn er in der Finsternis ankam, denn er war schließlich ein Stück der Dunkelheit. Als Einziger hatte er es geschafft, aus der Crew der alten Mordliga zu überleben. Was mit Lupina geschehen war, wusste er nicht, aber die anderen existierten nicht mehr. Es gab keinen, der ihm hätte Befehle erteilen können. Was er von nun an alles tat, ging allein auf sein Konto, und das große Ziel hatte er nicht aufgegeben.

Er wollte New York erobern!

Nur noch wenige Meilen trennten ihn davon – und Shimada!

Er saß da und schaute mich an. Ich sah in die gefährlichen blauen Augen, spürte das kalte Feuer in den Pupillen und verspürte einen starken geistigen Angriff.

Er wollte mich schocken.

Shimada war stark. Unheimlich stark sogar. Ich stöhnte auf. Vor meinen Fußspitzen begann sich der Boden zu drehen. Ich fühlte mich wie auf einem Karussell, hatte den Arm ausgestreckt und griff nach dem Türpfosten, um mich festzuhalten.

»Ich muss mich um Xorron kümmern!«, empfing mich Shimadas Stimme. »Und ich werde jeden dabei aus dem Weg räumen, der sich mir entgegenstellt. Auch dich, Geisterjäger. Deshalb sollst du getötet werden. Du musst sterben – wie das Mädchen in der Show. Ich kann dich durch Gedankenkraft vernichten. Das blaue Auge wird dich töten, dich schrumpfen lassen, damit man dich nicht mehr erkennen kann. Von dir wird kaum etwas zurückbleiben, nichts, was auf dich noch hinweisen könnte.«

Er hatte lange gesprochen und dabei die Intensität seiner Gedanken nicht zurückgenommen, sie allerdings auch nicht verstärkt. So befand ich mich in einer Schwebelage; meine Gefühle waren ausgeschaltet worden, aber in meinem Körper veränderte sich etwas.

Shimada hatte mir das gleiche Schicksal angedroht, wie es das Mädchen erlitten hatte. Ich sollte durch die Magie, die in seinen blauen Augen steckte, sterben, und ich stellte fest, dass in meinem Körper ein Umwandlungsprozess ablief.

Mein Blut veränderte sich.

Hitzewellen durchrasten meine Adern. Ich wurde geschüttelt und glaubte, in Feuer getaucht zu werden.

Mir wurde heiß und kalt zugleich. Den Mund hatte ich weit aufgerissen, keuchte, und über meine Lippen schien glühender Atem zu strömen.

»Vernichten! Vernichten!«

So schallte es mir entgegen, obwohl Shimada kein einziges Wort sagte.

Mit einer Hand hielt ich mich fest, die andere aber hatte ich frei. Es war die linke. Den Arm winkelte ich an, brachte die fünf Finger in Brusthöhe und tastete nach dem Wertvollsten, was ich besaß.

Nach meinem Kreuz!

Konnte es mir helfen? Es hatte mich oft aus lebensgefährlichen Klemmen gerettet, aber es hatte eine andere Magie als die, die mir hier gegenüberstand. Zwar konnte es auch fremde Mythologien beeinflussen, doch nicht die japanische.

So würde die heilige Silbe nichts gegen die Magie eines Shimada bewirken.

Diese Dinge gingen mir durch den Kopf, während ich es trotzdem versuchte. Es war unheimlich schwer, den Arm so weit anzuheben, dass ich überhaupt in die Nähe des Kreuzes geriet.

Shimada hockte hinter Sir James' Schreibtisch wie ein König. Ich stand noch immer in der Tür und kämpfte voller Verzweiflung gegen die andere Kraft an, die mich zu zerstören drohte.

Ich atmete hastig und kurz. Dabei hatte ich das Gefühl, als würde der Sauerstoff meine Lungenflügel überhaupt nicht erreichen, und das Sprechen fiel mir ebenfalls schwer.

Um das Kreuz jedoch aktivieren zu können, musste ich die bekannte Formel aufsagen.

»Terra pestem teneto – Salus hic maneto …«

Es waren leider nur flüsternde Worte, die über meine Lippen drangen. Und dazu noch stockend, aber ich hatte Erfolg. Jedenfalls bildete ich mir diesen Erfolg ein, denn ich glaubte, wieder besser atmen zu können.

Shimada hockte noch immer auf seinem Fleck. Die blauen Augen starrten mich an.

Dennoch, ihr Blick war nicht mehr so hart.

Und damit ging auch die Intensität der fremden Gedankenströme zurück. Ich wurde zwar nach wie vor von ihnen getroffen, aber sie zwangen mich nicht mehr so stark unter Kontrolle.

Ich steuerte gegen.

Die Formel hatte mir geholfen, und auf einmal war Shimada verschwunden.

Seine Umrisse zitterten noch nach. Auf dem Stuhl schien ein Gespenst zu hocken. Ich konnte wieder freier atmen, lief hin und fasste ins Leere.

Nichts war mehr vorhanden!

Neben dem Schreibtisch blieb ich stehen. Durch den geöffneten Mund holte ich Luft, stützte mich auf die Platte und musste erst einmal zurück zu mir selbst finden.

Es fiel mir nicht leicht, meine Gedanken zu ordnen. Shimada hatte mir auf eine drastische Weise bewiesen, wie gefährlich er sein konnte. Er war praktisch in unserer Burg erschienen, in dem Heiligtum, das für Dämonen normalerweise nicht zugänglich ist.

Hinter mir hörte ich Schritte. Sie verstummten, klangen wieder auf, und im nächsten Augenblick stand Suko neben mir. »John, verdammt, was ist los?«

»Shimada!«

»Wie?«

Ich drehte mich, hob den rechten Arm und legte Suko eine Hand auf die Schulter. »Er war hier!«

Der Inspektor ging einen Schritt zurück. Ungläubig runzelte er die Stirn. »Hast du dich da nicht getäuscht, John?«

»Nein, er hat hier am Schreibtisch gesessen, wo sonst Sir James seinen Platz hat.«

»Aber das ist doch ...«

»Wahnsinn, nicht wahr?«

Ich hob die Schultern. »Denk daran, dass man ihn auch den Herrn der tausend Masken nennt. Shimada zu packen, ist so gut wie unmöglich. Das blaue Licht erwischte mich, und ich weiß jetzt, wie das Mädchen in der Peep-Show gestorben ist, aber ich konnte seinem Blick trotzen und auch der Magie.«

»Dein Kreuz, nicht?«

»So ist es.« Allmählich hatte ich den Schrecken abgeschüttelt und fühlte mich besser.

»Und er wollte dich töten?«, fragte Suko.

»So schien es mir.«

Suko schaute sich um. Sein Blick blieb schließlich am Schreibtischstuhl des Superintendenten hängen. »Aber wo ist Sir James?«, fragte er.

Verdammt, da hatte er Recht! An unseren Chef hatte ich in all der Aufregung überhaupt nicht denken können, denn ich war nur auf Shimada konzentriert gewesen.

»Weißt du es, John?«

»Nein, zum Henker.«

Suko schluckte. Beide dachten wir wohl das gleiche. Mein Freund sprach es aus. »Shimada wird ihn doch hoffentlich nicht ausgeschaltet oder getötet haben?«

»Mich?«

Wir fuhren herum, als wir in unserem Rücken die Stimme hörten. Sir James stand auf der Schwelle seines Büros. Die Augen hinter den dicken Brillengläsern schauten etwas unwillig. Er mochte es nicht, wenn sich jemand in seinem Büro befand, während er nicht da war.

Trotz der Hitze trug er einen korrekt sitzenden Anzug, ein weißes Hemd und eine Krawatte. Er war eben sehr britisch und hielt auch etwas aufs Äußere.

Er sah unser Aufatmen, schüttelte den Kopf und trat näher. »Was ist denn überhaupt los?«

»Wir freuen uns, Sir«, sagte ich.

»Und worüber?«

»Dass Sie noch leben.«

Sir James atmete tief ein. Dann schluckte er. »Das habe ich eben so an mir, und ich bin auch nicht scharf darauf, jetzt schon abzutreten.« Steif ging er während dieser Worte auf seinen Schreibtisch zu. Er ließ sich auf seinem Stuhl nieder, wischte mit einem Tuch kleine Schweißtropfen von der Stirn und fragte: »Was hat Sie eigentlich zu mir geführt, Gentlemen?«

»Shimada.«

»Aha.«

Obwohl Sir James sicherlich kaum etwas mit dem Namen anfangen konnte, tat er so, als würde er alles verstehen. Das aber dauerte noch seine Zeit, denn Suko und ich erklärten ihm abwechselnd, wie sich der Fall entwickelt hatte und was in diesem Büro vorgefallen war.

Da wurde selbst Sir James blass.

»Das hier ist keine Festung«, erklärte ich. »Vielleicht sollte man es absichern.«

Er nickte. »Ja, ja, irgendwann. Aber nicht jeder ist wie Shimada und kommt herein.«

»Nein, das nicht.«

»Dann warten wir mal ab.«

»Wir können aber nicht warten, Sir. Suko und ich müssen nach New York, wenn wir …«

Sir James hob die Hand. Die Augen hinter seinen dicken Brillengläsern funkelten. Bevor er mir eine Antwort gab, nahm er eine Magentablette. Mit zwei Fingern klaubte er sie aus dem Tablettendöschen. »Nicht so voreilig, mein Lieber. Was wollen Sie in New York, wenn Ihr Gegner sich hier in London befindet?«

»Nur Shimada!«

»Auf den kommt es Ihnen doch an.«

Ich nickte heftig. »Das ist wahr, aber wir wollen auch Xorron haben. Ich denke noch mit Schrecken an die Zeit, als man ihn erweckt hatte. Das war furchtbar, Sir. Soll es jetzt wieder so sein? Vielleicht noch schlimmer, denn Xorron hat im Laufe der Zeit seine Erfahrungen sammeln können. Er weiß seine Kräfte besser einzuschätzen.«

Sir James schaute mich an, nickte und gab mir Recht. »Trotzdem haben wir es hier mit zwei verschiedenen Paar Schuhen zu tun, obwohl ein Paar besser wäre.«

Ich verdrehte die Augen.

»Lassen Sie mal, John. Fliegen Sie nach New York. Sie haben ja Bekannte dort. Vielleicht können Sie den FBI einschalten, mir ist das egal, aber tun Sie mir einen Gefallen.«

Ich ahnte schon Schlimmes. »Und welchen?«

»Lassen Sie Suko hier!«

Der Hammer kam nach, das hatte ich mir gedacht. Für einen Moment biss ich die Zähne zusammen. Ich war verdammt wütend, aber ich konnte den Chef auch verstehen. Er rechnete damit, dass Shimada und Xorron gleichzeitig zuschlagen würden. Wenn sie das taten, geschah dies an zwei verschiedenen Stellen auf unserem Globus, und beide waren verdammt weit voneinander entfernt.

»Ich glaube auch, dass es besser sein wird, wenn ich in London bleibe«, stand Suko dem Superintendent bei. Er ging auch näher auf seine Behauptung ein. »Ich möchte gern bei Shao bleiben. Sie hat Kontakt zur Sonnengöttin gehabt. Es ist doch möglich, dass diese Verbindung wieder hergestellt wird.«

Ich hob die Augenbrauen und dachte nach. Wenn man es so betrachtete, hatte Suko eigentlich nicht Unrecht. Natürlich konnte sich auch Shimada an Shao heranmachen. Andererseits wollte er Xorron stellen, und das sagte ich.

Sir James hielt ein Gegenargument parat. »Denken Sie an Logan Costello. Sie haben mir selbst gesagt, dass er sich in New York befindet. Er wird Sie zu Xorron führen.«

»Und zu Shimada?«

»Das ist die Frage.«

Der Superintendent war nicht zu überzeugen. Selten hatte er sich so gesträubt, und ich konnte nichts machen. Er ließ meine Einwände nicht gelten.

»Möglicherweise hat er es überhaupt nicht bis New York geschafft«, sagte er. »Vielleicht treffen sie schon vorher zusammen.«

»Man könnte sich mit dem FBI in Verbindung setzen«, schlug Suko vor.

»Das wäre nicht schlecht.«

Wir diskutierten noch einige Minuten. Sir James blieb bei seiner Meinung. Suko war ebenso Shimadas Gegner wie ich, und der Superintendent glaubte daran, dass dieser japanische Dämon auch meinen Freund unter Kontrolle halten wollte.

Ich stimmte schweren Herzens zu.

»Wenn es mir gelingt, ihn durch meine Anwesenheit an London zu binden, ist doch viel gewonnen«, erklärte mein Freund.

»Meinetwegen.«

»Wann wollen Sie fliegen?«, wandte sich der Superintendent an mich.

»Wenn es geht, sofort. Und möglichst nicht mit einer Linienmaschine, sondern mit einem Düsenjäger der Air Force.«

»Das kriegen wir hin.«

Wenn unser Chef so etwas sagte, konnten wir uns fest darauf verlassen. Er wollte schon anrufen, als das Telefon summte. Es war der interne Hausapparat.

Sir James hob ab und hörte zu. Was man ihm durchgab, hörten wir nicht, erkannten jedoch an seiner Reaktion, dass es keine sehr gute Nachricht war, denn er kaute auf der Unterlippe, bei ihm ein Zeichen großer Nervosität.

Suko hob die Schultern. Ich tat es ihm nach, und als Sir James auflegte, hatte sich auf seiner Stirn ein Faltenmuster gebildet.

»Was ist denn geschehen, Sir?«, fragte ich.

Er strich über sein Gesicht. »Sie haben doch vorhin jemanden unten in den Untersuchungszellen abgeliefert, oder irre ich mich da?«

»Nein, Sir, Sie irren sich nicht.«

Suko hatte geantwortet. An ihn wandte sich der Superintendent auch. »Dieser Mann ist tot.«

Wir erschraken beide und wurden bleich wie Leinwände. »Wie ist das möglich?«

»Er scheint furchtbar gelitten haben. Die Männer berichteten, dass sie noch nie solche Schreie gehört hätten. Als sie ihn fanden, da sahen sie keinen Menschen mehr, sondern …«

»Einen blauen Klumpen«, fiel ich Sir James ins Wort.

»Genau, John.«

Ich schluckte. Shimada hatte wieder zugeschlagen. Und Sir James fragte: »Es ist wohl wirklich besser, wenn jemand von Ihnen hier in London bleibt.«

Dagegen sagte ich nichts.

Wer mit dem Schiff nach New York kommt, verlässt den Atlantischen Ozean, um in die Lower Bay einzulaufen, wobei er rechter Hand schon die Westspitze von Coney Island passiert. Die beiden Stadtteile Staten Island und Brooklyn erscheinen zu beiden Seiten des Schiffes, und vor dem Bug taucht die Verrazano Narrows Bridge auf. Sie verbindet die Stadtteile miteinander.

Wer die Brücke dann hinter sich gelassen hat, gerät in die Upper Bay und kann bereits die Freiheitsstatue sehen, das Tor nach Manhattan, und er schaute hinein in die Mündung des Hudson River, an dessen Ufern sich der New Yorker Hafen befindet.

Linker Hand liegt Jersey City, auf der rechten Seite Manhattan. Der Fluss ist die Grenze zwischen den beiden Stadtteilen.

In Manhattan hielt sich Logan Costello auf. Wenn die Galeere anlegte, dann bestimmt an den Piers von Manhattan und nicht auf der Jersey-Seite.

Roberto Pasti hatte sich als wirklicher Freund und Helfer erwiesen und alles aufgeboten, was in seinen Kräften und seiner Macht stand. Er hatte seine Verbindungen spielen lassen. Sobald sich die Galeere dem Festland näherte, würde es ihm gemeldet werden.

Er und sein Besucher aus London hockten in dem Caddy auf einem ziemlich weit südlich gelegenen Pier. Von ihm aus hatte man einen unverbauten Blick in die Upper Bay hinein, denn die großen Krananlagen standen weiter nördlich.

Der Abend hatte den Tag abgelöst. Dennoch war es kaum erträglicher geworden. In den Straßenschluchten der Millionenstadt dampfte der Asphalt. Die Hitze des Tages hatte sich wie mit gierigen Fingern in die Hauswände gekrallt, als wollte sie sie nie mehr loslassen. In diesen Nächten drehten manche Menschen durch. Da erschlug der Sohn seinen Vater, da gab es Morde am laufenden Band, Totschläge und Anfälle von Wahnsinn. In den Slums, wo es keine Klimaanlagen gab, mussten sich die aufgestauten Emotionen einfach Luft verschaffen.

Die Polizisten, in New York sowieso nicht verwöhnt, leisteten in diesen heißen Sommernächten Schwerstarbeit.

Von dieser Hitze merkten die beiden Mafiosi nichts. Sie warteten in dem klimatisierten Cadillac und tranken aus der Bar des Wagens italienischen Landwein. Wie helles Blut schimmerte er in den Kristallgläsern, und die beiden Männer nickten, wenn die edlen Tropfen über ihre Zungen rannen.

»Dieser Wein ist vorzüglich«, sagte Logan Costello schon zum dritten Mal.

Pasti hob die Schultern, während er lächelte. »Ich lasse ihn aus Sizilien kommen.«

»Da habe ich auch meine Beziehungen.«

»Aber mein Wein wird von Papa Cervolucci angebaut. Er arbeitet nur für mich. Ich entlohne ihn fürstlich. Er ist mir ein Freund geworden. Sein Sohn arbeitet inzwischen auch für mich. Sehr loyal, der junge Mann. Ich lasse ihn in der Heimat Häuser kaufen und bauen.«

»Du weitest dein Imperium aus, nicht wahr?«

Pasti nickte. »Darauf kannst du dich verlassen. Man soll nie die Verbindungen zur alten Heimat abbrechen. Dies habe ich mir immer zur Devise gemacht.«

»Dabei fährst du nicht schlecht.«

»Das stimmt, mein Freund. Salute.« Pasti hob das Glas und trank dem Mann aus London zu.

Sie genossen den Wein. Die Wartezeit wurde ihnen nicht langweilig, denn sie sprachen über die »guten alten Zeiten«, die leider nicht mehr wiederkamen – und wo beide noch so jung gewesen waren und selbst in die Kämpfe mit eingegriffen hatten.

»Es ist sehr ruhig hier«, stellte Costello nach einer Weile fest und wechselte das Thema.

»Du hast Recht. Der Hafen ist leider nicht mehr das, was er einmal war.«

»Die Krise?«

»Genau. Man hat einige Piers in New York stillgelegt und vieles nach Jersey rübergeschafft.«

»Weshalb?«

»Dort sind die Gebühren nicht so hoch. Jeder Reeder muss rechnen, weißt du.«

»Wem sagst du das?«, stöhnte Logan Costello. »Mir ergeht es ja nicht anders, und bei dir ist es wahrscheinlich auch so. Oder täusche ich mich da?«

»Keineswegs.«

»Na bitte.«

Ein Schatten erschien neben dem Wagen. Es war einer der Leibwächter, auf die Pasti nicht verzichten wollte. Er hatte seine Leute gut verteilt, zudem standen sie miteinander in Sprechverbindung.

Pasti drückte auf den Kontaktknopf, und die rechte hintere Scheibe des Caddy fuhr nach unten. Das schwere Panzerglas bewegte sich nur sehr langsam.

Nach brackigem Wasser riechende Luft drang in das Innere des Wagens.

»Es ist noch nichts in Sicht«, meldete der Mann.

»Habt ihr alles unter Kontrolle?«

»Ja, die Gläser sind ausgezeichnet. Sobald sich das Schiff der Verrazano Bridge nähert, müssten wir es sehen können.«

»Gut, haltet weiterhin die Augen offen.«

»Das machen wir.«

Pasti ließ die Scheibe wieder nach oben surren und lehnte sich zurück. »Ich kann mich auf meine Männer verlassen.«

»Das ist gut«, meinte Costello. »Dennoch ist die Anzahl der Verräter größer als früher. Heute sind die Traditionen leider zu sehr verwischt, und der Pöbel denkt nur noch ans Geld.«

»Kann man ihm einen Vorwurf machen?«

Logan Costello schaute Pasti überrascht an. »Diese Worte aus deinem Munde zu hören, überrascht mich.«

Pasti lachte. »Wieso?«

»Du hast dich zu sehr angepasst. Das macht Amerika, New York. Jeder will einen schnellen Dollar machen und vergisst dabei das, worauf er aufgebaut hat.«

»Vielleicht …«

»Nein, sogar ganz bestimmt. Glaube es mir, mein Lieber. So und nicht anders ist es.«

»Du bist kein Optimist.«

Costello hob die Schultern. »Ich habe hinter die Kulissen geschaut und Dinge gesehen, die unglaublich sind.«

»Ja, Dämonen.«

»Das auch.«

Pasti schüttelte den Kopf und schenkte Wein nach. »Ich bin nicht taub und hörte davon, aber ich kann es kaum glauben. Gibt es überhaupt Dämonen?«

Logan Costello ließ sich Zeit mit der Antwort. Er schaute durch die Scheibe auf den Pier, wo die vereinzelt stehenden Laternen ihr bläulich schimmerndes Licht dem Boden entgegenwarfen und Dunstschwaden durch die helleren Kreise trieben.

»Ja, Roberto, es gibt Dämonen. Ich habe mit ihnen paktiert. Sie unterstützten mich, stärkten mir den Rücken und standen nur auf meiner Seite.«

»Liefen die Geschäfte danach besser?«

»Ja. Nicht finanziell, aber wenn ich Schwierigkeiten bekam, brauchte ich mich nur an meine Freunde zu wenden. Sie griffen dann ein.«

Roberto Pasti lächelte schmal. »Stimmt das?«

»Du kannst es mir glauben. Als drei meiner Konkurrenten versuchten, mir den Platz streitig zu machen, um in mein Gebiet einzudringen, da holte ich mir einen mächtigen Helfer von der anderen Seite.«

»Lass mich raten! War es vielleicht Xorron?«

»Das stimmt.«

»Und?«

»Nun, er kam mit der Leichenkutsche und räumte fürchterlich auf. Es überlebte niemand, und ich konnte mich wieder als den ungekrönten König von London bezeichnen.«

»Was taten unsere Freunde?«

Wenn Mafiosi diesen Begriff verwendeten, wussten Eingeweihte sofort Bescheid, denn damit war die Polizei gemeint.

Costello hob die Schultern. »Sie kamen nicht dazu. Xorron ist ein Phänomen. Nenne mir die Waffe, die ihn töten kann!«

»Vielleicht besitzt dieser Shimada sie?«

»Kann sein, auch wenn ich es nicht glauben will. Du müsstest Xorron sehen! Das ist unwahrscheinlich und unheimlich. Xorron ist ein Ereignis, ein Phänomen, man kann ihn nicht erklären, auch nicht begreifen. Man muss ihn gesehen haben.«

»Das werde ich ja bald.«

Nach dieser Antwort seines Freundes wurde Logan Costello sehr nachdenklich. »Ich bezeichne dich wirklich als meinen Freund, Roberto, und ich danke dir auch, dass du mir bisher so gut geholfen hast, aber ich möchte dich bitten, Xorron nicht auf die leichte Schulter zu nehmen.«

»Das tue ich nicht.«

»Doch. Du glaubst mir nicht so recht. Ich merke es. Du nimmst Xorron auf die leichte Schulter, und das ist nicht gut. Wenn er tatsächlich kommt und seine Galeere am Pier anlegt, möchte ich, dass sich deine Männer zurückziehen.«

»Ich auch?«

»Ja, Roberto, du auch.« Costello sprach mit sehr ernster Stimme. »Xorron ist nicht nur unfassbar, unerklärbar oder unerbittlich, man kann ihn auch nicht berechnen. Er ist grausam. Er ist ein dämonisches Naturereignis ...«

»Aber Logan, du sprichst, wie ich dich noch nie reden gehört habe. Bist du so beeindruckt?«

»Das kannst du laut sagen.«

»Woher stammt er denn?«

»Das weiß wohl nicht einmal er selbst.«

»Aus New York?«

»Hier wurde er nur begraben. Solo Morasso hat ihn erweckt.«

»Hast du nie mit ihm gesprochen?«

»Xorron redet nicht.«

Roberto Pasti grinste. »Ich kann dir nicht glauben, Logan, wirklich nicht.«

»Bitte, halte dich an diese Regeln, wenn du überleben willst.«

»Aber, mein Freund. Haben wir nicht jahrelang alles überstanden und waren jeder Gefahr ...«

»Xorron ist kein normaler Gangster. Er ist ...« Costello sprach nicht mehr weiter, denn der Bote näherte sich wieder dem Wagen. Er lief sehr schnell, und die beiden Männer im Fond des Caddy ahnten, dass etwas Einschneidendes geschehen war.

Costello öffnete die breite Tür.

»Das Schiff ist bereits unterwegs. Es läuft New York an!«, wurde ihnen gemeldet.

»Da hast du es«, sagte Costello und stieg aus. Auch sein Freund verließ den Wagen.

»Und wo?«, fragte Pasti.

»Es hat die Brücke passiert!«

»Ist es tatsächlich eine Galeere?«, fragte Costello.

»Ein Schiff, das von zahlreichen Menschen gerudert wird«, wurde ihm geantwortet.

Costello nickte. »Das ist sie.«

Auch Roberto Pasti war von einem gewissen Fieber gepackt worden. Er fasste an den Rahmen seiner Goldrandbrille und zuckte mit den Augenbrauen. »Wenn wir diese Galeere gesehen haben, dann auch andere«, sagte er.

»Du meinst die Bullen?«

»Ja.«

Costello verzog das Gesicht. Danach grinste er. »Die werden sich wundern, wenn sie versuchen sollten, an Bord zu gehen. Gegen lebende Leichen ist so gut wie kein Kraut gewachsen.«

»Es sei denn, man schießt ihnen in den Schädel«, konterte Pasti eiskalt.

»Stimmt. Bis das allerdings begriffen worden ist, haben die Zombies bereits zahlreiche Opfer gerissen. So musst du das sehen, Roberto. Und jeder, der von einem Zombie getötet wird, verwandelt sich ebenfalls in eine lebende Leiche. Das ist das grausame dämonische Gesetz. Damit müssen wir uns abfinden.«

»Was ich nicht kann.«

»Lerne es!«

Pasti lachte bitter. Mit dem Kopf deutete er in südliche Richtung. »Sollen wir gehen?«

»Wenn du willst. Aber ich warne dich noch einmal. Nimm Xorron und seine Zombies nicht auf die leichte Schulter. Es könnte dir sehr schlecht bekommen.«

»Meine Leute sind gut bewaffnet.«

»Können sie auch das Ziel treffen?«

»Sie haben es oft genug bewiesen. Und ich hämmerte ihnen ein, dass sie auf die Schädel halten sollen.« Pasti schüttelte den Kopf. »Es ist kaum zu fassen. Ein Film wird Wirklichkeit. Wenn mir das jemand vor einer Woche gesagt hätte, ich hätte ihn entweder ausgelacht oder erschießen lassen. Je nach Stimmung.«

Logan Costello erwiderte nichts. Er konnte seinen New Yorker Mafia-Freund sogar verstehen. An seiner Stelle hätte er wahrscheinlich nicht anders gehandelt.

Sie schritten über den Pier. Ein warmer Südwestwind wehte in ihre Gesichter. Abkühlung brachte er nicht. Nur den Gestank von brackigem Wasser. Irgendwie passte der Geruch zu dem, was sie vorhatten.

Roberto Pasti hatte fünf seiner besten Leute für die Überwachungsaufgabe ausgesucht. Sie standen an strategisch günstigen Punkten des Piers, und der Chef dieser Gruppe hockte auf dem Dach eines Lagerhauses. Von dort hatte er einen ausgezeichneten Blick über das Wasser, bis hin zur angestrahlten Freiheits-Statue und zur hellen Lichterkette der Verrazano Bridge.

Der Mann hieß Jacques Cavelli. Er hörte die Schritte, drehte sich um und sah die beiden Männer. Sofort verließ er seinen Standort und baute sich am Dachrand auf.

»Wie weit ist das Schiff?«, fragte Pasti.

»Es hat bereits Liberty Island passiert.«

»Dann ist es gleich da.« Pasti atmete tief ein. »Hast du die Bullen gesehen?«

»Nein.«

Pasti schüttelte den Kopf. »Das ist seltsam, verdammt seltsam«, murmelte er.

»Ja, finde ich auch«, stimmte Costello ihm bei. »Es gibt hier schließlich eine River Police.«

»Ich bin misstrauisch. Die hätten schon längst eingegriffen, wenn alles normal verlaufen wäre. Eine Galeere, die nach New York einläuft. Das ist absurd, unwahrscheinlich. Darum muss man sich einfach kümmern.«

»Und weshalb tut man es nicht?«, fragte Costello.

»Das ist eben die Frage, die mich am meisten beschäftigt, wie du dir vorstellen kannst.«

»Wahrscheinlich wissen die Bullen längst Bescheid.«

Pastis Lippen zuckten. »Das ist unmöglich«, flüsterte er. »Von mir haben sie nichts erfahren.«

»Nein, sicher nicht. Aber es gibt auch andere Informationsquellen, wie du dir sicherlich denken kannst.«

»Und welche?«

»Sinclair!«

Pastis Augen leuchteten. Er ballte eine Hand zur Faust und schlug damit in die Luft.

»Sinclair! Immer wieder Sinclair. Ich werde noch verrückt, wenn ich an den denke.«

»So ist es aber.«

»Was hat er denn damit zu tun, zum Henker? Dein Oberinspektor und Intimfeind befindet sich in London, nicht in New York. Nein, Logan, du redest dir da etwas ein.«

»Unterschätze ihn nicht. Er ist mit allen Wassern gewaschen. Man kennt ihn auch hier.«

»Hat er einen so großen Einfluss, dass er polizeiliche Aktivitäten stoppen kann?«

»Nach allem, was hier geschehen ist, ganz sicher«, erwiderte Logan Costello.

»Und was machen wir jetzt?«

»Gar nichts. Wenn Sinclair tatsächlich in New York ist, werden wir auch mit ihm zusammentreffen.«

»Ich sage meinen Leuten Bescheid, dass sie auf ihn achten sollen. Sie können ohne Vorwarnung schießen.«

Costello nickte. Der Geisterjäger war für ihn zu einem Problem geworden. Sehr oft dachte der Mafioso an ihn. Ihre Wege hatten sich oft gekreuzt, immer wieder waren sie sich begegnet, aber es war nie zu einer Entscheidung gekommen.

Diesmal hatte Costello ein gutes Gefühl. Er konnte sich auf seinen New Yorker Freund verlassen. Wenn Pasti die Profikiller auf Sinclair hetzte, hatte dieser so gut wie keine Chance. Und Costello glaubte auch, dass er mit Xorron fertig wurde. Xorron hatte sich bisher immer auf seine Seite gestellt, und wenn Costello ihn nun warnte, zeigte sich Xorron vielleicht erkenntlich.

Mit diesen Gedanken und Schlussfolgerungen beschäftigt,

schlenderte er über den Pier. Er schaute auf das dunkle, fast schwarze Wasser des Hudson.

Der Fluss gurgelte und strömte, schmatzte und wälzte seine mächtigen Fluten in die Upper Bay hinein. Es herrschte nur wenig Schiffsverkehr. Die schweren Frachter liefen die Piers meist tagsüber an.

Aber die Nacht war nicht ruhig. Auch in der Dunkelheit wurde im Hafen gearbeitet. Das Hämmern, Quietschen und Kreischen der Kräne und Winden hallte bis zu den leeren Piers hinüber. Weiter nördlich waren die Anlegestegs in helles Licht getaucht.

Logan Costello blieb dort stehen, wo die Galeere anlegen musste. Roberto Pasti war zurückgeblieben, weil er seine Männer noch instruieren musste.

Costello schaute über das Wasser. Er blickte den Wellen nach, die sich dem offenen Meer entgegenwälzten.

Lichter funkelten auf der Oberfläche. Es war das Streulicht irgendeiner Quelle, die Costello nicht sah.

Dafür entdeckte er etwas anderes.

Einen gewaltigen Körper mit schlaff von den Masten hängenden Segeln. Er kämpfte trotzdem gegen die Strömung an, denn zahlreiche Totenklauen bedienten die Ruder.

Die Zombies lenkten und steuerten die Galeere.

Costello atmete tief. Es war also doch geschehen. Das Grauen hatte New York erreicht …

Wir lagen wie ein Brett in der Luft. Zweifache Schallgeschwindigkeit, das war schon was.

Ich kam mir dabei vor wie eine Ölsardine in der Dose, lag mehr in dem Sitz, als ich saß, und konnte selbst nichts tun, denn mein Schicksal lag einzig und allein in Händen des Piloten, der diesen modernen Düsenjäger flog.

Er saß vor mir. Ich konnte ihn kaum erkennen, weil die Rückenlehne zu hoch war. Allerdings sah ich einen Teil des Helms.

Mit den technischen Dingen hatte man mich schon zuvor

vertraut gemacht. Ich wusste, wie man die Kanzel wegsprengte, wenn Gefahr drohte, und mir war auch bekannt, wie ich den Schleudersitz betätigen musste. Sicherheit ging vor, wobei ich hoffte, dass ich meine Kenntnisse nicht anzuwenden brauchte.

Und über uns der Himmel.

So hätte man den Flug umschreiben können. Wir jagten über den Wolken dahin. Ich sah eine blanke, wie geputzt wirkende Fläche, die hin und wieder in seltsamen Farben leuchtete. Mal schwarz, dann wieder grau, und sogar einen rötlichen Schimmer entdeckte ich.

Mit dem Piloten stand ich per Kopfhörer in Sprechverbindung. Aber auch schon mit New York und dem zuständigen hohen Beamten, der dort das Sagen hatte.

Sir James hatte sich zuvor mit ihnen in Verbindung gesetzt. Es gab Männer, die sich noch sehr gut an den Fall der Ghouls und Zombies erinnerten, als Xorron erweckt wurde. Diesmal flog ich offiziell in die Stadt zwischen Hudson und East River. Nicht wie bei meinem letzten Fall, der mich nach New York geführt und wo ich gegen Gatano gekämpft hatte. Da hatte ich mich praktisch nach Manhattan geschlichen, um meiner guten, leider verstorbenen Freundin Tanith zu helfen.

Das war vorbei, und neue Aufgaben warteten auf mich. Sie würden viel schwerer zu lösen sein.

Die New Yorker Kollegen hatten meiner Bitte entsprochen und kein Aufsehen erregt. Es sollte keine große Aktion laufen, aber man wollte trotzdem etwas tun.

So waren zahlreiche Polizisten in Alarmbereitschaft versetzt worden und warteten auf den Einsatzbefehl. Andere wiederum beobachteten nur. Sie hatten den Hafen und seine Zufahrt in ihrem Blickwinkel, sodass Xorron und seine Helfer nicht unbeobachtet nach New York gelangen konnten.

Und noch etwas wurde mir mitgeteilt. Auf der Brücke eines New York anlaufenden Tankers hatten die Offiziere einen verschlüsselten Funkspruch aufgefangen. Es war ein Hilferuf. Der Kapitän eines Fischtrawlers hatte ihn abgegeben. Wirklich nur Bruchstücke, aber man konnte sich etwas zusammenreimen.

Galeere, Zombies, Tote …

Deshalb wusste ich nun, wie Xorron nach New York kommen würde. Auf einer Galeere, und wahrscheinlich wurde sie von seinen Dienern, den lebenden Toten, gerudert.

Unvorstellbar …

Aber Xorron war immer für Überraschungen gut.

Aus New York erhielt ich die beruhigende Meldung, dass alles vorbereitet war und wir uns keine Sorgen zu machen brauchten.

Dann hörte ich ein kratzendes Lachen. Der Pilot hatte es ausgestoßen. »Klappt doch prima, nicht?«

»Ja, das stimmt.«

»Und wie fühlen Sie sich?«

»Ganz ehrlich?«

»Sicher.«

»Ein wenig schwindlig. Ich fliege schließlich nicht jeden Tag in einem Jäger.«

»Ja, das Gefühl kenne ich. Es packte mich früher auch gelegentlich, aber es wird sich wieder legen.«

»Das will ich hoffen.«

Manchmal wischten Wolkenfetzen vorbei. Es waren Schleier, die so schnell wieder verschwanden, dass ich sie kaum wahrnehmen konnte. Wenn ich darüber nachdachte, wie hoch die Geschwindigkeit war, mit der wir flogen, konnte ich schon Magendrücken bekommen.

Selten hatte ich einen so prächtigen Sternenhimmel gesehen. Sonst nur an klaren Wintertagen. Das All schien sich meinem Blick zu öffnen.

Ein wunderbares Bild, und wieder einmal fühlte ich mich unendlich klein.

Meine Gedanken beschäftigten sich mit diesen philosophischen Betrachtungen, und ich dachte auch an meinen Job. Ihn konnte ich leider nicht philosophisch betrachten, sondern musste ihn verdammt real sehen. Ansonsten würde ich kaum überleben.

Es dauerte nicht mehr lange, dann hatten wir unser Ziel erreicht. Wir landeten nicht auf dem Kennedy International

Airport, sondern auf dem Gelände der Naval Air Station, auch Floyd Bennett Field genannt. Es war der militärische Flughafen des Großraums New York und lag an der Südwestseite der Jamaica Bay, praktisch dem Kennedy Airport gegenüber.

Bisher war der Flug ruhig und ausgezeichnet verlaufen. Wie ein silberner Pfeil schossen wir durch die Finsternis des Himmels. Es war eine seltsame Dunkelheit. Zwar vorhanden, aber dennoch nicht finster, sondern von einem gewissen Glanz durchzogen.

Dass wir tiefer gingen, merkte ich kaum. Nur das Zurücknehmen der Geschwindigkeit verursachte bei mir ein wenig Magendrücken.

»Landung in drei Minuten«, meldete der Pilot.

Er hielt die Zeit ein. Und es klappte alles ausgezeichnet. Als ich die Lichterketten des Flughafens sah, atmete ich tief durch und auch auf. Ein wenig steif und mit einem Brummschädel kletterte ich aus der Maschine.

Ich befand mich auf New Yorker Boden.

Und Xorron ebenfalls, wie ich hörte …

Logan Costello bezeichnete sich selbst als einen Realisten. Ihn konnte so gut wie nichts erschüttern, aber dieser Anblick, der ihm geboten wurde, warf ihn fast in hohem Bogen aus der Bahn.

Die Galeere wurde an den Pier gerudert.

Sie hatte klein ausgesehen, doch sie wuchs förmlich in die Höhe. Mit jedem Yard, den sie sich näherte. Ein gewaltiges Schiff mit einem stumpfen Rumpf.

Kein Kommando schallte über das Deck. Die Untoten wussten auch so, was sie zu tun hatten.

An beiden Seiten der Bordwand schauten die Ruderstangen aus den Öffnungen. Sie wurden jetzt langsamer bewegt, die Galeere hatte ihren Kurs geändert und wurde mit der Steuerbordseite zuerst an die Pier getragen, auf dem die einsame Gestalt des Mafioso Logan Costello stand.

Bisher hatte er Xorron nicht gesehen. Nun aber sprang die gewaltige Gestalt dieses Urmonstrums von Deck und landete dicht neben Costello auf dem Pier, wobei Xorron in seinen Pranken zwei Taue hielt, die er um die Poller wickeln wollte.

Costello war so überrascht, dass er hastig einige Sätze nach hinten sprang. Aber Xorron kümmerte sich nicht um ihn, sondern ging seiner Arbeit nach und vertäute die Galeere.

Costello beobachtete ihn dabei.

Xorron hatte sich nicht verändert. Nach wie vor schimmerten unter seiner Haut die Knochen grünlich. Wenn er sich bewegte, machten diese die Bewegung mit, sodass es wirkte, als bestünden sie aus Gummi. Wie dick die Haut war, konnte man nur raten, jedenfalls hielt sie einiges aus, ja, sie galt als unzerstörbar.

Xorron arbeitete wie ein alter Seemann. Er pullte die Taue fest, richtete sich dann auf und drehte sich um.

Sein Blick fiel auf Logan Costello!

Der Mafioso stand wie ein Denkmal auf dem Fleck. Nichts rührte sich in seinem Gesicht. Er starrte Xorron an, nur seine Hautfarbe hatte sich ein wenig verändert. Sie war bleicher geworden, denn auch Logan Costello war sich nicht sicher, wie Xorron reagieren würde. Ihn konnte man einfach nicht berechnen. Er reagierte nicht wie ein Mensch, sondern tat das, was ihm gerade in den Sinn kam.

Costello hob die Hand. Es war eine zögernde Bewegung. Verlassen und einsam stand er auf dem Pier, von den New Yorker Mafiosi war nichts zu sehen. Roberto Pasti hatte Logans Rat befolgt und seine Männer zurückgehalten, was hoffentlich so blieb.

Xorron starrte Costello an. Dabei wusste der Mafioso nicht, ob das Monstrum vor ihm seine Augen geöffnet hatte. In der Dunkelheit war es jedenfalls nicht zu erkennen.

Langsam ließ Costello den Arm sinken. Er hatte eingesehen, dass er von Xorron keine Reaktion erwarten konnte. Ein wenig mulmig war ihm schon zumute, denn er konnte Xorron nicht ausrechnen. Obwohl er Costello in London geholfen hatte, Probleme aus der Welt zu schaffen, brauchte er an diesem späten Abend nicht so zu handeln, denn bestimmt kochte er sein eigenes Süppchen.

Aber Costello hatte einen Plan. Er war bis ins letzte Detail durchdacht, und er sah nicht ein, dass er diese Vorsätze aus nichtigen Gründen aufgeben sollte.

Deshalb sprach er Xorron an. »Ich grüße dich«, sagte er mit leicht kratziger Stimme.

Xorron reagierte kaum. Er ging nur einen Schritt vor und ballte die rechte Hand zur Faust. Dann geschah etwas, das Costello überraschte, denn Xorron konnte reden. Sogar in Englisch, sodass der Mafioso ihn gut verstehen konnte.

»Was willst du?«

Costello atmete auf. In seinen Augen blitzte es. Seiner Ansicht nach hatte er die erste Hürde überwunden, denn Xorron griff ihn nicht an, und das war gut so.

»Ich habe dich erwartet!«

»Und weshalb?«

»Weil ich dich warnen will.«

Xorrons Lachen klang ebenso kratzig wie seine Stimme. Er drückte den Kopf zurück und wollte sich überhaupt nicht mehr beruhigen. Dann stellte er sich wieder aufrecht hin und fixierte Costello aus Augen, die eigentlich gar keine waren, sondern nur kalte, irgendwie rötlich schillernde Punkte.

»Was hast du mir zu sagen?«

»Du bist der einzige ›Überlebende‹ der Mordliga. Niemand weiß, was mit Lupina geschehen ist, aber man will dich töten. Jemand steht bereit, um dir die Macht streitig zu machen, und er hat mich eingesetzt, um dich in die Falle zu locken. Ich werde …«

»Den Namen!«, verlangte Xorron.

»Shimada!«

Logan Costello kannte Xorron schon eine Weile. Bisher hatte er bei ihm niemals eine irgendwie an Menschlichkeit erinnernde Reaktion festgestellt. Dies änderte sich nun. Kaum hatte Xorron den Namen Shimada gehört, als er seinen rechten Fuß in die Höhe hob und ihn dann wieder zurückschmetterte.

Der Boden dröhnte, und Costello hatte Angst, dass Xorron ein Loch hineingestanzt hätte. »Shimada!«, schrie er.

»Du kennst ihn?«

»Ja!« Xorron drehte seinen Kopf und schaute zum Schiff hin. Dort tat sich noch nichts. Die Zombies hielten sich zurück, aber Costello wusste, dass Xorron sie gedanklich in Alarmbereitschaft versetzt hatte.

»Wo ist er?«

Der Mafioso, der über Hunderte von Gangstern gebot, hob nur die Schultern. Gegen Xorron wirkte er wie ein Wicht und wurde noch kleiner, als das Monstrum ihn mit einem Satz erreichte, zupackte und Costello in die Höhe hievte.

Er ließ ihn zappeln.

»Wo ist er?«, schrie er noch einmal.

Costello sah das Gesicht des Monstrums dicht vor dem seinen. Er konnte jetzt jede Einzelheit wahrnehmen, aber er entdeckte keinerlei Falten in diesem glatten Gesicht. Die Haut wirkte wie eingeschmiert.

Xorron öffnete den Mund. Costello sah die gefährlichen Reißzähne. Sie bestanden aus einem Material, das vielleicht mit Stahl zu vergleichen war, aber bestimmt keiner war.

Costello raffte allen Mut zusammen. »Ich weiß es nicht!«, keuchte er. »Verdammt, ich weiß nicht, wo er sich aufhält. Das musst du mir glauben, wirklich.«

»Du hast mit ihm gesprochen!«

»Ja, er war bei mir!«

Xorron stellte Costello so wuchtig zu Boden, dass der Mafioso fast zusammenbrach. Ein Knöchel schmerzte furchtbar.

»Ich soll Shimada sagen, wo du dich aufhältst«, flüsterte er. »Aber ich werde es nicht tun. Ich wollte dich warnen, damit du ihm zuvorkommen kannst, denn du bist der Herr der Zombies, und du sollst es auch bleiben, Xorron!«

»Das werde ich!«

Logan Costello atmete auf. Instinktiv hatte er erfasst, dass die Gefahr nun vorbei war. Er war das losgeworden, was er hatte loswerden wollen, und allein darauf war es ihm angekommen.

Und er stellte jetzt seinerseits Fragen. »Du kennst Shimada, nicht wahr?«

»Ich kenne ihn gut.«

»Woher?«

»Aus einer Zeit, da es kaum Menschen gab. Doch das ist egal. Heute werde ich ihm beweisen, dass ich der Stärkere von uns beiden bin, und ich habe meine Diener mitgebracht, die er noch suchen muss. Ich und mein Totenheer werden ihn vernichten.«

»Wobei ich auf deiner Seite stehe!«

»Was spielt das für eine Rolle?«

Logan Costello wiegte den Kopf. »Sag das nicht. Ich könnte dir einige Tipps geben.«

»Ich will Shimada!«

»Vielleicht sollten wir auf ihn warten. Aber er muss erst wissen, wo er dich finden kann.«

»Dafür werde ich sorgen. Ich locke ihn her und …« Plötzlich verstummte Xorron, denn er hatte auf dem Pier eine Bewegung gesehen, die ihm überhaupt nicht gefiel.

Auch Costello merkte dies, drehte den Kopf und sah eine schmale Gestalt über das Pflaster laufen.

Es war Roberto Pasti!

Costello schüttelte den Kopf. War dieser Kerl denn verrückt geworden? Der konnte doch nicht sein Versteck verlassen und einfach auf den Pier laufen, um sich einzumischen.

Noch griff Xorron nicht ein. Aber Costello wollte nicht länger warten. »Hau ab, Roberto!«, schrie er. »Mach dich um Himmels willen nicht unglücklich. Verschwinde!«

Pasti hörte nicht. Er ging weiter, hob sogar noch die Hand und winkte.

»Wer ist das?«, fragte Xorron scharf.

»Ein Freund, der mir …«

»Du wusstest davon?«

»Nein, ja, ich …« Costello war durcheinander. Er wusste, dass sein Partner aus New York einen Fehler begangen hatte. Hoffentlich verstand Xorron es nicht falsch, denn Pastis Leben war sonst keinen Pfifferling mehr wert.

Roberto Pasti blieb stehen. Er hatte die Warnung endlich begriffen. Dafür hob er die rechte Hand.

Mit dieser Geste verschlimmerte er die Lage noch. Denn es war der Einsatzbefehl für seine im Hintergrund lauernden Leute.

Sie würden ihre Positionen einnehmen und die mit Zielfernrohren ausgerüsteten Gewehre auf den Körper des Unbesiegbaren richten.

Und er war unbesiegbar. Mit Kugeln nicht zu töten. Daran gab es nichts zu rütteln.

Was würde Xorron tun?

Die Situation stand auf des Messers Schneide. Costello kam sich vor wie auf einer großen Bühne, auf der nur drei Akteure spielten, wobei die Galeere im Hintergrund eine fremd wirkende Kulisse bildete.

Es verstrichen die Sekunden.

Und Xorron bewegte sich, aber er tat das, womit Logan Costello nicht gerechnet hatte.

Xorron drehte sich um, wandte beiden Mafiosi den Rücken zu, schritt auf die Galeere zu, umfasste mit beiden Pranken die Bordwand, zog sich hoch und verschwand auf dem Schiff.

Kein Schuss war gefallen.

Noch nicht …

Costello stöhnte auf. »Das halte ich nicht aus«, flüsterte der knallharte Mafiaboss, »verdammt, das halte ich nicht aus …«

»Was ist?« Die Frage hatte Roberto Pasti gestellt, als er langsam näher trat.

Costello schüttelte den Kopf und wischte sich den Schweiß von der Stirn. »Himmel, ich werde noch verrückt. Mensch, Roberto, so nahe bist du deinem Sarg noch nie gewesen.«

Pasti blieb einen Schritt vor seinem Freund aus London stehen. »Was hast du denn? Es lief doch alles glatt.«

»Ja, ja …«

Pasti deutete auf das Schiff. »War das dein Supermonster Xorron, von dem du immer berichtet hast?«

»Genau.«

Roberto Pasti grinste. »Das hatte ich mir allerdings anders vorgestellt.«

»Und wie?«

»Na, wie ein Monstrum.«

»Reicht dir der denn nicht?«

»Wieso? Als Monstrum kann man ihn doch nicht gerade bezeichnen, meine ich. Er ist …« Pasti lächelte und wies an Costello vorbei. »Da haben sie sogar einen Kapitän auf dem Schiff.«

Logan Costello schwang herum. Er schaute zur Reling hin und sah tatsächlich den Kopf eines Kaptiäns. Der Mann trug eine Schiffermütze aus dunklem Stoff und mit einem helleren Schirm.

Costello wusste Bescheid. »Das ist ein Toter!«, hauchte er.

»Sieht mir aber verdammt lebendig aus.«

»Roberto, glaub mir …«

»Hör auf, du kannst mich doch hier nicht reinlegen! Nein, nein, wir werden der Sache auf den Grund gehen. Ich habe meinen Männern schon Bescheid gegeben, nur eben den Schießbefehl zurückgehalten. Da kommen sie. Jetzt werden wir mal sehen, was Xorron uns zu bieten hat!« Er fing an zu lachen.

Costello hätte die Hälfte seines Vermögens dafür gegeben, jetzt weit weg zu sein. Das war leider nicht möglich. So musste er zusehen, wie sich das Drama zuspitzte.

Fünf Leute hatte Pasti mitgebracht. Sie kamen aus allen Richtungen. In der Dunkelheit hoben sie sich zuerst kaum vom Boden ab, doch sie kristallisierten sich hervor, je näher sie kamen.

Es waren knallharte, eiskalte Typen. Die automatischen Gewehre hielten sie fast locker in den Händen.

Wie Geister näherten sie sich. Die Gummisohlen unter ihren Schuhen ermöglichten ein fast lautloses Gehen. Noch gab es eine Chance, und die wollte Logan Costello unbedingt nützen. Er kreiselte zu Pasti herum und fasste dessen Jackettaufschläge, wobei er noch den Mantel zur Seite schlug. »Roberto, bitte, pfeif deine Leute zurück.«

»Lass mich los, verdammt!«

»Nein, es wird …«

Pasti riss sich frei. Seine Brille war verrutscht. Die Augen schienen zu glühen, als er den Mann aus London anstarrte. »Wenn ein anderer das getan hätte, wäre er jetzt tot«, knirschte der New Yorker Mafiaboss. »Das schwöre ich dir.«

»Dabei meine ich es nur gut mit dir, Roberto!«

Pasti achtete nicht auf den quälenden Ausdruck in Costellos Gesicht. Er drehte sich um und spie zu Boden. Eine Geste der Verachtung, die Costello hart traf. Mit dieser Uneinsichtigkeit seines New Yorker Freundes hatte er nicht gerechnet.

Der Mafioso aus den Staaten schritt seinen fünf Killern entgegen. Jacques Cavelli hatte die Führung übernommen. Über seiner rechten Schulter hing der Riemen einer kurzläufigen MPi.

Pasti redete mit ihm. Cavelli hörte aufmerksam zu, schaute hin und wieder auf die Galeere, bevor er nickte.

Logan Costello hielt sich im Hintergrund. Für ihn war das Spiel so gut wie gelaufen. Er wusste, dass er den New Yorker Mafioso nicht mehr überzeugen konnte. Pasti ließ sich nicht hereinreden. Der würde alles in die eigenen Hände nehmen.

Die Killer waren dunkel gekleidet. Ein weißes Hemd hätte in der Nacht eine zu gute Zielscheibe abgegeben. Nur ihre Gesichter schimmerten heller und natürlich auch der Stahl ihrer Waffen. Cavelli trug eine MPi. Die anderen vier verließen sich auf ihre automatischen Gewehre.

Was die Männer miteinander besprachen, konnte Logan Costello nicht verstehen. Natürlich stand die Galeere im Mittelpunkt. Hin und wieder deuteten die Killer auf das Schiff. Den Zeichen entnahm Costello, dass sie sich entschlossen hatten, das Schiff zu stürmen.

Dann liefen sie in den Tod!

Costello spürte ein kurzes Magendrücken, als er daran dachte. Es gab keine andere Möglichkeit für ihn. Auch noch so abgebrühte Mafiakiller konnten gegen lebende Tote nicht gewinnen. Aber das war ihnen nicht begreiflich zu machen.

Roberto Pasti hatte seine Rede beendet. Die Männer blieben auf dem Kai, für Costello ein Beweis, dass sie den Vorgängen auf den Grund gehen wollten.

Pasti stapfte auf den Mann aus London zu. Um seine Lippen spielte ein freudloses Lächeln.

»Das Spiel geht weiter, mein Freund«, sagte er, »aber nach meinen Regeln. Ich habe dir schon viel zu lange die Initiative überlassen.«

»Ihr macht euch unglücklich«, flüsterte Costello und schüttelte den Kopf. »Wirklich.«

»Lass das nur unsere Sorge sein. Aber du wirst das Vergnügen haben, uns begleiten zu dürfen.«

»Ich soll aufs Schiff?«

»Natürlich.«

»Wollt ihr einen Zeugen haben, wenn ihr sterbt?«

»Witzbold. Wir haben nicht vor, zu sterben, aber wir werden uns diesen Xorron einmal näher anschauen. Er scheint mir sehr interessant zu sein. Ich habe ihn sogar fotografiert.«

Da lachte Costello leise. »Dämonen lassen sich nicht fotografieren, du ...«

»Hör auf und komm!« Pasti fasste den Arm seines Freundes. Er dirigierte Costello so, dass er zur Galeere schauen konnte. »Leider werden wir etwas klettern müssen, aber das macht dir doch sicherlich nichts aus, oder?«

»Nein, nein, natürlich nicht.«

Eingerahmt von fünf Killern schritten die beiden mächtigen Mafiosi auf die Galeere zu.

Logan Costello sagte nichts mehr. Es hatte keinen Sinn, ein Wort zu verschwenden, die anderen hätten ihm nicht geglaubt. Vielleicht dachte Pasti anders, wenn die ersten Toten vor seinen Füßen lagen. Dann allerdings war es zu spät.

Es bereitete ihm keine Mühe, an Bord der Galeere zu klettern. Die Killer halfen ihrem Chef, und auch Costello wurde hochgeschoben. Logan konnte erkennen, dass Jacques Cavelli immer ein Auge auf ihn hatte. Pasti traute seinem Londoner Freund nicht mehr.

Sollte er ...

An Bord war es ruhig.

Logan Costello empfand die Ruhe als trügerisch und gefährlich. Auch die anderen Männer merkten, dass hier einiges nicht mit rechten Dingen zuging.

Sie standen auch nicht mehr aufrecht, sondern hatten sich leicht geduckt, als wären da unsichtbare Gewichte, die auf ihnen lasteten.

Ihre Körper standen unter Spannung, die Augen funkelten.

Viel konnten sie nicht sehen. Ein schlaff hängendes Segel versperrte ihnen den Blick. Von den anderen Piers her hallten die Geräusche zu ihnen rüber.

Sie hörten sich dumpfer an als sonst. Aber es lag kein Nebel über dem Hafen, der einen Teil der Echos geschluckt hätte.

Auf dem Deck stand ein primitives Ruderhaus. Davor befand sich der offene Einstieg zum unteren Deck.

Keine Spur von Xorron!

»Dein Superfreund scheint sich vor Angst verkrochen zu haben«, bemerkte Pasti voller Spott.

»Glaub das nur nicht.«

Pasti winkte ab. Er wandte sich an seine Männer. »So, Leute, durchsucht das Schiff!«

Darauf hatten die fünf gewartet. Cavelli setzte sich an die Spitze. Er drückte sich als Erster an dem schlaff herabhängenden Segel vorbei und betrat den breiten Gang zwischen den Ruderbänken. Pasti und Costello folgten ihm, die restlichen vier schlossen sich den beiden Führern an.

Da entdeckten sie die Zombies!

Bisher war ihnen der Blick verwehrt gewesen. Nun aber sahen sie die lebenden Toten auf den Ruderbänken hocken.

Es war ein Bild des Schreckens.

Neben Costello stieß Pasti scharf die Luft aus. Damit hatte er nicht gerechnet. Er entdeckte Gestalten, die er bisher höchstens in seinen Albträumen gesehen hatte.

Schreckliche Wesen. Manche von ihnen waren vermodert, halb verwest, andere hatten aufgequollene Gesichter, bei einigen fehlten Körperteile, doch eins hatten alle gemeinsam.

Sie hockten oder lagen auf ihren Bänken, und die Totenklauen hielten die Ruderstangen umfasst. Die Zombies schienen eingefroren zu sein, denn keiner von ihnen rührte sich.

Cavelli drehte sich um. Er übernahm als Erster das Wort. »Die sind tot«, hauchte er.

»Sieht so aus …«

»Grauenhaft. Aber wie und von wem ist das Schiff gerudert worden?«

Costello fand es an der Zeit, eine Erklärung abzugeben. »Sie sind nicht tot«, sagte er gerade so laut, dass ihn die Männer verstehen konnten. »Es sind lebende Leichen, Zombies. Glaubt mir! Ich weiß es genau.«

»Dann sollen sie doch aufstehen!«, zischte Pasti.

»Lieber nicht.«

Pasti holte tief Luft. »Lasst euch nicht einschüchtern, Jungs«, sagte er. »Wir durchsuchen das verdammte Schiff.« Er bückte sich und legte mit Widerwillen eine Hand auf die Schulter eines Zombies. Seine Finger fühlten das weiche Fleisch. Als er an der Leiche zog, da bekam sie das Übergewicht und fiel von der Ruderbank in den Mittelgang. Vor seinen Füßen blieb sie liegen.

Pasti lachte krächzend. »Ein lebender Toter. Sehr gut, Logan. Schau, wie er lebt! Die Augen glotzen mich an wie dünne Schweinsblasen.«

»Du machst einen Riesenfehler, Roberto!«

»Das kannst du getrost mir überlassen! Durchsucht das Schiff weiter!«

Die Mafiosi fühlten sich nicht sehr wohl. Deutlich konnte man dies von ihren Gesichtern ablesen. Die Haut war fast so bleich wie die der Leichen, die auf den Ruderbänken hockten. Sie waren es gewohnt, sich mit Konkurrenten zu schießen, hatten bereits harte Kämpfe hinter sich und zahlreiche Morde auf dem Kerbholz. Doch diese Leichen hier machten auch die härtesten Killer mürbe. Sie fühlten sich verdammt unwohl und krallten sich an ihren automatischen Schnellfeuer-Gewehren fest, als wären es die letzten Rettungsanker.

Kein Zombie rührte sich. Völlig apathisch und bewegungslos hingen sie auf den Bänken und hielten noch die Ruderstangen umklammert, als hätten sie nur eine Pause eingelegt, um einen Augenblick später wieder wegrudern zu können.

Bis zum Heck schritten die Mafiosi, schauten von dort aus über das schwarze Wasser des Hudson, auf dessen Wellen hin und wieder kleine Lichter tanzten.

Kein Boot der River Police lauerte in der Nähe. Die breite Mündung schien »rein« zu sein.

»Den Weg wieder zurück!«, ordnete Pasti an.

Seine Männer gehorchten. Auch Costello blieb nichts anderes übrig, als dem Befehl Folge zu leisten. Er drehte sich um und wusste, was Pasti vorhatte. Bestimmt wollte er das untere Deck durchsuchen.

Vor der Luke blieb er stehen. Er hatte den Kopf ein wenig gesenkt und schaute in die dunkle Öffnung hinein. »Wahrscheinlich wird sich dein Wunderknabe da unten verkrochen haben«, sagte er. »Also gehen wir ihn suchen.«

»Roberto, bitte!« Costello versuchte es ein letztes Mal, sagte aber nichts mehr, als er den Blick des New Yorkers sah.

Jacques Cavelli wurde als Kundschafter zuerst in die Tiefe geschickt. Er ging sehr vorsichtig. Seine MPi hielt er feuerbereit, und mit geschmeidiger Bewegung tauchte er in die Luke ein, um im Bauch des Schiffes zu verschwinden.

Die anderen hörten seine Tritte und wenig später die Stimme des Mannes erklingen.

»Er ist nicht hier.«

»Kannst du denn etwas sehen?«, fragte Pasti.

»So ungefähr. Einen Typ wie diesen Xorron hätte ich sofort entdeckt, das kannst du mir glauben.«

»Wie sieht es sonst aus?«

»Tote!«

»Da auch?«

»Ja. Hier findet ihr die gleichen Ruderbänke wie oben. Und keiner dieser Burschen bewegt sich.«

»Denk an den Kapitän!«, flüsterte Costello scharf. »Du hast ihn doch gesehen, als er über die Bordwand schaute, und da hat er sich bewegt, Roberto.«

Pasti hörte nicht auf seinen Londoner Freund. Er entschied sich für den Abstieg. »Wir kommen, Jacques.«

»Bene, ich warte!«

Der Reihe nach verschwanden die Männer im Bauch der Galeere. Costello hatte das Gefühl, sich immer mehr in Richtung Hölle zu bewegen. Schon längst hatte er seinen Plan bereut. Er hätte sich raushalten sollen, doch nun steckte er in einem gefährlichen Sumpf, aus dem er wohl kaum mehr entkommen konnte.

Jacques Cavelli erwartete die anderen bereits. Er hatte seine

Taschenlampe gezogen und eingeschaltet. Der Strahl bohrte einen hellen Tunnel in die graue Finsternis, und als sich Cavelli drehte, da huschte der Lichtkegel über die bleichen, schrecklichen Gesichter der Zombies.

Im künstlichen Licht der Lampe sahen sie noch schlimmer und grausamer aus. Zerlumpte, tote Gestalten. Wesen, die für jede Geisterbahn eine Bereicherung gewesen wären. Aber diese hier bestanden nicht aus Pappe, sie waren echt.

Die Galeere schaukelte leicht, wenn sie von den rollenden Wellen des Hudson River erfasst wurde.

Auch hier sahen die Männer keine Spur von Xorron. Sie durchsuchten jeden Winkel des Unterdecks. Lampenstrahlen leuchteten in die Gesichter der Zombies, die den Männern wie Masken aus einem Zirkus des Schreckens vorkamen.

Keiner wusste so recht, wie er reagieren sollte, aber jeder von ihnen vernahm die Geräusche.

Sie waren auf dem Oberdeck aufgeklungen.

Plötzlich verstummte sogar ihr Atmen. Die Männer hielten die Luft an. Wenn sie sich anschauten, konnten sie die Schauer sehen, die sich bei ihrem Gegenüber gebildet hatten.

Angst beherrschte sie …

Da war jemand!

Als niemand etwas sagte, beschloss Logan Costello, eine Erklärung abzugeben. »Jetzt sind sie erwacht«, hauchte er.

»Unsinn!« Roberto Pasti sprach das Wort, aber seine Stimme klang bereits sehr unsicher.

»Doch, glaubt mir. Sie werden kommen. Xorron hat ihnen den Befehl gegeben. Hört doch …«

Die Männer hörten nicht nur, sie gingen auch so weit vor, bis sie unter der Luke standen.

Schwach nur erkannten sie deren Umrisse. Ein Viereck, über dem der Mast und ein gewisser Teil des plump wirkenden Ruderhauses nur spärlich zu erkennen waren.

Schritte dröhnten ihnen entgegen. Das Holz leitete den Schall, sodass die Schritte dumpf klangen. Sie waren auch nie gleichmäßig, einen Rhythmus konnte keiner in ihnen erkennen. Es schien, als würden Betrunkene über Deck wanken.

Es waren leider keine Betrunkenen.

Nur Logan Costello traute sich, es auszusprechen. »Das sind die Zombies!«, raunte er.

Diesmal widersprach ihm niemand. Sogar Roberto Pasti hielt sich zurück.

Er stand auf dem Fleck und schaute zu Boden. Seine Mundwinkel zuckten. Bei ihm ein Zeichen, dass er konzentriert nachdachte.

Cavelli sprach es aus. »Wir müssen hier raus«, sagte er und deutete auf die Leiter.

»Ja, mach du den Anfang!«

Dazu sollte es nicht mehr kommen. Nicht nur vom Oberdeck her vernahmen sie die Geräusche, auch hinter ihnen klangen sie plötzlich auf.

Sie drehten sich um.

Zwei Lampenstrahlen durchbrachen das dunkle Grau, und dieses Licht reichte aus, um das Grauen erkennen zu können.

Die Toten erhoben sich.

Lebende Leichen waren es. Bisher hatten sie sich nur tot gestellt, denn sie wollten die Menschen in die Falle locken. Nun änderte sich die Lage schlagartig.

Sehr langsam und träge waren ihre Bewegungen. Sie standen nicht ruckartig auf, sondern bewegten sich zu den Seiten hin, wo der Mittelgang lag.

Manche stießen Geräusche aus. Gurgelnde Laute, dumpf und krächzend. Versuche, ein Wort oder einen Satz zu bilden. Beides blieb nur Stückwerk.

»Jetzt sind wir verloren«, sagte Logan Costello.

Niemand widersprach ihm. Die harten, durch eine Schule der Gewalt geprägten Mafiosi standen da und wussten nicht, was sie tun sollten, bis sie das Lachen hörten.

Über ihnen.

Sie schauten hoch.

Dort stand der Herr der Zombies und Ghouls. Niemand wusste, wo er sich versteckt gehalten hatte. Als es jedoch auf die Männer hinabtropfte, da war ihnen klar, dass er, als sie das Deck durchsuchten, im Wasser gelauert haben musste.

Er stand da wie ein Feldherr. Aus dieser Perspektive wirkte er noch riesiger.

Roberto Pasti griff unter sein Jackett. Als er die Hand wieder hervorholte, hielt sie einen Revolver.

»Schießen!«, befahl er.

Immer wenn ich nach New York kam, musste ich an einen dunkelhäutigen G-man denken, der mir zu einem Freund geworden war und den ich hatte töten müssen, weil er von den Zombies selbst zu einem Untoten gemacht worden war.

Ich spreche von Jo Barracuda!

Ein Bilderbuch-Athlet war er gewesen, ein Freund, auf den ich mich verlassen konnte, der mir beim Vernichten der Vampir-Flotte geholfen hatte und leider in einen Kreislauf geriet, aus dem es kein Entrinnen mehr gab.

Er war ein guter Mann gewesen, und doch hatten ihn die anderen erwischt.

Auch jetzt musste ich wieder an ihn denken, als ich in dem neutralen Dienstwagen eines anderen G-man saß, den ich kannte. Der Mann hieß Abe Douglas, war dunkelblond und wesentlich kräftiger sowie breiter gebaut als ich. Ein Mann, der sich durchsetzen konnte, ein Kämpfertyp, den so leicht nichts umwarf, bis er die Zombies kennen gelernt hatte.

Ich war froh, ihn an meiner Seite zu haben, denn Abe wusste, worum es ging. Man konnte ihn auch nicht als einen Ignoranten bezeichnen, sondern als besonnenen Kämpfer.

Eigentlich hatte er dienstfrei gehabt, doch als er hörte, dass ich nach ihm verlangte, war er sofort losgedüst und hatte seine neue Flamme, ein dunkelhäutiges Mädchen, sausen lassen.

Wir fuhren in Richtung Hafen.

Ich hatte es gewissermaßen zur Bedingung gemacht, dass nur wenige Leute eingeweiht wurden, denn großes Aufsehen wollte ich auf jeden Fall vermeiden. Zudem durfte die Presse keinen Wind von der Sache bekommen, denn ich konnte mir leicht vorstellen, dass es nach reißerischen Schlagzeilen zu einer Panik in New York kommen konnte.

Wir fuhren den Henry Hudson Express Highway entlang, der parallel zum Fluss verläuft.

Von den Kollegen der River Police wussten wir inzwischen, dass eine Galeere in New York eingelaufen war.

Sie hatte sich praktisch in den Hafen hineingeschlichen, aber sie war trotzdem entdeckt worden.

Die Polizeiboote hielten die Mündung des Flusses in einem weiten Ring unter Kontrolle, das alte Schiff sollte jedenfalls nicht mehr entkommen.

So war es abgemacht.

Ich hatte den G-man kurz eingeweiht, auf Einzelheiten allerdings verzichtet. Trotzdem stellte Abe noch Fragen, während er fuhr und die meisten Fahrzeuge auf der linken Seite überholte.

»Was können die denn in New York wollen, John?«

»Die Stadt unter ihre Kontrolle bringen.«

»Das ist unmöglich.«

»Denk mal zurück.«

»Sicher, das war damals. Aber ich kann es mir einfach nicht vorstellen, wirklich nicht.«

»Man braucht auch eine gehörige Portion Fantasie dazu, aber ich hoffe, dass es nicht soweit kommt und sich die Dämonen gegenseitig bekämpfen.«

»Du meinst damit diesen Shimada?«

»Ja, ihn.«

Das Funkgerät meldete sich. Obwohl Abe fuhr, hob er den Hörer ab und wartete auf die Meldung. Ich beobachtete ihn von der Seite her. Trotz der schwachen Armaturenbeleuchtung sah ich auf seinem Gesicht einen zufriedenen Ausdruck. Die Meldung, die er entgegennahm, schien ihn zu beruhigen.

»Was hat es gegeben?«, wollte ich wissen, als er eingehängt hatte.

»Sie haben den Pier unter Kontrolle.«

»Und?«

Jetzt lachte er hart. »Die Galeere hat dort zwar angelegt, aber sie hat bereits Besuch erhalten.«

»Von wem?«

Er sagte nur ein Wort: »Mafia!«

Ich boxte mit der Faust in meine linke Handfläche. »Demnach war Costello schon aktiv.«

»Ob er dabei ist, weiß ich nicht. Unsere Leute haben nur alte Bekannte aus New York gesehen. Roberto Pasti und seine Killer. Pasti beherrscht einen großen Teil der Stadt. Er ist grausam und brutal. Leider konnten wir ihm nie etwas beweisen.«

»Costello wird ihn kennen.«

»Sicher. Diese Ratten stehen ja miteinander in Kontakt. Da sind sie international.«

Abe Douglas hatte mir aus der Seele gesprochen. Danach schwiegen wir. Ich schaute aus dem Fenster. Den Fluss konnte ich rechter Hand sehen. Er wälzte sich träge seiner Mündung entgegen. Hin und wieder schimmerte Licht auf den gurgelnden und schmatzenden Wellen.

Vor uns sahen wir bereits die ersten Piers. Sie wirkten wie Lichterglocken in der Dunkelheit, denn auch in der Nacht wurde auf ihnen gearbeitet.

Die Straße führte vorbei. Manchmal lief sie über Betonpfeiler, dann wieder fuhren wir in normaler Höhe.

Die Zeit verrann. Öfter schaute ich auf die Uhr, denn es ging schon auf Mitternacht zu.

Wieder erreichte uns eine Meldung. Diesmal zeigte sich der G-man nicht so zufrieden. »Die Mafiosi haben das Schiff betreten.«

»Dann sind sie verloren.«

Abe wiegte den Kopf. »Vergiss nicht, dass sie keine Waisenknaben und bewaffnet sind.«

»Trotzdem.«

»Okay«, sagte Douglas, nickte und drückte das Gaspedal tiefer durch. Der alte Ford lief auf vollen Touren.

Ich hatte plötzlich das Gefühl, dass es um Minuten ging, und konnte die Zeit kaum abwarten, bis wir den entsprechenden Pier erreicht hatten. Abe hatte mir erklärt, dass wir dort hinauffahren konnten. Alle Piers hatten eine Verbindung zu den Highways, auch die stillgelegten.

Es dauerte nicht einmal mehr zwei Minuten, als wir den

erreichten, an dem die Galeere lag. Der Pier war leer. Allerdings sahen wir an seinem Beginn einen Cadillac stehen. »Der gehört Pasti«, erklärte mir der G-man.

»Bei uns fahren sie einen Rolls.«

Es war das Letzte, das ich vorerst von mir gab, denn mein Blick fiel bereits auf die Galeere!

Ein Wahnsinn, wirklich. Ich sah ein Schiff, das aus einer anderen Zeit kam.

Es ragte mit seinen Aufbauten über den Pier hinaus. Einen Steg gab es nicht. Wer die Galeere betreten wollte, musste schon Kletterübungen veranstalten.

Abe Douglas bremste mit kreischenden Pneus. Ich sprang als Erster aus dem Ford, während der G-man noch eine Meldung an die Zentrale durchgab.

Auf der Galeere rührte sich nichts. Mir kam es vor wie die berühmte Ruhe vor dem Sturm. Es war kaum kühler geworden, und der typische Hafengestank wurde vom Wind in alle Himmelsrichtungen getragen.

Auch Abe stieg aus. »Sie wissen jetzt Bescheid«, sagte er zu mir und nahm seine Maschinenpistole schussbereit in die rechte Hand, während er die Mündung auf das Schiff richtete. »Ist das leer, John?«

»Nein, sie halten sich zurück.«

»Vielleicht haben sie die Mafiosi schon erledigt«, sagte Abe Douglas.

Ich wollte noch etwas hinzufügen, kam allerdings nicht mehr dazu, denn in diesem Augenblick fielen die Schüsse.

Nicht vor oder hinter uns, sondern auf der Galeere, und wir sahen plötzlich die Köpfe der schrecklichen Gestalten, die sich aufgerichtet hatten und über die Reling schauten.

»Da sind sie«, sagte ich und startete …

Jacques Cavelli schoss als Erster!

Er hatte sich geduckt, der Lauf seiner Waffe zeigte schräg nach oben, die Mündung zielte auf Xorron.

Die tödliche Melodie der Maschinenpistole knatterte auf.

Mündungsfeuer leuchtete fahl. Cavelli hatte sein Gesicht verzogen, und er schwenkte die MPi leicht.

Die Kugeln trafen. Xorron war einfach nicht zu verfehlen, denn er bot in all seiner Breite ein viel zu gutes Ziel. Die sieben Männer sahen, wie die Geschosse gegen den Körper des Monstrums hämmerten, aber sie taten ihm nichts. Als wäre die Maschinenpistole mit Erbsen geladen gewesen.

Als Querschläger sorgten die abgelenkten Geschosse für Aufregung. Einigen Mafiosi gelang es nicht, sich zu ducken. Einer von ihnen schrie auf, sein Gesicht war plötzlich voller Blut. Streifschuss.

Nur einer hatte Bescheid gewusst. Logan Costello. Er drückte sich gegen den Boden, während sein New Yorker Kollege Pasti es kaum fassen konnte.

Roberto Pasti stand wie festgewachsen auf dem Fleck. Sein Mund hatte sich verzogen, auf seinem Gesicht leuchtete die Panik, und er selbst hob seinen Arm, was ihn große Mühe zu kosten schien, denn die Waffe war plötzlich zentnerschwer.

Er feuerte.

Es war mehr eine verzweifelte Reaktion, die ihn so handeln ließ, denn an einen Erfolg glaubte er nicht.

Und er hatte Recht.

Die Kugeln trafen zwar, aber sie taten Xorron ebenso wenig etwas wie die Geschosse aus der MPi.

Jacques Cavelli stoppte sein Feuer. Es wurde wieder still. In die Stille hinein war der fast schluchzende Atemzug des Mafioso zu hören. »Verdammt, ist der denn unbesiegbar?«

Irgendwie fühlte sich Logan Costello angesprochen. »Ja, ja, er ist es! Ich habe es dir ja gesagt, die anderen sind stärker. Wir kommen hier nicht mehr raus, wenn sie es nicht wollen.«

»Ach, halt die Schnauze!« Pasti schaute sich wild um. Sein Blick glitt nicht nur nach oben, sondern auch nach hinten, wo sich die Ruderbänke befanden.

Die Toten kamen …

Sie waren dabei, sich zu erheben. Es wirkte zwar alles etwas ungelenk, sogar lächerlich, dennoch ließ sich keiner der Mafiosi täuschen. Diese Zombies waren gefährlich.

Einige von ihnen standen bereits innerhalb des Mittelgangs. Es waren widerliche Gestalten, zum Teil skelettiert. Das Fleisch vom Seewasser zerfressen. Aufgedunsen die Haut. Gelblich und grünlich dabei schimmernd.

Ein widerliches Bild.

Sie kamen vor, streckten ihre Arme aus, und bei ihnen wirkte es wie eine hilflose Geste, als wollten sie um etwas bitten.

Das konnte nur der Tod ihrer Gegner sein.

Roberto Pasti zog sich zurück. Er warf einen schnellen Blick nach oben. Vom Rand der Luke war Xorron verschwunden. Im Moment hatten sie freie Bahn, und als Pasti das sah, da rastete in seinem Hirn etwas aus.

Er dachte nicht mehr an seine Männer, sondern nur noch an sich selbst. Vor ihm lag die Leiter. Nur wenige Sprossen musste er überwinden, um das Deck zu erreichen, und wenn er besonders schnell war, konnte es ihm vielleicht gelingen, über die Reling zu hechten.

Pasti überlegte nicht lange. Er setzte seinen Vorsatz augenblicklich in die Tat um.

»Roberto!«, schrie Castello, dem klar geworden war, dass der andere sie im Stich lassen wollte.

Pasti lachte nur wild und kletterte weiter!

Logan Costello war in der Verfassung durchzudrehen. Liebend gern hätte er seinem New Yorker Partner eine Kugel in den Rücken geschossen und ihn so gestoppt.

Auch Pastis Männer hatten bemerkt, was ihr Chef vorhatte. Sie drehten sich um. Unglaube zeichnete ihre Gesichter. Sollten sie auch zu fliehen versuchen oder …?

Nein, es war nicht nötig.

Ein anderer mischte in diesem Spiel die Karten, und das war nun einmal Xorron. Er bestimmte, was geschah, und er bestimmte auch, wer verschwinden konnte oder nicht.

Pasti sollte noch auf dem Schiff bleiben. Xorron hatte nur mit ihm gespielt. Die Hälfte der Treppe ließ er ihn hinter sich bringen, dann griff er ein.

Allerdings nicht er selbst, sondern seine Diener.

Die Fratzen der Zombies erschienen am Rand der Luke,

schauten herab, und der Mafioso musste genau in die Gesichter blicken.

Er versteifte …

Dann kippten sie.

Roberto Pasti schrie auf, bevor die Untoten gegen ihn wuchteten und mit ihm zusammen die Leiter hinab nach unten rollten oder purzelten.

Zusammen mit Pasti landeten sie auf den Planken. Costello konnte nicht anders. Er war nur Zuschauer, aber er musste lachen, als er Pasti unter den Körpern der lebenden Toten begraben sah und wie zum Hohn die Brille des Mafioso hervorrutschte, wobei Jacques Cavelli sie aus Versehen zertrat.

Roberto hatte gegen die Zombies keine Chance. Sie hätten ihn zerrissen, wenn sein Leibwächter Cavelli nicht reagiert hätte.

Er schoss.

Jetzt flackerte es wieder vor der Mündung seiner MPi, und er konnte die beiden Untoten überhaupt nicht verfehlen. Was hatte man ihm noch gesagt?

Auf die Köpfe schießen!

Das tat er.

Der Mann tötete die beiden Zombies mit einer schon bewundernswerten Kälte, und er rettete seinen Chef somit vor dem sicheren Tod. Cavelli streckte sogar noch die Hand aus, um Pasti auf die Beine zu helfen. Dieser Mann besaß wirklich Nerven.

»Alles klar, Chef?«

»Oh verdammt …«

»Da kommen die anderen«, rief Costello und deutete nach vorn. Er trug leider keine Waffe bei sich, ließ sich aber von dem Mann mit der Streifschusswunde am Kopf einen Revolver geben.

Jacques Cavelli übernahm das Kommando, und alle fügten sich. »Zurück!«, rief er. »Mit dem Rücken an die Wand!«

Sie gehorchten. Im Licht der brennenden Taschenlampen wirkten sie gespenstisch. Fast glichen sie schon den lebenden Toten, die jetzt in einer Reihe anrückten.

»Feuern! Und haltet auf die Köpfe!«

Die hellen Mündungsfeuer stachen den lebenden Leichen

entgegen. Diese drängten sich im Gang zwischen den Ruderbänken. Sie sahen unbeschreiblich schaurig und grausam aus. Eine kleine Armee des Schreckens. Die Gier nach Menschen hielt sie auf den Beinen. Sie stießen und drängten aneinander. So schafften sie es, sich gegenseitig vorzuschieben. In den tumben Gesichtern spiegelte sich überhaupt kein Gefühl wider. Das gleiche galt für die Augen.

Dann krachten die Schüsse.

Jeder feuerte. Sogar Pasti beteiligte sich daran. Die Reihen der Zombies gerieten in Unordnung. Ihr Vormarsch wurde abrupt gestoppt.

Während Gesichter und Köpfe zerstört wurden, schienen sie sich für einen Moment aufrichten zu wollen, um danach weiterzugehen, aber sie schafften es nicht mehr. Die Mafiosi waren Profis und sichere Schützen.

Die lebenden Leichen kippten zurück.

Dabei behinderten sie die nachdrängenden Zombies, stießen diese, weil sie ebenso unsicher auf den Beinen standen, um, und es gab zwischen den Ruderbänken ein regelrechtes Chaos.

Aber sie waren nicht aufzuhalten.

Vier oder fünf Untote hatten die Killer erledigen können, andere drängten sofort nach. Sie kletterten oder glitten über die Körper ihrer getroffenen Artgenossen hinweg und fanden ihren Weg zum Ziel auch über die Ruderbänke.

Wieder knatterte eine Salve. Sogar Roberto Pasti traf. Einem der Untoten war es gelungen, sich dicht an ihn heranzuschieben. Pasti hatte seinen Arm ausgestreckt, und die Mündung der Waffe berührte genau die Stirn des Zombies.

Er drückte ab und schrie dabei.

Der Kopf des Wesens flog auseinander, dann gab es diese lebende Leiche nicht mehr.

Logan Costello kannte das. Wie auch der abgebrühte Jacques Cavelli behielt er einen einigermaßen klaren Kopf. Er schaute nach oben und sah die Leiter wieder frei.

Jetzt oder nie!

»Hoch!«, brüllte er mit sich überschlagender Stimme. »Verdammt, wir müssen nach oben!«

Pasti hatte es allein nicht geschafft, aber sie wollten jetzt zusammen einen zweiten Versuch starten.

Und sie richteten sich nach dem Befehl. Costello war der Erste, der die Sprossen nahm. Ob die anderen ihm folgten, war ihm egal. Er hoffte nur, mit Xorron reden zu können, damit er sein Leben rettete.

So schnell wie in dieser Minute war er noch nie eine Leiter hochgeklettert. Und er brachte sie auch unbeschadet hinter sich, wobei er den Rand der Luke erreichte und über das Deck schauen konnte.

Vor ihm stand eine Gestalt.

Fast wäre Logan Costello wieder zurückgesprungen, denn damit hatte er nicht gerechnet. Er schaute nicht nur in ein hartes Gesicht, sondern auch in die Mündung einer Pistole. Ein Stöhnen entrang sich seiner Kehle, und er fasste seine Gefühle in vier Worte.

»Das gibt es nicht …«

Ich hatte Abe Douglas hinter mir gelassen. Die Schüsse hatten mich alarmiert. Da sie auf der Galeere gefallen waren, konnten sie nur eine Bedeutung haben.

Die Zombies waren mit Menschen zusammengetroffen!

Die Bordwand der Galeere wuchs vor mir hoch. Ich hatte sie niedriger in Erinnerung und musste tatsächlich springen, um die Reling zu erreichen.

Hart stieß ich mich ab.

Mit dem Körper wuchtete ich gegen das Holz, fand zum Glück Halt und konnte mich in die Höhe ziehen.

Gewandt kletterte ich an der Bordwand hoch, schwang mich über die Reling und sah neben mir den G-man Abe Douglas beinahe lässig an Bord klettern.

Zum Bug schaute ich und auch zum Heck.

Von Xorron konnte ich nichts sehen, aber Abe Douglas und ich entdeckten gleichzeitig die lebenden Toten. Sie saßen auf den Ruderbänken und stemmten sich wenig später ziemlich mühsam in die Höhe. Ihre Körper schwankten und wankten.

Es war schwer für sie, das Gleichgewicht zu halten, doch ich wusste aus Erfahrung, dass sie der Trieb nicht im Stich lassen würde und sie sich vorankämpfen würden.

Sie kamen.

Zuerst ein noch sehr menschlich aussehendes Wesen mit Kapitänsmütze auf dem Kopf. Er schien noch nicht lange zu den Gestalten des Schreckens zu gehören. An seinem Hals entdeckte ich grüne und blaue Flecken, dort hatten ihn wahrscheinlich kalte Totenklauen gewürgt.

Ich drehte mich, wollte zuerst schießen, dachte an die Munition und ließ es bleiben.

Nein, ich hatte noch etwas anderes.

Als der Zombie nach mir greifen und mich an sich heranziehen wollte, gab ich ihm etwas in die Hand.

Es war mein Kreuz!

Der Zombie griff danach. Es war eine rein instinktive Bewegung. Er hatte sie nicht mehr stoppen können, umfasste das wertvolle Kleinod und erlebte eine zerstörerische Hölle.

Die Magie zerriss ihn.

Vor meinen Augen starb der Zombie, und der Weg war frei.

Neben mir hörte ich Abes keuchendes Atmen. »Verdammt, wie ist das möglich?«, schrie er.

»Ich weiß es noch nicht!«

»Und wo ist dieser Xorron?«

»Keine Ahnung!«

Meine Antwort ging im Knattern der Schüsse unter. Sie waren nicht auf dem Deck gefallen, sondern von unten her aufgeklungen.

Ich entdeckte eine Luke, durch die man in die Tiefe und damit in den Bauch der Galeere klettern konnte.

Um wen sollte ich mich zuerst kümmern? Um die Zombies auf dem Oberdeck oder die Gestalten, die ein Deck tiefer lauerten? Dort befanden sich Menschen, die sich wehren konnten. Es waren Gangster, Killer, aber Menschen, und deshalb musste ich ihnen helfen, bevor sie von den lebenden Leichen zerrissen wurden.

Das Schiff war zu einer Hölle geworden. Ich warf einen

raschen Blick auf Abe Douglas. Der G-man hatte sich an der Reling geduckt und hielt seine Dienstwaffe fest. Er zielte nach links, wo die Zombies allmählich aufstanden.

Dann schoss auch er.

Einmal nur. Doch Abe bewies damit, dass er nicht nur schießen, sondern auch treffen konnte.

Ein Untoter hatte die Kugel voll abbekommen und führte plötzlich einen grotesken Tanz auf. Er drehte sich nach links, dann nach rechts und brach zusammen.

Abe Douglas hatte genau auf den Kopf gehalten.

»Alles klar?«, rief ich, mehr um dem Kollegen aus den Staaten Mut zu machen.

»Natürlich, John!«

Ich kümmerte mich um die Killer und lief auf die offene Luke zu. Vor ihrem Rand blieb ich stehen, schaute in die Tiefe, erwartete, einen Zombie zu sehen, und hatte mich selten so getäuscht wie in dieser Minute.

Nicht ein lebender Toter kroch die Stufen hinauf, sondern ein alter Bekannter.

Logan Costello!

Auch er hatte mich erkannt. »Das gibt es nicht!«, hörte ich seine Stimme und sah sein Kopfschütteln. Demnach lag die Überraschung auf beiden Seiten.

»Doch, Costello, das gibt es!«

In seinen Augen flackerte es. »Lassen Sie mich vorbei, Sinclair! Die drehen da unten durch.«

Ich gab keine Antwort, sondern schaute an ihm vorbei. Im Schiffsbauch blitzte und strahlte es. Helle Tunnels durchschnitten die Dunkelheit, und es gab für mich nur eine Erklärung.

Die Mafiosi trugen Taschenlampen bei sich, mit denen sie leuchteten. Hin und wieder strichen die Kegel über die bleichen, schrecklichen Fratzen der Zombies, ich hörte auch wieder Schüsse, sah das Blitzen der Mündungsfeuer und vernahm Schreie.

»Sinclair, verdammt!«, brüllte mich Logan Costello an. Sein Betongesicht war verzogen, die Augen schienen Gift sprühen zu wollen, und als ich meinen Blick senkte, da fiel mir erst auf, weshalb sich Costello so aufregte.

Die Mündung meiner Beretta zeigte genau auf seinen Kopf!

Ich zog den rechten Arm zurück. »Steigen Sie schon hoch!«, fuhr ich ihn an, drehte mich selbst und suchte Xorron.

Er war nicht zu sehen, aber die Zombies hatten sich von den Ruderbänken gelöst und hatten nun mehr Platz, sodass sie eine breite Reihe bilden konnten.

Sie wollten uns!

Noch blieb uns Zeit, denn die lebenden Leichen bewegten sich ziemlich träge. Sie schafften es nicht, so zu gehen wie zu ihren Lebzeiten. Man gewann Zeit, wenn man die Nerven hatte, und man konnte sich auf sie einstellen.

Aber in der Masse waren sie gefährlich. Da schmolz oft genug der Zeitvorsprung zusammen.

Costello stand jetzt neben mir. Auch er hielt eine Waffe in der Hand. »Wer steckt noch da unten?«, fragte ich ihn.

Er sagte, dass dort sechs Männer gegen die Zombies kämpften.

Der Erste erschien schon sehr bald. Von Costello erfuhr ich dessen Namen. »Roberto!«, rief der Mann. »Roberto Pasti. Bitte, komm her zu mir!«

Und Pasti kam.

Er torkelte über den Rand, schüttelte sich und starrte uns aus großen Augen an. Er wollte etwas sagen, doch Costello kam ihm zuvor. »Das ist Sinclair!«

Pasti zuckte zusammen. In einer Reflexbewegung richtete er seine Waffe auf mich, doch ich war schneller und ließ ihn in die Mündung der Beretta schauen.

»Keine Dummheiten«, warnte ich.

»Lass es!«, stand Costello mir bei, als wären wir zwei Bundesgenossen.

Aus dem Hintergrund näherte sich Abe Douglas. Er lachte auf, als er Pasti sah. »Sieh an!«, rief er. »Roberto Pasti, das ist doch nicht möglich …«

»Ein Bulle!«

Eine weitere Diskussion wurde gestoppt, denn aus der Lukenöffnung kletterten die anderen Mafiosi. An der Spitze ein Mann mit blutendem Gesicht, der über das Deck taumelte und erst von der Reling gestoppt wurde. Dort ließ er sich auf die Knie sinken.

Unten wurde noch geschossen. Ich vernahm die peitschenden Schläge einer Maschinenpistole. Da schien jemand verdammt gute Nerven zu besitzen.

Weitere Männer erschienen, und zuletzt kletterte der Mann mit der Maschinenpistole nach oben.

Ich sah zuerst seinen gebeugten Rücken; der Mann feuerte, sprang dann von der Leiter an Deck und kreiselte herum. Dabei sah er uns. Für einen Moment glaubte ich, dass er abdrücken würde, als Abe Douglas' Stimme aufklang.

»Hüte dich, Cavelli!«

Der Mann nahm den Finger vom Abzug. Sein Blick flackerte. Cavelli wusste nicht, woran er war, und mit hastigen Worten erklärte ihm Costello die Lage.

So erfuhr der MPi-Mann, dass ich ebenfalls Polizist war. Seine Kollegen hatten sich an Bord verteilt. Sie alle hielten Gewehre in den Händen, und sie richteten die Mündungen auf die langsam herantorkelnden Zombies.

Noch schossen sie nicht, das Ziellicht war nicht besonders. Da sich die Gestalten manchmal heftig bewegten, waren auch ihre Köpfe nicht immer genau zu erkennen.

Für mich war es eine Situation, die nichts anderes zuließ, als dass ich mich mit den Mafiosi verbündete. Wir waren Menschen und mussten gegen die lebenden Leichen ankämpfen, daran gab es nichts zu rütteln. Einen Schritt von mir entfernt stand dieser Cavelli. Ein knochenharter Bursche mit Nerven aus Stahl, denn er lud seelenruhig seine Maschinenpistole nach.

Wo befand sich Xorron?

Eine Antwort auf diese Frage erhielt ich noch nicht, denn einer der Gangster drehte durch. Es war der Mann mit dem blutenden Gesicht. An der Reling war er zusammengebrochen.

Er musste starke Schmerzen haben, denn er presste seine Hände gegen das Gesicht und wuchtete seinen Körper in die Höhe.

Er torkelte über Deck, genau auf die Zombies zu.

»Zurück!«, schrien wir.

Er hörte nicht. Fast wäre es ihm noch gelungen, den Zombies auszuweichen, aber einer stellte ihm ein Bein, sodass der Mann auf das Deck schlug.

Vier lebende Leichen warfen sich über ihn.

Es wurde geschossen.

Auch ich feuerte. Mit einer Silberkugel erledigte ich einen der Untoten, andere Geschosse drangen in die Köpfe der grausamen Wesen und vernichteten sie.

»In einer Linie vor!«, schrie Roberto Pasti. »Wir werden sie der Reihe nach killen!«

Der Mafiaboss hatte wieder Oberwasser. Seine schreckliche Angst existierte nicht mehr. Er wollte die lebenden Leichen vernichtet sehen.

Aber es kam nicht dazu. Denn ein anderer, der sich bisher im Hintergrund gehalten hatte, griff ein.

Xorron!

Zunächst hörten wir seinen Schrei!

Er hallte über das Deck. Ein gellender, wütender Ruf, schaurig und grausam, und er drang von oben her an unsere Ohren, sodass uns klar wurde, dass Xorron sich über unseren Köpfen aufgehalten hatte.

Und er griff uns an.

Als sich ein querstehender Mast bewegte, hörten wir das hässliche Knarren, schauten auch in die Höhe und sahen die unheimliche Gestalt am Mast hängen, wobei sie mit ihren Beinen schlenkerte und sich plötzlich fallen ließ.

Aber nicht nur Xorron segelte nach unten. Er hatte den Quermast aus seiner Verankerung gelöst, und der fiel gleich mit. Ein schwerer Brocken, der mit Leichtigkeit Menschen erschlagen konnte und sofort für ein Chaos sorgte.

»Verdammt, wir müssen weg!«, schrie Costello.

Wie Abe Douglas und ich hatte auch er die Lage sofort erfasst und sah zu, dass er von der unmittelbaren Aufschlagstelle des starken Balkens wegkam.

Nicht alle schafften es, denn mit dem Balken fiel auch Segeltuch nach unten.

Zwei Mafiosi wurden darunter begraben. Wir hörten noch ihre Schreie, bevor es krachte und der gewaltige Quermast mit dem Segeltuch auf das Deck prallte.

Die alte Galeere geriet ins Schwanken. Planken wurden zerstört, das Schiff schaukelte, es schabte mit der Bordwand gegen den Pier, und wir hörten die kratzenden Geräusche.

Das alles kümmerte uns nicht, denn Xorron war wichtiger.

Die nächsten Minuten liefen so unbeschreiblich schnell und überraschend ab, dass es mir im Nachhinein schwer fällt, es noch im Einzelnen zu beschreiben.

Abe Douglas und ich hatten ziemlich nahe zusammengestanden, als der gewaltige Mast mit dem Segel fiel. Jetzt war sich jeder selbst der Nächste, auch Abe und ich.

Uns gelang es tatsächlich, dem fallenden Mast zu entgehen. Wir jagten auf die offene Luke zu, sprangen über sie hinweg und fanden an der Steuerbordseite einen relativ sicheren Platz. Logan Costello taumelte an mir vorbei. Sein Gesicht war verzerrt. Ich wollte ihn erst noch festhalten, doch er drehte sich ab und verschwand in Richtung Bug.

Die alte Galeere schwankte so stark, dass wir uns kaum auf den Beinen halten konnten. Wir mussten uns an der Reling festklammern und hörten die Schreie, die Xorron ausstieß.

»Er wird töten!«, brüllte Abe.

Da hatte er Recht. Ich aber wollte ihn stoppen. Nur – womit?

Da tauchten die lebenden Leichen auf. Sie krochen aus dem Unterdeck hervor. Die ersten Köpfe erschienen am Lukenrand, bleiche, widerliche Gesichter, auf die Abe schoss.

Er verfehlte zweimal, dann verschwand ein Kopf, aber er konnte die Masse der lebenden Leichen nicht aufhalten.

Nur allmählich wurde es auf der Galeere ruhig, doch es gab gewaltige Löcher im Oberdeck, die der schwere, fallende Balken gerissen hatte.

Wir standen an dieser Seite des Schiffes relativ gut, aber das wollte ich gar nicht.

Die lebenden Toten mussten gestoppt werden.

Ich schlich vor.

Abe wollte mir folgen, sah meine Handbewegung und vernahm auch meine Stimme. »Nein, bleib zurück!«

»Weshalb?«

»Rückendeckung!«

»Okay.«

Ich ging weiter. Nach ein paar Schritten erkannte ich das ganze Ausmaß der Katastrophe. Hatten die Menschen überhaupt noch eine Chance? Ich wollte es beim ersten Hinsehen nicht glauben, denn die lebenden Leichen hatten das Deck überschwemmt. Eine Frau warf sich auf mich zu.

Diesmal nahm ich den Dolch. Sie fiel genau in die Klinge. Ich zog sie wieder hervor und steckte die Waffe weg.

Xorron und Cavelli standen sich gegenüber. Der Mafioso hatte sich breitbeinig aufgebaut. Er klammerte sich förmlich an seiner MPi fest. Mit der Mündung verfolgte er jede Bewegung des Monstrums, denn er wartete nur auf einen günstigen Augenblick, um abdrücken zu können.

Einen anderen Mafioso sah ich im Kampf mit drei lebenden Leichen. Er verlor. Sein Todesschrei hallte schaurig über Deck, und außer Cavelli standen noch zwei Killer gegen die Untoten.

Sie waren von dem schweren Segeltuch begraben worden. Zusammen mit einigen Zombies.

Obwohl ich es nicht mit eigenen Augen sah, bestimmt spielten sich unter dem Segeltuch grauenhafte Szenen ab. Die Menschen kämpften gegen die lebenden Leichen.

Schüsse klangen dumpf, weil sie von dem Segeltuch gedämpft wurden. An den Bewegungen erkannte ich, dass jemand versuchte, das Hindernis von sich wegzustemmen.

Er schaffte es nicht. Dafür hörte ich seinen Schrei. Jämmerlich und grauenhaft dumpf klang er, die Bewegungen unter dem Segeltuch wurden wilder.

Wieder hatten die lebenden Leichen ein Opfer gefunden.

Ich knirschte vor Wut mit den Zähnen. Kalt rann es mir den

Rücken hinab, während ich jemanden über die Reling klettern sah. Es war der Chef, Roberto Pasti. Er floh ebenso, wie es zuvor sein Freund Costello getan hatte.

Hinter mir krachten Schüsse. Am Klang der Waffe erkannte ich, dass Abe Douglas feuerte. Ich warf einen kurzen Blick über die Schulter. Der G-man hielt zwei Dinge in den Händen. Seine Waffe und ein Walkie-Talkie. Er alarmierte die Einsatzreserve, wobei ich daran denken musste, dass den Mafiosi auch die automatischen Gewehre gegen die Zombies kaum etwas genutzt hatten.

Die Hölle war auf diesem Schiff explodiert, und die Explosion würde sich immer weiter ausbreiten.

Noch hatte Cavelli nicht geschossen. Vielleicht schätzte er seine Chancen ab. Möglicherweise hatte er auch schon vorher geschossen und keinen Erfolg errungen. Deshalb wollte er es nun wissen und ging noch näher an Xorron heran.

Der Unhold blieb stehen.

Er grinste sogar und zeigte dabei seine gefährlichen Zähne. Vielleicht wollte er ihm Angst machen. Aber Cavelli hatte sich entschlossen, alles auf eine Karte zu setzen.

Und er schoss.

Dabei bewegte er seine Maschinenpistole von oben nach unten. Er wollte alles treffen, auch das Gesicht der Bestie, und er schoss nicht daneben.

Die Kugeln zeichneten eine Spur auf die Gestalt des mit den grünlichen Knochen versehenen Unholds, aber sie hinterließen keine Verletzungen, nur gefährliche Querschläger, die über das Deck sirrten und selbst mich in Deckung zwangen.

Ich lag flach auf den Planken, während Cavelli weiterschoss und auch dabei schrie.

Ein Zombie näherte sich mir. Ich hörte, wie der Boden dröhnte, drehte ein wenig den Kopf nach rechts und sah die lebende Leiche heranwanken.

Es war grausam.

Sie kam mir ungeheuer groß vor. Kahlköpfig und mit einer tiefen Wunde an der rechten Wange, die ein Messerstich hinterlassen hatte. Die Haut war dort aufgerissen. Sie hing lappig nach unten, und ich musste mich drehen, um schießen zu können.

Der Lauf meiner Beretta zeigte schräg nach oben. Ich hielt auf den Kopf und drückte ab.

Der Zombie verschwand aus meinem Blickfeld. Er knallte mit dem Rücken hart auf das Deck und blieb mit ausgebreiteten Armen liegen. Als ich mich wieder herumwälzte, hörte ich den Schrei.

Cavelli stieß ihn aus. Der Mafioso hatte es nicht geschafft. Er befand sich in Xorrons Pranken. Die Maschinenpistole lag verbogen neben ihm auf dem Boden.

Es hatte keinen Sinn, auf dieses Ungeheuer zu schießen. Schon des Öfteren hatte ich eine Niederlage einstecken müssen, denn Xorron widerstand nicht nur den Bleikugeln, sondern auch den Silbergeschossen.

Wie sollte ich Cavelli retten?

Xorron galt als unbesiegbar. Nicht nur bei mir, seinem Feind, auch bei seinen dämonischen Artgenossen. Außer Shimada, denn er wollte es ja versuchen.

Aber der hatte sich bisher nicht blicken lassen. Zum Glück, wie ich meinte, denn Xorron allein reichte mir.

Auch meinem Kreuz widerstand er, aber ich besaß noch eine starke Waffe. Den Bumerang!

Während Cavelli schrie und verzweifelt um sein Leben kämpfte, zog ich die Waffe hervor.

Xorron hatte den Mann hochgestemmt, die Arme ausgebreitet, sodass er ihn über seinen Kopf halten konnte.

»Sieh her!«, brüllte ich, lief gleichzeitig vor und holte schon mit dem rechten Arm aus.

Ich wollte diesem verfluchten Unhold meinen Bumerang an den Hals schleudern.

Xorron ließ sich tatsächlich ablenken. Sein glatter, völlig haarloser Schädel ruckte in meine Richtung.

Genau in dem Augenblick, als ich die Waffe losließ.

Wuchtig schleuderte ich sie. Sie wurde zu einem hellen Reflex, der wie eine sich schnell drehende Spirale auf das Monstrum zuraste.

Und er traf!

Das Geräusch konnte ich kaum identifizieren. Es entstand, als Hals und Bumerang Kontakt bekamen. Ich hatte der silbernen Banane ein wenig Drall gegeben, denn sie sollte sich um den Hals des Monstrums wickeln.

Das tat sie auch.

Plötzlich wurde die Waffe zu einem wirbelnden Kreisel. Diesmal war es Xorron nicht gelungen, ihr auszuweichen, und ich stand gebannt auf dem Fleck und schaute zu.

Xorron wankte.

Er stieß ein Röhren aus, das mit dem Schrei eines brünstigen Hirsches zu vergleichen war. Seine roboterhaft wirkenden Beine bewegte er rückwärts. Jeder Schritt dröhnte auf den Schiffsplanken. Er riss die Arme hoch, seine Hände gerieten in die Nähe des kreiselnden Bumerangs. Die silberne Waffe hieb dagegen, geriet aus dem Rhythmus und fiel zu Boden.

Und Xorron?

Atemlos schaute ich ihn an. Etwas an seinem Hals hatte sich verändert. Ich glaubte, dort einen Streifen zu erkennen, war mir aber nicht sicher, denn ausgeschaltet hatte ich Xorron durch diesen Wurf leider nicht.

Er hatte sich wieder gefangen.

Viel zu schnell!

Und er fixierte mich.

Seine Arme pendelten zu beiden Seiten des Körpers nach unten. Beim Gehen schwang er sie hin und her und räumte den vor ihm liegenden Cavelli mit einem Tritt aus dem Weg.

Hindernisse interessierten ihn nicht. Auch gegen den querliegenden Balken stieß er. All das konnte seinen Drang nach vorn nicht stoppen. Die lebenden Leichen hatten bemerkt, wie ihr Herr gewann, und sie wollten in seiner Nähe bleiben.

Sie sammelten sich um Xorron herum.

»Vorsicht, John, auch hinter dir!« Abe Douglas, den ich ganz vergessen hatte, schrie mir diese Warnung zu.

Ich drehte mich um und hörte schon die Schüsse.

Abe feuerte zielsicher. Zwei Zombies fielen vor meinen Augen weg.

Aufatmen konnte ich trotzdem nicht. Aus der Luke quollen sie wie die Ameisen. Sie wollten jetzt alles und wandten sich auch den beiden Seiten der Galeere zu, um uns den Weg von Bord zu versperren.

Die Sache wurde gefährlich …

»Noch können wir springen, John!«, schrie Abe Douglas, der ebenso wie ich mitbekam, dass Xorron sich bückte und ein abgebrochenes Stück Mast in die Höhe hob.

Es war ein schweres Holzstück, das er da in seinen Klauen hielt, und er schleuderte es auf uns zu.

Das verdammte Ding drehte sich. Es hätte uns fast beide von den Beinen gerissen.

Abe Douglas rettete sich mit einem gewaltigen Sprung und dachte dabei nicht mehr an die Zombies, denen er wenig später in die Arme fiel.

Ich war zu Boden getaucht, hörte über mir das Pfeifen, als mich das Holzteil passierte und irgendwo hinter mir auf den Pier klatschte, denn es wirbelte über die Bordwand.

Ich hörte Abe schreien.

Wenn dieser Mann so verzweifelt reagierte, dann musste er wirklich in der Klemme stecken.

Ich sprang hoch.

Fünf Zombies packten Abe, der sich verzweifelt wehrte, zwei von ihnen wegstoßen konnte, aber die anderen drei nicht erwischte, weil sie wie Kletten an ihm hingen.

Sie waren schwer, diese untoten Wesen. Abe gab sein Bestes, doch er schaffte es nicht. Stattdessen wurde er umgerissen. Ich startete, wollte ihm helfen, hörte hinter mir Xorron schreien und kam nicht vom Fleck.

Etwas hinderte mich.

Eine fremde Magie!

Und dann griffen die ein, die ich schon längst erwartet hatte …

Einer der oberen Polizeichefs von New York hieß Russell. Er leitete den Einsatz der Sondertruppe, deren Mitglieder sich hinter guten Deckungen verschanzt hatten und Ferngläser von hervorragender Qualität vor ihren Augen hielten.

Russell konnte es nicht fassen, was da vor seinen Augen ablief und mitten in New York passierte.

Das war kalter, erbarmungsloser Horror!

Die Gläser waren auf die Galeere gerichtet. Sehr deutlich erkannten die Polizisten die grausamen Gestalten, die sich auf dem Deck bewegten, und sie hörten auch das dünne Peitschen der Schüsse. Sie erkannten, dass es zwei Männern gelang, von Bord zu klettern.

Russell stellte seine Optik noch besser ein. »Verdammt, der eine ist doch Pasti.«

»Ja, Sir.«

»Und der andere?«

»Wir kennen ihn nicht.« Sein Assistent, ein Captain, gab auch die zweite Antwort. »Aber der muss mit Pasti zu tun haben.«

»Ihr könnt sie einfangen«, befahl Russell und schaute wieder auf das Schiff.

Dort brach ein Mast. Und sie sahen das Monstrum Xorron, erlebten den Kampf mit und hörten auch über Funk den Hilferuf des G-man.

Russell stöhnte auf. »Endlich!«, sagte er, nickte und gab den Einsatzbefehl …

Sie waren zu viert. Suko und ich hatten in London erlebt, wie sie aus ihren Särgen erweckt wurden.

Nun standen sie hier.

Die vier tödlichen Ninjas!

Mir lief ein Schauer über den Rücken, als ich diese Schreckensgestalten sah. Sie waren natürlich nicht waffenlos gekommen. Ihre Schwerter, Dolche, Pfeile und Bögen hatten sie gezogen. Dabei waren sie von einem seltsamen Schimmer umgeben, der sie wie türkisfarbene Geister aussehen ließ.

Sie zögerten nicht, denn sie griffen sofort die Zombies an. Und dies mit gnadenloser Härte.

Es war der Ninja mit dem halben Gesicht, der am schrecklichsten wütete. Er vermochte sein Schwert so rasch zu bewegen, dass man die Klinge kaum verfolgen konnte, aber ich sah das Fallen und Rollen der Köpfe.

Die Schwertklinge wischte dabei so dicht an dem G-man vorbei, dass er das Pfeifen hören musste, aber er wurde nicht getroffen. Der Ninja holte die drei Zombies von ihm weg, bevor er sich den nächsten zuwandte und Douglas sicherheitshalber zu Boden tauchte.

Der Bucklige schleuderte Dolche.

Ich hörte die dumpfen Geräusche, wenn sie in die untoten Körper schlugen.

Der dritte Ninja tötete nur mit den Händen, deren Spitzen die Funktionen eines Messers übernahmen.

Dazwischen surrten die Pfeile, die vom Bogen des vierten Ninjas abgeschossen wurden.

Sie trafen mit einer tödlichen Präzision, und sogar Xorron wurde getroffen. An seinem Körper jedoch prallten sie ab.

Xorron brüllte schrecklich. Auf der Stelle kreiselte er herum. Er lief im nächsten Augenblick einem Ninja entgegen, wollte ihn zerschmettern, als er plötzlich erschien …

Alle hörten wir das Fauchen, sahen aus dem grauen Himmel einen grünen Schein nach unten stoßen, der mich an die Bahn eines Kometen erinnerte.

Einen Lidschlag später stand er auf dem Deck.

Shimada, die lebende Legende!

Xorron stoppte seinen Lauf. Die Arme hielt er vorgestreckt, als wollte er nach Shimada greifen, doch sein Gegner befand sich noch zu weit von ihm entfernt, sodass Xorron ins Leere fasste.

Ich merkte kaum, dass Abe Douglas sich mir näherte, denn ich hatte nur Augen für diese beiden Supergegner. Würde es jetzt zu dem erwarteten Kampf kommen?

Shimada trug die Kampfkleidung der schwarzen Ninjas. Die etwas pludrig wirkende Hose, die locker fallende Jacke und die Tücher vor der unteren Gesichtshälfte, sodass nur seine Augen und die Stirn zu sehen waren.

Kalte, erbarmungslose Augen, die voll auf Xorron fixiert waren und von denen ein blauer Schein ausging, der den Unhold bannen sollte.

Konnte er es?

Ich hielt den Atem an, hörte mein Herz schlagen und war schrecklich aufgeregt.

Mein Gott, da bahnte sich etwas an!

Keiner der Ninjas griff ein. Auch die Zombies verhielten sich still. Alle untoten Gegner und Helfer warteten auf die große Auseinandersetzung zwischen den beiden Giganten.

Gab es eine Waffe, die Xorron töten konnte? Besaß Shimada diese? Vielleicht erfuhr ich es in den nächsten Minuten, denn von diesen beiden Gegnern war einer zu viel auf der Welt.

»John, das ist unmöglich«, hörte ich Abes Stimme. Ich gab ihm keine Antwort, denn ich wollte dieser Auseinandersetzung zusehen.

Xorron bewegte sich.

Er hatte Mühe. Seine Arme bekam er kaum hoch, der Schein umhüllte ihn, und er sorgte dafür, dass Xorron gebannt wurde.

Jawohl, gebannt!

Was meinem Kreuz nicht gelungen war, das schafften die Augen dieses unheimlichen Ninja-Dämons aus dem fernen Japan.

Xorron verlor!

Der Riese wankte.

Ich hielt die Beretta fest, auch mein Kreuz, doch ich kam mir in diesen Augenblicken so lächerlich klein vor, als ich diese beiden Dämonen auf dem Deck stehen sah.

Es war unbeschreiblich. Allmählich machte ich mich mit dem Gedanken vertraut, Xorrons Niederlage zu erleben. Dabei hatte Shimada nicht einmal sein Schwert gezogen. Es steckte in der auf dem Rücken angebrachten Scheide.

Kraft seines Willens zwang er Xorron in die Knie. Niemand war da, der dem Herrn der Untoten und Zombies half, als er nach vorn kippte, auf die Knie fiel und sich mit beiden Händen auf den Planken abstützte.

Xorron war gefallen!

Ich konnte es kaum fassen. Dieser dämonische Koloss lag auf den Knien und konnte sich nicht mehr erheben, weil es einen Gegner gab, der stärker war als er.

Noch nie hatte ich Xorrons Knochengestell so stark aufleuchten sehen. Es schimmerte durch das Weiß seiner Haut, zitterte dabei, und ich hatte das Gefühl, als wollte es sich allmählich auflösen.

Gelassen zog Shimada sein Schwert. Es war eine tausendmal geübte Bewegung. Der rechte Arm glitt hoch, die Hand wurde abgewinkelt und über die Schulter gedrückt. Sehr sicher hatte der Ninja sein Schwert gezogen.

Es gab kaum ein Geräusch, als er es aus der Scheide holte und damit ein X in die Luft schlug.

Ein X für Xorron?

Ich wusste es nicht, aber ich wurde an eine Szene erinnert, die ich auf der Insel des Schweigens erlebt hatte. Damals hatte der goldene Samurai Tokata besiegt, ihn gezwungen, Harakiri zu begehen und sich vor ihn hinzuknien.

So war es hier auch.

Niemand hatte bisher gesprochen. Dieser Kampf zwischen den beiden Giganten war schweigend über die Bühne gegangen, und ich bemerkte, wie in die Zombies Bewegung geriet.

Sie hatten bisher still gestanden. Nun hielten sie es an ihren Plätzen nicht mehr aus und bewegten sich auf den zu, dem sie in Zukunft gehorchen wollten.

Nicht Xorron, sondern Shimada!

An seiner Seite blieben die Gestalten stehen. Ein Beweis, dass sie ihm den Rücken stärken wollten.

Shimada holte aus.

Xorron kniete vor ihm. Vorgebeugt war sein Kopf. Der Nacken lag ungeschützt und völlig frei.

Falls Shimada diese Waffe besaß, die Xorron töten konnte, dann würde es jetzt geschehen.

Ich sah nicht, dass Shimada seinen Mund öffnete, hörte nur den wie wahnsinnig klingenden Triumphschrei, als er sich streckte, ausholte und …

»NEIN!«

Es war ein Schrei, ein Ruf, ein Befehl, dem auch Shimada nicht widerstehen konnte.

Er erstarrte in der Bewegung und schien zu einem Denkmal zu werden.

Wer hatte gerufen?

Ich kannte die Stimme. Schon einmal hatte ich sie gehört. Auch im Zusammenhang mit Xorron, und plötzlich fiel es mir ein.

Pandora!

Ja, es war eine Frauenstimme gewesen, und Pandora hatte geschrien. »Noch nicht, Shimada. Noch hast du nicht gewonnen. Ich werde dir Grenzen setzen. Auch Xorron soll seine Chance haben, aber nicht hier und nicht in dieser Welt!«

Die letzten Worte hatte ich genau verstanden, und ich wusste plötzlich, dass es Zeit für uns wurde. Bevor Abe Douglas reagieren konnte, war ich hochgesprungen, hatte ihn gepackt und auf die Bordwand zugeschleudert.

»Weg!«, brüllte ich. »Wir müssen weg!«

Zum Glück verstand er. Gemeinsam hechteten wir über die Reling und sprangen auf den Pier.

Im rechten Augenblick, denn aus dem grauen Himmel fiel etwas herab, für das man kaum Worte finden konnte.

Es war ein Schleier, ein Licht. Für einen winzigen Moment entdeckte ich das gewaltige Füllhorn, und als es wieder verschwand und ich ein hohes Singen und Heulen vernahm, da war auch die Galeere nicht mehr zu sehen.

Aufgelöst – weg …

Wir standen auf dem leeren Pier, schauten auf die schaukelnden Wellen und hoben die Schultern.

»Habe ich das geträumt?«, fragte Abe Douglas.

»Nein. So etwas träumt man nicht. Diesen Schrecken gibt es nur in der Wirklichkeit.«

Und real waren auch die Boote, die sich uns aus drei Richtungen näherten. Mit Höchstgeschwindigkeit rauschten sie herbei. Wir sahen die hellen Bugwellen, die sie wie Bärte vor sich herschoben.

»Was soll ich denn jetzt sagen?«, fragte Abe und lachte laut auf.

»Die Wahrheit.«

»Die glauben sie nie.«

Die Boote hielten dort an, wo die Galeere gelegen hatte, und nicht nur die Beamten des Sonderkommandos sprangen von Bord, sondern auch zwei Festgenommene.

Logan Costello und Roberto Pasti!

Die beiden waren ziemlich schweigsam und zeterten nicht nach ihren Anwälten.

Ich lernte einen Mann namens Russell kennen, der natürlich eine Erklärung verlangte.

»Die kann ich Ihnen nicht geben, Sir!«

»Wo ist das Schiff, diese verdammte Galeere?«

Ich deutete in die Höhe. »Wahrscheinlich da oben, mein Lieber. Sie haben es doch selbst gesehen.«

Russell holte tief Luft. Allerdings wusste er nicht, was er sagen sollte, drehte ab und suchte sich zwei neue Opfer.

Die beiden Mafiosi!

»Damit wäre diese Sache wohl erledigt«, meinte Abe Douglas und wischte seine schweißfeuchte Stirn trocken.

Ich schüttelte den Kopf. »Das glaube ich kaum, mein lieber Abe. Ich habe das Gefühl, als würde es erst jetzt richtig losgehen, denn alles andere war nur ein Vorspiel.«

Der G-man schluckte. »Wirklich?«

»Ja, mein Wort darauf!«

Xorrons Totenheer

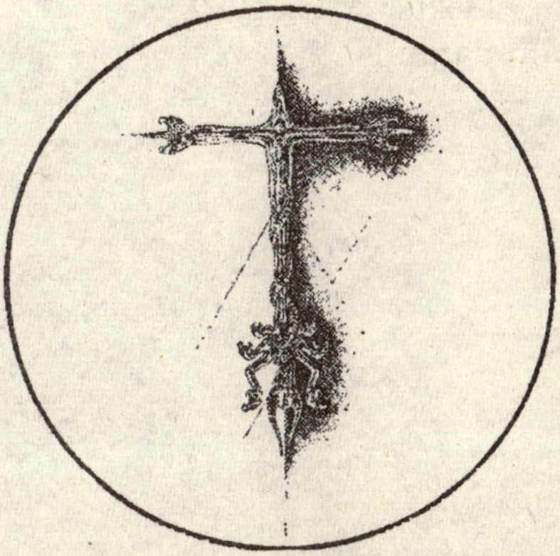

Das Kreischen erinnerte mich an das Schreien eines Kindes.

Reifen hatten diesen schrillen Ton verursacht. Reifen, die über den Asphalt radierten. Dann hörte ich eine merkwürdige Geräuschkulisse, da kreiselte ich schon auf dem Absatz herum und schaute nach vorn.

Der Lastwagen stand quer. Auf seiner Fläche hatte sich die Ladung verschoben. Sie drückte seitlich gegen die Plane, die jeden Augenblick reißen konnte.

Zahlreiche Eindrücke stürmten auf mich ein, sie kamen von allen Seiten, ich sah zunächst nur diesen Wagen, dessen Fahrertür aufgewuchtet wurde, damit der Fahrer sein Gefährt verlassen konnte.

Er hatte die Nerven verloren und schrie.

Andere Wagen standen ebenfalls. Menschen liefen zur Unglücksstelle, und in meiner Brust zog sich etwas zusammen. Ich ahnte das Schreckliche, aber ich wollte es nicht wahrhaben. Deshalb zögerte ich es hinaus. Die Konfrontation war zu schlimm, und meine Schritte glichen dem Schleichen einer Schnecke.

Dennoch kam ich näher.

Kalt rann es über meinen Rücken. Mein Mund hatte sich verzerrt. Der Blickwinkel war geschmälert worden, schien aus einem Tunnel zu bestehen, und der Blick war wirklich nur auf den Ausgang gerichtet, wo sich das Zielobjekt befand.

Da lag jemand.

Die Räder des Lkw standen schräg. Sie verdeckten die Gestalt, sodass ich vorläufig nur eine Hand sehen konnte.

Klein und schmal …

Ich ging weiter.

Jeder Schritt wurde zur Qual. Die Stimmen der Zeugen umgaben mich wie ein durch Filter gedämpfter Sturmwind, der zu einem Säuseln geworden war.

Die nächsten Schritte brachten mich so dicht an das Ziel, dass ich es genau erkennen konnte.

Unter der Stoßstange lag eine Gestalt.

Eine Frau.

Shao!

Es hatte sie voll erwischt!

Und mich ebenfalls, denn ich glaubte, nicht mehr atmen zu können. Die biochemischen Reaktionen in meinem Körper veränderten sich, sie liefen langsamer ab, waren zurückgedrängt, und in meinem Kopf breitete sich eine Blutleere aus.

War Shao tot?

Irgendwie mussten die Neugierigen gespürt haben, was in mir vorging. Wahrscheinlich zeichneten sich diese Vorgänge auf meinem Gesicht ab, denn die Männer und Frauen schufen Platz, damit ich durchgehen und Shao erreichen konnte.

Das Lamentieren des Fahrers hörte ich kaum. Es drang an meine Ohren wie aus weiter Ferne.

Neben Shao blieb ich stehen. So dicht, dass meine Fußspitzen ihren Körper berührten.

Er sah steif aus, wie der einer Leiche!

Ich kniete mich nieder. Es war eine abgezirkelte Bewegung, nicht einmal vom Gehirn gesteuert, ich musste einfach diesen Gesetzen folgen und mir Shao anschauen.

Es gab kein Blut, ich sah keine Verletzung. Sie lag vor mir wie eine große, schöne Puppe. Nur der Ausdruck in den Augen, der bereitete mir Angst.

Da stimmte etwas nicht. Die Augen waren so verdreht, wie ich es nur von Toten her kannte.

Ich kroch um Shao herum, bis ich ihren Kopf erreicht hatte, meine Hände unter ihn und das schwarze, ausgebreitete Haar schob und den Kopf in die Höhe drückte.

Ihr Gesicht kam dem meinen näher.

»Shao!« Ich flüsterte ihren Namen, obwohl ich wusste, dass ich keine Antwort erhalten würde.

Sie schwieg.

Tote können nicht mehr reden! Dieser makabre Ausdruck fuhr mir durch den Kopf, als ich vor der Leiche saß, denn für mich gab es keine andere Möglichkeit mehr.

Shao war tot!

Über- oder angefahren worden. Kein Dämon schien mitgeholfen zu haben, es war alles normal gelaufen, ein Unglücksfall.

Ich hätte in diesen Augenblicken schreien können, aber ich brachte es nicht fertig. So blieb ich hocken, versunken in einer anderen Welt, und ich lauschte in meine Umgebung hinein.

Den Fahrer hörte ich. »Ich konnte es nicht mehr verhindern!«, schrie er. »Sie war plötzlich da, und das Lenkrad in meiner Hand ließ sich nicht mehr bewegen! Es hakte oder was weiß ich. Glaubt ihr mir nicht, verdammt?«

Ich stand auf. Irgendwie war es falsch von mir, so etwas zu tun, aber ich konnte nicht anders. Denn die Worte des Mannes hatte ich genau verstanden, trotz der schrecklichen Lage, in der ich mich befand. Er hatte von einer Kontrolle gesprochen, die ein anderer über das Lenkrad gehabt hatte.

Konnte man den Unfall doch nicht auf eine natürliche Folge zurückführen? Mein Misstrauen war da und ließ sich auch nicht mehr abschütteln. Deshalb schritt ich direkt auf den Fahrer zu, der mich sah und Angst bekam.

Er war ein breitschultriger Bursche, trug ein kariertes Hemd und eine Mütze mit dunklem Plastikschirm auf dem Kopf. Er wankte zurück, streckte die Arme vor und hielt mir seine zehn klobigen Finger entgegen. »Ich konnte nichts dafür, verdammt! Wirklich nicht. So glauben Sie mir doch, zum Teufel!«

»Sicher.« Ich versuchte zu lächeln und nickte gleichzeitig. »Sie konnten nichts dafür.«

Das linke große Vorderrad hatte ihn aufgehalten. Er presste seinen Rücken dagegen. Die Haut auf seinen Wangen zuckte, auf der Stirn sah ich den Schweiß.

Dann schaute er auf meinen Ausweis, den ich hervorgeholt hatte. Ich wusste nicht, ob er in seiner jetzigen Verfassung überhaupt lesen konnte, was dort geschrieben stand, deshalb sagte ich es ihm. »Scotland Yard. Mein Name ist John Sinclair.«

Er nickte. Seine Arme sanken allmählich nach unten. Selbst die Angst aus seinem Gesicht verschwand. Aus der Zuschauermenge rief jemand ein böses Wort.

»Killer!«

Auch ich zuckte zusammen, denn ich wusste, wie gefährlich dieses Wort sein konnte. Ich wirbelte herum, sah den Sprecher leider nicht, sondern nur die kalten Gesichter der Gaffer.

»Dieser Mann ist kein Mörder«, sagte ich mit rauher Stimme. »Das sollte sich jeder hinter die Ohren schreiben.«

Niemand gab mir eine Antwort. Hinter der Menge sah ich eine Bewegung. Polizisten bahnten sich ihren Weg. Auch gellte der schrille Laut einer Trillerpfeife über unsere Köpfe.

»Glauben Sie mir doch!«, rief der Fahrer.

»Okay, okay«, sagte ich. »Bleiben Sie um Himmels willen nur ruhig. Es wird sich alles aufklären.«

Dann waren die Polizisten da. Zwei von ihnen kannten mich. Sie kamen sofort zu mir, und ich erklärte mit knappen Worten, was ich wusste.

»Sollen wir hier ermitteln, Sir?«

Ich schüttelte den Kopf und nickte zur gleichen Zeit. »Versuchen Sie, Zeugen zu finden. Den Fahrer vernehme ich.«

»Geht in Ordnung, Sir!«

»Ich konnte wirklich nichts dafür«, sagte der Mann.

»Das glaube ich Ihnen sogar.«

»Wirklich, Sir?«

»Ja.« Ich lächelte.

Er atmete auf, zog ein großes Tuch aus der Hosentasche und wischte sich den Schweiß aus dem Gesicht.

Es war grauenhaft heiß. Die Hitze wollte einfach kein Ende nehmen. Sie lastete jetzt schon seit Wochen wie eine dumpfe Glocke über der Millionenstadt London. So viel geschwitzt wie in diesem Sommer hatte ich eigentlich noch nie.

Shao war tot!

Plötzlich musste ich wieder daran denken. Das Blut stieg mir in den Kopf. Für einen Moment wurde mir schwindlig. Ich dachte an Suko und daran, was er sagen würde, wenn er seine Freundin sah. Er musste bald auftauchen, denn er wollte in der Nähe nur zwei neue Gepäcktaschen für seine Harley holen.

Mein Gott, wenn Suko Shao sah, war es aus …

»Sir, was ist mit Ihnen?« Der Fahrer musste bemerkt haben, dass etwas nicht stimmte.

Ich aber schüttelte den Kopf und lächelte krampfhaft. »Nichts, das Sie beunruhigen müsste. Wie heißen Sie eigentlich, Mister?«

»Jack Griffith.«

»All right, Mr. Griffith. Jetzt möchte ich von Ihnen genau hören, wie die Sache gelaufen ist. Versuchen Sie, sich an jede Einzelheit zu erinnern. Alles kann wichtig sein, auch wenn es Ihnen vielleicht unwichtig erscheint.«

»Ja, Sir, ja ...«

Ich wartete. Der Wunsch nach einer Zigarette stieg in mir hoch. Als ich das Stäbchen aus der Schachtel zog, zitterten meine Hände, so nervös war ich.

Über die Flamme des Feuerzeugs schaute ich den Mann an. Er schluckte und versuchte, seine Gedanken zu sammeln. Als ich den ersten Rauch ausblies, begann er zu sprechen.

»Ich fuhr völlig normal. Ich bin auch nicht eingeschlafen, denn ich musste mich auf den Verkehr konzentrieren. Und dann kam sie auf einmal. Sir, ich schwöre Ihnen, die Frau lief von einer Verkehrsinsel aus plötzlich los. Es waren nur wenige Schritte bis zu meinem Wagen, vor dem sie auftauchte. Ich bremste, legte alles rein, aber ich brachte den Wagen nicht mehr rechtzeitig genug zum Stehen. Die breite Stoßstange schmetterte sie zu Boden. Dann war da noch das linke Vorderrad«, fügte er leise hinzu.

»Es hat sie nicht erwischt«, beruhigte ich ihn.

»Aber das andere reichte aus.«

»In der Tat.«

»Dann ist sie tot?« Er formulierte die Frage stockend. Die Worte wollten kaum über seine Lippen dringen.

»Leider.«

»Mein Gott, das ist ...«

Ich legte eine Hand auf seine Schulter. Die Zigarette schmeckte mir nicht mehr. Ich trat sie aus. »Man kann mich zwar nicht als unmittelbaren Zeugen bezeichnen«, erklärte ich dem Mann, »aber ich weiß, dass Sie unschuldig sind.«

»Danke, Sir! Wenn ein Polizist das sagt, hat es ein ganz anderes Gewicht als die Aussage eines normal Sterblichen.«

Ich lachte auf. »So ist es wohl nicht.«

»Doch, Sir, doch ...«

»Ich möchte noch einiges von Ihnen wissen. Sie haben vorhin etwas davon verlauten lassen, dass jemand in Ihr Lenkrad gegriffen hat. Entspricht das den Tatsachen?«

Griffith wurde verlegen. »Das habe ich gesagt«, gab er zu. »Aber es ist mehr eine Vermutung.«

»Erzählen Sie trotzdem.«

»Das war so. Vielleicht hätte ich den Wagen noch herumreißen können, aber das Lenkrad blockierte.« Er drehte sich um und deutete mit beiden Händen in die Fahrerkabine. »Können Sie sich das vorstellen, Sir? Für einen Moment war die Technik ausgeschaltet. Ich wusste nicht mehr, was ich tun sollte. Erst wenig später reagierte es wieder. Aber da war es längst zu spät.«

»Und das stimmt, was Sie da gesagt haben?«

»Ja.«

»Keine Einbildung?«

»Nein, Sir. Es ist auch nicht meinen überreizten Nerven zuzuschreiben. Über zwanzig Jahre fahre ich Lastwagen. Sie sind gewissermaßen meine Bräute. Ich kenne wirklich alles an ihnen ...«

»Ja, ja, ich glaube Ihnen.«

Der Mann war verzweifelt. Er kam über die schreckliche Tatsache einfach nicht hinweg.

»Aber was kann es gewesen sein?«, rief er voller Panik. »Mein Wagen ist in Ordnung. Darauf lege ich großen Wert. Ich bin unfallfrei gefahren. Das, was geschehen ist, kann ich mir nicht erklären. Bisher hat mir der Truck immer gehorcht ...«

»Wissen Sie«, erwiderte ich ihm, »es gibt Dinge zwischen Himmel und Erde, die man nicht steuern kann. Sie haben nichts mit Technik zu tun, obwohl sie gewissen Gesetzen unterworfen sind ...«

»Wie meinen Sie das?«

Ich winkte ab. »Lassen Sie es gut sein, Mr. Griffith. Dies alles zu erklären, ginge ein wenig zu weit.«

»Ja, ja, ich verstehe.« Er räusperte sich. »Was soll ich denn jetzt machen?«

»Halten Sie sich weiterhin den Beamten zur Verfügung, Mr. Griffith. Die werden ein Protokoll aufnehmen, und alles wird seinen gewöhnlichen Gang nehmen.«

»Aber die Schuld an dem Unfall ...«

»Keine Sorge, Mr. Griffith, ich werde für Sie sprechen.«

»Danke, Sir!«

Ich hob die Schultern. Mehr konnte ich dem Mann nicht sagen. Ich war davon überzeugt, dass er keine Schuld an dem tragischen Unfall trug. Hier hatten andere Kräfte ihre Hände im Spiel. Sie waren auf Shao fixiert, und das musste seinen Grund haben, den ich leider nicht kannte, sondern nur vermuten konnte. Zwangsläufig dachte ich an Shimada, den Dämon mit den blauen Augen, den Ninja-Kämpfer, Xorrons Feind und Herrn der tausend Masken. So jedenfalls wurde er genannt. Seine Spur hatte mich nach New York geführt, wo ich die Ankunft der Zombie-Galeere erlebt hatte. Auf der Galeere war es zum ersten Kampf zwischen Shimada und Xorron gekommen. Einen Sieger hatte es nicht gegeben, denn Pandora hatte eingegriffen und beide Gegner in eine mir unbekannte Welt gerissen.

Suko war nicht mit nach New York geflogen. Er wollte in London bleiben, um auf Shao aufzupassen, denn sie konnte man in diesem Spiel als eine unbekannte Größe bezeichnen. Shao, die Chinesin, stand mit der Sonnengöttin Amaterasu in einem unmittelbaren Zusammenhang, sie war gewissermaßen eine Nachkommin dieser japanischen Göttin. Irgendwo in ferner Vergangenheit mussten sich Shaos Ahnen vermischt haben. Es war zu einer Verbindung zwischen Japanern und Chinesen gekommen.

All dies ging mir durch den Kopf, und ich dachte näher darüber nach, als ich plötzlich einen gellenden Ruf vernahm.

»Shao!«

Mein Blut schien auf einmal mit Eisstücken gefüllt zu sein, denn ich kannte die Stimme, die da geschrien hatte.

Sie gehörte Suko!

Der Inspektor war nicht zu stoppen. Er glich einem menschlichen Rammbock, als er den Gürtel der Neugierigen durchbrach, sich freie Bahn verschaffte, seine Freundin Shao sah, für einen Moment anhielt, starr wurde, dann wieder weiterrannte und mit einem lauten Schrei neben Shao auf die Knie fiel.

Ich blieb stehen. Zwar wollte ich zu ihm gehen, doch meine Beine gehorchten mir nicht.

Shao, Suko und ich – wir bildeten eine Insel inmitten des Trubels, denn ich merkte von den übrigen Vorgängen nichts, sondern hatte nur Augen für die beiden.

Suko war über Shao gefallen. Ich hatte ihn bisher als einen beherrschten Menschen gekannt, der sich nicht so leicht unterkriegen ließ, doch Shaos Tod warf ihn aus der Bahn.

Er kniete nicht mehr vor ihr, sondern hatte sich über sie geworfen. Aus seinem Mund drangen schreckliche Laute. Die Hände fuhren zuckend über den Körper der schwarzhaarigen Chinesin, berührten mal die Hüften, die Brust oder streichelten die bleichen Wangen.

Es war grauenhaft!

Die Szene schnitt in mein Innerstes hinein, als hätte mir jemand ein Messer ins Herz gestoßen.

Erst jetzt, als ich die beiden so sah, kam mir richtig zum Bewusstsein, was dort geschehen war. Shao, eine der unsrigen, lebte nicht mehr. Sie war tot, von einem Lastwagen überfahren. Dämonische Gegner hatten sich einen guten Helfer ausgesucht, einen normalen Menschen, der nicht merkte, dass er zu einem Spielball in den Händen fremder Mächte geworden war.

Und so hatte es Shao erwischt.

Ausgerechnet sie. Das musste einen Grund haben. Vielleicht den, weil sie das schwächste Glied in der Kette war. Zusammen mit Sheila Conolly oder Johnny?

Nein, irgendwie wollte ich das nicht glauben. Immer wieder schob sich eine grausame Gestalt vor meine Augen.

Shimada!

Dieser Dämon war wie ein Blitz aufgetaucht und hatte in das Geschehen eingegriffen. Damit konnte einfach keiner von uns rechnen. Eine bisher unbekannte Größe hatte sich herauskristallisiert und bereitete uns großen Ärger.

Ging Shaos Tod auf sein Konto?

Einen Grund hatte er. Schließlich war die Chinesin eine

Nachfolgerin der Sonnengöttin Amaterasu und damit auch eine Feindin des Ninja-Dämons Shimada.

Ich kriegte Angst, wenn ich näher darüber nachdachte. Himmel, in welch einen Kreislauf war ich da nur hineingeraten?

Ich schaute wieder auf Suko. Jetzt kniete er, den Rücken hatte er durchgedrückt, sein Kopf war gesenkt. Er blickte auf seine tote Freundin, die Schultern bewegten sich, ein Zeichen, dass er weinte, und seine Hände hatte er gegen die bleichen Wangen der Toten gepresst.

Suko, der harte Kämpfer, der Mann, der keiner Gefahr aus dem Wege ging, trauerte um seine geliebte Shao.

Auch in meiner Kehle hatte sich ein dicker Kloß ausgebreitet. Mir war ebenfalls nach Heulen zumute, aber ich riss mich zusammen, denn ich durfte auf keinen Fall den Überblick oder die Nerven verlieren.

Eine seltsame Stille umgab uns. Selbst die Zuschauer unterhielten sich nicht mehr. Sie schauten auf Suko und nahmen Anteil an der Trauer meines Freundes.

Griffith, der Fahrer, stand da wie ein Denkmal. Er zuckte nicht, er atmete kaum, seine Gesichtszüge hatten sich verändert und waren gleichzeitig erstarrt.

Dann stand Suko auf.

Wie er das tat, glich einem Ritual. Er zuckte, als schien er aus einem Traum zu erwachen, drückte seine Hände gegen den Boden und richtete sich auf.

Er drehte sich noch nicht um. Etwa fünf Sekunden lang blieb er neben Shao stehen und schaute auf die Tote. Wie musste es in seinem Innern aussehen? Zu vergleichen mit einem Vulkan von Gefühlen, der in meinem Freund tobte und Lavaströme aus Angst, Verzweiflung und Depression in ihm hochdrückte.

Es begann mit einem Zucken seiner Schultern. Erst jetzt schien er die anderen wahrzunehmen. Und er sah mich, als er sich nach links wandte.

Ich hob die Hand.

Suko nickte nicht einmal, er bewegte auch seine Augen nicht. Mein Freund gab überhaupt kein Zeichen, dass er mich gesehen oder verstanden hatte.

Er schaute an mir vorbei. Sein Blick war auf ein neues Ziel fixiert, ein Ziel, das schräg neben und hinter mir stand.

Jack Griffith, der Fahrer!

Auch der schien zu ahnen, was in dem Chinesen vorging, denn ich hörte sein angstvolles Flüstern. »Mein Gott, der ist ja …«

Was er war, bewies Suko in den nächsten Sekunden, denn er schritt auf Griffith zu.

Schnell, zügig, und in seinem Gesicht las ich ab, was er vorhatte. Er gab dem Fahrer die Schuld, und er wollte ihn dafür zur Rechenschaft ziehen.

Etwas anderes konnte ich mir nicht vorstellen.

Aber das war ein Irrtum!

»Suko, nicht! Um Himmels willen …« Zum ersten Mal sprach ich den Inspektor an.

Suko war in diesen Augenblicken kein Mensch mehr, sondern eine Maschine. Ihn konnte keiner aufhalten, auch sein bester Freund nicht. Und er beschleunigte seine Schritte, wurde noch schneller. Ich kam überhaupt nicht dazu einzugreifen, denn Suko erreichte den Mann, der eine Hand zur Abwehr hob, die durch Sukos Schlag wie eine lästige Fliege zur Seite gewischt wurde.

Dann packte er ihn.

»Du!«, knurrte er tief aus der Kehle. »Du hast sie getötet. Du hast sie mir genommen. Sie war das …«

Ich konnte es nicht mehr mit ansehen. Suko würde durchdrehen. Er hatte einen Punkt erreicht, den auch ich an mir kannte, denn ich brauchte nur daran zu denken, wie es mir ergangen war, als ich vor der toten Nadine Berger gestanden hatte.

Jetzt musste ein Freund eingreifen.

Und das war ich.

Nur einen Arm hatte Suko erhoben. Mit der Hand des anderen hielt er seinen Gegner fest.

Er wollte zuschlagen.

Da war ich bei ihm.

Von der Seite her griff ich ein. Meine Hand bekam seinen

Arm zu packen. Es war ein wuchtiger Hieb, der meinen Freund traf, ihn um die eigene Achse drehte, sodass er Griffith loslassen musste und selbst gegen die Breitseite der Kühlerhaube gestoßen wurde.

Suko schüttelte sich. Ich schaute in seine Augen. Noch nie hatte ich bei ihm diesen Blick erlebt. Suko war ungemein gefährlich.

»John, lass es!«

»Nein, Suko, reiß dich zusammen! Dieser Mann kann nichts dafür. Er hat Shao nicht umgebracht! Es waren andere.«

»John, geh aus dem Weg!«

Ich bekam es mit der Angst zu tun. Mein Partner war unberechenbar. Stoßweise ging mein Atem. Im Kampf war mir Suko überlegen, das musste ich ehrlich zugeben, aber ich hatte vielleicht die Überraschung auf meiner Seite.

»John, weg da! Oder ich mache dich …«

»Was machst du?«, unterbrach ich ihn.

»Er hat sie getötet!« Das Gesicht meines Freundes verzog sich auf angsteinflößende Art und Weise.

Da schlug ich zu.

Mein rechter Arm fegte von unten nach oben. Die Faust traf das Kinn, das Suko vorgestreckt hielt und das vor allen Dingen völlig deckungslos war.

Den Treffer spürte ich bis in mein Schultergelenk. Es war wie ein harter Stromstoß.

Sukos Gesicht verzerrte sich. Er schaute mich an und gleichzeitig auch hindurch. Unglaube stand in seinem Blick. Dann schüttelte er sich, aber er ging nicht k.o., sondern hielt sich noch auf den Beinen, auch wenn er sich festhalten musste und jetzt Tränen aus seinen Augen liefen.

»Suko!«, flüsterte ich.

»Verdammt, John, ich …« Mein Freund holte tief Atem. Irgendwie schien er wieder zu sich zu kommen. Es glich einem Erwachen aus einem tiefen Traum. Er hob den Arm und fasste dorthin, wo ihn mein Treffer erwischt hatte.

Ich nickte. »Tut mir Leid«, sagte ich gleichzeitig, »aber ich wusste mir keinen anderen Rat.«

»Schon gut. Ich war wohl weggetreten.« Er wischte über seine Wangen und schaute Jack Griffith an, der noch neben uns stand und nichts mehr begriff.

Die Zuschauer interessierten mich nicht. Sollten sie ruhig Zeugen sein, hier ging es um mehr, um viel mehr.

Suko wechselte plötzlich das Thema. »Sie ist tot, nicht wahr, John?«

Ich schwieg.

»John, sag was!« Drei gequälte Worte drangen aus seinem Mund. Fürchterliches musste in Suko vorgehen, aber was sollte ich ihm antworten? In meinem Gehirn befand sich eine Sperre. Jedes Wort wäre in diesem Fall vielleicht zu viel gewesen.

»Er war es, oder?« Suko deutete bei dieser Frage auf den Fahrer Jack Griffith.

»Ja und nein«, erwiderte ich.

»Wieso?«

»Er hat Shao zwar überfahren, aber dafür konnte er nichts. Da gab es eine Kraft, die ihn gelenkt hat.«

»Dämonen?«

»Genau.«

Suko drehte sich. Er stoppte, damit er Jack Griffith anschauen konnte, und dieser erschrak heftig. »Wie ist es passiert?«, fuhr Suko den Mann an. »Los, rede!«

»Wirklich, Sir, ich konnte nichts dagegen machen. Ich habe die Frau gesehen, wollte das Steuerrad herumreißen, als mich etwas daran hinderte. Es blieb in der Richtung …«

Suko winkte ab. »Schon gut«, flüsterte er. »Entschuldigen Sie, aber es war meine Partnerin, die Sie da überfahren haben. Deshalb die heftige Reaktion.« Der Chinese hob die Schultern. Ich sah, dass es in seinem Gesicht zuckte. So völlig hatte er sich mit den Tatsachen noch nicht abgefunden, das lag auf der Hand.

Er traute sich kaum, auf Shao zuzugehen. Erst ich drängte ihn dazu, und gemeinsam knieten wir neben der Toten.

Diesmal untersuchte ich sie mit. Und ich war objektiver als Suko. Vor uns lag eine Tote. Aus ihrem Mund drang kein Atemzug, wir spürten keinen Herzschlag, doch Shaos Körper wies auch keinerlei Verletzungen auf. Ich suchte nach Schürfwunden, während Suko mehr ihr Gesicht streichelte und mit sachten Fingern die Haarsträhnen zurücklegte. Für die Realitäten hatte er keinen Blick und auch keinen Sinn.

Ich dafür umso mehr. Mir fiel nicht nur auf, dass Shaos Körper frei von jeglichen Verletzungen war, sondern auch noch etwas anderes. Das Vorderrad des Lastwagens hatte sie überhaupt nicht berührt.

Und doch lag sie hier!

Das musste etwas zu bedeuten haben. Ich wurde mit einem Mal sehr misstrauisch, schaute noch genauer hin und drückte sogar meinen Freund Suko zur Seite.

»Was ist denn?«, beschwerte er sich.

»Nichts.« Ich antwortete bewusst unwahr, denn ich wollte Suko nicht aufregen. Eins allerdings stand jetzt bereits fest. Mit einem Leichenwagen und eingepackt in einen Sarg aus Zink oder Kunststoff wollte ich Shao nicht abtransportieren lassen. Es wurden zwar keine Toten mit einem Rettungswagen befördert, doch in diesem Fall sollte und musste eine Ausnahme gemacht werden.

Dafür wollte ich Sorge tragen.

Mein Freund Suko ließ ich allein und wandte mich an die zuständigen Beamten, die sich weiterhin in der Nähe aufhielten. »Lassen Sie einen Rettungswagen kommen!«

»Aber, Sir.« Sofort erntete ich Widerspruch. »Die Frau ist tot. Wir müssen sie mit einem Leichenwagen ...«

»Einen Rettungswagen.« Ich bestand darauf. »Haben Sie nicht verstanden?«

»Jawohl, Sir.«

Suko hatte meine Worte gehört, da ich ziemlich laut sprach. Jetzt hatte er natürlich Fragen, die ungefähr denen glichen, die auch der Polizist gestellt hatte.

»John, sie ist doch tot! Du kannst keine Leiche ...«

Ich drängte meinen Freund ein wenig abseits und schaute ihm aus kurzer Entfernung ins Gesicht. »Hast du bei Shao eine Verletzung feststellen können?«

Er blickte mich an. Ich beobachtete das Mienenspiel auf seinem Gesicht. Zunächst einmal legte er seine Stirn in Falten, dabei weiteten sich seine Augen, dann erschienen rote Flecken auf seinen Wangen.

»John, sie ist tot. Ich habe kein Leben mehr gespürt. Ihr Herz schlug nicht mehr, kein Atem drang aus ihrem Mund …«

»Aber sie hatte nicht die Verletzungen oder Abschürfungen, die sie eigentlich hätte haben müssen!«, hielt ich dagegen. »Überlege genau. Sie ist angeblich von einem Lastwagen erwischt worden und hätte zumindest Hautabschürfungen haben müssen.«

Suko schaute auf seine leblose Freundin. »Das stimmt …«

»Na bitte!«

»Glaubst du denn daran, dass sie nicht …?«

Ich winkte mit beiden Händen ab. »Das habe ich nicht gesagt. Aber irgendetwas stimmt da nicht. Weshalb hat es gerade Shao erwischt? Da muss es einen triftigen Grund geben.«

»Und welchen?«

»Frag mich was Leichteres«, antwortete ich meinem Freund, »aber ich habe dich nicht umsonst in London zurückgelassen, als ich nach New York ging, um die Zombie-Galeere zu erwarten.«

»Siehst du einen Zusammenhang?«

»Hat uns Shao nicht auf Shimadas Spur gebracht?«

»Ja, du hast Recht.« Suko atmete tief ein. »Und dafür musste sie sterben«, knirschte er.

»So sieht es aus.«

Der Wagen kam. Es war ein so großes Fahrzeug, dass es erst drehen musste. Rückwärts fuhr es an den Ort des Geschehens heran. Die Polizisten drängten die Neugierigen zurück. Als der Wagen stand, sprangen zwei Sanitäter aus dem Führerhaus. Sie öffneten die hinteren Klapptüren und holten eine Trage hervor. Mit ihr liefen sie zu Shao und stutzten.

»Sie ist tot«, sagte einer.

»Nehmt sie trotzdem mit.«

»Das ist gegen die Vorschriften!«

Ich ließ die beiden Männer auf meinen Ausweis blicken. »Hiermit ordne ich an, dass ihr sie mitnehmt und wir uns als

Begleitung ebenfalls anschließen. Habe ich mich klar genug ausgedrückt?«

»Ja, Sir, das haben Sie.«

»Dann bitte. Tun Sie Ihre Pflicht!«

Die beiden Männer sagten nichts mehr. Ihre Reaktion war verständlich. Es widersprach tatsächlich den Vorschriften.

Jetzt hoben sie Shao vorsichtig an und betteten sie auf die Trage, wo sie sogar noch festgeschnallt wurde, bevor die Männer die Trage in die Schienen hoben und in den Wagen schoben. Bevor die Männer die Türen schließen konnten, waren wir schon eingestiegen.

Im Wagen war es eng. Die medizinischen Geräte erleichterten unsere Bewegungsfreiheit auch nicht. Ich musste daran denken, dass ich schon einmal in einer ähnlichen Situation mit einem solchen Wagen gefahren war. Nur hatte da nicht Shao gelegen, sondern Jane Collins. Wenig später war sie mir von Wikka entrissen worden.

Wir hörten das Schlagen der Türen. Der Anlasser drehte ein wenig durch, dann sprang der Motor an, und wir fuhren los.

»Und jetzt?«, fragte mich mein Freund Suko leise.

Ich erwiderte nichts, schaute in Shaos Gesicht und entdeckte das leichte Zucken um ihre Mundwinkel.

Sie hatte sich bewegt!

Nicht tot?

In meinem Innern tobte plötzlich ein Vulkan. Unheimliche Gefühle stürmten auf mich nieder. Ich konnte sie nicht in Worte fassen und Suko deshalb auch kein Zeichen geben, aber er hatte es längst bemerkt.

»John!«, ächzte er. »Verdammt, John, das stimmt tatsächlich. Sie, sie hat sich ...« Er fuhr zu mir herum und steigerte seine Stimme. »John, sie ist nicht tot!«

Mein Freund saß da wie vom Blitz getroffen. Er wusste nicht mehr, was er noch sagen sollte. Dabei bewegte er seine Lippen, doch kein Ton drang aus seinem Mund.

Dafür klang eine andere Stimme auf. Es war nicht die von Shao, obwohl sie gesprochen hatte.

»Nein, ich bin nicht tot, aber es musste sein!«

Wir vernahmen die Worte sehr deutlich, aber wir wussten auch, dass nicht Shao sie gesprochen hatte, sondern eine Fremde!

Pandora hatte ihr Füllhorn ins Spiel gebracht und ihren »Freund« Xorron zurück in eine andere Dimension geschleudert, wo er sich nun befand und vorerst einmal in Sicherheit war.

Er war nicht allein!

Alle seine Diener waren in diese Dimension hineingerissen worden. Eigentlich hatte sich nichts verändert, nur war die Umgebung eine andere geworden.

Es gab keinen Hafen mehr, keinen Shimada, keine Ninja-Leibwächter und keinen John Sinclair.

Xorron befand sich mit seinem Totenheer in der neuen Dimension. Die Galeere schwebte zwischen den Zeiten.

Es war keine Welle da, die es trug und auf der es reiten konnte, sondern nur blasse Streifen, die an Nebelfetzen erinnerten und mit trägen Bewegungen an den Seiten der Galeere vorbeistreiften.

Xorron kniete auf dem Deck. Er hatte noch immer die Haltung eingenommen, zu der ihn Shimada damals zwang. Und er wunderte sich darüber, dass er noch lebte.

Nur mühsam fand er sich wieder zurecht. Zuerst hob er seinen Kopf, der nach unten gesunken war. Er schaute nach vorn, blickte über das Deck der alten Galeere und sah seine Diener.

Das Totenheer wartete.

Aber es war dezimiert worden.

Shimadas Kämpfer hatten mörderisch gewütet. Mit ihren Waffen hatten sie die Zombies sogar in mehrere Stücke geschlagen. Schwerter, Dolche und Pfeile hatten den untoten Wesen den Garaus gemacht. Aber es waren noch genügend übrig, und Xorron, das war sicher, würde sich auch wieder welche holen.

Es lauerten noch genügend Zombies in den Tiefen der Erde, um zu ihrem Herrn und Meister stoßen zu können.

Unwillig schüttelte er seinen Kopf, als er sich in die Höhe

stemmte. Etwas wankend setzte er die ersten Schritte, schaute aus seinen schmalen Augenschlitzen an seinen Dienern vorbei, verfolgte die außen treibenden Nebelstreifen und hörte das Knirschen der Planken, als er über sie hinwegging.

Die Galeere war sehr alt und einer starken Belastung kaum gewachsen. Dennoch hatte sie es geschafft, die weite Reise über den Atlantik bis nach New York zurückzulegen.

Das lag weit zurück. Es zählte jetzt erst mal die neue Dimension, in die Pandora Xorron hineingeschleudert hatte.

Wo befanden sich seine Gegner? Das wollte der Herr der Untoten genau wissen und blieb neben dem alten Segelmast auf der Schiffsmitte stehen, um sich umzuschauen.

Von Shimada sah er nichts.

Im Nebel der Zeit, der Dimensionen, war er verschwunden. Voll getroffen von einer vielleicht noch stärkeren Magie, die Pandora, die Unheilbringerin, eingesetzt hatte.

Sie hatte Xorron gerettet, und das wusste er auch. Xorron, das Monstrum, das bisher immer nur Befehle hatte entgegennehmen müssen, war gezwungen umzudenken. Er stand allein, konnte weder auf den Schutz eines Solo Morasso noch einer Lady X vertrauen. Er musste selbst Entscheidungen treffen, und das hatte er getan.

Xorron wollte seine großen Pläne verwirklichen. Er hatte die Zombies um sich gesammelt, um gnadenlos zuzuschlagen und die Menschen zu seinen Dienern zu machen.

Es war ihm beim ersten Anlauf nicht gelungen. Der Grund hieß Shimada, und über ihn dachte Xorron nach.

Es war kaum zu fassen, dass sich in diesem hirnlosen Wesen Gedanken bildeten, aber daran ging kein Weg vorbei. Xorron dachte, und er überlegte, weshalb Shimada ihn hatte töten wollen.

Wer war dieser Dämon?

Wenn er das herausfinden wollte, dann musste er tief in seinem Gedächtnis kramen, was natürlich sehr schwer war, denn Shimada stammte aus einer Zeit, die noch vor Xorrons Verschwinden unter den Central Park lag. Also in fernster Vergangenheit.

Tausende von Jahren waren ins Land gegangen. Sich an Einzelheiten zu erinnern, war so gut wie unmöglich, doch Xorron blieb keine andere Wahl. Zudem hatte er niemanden, der ihm eventuell einen Hinweis gegeben hätte, denn Pandora ließ sich nicht blicken. Von ihr, so hoffte er, hätte er vielleicht Aufklärung erhalten können.

Er schaute auf seine Diener!

Nein, die würden ihm kaum weiterhelfen. Sein Totenheer setzte sich aus tumben, grausamen Gestalten zusammen, die nur Mord kannten. Sie hockten nicht mehr auf den Ruderbänken, sondern wankten und schlichen über das Deck der Galeere.

Ihre Bewegungen glichen denen von ferngelenkten Wesen. Da war nichts Zielstrebiges, sondern ein Schleichen, ein Schlurfen und das Bewegen der Arme, mit denen sie ihr Gleichgewicht hielten. Sie wären längst zu Boden gefallen, doch das Schlenkern hielt sie aufrecht.

Manchmal prallten sie auch gegeneinander. Da drehten sich dann die Stärkeren um die eigene Achse, während die Schwächeren mit dumpfen Schlägen auf die Planken fielen.

Nur über die Reling fiel keiner. Nicht, weil sie zu hoch gewesen wäre, aber die Zombies sahen die Reling als Grenze an. Wenn sie von dem einen oder anderen erreicht worden war, dann stoppten sie ihren Gang, wankten zurück oder wieder zur Seite und gingen in der entsprechenden Richtung weiter.

Das alles sah Xorron. Er hatte es bisher auch als einen Vorteil empfunden, aber er merkte inzwischen, dass er mit seinen Zombies in dieser Welt nicht viel anfangen konnte.

Wenn er diese Welt erforschen wollte, dann musste er dies selbst in die Hand nehmen.

Das tat er auch.

Unter den Untoten befanden sich Zombies beiderlei Geschlechts. Sie wurden von Xorron rücksichtslos zur Seite geräumt. Er schleuderte sie auf das Deck, bahnte sich so seinen Weg, erreichte die Reling, stützte für einen Moment seine Hände darauf und schaute nach vorn und gleichzeitig nach unten, wobei er an eine Tiefe dachte, die sich unauslotbar vor ihm ausbreitete.

In dieser Dimension oder Welt gab es keinen festen Boden oder Grund. Hier war alles anders.

Xorron wagte es trotzdem. Er ließ einige Nebelfetzen vorbeiziehen und schwang sich dann über die Reling.

Eigentlich hätte er fallen müssen, weil er keinen festen Grund sah. Das geschah nicht!

Xorron stand.

Er schwebte und stand dennoch. Der Boden, obwohl nicht sichtbar, war vorhanden.

Ein Beobachter hätte leicht den Verstand verlieren können, zumindest seinen Glauben an die Naturgesetze. Nicht jedoch Xorron. Er nahm so etwas hin, denn fremde Dimensionen waren ihm nicht unbekannt.

Das Monstrum entfernte sich von der Galeere. Sein Forscherdrang war geweckt worden. Er wollte jetzt endlich wissen, wo es langging, und nicht immer nur nachgrübeln.

Er ging, schwebte, verspürte an seinen Füßen keinen Widerstand. Weiter, immer weiter kam er voran.

Der Nebel umwallte ihn. Als er einen Blick zurückwarf, war die Galeere verschwunden. Im Dunst lag sie. Ihre Umrisse glichen bizarren Schatten, die immer stärker aufweichten, um irgendwo völlig verschluckt zu werden.

Xorron war allein.

Die fremde Dimension schloss ihn ein. Vorbei huschten die seltsam länglichen Nebel. Nur mehr Fetzen, faserige Schleier, die auch über seine Haut glitten, wobei er die Berührung sogar spürte.

Ein Phänomen, denn normalerweise war Xorron oder seine Haut so gut wie gegen alles resistent. Was hatten seine Gegner nicht schon versucht! John Sinclair an erster Stelle. Das Kreuz hatte er gegen das Monstrum aktiviert, ohne einen Erfolg zu erzielen. Silberkugeln erreichten ebenfalls nichts, auch nicht die Dämonenpeitsche oder ein geweihter Dolch.

Xorron war für Menschen und deren Waffen unbesiegbar.

Er blieb stehen, denn er hatte das Gefühl, als würde sich die Ebene oder Welt vor ihm verändern.

Für einen Moment regte er sich nicht, weil er starr nach vorn schaute. In der Tat wichen die Nebel. Sein Blick wurde freier, und Xorron sah einen Gegenstand, den er wohl hier nie vermutet hätte. Es war eine halb runde, spiegelnde, in seinen Ausdehnungen unendlich erscheinende Wand. Für Xorron war es schwer, die Entfernung zu ihr abzuschätzen, dennoch ahnte er, dass sie ein Hindernis bildete, das er so einfach nicht durchbrechen konnte.

Dies hatte etwas zu bedeuten.

Und Xorron sollte sich nicht getäuscht haben, denn aus der Wand erklang eine helle Stimme.

Pandora sprach zu ihm, und sie sagte einen folgenschweren Satz. »Willkommen am Rande der Ewigkeit …«

Suko zuckte zurück.

Selten während unserer langen Freundschaft hatte ich den Chinesen so überrascht gesehen. Er dachte nicht mehr an die Enge des Wagens, knallte mit dem Kopf gegen die Decke und verzog das Gesicht, doch seinen Blick hielt er auf die vor uns liegende Shao gerichtet.

Ich blieb sitzen. Vielleicht hatte ich eine ähnliche Reaktion im Unterbewusstsein geahnt. Jedenfalls hatte sie mich nicht so überraschend getroffen wie meinen Partner.

Nein, ich bin nicht tot, aber es musste sein …

So hatte Shao gesprochen. Worte, die wir zwar verstanden, aber nicht begriffen.

Ich schaute auf Suko. Mein Freund wischte über seine Stirn. Dabei hob er die Schultern, eine bezeichnende Geste, die auch mir hätte einfallen können. Und als Suko seinen Arm ausstreckte, wobei sich sein Gesicht fragend verzog, da nickte ich.

»Ja, Suko, ich habe es auch gehört.«

»Dann hat sie geredet.«

»Sie?« Ich hob die Schultern. »War es wirklich Shao oder nicht doch Amaterasu?«

»Vielleicht«, hauchte Suko, wollte jetzt Fragen stellen, doch Shao kam ihm zuvor.

»Nicht reden«, sagte sie wieder mit ihrer fremden Stimme. »Ich bin Amaterasu. Es ist alles so unendlich kompliziert, aber es hat so sein müssen, wenn man in den Lauf des Schicksals eingreifen will.«

»Was meinst du damit?«, fragte Suko.

»Wir müssen kämpfen und Acht geben, denn wir nähern uns dem Rande der Zeiten und der Ewigkeiten. Etwas Schreckliches ist erwacht. Wenn es nicht gestoppt wird, ist die Erde verloren.«

»Shimada?«

Ich hatte gefragt und erhielt auch eine Antwort. Das »Ja« war nur mehr ein Hauch.

»Aber wie ist das möglich?«, hakte ich nach.

»Junge Leute haben in ihrer Unwissenheit etwas Schlimmes getan. Oder sind dabei, es zu tun.«

»Was?«

»Sie haben durch eine Beschwörung die Zeiten und deren Gesetze unterbrochen.«

»Wer?«, wollte ich wissen und steigerte meine Stimme, was Suko überhaupt nicht gefiel.

»Schrei sie doch nicht so an!«, sagte er zu mir.

Shaos Mund verzog sich zu einem Lächeln. »Es ist schon gut, lass ihn!«, sagte sie mit Amaterasus Stimme. »Aber ihr müsst euch wirklich beeilen, denn die Zeit drängt.«

»Was sollen wir tun?«

»Findet den Fächer!«

»Welchen Fächer?«, fragte Suko, obwohl er an sich hätte wissen können, um welch eine Waffe es sich dabei handelte. Um den Fächer hatte sich damals viel gedreht, und deswegen war auch der Goldene Samurai erschienen.

»Meinen Fächer«, stöhnte Shao.

»Hat ihn nicht der Goldene Samurai?«, fragte ich.

»Nein, nicht mehr. Den Unwissenden ist es gelungen, ihn an sich zu nehmen. Sie werden ihn benutzen und bringen die Zeiten und alles, was damit zusammenhängt, durcheinander. Sie begeben sich in eine schreckliche Gefahr, von der sie nicht einmal etwas ahnen.«

»Wer sind die Leute?«, fragte mein Freund.

»Freunde des Horrors. Sie haben einen Club gegründet und sich getroffen.«

»Hier in London?«

»Ja, John. In London. Aber es sind keine Landsleute, sondern junge Menschen aus Deutschland. Es ist ihnen gelungen, einen gefährlichen Platz zu finden. Dort konnten sie die Beschwörungen durchführen. Und wenn ihr nicht aufpasst und sie nicht aufspürt, dann ...« Shao sprach nicht mehr weiter. Es musste sie ungemein anstrengen. Sie warf sich auf dem Lager hin und her. Ihr Gesicht glühte, der Atem ging keuchend, und sie hatte Mühe, sich wieder zu beruhigen.

Suko und ich sagten nichts. Wir ließen sie in Ruhe. Was wir auch taten, es hätte verkehrt sein können.

Shao beruhigte sich nur allmählich. Ich konnte mir ihren Zustand kaum erklären. Sie sah zwar so aus, wie wir sie kannten, dennoch war sie eine andere, denn in ihr steckte ein fremder Geist.

Amaterasus!

Wir wussten, dass diese Göttin gefangen war und nur durch den Fächer hätte wieder befreit werden können. Aber der Weg zu ihr in das Dunkle Reich war versperrt. So war es nicht gelungen, ihr den Fächer zu überreichen, damit sie etwas hätte gegen ihre Feinde unternehmen können.

Der Goldene stand auf ihrer Seite. Er wollte ihr den Fächer geben, aber er kam nicht hin. Zu dicht waren die Grenzen. Und nun besaß er den Fächer, um den er so hart gekämpft hatte, nicht mehr.

Kaum vorstellbar.

Suko hatte ein Tuch aus der Tasche geholt. Er tupfte seiner Freundin den Schweiß von der Stirn. Es war verhext, denn Shao gehörte tatsächlich von der Abstammung her zu Amaterasu, der Sonnengöttin.

Und diese bediente sich des Körpers der Chinesin, um uns etwas mitzuteilen.

»Es tut mir Leid, dass ich euch erschreckt habe«, erklärte Shao mit der fremden Stimme, »aber es hatte sein müssen.

Anders konnte ich den Kontakt nicht aufnehmen. Wir müssen sehr vorsichtig sei, denn die Feinde lauern überall.«

»Ist es Shimada?«, wollte ich wissen.

»Ja, auch er. Und Xorron. Durch den Fächer haben sich die Zeiten verschoben. Uralte Feindschaften sind wieder ausgegraben worden. Monster, die längst verschollen waren, kehren zurück. Die Panik und die Angst werden ausbrechen wie wütende Vulkane. Shimada und Xorron werden kämpfen und töten. Deshalb bitte ich euch: Findet die jungen Menschen! Beeilt euch, die Zeit drängt. Noch herrscht Ruhe vor dem Sturm, doch die Zombie-Galeere war schon unterwegs …«

Das waren die letzten Worte, die Shao mit der Stimme ihrer Ahnherrin sprach. Im nächsten Moment schnellte sie in die Höhe, schrie auf, das Gesicht verzerrte sich, es wurde bleich, und der Schweiß perlte aus den kaum sichtbaren Hautfältchen.

Sie sackte zusammen.

Ich hörte Sukos Schrei, denn mein Freund glaubte, dass jetzt alles vorbei war. Er warf sich auf seine Freundin, fasste sie an der Schulter, und ich sah, wie sie ihren Kopf hob.

»Suko?«, fragte Shao erstaunt.

Der Inspektor blieb in seiner Haltung, als hätte man ihn eingefroren. Er schaute danach zu mir. Ich hielt seinem Blick stand, hob die Schultern und begann zu lächeln.

»Du hast es gehört, John, nicht?«

»In der Tat.«

»Sag was, Shao, bitte! Sag etwas!« Mein Freund war ganz aus dem Häuschen, und beide hörten wir die verwunderte Frage der dunkelhaarigen Chinesin. »Wo bin ich?«

Suko gab keine Antwort. Er lachte nur. Und es klang so ehrlich, so beruhigend, als er schließlich auch seine Meinung abgab. »Sie redet mit ihrer Stimme. Meine Güte, sie ist wieder okay.« Mein Freund konnte nicht anders. Er musste seinen Gefühlen freien Lauf lassen und Shao in die Arme schließen.

Ich saß daneben und lächelte. Ich freute mich von ganzem Herzen, dass alles wieder normal war. Nur die Worte hatte ich nicht vergessen. Von einer ungeheuren Gefahr hatte Shao gesprochen, die wir stoppen mussten und von der wir verdammt wenig wussten.

Wir merkten kaum, dass der Wagen hielt. Erst als die beiden hinteren Türhälften aufschwangen, zuckten wir herum. Suko saß dabei und hielt Shao umklammert.

Die Sanis starrten uns an, als kämen wir vom Mond und sähen entsprechend aus.

»Ist was?«, fragte ich.

Einer der Männer nickte. Sein zitternder Finger deutete auf Shao. »Sie ist doch tot …«

»Wirklich?«

»Ja, ich habe es gesehen.«

Ich stieg aus dem Wagen und gab erst dann eine Antwort. »Da sieht man wieder, wie man sich irren kann, mein Lieber …«

Als Shao und Suko schließlich ebenfalls den Wagen verließen, war alles zu spät. Die Sanitäter begriffen die Welt nicht mehr.

Es waren neun junge Leute, und sie kamen allesamt aus Deutschland. Sie wohnten in ebenso unterschiedlichen Städten und Orten, wie es auch ihre Berufe waren. Manche von ihnen befanden sich in der Ausbildung, einer Lehre, andere waren schon fertig und gingen ihren Berufen nach, und die übrigen drückten noch ihre Plätze auf der Schulbank.

Eines jedoch hatten sie gemeinsam. Es war ein Hobby, dem sie mit einer wahren Leidenschaft frönten.

Horror!

Die Jungen liebten das Spiel mit der Mystik, dem Schrecken und der Spannung. Aus diesem Grund hatten sie auch Clubs gegründet, wobei die Clubs untereinander in Verbindung standen, einen regen Briefwechsel führten, die Mitglieder sich hin und wieder auf sogenannten Cons trafen und dort neue Ideen oder Vorschläge anbrachten.

So war auch die Idee entstanden, einmal nach England zu fahren. Allerdings nur die Leiter der Clubs. Die wollten sich zusammentun und sich in den großen Ferien London anschauen.

Die Idee stammte eigentlich von Hauke Heck. Er hatte die besten Beziehungen nach London, denn in dieser Stadt wohnte ein Brieffreund von ihm, ein junger Japaner, der sich, ebenso wie Hauke, auch mit Mystik und Horror beschäftigte.

Koto, so hieß der Japaner, war bereits weitergegangen und hatte gewisse Experimente durchgeführt, an denen er seine deutschen Freunde teilhaben lassen wollte.

Als Hauke mit dem Vorschlag herausrückte, waren seine Freunde natürlich begeistert. Sie hatten einige Monate gespart, um sich die Reise leisten zu können. Nun befanden sie sich in London und an dem Ort, den Hauke vorgeschlagen hatte.

Er passte zu ihnen wie die berühmte Faust aufs Auge, denn sie hatten als Treffpunkt einen alten Friedhof ausgewählt, der am Rande der Millionenstadt lag.

Hier wurde niemand mehr begraben. Die Stadt hatte das Gelände aufgegeben, darum gab es auch keinen mehr, der es pflegte. Das Unkraut konnte ebenso wuchern wie Büsche und Hecken. Sie verdeckten die alten, schiefen Grabsteine, und die dünnen Zweige der Trauerweiden hingen so weit nach unten, dass sie mit ihren Spitzen über die grauen, moosbewachsenen Steine streiften, als wollten sie diese streicheln.

Selbst bei Tageslicht machte der Friedhof einen unheimlichen Eindruck. Wer unter den Kronen der Trauerweiden saß, bekam nur wenig Licht ab, weil viel gefiltert wurde.

Eine solche Trauerweide hatten sich die neun Freunde ausgesucht. Es war ein prächtiges Exemplar, dicht gewachsen und mit Zweigen, die sich vor ihnen zu verneigen schienen und manchmal sogar den Boden berührten, auf dem sich unter diesem natürlichen Dach moosiges Gras ausgebreitet hatte.

Gräber gab es hier nicht. Dafür etwas anderes. Irgendjemand hatte an dieser Stelle eine Bank und einen Tisch aufgestellt. Die Größe des Tisches reichte aus, um alle Freunde einen Platz finden zu lassen, und das faulig und weich wirkende Holz war immerhin so stark, dass es nicht brach, wenn sich die Jungen auf die Bänke setzten.

Im Moment warteten sie auf Hauke Heck. Er war verschwunden, um seinen Brieffreund zu treffen. Mit ihm wollte er zurückkehren, und angeblich sollte Koto ihnen dann etwas Geheimnisvolles vorführen.

Was das war, darüber hatte sich Hauke nicht ausgelassen. Wahrscheinlich wusste er es selbst nicht, aber seine Freunde wurden mittlerweile ungeduldig. Schließlich war Hauke fast zwei Stunden verschwunden, und so lange zu warten, ist nicht jedermanns Sache.

Hinzu kam der seltsame Ort. Obwohl sich die Jungen mit Horror beschäftigten, war einigen von ihnen dieser Friedhof doch ein wenig unheimlich. Zuerst hatten sie sich ja gefreut und darüber gelacht, aber wenn keiner von ihnen etwas sagte und Ruhe eingekehrt war, dann glaubten einige, eine seltsame Atmosphäre zu spüren, die über dem Friedhof lag und ihn regelrecht belastete.

England erlebte wie auch Deutschland und das übrige Europa eine gewaltige Hitzewelle. Davon blieb auch der Friedhof nicht verschont. Unter den dichten Zweigen der uralten Trauerweide schien die Luft zu stehen, und wenn die Menschen atmeten, hatten sie das Gefühl, die Luft oder den Sauerstoff trinken zu können.

So schwül war es.

An einem Ende des Tisches saß Ullrich Latta. Er trug ein dünnes T-Shirt und helle Jeans. Jetzt haute der blondhaarige Achtzehnjährige mit der Faust auf die Holzplatte. »Verdammt, ich habe keine Lust mehr!«, beschwerte er sich nach dem Schlag. »Wenn er nicht bald kommt, verschwinde ich von hier.«

»Hast du Angst?«, fragte Andreas Schattmann grinsend. Er saß Ullrich genau gegenüber.

»Ich?«

»Sicher.«

»Das wollen wir doch mal sehen.« Ullrich lachte. »Ich und Angst. Ich würde sogar hier übernachten.«

»Die Idee ist gut«, meinte Marc Fürstner, »übernachten können wir hier. Zwischen den alten Gräbern unseren Platz finden und darauf warten, dass die Toten aus der feuchten Erde steigen.«

»Von denen wird wohl nicht mehr viel übrig geblieben sein«, meinte der dunkelhaarige Rudi Tewes trocken. »Vielleicht ein bisschen Skelettstaub. Und den kannst du wegpusten.«

Die anderen lachten, was Ullrich aber nicht daran hinderte, sich zu erheben.

»Wo willst du hin?«, wurde er gefragt.

Ullrich deutete über seine Schulter. »Ich schaue mich mal ein wenig um.« Er zog den Hosenstoff von seinen schweißfeuchten Oberschenkeln und stieg über die Bank.

»Pass auf, dass dich kein Ghoul holt!«, rief ihm Andreas nach.

»Du kannst ja mitkommen.«

»Keinen Bock.«

»Selbst schuld.« Ullrich hob die Schultern und verschwand. Er musste die herabhängenden Zweige der Trauerweide zur Seite biegen, um sich den nötigen Platz zu schaffen.

Nach wenigen Schritten bereits fühlte er sich allein. Seine Freunde waren hinter ihm geblieben, gedeckt durch die mit feinem Blattwerk bewachsenen Baumzweige.

Der alte Friedhof flößte Ullrich zwar keine Angst ein, ein seltsames Gefühl blieb aber schon zurück. Es war für ihn kaum zu erkennen, ob er sich nun auf einem Weg befand oder bereits über die Flächen der Gräber schritt. Dazu war dieser Flecken Erde einfach zu verwildert. Er wandte sich nach rechts, denn diese Richtung hatte er sich gemerkt, weil dorthin auch Hauke verschwunden war. Und wenn dieser zurückkehrte, dann wieder von der gleichen Seite.

So nahm Ullrich an.

Er schrak heftig zusammen, als er das Krächzen eines Vogels vernahm, den Flügelschlag hörte und das Tier in den Himmel steigen sah. Es fand eine Lücke zwischen dem dichten Grün der Bäume und verschwand.

Ullrich lächelte und schüttelte den Kopf. Jetzt hatte er sich von einer Krähe schon verrückt machen lassen. Aber das war die Schuld der unheimlichen Umgebung. Irgendwie färbte sie auf jeden ab. Es ist war nicht normal, auf einem Friedhof spazieren zu gehen.

Allerdings musste er zugeben, dass er selten so prächtige und große Grabsteine gesehen hatte. Manche Gräber hatten schon fast die Ausmaße von kleinen Grundstücken, und sie waren auch nicht nur rechteckig angelegt worden, sondern als Rondell oder in einer ovalen Form. Noch etwas empfand er als seltsam.

Es gab kein einziges Kreuz auf diesem Friedhof!

Ullrich fiel dies erst jetzt auf, als er allein war und Zeit hatte, sich den alten Totenacker genauer anzuschauen. Das wunderte ihn. Also musste es sich hier um einen nichtchristlichen Friedhof handeln. Er bewegte sich nach links, weil ihm dort eine Grabstätte aufgefallen war, die besonders ins Auge stach.

Auf dem Grab stand ein kleines Haus.

Ullrich blieb davor stehen, krauste die Stirn und dachte scharf nach. Irgendwo hatte er ein ähnliches Bauwerk schon gesehen. Allerdings nicht in natura, sondern auf Bildern.

Nach einiger Zeit kam ihm der richtige Gedanke.

Dieses Haus war eine Pagode!

Jawohl, das genau musste es sein. Er hatte es hier mit einer Pagode zu tun, und er erinnerte sich daran, dass es diese Pagoden im asiatischen Raum gab.

In Thailand, China, Indonesien und auch in Japan. Bei dem Begriff Japan zog er sofort die richtigen Verbindungen. Schließlich war Koto, der Freund von Hauke, ebenfalls Japaner, und wahrscheinlich hatte er sich deshalb diesen Friedhof als Treffpunkt ausgesucht.

Wirklich schlau gedacht, das musste auch Ullrich zugeben. Er lächelte, als er weiterging und sich noch genauer umschaute. Der junge Mann entdeckte, verborgen hinter dicht wuchernden Büschen oder Gestrüpp, weitere Grabmäler. Einige wiesen auch die Form von Pagoden auf, andere wiederum erinnerten mehr an Schreine oder übergroße Särge. Eines hatten sie gemeinsam. Der Zahn der Zeit hatte kräftig an ihnen genagt. Das Gestein war längst nicht mehr so fest wie früher, sondern brüchig geworden und mit einer Schicht aus Moos bedeckt.

Ullrich sah auch die Unebenheiten auf dem Gestein. Er schritt näher an ein Grabmal heran, holte ein Taschenmesser hervor und kratzte mit der Klinge über das Moos.

Er musste tief schaben, um die Schicht zu entfernen und das Verborgene freizulegen.

Was er dann entdeckte, waren seltsame Figuren und Masken. Man konnte vor ihnen erschrecken, denn die Masken hatten allesamt einen grauenhaften Gesichtsausdruck, für Ullrich ein Beweis, dass sie einen dämonischen Ursprung hatten.

Er schüttelte sich, starrte auf die Klinge und schabte ein weiteres Mal mit ihr über das Gestein. Dicht vor sich sah er die Nase einer dämonischen Fratze, drückte zu und zuckte zusammen, denn die Klinge drang in den Stein ein.

Etwas quoll hervor.

Hastig zog Ullrich das Messer zurück, starrte auf die Stelle und schüttelte den Kopf, als er die dunkle Flüssigkeit sah, die aus dem Innern geströmt war.

Blut …

Tief atmete der junge Mann ein. Er schluckte hart, denn er konnte kaum glauben, was er da mit eigenen Augen zu sehen bekam. Ein Stein, der blutete, der seinen Lebenssaft abgab, obwohl er eigentlich nur ein Stück tote Materie war.

Das konnte er nicht fassen.

Ullrich starrte auf die Klinge, dann auf den Stein und glaubte zu erkennen, dass sich die breite Fratze verzog. Sie nahm einen Ausdruck an, der auf ein hässliches Grinsen hindeutete, und Ullrich merkte, wie sich sein Herzschlag beschleunigte.

Er ging zwei Schritte zurück. Selbst das Rascheln des Grases erschreckte ihn, denn dieses Phänomen setzte ihm hart zu. Eins jedoch war ihm längst klar geworden: Mit dem Friedhof stimmte einiges nicht. Dieser Blutstropfen schien der Anfang eines langen Fadens zu sein, den Ullrich in den Händen hielt.

Bisher hatten er und seine Freunde dem Horror nur als Hobby gefrönt. Nun erlebte er ihn selbst, und es war ein erster Schauer der Angst, der über seinen Rücken rann.

Was geschah da vor ihm?

»He, Ulli, was machst du denn da?«

Ullrich hörte die Stimmen hinter sich und erschrak so sehr, dass sich ein Schrei aus seinem Mund löste und er wild herumfuhr. Der Schrecken zeichnete sich auf seinem Gesicht ab. Die Augen verdrehten sich für eine winzige Zeitspanne, und er ließ sogar sein Messer fallen.

Hauke Heck grinste ihn an. »Mensch, bist du aber schreckhaft.«

Ullrich schüttelte den Kopf und bückte sich. Er hob das Taschenmesser auf, drückte die Klinge in das Heft und steckte das Messer wieder weg. »Mann, hast du mich erschreckt.«

»Wir sind normal gegangen.«

»Wir?«, fragte Ullrich.

»Ja, Koto und ich.«

»Wo ist er denn?«

»Er wartet am Weg. Ich sah dich nur zufällig und wollte mal schauen, was du da anstellst.«

»Das kannst du genau sehen, Hauke. Komm her!« Ullrich winkte und deutete auf die seltsame Pagode, die aus der Erde wuchs. »Hier, das habe ich mit meinem Messer vollbracht.«

Der etwas korpulente Hauke trat näher, schaute seinen Horror-Freund dabei an und hob die Schultern. »Was denn?«

»Sieh auf den Stein!«

»Der scheint feucht zu sein!«

»Das ist er auch. Aber nicht vom Regen, sondern feucht von Blut. Und das Blut ist aus dem Stein gequollen, als ich ihn mit meinem Taschenmesser ritzte. So, jetzt bist du dran.«

Hauke schaute auf die dämonische Steinfratze. »Kann ich nicht glauben, wirklich nicht.«

»Sieh hin, Mann!«

Das tat Hauke. Er entdeckte den feuchten Fleck ebenfalls, fuhr sogar mit der Fingerspitze darüber und hielt sie dicht vor seine Augen.

»Ist das nun Blut?«, fragte Ullrich, weil er eine Bestätigung wollte.

»Kann ich nicht genau sagen. Wir sollten vielleicht mal Koto fragen. Der wird uns sicherlich Auskunft geben können.«

Dagegen hatte Ullrich etwas. Er schüttelte den Kopf. »Nein, nicht Koto.«

»Weshalb nicht?«

»Weil ich es nicht will. Der hat uns doch aus einem bestimmten Grund auf den Friedhof hier geführt.«

»Klar, weil wir uns mit Horror beschäftigen. Und dies ist ein mythologischer Friedhof. Hier wurden nur Asiaten begraben. Männer, Frauen und Kinder, die keinem christlichen Glauben nachgingen. Ich will dir auch verraten, was ich den anderen bisher noch nicht gesagt habe. Der Friedhof steckt voller Rätsel, voller Magie. Hier tut sich etwas unter der Erde, das ist genau richtig.«

Ullrich hatte staunend zugehört. »Glaubst du an das, was du da gerade gesagt hast, Hauke?«

»Klar.«

»Das ist mir nicht geheuer, wirklich nicht.«

Hauke verzog den Mund. »Jetzt stell dich nicht an, Mensch. Schließlich wollten wir etwas erleben, und Koto hat versprochen, uns einiges zu zeigen. Es ist alles vorbereitet.«

»Was denn?«

»Wirst du schon sehen.«

Ullrich atmete tief ein. »Ich weiß nicht so recht«, murmelte er. »Das alles gefällt mir nicht.«

»Gib zu, dass du Angst hast.«

»Etwas.«

Hauke lachte. »Du bist gut, Mensch. Leitest einen Horror-Club, und jetzt willst du kneifen.«

»Und wenn nun doch etwas daran ist?«

»Woran?«

»Ja, an der ganzen Sache mit der Mythologie. Dass es diese Dämonen oder Gestalten wirklich gibt. Die blutenden Steine sind doch nichts Normales, oder wie denkst du darüber?«

»Genauso.«

»Hauke?« Ein scharfer Ruf unterbrach den Dialog der beiden Freunde.

»Das war Koto«, sagte Hauke. »Komm mit, wir wollen ihn nicht länger warten lassen.«

»Willst du ihm etwas von der Entdeckung erzählen?«, fragte Ullrich, als sie gingen.

»Auf keinen Fall. Er würde sauer werden.«

»Weshalb denn?«

»Du hast in deiner Neugierde und Unwissenheit etwas Schlimmes getan. Der Friedhof ist entweiht worden.«

Ullrich tippte gegen die Stirn. »Komm doch nicht mit so etwas!«

»Das wirst du schon sehen, warte es ab. Und jetzt halte den Mund. Kein Wort zu Koto ...«

»Okay.«

Der junge Japaner wartete. Ullrich sah ihn zum ersten Mal. Koto war kleiner als die meisten von ihnen. Sein Haar glänzte tiefschwarz. Es war so gekämmt worden, dass es mit den Spitzen auf den Ohren lag. In dem Gesicht des jungen Mannes fielen besonders die dunklen Augen auf, die Ullrich scharf musterten, sodass sich dieser unter dem Blick ziemlich unwohl fühlte.

Koto trug eine schwarz-weiß gestreifte dünne Jacke über dem Hemd. Seine Beine steckten in schwarzen Jeans.

Hauke machte die beiden Jungen miteinander bekannt. »Das ist Ullrich Latta.« Er musste Englisch sprechen. Zum Glück verstanden Ullrich und die anderen jungen Horror-Fans diese Sprache ein wenig.

Koto lächelte und war sehr freundlich. »Hoffentlich gefällt es dir hier. Du hast dir den Friedhof schon angesehen?«

»Einen Rundgang habe ich gemacht.«

»Und?«

Ullrich hob die Schultern. »Na ja, ein wenig unheimlich ist es hier schon.«

»Das kannst du wohl sagen. Dieser Friedhof ist etwas Besonderes. Und das in London.«

»Wieso denn?«

»Das erzähle ich, wenn wir bei den anderen sind.«

»Und da gehen wir jetzt hin«, entschied Hauke. Er schlug Koto auf die Schulter. »Komm jetzt, wir wollen die Freunde nicht zu lange warten lassen!«

Sie gingen den Weg zurück, den auch Ullrich gegangen war. Schon bald hörten sie die Stimmen der übrigen sieben Freunde. Lachen schallte ihnen entgegen. Jemand hatte einen Witz erzählt.

Als sie die Zweige zur Seite schoben und endlich sichtbar wurden, kehrte Schweigen ein. Ein jeder drehte sich so, dass er die Ankömmlinge sehen konnte.

Michael Pollmüller, ein dunkelhaariger junger Mann mit flaumigem Schnäuzer, übernahm als Erster das Wort. »Ihr habt euch aber verdammt viel Zeit gelassen.«

»Entschuldigt mich, ich habe mich verspätet«, sagte Koto. »Aber ich musste noch etwas regeln.« Er hatte den Sinn des in Deutsch gesprochenen Vorwurfs verstanden und antwortete in Englisch.

»Vergessen!«, rief Andreas Schattmann.

»Gut.« Hauke, der so etwas wie der Anführer dieser Gruppe war, hob beide Arme. »Wenn ich jetzt mal um Ruhe bitten dürfte«, sagte er. »Es geht rund.«

»Das sagte auch der Wellensittich, bevor er in den Ventilator flog«, meinte Rudi und erntete Gelächter.

»Halt doch mal dein Maul!«, beschwerte sich Hauke.

»Fang schon an«, rief Marc Fürstner, ein weiteres Mitglied.

Es kehrte tatsächlich Ruhe ein, und Hauke konnte mit der Vorstellung beginnen. »Der Typ, den ihr hier an meiner Seite seht, ist mein Kumpel aus London, dem wir dies hier praktisch alles verdanken. Er hat uns diesen schönen Platz zugewiesen, und wenn wir seinen Worten trauen können, soll es hier wirklich spuken.« Bei Haukes Worten nickte Koto mit ernstem Gesicht.

»Dann zeig mal was!«, rief Rudi.

»Später«, antwortete Koto. »Ihr werdet genug zu sehen bekommen und staunen.«

»Jetzt will ich dir erst einmal meine Freunde vorstellen«, erklärte Hauke Heck. »Ullrich kennst du ja schon. Wo er gesessen hat, hockt jetzt Michael Pollmüller, daneben Sven Baumert, dann Marc Fürstner. Der mit der großen Klappe heißt Rudi Tewes. Andreas Schattmann ist auch noch da, und die beiden Ruhigen da in der Ecke heißen Frank Fischer und Thomas Beinke. Alles klar?«

Koto nickte.

»Wiederholen!«, rief Andreas.

Alle lachten. Nur Koto schüttelte den Kopf. »Tut mir Leid, das kann ich nicht.«

»Wäre auch zu viel verlangt«, meinte Hauke und scheuchte seine Freunde ein wenig zur Seite. »Rückt mal, ihr lahmen Typen, wir brauchen Platz.«

Das taten die Jungen. Koto fand seinen Sitzplatz an einer Ecke der langen Bank. Ullrich hatte sich ihm gegenüber hingesetzt, während Hauke neben ihm Platz nahm.

»Und was ist jetzt?«, fragte Thomas.

Koto schob sich ein Stück vor und drehte den Kopf, sodass er an einigen anderen vorbeischauen und Thomas ansehen konnte. »Ich werde euch beweisen, dass es Dinge gibt, die ihr nicht für möglich gehalten habt. Auf diesem Friedhof werdet ihr das Grauen erleben, da könnt ihr sicher sein.«

»Dann mal los!«, rief Frank.

»Moment.« Koto griff in seine Jackentasche und holte etwas hervor. Was es war, konnte niemand sehen, denn der junge Japaner hielt seine Faust darum geschlossen.

Er legte sie auf den Tisch und öffnete sie blitzschnell. Als er die Hand zur Seite zog, stand eine kleine goldene Figur auf dem Tisch.

Die Besucher aus Deutschland staunten.

»Was ist das denn?«, wollte Marc Fürstner wissen.

»Der Goldene Samurai«, erwiderte Koto mit einer dumpf klingenden Stimme …

Shaos Worte hatten uns beunruhigt. Sie hatte von einer Beschwörung gesprochen, die alles auf den Kopf stellen konnte. Zeiten sollten durcheinandergebracht werden, uralte Dämonen auftauchen, um Angst und Schrecken zu verbreiten – aber wo?

Diese Frage stellten wir uns, und wir beide wussten keine

Antwort. Mit einem Taxi ließen wir uns dorthin bringen, wo alles begonnen hatte, denn da stand der Bentley.

Niemand hatte sich an ihm zu schaffen gemacht, und so konnten wir einsteigen und in Richtung Scotland Yard fahren.

Ich schaltete das Blaulicht ein, denn der Verkehr hatte sich verdichtet, und die Abgaswolken trieben wie lange Nebelschleier über die Fahrbahnen und die Dächer der Wagen.

Viel schneller kamen wir auch mit Blaulicht nicht voran.

Suko und Shao hatten auf dem Rücksitz ihren Platz gefunden. Ich hörte die beiden miteinander reden, konnte aber nicht verstehen, was sie sagten.

»Sprecht lauter!«, forderte ich. »Oder turtelt ihr nur herum?«

»Würden wir gern tun, gab mir Shao zur Antwort. »Aber dazu ist wohl nicht der richtige Zeitpunkt.«

Suko meldete sich. »Ich habe Shao gefragt, ob sie vielleicht von sich aus das Phänomen steuern kann.«

Ich begriff sofort. »Du meinst, dass sie selbst darüber bestimmt, wann Amaterasus Geist in ihren Körper gelangt?«

»So ungefähr.«

»Das packe ich nicht«, meldete sich Shao. Im Innenspiegel sah ich, wie sie den Kopf schüttelte. »Unmöglich, wirklich. Es wundert mich sowieso, dass Amaterasu, die ja in einer anderen Welt gefangen ist, es geschafft hat, mit mir Verbindung aufzunehmen.«

»Körper und Seele sind zwei unterschiedliche Dinge«, hielt ich dagegen. »Möglicherweise ist es Susanoo, ihrem dämonischen Bruder, nicht gelungen, beides zu bannen.«

»Das wäre drin«, stand Suko mir bei.

»Meint ihr?«

»Fragen kannst du sie nicht – oder?«

»Nein, John. Wenn Amaterasus Geist in meinem Körper Platz gefunden hat, ist mein eigenes Ich völlig ausgeschaltet. Ich lebe dann nicht mehr. Ich kenne keine Gefühle, ich weiß überhaupt nichts. Es ist seltsam, leider jedoch wahr.«

Das mussten wir der Chinesin abnehmen. Unsere Unterhaltung stockte, denn wir näherten uns dem Ziel. Ich stellte das Blaulicht ab und fuhr auf den Parkplatz des Yard Building.

Es war später Nachmittag geworden. Glenda Perkins hatte sicherlich schon Feierabend gemacht. Sir James befand sich sogar im Urlaub, etwas, das kaum einer von uns fassen konnte, aber er war mit Freunden seines Clubs nach Brighton gefahren, um sich Seeluft um die Nase wehen zu lassen. Natürlich blieb er für uns stets erreichbar, aber wir wollten ihn nicht mehr stören, als unbedingt nötig war.

Unser gemeinsames Büro fanden wir ebenso leer vor wie das Vorzimmer. Durch die Fenster schien die Sonne. Sie stand schon ziemlich schräg und malte auf den Boden und den Schreibtisch einen breiten, allmählich schwächer werdenden Streifen.

Alle drei nahmen wir Platz und fanden in Glendas Kühlschrank eine angebrochene Flasche Orangensaft. Gläser gab es ebenfalls. Im ersten Augenblick tat die kühle Flüssigkeit gut.

Beide schauten wir Shao an. »Kannst du dich noch an die Dinge erinnern, die du uns nicht mitgeteilt hast?«, fragte ich sie.

»Nein.«

»Auch nicht bei genauem Überlegen?«

»Wirklich nicht, John.«

»Es bleibt bei den Informationen«, meinte Suko und stellte das leere Glas auf den Schreibtisch.

»Ja, sieht ganz so aus.« Mir gefiel das überhaupt nicht. Also mussten wir uns darauf konzentrieren, was uns Shao mitgeteilt hatte. Der Fall war verlagert worden. Bisher waren wir davon ausgegangen, dass sich alles um Xorron und Shimada drehte, aber Shao hatte von jungen Menschen aus Deutschland gesprochen, die eine Beschwörung durchführen wollten.

Wo und wer waren diese Menschen?

»Wer kann uns da behilflich sein?«, fragte Suko leise.

»Der Zoll!« Meine Antwort erfolgte spontan.

Suko schaute mich zuerst groß an, lächelte und nickte heftig. »Verflixt, John, das ist die Idee.«

»Sag ich doch.«

»Werden alle registiert?«, fragte Shao.

»Ich hoffe es. So genau bin ich da nicht informiert, aber

ich werde mich mit dem Flughafen in Verbindung setzen. Da müsste man etwas wissen, und es müsste auch aufgefallen sein.«

»Ich bin gespannt«, meinte Suko.

Das war ich auch, als ich die Nummer heraussuchte. Endlich hatte ich sie gefunden, rief an und wurde ein paarmal verbunden. Der zuständige Mensch zeigte sich recht zugeknöpft und wollte mit keinerlei Auskünften herausrücken. Ich schlug ihm vor, zurückzurufen, was er auch tat. Dadurch erhielt er die Gewissheit, es nicht mit einem Bluffer zu tun zu haben.

Als ich ihm mein Problem erklärt hatte, war er erst einmal schockiert. »Das wollen Sie wissen, Sir?«

»Ja.«

»Ich muss da erst nachchecken.«

»Wird ja nicht lange dauern. Sie führen schließlich Passagierlisten.«

»Natürlich, Sir. Kann ich Sie zurückrufen?«

»Ich bitte darum!«

»Schwierigkeiten?«, fragte mich Suko, als ich den Hörer auf die Gabel gelegt hatte.

»Es geht. Der Knabe muss erst suchen.«

»Hoffentlich nicht zu lange.«

Diese Hoffnung erfüllte sich. Es dauerte wirklich nur kurze Zeit, bis der Rückruf kam. Und diesmal zeigte sich der Mann sehr entgegenkommend. »Natürlich kann ich Ihnen die Liste geben«, sagte er. »Haben Sie etwas zu schreiben da?«

»Immer.«

»Hören Sie zu! Es waren neun Passagiere, die am gestrigen Tag aus Germany hier eintrafen. Wenn Sie sich die Namen notieren wollen ...«

Das tat ich. Ich schrieb sie untereinander auf den Zettel und versuchte noch herauszufinden, wo sie sich aufhalten konnten.

»Das wissen wir leider nicht.«

»Sie haben also nicht über einen Reiseveranstalter gebucht?«

»Doch. Nur trennte man sich. Diese Passagiere beteiligten sich nicht an den Besichtigungsprogrammen.«

Ich bedankte mich.

»Gern geschehen.«

Ich schob meinem Freund Suko den Zettel zu. »Viel weiter sind wir nicht gekommen«, kommentierte ich.

»Wir haben jedenfalls die Namen.«

»Was nutzt es?«

»Es müsste doch herauszufinden sein, wo die sich in London aufhalten, zum Henker.«

»Willst du jedes Hotel anrufen?«, fragte Shao dazwischen.

»Nein, das nicht«, sagte ich. »Aber die Idee ist nicht einmal schlecht. Ich kenne den Namen der Reisegesellschaft. Durch die könnten wir erfahren, wo die Leute untergebracht sind.«

»Das ist gut.«

Die Dame von der Firma zeigte sich auskunftsfreudiger als der Knabe vom Flughafen. Wir erfuhren, dass die jungen Leute in einem christlichen Hospiz wohnten, das der CVJM-Gruppe im weitesten Sinne angehörte.

Die Adresse erhielten wir ebenfalls.

Ich bedankte mich mit artigen Worten bei der Frau und telefonierte direkt weiter.

Diesmal hatte ich Pech.

»Tut mir Leid«, hallte es durch den Hörer. »Aber die Jugendgruppe, von der Sie sprechen, ist nicht greifbar.«

»Alle neun?«

»So ist es, Sir.«

»Wo könnten sie denn hingegangen sein?«, hakte ich nach.

»London ist groß, Sir.«

»Das weiß ich selbst. Ich wollte mich nur danach erkundigen, ob Sie eventuell Bescheid wissen. Vielleicht haben sie sich abgemeldet und mit jemandem über ihr Ziel gesprochen oder sich nach irgendetwas erkundigt. Wäre schließlich möglich.«

»Ich werde mal nachhören, Mr. Sinclair. Bleiben Sie bitte am Apparat!«

»Gern.« Ich verdrehte die Augen. Allmählich ging mir die Herumtelefoniererei auf den Geist. Im Hintergrund sprachen zwei Personen. Dann vernahm ich ein heftiges Schnauben, und eine Stimme, die sich ziemlich alt anhörte, brummte ein knappes »Ja?« in die Muschel.

Abermals legte ich meinen Wunsch offen.

»Ach, die Deutschen meinen Sie. Die sind verschwunden. Sie wollten wahrscheinlich die Nacht über wegbleiben, das jedenfalls sagten sie.«

»Und wo?«

»Kann ich Ihnen nicht genau sagen, Sir.«

»Aber ungefähr.«

»Klar. Sie wollten einen Friedhof besuchen, der besonders schön gruselig ist.«

Ich schluckte. »Das haben sie gesagt?«, fragte ich.

»So ähnlich.«

In meinem Magen begann sich ein Klumpen auszubreiten. Das gefiel mir überhaupt nicht. Neun junge Leute wollten einen Friedhof besuchen. Eigentlich eine harmlose, wenn auch gruselige Sache. Doch Menschen, die einen Job ausführten, wie ich ihn hatte, sahen das anders. Friedhöfe können zu Gefahrenpunkten werden, wobei sie auch manchmal die Quellen schwarzer Magie sind. Shao hatte mit der Stimme der Sonnengöttin von Beschwörungen gesprochen, die von jungen Leuten durchgeführt werden sollten. Welcher Platz eignete sich dafür besser als ein Friedhof?

»Können Sie nähere Angaben machen?«, fragte ich den Hausmeister oder was immer er auch war.

»Nein, das heißt doch. Es muss ein Friedhof sein, der außerhalb von London oder am Stadtrand liegt, denn sie sprachen davon, dass sie weit fahren müssten.«

»Mit der U-Bahn?«

»Ja, Sir.«

»Und welche Richtung?«

»Das kann ich Ihnen nicht sagen.«

Er wusste nichts mehr. Ich konnte fragen und fragen, eine Antwort erhielt ich nicht. Mit einem etwas mutlosen Ausdruck auf dem Gesicht legte ich den Hörer auf.

»Was ist los?«

Suko wollte dies wissen, und ich berichtete ihm in Stichworten von den Informationen, die ich erhalten hatte.

»Da gibt es viele Friedhöfe in London.« Er schaute mich an. »Kennst du eigentlich die genaue Zahl?«

»Nein. Aber wenn man die kleinen mitrechnet, werden es sicherlich über hundert sein.«

»Und die müssen wir alle absuchen.«

»Oder auch nicht«, meldete sich Shao von der Schreibtischkante her, auf der sie Platz genommen hatte.

»Wieso?«

Shao setzte ein wissendes Lächeln auf. »Denkt doch mal nach. Hier geht es nicht um eine allgemeine Beschwörung, sondern um eine spezielle. Eine japanische. Irgendwie muss ja eine Verbindung zu Shimada oder Xorron geschaffen werden, und wo könnte diese wohl ihre Basis finden? Das frage ich euch!«

»Auf einem japanischen Friedhof«, sagte Suko.

»Richtig.«

»Gibt es den in London?«, wandte sich mein Freund an mich.

Ich verzog das Gesicht, weil ich überfragt war. »Kann ich euch nicht sagen, aber ich werde es herausfinden.«

»Und wann?«

»Sofort, Freunde. Wenn ich schon telefoniere, dann auch richtig. Vielleicht kann uns wieder die japanische Botschaft helfen. Ich glaube einfach nicht, dass jeder Tote des Botschaftspersonals in sein Heimatland überführt wird.«

»Dann mal ran«, sagte Suko und rieb sich die Hände …

Nach den Worten des jungen Japaners war es zunächst einmal still. Niemand wusste etwas zu sagen, keiner konnte mit dem Begriff Goldener Samurai etwas anfangen. Die neun Deutschen saßen wie festgewachsen auf ihren Bänken und schauten Koto an.

Der hatte seine Hände flach neben die kleine Figur gelegt und ließ den Blick in die Runde schweifen.

Hauke fing sich als Erster. »Der Goldene Samurai, okay«, sagte er, »aber was soll das bedeuten?«

»Ich will ihn beschwören!«

Ullrich lachte heiser auf. »Diese Figur da?«

»Genau.«

»Und dann?«

Koto legte seine glatte Stirn in Falten und senkte den Blick. Mit dumpfer Stimme antwortete er. »Wenn es mir gelingt, ihn zu beschwören, wird er hier erscheinen.«

»Der richtige?«, wollte Frank wissen.

»So ist es. Denn dieser hier ist nur ein kleines Abbild, aber es steht mit dem richtigen in Verbindung. Zudem befinden wir uns hier auf einem Friedhof der Mythologien. Die Geister der Vergangenheit schweben unsichtbar über den Gräbern oder stecken in den Figuren. Was hier beschworen wird, das trägt seine Früchte.«

Diesen Worten konnten die jungen Deutschen nichts entgegenhalten. Sie mussten sich auf Koto verlassen, der seine Lippen zu einem Lächeln verzogen hatte. »Ihr seid nach London gekommen, um den Horror zu erleben. Lasst uns damit beginnen.« Er holte tief Luft, schaute jeden Einzelnen an, bevor er fragte: »Seid ihr einverstanden?«

Koto erhielt keine Antwort. Den Gesichtern allerdings entnahm er, dass einigen die Sache doch nicht so geheuer war, zudem wiegten sie unschlüssig die Köpfe und wussten nicht so recht, wie sie überhaupt reagieren sollten.

»Jeder muss sein Einverständnis geben!«, forderte Koto. »Wir können keine Ausnahme machen.«

Da niemand etwas auf seine Worte erwiderte, fühlte sich Hauke genötigt einzugreifen.

Er stand auf. »Was seid ihr denn? Memmen? Feiglinge? Los, stellt euch auf Kotos Seite! Macht mit! Tut, was er sagt! Weshalb sind wir denn nach London gekommen? Wir wollten doch etwas erleben. Diese Chance haben wir jetzt. Lasst uns die Beschwörung durchführen!«

»Was ist es denn genau?«, erkundigte sich Michael Pollmüller.

Koto hob den Arm. Hauke verstand das Zeichen. Er nahm wieder Platz und überließ dem jungen Japaner die Erklärung. »Der Goldene Samurai ist eine mystische Figur, die auf der Seite des Guten kämpft. Er hat einmal vor langer Zeit auf dieser Erde gelebt, und er diente der Sonnengöttin Amaterasu, deren magischen Fächer er in Verwahrung nahm, um ihn irgendwann der Sonnengöttin zu überreichen. Leider ist ihm das bisher nicht gelungen, denn die Sonnengöttin Amaterasu wurde verstoßen. Sie sitzt gefangen im Dunklen Reich. Ihr Körper kann es nicht verlassen, nur ihr Geist versucht es hin und wieder. Dann nimmt er mit dem Goldenen Kontakt auf und schickt ihn aus einer anderen Dimension auf die Erde nieder, damit er hier in das Geschehen eingreift. Wenn Menschen ihn anrufen, erscheint er nicht. Wir müssen ihn schon beschwören, und ich halte hier ein Abbild von ihm in den Händen. Seht ihn euch sehr genau an!« Damit ihn alle erkennen konnten, hielt Koto die kleine Figur in die Höhe.

Die Freunde rückten näher zusammen. Keiner wollte sich eine Einzelheit entgehen lassen.

Sie sahen eine Figur, die einen goldenen Helm trug, mit einem goldenen Panzer geschützt war, einen aus Gold bestehenden Dolch im Gürtel stecken und ebenfalls noch einen mit Pfeilen bestückten Köcher und einen Bogen bei sich hatte.

Schwerbewaffnet also …

»Habt ihr ihn gesehen?«, fragte Koto.

Allgemeines Nicken.

»Ihn will ich beschwören. Das heißt, er soll nicht nur als Figur bei uns sein, sondern in Lebensgröße. Als Dämon des Guten!«

»Woher willst du wissen, dass er ein Dämon des Guten ist?«, fragte Sven.

»Weil ich seine Geschichte kenne.«

Mit dieser lapidaren Antwort mussten sich die neun Horror-Fans zufrieden geben.

»Und wie willst du ihn beschwören?«, fragte Ullrich.

Koto lachte. »Ich ihn beschwören? Nein, wir alle werden es tun. Ich allein bin zu schwach.«

»Meinetwegen«, sagte Hauke. Er wandte sich an seine Freunde. »Was ist mit euch?«

Keiner widersprach.

»Dann lasst uns beginnen!«, forderte Koto und erhob sich. Seinen Handbewegungen konnten die anderen entnehmen, dass sie das gleiche tun sollten. Sie standen auf.

Koto stellte sich an die Stirnseite des Tisches. »Fasst euch an den Händen«, ordnete er an.

Zunächst warfen sich die Horror-Fans verständnislose Blicke zu. Als Ullrich und Hauke den Anfang machten, da zögerten die anderen auch nicht länger, und ihre Hände fanden sich.

Koto schaute genau nach, ob sie auch ineinander verschlungen waren. Er schritt einmal um den Tisch herum. Es war sehr still. Auch ihn hörte man kaum, während die Zweige der Trauerweide über sein Gesicht streiften und schmale Blätter auf seiner schweißfeuchten Haut festklebten.

»Ja, so ist es gut«, flüsterte er und nickte zweimal. »Das wird dem Goldenen Samurai gefallen.«

»Wie lange müssen wir uns festhalten?«, erkundigte sich Thomas. Er stand bei seinem Freund Frank.

Thomas spürte Kotos Hand auf seiner Schulter. Er hatte das Gefühl, seine Haut würde kribbeln, und auf seinem Rücken bildete sich eine Gänsehaut.

»So lange, bis ich den Befehl gebe, den Ring zu unterbrechen«, vernahm er die flüsternde Stimme des jungen Japaners.

Koto lächelte schmal, als er zu seinem Platz zurückging, die Figur auf den Tisch stellte und die beiden Hände der Personen fasste, die rechts und links neben ihm standen.

Es waren Hauke und Ullrich.

Beide spürten den Griff des japanischen Jungen und wunderten sich darüber, wie hart Koto zupacken konnte.

Zunächst geschah nichts. Koto, der die Beschwörung leitete, sorgte erst einmal dafür, dass er in die richtige seelische Verfassung geriet. Er atmete lange und tief durch. Seine Brust hob und senkte sich unter diesen schweren Atemzügen. Die neun deutschen Horror-Fans, die ihm dabei zuschauten, taten es ihm automatisch nach, und so richtete sich jeder für sich auf die Beschwörung des Goldenen ein.

Nur das Atmen der jungen Menschen war zu vernehmen. Ansonsten herrschte Stille unter den sich neigenden Zweigen der Trauerweide, und auch auf dem übrigen Mythenfriedhof war es seltsamerweise ungewöhnlich ruhig. Selbst der Wind schien zu spüren, dass sich auf dem Platz etwas Unheimliches anbahnte. Er war eingeschlafen, und nicht ein Blatt bewegte sich mehr.

Das Wort Friedhofsruhe fand hier seine Bestätigung.

Auch die Luft sah anders aus. Man konnte sie als dick bezeichnen. Sie war schwerer zu atmen, hatte sich verdichtet, als würde die doppelte Menge über den geheimnisvollen Gräbern und Gruften liegen. In ihrem Innern lauerten und lagen die Toten, aber über ihnen schwebte unsichtbar der Geist einer bösen, dämonischen Generation.

Wer hier unter der Erde lag, der wurde vom Odem des Geheimnisvollen getragen.

Als die Minuten vergangen waren, hatte jeder der Anwesenden die Atmosphäre in sich aufgenommen und schien eins geworden zu sein mit diesem seltsamen Friedhof.

Das merkte auch Koto. Für einen Moment huschte ein zufriedenes Lächeln über seine Lippen, bevor er die Stimme erhob und die ersten Laute seinen Mund verließen.

Alle anderen zuckten zusammen, als sie mit diesen Tönen so plötzlich konfrontiert wurden. Damit hatte niemand gerechnet, denn Koto bediente sich seiner Heimatsprache.

Hauke und seine Freunde verstanden kein Wort, sie lauschten nur den singenden, beschwörenden Worten, die auch sie in ihren Bann zogen, von dem sich keiner befreien konnte.

Obwohl es ihnen keiner befohlen hatte, änderte sich ihr Gesichtsausdruck. Sie legten die Köpfe in den Nacken. Die Gesichter nahmen entrückte Züge an, als würden sie selbst unter einem Zwang stehen.

Koto sprach weiter. Aus seinem Mund drangen die Worte und Laute wie einstudiert. Nichts brachte ihn aus der Ruhe. Er klagte, rief und jammerte, hielt Zwiesprache mit Wesen, die niemand sah und von denen auch nur er wusste.

Hoch über den grünen Bäumen und der stickigen Luft hatten sich Wolken zu großen, dunklen Haufen zusammengefunden. Sie verdichteten sich immer weiter. Die Schwüle auf der Erde nahm zu, und die Anzeichen eines Gewitters mehrten sich.

Das alles kümmerte die Horror-Fans nicht. Sie wurden allein

von den beschwörenden Worten gefangen genommen, und sie sahen jetzt, als sie ihre Blicke senkten, dass etwas mit der Figur geschah.

Sie veränderte sich.

Zunächst war es nur ein Zucken, das über ihre Formen glitt. Ein helles Blitzen, das manchmal am Kopf und einen Moment später am Körper auftrat, um anschließend denselben Weg in umgekehrter Richtung zu nehmen.

Die Gestalt begann zu leben.

Über ihre Arme lief ein Zittern. Dabei neigte sie den Kopf, und in den kleinen Augen begann es zu funkeln, als wären die Höhlen mit unzähligen Diamantsplittern gefüllt.

Der Goldene Samurai war erweckt worden!

Im selben Augenblick verstummte Kotos Stimme. Die neun jungen Horror-Fans aus Deutschland schienen ebenfalls aus einem tiefen Traum zu erwachen. Sie schauten nach vorn, wobei sich ihre Augen ungläubig weiteten, denn sie sahen erst jetzt, was mit der Figur des Goldenen geschehen war.

Durch die Beschwörung war ihr Leben eingehaucht worden, und sie drehte sich mit schnellen Bewegungen und funkelnden Augen in einem furiosen Wirbel auf der Stelle.

»Lasst den Kreis geschlossen!«, vernahmen sie die Stimme des Japaners. »Unterbrecht den Kreis nicht, denn dies ist erst der Anfang! Ich will, dass der Goldene erscheint. – Komm hervor aus deinem Reich. Komm zu uns, zeige dich demjenigen, der dich ruft!«

Laut hallten die Worte aus dem Mund des jungen Mannes. Er sprach sie gegen den allmählich grau werdenden Himmel, und sie verließen den Schutz der Bäume, um in der Ferne zu verklingen.

War sein Ruf gehört worden?

Niemand wusste eine genaue Antwort zu geben. Sie würde auch nicht von den Menschen kommen, sondern musste einfach aus einer anderen Dimension niederfallen.

Und es geschah!

Zuerst dachte jeder an einen normalen Blitz, der die Wolken aufriss und sie zu flatternden Gebilden zerstörte. Das war es nicht, sondern eine magische Entladung, die sich ein Ziel suchte und es auch fand. Und zwar dort, wo der japanische Junge die Beschwörung durchgeführt hatte.

Der Blitz hackte in den Tisch.

Schreie gellten auf. Einige Horror-Fans wollten den Kreis unterbrechen, doch die kreischende Stimme des Japaners hielt sie zurück.

»Lasst ihn zusammen, nicht lösen. Auf keinen Fall!«

So blieben die Finger ineinander verhakt und der Kreis geschlossen. Freie Bahn für den Goldenen Samurai.

Und er erschien!

Der Blitz hatte die Figur getroffen, und sie wurde von einem blendenden Schein umgeben, der sich ausbreitete und eine silbrige Wolke bildete, die eine ovale Form annahm, bis sie so schnell wieder zusammenfiel, wie sie entstanden war.

Auf dem Tisch stand er – der Goldene Samurai!

Diesmal war es der echte. Übergroß, bewaffnet, versehen mit einem goldenen Helm. Der Köcher war vollgepfropft mit ebenfalls goldenen Pfeilen und dem goldenen Dolch im Gürtel.

So stand er da!

Zehn Augenpaare starrten ihn an. Neun davon ungläubig, nicht begreifend, doch ein Augenpaar zeigte Triumph.

Es gehörte Koto!

Ein Lachen, wie man es bei ihm noch nie vernommen hatte, drang aus seinem weit geöffneten Mund. Dabei streckte er beide Arme aus, als wollte er den Goldenen, der hoch vor ihm aufragte, umfassen, doch seine Hände waren zu kurz.

»Ich habe dich gerufen!«, drangen die Worte aus seinem Mund. »Und du hast mir gehorcht. Deshalb werde ich dir das nehmen, was für dich so wichtig ist!«

Keiner widersprach. Auch der Goldene nicht, denn er stand weiterhin unter diesem unheimlichen Bann.

Koto schüttelte sich, als hätte ihn ein Wasserstrahl getroffen. Hauke stellte eine Frage, doch der junge Japaner beantwortete sie nicht. Er wollte sie überhaupt nicht hören, sondern kletterte auf den Tisch, wobei er genau vor dem Goldenen stehen blieb.

Er schaute ihn an.

Starr war das Gesicht des Dämons. Es glänzte und schimmerte, als wäre die gelbe Schicht geputzt worden. Ebenso starr blickten auch die Augen. Kein Leben lauerte in ihnen. Sie erinnerten an gefühllose Plaketten, in die die am Tisch stehenden Personen ihre Blicke versenkten.

Wieder sprach Koto einige Worte. »Du hast etwas mitgebracht«, flüsterte er. »Für mich mitgebracht, denn ich allein soll es bekommen. Dafür habe ich dich beschworen, und du befindest dich in meiner Gewalt, Goldener. Ich will den Fächer!«

Er hatte die Worte kaum ausgesprochen, als er den Arm ausstreckte und die Waffe der Sonnengöttin Amaterasu aus dem angewinkelten Arm des Samurais nahm.

»Der Fächer!«, rief er, wobei seine Augen glänzten. »Endlich habe ich ihn. Er wird mir den Weg zeigen, um die Zeiten zu verändern, denn ich brauche die Macht!«

Wild schaute er sich um.

Seine Freunde standen da und konnten nicht fassen, was geschehen war. Koto hatte sich auf eine Art und Weise verändert, die für sie unbegreiflich war. Er war nicht mehr der, den sie kannten, und als er seinen Arm bewegte und mit dem Fächer gegen den Goldenen schlug, da zischte die Gestalt förmlich auf und verschwand.

»Zurück ins Nichts!«, schrie und lachte Koto zur gleichen Zeit. »Ich brauche dich nicht mehr, denn nun habe ich die Macht. Der Fächer der Sonnengöttin hat sie mir gegeben. Nicht wahr?« Er schaute seine deutschen Freunde an, die überhaupt nicht wussten, was geschehen war und sich verständnislos anschauten.

Manche Blicke zeigten auch Furcht. Sie ahnten, dass sie sich in einem magischen Gefängnis befanden und die schrecklichen Vorgänge erst am Beginn standen.

Es war Rudi Tewes, der seine Angst zuerst überwand und nach dem Fächer fragte. »Wozu brauchst du ihn?«, rief er laut, damit auch die anderen alles verstanden.

»Das kann ich dir sagen, mein Lieber. Dieser Fächer hat der Sonnengöttin Amaterasu die große Macht gegeben. Wenn ich ihn zusammengefaltet habe, so wie jetzt, kann ich seine Endplatten als Angriffs- und Abwehrwaffe benutzen. Auf beiden Seiten aber trägt er das kriegerische Zeichen der Sonnenscheibe. In einem blutigen Rot ist es abgebildet, und rot ist auch das Blut meiner Feinde. Ich musste mir den Fächer holen, um den zu besiegen, auf den es mir ankommt.« Er ging nicht näher darauf ein, sondern befahl den anderen, sich die Endplatten des Fächers genau anzusehen. »Es sind die Tierkreiszeichen, die hier hervorstechen. Sie besitzen eine große magische Bedeutung. Ich kann sie verändern und damit auch dem Fächer eine andere Wirkung geben. So bestimme ich über die Gesetze der Natur. Ich will es Nacht werden lassen oder Tag. Ich bestimme, in welcher Zeit wir uns befinden. Ich kann in die Zukunft reisen und auch in die Vergangenheit, um mir dort meine Gegner zu holen. Dieser Fächer macht es möglich. Durch die Beeinflussung und Verschiebung der Gestirne ist mir vieles möglich, was dem Menschen undurchführbar erscheint. Seht mich an!«, rief er. »Habe ich die Macht, oder habe ich sie nicht?«

»Du bist verrückt!«, flüsterte Hauke. »Total ausgeflippt. Ehrlich, das kann nicht dein Ernst sein. Komm zu dir, Koto!«

»Koto?!«, kreischte der junge Japaner. »Was und wer heißt hier Koto?«

»Bist du das nicht?«

»Nein, ich bin ein anderer!«

»Und wer?«, flüsterte Michael so laut, dass der Japaner es verstand.

»Ich bin Shimada, der Herr der tausend Masken …!«

Keiner konnte es fassen – niemand wollte es glauben. Dennoch mussten sich die neun mit den Tatsachen abfinden.

Ein weiterer Name war aufgetaucht.

Shimada!

Und Koto war dieser Shimada. Jedenfalls hatte er dies behauptet, denn Shimada war gleichzeitig der Dämon mit den tausend Masken. Er schaffte es, sich zu verwandeln, konnte täuschen, locken, Fallen stellen, in die ahnungslose Menschen hineintappten, wie die neun Jugendlichen es auch getan hatten.

Sie reagierten unterschiedlich, nachdem sie ihren ersten Schock überwunden hatten. Einige schauten mit verständnislosen Blicken auf die Tischplatte, wo noch bis vor wenigen Sekunden der Goldene gestanden hatte.

Er war verschwunden.

Hinweggerissen, fortgeweht. Erschienen wie ein Spuk, war er auch ebenso rasch wieder untergetaucht.

So etwas konnte man nur mit dem Wort unbegreiflich umschreiben. Oder den Begriff schwarze Magie verwenden. Aber daran dachten die neun jungen Leute aus Deutschland nicht, als sie auf ihren japanischen Kollegen schauten, der sich verwandelte und damit bewies, dass er tatsächlich ein anderer war als noch vor Minuten.

Es begann mit einem wilden Kampfschrei, der sich von den Lippen des Jungen löste. Allein dieser Schrei bewies, dass ihn kein Kind ausgestoßen haben konnte, sondern ein Erwachsener. Vielleicht ein Monster, ein unheimliches Wesen, denn einen Augenblick später wurde die Gestalt des Jungen von einer schwarzen, ölig glänzenden Wolke umwallt.

Sie entstand wie auch der Blitz. Aus dem Nichts. Die Zuschauer hörten ein puffendes Geräusch, sahen die kreisende Wolke, die in ihrem Innern einen rasenden Wirbel verursachte.

Und etwas geschah mit ihr.

Eine Figur entstand.

Wieder der Schrei.

Aus der schwarzen Wolke drang er, war grauenhaft anzuhören, ein Symbol des Triumphs. Und der Schrei hallte noch über den mystischen Friedhof, als Shimada erschien …

Jetzt zeigte er sich in seiner wahren Gestalt!

Die neun Freunde des Horrors hatten sich in ihrem Leben schon zahlreiche Gruselfilme angesehen. Sie lasen viel über Geister, Gespenster und Wesen aus anderen, magischen Welten. Sie kannten sich in der Literatur aus, aber was sie konsumierten, das waren Dinge, die es nicht in Wirklichkeit gab. Sie waren den Fantasien der Autoren entsprungen, doch diesmal wurden sie mit der Realität konfrontiert und stellten mit Schrecken fest, dass diese die Fantasie bei weitem übertraf.

Shimada verbreitete die Angst!

Er stand vor ihnen, wie er immer gewesen war. In seiner unheimlichen wirkenden Kampfkleidung der schwarzen Ninjas. Die locker fallende schwarze Jacke, dazu die dunkle weite Hose und die gebundenen Tücher vor der unteren Gesichtshälfte, sodass von ihm nur seine Augen und die Stirn zu sehen waren.

Besonders die Augen!

Zwei kalte blaue Sterne, versehen mit einem Glanz, der eine tödliche Gefahr abstrahlte. Und jeder, der von diesem Blick getroffen wurde, duckte sich zusammen, als würde er körperliche Schmerzen verspüren. Diesem Blick konnte niemand widerstehen, ohne irgendeine Reaktion zu zeigen. Er war gnadenlos, hart, schneidend und schien einen Menschen durchbohren zu wollen.

Obwohl Shimada nichts sagte und die neun Jugendlichen nur ansah, wusste jeder von ihnen, dass mit diesem Dämon nicht zu scherzen war. Und sie spürten die Gefahr, die von Shimada ausging und allmählich in Wellen auslief, die auch sie erreichten.

Das war nicht mehr der, mit dem sie sich getroffen hatten. Koto gab es nicht mehr, nur noch Shimada!

Und er besaß den Fächer!

Zusammengeklappt hielt er ihn in der linken Hand, während er die rechte allmählich hob, den Arm anwinkelte, über seine Schulter drückte und in den Nacken fasste.

Eine oft geübte Bewegung, diesmal nur langsamer vorgeführt, und er holte das hervor, was ihn so gefährlich machte.

Das Ninja-Schwert.

Aus der Rückenscheide zog er die lange Waffe, schleuderte den Arm wieder nach vorn und drückte die Klinge nach unten, sodass der bläulich schimmernde, geschliffene Stahl mit einer Seite in die Tischplatte hackte und dort stecken blieb.

Zusammen mit dem Tisch bildete er eine Trennlinie zwischen den neun Horror-Fans.

Sie standen wie Denkmäler auf ihren Plätzen. Andreas, Frank und Thomas sahen aus, als würden sie sich nicht einmal trauen, überhaupt zu atmen. Nur die Augen verrieten bei ihnen, dass noch Leben in ihren Körpern steckte.

Den anderen erging es ähnlich. Bis auf Hauke und Ullrich. Wahrscheinlich fühlten sich die beiden auf irgendeine Art und Weise verantwortlich für das, was nun ablief, und sie wollten versuchen, diese Vorgänge in den Griff zu bekommen oder sie zumindest zurückzuschrauben.

Hauke Heck fasste sich als Erster. »Was willst du hier, Shimada?« Er hatte sich die einfachen Worte genau überlegt. Dennoch konnte er ein Zittern seiner Stimme nicht vermeiden.

Shimada drehte kurz den Kopf. Hauke sah für einen Moment die Blicke auf sich gerichtet und schauderte zusammen. So grausam, so gefährlich war er noch nie angesehen worden, und sein halb erhobener Arm sank wieder nach unten.

»Ihr habt mich gerufen!«, erklärte Shimada. »Ihr wolltet mit dem Grauen und der Magie kokettieren. Nun, die Chance habt ihr erhalten. Ich bin da und werde euch in Dinge einweihen, die bisher noch keines Menschen Auge gesehen hat. Ihr könnt dabei sein, wenn ich, Shimada, die Macht über die lebenden Toten übernehme und meinen Erzfeind Xorron zerstöre. Die Stunde der schwarzen Ninjas ist gekommen. Aber«, er hob wieder die Stimme, »ich bin nicht allein. Denn ich habe die mitgebracht, auf die ich mich verlassen kann. Meine vier tödlichen Ninja-Diener, die mir zur Seite stehen und auch den großen Kampf gegen Xorron aufnehmen werden.«

»Woher kommt ihr?«, rief Ullrich verzweifelt und schaute sich um, denn er ahnte, dass Schreckliches auf sie alle zukommen würde. Deshalb suchte er bereits nach einem Fluchtweg.

»Woher wir kommen?« Shimada höhnte die Frage nach. »Ich will es euch sagen. Wir kommen aus der Vergangenheit in die Gegenwart und werden die Zukunft beeinflussen. Die Zeit der schwarzen Ninjas ist angebrochen. Ich lasse mich nicht mehr vertreiben. Shimadas Schwert und seine Mordaugen werden all die vernichten, die gegen ihn stehen. Ihr aber wolltet einen Dämon erleben, eine Beschwörung durchführen. Das alles habt ihr geschafft, denn nicht nur ein Dämon ist zu euch gekommen, sondern fünf. Schaut auf meine Diener.«

Im nächsten Augenblick erlebten die neun jungen Leute aus Deutschland die Magie und die Kraft des Ninjas Shimada. Er drehte sich. Die Bewegung war mit den Augen kaum zu verfolgen, aber aus dieser Drehung stach sein Arm hervor, und die Jungen sahen das Blitzen der Schwertklinge, als sie dem Boden entgegenstach.

Berührung!

Wieder ein Blitz.

Die Erde schien sich aufgetan zu haben. Rauch sprang förmlich hervor, ein Heulen ertönte, und im nächsten Augenblick stand dort, wo das Schwert den Boden getroffen hatte, eine schreckliche Gestalt, deren Anblick den Betrachtern den Atem raubte.

Sie kamen überhaupt nicht dazu, sich auf diese Gestalt zu konzentrieren, denn Shimada bewegte sich mit einer kaum messbaren Geschwindigkeit weiter, stach wieder mit seinem Schwert zu, und ein weiteres Monster erschien. Die Begleitumstände seines Auftauchens glichen denen des vorherigen.

Wenn jemand gedacht hatte, Shimada würde Ruhe geben, so hatte dieser sich getäuscht, denn Shimada blieb weiterhin in Aktion und sorgte dafür, dass ein drittes und viertes Monster dem Boden entstieg.

Seine vier Diener waren da.

Sie kreisten ihn ein. Er stand in deren Mitte, bewegte sein Schwert, und die vier wechselten die Plätze.

Sie bauten sich so auf, dass sie von den neun jungen Leuten genau betrachtet werden konnten.

Verbreitete Shimada selbst eine Aura der Angst und des Unwohlseins, so verstärkte sich das bei den vier Monstern noch. Die jungen Menschen, die als Hobby ihren Horror hatten und dem Gruseligen frönten, wurden nun mit Dingen konfrontiert, die sie so rasch nicht verarbeiten konnten.

Der erste Ninja-Diener sah am schrecklichsten aus. Er hatte

nur noch die Hälfte des Gesichts, trug ebenfalls dunkle Kleidung und war mit einem Schwert bewaffnet, dessen überlange Klinge den Jungen Furcht einflößte. Wie auch die anderen drei war er ebenfalls von einem türkisfarbenen Schimmer umgeben, der seine Gestalt genau nachzeichnete.

Neben ihm stand der mit dem Buckel. Er besaß keine Haare mehr. Glatt schimmerte die Kopfhaut. Mit einem Schwert war dieses Monster nicht bewaffnet, sondern mit Dolchen, deren Griffe aus den Scheiden ragten, die in Schulterhöhe an seinem Rücken befestigt waren.

Der dritte Diener war hager. Feuerrot leuchtete sein Gesicht, und die kleinen Flammen schienen auch in seinem Schädel zu tanzen. Seine Hände waren lang, die Finger kräftig und irgendwie angeknickt, sodass sie mit den Beinen von Spinnen verglichen werden konnten. Eine Waffe sah man bei diesem Monster nicht.

Blieb der vierte Ninja. Eine Gestalt ohne Kopf. Er musste ihm vom Körper geschlagen worden sein, aber diese widerliche Gestalt lebte, denn sie bewegte sich, und über ihrem Rücken hingen ein Bogen und ein mit Pfeilen bestückter Köcher.

Das waren die vier grausamen, untoten Ninjas, die Diener des großen Shimada, und sie würden die Welt aus den Angeln heben, wenn man sie ließ. Wie ein Sturmwind waren sie aufgetaucht. Wie ein Sturmwind würden sie wüten und über ahnungslose Menschen herfallen.

Was Hauke und seine acht Freunde dachten, stand auf ihren Gesichtern zu lesen. Vor allen Dingen aber waren es die Gefühle, die sich dort abzeichneten, und man konnte sie mit einem Wort zusammenfassen.

Angst!

Ja, sie hatten große Angst. Sie wollten den Schrecken heraufbeschwören, etwas anderes erleben, doch nun waren sie in einen Kreislauf des Grauens hineingeraten, den sie aus eigener Kraft nicht mehr verlassen konnten.

Dennoch versuchte es einer von ihnen.

Es war Michael. Vielleicht hatte ihn der Anblick dieser Gestalten am meisten getroffen. Jedenfalls begann er zu reagieren, und er schüttelte sich, als hätte jemand Wasser über ihn gegossen. Sein Gesicht verzerrte sich. Er schaute Marc und Sven nacheinander an.

Die beiden reagierten nicht auf seine Blicke.

»Ich tue es!«, flüsterte er. »Verdammt, ich kann nicht mehr hier stehen bleiben. Ich ...«

»Nein, Michael!«

Ullrich hatte die Worte vernommen. Er ahnte, dass es ein Fehler war, jetzt die Initiative zu ergreifen, aber Michael war nicht zu belehren.

Bevor seine Freunde ihn zurückhalten konnten, warf er sich nach hinten, drehte sich gleichzeitig und jagte weg von dem Ort des Grauens.

Er wollte fliehen, dem Schrecken entkommen, doch Shimada, ganz Herr der Lage, hatte noch keinen Befehl gegeben.

Wer nicht für ihn war, der stand gegen ihn und hatte mit einer Strafe zu rechnen.

Shimada drehte den Kopf.

Aus dem Mund, unter dem Tuch verborgen, drang ein fauchender Laut, der genau den erreichte, für den er bestimmt war.

Es war das glatzköpfige Monster mit den Dolchen.

Zum ersten Mal erlebten die anderen acht dieses Wesen in Aktion. Und sie sahen, wie schnell die tödlichen Ninjas reagieren konnten. Die gefährlichen Dolche schienen diesem Wesen in die Hände zu springen. Es war kaum eine Bewegung bei ihm festzustellen, und dann schleuderte es die Waffen.

»Michael!« Ein gellender Warnruf drang aus Haukes Kehle. Er erreichte den Fliehenden auch, nur dachte der nicht daran, seinen Lauf zu stoppen.

Das besorgten andere.

Die Dolche!

Sie waren schnell und schienen in der Luft noch an Geschwindigkeit zu gewinnen, wobei sie mit tödlicher Sicherheit das Ziel fanden.

Den Körper des Jungen!

Sogar die Aufschläge waren von seinen Freunden zu vernehmen. Michael bäumte sich auf. Er hob ein wenig vom Boden ab, bevor er in den Knien einknickte, noch drei, vier torkelnde Schritte lief, ehe ihn die Kraft verließ und er zu Boden schlug.

Michael fiel auf den Bauch.

Er schlug sehr schwer auf und prallte mit der Stirn gegen einen Baumstamm.

So blieb er liegen.

Als Toter ...

Der Glatzkopf aber ging zu ihm. Mit dem Buckel erinnerte er an den Glöckner von Notre Dame. Er erreichte den Toten, zog die Waffen wieder hervor, reinigte sie und steckte sie weg.

Dass er einen jungen Menschen umgebracht hatte, berührte ihn nicht. Als Untoter kannte er keine Gefühle.

Langsam kam er zurück.

Shimada hatte sich gedreht und richtete seine gnadenlosen Augen auf die acht jungen Menschen.

Gefühl leuchtete nicht in ihnen. Er schaute sie mit Eiseskälte an, und die Freunde aus Deutschland waren nicht in der Lage, überhaupt etwas zu unternehmen. Sie konnten nicht einmal den Blicken dieses Monsters standhalten, sondern senkten die Köpfe.

Marc weinte lautlos. Aus seinen Augen liefen Tränen, die an den Wangen entlang in Richtung Kinn und Hals rannen.

»Er hätte nicht weglaufen sollen«, erklärte Shimada. »Es war sein Fehler. Hier kann nur derjenige gehen, dem ich es erlaube. Ansonsten gehört ihr mir!«

Klare Worte, die von den Jungen verstanden wurden. Jeder wusste nun, dass er ohne Shimadas Willen nichts unternehmen konnte. Sie waren in die tödliche Mühle hineingeraten, einen Ausweg konnten sie aus eigener Kraft nicht mehr finden.

In jedem von ihnen tobte eine Hölle aus Gefühlen. Vielleicht in Ullrich eine etwas stärkere, denn er fasste sich ein Herz, schaute Shimada an und schrie: »Warum? Aus welchem Grund hast du das getan, du verfluchter Dämon?« Es waren harte Worte, doch Ullrich war es in diesen Augenblicken egal, ob er sich in Lebensgefahr begab oder nicht. Er wollte eine Antwort haben und erhielt sie auch.

Shimada hob seine Hand. Aus dem Ärmel der Jacke schaute ein düster wirkender Finger, und die Spitze wies genau auf Ullrich. »Ich habe auf diesem Friedhof zu sagen, denn er ist für uns der Startplatz in andere Zeiten und Dimensionen. Ich bin mächtig, aber ich habe auch große Gegner, die es zu besiegen gilt. Fast wäre es mir gelungen, Xorron zu töten, doch eine andere griff ein und verhinderte dies. So etwas soll nicht mehr vorkommen. Deshalb habe ich eine noch stärkere Waffe geholt, den Fächer der Sonnengöttin Amaterasu. Und mit seiner Hilfe werde ich Xorron aus den anderen Dimensionen hervorlocken. Der Fächer gegen die Kraft der Pandora. Wer gewinnt, bekommt alles, denn er ist der große Sieger. So soll und so wird es laufen. Bevor ich den Fächer jedoch gegen ihn und sie einsetze, werde ich diesen Friedhof in ein Areal des Grauens verwandeln. Einen Friedhof der Zombies und Ghouls, denn sie werden anschließend auf mein Kommando hören und sich ebenfalls gegen Xorrons Totenheer stellen, das nach wie vor auf der Lauer liegt.«

»Und was sollen wir!?«, schrie Hauke plötzlich. »Wir haben doch nichts getan …«

Mit einer herrischen Bewegung schnitt Shimada dem jungen Mann das Wort ab. »Ihr wolltet den Horror. Jetzt habt ihr ihn. Es ist nicht erlaubt, mit Dingen zu spielen, die für Menschen besser unerreichbar geblieben wären. Durch eure Neugierde wurden sie geweckt, ihr tragt deshalb auch die Folgen …«

Shimada brauchte keine weiteren Erklärungen mehr zu geben. Diese eine reichte aus, und die jungen Leute wussten, dass sie Gefangene dieses Dämons waren.

Sie hatten sich praktisch in seine Hand begeben. Durch Koto.

Als Hauke an seinen Brieffreund dachte, wurde er noch blasser. War Koto tot?

Er wollte es genau wissen und stellte die diesbezügliche Frage an Shimada.

Der Ninja-Dämon lachte. »Wer ist Koto?«, rief er laut. »Ein Nichts, ein Niemand. Ich habe ihn vernichtet, denn ich brauchte seinen Körper. Nicht umsonst nennt man mich den Dämon mit den tausend Masken. Ich brauche eine Gestalt, nutze sie aus und erledige sie dann. Willst du sehen, was von ihm zurückgeblieben ist?«

Shimada hatte die Frage zwar an Hauke gerichtet, doch damit auch alle anderen angesprochen.

»Nein, nein!« Marc meldete sich. »Ich ...«

»Horror und Schrecken!«, schrie Shimada dazwischen. »Ihr wolltet es haben, jetzt sollt ihr es bekommen. Ich zeige euch euren Koto. Schaut her!«

Kaum hatte er die Worte ausgesprochen, da bückte er sich, hob etwas vom Boden auf, brachte seine Hände in die Höhe und breitete sie aus. Zwischen seinen Fingern rieselte etwas nach unten.

Grauer Staub!

»Das war Koto«, erklärte er mit dumpfer Stimme. »Nun könnt ihr sehen, was von ihm geblieben ist. Staub, nur Staub ...« Er schüttelte sich. »So ergeht es jedem, dessen Körper ich nicht mehr benötige. Ich werfe ihn einfach fort ...«

Die Jungen waren fassungslos. Ihre Augen glichen starren Kugeln, ohne Regung, ohne Gefühl.

Shimada aber kümmerte sich nicht darum. Für ihn waren andere Dinge wichtiger. Den Fächer hatte er, und er wollte ihn auch einsetzen. Deshalb streckte er seinen Arm aus und griff danach.

Kaum hielt er ihn in der Hand, begannen seine Augen noch stärker zu strahlen. Ein blaues Leuchten ging von ihnen aus, und mit einer geschickten Bewegung klappte er den Fächer auseinander.

Es ging blitzschnell. Ein Karten-Zauberer hätte dies nicht gewandter geschafft.

Shimada hielt das kostbare Stück so, dass jeder der Anwesenden auf den Fächer schauen konnte.

Sie sahen die Sonne.

Als blutigroter Ball war sie auf beide Seiten des Fächers gemalt worden.

»Die Sonne ist die Kraft des Heils, des Lichts«, erklärte

Shimada den atemlos Lauschenden, »aber in meiner Hand wird sie zu einer gefährlichen Waffe. Ihr Lauf im All ist vorgeschrieben. Die Gestirne drehen sich um sie. Ob Erde, Mond, Mars oder Jupiter. Sie alle ziehen ihre Bahnen um die Sonne. Doch seht euch den Fächer genau an. Er besitzt an den Rändern die Tierkreiszeichen der Gestirne. Vor unendlich langer Zeit wusste man schon Bescheid über diesen Kreislauf, und man hat ihn den Fächer mit eingegeben. Auf ihm ist dieses uralte Naturgesetz eingezeichnet. An den Regeln des Alls kann auch ich nichts ändern, aber dieser Fächer schafft es in Bereichen, die dem All gleichen. Ich kann die Zeiten verschwinden, ich kann die Toten zurückkehren lassen. All das ermöglicht dieser Fächer, der einst der Sonnengöttin gehörte, sich aber nun endlich in meiner Hand befindet. Und ihr werdet es erleben. Schaut genau zu, was ich mache, denn die auf diesem Friedhof liegenden Leichen sollen nicht länger in der Erde bleiben. Ghouls und Zombies hören nicht nur auf Xorron, sie werden von nun an auch mir gehorchen. Aus diesem Grund habe ich den Fächer an mich genommen. Ihn stelle ich Xorrons wahnsinnigem Totenheer entgegen. Jetzt!«

Das letzte Wort hatte seinen Mund kaum verlassen, als er mit zwei Fingern dorthin griff, wo sich die Tierkreiszeichen befanden.

Er veränderte sie, schob zwei von ihnen zusammen und ein drittes ein wenig zur Seite.

Er schuf die Basis, und die Gesetze der schwarzen Magie reagierten so, wie Shimada es wollte …

Bei der japanischen Botschaft hatte es für uns keinerlei Schwierigkeiten gegeben. Inzwischen waren wir dort so bekannt wie bunte Hunde, und man wusste, mit welchen Fällen wir uns leider herumzuplagen hatten. Man bot uns Hilfe an, und wir versprachen, wenn wir sie nötig hatten, auf das Angebot zurückzukommen.

Erst einmal wollten wir allein die Recherchen durchführen.

Es gab in der Tat einen Friedhof am Stadtrand von London,

den man in gewisser Hinsicht als exotisch bezeichnen konnte, denn dort lagen unter der kalten Erde zumeist Ausländer.

Nicht, dass die englischen Behörden etwas gegen diese Menschen gehabt hätten, aber der Wunsch, gerade auf diesem bestimmten Friedhof beigesetzt zu werden, entsprach dem jeweiligen letzten Willen der Verstorbenen. Und so war eben diese Stätte eingerichtet worden.

Nicht nur Japaner hatten dort ihr Grab gefunden, auch Chinesen und Indonesier. Es war ein asiatischer Friedhof und mit einem europäischen nicht zu vergleichen, wie man uns in der Botschaft versichert hatte. Davon allerdings wollten wir uns selbst überzeugen. Deshalb befanden sich Suko und ich bereits auf dem Weg zu ihm.

Wenn mein Freund und ich einen Friedhof besuchten, blieb immer ein dumpfes Gefühl bei uns zurück. Diese Stätten, so völlig normal sie eigentlich waren, hatten uns oft genug Rätsel aufgegeben und waren manchmal Ausgangspunkte für gefährliche Fälle gewesen. Aus diesem Grund hatten wir uns auch dementsprechend bewaffnet.

Da Sicherheit über allem stand, hatte ich meinen Bumerang ebenfalls mitgenommen.

Irgendwie fühlten wir uns wie Einzelkämpfer. Wir verließen London, erreichten den Stadtrand und erlebten, wie der Verkehr spärlicher floss. Viele Wagen bogen in die hübschen Wohngebiete ab. Menschen wollten den Feierabend und einen Sommerabend genießen, während wir uns auf der Fahrt zu einem Flecken Erde befanden, den man mit einer magischen Zeitbombe vergleichen konnte, die jeden Augenblick zu explodieren drohte.

»Ich wusste überhaupt nicht, dass es hier so einen Friedhof gibt«, sagte Suko.

»Und das bei deinen vielen Vettern.«

»Eben.«

Sukos Vettern waren zwar nicht verwandt mit ihm, aber irgendwie schienen sich alle Chinesen in London zu kennen. Wenn Suko bestimmte Informationen benötigte, wandte er sich an seine Landsleute, und er erhielt auch meist, was er brauchte.

Der Himmel war jetzt bewölkt. Da die Luft stark drückte, deutete alles auf ein nahes Gewitter hin. Eine Abkühlung hätte wirklich gut getan, denn London erstickte fast in der Schwüle und unter der gewaltigen Dunstglocke.

Eine kleine Siedlung passierten wir. Die Menschen saßen entweder vor den roten Backsteinhäusern oder hielten sich in den schmalen Gärten auf. Viele Blicke waren zum Himmel gerichtet. Auch hier wartete man auf das erlösende Gewitter.

Links von uns begann ein Waldgebiet. Davor standen verstreut einige Häuser.

Und hinter dem Wald lag der Friedhof. So jedenfalls wussten wir es aus Erklärungen und von der Karte her.

Die Straße umrundete den Wald, wurde enger, zweigte nach rechts ab. Die Asphaltdecke wurde löchrig, und wir konnten über den Weg direkt auf unser Ziel zufahren.

Da lag der Friedhof.

Ich stoppte den Bentley, stieg aus, und Suko tat es mir nach. Wir blieben neben dem Wagen stehen, um den Friedhof erst einmal auf uns einwirken zu lassen.

Schon jetzt erkannten wir, dass die Bäume sehr dicht standen. Sie bildeten über dem Gelände ein gewaltiges grünes Dach. Eng verflochten. Wahrscheinlich hielt es sogar den größten Teil der einfallenden Sonnenstrahlen ab.

Eine Mauer oder einen Zaun entdeckten wir nicht, und es wies auch nichts darauf hin, dass es mit diesem Friedhof eine besondere Bewandtnis hatte. Alles war völlig normal.

Vielleicht waren wir doch rechtzeitig genug erschienen, um den Anfängen zu wehren.

Es wurde düster.

Aus Richtung Westen schoben sich die dunklen Wolken heran. Eine breite, graue Front, aufgeladen mit Elektrizität; das Gewitter würde kommen, daran gab es nichts zu rütteln.

Die Luft empfanden wir als seltsam dick, drückend, aber dennoch klar. Wenn wir sprachen, trug der Schall unsere Stimmen weiter als normal.

Wir unterhielten uns nur im Flüsterton, als wir uns dem Ziel näherten. Etwa die Hälfte der Strecke zwischen dem Bentley und dem Friedhof hatten wir bereits zurückgelegt, als wir das Tor sahen.

Niemand schien den Friedhof zu pflegen. Deshalb war es den Pflanzen und Büschen gelungen, sich an dem Tor und dem Gitter so hochzuranken, dass sie es fast verdeckten und es erst bei genauerem Hinsehen erkannt werden konnte.

Das Eisentor wurde rechts und links von zwei Säulen aus Stein gehalten. Dann begann das Gitter. Eine völlig normale Umfriedung. Keine dämonischen Zeichen oder Gestalten waren darin eingearbeitet. Nur Stangen, die von unten nach oben liefen und Spitzen zeigten, wie wir sie von alten Kampflanzen her kannten.

Am linken Steinpfosten des Tores entdeckten wir ein blasses Schild. Die Inschrift war nur schwer zu entziffern. Sie sagte aus, dass es sich bei diesem Friedhof um die letzte Ruhestätte einer ethnologischen Rasse handelte, die nichts mit Europa und dessen Kultur zu tun hatte. Zudem wurde darauf hingewiesen, dass Unbefugten der Zutritt zu diesem Friedhof verboten war.

»Sehr blumenreich ausgedrückt«, bemerkte ich. »Deine Landsleute haben sich Mühe gegeben, Suko.«

»Hier ruhen meist Japaner. Keine Chinesen«, berichtigte er mich und schaute am Tor hoch.

»Das werden wir wohl überklettern müssen«, sagte ich.

»Leider.«

»Was ist denn mit dir? Hast du deine Sportlichkeit verloren, Alter?«

»Immer in der Hitze.«

Ich machte es meinem Freund vor und kletterte an den Gitterstäben des Tors in die Höhe. Als ich oben war, hörte ich Suko lachen. Zwischen meinen Armen hindurch schaute ich nach unten und geriet in Bewegung, denn Suko drückte das Tor auf.

»Erst denken, dann handeln«, spottete er grinsend, als ich abgesprungen war.

»Das hättest du mir auch vorher sagen können.«

»Du warst ja so eifrig.«

Zum Glück gab es Situationen wie diese. Sie lockerten unseren harten Job auf.

Zum Scherzen blieb danach keine Zeit mehr, denn der Friedhof nahm uns auf.

Düster war es. Düster und unheimlich. Schon jetzt fielen uns die zahlreichen Trauerweiden auf, deren lange, dünne, mit schmalen Blättern besetzten Zweige an einigen Stellen bis zum Boden reichten. Wege sahen wir nicht. Sie hatte es vielleicht einmal gegeben. An den Stellen wuchsen wildes Gras und dickes Moos, das in einem dunklen, satten Grün schimmerte und Ähnlichkeit mit einem Teppich aufwies. Als wir gingen, hörten wir nämlich von unseren Schritten kaum etwas.

Über die Ausmaße des Friedhofs waren wir nicht informiert. Da noch Beerdigungen stattfanden, musste es unserer Ansicht nach auch eine Trauer- oder Leichenhalle geben, und die wollten wir finden.

Aus diesem Vorhaben wurde zunächst nichts, denn wir vernahmen Stimmen. Sofort verhielten wir unsere Schritte und schauten uns an. Diese dicke Luft, die über dem Friedhof lag und ihm fast ein Dschungelklima verlieh, machte uns nicht nur beim Atmen zu schaffen, es war auch so gut wie unmöglich festzustellen, aus welcher Richtung die Stimmen an unsere Ohren drangen.

Worte konnten wir ebenfalls nicht verstehen, aber uns war klar geworden, dass sich hier etwas abspielte, das nicht zu den normalen Dingen des Lebens gehörte.

Eine Beerdigung fand an diesem frühen Abend nicht statt, das wussten wir genau.

Wer hielt sich dann auf dem Totenacker auf? Den Stimmen nach zu urteilen, waren es mehrere Personen. Ein dumpf klingendes Organ übertönte die anderen.

Dieses hielt einen Monolog.

Suko dachte an Shimada und sprach es aus.

Mit einem Nicken gab ich Suko Recht. Mittlerweile hatten wir auch herausgefunden, aus welcher Richtung die Stimmen kamen. Wir brauchten uns eigentlich nur nach vorn zu bewegen, dann hatten wir irgendwann den Sprecher erreicht.

Wenige Schritte später sahen wir die ersten Gräber.

Kaum zu erkennen zwischen dem satten Grün der Büsche, da die Grabsteine ebenfalls Moos angesetzt hatten und sogar von hochwachsenden Ranken überwuchert wurden.

Viele Friedhöfe hatte ich in meinem Leben gesehen und auch aufsuchen müssen, aber so einen wie den hier kannte ich nicht. Es waren keine Grabsteine oder Kreuze, wie Europäer sie auf die Gräber stellten, sondern andere Figuren und Steine.

Vor uns hockte eine Figur, die mich im ersten Augenblick an einen Buddha erinnerte. Sie war ebenfalls so dick und rund gebaut. Das jedoch täuschte. Nicht ein Buddha glotzte uns an, sondern ein Wesen aus einer fremden Mythologie, denn auf dem dicken, runden Leib, der wie eine Kugel aussah, saß ein fetter Krötenkopf mit hervorstechenden Glotzaugen und einem breiten Maul, das halb geöffnet war.

»Kennst du den?«, fragte ich Suko.

»Ein Krötendämon.«

»Aus eurer Mythologie?«

»Sowohl als auch. Japaner und Chinesen haben sich schon mit den Kröten beschäftigt.

Dieses Denkmal war mir unheimlich. Ich fragte nach dem Grund, dass man so etwas hier mitten in Europa hinsetzte.

Suko hob die Schultern. »Vielleicht hat der Tote in diesem Grab zu seinen Lebzeiten an den Krötendämon geglaubt und ihm gehuldigt.«

»Was hatte er davon?«

»Glück, Reichtum und …«

Ich winkte ab. »Geschenkt. Das Übliche also.« Sie alle wollten schnell reich werden und Macht erringen, wenn sie sich mit Dämonen einließen. Nur wenigen gelang es, und diejenigen, die es doch geschafft hatten, erhielten schließlich irgendwann die Quittung. Dabei dachte ich an Logan Costello, den Mafiaboss, der durch dämonische Hilfe so groß herausgekommen war und dessen Stern allmählich sank.

Wir hatten es in diesem Fall nicht mit dämonischen Helfern zu tun, sondern mit den schwarzmagischen Wesen selbst, und die waren wesentlich gefährlicher.

Ich wollte schon weitergehen, und meine Hand streifte dieses Kröten-Denkmal, als mir etwas auffiel.

Der Stein war warm.

Im ersten Augenblick zuckte ich zusammen, dachte an eine Täuschung, fasste und fühlte noch einmal nach. Meine erste Reaktion wurde bestätigt. In der Tat strahlte der Stein eine gewisse Wärme ab.

»Suko!«

Mein Freund, der bereits einige Schritte vorgegangen und fast unter den Zweigen einer Weide verschwunden war, blieb stehen, drehte sich und sah mein Winken.

»Was ist denn?«

Zu einer Erklärung kam ich nicht mehr. Zudem lieferte der Stein sie selbst. Aus seinen Poren quoll grauer Rauch, der bestialisch stank, und im nächsten Moment explodierte das Unterteil …

Ich hatte das Gefühl, inmitten einer Zeitlupenszene zu stehen, denn die Explosion war weder von einem Zischen noch einem Knall oder Detonationsdonner begleitet.

Sie spielte sich lautlos ab.

Aus dem Innern drangen die Kräfte hervor, die sich dort gebildet hatten, und sie rissen ein gewaltiges Loch in den fetten Bauch der unheimlichen Figur.

Zum Glück hatte ich diese Reaktion rechtzeitig genug bemerkt und war, so rasch es ging, zurückgesprungen. Dennoch trafen mich einige Steine am Körper, zum Glück nicht im Gesicht.

Ich warf mich zu Boden und rollte über das weiche Moos. Die restlichen Steine wischten vorbei.

Mein Freund Suko stand günstiger. Er hatte nichts abgekriegt. Dafür konnte er auch nicht sehen, dass der Krötenkopf zu einem Eigenleben erwachte und sein gewaltiges Maul so weit wie möglich aufriss, sodass eine breite, an einen Lappen erinnernde Zunge hervorschnellen konnte.

Und noch etwas geschah. Die magische Explosion hatte

ein Loch in die Figur gerissen. Zunächst war es nur eine dunkle Öffnung, bis sich dort etwas bewegte und ich bei genauerem Hinschauen zwei magere Arme mit langen Fingern erkannte.

Dort wollte jemand das Grabmal verlassen.

Ein Zombie!

Im ersten Augenblick musste ich schlucken, denn damit hatte ich nicht gerechnet. Dennoch musste ich mich mit den Tatsachen abfinden, denn ich stand zwei Gegnern gegenüber.

Dem Zombie und dem Krötenkopf.

Auf Suko konnte ich nicht zählen. Er war plötzlich verschwunden, ich hörte nur sein Fluchen. Wahrscheinlich schlug er sich mit einem anderen Monster herum.

Der Krötenkopf an sich war nicht gefährlich, nur seine Zunge, denn sie konnte sich vergrößern, und sie schlug nach mir. Noch wich ich leicht aus, aber unter der Zunge hinweg kletterte der Zombie aus dem zerstörten Leib. Ein widerliches Wesen mit langen, dreckigen Haaren und einer Haut, die wie weißes Gelee wirkte.

Die Lippen sah ich überhaupt nicht mehr, dafür näherten sich seine Hände meinem Hals.

Ich trat ihn um.

Er hatte den Boden kaum berührt und lag auf dem Rücken, als ich meinen Dolch zog und ihn wuchtig nach unten schleuderte.

Die schmale Waffe wirkte wie eine Lanze. Sie schlug in den widerlichen Körper und blieb stecken.

Der Zombie zuckte noch einmal, dann verging er …

Aber die Kröte war noch da. Als die Zunge zuschlug, vernahm ich ein klatschendes Geräusch, als würde ein Vogel neben mir herfliegen, der seine Flügel auf- und niederschwang.

Für einen winzigen Moment sah ich in die Augen des Tieres. Dort blitzte es zornig auf. Dann schaffte ich mich mit einem Sprung aus der Gefahrenzone, tauchte zu Boden, rollte herum und zog den Dolch aus dem Körper des Zombies.

Ich blieb in kniender Stellung. Als die Zunge abermals heranfuhr, gewaltig, lappig und widerlich, rammte ich beide

Hände hoch und jagte von unten her die Klinge in diesen widerlichen grauen Lappen hinein. Ich spürte, dass sie stecken blieb und mich beim Zurückschnellen auf das Maul zuzog.

Mit aller Kraft hielt ich dagegen, und es gelang mir, die Zunge ein Stück einzuschneiden, bis das Messer mit einem Ruck wieder freikam, ich die heftige Bewegung nicht ausbalancieren konnte und nach vorn fiel.

Zeit, um liegen zu bleiben, hatte ich wahrlich nicht. Deshalb drehte ich mich und schaute von unten her gegen die Zunge.

Sie hing aus dem Maul und auch dem Boden zu. Bewegungslos, tot, grau. Aus der Wunde fielen dicke Tropfen. Die schwarze Flüssigkeit klatschte neben mir auf das Moos. Gleichzeitig erlosch der zornige Blick der Krötenaugen. Sie nahmen eine ebenso stumpfe Farbe an wie die Zunge, und das Maul verschloss sich vom Oberkiefer her.

Langsam klappte es zu, während die Zunge nicht zurückgezogen wurde.

Schließlich berührte die obere Maulhälfte sie, und sie wirkte wie die Schneide eines Messers, denn sie kappte die Zunge.

Ich hatte meine Stellung inzwischen gewechselt, sonst wäre das Stück noch auf mich gefallen. Zwei Schritte entfernt blieb es schließlich liegen. Masse, die aussah wie ein alter Schwamm, der durch das heiße Sonnenlicht ausgedörrt war und allmählich zerfiel.

Diese Gefahr hatte ich überstanden.

Aber wie war es Suko ergangen? Zuletzt hatte ich von ihm nur ein Fluchen gehört. Ich wusste die Richtung, in die er gelaufen war, setzte mich selbst in Bewegung und hielt nach weiteren Gräbern Ausschau.

Vor mir tanzte ein Busch.

Im ersten Augenblick erschien es jedenfalls so, denn seine Zweige wurden wild bewegt. Allerdings nicht vom Wind, den gab es hier nicht, sondern von einer Person, die sich hinter dem Busch befand.

Es war Suko.

Für einen Moment sah ich sein Gesicht. Es befand sich seltsam tief. Mich durchfuhr ein heißer Schreck. Ich beeilte mich noch mehr, schleuderte die Zweige zur Seite und sah meinen Partner in einer grauenhaften Lage.

Er steckte in einem Grab fest.

Doch nicht in der Erde, sondern in einem Grab, das bis zum Rand mit gelben Schlangen angefüllt war. Und nur Sukos Kopf schaute noch daraus hervor ...

Bisher waren die Horror-Freunde aus Deutschland nur zu einem Statisten-Dasein verdammt gewesen. Das änderte sich auch in den folgenden Minuten nicht, als die Magie von Shimada ihre Wirkung zeigte.

In der Nähe befanden sich einige Gräber. Zwei von ihnen konnten von den jungen Menschen direkt ein- und angesehen werden, drei weitere verschwammen im Dämmerlicht.

Bei allen fünf Gräbern tat sich etwas.

Es begann mit den Steinen. Bisher hatten sie stumm und bewegungslos auf dem Boden gestanden, nun aber passierte in ihrem Innern etwas, das rational nicht zu erklären war.

Aus den Poren der Steine drang ein beißender Qualm. Er fand überall seine Ausgänge, erinnerte an tausend dünne Arme, die sich, wenn sie ihr Gefängnis verlassen hatten, wieder fanden und sich zu Wolken verdichteten.

Gleichzeitig brachen die Steine.

Das dabei entstehende Knirschen drang den Zuschauern unter die Haut. Die Denkmäler auf den Gräbern verloren ihren Halt, wurden schief, bröckelten ab, wobei die Reste auf die Erde fielen und als Fragmente liegen blieben.

Zuerst hörte sich der Laut menschlich an, der aus einem der Grabsteine drang, dann ging er über in ein Röhren und Fauchen, und ein jeder sah, dass sich der Grabstein bewegte.

Von innen wurde er gesprengt.

Im selben Augenblick verließ ein zottiges Tier mit glühenden Augen die Stätte. Es hatte eine entfernte Ähnlichkeit mit einem Bären, wirkte aber noch schwerfälliger.

Dampf quoll aus einem Rachen.

Shimada lachte, als ihm die Wolke entgegenfuhr. »Say-Kurana!«, schrie er. »Sei willkommen auf diesem Friedhof! Lange genug hast du ihn gehütet. Jetzt gehörst du mir!«

Und das Untier brüllte. Damit gab es seine Zustimmung, kreiselte herum, entdeckte die vier waffenstarrenden Diener des Ninja-Dämons und fixierte dann die Menschen.

Die glühenden Augen wirkten auf die acht jungen Freunde wie gefährliche Dolche. Die Blicke brannten ihnen entgegen. Sie schienen in ihre Körper dringen zu wollen, um ihre Seelen zu zerreißen.

Ullrich und Hauke, die sich bisher noch am besten gehalten hatten, begannen ebenso zu zittern wie die anderen, während hoch über ihnen immer mehr Wolken zusammengetrieben wurden und ein fast undurchsichtiges graues Dach bildeten.

Say-Kurana, das Untier aus dem Grab, drehte sich und schüttelte unwillig seinen Kopf. Irgendetwas schien diesen Tierdämon zu stören, denn sein Fell sträubte sich, und plötzlich sprang es mit einem gewaltigen Satz zur Seite und heulte laut.

Auch Shimada zeigte sich irritiert. Er stand da, starrte auf den Fächer und wusste nicht, was er machen sollte.

Hoch über den Bäumen bildete sich eine Wand. Noch waren die Wolken da, aber etwas anderes schob sich dazwischen, als würde ein zweites Bild vor eine schon bedeckte Leinwand geschoben.

Etwas kündigte sich an!

Eine andere Magie!

Auch Shimada spürte sie. Er lief geschmeidig zur Seite, hielt den Fächer fest und schaute in die Höhe.

In diesem Moment fegte ein Windstoß über den unheimlichen Friedhof, beutelte die Bäume, rüttelte an den Zweigen und bog sie so zur Seite, dass die Blicke aller Anwesenden auf den Himmel fallen konnten.

Dort hatte sich etwas verändert.

Zwar gab es nach wie vor die Wolkenwand, doch sie zeigte nur ein Bild. Es schien auf Glas gemalt zu sein, und eine gewisse Unschärfe lagerte darüber.

Dennoch war es zu erkennen, denn im Zentrum der Wolken schwebte eine Öffnung – gefüllt mit Zombies.

Xorrons Totenheer!

»Willkommen am Rande der Ewigkeit …«

Diese Worte, von Pandora gesprochen, hallten in Xorron nach. Aber er war nicht in der Lage, näher darüber nachzudenken, er nahm sie einfach hin, ebenso wie das Auftauchen der mystischen Figur Pandora.

Der Göttervater Zeus hatte bei ihrer Entstehung Pate gestanden, und er hatte gewollt, dass diese Pandora so werden sollte, dass sie die Menschen verführen konnte.

Dafür gab es ein Mittel.

Die Schönheit.

Schon vor sehr langer Zeit war man sich dessen bewusst gewesen. Durch die Schönheit einer Frau waren schon mehr Männer in die Knie gezwungen worden als durch die Klinge eines Schwertes.

Dieses Sprichwort traf bei Pandora voll zu. So schön sie äußerlich war, so verdorben und teuflisch war ihr Inneres. Nun zeigte es sich in der äußerlichen Larve, und diese Schönheit konnte man bei ihr mit dem Wort überirdisch umschreiben.

Das lange Haar fiel in Locken bis auf die Schultern. Es war weder als blond, silbrig oder golden zu bezeichnen, es hatte von allem etwas. Auffällig war nur der helle Schimmer, der über dem Kopf wie eine Aura schwebte.

Das Gesicht glich dem eines Engels. Makellos war es. Der Mund erblühte in einer vollen Reife, und wie immer trug Pandora ein weißes Gewand, das von einem locker um die Hüfte geschlungenen Gürtel in der Taille gehalten wurde. Unter dem Hals fiel das Gewand in mehreren Falten übereinander und bildete so einen halbrunden Ausschnitt.

Aber Pandora war gefährlich. Ihr Inneres glich einem bösen, alles zerfressenden Geschwür, das nur auf Ausrottung und Vernichtung programmiert war.

Pandora war aufgetaucht wie ein Phönix aus der Asche, und sie besaß eine Waffe, die sie so gefährlich machte.

Das Füllhorn!

Der Göttervater Zeus hatte es ihr mit auf den Weg gegeben. Dieses Füllhorn konnte das Grauen, die Angst, das Böse und die Pest unter den Menschen verbreiten. Wenn Pandora es kippte und seinen Inhalt über die Menschen ausgoss, wurden Albträume wahr, und Menschen gerieten in Lebensgefahr.

Was Pandora mit Xorron verband, das wusste wohl nur sie selbst, doch sie hielt über ihn ihre schützende Hand. Deshalb war es Shimada auch nicht gelungen, Xorron zu töten, denn Pandora hatte ihn in ihre Welt hineingerettet.

Xorron schaute auf die Wand, und er sah Pandora, die sich hinter dieser Fläche aufhielt. Die Wand, aus welchem Material sie auch immer bestehen mochte, zeigte eine leichte Krümmung, und sie ließ Pandora seltsam verschoben erscheinen. Die Figur war überall zu sehen, mal als Umriss, mal als Schatten, mal breit, mal eng …

Hier liefen Dimensionen zusammen, wurden plastisch gezeigt, und der Begriff Rand der Ewigkeit konnte durch diesen Anblick untermauert werden.

Sie hielt ihr Füllhorn fest, als sie Xorron anstarrte und sich ihre Lippen bewegten. Schon hallte die Stimme dem Herrn der Zombies und Untoten entgegen, und sie sagte Xorron glashart ihre Meinung.

»Du hast lange genug Zeit gehabt, dich auf diesen Kampf vorzubereiten. Du musstest wissen, dass Shimada kommen würde, denn sein und dein Schicksal liegen in der tiefsten Vergangenheit dieser Welt begründet. Ich habe dich erlebt, ich habe deine Erniedrigung gesehen und sah Shimadas Triumph. Ich hätte dich sterben lassen können, denn Shimada kann es schaffen. Die uralten Ninja-Riten sind so mächtig, dass auch du ihnen nichts entgegenzusetzen hast. Aber ich will nicht, dass er gewinnt, sondern du sollst der große Sieger sein. Deshalb habe ich dich gerettet, und deshalb gebe ich dir noch eine Chance.«

»Was soll ich tun?«, sprach Xorron, wobei er wie ein Roboter redete.

»Vernichte ihn.«

»Er ist zu stark.«

Da lachte Pandora. »Das weiß ich leider auch. Aber du brauchst ihn nicht auf der Erde zu vernichten, sondern locke ihn in eine andere Zeit hinein. In die Vergangenheit. Du musst noch einmal seine Geburt und sein Werden erleben. Suche nach seinen Schwächen, dann kannst du es vielleicht schaffen, ihn zu töten. Zudem werde ich immer an deiner Seite stehen und ein Auge auf dich haben.«

»Wo steckt er?«

»Er befindet sich auf der Erde, denn er will seine Dienerschar vergrößern. Es gibt einen Friedhof, wo die begraben liegen, die ihm huldigen. Dort musst du mit deinem Totenheer erscheinen und versuchen, ihn in die Zeit zu locken, die ich vorgesehen habe. In die Ära der dämonischen Geburten. Da kann die Entscheidung stattfinden. Schleudere ihn dahin und nimm dein Totenheer. Hole auch die Ghouls, denn sie werden sich an den Kadavern deiner Feinde laben.«

Xorron nickte. Er hatte sich die Worte genau gemerkt. Aber er wollte noch mehr Informationen haben. »Wo genau finde ich ihn? Kann ich ihn sehen? Bitte, mache es möglich!«

Pandoras Gelächter schallte ihm entgegen. Es klang hart, wenn auch wissend. »Du verlangst viel von mir, mein Lieber. Aber du verlangst nichts Unmögliches. Ich werde dir zeigen, was er jetzt will und unternimmt.« Sie drehte sich ein wenig zur Seite, sodass Xorron auf die Öffnung des Füllhorns schauen konnte. Er blickte durch die Wand in das Nichts des Füllhorns hinein, und dennoch bewegte sich dort etwas, obwohl es ja leer war.

Plötzlich veränderte es sich in seiner Größe. Es schwoll an, wurde erst doppelt, dann dreimal so groß und überragte schließlich als gewaltiger Kreis Pandora selbst und auch einen Teil der gekrümmten Spiegelfläche, die als Rand der Ewigkeit bezeichnet worden war.

Ein Mensch hätte vielleicht die Öffnung des Füllhorns mit einer großen Seifenblase verglichen, die ebenfalls eine leichte Krümmung aufwies, auf der sich das Geschehen widerspiegelte, was in einer anderen Dimension, einer anderen Zeit und dennoch zum gleichen Zeitpunkt auf der Mutter Erde ablief.

Shimadas Zauber!

Xorron sah die Erweckung der Bestie Say-Kurana, er bekam mit, wie der unheimliche Friedhof anfing zu kochen, und erlebte den Triumph des Ninja-Dämons Shimada.

»Da siehst du es!«, hörte er Pandoras Stimme aus einer unendlich erscheinenden Ferne an sein Gehör klingen. »Sie werden von Minute zu Minute stärker. Wenn du jetzt nicht etwas unternimmst, schaffst du es nie. Hole sie in die Zeit, die ich dir genannt habe, denn Shimada ist es gelungen, den Fächer der Sonnengöttin Amaterasu an sich zu nehmen. Jag ihm diesen Fächer wieder ab und nutze ihn für deine Zwecke. Jetzt, in diesem Augenblick, sehen sie auch dich.«

»Was soll ich tun?«, brüllte Xorron und riss seine bärenstarken Arme in die Höhe.

»Du jetzt nichts, sondern ich. Gib Acht!«

Von allen Seiten drang das unheimliche Fauchen auf den Herrn der Zombies ein. Es waren schreckliche Geräusche, die Xorron regelrecht durchschüttelten und an ihm zerrten. Die Kraft wurde stärker, je mehr das Heulen zunahm, und Xorron spürte, wie ihn etwas in die Höhe riss.

Gegen diese Kraft konnte selbst er nichts ausrichten.

Und er wurde auf die leicht gekrümmte Wand zugeschleudert, streckte noch seine Arme aus, spürte keinen Widerstand, nur ein kurzes Ziehen, und jagte hindurch.

Doch nicht nur er.

Auch die Zombies auf der Galeere waren von dem ungeheuren Sturmwind gepackt worden und hatten ihm nichts mehr entgegenzusetzen. Es riss sie von den Beinen.

Gewaltige Kräfte schleuderten sie in die Lüfte. Sie drehten sich, wirbelten, stießen gegeneinander und wurden genau in die Richtung gepresst, die auch Xorron, ihr Herr, genommen hatte.

Sie jagten durch die Öffnung der Büchse, verschwanden in einem Dimensionstunnel und hörten noch das gellende Lachen der mystischen Dämonin Pandora …

Die Schlangen hatten die gleiche Wirkung wie Beton!

Mein Freund schaute nur noch mit dem Kopf aus dem Gewimmel hervor und konnte sich nicht mehr rühren. Ich sah weder Arme noch Beine. Nur das in panischer Angst verzerrte Gesicht Sukos, denn er musste Höllenqualen erleiden.

Seinen Mund hatte er geöffnet. »John!«, ächzte er. »Verdammt, ich konnte es nicht sehen …«

Läppische, billige Redewendungen fielen mir in diesen Momenten ein, als ich sagte: »Okay, Junge, bleib ruhig. Verlier um Himmels willen nicht die Nerven, das packen wir …«

»Beeil dich, John! Sie … Sie pressen mich einfach zusammen. Ich kann kaum noch atmen …«

Das glaubte ich Suko aufs Wort. Obwohl die Zeit ungemein drängte, wollte ich nichts überstürzen. Ich musste vor allen Dingen das Richtige tun, um Suko aus seiner lebensbedrohenden Lage zu befreien.

Bisher hatte ich mein Kreuz nicht eingesetzt, doch nun sah ich keine andere Möglichkeit.

Aber würde es reagieren?

Schon einmal hatte ich gegen den Schlangenzauber angehen müssen und die heilige Silbe gerufen. Damals konnte ich einen Erfolg gegen Wikka und Kali erringen, doch hier gab es andere Voraussetzungen. Bevor ich das Risiko einging, etwas Falsches zu tun, wollte ich erst einmal das Kreuz aktivieren.

Suko sackte tiefer!

Er stieß in das Gewimmel hinein, als gäbe es eine unsichtbare Hand, die auf seinem Kopf lag und ihn wieder ein Stück in den Schlangenwirrwarr hineindrückte.

»Tu was, John!« Ein Flehen lag in seiner Stimme – und bei Gott, ich tat etwas.

»Terra pestem teneto – Salus hic maneto!« Der Spruch floss mir glatt und sicher über die Lippen. Er aktivierte gleichzeitig mein Kreuz, setzte Kräfte frei, die ich gegen die seltsamen und auch gefährlichen Schlangen einsetzte.

In die Masse hinein drückte ich das Kreuz, das magisch aufgeladen war und diese Magie jetzt abgab. Ich vernahm ein helles Zischen, hörte auch das Knistern, als würde Papier zusammengedrückt, und erkannte, dass die Schlangen eine andere Farbe angenommen hatten.

Schwarz …

Extreme Gegensätze. Sie ringelten sich zusammen wie brennende Papierstreifen, die allmählich zu Asche wurden, und mein Freund Suko kam wieder frei.

Ich half ihm aus dem Grab. Er stand neben mir und schaute ebenfalls nach unten, wo die Schlangenmasse, von der Kraft des Kreuzes getroffen, zusammensackte.

Meinen wertvollen Talisman hatte ich nicht aus der Hand gegeben. Das Kreuz glühte noch schwach nach, und ich war froh, die heilige Silbe Indiens nicht ausgesprochen zu haben. Wer weiß, was geschehen wäre.

Suko nickte mir zu. Er öffnete den Mund, um etwas zu sagen.

Ich wusste, was kam, und schüttelte den Kopf. »Lass es, Alter! Keinen Dank.«

»Aber mir ging es verdammt dreckig.«

»Ich weiß. Wobei ich gespannt bin, ob dieser Friedhof noch weitere Überraschungen für uns parat hält.«

»Bestimmt.«

»Wie bist du da überhaupt hineingerutscht?«

»Kann ich dir auch nicht sagen. Jedenfalls sah diese Grabstätte völlig normal aus, bis ich mit dem Fuß auf sie trat. Da war dann alles zu spät, der Boden gab nach, und ich rutschte weg. Den Rest kennst du ja.« Er sprach nicht flüssig, unterbrach sich selbst immer wieder durch keuchende Atemzüge und schüttelte den Kopf, als könnte er das alles nicht fassen.

Auch mir war der Friedhof unheimlich. Hinter oder unter den dicht stehenden Bäumen konnten allerlei Gefahren lauern, und wenn wir weitergingen, mussten wir sehr auf der Hut sein.

Wem gehörte dieser Totenacker? Wer regierte hier, hatte hier das Sagen?

Das wollten wir herausfinden, und abermals sahen wir zwischen den Büschen die Bewegungen.

Nicht sehr hastig, sondern langsam und schleichend. Irgendwo vor uns knirschte etwas. Es hörte sich an, als würde Glas brechen. Wahrscheinlich waren es Steine.

Kippten die Gräber? Brachen sie vielleicht?

Ich schluckte. Suko hatte sich wieder gefangen und auch einen kleinen Weg entdeckt, den er gehen wollte. Der brachte ihn tiefer auf den unheimlichen Friedhof.

Mein Freund hatte die Richtung eingeschlagen, die ich ebenfalls gehen wollte. Denn auch mir war die Gestalt aufgefallen, die sich dicht am Stamm eines Baumes hielt.

Wir konnten beide nicht genau erkennen, um wen es sich handelte, waren aber sehr vorsichtig und erhielten im nächsten Moment die Bestätigung.

Etwas wehte uns entgegen …

Widerlicher, bestialischer Gestank, vom Wind getragen und gegen unsere Nasen gezielt.

Über meinen Rücken rann es kalt. Ich hatte den Geruch schon des öfteren wahrgenommen und wusste genau, wer ihn abgab. Nur eine dämonische Abart kam dafür in Frage.

Ghouls!

»Die Leichenfresser!«, flüsterte Suko, der ebenfalls Bescheid wusste. »Verdammt, die haben uns gerade noch gefehlt.«

Da hatte mein Freund recht. Ghouls konnten wir in unserer Sammlung nicht gebrauchen.

Irgendwie schien der Dämon bemerkt zu haben, dass wir ihm nicht gerade freundlich gesonnen waren, denn er wollte sich zurückziehen. Dabei veränderte er seine Gestalt, drückte sich zusammen und breitete sich gleichzeitig aus, sodass er Ähnlichkeit mit einer gallertartigen Masse bekam.

Suko sah die Chance, sich zu bedanken. Er jagte los, zog dabei seine Peitsche und schlug einmal einen Kreis über den Boden. Die drei Riemen rutschten hervor, und dann drosch Suko zu.

Er hatte Acht geben müssen, denn der Ghoul wollte sich in das Dickicht hineinschieben, um durch die Zweige gedeckt zu werden.

Er schaffte es nicht ganz.

Ich hörte das Klatschen, als die drei Riemen in die Masse schnitten, und sah einige Tropfen in die Höhe fliegen. Danach erklang ein Wimmern, das in einem Heulen endete, und der Ghoul blieb schließlich stumm liegen und trocknete aus.

Geschafft!

Suko winkte mir zu. Ich war schnell bei ihm, und mein Partner deutete auf einen Pfad, der an zwei Grabstätten vorbeiführte, die eingefallen waren.

Ich sah die aufgewühlte Erde, und mir war ebenso wie meinem Freund klar, dass sich hier etwas getan hatte.

Tote hatten die Erde verlassen.

Wir behielten unsere unmittelbare Umgebung im Auge und suchten nach Spuren. Es war wirklich schwer, welche zu finden. Die Erde war aufgewühlt. Was in ihr lag, hatte sie längst verlassen und war bestimmt irgendwohin gekrochen.

Ich schnupperte und sah meinen Freund nicken. »Ghouls«, meinte Suko.

»Und wie.«

»Gehören die nicht zu Xorron?«

Ich hob die Schultern. »Zu ihm ja. Fragt sich nur, ob sie auch zu Shimada gehören.«

»Was ist daran so wichtig?«

Ich runzelte die Stirn und erwiderte: »Weißt du, Suko, ich kann mir kaum vorstellen, dass sich Shimada mit Ghouls abgibt. Hier läuft irgendein anderes Spiel. Wir werden uns beeilen müssen …«

»John, das glaube ich kaum!«

»Was?«

»Schau in die Höhe!«

Suko hatte von mir verlangt, meinen Blick nach oben zu richten. Bestimmt nicht, um Vögel zu beobachten, er hatte etwas anderes gesehen. Ich hatte Mühe, etwas zu entdecken, denn ich schaute zuerst auf den Astwirrwarr und sah darüber das dunkle Grau des Himmels.

Suko zupfte an meinem Ärmel und zog mich ein Stück zur Seite. »Hier kannst du es besser erkennen.«

Ich wollte schon danach fragen, als ich es selbst sah. Meine Augen weiteten sich, denn am Himmel sah ich die gewaltige Abbildung eines Füllhorns.

»Pandora!«, hauchte ich.

»Genau.«

Aber die hatte nichts mit Shimada zu tun. Wenigstens meines Wissens nicht. Weshalb war sie dann also aufgetaucht?

Die Antwort erhielten Suko und ich rasch. Nicht Pandora, die Besitzerin des Füllhorns, gab sie uns, sondern Xorron, denn er tauchte plötzlich in der Öffnung auf.

Und nicht nur er allein.

Auch sein Totenheer, das wie ein mörderischer Regen der Erde entgegenkippte …

Shimada und seine vier Ninja-Samurais waren ebenfalls überrascht worden. Sie starrten gegen den düsteren Himmel, wo sich die Öffnung des Füllhorns genau abzeichnete und einen Augenblick später seinen Schrecken entließ.

Xorron und seine Diener kamen.

Plötzlich waren die acht jungen Menschen für Shimada uninteressant geworden.

Die wirkliche Gefahr fiel vom Himmel, wo sich das Füllhorn vergrößert hatte und den Schrecken entließ.

Sie schwebten herab wie Fallschirmspringer ohne Schirm. Sie trudelten allmählich nach unten.

Dabei behielt Xorron die Führung. Seine Gestalt kristallisierte sich als Erste stärker hervor.

Die Augen über dem Tuch des Ninja-Dämons glühten in einem kalten Blau. Es nahm an Intensität zu, und die Pupillen schienen zu blauen Sonnen zu werden, die alles überstrahlten, was sich sonst an Licht in der Nähe befand.

Ein wilder Kampfschrei drang aus Shimadas Mund. Mit einer glatten Bewegung zog er sein Schwert aus der Rückenscheide, stach die Spitze nach oben, als wollte er den aus dem Füllhorn fallenden Xorron damit aufspießen.

Auch Say-Kurana spielte verrückt. Diese seltsame Bestie lief im Kreis. Aus ihrem Maul drang ein schauriges Fauchen, die Augen schienen in Flammen zu stehen, und Geifer sprühte von den spitzen Fangzähnen.

Die Bestie wollte töten. Und sie stach ihre Blicke auf die allmählich größer werdenden Gegner.

Die vier untoten Ninjas hatten von Shimada die entsprechenden Befehle erhalten. Sie reagierten mit den ihnen so typischen Bewegungen. Ein wenig abgezirkelt wirkten sie, dennoch waren sie schnell und zeigten, dass man sie fürchten musste.

Sie zogen ihre Waffen.

Der mit dem zerstörten Gesicht hielt das Schwert in seiner Klaue, der Bucklige seine Dolche mit den langen Klingen, und der Feuerkopf hatte seine Arme ausgestreckt und die Finger gespreizt, denn auch sie konnten zu tödlichen Waffen werden.

Der Zombie ohne Kopf ließ über seinen Halsstumpf den Bogen rutschen, holte einen Pfeil aus dem Köcher, legte ihn auf die Sehne und spannte sie.

Jetzt konnte Xorrons Totenheer kommen. Es wurde erwartet.

Aber nicht nur Shimada und seine grausamen Vasallen hatten die vom Himmel fallenden Zombies bemerkt, auch den acht jungen Leuten waren sie aufgefallen.

Sie hatten Zeit gehabt, sich mit ihrer schrecklichen und ausweglosen Lage auseinanderzusetzen. Noch war keinem etwas geschehen, sah man einmal von Michael ab, der einen so schrecklichen Tod erlitten hatte. Aber den Horror-Fans war auch klar, dass sie, wenn sie länger auf diesem Friedhof blieben, zwischen schreckliche Mühlsteine gerieten, die sie radikal vernichten würden.

Die Gestalten, die früher ein Hobby von ihnen gewesen waren, wurden nun zu ihren Todfeinden, denn sie würden auf Menschen keinerlei Rücksicht nehmen und sie als willkommene Mordopfer ansehen.

Das war ihnen klar.

Nur Ullrich sprach es aus. »Verdammt, Freunde«, flüsterte er, »wir müssen hier weg!«

»Wie denn?«, zischte Rudi.

»Einfach laufen«, sagte Andreas und schaute sich vorsichtig um.

Daraufhin lachte Thomas auf und schlug mit der flachen

Hand auf die Tischplatte. »Glaubst du denn wirklich, dass du hier so einfach verschwinden kannst?«

Frank Fischer und Marc Fürstner schlossen sich durch ihr Nicken seiner Ansicht an.

Sven Baumert, ein hoch aufgeschlossener, schlaksiger Typ mit fahlblonden Haaren, schüttelte den Kopf. »Wer nicht wagt, der nicht gewinnt«, sagte er. »Ich bin dafür, dass wir verschwinden.«

Er wurde angeschaut, skeptisch, neugierig, auch ängstlich. Niemand traute sich, den Anfang zu machen.

»Wenn die Monster aus der Luft erst einmal gelandet sind, ist es zu spät, Freunde.«

»Sven hat Recht«, sagte Hauke, der sich bisher zurückgehalten hatte. »Wir müssen etwas unternehmen und auch die Polizei alarmieren.«

»Die Bullen schaffen doch nichts«, sagte Rudi Tewes spöttisch.

»Hast du eine bessere Idee?«

»Nein.«

»Dann halt die Klappe.«

»Keinen Streit«, bat Marc und schielte zum Himmel, wo sich Xorron und sein Totenheer immer stärker hervorkristallisierten. »Die Zeit drängt, und wir sollten wirklich sehen, dass wir von hier verschwinden. Wer weiß, was uns noch alles bevorsteht und welche Untiere auf diesem verfluchten Friedhof lauern.«

»Ja, du hast Recht!«, stimmten ihm die anderen bei.

»Dann los!«, sprach Hauke. Er drehte sich schon ab, um zu fliehen, als er brutal gestoppt wurde.

Plötzlich spürte er an seinem linken Knöchel einen harten Griff. Eine Zange schien dort zuzupacken, und Hauke, der nach hinten wegwollte, schaffte es nicht mehr.

Die andere Kraft war stärker. Sie riss ihn von den Beinen.

Der junge Mann fiel nach hinten, schlug auf die Bank und schrie. Danach ging alles so schnell, dass seine Freunde nicht dazu kamen, überhaupt einzugreifen.

So sahen sie zu, wie Hauke Heck plötzlich von dem Unsichtbaren unter dem Tisch in die Lücke zwischen der Bank und dem Tisch hineingerissen wurde.

»Hauke!«, brüllte Marc. Er wollte sich bücken, doch die anderen hatten eine bessere Idee. Ohne sich zuvor abgesprochen zu haben, hoben sie den lagen Tisch an seiner Kante hoch und kippten ihn um.

Einige Jungen mussten rasch zur Seite springen, sonst wären sie von dem fallenden Tisch getroffen worden, aber sie hatten jetzt einen freien Blick und sahen, was mit Hauke geschehen war.

In den nächsten Sekunden vergaßen sie ihre Fluchtgedanken, denn das schreckliche Geschehen lenkte sie zu sehr ab.

Hauke ging es sehr schlecht. Er lag auf der Seite, hatte ein Bein angezogen und wurde von einem schrecklichen Wesen umklammert, das im ersten Augenblick wie ein fetter Schleimklumpen aussah.

Aber Schleimklumpen haben keine Reißzähne.

Ein jeder der jungen Leute hatte sich mit Horror beschäftigt, jeder wusste auch Bescheid, doch nur Frank sprach es mit schriller Stimme aus.

»Ein Ghoul!«

Dieses Wort wirkte auf die Versammlung wie eine Eisdusche. Was hatten sie nicht alles über Ghouls gehört, über deren schreckliche Taten. Sie töteten ihre Opfer, um sie anschließend …

Keiner wagte weiterzudenken.

Marc wandte sich ab. Sein grünes Gesicht zeigte, was in ihm vorging.

Aber die anderen wollten ihren Freund Hauke nicht aufgeben, der sich verzweifelt gegen den Griff des schleimigen Monsters stemmte.

Beide lagen am Boden. Hauke hatte seinen Arm ausgestreckt, um den Ghoul abwehren zu können. Dem jedoch war es gelungen, das Gelenk des Jungen zu umklammern, und dieses untote Schreckenswesen besaß mehr Kraft als der Mensch.

Der Ghoul zog sein Opfer zu sich heran.

Stück für Stück näherte sich Hauke dem Zentrum. In diesem

Fall dem Kopf mit dem Gebiss, das wie eine scharfe Säge wirken konnte.

Mit einem Satz waren Ullrich und Sven zur Seite gesprungen. Waffen trugen sie nicht bei sich, die wollten sie sich erst besorgen, und sie mussten sich mit Ästen zufrieden geben.

Krachend brachen sie einige ab, fuhren herum und schlugen auf den Ghoul ein.

Die Astenden klatschten auf den schleimigen Körper, von dem Tropfen in die Höhe spritzten.

Der Modergestank breitete sich aus, aber die Jungen kamen dem Ghoul so nicht bei. Er zeigte sich gegen die Schläge unempfindlich.

»Mein Kreuz!«, schrie Frank.

Das war die Idee.

Auch Sven und Ullrich hatten die Worte verstanden. Sie schlugen nicht weiter, sondern schauten zu, wie Frank das Kreuz von seinem Hals riss. Er selbst traute sich nicht, den Ghoul anzugreifen, und er ließ deshalb das Kreuz nach unten fallen.

Volltreffer.

Das Kreuz, nicht größer als ein normaler Finger, landete direkt auf der schleimigen Masse. Es war nicht geweiht, aber auch als Symbol an sich hatte es eine gewisse Kraft und Wirkung, und es konnte einem dämonischen Wesen Schmerzen zufügen.

Das merkte auch der Ghoul.

Zum ersten Mal hörten die Jungen einen Ghoul schreien. Er löste seinen Griff von Hauke, der die Gelegenheit wahrnahm und hastig zur Seite kroch.

Der Ghoul wälzte sich herum. An der Stelle, wo ihn das Kreuz getroffen hatte, war er verletzt worden. Der kleine Gegenstand brannte sich in die schleimige Körpermasse hinein und hinterließ eine tiefe, nach innen stehende Spur.

Der Ghoul rollte sich herum. Furcht erregende Laute drangen aus seinem weit aufgerissenen Maul. Sein schleimiger Körperklumpen schlug gegen den hochkant stehenden Tisch, und ein jeder sah, dass dort, wo den Ghoul das Kreuz getroffen hatte, die Masse allmählich ausdörrte, trocken und pulverig wurde.

Dann fiel ein Teil ab.

Es war ein Stück von der Ghoul-Schulter, das zu Boden platschte.

Er lebte trotzdem weiter und stemmte sich in die Höhe. Sein Körper streckte sich, und die jungen Leute konnten erkennen, wie groß dieser Ghoul tatsächlich war.

Zu vergleichen mit einem Menschen ...

Hauke hatte sich längst aus dem Gefahrenbereich gebracht. Jetzt, da sich keiner von ihnen mehr in den Krallen des Monsters befand, konnten sie eine Flucht riskieren.

»Los, wir hauen ab!«

Die Worte hörten nicht nur diejenigen, die sie angingen! Auch Shimada bekam es mit. Wild fuhr er herum. Seine blauen Augen begannen zu strahlen, und die acht jungen Horror-Fans spürten zum ersten Mal richtig die Macht, die von diesem Dämon ausging.

Shimada zwang ihnen seinen Willen auf.

Und er drückte sie nieder.

Wo sie standen, sanken sie zu Boden. Rudi und Marc wollten noch zur Seite laufen und sich gegen die Hypnose von Shimada anstemmen, aber das hatte selbst Xorron schon vergeblich versucht, und so schafften es die beiden Jungen erst recht nicht.

Zwei Schritte hinter der Sitzbank brachen sie in die Knie, und es erging ihnen nicht anders als ihren Freunden.

Sie fielen, wo sie standen, blieben auf den Bäuchen liegen und wirkten wie Tote.

Was Shimada einmal hatte, das gab er nicht wieder her. Und jetzt hatte er endlich Zeit gefunden, sich seinen neuen Gegnern zuzuwenden.

Noch immer schwebte Xorrons Totenheer in der Luft. Der Himmel über dem Friedhof war bedeckt von schrecklichen Zombiewesen, die ein Bild des Grauens boten.

Obwohl der kopflose Ninja-Dämon keine Augen hatte, spürte er dennoch, wohin er zielen musste. Er hatte sich ein wenig zur Seite gestellt. Noch immer lag sein erster Pfeil auf der Sehne, die er jetzt hart spannte und so weit zurückzog, bis es nicht mehr ging.

Dann ließ er sie los.

Der Pfeil zischte ab. Er war schnell, mit den Augen kaum zu verfolgen, und seine Kraft hätte bestimmt gleich zwei Zombies durchbohrt, doch er traf nicht.

Zwar sah es so aus, als wäre einer der Untoten getroffen worden, nur wischte der Pfeil durch dessen Körper und verschwand irgendwo in der grauen Dämmerung.

Das hatte auch Shimada gesehen. Plötzlich wurde ihm klar, dass Xorron und seine Helfer doch nicht so schutzlos auf die Erde zusegelten. Jemand hielt eine Hand über sie.

Das konnte nur Pandora sein.

Wahrscheinlich hatte sie einen für Shimada unsichtbaren Schutzschirm um ihren Schützling gelegt, der von den Waffen nicht aufgerissen werden konnte.

Shimada versuchte es kraft seiner Mordaugen! Und die erlaubten es ihm, seine Gegner zu blauen Klumpen zusammenzuschmelzen. Denn die Augen sonderten die Energie ab, die in dem Dämon steckte.

Er ging leicht in die Knie, stützte sich mit einer Hand auf dem Griff seines Schwerts ab, dessen Spitze sich in den Boden gebohrt hatte. In seiner dunklen Kleidung und umgeben vom allmählich einfließenden Dämmerlicht bot er einen unheimlichen Anblick, der sich noch steigerte, als seine Energie die Augen verließ und gegen den Himmel stach.

Auf Xorron war sie gerichtet!

Schon einmal hatte er den Herrn der Untoten durch so einen Blick in die Knie zwingen können. Es gab keinen Grund, der es ihm nicht erlaubte, es ein zweites Mal zu versuchen.

Die Strahlen trafen Xorron – und gleichzeitig auch nicht. Zum ersten Mal erlebte Shimada so etwas wie eine Niederlage, denn Pandoras Schutzschirm war so dicht, dass er nicht durchbrochen werden konnte.

Der mörderische Ninja-Dämon taumelte zurück. Er spürte selbst, dass sich die Kraft gegen ihn richtete, und nahm die Strahlung seiner Augen zurück. Er und seine vier grauenhaften

Diener waren verunsichert. Sie wussten nicht, was sie noch versuchen sollten, um Xorron und dessen Totenheer zu stoppen.

Nichts taten sie!

Und so landete die Invasion des Schreckens auf dem unheimlichen Friedhof, um ihn in Besitz zu nehmen …

Auch wir schauten zu.

Eigentlich hätten wir gegen die Untoten ankämpfen müssen, versuchen müssen, sie mit geweihten Kugeln vom Himmel zu pflücken, aber es wäre Munitionsverschwendung gewesen, denn wir hatten gesehen, dass auf Xorron und seine Helfer geschossen worden war und dies keinen Erfolg gezeigt hatte. Irgendetwas musste diese Invasion des Schreckens schützen. Suko und ich waren der Ansicht, dass es mit Pandora zu tun hatte.

So schauten wir zu.

Die Gestalten waren unbeschreiblich. Ich kannte sie von der Galeere her, nur für Suko waren sie neu.

Leiber, die im eigentlichen Sinne des Wortes keine mehr waren. Widerliche Gestalten, aufgedunsen, zerlumpt, zerrissen, mit Armen und Beinen schaukelnd. Gesichter, in denen das Grauen festgeschrieben stand. Schlimm und fürchterlich.

Mir fielen all diese Begriffe ein, als ich die Zombies näher kommen sah.

Und an ihrer Spitze Xorron.

»Er hat verdammt gut überlebt«, sagte Suko, und da hatte er recht.

Xorron hatte Arme und Beine ausgebreitet, sodass er wie ein in der Luft schwebendes X aussah. Durch die helle, für mich bisher noch unzerstörbare Haut sah ich die grünen Knochen schimmern, und ich entdeckte sogar an seinem Hals einen dunkleren Kreis. Dort hatte ihn auf der Galeere mein wuchtig geschleuderter Bumerang getroffen. Mit dieser Waffe hatte ich gehofft, ihm den Kopf vom Rumpf zu sägen. Es war leider nicht möglich gewesen. Xorron war zu stark.

»Was sollen wir tun?«

Eine gute Frage, die Suko da gestellt hatte, aber eine konkrete Antwort konnte ich ihm nicht geben.

Mein Freund sprach weiter. »Ich wäre dafür, dass wir ihn dort erwarten, wo er landet.«

»Okay.«

Noch einmal schauten wir in die Höhe, um uns die Richtung einzuprägen, dann setzten wir uns in Bewegung.

Auf diesem mythischen Friedhof kochte und brodelte es. Uralte Kräfte, die in den Tiefen der Erde gelauert hatten, waren wieder an die Oberfläche gestiegen und hatten die erweckt, die schon längst vergessen gewesen waren.

Monster und Mutanten. Ghouls und Zombies. Eine Sinfonie des Grauens stand uns gegenüber, und Xorron führte den Taktstock.

Oder Shimada!

Bisher hatten wir ihn nicht entdeckt, hofften allerdings, dass sich dies bald ändern würde.

Deshalb bewegten wir uns in einem Kreisbogen und fanden einen Weg, der zwar fast zugewachsen war, an seiner Breite jedoch erkennen ließ, dass er irgendwie zum Zentrum des Totenackers führte.

Ihn gingen wir.

Und zwar sehr vorsichtig. Wir standen wie unter Strom, suchten nach Gegnern und waren darauf gefasst, von irgendwelchen Monstern hinterrücks angegriffen zu werden.

Wir passierten eingefallene Grabstätten, wo die Erde zusammengesackt war und die Steine zerbrochen waren.

Aber keine Feinde lauerten.

Sie mussten sich an anderen Stellen konzentriert haben. Und die bekamen wir bald zu sehen.

Unser Blickwinkel wurde etwas freier, und beide blieben wir, wie vom Blitz getroffen, stehen. Wo sich die dichten Büsche auflockerten und kein Filzwerk mehr bildeten, hatten wir eine freie Durchsicht und entdeckten die jungen Leute.

Ich zählte blitzschnell nach und kam auf acht.

Acht Tote!

Es war wie ein Schlag in die Magengrube. Ich schüttelte den

Kopf, weil ich es kaum glauben wollte, aber es stimmte. Vor einem umgekippten Tisch lagen sie wie hingeschleudert.

»Das darf doch nicht wahr sein«, hauchte Suko.

»Shimada!«, zischte ich und zeigte nach links, wo wir schattenhaft den gewaltigen Ninja-Dämon sahen und auch seine vier schrecklichen Diener, deren Bekanntschaft wir ja bereits gemacht hatten.

Noch ein Untier hatte sich hinzugesellt. Es sah aus wie eine Mischung zwischen Bär und Werwolf. Zottig und pechschwarz das Fell, gefährlich anzusehen und die Augen rot leuchtend.

Dieses Wesen war uns unbekannt, aber es gehörte zu Shimada, denn es hielt sich in seiner Nähe auf.

Die Spannung verdichtete sich. Alles lief auf einen dämonischen Krieg zwischen Shimada und Xorron hinaus. Aber war es wirklich so einfach? Ich wollte es nicht glauben, dass auf diesem Friedhof in London die Sache schon bald gelaufen war.

Mein Gefühl sagte mir, dass mehr, viel mehr dahinter steckte und sich noch gewaltige Dimensionen öffnen konnten.

»Sie atmen!« Sukos Stimme unterbrach meinen Gedankenstrom.

»Wie?«

»Die acht Jungen sind nicht tot«, wisperte mein Freund. »Ich sehe, dass sie atmen. Anscheinend hat man sie nur betäubt.«

»Endlich mal eine gute Nachricht.«

»Wir können sie dort nicht liegen lassen«, sagte mein Freund.

»Willst du sie wegholen?«

»Ja.«

»Und wann?«

»Jetzt.«

Suko hatte natürlich Recht. Noch war Zeit, und vielleicht würde er es auch schaffen. Wenn nicht, wollte er auf jeden Fall in ihrer Nähe sein, denn für Zombies und Ghouls waren sie ideale Opfer. Das ging mir durch den Kopf, als ich über Sukos Worte nachdachte.

Abermals wehte uns ein Pesthauch entgegen. Er kam von links, und wir sahen einen Ghoul, der uns passierte und Kurs auf die Bewusstlosen nahm.

Das war für Suko das Zeichen. »Bis gleich«, sagte er und startete.

Dagegen hatte ich nichts einzuwenden. Nur ahnte ich nicht, dass diese beiden Worte so ziemlich die letzten gewesen waren, die ich von Suko vorerst gehört hatte.

Ein Schrei!

Schrill, grauenhaft und markerschütternd. Ein Mensch konnte ihn nicht ausgestoßen haben. Wer so schrie, musste schon ein Monster sein.

Er war es auch.

Kein Geringerer als Xorron. Und das in dem Augenblick, als er gelandet war.

Der »Spaß« konnte beginnen!

Die schrecklichen Zombies aus der Galeere verteilten sich. Keiner hatte sie gezählt. Es war auch unwichtig, wichtig war ihre Vernichtung.

Und Xorron!

Da die Trauerweiden sehr dicht auf dem einsamen Totenacker standen, blieb es nicht aus, dass Xorron genau auf einen solchen Baum zufiel. Er hatte an Geschwindigkeit gewonnen und rauschte in den nach unten hängenden Wirrwarr der Zweige hinein, wobei er sie ab- und durchbrach und rasch bis zum Boden gelangte.

Er war also da!

Und Shimada würde ihn töten.

Aber dieser zögerte noch, denn er wusste nicht, ob Xorron weiterhin unter Pandoras Schutz stand.

Deshalb schickte er das zottige Monster los.

Say-Kurana, diese Mischung aus Bär und Werwolf, kannte keine Angst. Vielleicht hatte es auch noch nie etwas von Xorron gehört. Jedenfalls stürmte es vor, als es von Shimada den dementsprechenden Befehl bekam.

Raubtiere halten sich nicht an Wege, wenn sie in ihrem Revier jagen. Sie brechen durch die Büsche, und das tat auch Say-Kurana. Wie ein Berserker wühlte er sich voran. Mit seinen scharfen Tatzen schlug und riss er regelrechte Schneisen. Er wühlte sich Stück für Stück weiter, nahm auf nichts Rücksicht, knickte ihm im Wege stehende Äste einfach weg und schaufelte sich seinen Weg frei.

Die Bestie kam aus der Deckung des Erdbodens, Xorron von oben.

Die Zweige der Trauerweide hatten sein Gewicht nicht abfangen können, und der Herr der Untoten brach hindurch.

Er hatte seinen mächtigen Schädel gesenkt, den Blick nach unten gerichtet, und er sah die Bestie, die geduckt dastand und auf ihn lauerte.

Breitbeinig hatte sich Say-Kurana aufgebaut, die mächtigen Arme gespreizt, die Tatzen geöffnet, sodass die Krallen wie kleine helle Messer hervorstachen.

Fast wäre ihm Xorron auf den Schädel gefallen. Im letzten Augenblick drehte er sich zur Seite und landete etwa einen Schritt von Say-Kurana entfernt.

Der griff sofort an!

Vielleicht war er es in seiner bisherigen Existenz gewohnt, die Gegner beim ersten Angriff zu Boden zu schmettern. Das gelang ihm bei Xorron nicht.

Der stand wie eine Wand!

Say-Kurana wuchtete sich gegen ihn und bekam sofort die Gegenreaktion zu spüren, denn der Körper des Monstrums Xorron war sehr hart und trieb den Angreifer zurück.

Die Bestie krachte auf den Rücken, drehte sich sofort und sprang wieder auf, um Xorron erneut zu attackieren.

Ich hielt mich als Beobachter zurück, denn was ein anderer erledigte, brauchte ich nicht mehr zu übernehmen.

Aber würde die Mischung aus Bär und Werwolf Xorron schaffen?

Diese Frage wurde mir in der nächsten Sekunde beantwortet. Say-Kurana schaffte es nicht. Den zweiten Angriff blockte Xorron mit seinem linken Arm ab, während er den rechten vorschnellen ließ und mit einem Griff den Hals der Bestie umfasste.

Er drückte zu.

Dabei drehte er sich so, dass er mir die Vorderseite zuwandte und ich auch die in seinem Griff hängende Bestie genau beobachten konnte.

Vielleicht leuchtete Panik in den Augen des Mutanten, denn sie glühten noch intensiver. Es konnte auch der Schmerz sein, der sie so schrecklich veränderte, denn Xorron kannte keine Gnade.

Er gab Say-Kurana nicht die Spur einer Chance.

Ich hörte es knacken und brechen. Xorrons Arm war wie eine eiserne Würgeklammer, und Say-Kurana schaffte es nicht, diesem Griff noch irgendetwas entgegenzusetzen.

Seine Kraft verließ ihn.

Die zotteligen Beine begannen zu zittern, in den Knien brach er ein, und dann schleuderte ihn Xorron voller Hass und Wut zur Seite.

Krachend fiel Say-Kurana in ein Gebüsch, blieb auf der Seite liegen und wandte mir seinen verdrehten Schädel zu.

Xorron hatte ihm das Genick gebrochen.

Mich durchrieselte es kalt. Wieder einmal hatte mir dieses Monstrum demonstriert, wozu es fähig war. Der kurze Kampf dieser beiden Giganten hatte mich so mitgenommen, dass ich meine Umgebung vergaß.

Dies rächte sich.

Xorron hatte sein Totenheer mitgebracht, und es befand sich auf dem Vormarsch.

Die Zombies wollten Opfer. Sie rochen die Menschen, auch mich, und sie hatten mich bereits umzingelt.

Als ich mich im Kreis drehte, da sah ich die schrecklichen, fratzenhaften Gesichter ganz in meiner Nähe.

Sie lugten zwischen den tief herabhängenden Zweigen der Trauerweiden hervor. Manche von ihnen unterschieden sich in der Farbe nicht von der der schmalen Blätter.

Andere waren zerfetzt, verfilzt die Haare, leblos die Augen, bleich und aufgedunsen die Haut.

So viele Kugeln hatte ich überhaupt nicht, um mich dieser Wesen zu erwehren, und zu allem Überfluss walzte auch Xorron noch auf mich zu, denn nun hatte er mich entdeckt.

Seinen Todfeind!

Für einen winzigen Moment öffnete er seinen Mund, sodass eine Lücke klaffte und ich die gefährlichen Reißzähne sehen konnte. Damit würde er mich umbringen, oder er würde mir ebenfalls das Genick brechen, wie er es mit dem Monster getan hatte.

Die Beretta stoppte ihn nicht, das Kreuz ebenfalls nicht. Außerdem waren da noch seine Helfer.

Meine Chancen standen schlecht.

Und irgendwo über mir aus den Wolken ertönte eine mir bekannte Stimme. »So habe ich mir dein Ende vorgestellt, John Sinclair …«

Gesprochen hatte eine spezielle Freundin von mir.

Pandora!

Im selben Augenblick zischten die ersten Pfeile heran!

Sukos Sorge galt allein den jungen Menschen!

Er sah sie zwar atmen, dennoch wusste er nicht, was genau mit ihnen geschehen war. Wenn Dämonen etwas in Szene setzten, konnte man nie sagen, zu welchen Mitteln sie griffen.

Suko hatte einen günstigen Platz, denn Shimada und seine Schergen drehten ihm den Rücken zu. Die Zombies befanden sich noch in der Luft. Deshalb musste er die Zeit bis zu ihrer Landung voll ausnutzen.

Angegriffen wurde er auf seinem Weg zu den leblos Daliegenden nicht. Er sprang über die umgekippte Sitzbank hinweg, ging neben einem der jungen Leute in die Knie und fühlte nach Herz- und Pulsschlag.

Normal schlugen ihre Herzen zwar nicht, aber Suko konnte den Pulsschlag ertasten. Das war viel wert.

Er konnte natürlich nicht jeden vom Friedhof wegschaffen, sondern musste zusehen, dass er sie aus der unmittelbaren Gefahrenzone brachte. Weg von Shimada und auch von Xorron und dessen Totenheer.

Über Shimada wunderte sich der Chinese. Für seinen Geschmack war dieser Dämon ziemlich inaktiv. Er sah mehr wie ein Beobachter aus, der erst abwartete, um später einzugreifen. Für die Jungen hatte Shimada keinen Blick.

Suko stemmte den ersten hoch.

Der Inspektor besaß große Kräfte. Die waren auch nötig. Jenseits des umgekippten Tisches sah Suko einen dichten Gebüschgürtel, um den allerdings ein schmaler Weg führte.

Den lief er, bis er stolperte.

Suko verlor das Gleichgewicht. Zudem riss ihn das Gewicht des jungen Mannes nach vorn. Fangen konnte er sich nicht mehr, sodass Suko bäuchlings zu Boden fiel.

Zwar wachte Hauke – es war der, den Suko wegschleppte –, nicht auf, aber der Inspektor wollte wissen, über welch ein Hindernis er gestolpert war, stützte sich auf und drehte sich um.

Aus dem Boden schaute ein Kopf!

Im ersten Augenblick erschrak Suko. Er starrte in das Gesicht mit den weit aufgerissenen, glanzlosen Augen, dem halb geöffneten Mund und der gelben Flüssigkeit, die aus den Winkeln rann, wobei die abgefressenen Lippen noch zu einem Grinsen verzogen waren.

Ein Zombie glotzte den Chinesen an. Und dieses Wesen war dabei, aus der Erde zu klettern. Den Kopf hatte es zuerst durch den weichen Untergrund geschoben. Über ihn war Suko gestolpert.

Das Gesicht des Inspektors verzog sich. Er nahm seine Peitsche, schlug den Kreis, ließ die drei Riemen aus der Öffnung rutschen und drosch wuchtig zu.

Der Gesichtsausdruck des Untoten veränderte sich nicht, als er die drei Riemen auf sich zusausen sah.

Der Treffer!

Die Magie der Dämonenpeitsche riss den Schädel fast in drei Teile. Suko sah den Qualm aus den klaffenden Schlitzen dringen und übersprang den Kopf, um den nächsten jungen Mann zu holen.

Während seiner letzten Aktion war ihm der Blick auf Shimada und dessen vier Schergen verwehrt gewesen. Schon nach wenigen Schritten sah er sie wieder, aber er kam nicht dazu, sich des zweiten jungen Menschen anzunehmen.

Andere Ereignisse überrollten ihn förmlich.

Xorron und sein Totenheer waren gelandet. Suko sah sie vom Himmel auf die Erde fallen. Überall hörte er die Aufschläge, wenn Zweige und Äste brachen oder Büsche zusammengedrückt wurden.

Auch in unmittelbarer Nähe des Tisches landeten drei Zombies. Ihre schweren Gestalten sackten in den Knien ein, doch sie blieben nicht hocken, sondern stemmten sich wieder in die Höhe, um sich sofort den Opfern zuzuwenden.

Suko kam über sie wie ein Teufel. Elegant bewegte er sich trotzdem. Das Schlagen mit der Dämonenpeitsche glich schon einem tänzerischen Akt, und die drei Riemen wickelten sich um die Körper dieser furchtbaren Gestalten, wobei diese zu Boden gerissen wurden und vergingen.

Und die Frauenstimme klang auf. »So habe ich mir dein Ende vorgestellt, John Sinclair!«

Suko blieb stehen. Er riss den Kopf in den Nacken, suchte den düsteren Himmel ab, aber er konnte nichts entdecken. Dennoch wusste er, dass Pandora gesprochen hatte.

Der Chinese befand sich in einer Zwickmühle. Wem sollte er helfen? John Sinclair? Oder sollte er sich um die jungen Leute kümmern und sie weiterhin aus der Gefahrenzone schleppen?

Die Entscheidung wurde ihm nicht leicht gemacht, denn nun hatte Shimada endgültig die Nase voll und schickte seine Vasallen in den Kampf.

Vier standen gegen Xorrons Totenheer!

Ich hörte das Sirren der Pfeile und wusste, dass es für mich höchste Eisenbahn wurde.

Aus dem Stand ließ ich mich zu Boden fallen, rollte mich um die eigene Schulter, schaute in die Höhe und sah, wie die ersten Zombies getroffen wurden.

Nur einer der untoten Ninjas schoss mit Pfeil und Bogen. Er beherrschte die Waffe meisterhaft. Dieser uralte lebende Tote schoss so rasch hintereinander, dass ich das Gefühl hatte, es wären zwei oder mehr, die ihre Pfeile gegen die Zombies jagten.

Und sie trafen.

Mehr als einmal hörte ich die dumpfen Aufschläge, wenn sie in Hals, Kopf oder Brust drangen. Da ich weiterhin am Boden lag, kippten mir die Zombies entgegen. Leider kam ich nicht schnell genug weg, sodass zwei von ihnen über mich fielen, quer liegen blieben und ich überhaupt nichts dagegen unternehmen konnte. Pandora hatte ihren Schutz aufgelöst.

Es war schon ein widerliches Gefühl. Einer der Zombies lief aus, und eine schleimige Flüssigkeit rann über meinen Nacken.

Ich wollte die Zombieleichen zur Seite stemmen, aber dann hatte ich eine Idee. Die beiden Zombie-Körper gaben mir eine relativ gute Deckung gegen die heranfliegenden Pfeile.

Ein wenig veränderte ich meine Lage und schob einen leblosen Arm zur Seite.

Mein Blickfeld wurde besser. Vor mir fiel eine Zombie-Frau zu Boden. In ihrer Stirn steckte kein Pfeil, sondern ein Dolch, von dem nur noch der Griff hervorschaute.

Dann hörte ich einen Schrei.

So brüllte nur Xorron!

Er war es tatsächlich, der diesen Schrei ausgestoßen hatte, und er stemmte sich den Waffen regelrecht entgegen.

Die Pfeile, die gegen seinen Körper hieben, prallten ab, und als ihn der Ninja-Kämpfer mit dem halben Gesicht attackierte, da zeigte Xorron seine wahre Stärke.

Als die Klinge des Ninja-Schwerts von oben nach unten raste, riss Xorron seine Arme hoch und legte die Hände zusammen. Er kantete sie blitzschnell zur Seite, sodass die Klinge genau dagegen hämmerte und dann abrutschte.

Der Ninja war zwar schnell und katzengewandt, aber Xorron erwischte ihn trotzdem.

Die Faust des Monstrums traf den Ninja, als er sich zur Seite werfen wollte, und sie verlängerte dessen Schwung sogar noch, sodass die Gestalt in die Luft geworfen wurde und schwer zu Boden fiel.

Xorron walzte weiter.

Abermals prallten zwei Pfeile von seinem Körper ab. Hinter ihm sammelten sich die Zombies.

Ich hatte inzwischen meine Beretta gezogen und visierte die drei nebeneinander herlaufenden Gestalten genau an.

Dann feuerte ich.

Als die erste fiel, wurde die zweite bereits von der nächsten Kugel getroffen; und die dritte erwischte das Geschoss in der Drehung.

Noch hatte Pandora ihr Versprechen nicht einlösen können, aber sie griff wieder in den Kampf mit ein. Zwar nicht direkt, aber sie stand Xorron bei und stoppte Shimada.

Der hatte erkannt, dass seine Diener Xorron nichts anhaben konnten, und er wollte es selbst versuchen.

Soweit kam er nicht.

Ich erlebte Pandoras Eingreifen ebenfalls mit und hatte plötzlich das Gefühl, leicht angehoben zu werden. Die Welt um mich herum war zwar die gleiche geblieben, dennoch hatte sie sich verändert. Ich sah und hörte, doch ich glaubte, Watte in den Ohren stecken zu haben, so dumpf und dünn erklangen all die Geräusche.

Irgendetwas war geschehen! Leider wusste ich nichts Genaues. Um es herauszufinden, konnte ich nicht auf der Stelle liegen bleiben, sondern musste mir eine bessere Position suchen.

Ich wuchtete die Leichen von mir, sprang auf die Füße und fühlte den Schwindel, der mich erfasste. Als ich nach rechts blickte, sah ich zwar Shimada, doch er erschien mir seltsam verzerrt, ein wenig verschoben in den Umrissen.

Wenn man einen Gegenstand oder einen Menschen durch gekrümmtes Glas anblickt, erlebt man den gleichen Effekt, nur sah ich hier kein Glas. Trotzdem existierte ein Hindernis.

Shimada, auf dem Weg zu Xorron, prallte dagegen.

Dies war eine magische, unsichtbare Trennmauer, die ihn aufgehalten hatte. Auch er konnte sie nicht durchbrechen, sosehr er sich auch bemühte und anstrengte.

Shimada hing fest.

Meiner Ansicht nach konnte nur eine Person für die Errichtung der Mauer verantwortlich sein.

Pandora.

Abermals schützte sie ihren Xorron, und ich vernahm auch wieder ihre Stimme.

»Den Zeitpunkt des Kampfes bestimme ich allein. Denn ich will, dass Shimada untergeht, und ich suche die Zeit und die Dimension aus, wo das geschehen soll. Xorron wird sich verstärken. Die Ghouls warten auf ihn. Doch Shimada werde ich dorthin schleudern, wo er hingehört. Da kann er sich austoben und all das Grauen erleben, das es in den unendlichen Dimensionen gibt. Der Rand der Ewigkeit wird dich und die anderen streifen und euch umklammern. Da!«

Es passierte.

Und es war eine magische Entladung par excellence! Alle Lebewesen außerhalb der Zone begannen zu zittern, vibrierten dann sehr stark und waren einen Moment später verschwunden.

Auf dem Friedhof kehrte Ruhe ein. Wenigstens auf einem gewissen Teil. Ich aber blieb zurück.

Wo war Xorron?

Diese Frage beschäftigte mich stark. Ich sah ihn nicht. Auch nicht die Zombies. Pandoras Zauber, von ihrem Füllhorn ausgehend, hatte dies ermöglicht.

Dennoch stellte ich etwas fest.

Mein Kreuz reagierte. Oder hatte reagiert. An den vier Enden glühten die Buchstaben auf. So stark und weit, dass es ihnen gelungen war, einen Schutzmantel um mich zu legen. Ich sah das grüne Flimmern dicht über meiner Hand, starrte in das Zentrum des Kreuzes und hatte das Gefühl, die Welt um mich herum würde versinken.

Vor mir tat sich ein Schacht auf, obwohl keiner vorhanden war.

Der Seher!

Aus dem geheimnisvollen Dunkel der Zeiten hatte er sich durch das Kreuz mit mir in Verbindung gesetzt, um mir Ratschläge zu geben. Diesmal jedoch waren es Warnungen.

Sei auf der Hut, Geisterjäger! Du wirst Kämpfe erleben, wie du sie nie mitgemacht hast. Man wirft dich hinein in eine Welt und eine Mythologie, die dir fremd ist. Shimada wird immer mächtiger. Noch hat man ihn stoppen können, aber er besitzt den Fächer der Sonnengöttin Amaterasu, und er wird lernen, mit ihm umzugehen. Du brauchst Hilfe, John. Viel Hilfe, deshalb wende dich an den Goldenen …

»Wie soll ich das …?« Es hatte keinen Sinn mehr, noch Worte hinzuzufügen, denn die Verbindung war unterbrochen.

Nur allmählich fand ich mich wieder zurecht, wischte über meine Augen und fühlte mich, als wäre ich aus einem tiefen Traum erwacht. Ich dachte daran, dass Xorron sich um die Ghouls kümmern wollte. Die Zombies hatte er, jetzt brauchte er noch die schlimmste Dämonenabart.

Konnte ich ihn stoppen?

Voller Furcht rannte ich los.

Der Platz, wo die jungen Leute gelegen hatten, war leer. Und auch von Suko sah ich nichts.

Ich wusste Bescheid.

Pandoras Magie hatte nicht nur Shimada und dessen Diener in die andere Dimensionen geschleudert, sondern auch die acht Jugendlichen und meinen Freund Suko.

Sie waren im Nirgendwo verschollen …

Gegen Gangster und Ghouls

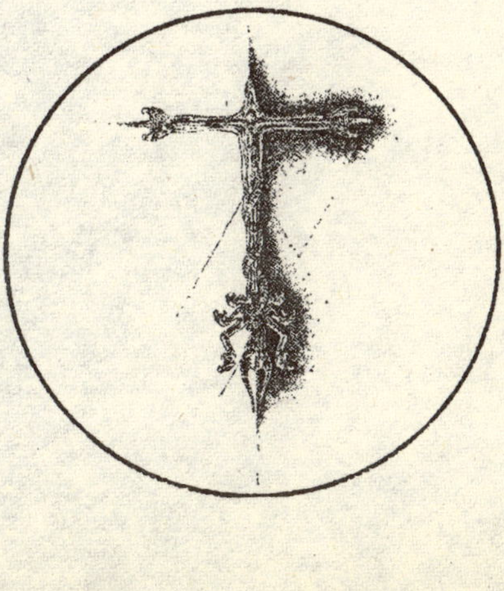

Über dem Hafen lag eine trügerische Ruhe. Die Schwüle der Nacht lastete schwer auf London, und über der Themse bildeten sich Nebelschwaden. Durchsichtigen Totenhemden gleich, wanderten sie über die Wellen, um dennoch weitergetrieben zu werden.

In der Ferne geisterte gespenstisch ein Wetterleuchten über den Himmel. Das dumpfe Grummeln eines Gewitters war zu hören. Ansonsten war es im Hafen ziemlich ruhig. Zwar wurde an einigen Plätzen gearbeitet, das jedoch weiter westlich, wo die Piers und Docks lagen und die Gerüste der Verladekräne als Stahlskelette in den Himmel ragten.

Die großen Lagerhäuser und Schuppen wirkten wie zum Sprung geduckte Raubtiere. Öllachen auf den schmalen Piers glänzten, als wären sie matte Augen. Ein paar einsame Lichter gaben ihr spärliches Licht ab.

Der Schiffsverkehr auf der Themse war eingeschlafen. Nur hin und wieder noch schob sich der Umriss eines großen Kahns über das Wasser.

Es war eine ideale Nacht für schmutzige Geschäfte, die in der Hafengegend immer liefen. Denn nicht nur vierbeinige Ratten bevölkerten die Gegend, auch zweibeinige.

Wenn diese Leute nicht in irgendwelchen dunklen Ecken standen, fuhren sie mit ihren Wagen. Dann huschten geisterhaft die Lichter der Scheinwerfer über die Asphaltdecke oder strichen an den Wänden der Hallen und Lager entlang.

Das alles wurde von zwei Augen beobachtet, denn es gab jemanden, der ebenfalls einen Grund hatte, sich um diese Zeit am Hafen aufzuhalten.

Er stand dort, wo eine schmale Gasse zwei flache Lagerhäuser trennte. Die Dunkelheit schützte ihn wie ein Tuch, und das war wichtig. Er wollte nicht gesehen werden.

Noch nicht …

Von der Ferne aus gesehen hätte man ihn für eine übergroße Schaufensterpuppe halten können. Das jedoch war er nicht. Wer sich ihm näherte und noch einmal genauer hinschaute, hätte unter der weißen Haut etwas Dunkles gesehen, das sich innerhalb des Körpers verzweigte und gründlich leuchtete.

Es waren die Knochen der seltsamen Gestalt, und bei ihr selbst handelte es sich um keinen geringeren als Xorron. Der Herr der Zombies und Ghouls hatte den Hafen erreicht, sein zweites Ziel, denn sein erstes lag hinter ihm.

Das Totenheer, bestehend aus lebenden Leichen, stärkte ihm den Rücken. Er hatte seine Zombies mitgebracht, und sie hielten sich in seiner Nähe auf. Ein Lagerhaus war von ihnen kurzerhand besetzt worden. Sie hatten es aufgebrochen und sich dort verteilt. Jetzt warteten sie ab, denn Xorron wollte die Lage peilen.

Die Zombies hatte er. Es fehlten die Ghouls.

Aber sie würden erscheinen denn sie hatten seinen magischen Ruf vernommen. Überhaupt hatte er sich angekündigt. Auch bei einem Mann, den er ebenfalls erwartete und der ihn nicht im Stich lassen würde, denn derjenige war nicht lebensmüde.

Dabei handelte es sich um Logan Costello, Londons obersten Mafiaboss, der ein Günstling der Hölle war. Noch war er nicht zu sehen, und Xorron wartete geduldig weiter. Sein Blick fiel über den Pier, der leer und verlassen vor ihm lag. Am Ende brannte eine einsame Laterne. Ihr Licht wurde von feinen Nebelschwaden umtanzt, sodass der helle Kopf wie ein dunstiger Ballon wirkte.

Zwischen der Lampe und Xorrons Standort befanden sich einige Gullys. Aus ihren Löchern krochen ebenfalls die feinen Dunstschwaden und verteilten sich über dem Pier.

Der Fluss gurgelte. Die Wassermassen schoben sich der Mündung entgegen, wobei sie hin und wieder schmatzend gegen das Ufer klatschten.

Xorron wartete.

An seiner Haltung hatte sich nichts verändert. Er schien mit der Erde verwachsen zu sein. Dabei wirkte er wie eine eingeschlafene Figur, ein Denkmal aus hellem Marmor.

Aber Xorron war gefährlich, das hatte er oft genug bewiesen. Nur gegen seinen neuen Feind kam er noch nicht recht an. Er hatte es versucht, doch Shimada, der Feind, war stärker gewesen.

Noch war der Kampf nicht entschieden. Er würde eine dritte, alles entscheidende Begegnung geben, dessen war sich Xorron sicher, nur dauerte dies.

Und er brauchte Unterstützung.

Logan Costello musste ihm zur Seite stehen. Schließlich hatte Xorron auch ihm geholfen. Dies mehr als einmal, sodass Costello einfach eine Verpflichtung verspürte, sich auf Xorros Seite zu stellen, um ihn zu unterstützen. Deshalb hatte Xorron ihm Bescheid gegeben und diesen Treffpunkt vereinbart.

Sein Totenheer verhielt sich still. Es hatte von ihm den Befehl erhalten, nur dann an- oder einzugreifen, wenn Xorron es ihnen befahl. Und das würden sie einhalten. Schließlich war er ihr Herr und Meister.

Das Grummeln und Donnern in der Ferne verstärkte sich. Am Stadtrand von London tobte ein Gewitter. Dort wurde der Himmel von den fahlen Blitzen erhellt. Es war die Gegend, aus der Xorron gekommen war. Dort lag der unheimliche Friedhof, auf dem das Monstrum eine Teilniederlage erlitten hatte.

Er schaute über den Pier. Die Ghouls hatten ihm versprochen, in dieser Nacht zu kommen, denn sie mussten dem Ruf ihres Herrn folgen. Er wusste nicht, wie viele es genau waren. Die Anzahl der Zombies erreichten sie wohl nicht.

Plötzlich schob sich Xorron vor! Er hatte gesehen, dass sich ein Gullydeckel bewegt hatte.

Es sah seltsam aus, als er für einen Moment aufrecht stehen blieb und dann nach hinten fiel.

Xorron vernahm das knirschende Geräusch, als der Deckel über die Asphaltdecke strich und schließlich liegen blieb.

Aus dem offenen Gully drang der Dunst. Er wurde über den Pier geweht, nichts hinderte ihn mehr, aber mit ihm stieg auch noch etwas anderes aus dem Gully.

Ein widerlicher Gestank.

Man konnte ihn auch als bestialisch bezeichnen, und Xorron nahm ihn ebenfalls wahr. Für einen Moment zuckte es ihn seinem glatten Gesicht. Augen und Mund öffneten sich, dann nahm es wieder die alten, nichtssagenden Züge an.

Sie waren da, er hatte sie bereits gerochen …

Xorron irrte sich nicht. Der Gully auf dem Hafengelände gehörte zu den Schlupflöchern der widerlichen Ghouls. Sie hatten mehrere Ausgänge, oft waren es alte Gräber oder Grüften, in die sie sich zurückzogen, aber auch in die unterirdischen Kanäle des Abwassersystems, denn dort hatten sie am meisten Platz.

Meilenweit zogen sich die engen Kanäle unter der Millionenstadt her. Stinkige, widerliche Höhlen, in die Menschen nur hineingingen, wenn es ihnen ihr Job befahl oder sie etwas ausgefressen hatten und sich auf der Flucht befanden.

Doch dort unten lauerten nicht nur die fetten Wasserratten, sondern manchmal auch die Ghouls.

In London verschwanden täglich Menschen spurlos. Von einem Augenblick zum anderen waren sie nicht mehr da. Keiner wusste, wo sie blieben, und ein geringer Prozentsatz dieser Verschwundenen steckte sicherlich in den unterirdischen Kanälen, wo die Ghouls lauerten, ihre Opfer umbrachten, um anschließend mit dem schrecklichen Mahl zu beginnen.

Die Ghouls gehörten zu den widerlichsten Abarten der Dämonen. Es waren schlimme Bestien. Manches Mal wurden sie sogar von ihren eigenen Dämonenfreunden gemieden, denn sie gingen, ähnlich wie Zombies, nur ihren widerlichen Instinkten nach.

Begleitet wurden sie stets von einer stinkenden Pestwolke, die nach Verwesung und Grab roch. Ein Markenzeichen für die Leichenfresser. Wenn Menschen diesen Geruch aufnahmen, wurde ihnen übel. Hatte jemand den Ghoul gerochen, war dieser schon so nahe, dass es für das Opfer kaum ein Entkommen gab, falls er keine geweihten Waffen zur Hand hatte, mit denen er die Feinde umbringen konnte.

Es hatte zahlreiche Versuche gegeben, die Ghouls unter einen Hut zu bringen, die waren immer wieder gescheitert, denn diese Abart gehörte zu den großen Individualisten unter den Dämonen.

Zudem waren sie für andere Schwarzblüter oft nur Mittel zum Zweck und wurden eiskalt fallen gelassen, wenn sie nicht mehr gebraucht wurden.

Aber Xorron wollte sie haben. Er hatte sie gerufen, und sie kamen. Der erste Ghoul schob sich aus der Öffnung. Für einen Moment war nur ein dunkel schimmernder Klumpen zu sehen, dann streckte er sich, als der Ghoul höher kletterte, und schließlich verließ er seinen Schlupfwinkel.

Eine etwa menschengroße Gestalt stand vor dem Gully, drehte den Schädel und schaute sich suchend um.

Diese Bewegung war für Xorron ein Zeichen, sich zu zeigen. Ihn hielt nichts mehr in dem engen Gang zwischen den beiden Häusern. Der Ghoul sollte ihn sehen, und er sah ihn auch.

Die beiden standen sich gegenüber und starrten sich an.

Xorron hob die Hand. Wenn der andere diese Zeichen verstand und ihm gehorchte, war er zufrieden.

Der Ghoul schüttelte sich, schaute zu Xorron hin und setzte sich dann in Bewegung.

Er schlich näher.

Es war kein normales Gehen, eher mit einem Walzen zu vergleichen, denn der Ghoul hatte keinen Körper im eigentlichen Sinne. Seiner bestand aus einer schleimigen Masse, die über weichen Knochen wabbelte.

So bot er ein widerliches Bild.

Vor Xorron blieb er stehen. Ein Gesicht hatte der Ghoul. Alles war schief auf die schwabbelige Masse gesetzt, von der es tropfte und rann. Xorron legte seine Pranke auf den Kopf des Ghouls und drückte zu.

Die Faust presste die Masse zusammen, und die Gesichtszüge des dämonischen Wesens verschoben sich in die Breite und plusterten sich gleichzeitig auf, wobei sie die seltsamsten Proportionen annahmen.

»Wo sind die anderen?« Xorron stellte die Frage. Er unterhielt sich mit dem Ghoul in einer Sprache, die wohl nur die beiden verstanden.

»Sie kommen …«

»Und wer bist du?«

»Nenne mich, wie du willst. Ich habe keinen Namen. Ich lebe hier schon sehr lange.«

»Weshalb warst du nicht bei meiner Erweckung damals?«

»Ich habe den Ruf zu spät vernommen.«

»Lüge. Alle haben ihn gehört.«

»Ich nicht.«

Xorron nickte. »Dann will ich dir glauben. Aber ich möchte noch etwas wissen. Wie viele deiner Artgenossen warten noch auf mich? Ich habe sie gerufen, und sie sollen kommen. Hast du verstanden?«

»Das habe ich.«

»Gib Antwort!«

Der Ghoul drehte sich um. Er begann zu schnuppern. Seine untere schleimige Gesichtshälfte, die gelblich schimmerte, geriet in Bewegung, und die wie Glasmurmeln wirkenden Augen drehten sich zu verschiedenen Seiten hin. »Es sind noch zehn.«

»Mehr nicht?«

»Nein!«

»Aber ihr müsst doch mehr …«

»Viele sind weg«, sagte der Ghoul. »Ich hatte Mühe, überhaupt die Zahl zusammenzubekommen.«

»Wovor hatten sie Angst?«

Da stieß der Leichenfresser ein Geräusch aus wie ein Mensch, der sich verschluckt hatte. »Es gibt einen Mann in London, den man den Geisterjäger nennt. Es besitzt gefährliche Waffen, die für uns Ghouls absolut tödlich sind.«

»Ich kenne den Mann«, sagte Xorron mit dumpfer Stimme. »Er heißt John Sinclair.«

»Ja, das stimmt«, gab der Ghoul zu.

»Er ist auch mein Feind, aber er wird es nicht mehr lange sein, denn er gerät zwischen die Mühlsteine zweier Magien und wird getötet.« Xorron sprach mit dumpfer Stimme.

»Machst du es?«

»Vielleicht.«

»Weißt du, wo er sich aufhält?«, wollte der Ghoul wissen, wobei seine Stimme einen gequälten Klang angenommen hatte.

»Ich habe ihn noch vor wenigen Stunden gesehen. Auf einem alten Friedhof. Da hätte es ihn schon fast erwischt. Aber er ist angeschlagen und nicht mehr so gefährlich.«

»Stimmt das?« »Dann will ich dir glauben.«

Xorron lachte rauh. »Es bleibt dir nichts anderes übrig, Leichenfresser. Und jetzt hole die anderen.«

»Sie werden sich zeigen, wenn sie mich sehen«, flüsterte der Ghoul und ließ gleichzeitig ein widerliches Schmatzen hören, bevor er sich in Bewegung setzte und auf den offenen Gully zuging.

Kurz bevor er ihn erreichte, blieb er stehen und schaute nach unten. Aus seinem Maul drangen dumpfe Laute, die in die Tiefe sickerten und seine Artgenossen hervorlocken sollten.

Der Ghoul trat zurück, hob seine schleimige Pranke und winkte Xorron zu. Ein Zeichen, dass die anderen auf dem Weg waren.

Und sie tauchten auf.

Sie krochen der Reihe nach aus dem Gully. Eine Gestalt glich der anderen. Nur in der Größe und der Breite gab es manchmal Unterschiede.

Zitternde, wabbelige, kloßförmige Wesen entließ der Gully. Sie krochen über die raue Steindecke des Piers, bewegten sich schmatzend weiter, und manche zogen Fäden hinter sich her, wenn sie ihre breiten, schleimigen Füße hoben.

Xorron erwartete sie. Eingehüllt wurde er von einer stinkenden Wolke. Ihn störte der bestialische Geruch nicht, er nahm ihn kaum wahr, auch wenn dieser ihn wie ein Tuch umhüllte.

Ein Ghoul, dessen körperliche Umrisse die Form einer Kugel aufwiesen, war besonders vorwitzig. Er blieb dicht vor Xorron stehen, umklammerte dessen Bein und wollte sich an ihm hochziehen, was Xorron gar nicht gern hatte.

Das linke Bein hob er an und trat zu.

Der Ghoul wurde nach unten gedrückt und dabei immer platter, sodass er aussah wie eine Flunder.

Eine Pfütze breitete sich vor Xorrons Füßen aus, und in der stinkenden Lache bewegten sich die Augen des widerlichen Leichenfressers wie zwei Kreise aus übergroßen Sagokörnern.

»Unterlasst in Zukunft so etwas!«, erklärte Xorron. Als er den Fuß wieder anhob, zog sich der Ghoul sofort zurück und nahm wieder seine ursprüngliche Gestalt an.

Die anderen umstanden Xorron. Eine kleine, stinkende, schleimige Armee, widerlich anzusehen, mit dem Pesthauch von Gräbern behaftet. Sie waren zu den Zombies die entsprechende Ergänzung.

Elf Ghouls zählte Xorron.

Es passte ihm nicht. Er hatte mit einer größeren Anzahl gerechnet, doch diese Wesen wussten, dass der Geisterjäger John Sinclair in London existierte, und hatten die entsprechenden Vorsichtsmaßnahmen getroffen. Sie waren verschwunden, untergetaucht und würden vielleicht irgendwann einmal zurückkehren.

Xorron brauchte nicht weit zu gehen, um das Lagerhaus zu erreichen, wo die Zombie-Meute wartete.

Er schob das große Schiebetor zur Seite. Es lief auf Rollen und gab rumpelde Geräusche von sich.

Breit und hoch gähnte ihnen die Öffnung entgegen. Die Zombies hatten sich zurückgezogen. Es waren zahlreiche Gestalten, die in der Düsternis des Lagerhauses standen und sich zusammenrotteten, als sie bemerkten, dass der Ausgang nicht mehr verschlossen war.

Wogende und dennoch geisterhaft scheinende Bewegungen aufgedunsener oder halb verwester Leiber, die dem Ausgang zustrebten und beim Gehen aneinander stießen.

Dort wartet Xorron mit seinen neuen Verbündeten, den schleimigen Ghouls. Die Zombies wankten herbei. Manchmal fielen sie hin, klatschten auf die Erde und erhoben sich mit schwerfälligen Bewegungen, wobei sie sich noch gegenseitig abstützten.

Als Xorron beide Hände hob, blieben sie stehen. Mit dieser Geste hatte er wieder einmal seine Macht über die Zombies bewiesen, und sie gehorchten prompt.

Wie eine Mauer standen sie vor ihm.

Keiner konnte sich ruhig auf den Beinen halten. Sie schaukelten hin und her, manchmal zuckten die Leiber, und die Schwächeren stützten sich an den Kräftigeren ab.

Xorron schaute sie an.

Zusammen mit den Ghouls bildeten sie eine ungeheure

Gefahr. Auch Logan Costello würde noch hinzukommen und sich auf seine Seite stellen. Vielleicht gelang es Xorron dann, sich gegen Shimada zu stemmen und den Kampf zu gewinnen.

Nur danach strebte er. Er wollte der unumschränkte Herrscher sein und die Macht nicht abgeben.

Xorron sprach zu seinen Dienern. Auf eine normale menschliche Sprache oder einen Befehl reagierten die Zombies nicht, aber die Worte ihres Herrn saugten sie in sich auf wie ein feuchter Schwamm das Wasser. Sie starrten ihn aus glanzlosen Augen an, hielten ihre Mäuler offen oder bewegten sich breitbeinig stehend von einer Seite zur anderen.

Xorron hielt nur eine kurze Rede. Er drängte darauf, dass sich beide Dämonenarten vertrugen und nicht bekämpften, denn die Ghouls machten in ihrer Gier vor Zombies nicht Halt.

All seine Worte richtete Xorron auf den großen Kampf hin aus. Er wusste, dass Shimada keine Ruhe geben würde, und er sprach auch von der großen Helferin namens Pandora.

»Sie wird uns zur Seite stehen und uns auch mit Shimada zusammenbringen. Dann könnt ihr den großen Kampf erleben. Ich kümmere mich um Shimada, und ihr werdet euch seiner vier Diener annehmen.«

Dass diese untoten Samurai-Kämpfer brandgefährlich waren, sagte Xorron erst gar nicht.

Er horchte jedoch auf, als die nach seinen Worten eingetretene Stille von einem summenden Geräusch unterbrochen wurde. Xorron drehte sich um.

Ein Wagen fuhr über den Pier. Seine langen Scheinwerferlanzen stachen in die Dunkelheit, schwenkten bei einer Kurve und erfassten den offenen Eingang der Lagerhalle.

Xorron wusste Bescheid. Dazu brauchte der Fahrer nicht erst zweimal zu blinken. Und es freute ihn, dass er auch Macht über Menschen besaß, denn Logan Costello war pünktlich.

Es war ein peitschender, hell klingender Knall, als wäre etwas von einer Urgewalt entzweigerissen worden, und ich stoppte abrupt meinen Schritt.

Erst jetzt sah ich den Blitz. Er stach aus dem dunklen Himmel, verzweigte sich und fand irgendwo vor mir sein Ziel, während ein zweiter Donnerschlag folgte.

Das Gewitter begann!

Die Luft auf diesem alten Friedhof hatte sich verdichtet, war so schwül geworden, dass man sie kaum atmen konnte, und es hatte einfach das Gewitter geben müssen.

Dann rauschte der Wind in den Blättern und Zweigen.

Der Sturm war so heftig, dass er mich fast von den Beinen gerissen hätte. Ich musste sehr Acht geben, nicht zu Boden geschmettert zu werden, und baute mich breitbeinig auf.

Die tiefe Dunkelheit war über den Friedhof gefallen wie ein schwarzer Sack. Nur die dichten Wolkenbänke wurden von den Blitzen aufgerissen, und an den gewissen Stellen schimmerte eine hellgraue Farbe durch.

Noch hatte es nicht geregnet. Es würde jedoch nicht mehr lange dauern, bis die ersten Tropfen fielen. Deshalb wollte ich mich beeilen, damit ich nicht klatschnass war, wenn ich den Bentley erreichte.

Dieser verdammte Friedhof hatte seine Tücken, und ich hatte auf diesem Totenacker auch nichts mehr zu suchen. Ich war froh, ihn endlich verlassen zu können.

Pandora hatte mich auf gewisse Weise verschont. Den Grund kannte ich nicht, ich wusste jedoch von ihren Plänen, die besagten, dass sie den entscheidenden Kampf wollte. Er sollte zwischen Xorron und Shimada stattfinden, nur den Ort und die Zeit wollte Pandora selbst bestimmen. Ich stolperte dabei über den Begriff Zeit, denn alles lief darauf hinaus, dass dieser Kampf unter Umständen in der Vergangenheit irgendeiner Dimension oder der Erde stattfinden sollte.

Das war natürlich ein regelrechter Hammer, und es war schwer für mich, mich damit abzufinden.

Auch wusste ich nicht, wo sich Xorron aufhielt. Ich wollte nicht daran glauben, dass er mit Shimada zusammengetroffen war. Meines Erachtens befand er sich noch in London, denn ich hatte etwas von Ghouls gehört, die er noch in sein Totenheer holen wollte.

Ghouls und Zombies. Jede Dämonenart für sich war brandgefährlich. Zusammen aber ergaben sie eine höllische Mischung, die man kaum beschreiben konnte, und mein ängstliches Gefühl kam nicht von ungefähr.

Suko bereitete mir die größte Sorge. Wo er und die acht jungen Leute sich aufhielten, konnte niemand sagen. Sie waren verschollen, und ich wollte alles daransetzen, sie zu finden.

Dabei musste mir jemand helfen.

Der Goldene Samurai!

Ich hatte, als alles vorbei war, einen Hinweis durch mein Kreuz erhalten. Der Seher gab mir den Rat, mich mit dem Goldenen in Verbindung zu setzen.

Wie das geschehen sollte, war mir unklar, denn Shimada hatte dem Goldenen einen fürchterlichen Streich gespielt. Es war diesem Dämon gelungen, den Goldenen Samurai zu beschwören und ihm den so wichtigen Fächer der Sonnengöttin Amaterasu zu entreißen. Ihn wollte Shimada jetzt einsetzen, und er konnte, wenn er die Kunst beherrschte, mit dem Fächer einiges anstellen. Über genaue Dinge war ich nicht informiert, ahnte jedoch, dass ihm durch den Fächer ein gewisser Machtfaktor in die Hände gegeben worden war, den ich keinesfalls unterschätzen durfte.

So also sahen die Positionen aus, wobei ich mir wie jemand vorkam, der nach drei Seiten zur selben Zeit kämpfte. Zudem lag noch ein großes Programm vor mir.

Ich musste Shao beibringen, was mit ihrem Freund Suko geschehen war. Und das würde sehr schwer werden.

Wieder spaltete ein Blitz den Himmel. Vor meinen Augen rollte dieses außergewöhnliche Naturereignis ab, und ich schaute unwillkürlich hin, wie sich der Blitz verzweigte und seine einzelnen Speere dem Boden entgegenstachen.

Der Donner folgte.

Peitschend, hell und dennoch grollend. Ein wütend klingendes Geräusch. Ich zuckte und duckte mich auch zusammen, doch der Donner konnte nur erschrecken, nicht gefährlich werden.

Über mir am Himmel spielten sich schaurig-schöne Szenen

ab. Zwischen den Wolken tobte die gewaltige Kraft der elektrischen Ladungen. Sie wurden frei, und Blitze jagten in einer gezackten Linie sogar waagerecht über den Himmel.

Dann wurde der Friedhof jeweils für einen kurzen Moment in ein fahles Licht getaucht, das meine nähere Umgebung noch unheimlicher machte, als sie tatsächlich schon war.

Das Gewitter tobte sich in gefährlicher Nähe aus. Noch war kein Tropfen Regen gefallen, und trockene Gewitter sind die schlimmsten. Das hatte mir schon mein Vater erzählt, als ich noch ein Kind war.

Leuchtete der Blitz, so wirkten die Bäume und Büsche wie unheimliche Gestalten aus einer gespenstischen Welt. Sie nahmen eine andere Form an, schienen für einen Moment zu leben, um anschließend wieder einzutauchen in das unheimliche Dunkel.

Ein beeindruckendes Wechselspiel zwischen satter Finsternis und fahlem Licht.

Ich tastete mich voran. Weich war der Boden, aber auch bedeckt mit Stolperfallen, denn die große Magie des Shimada hatte bewirkt, dass die seltsamen Grabsteine keinen Halt mehr fanden, wankten und dem Druck nachgeben mussten, sodass sie schließlich kippten und nur noch Fragmente von ihnen am Boden lagen.

Zwar blies der Wind, dennoch war es kaum kühler geworden. Mir klebte die Kleidung am Körper. Mein Gesicht glänzte, und von irgendwoher kommender Staub wurde ebenfalls in langen Fahnen über den Totenacker geweht. Die winzigen Körner klebten auf meiner schweißnassen Stirn.

Den genauen Weg hatte ich mir nicht gemerkt. Es war auch schlecht möglich gewesen, denn normale Wege, wie ich sie von anderen Friedhöfen her kannte, sah ich hier nicht.

Alles war im Laufe der Jahre überwuchert worden.

Wieder passierte ich ein zusammengebrochenes Grab. Der Stein war zur Seite gekippt. Beim Aufleuchten eines Blitzes erkannte ich in seiner Mitte einen hellen Riss, aber ich sah noch mehr. Unter der Vorderkante schaute etwas hervor.

Es war eine Hand mit einem Stück des Arms.

Ein schreckliches Bild, denn von Hand und Arm war zum Teil das Fleisch gefallen, sodass die gelblich weißen Knochen hindurchschimmerten.

Die Finger bewegten sich. Sie wurden nach innen gebogen, und lange Nägel kratzten in den weichen Boden.

Unter dem Stein lag ein Zombie begraben. Wahrscheinlich war er beim Verlassen des Grabs zerquetscht worden, aber nicht tot, denn so etwas hielten die Zombies aus.

Ich wollte ihn töten, nahm mein Kreuz, bückte mich und presste es gegen die Hand. Ich sah, wie die Klaue zuckte, als hätte sie einen Stromstoß erhalten. Dann lag sie still und begann zu verfaulen.

Abermals zerriss ein Blitz die Düsternis des Himmels. Es wurde seltsam hell, und im nächsten Augenblick hörte ich mörderisches Krachen. Nicht der Donner zeigte sich dafür verantwortlich, sondern indirekt der Blitz. Es war genau das passiert, was ich befürchtet hatte. Der Blitz hatte eingeschlagen. Und zwar in einen Baum in der Nähe.

Ich sprang mit einem weiten Satz zur Seite. Es hätte nichts genützt, aber ich konnte sehen, was geschah.

Die unheimliche Kraft riss den Stamm in der Mitte entzwei. Es war eine starke Platane, die bestimmt schon einige Jahrzehnte alt war und sich nun den Naturgewalten beugen musste.

Die eine Hälfte des Baumes neigte sich so zur Seite, dass ich in Gefahr geriet, darunter begraben zu werden. So rasch wie möglich brachte ich mich in Sicherheit, und als die Baumhälfte zu Boden krachte, lag ich bereits hinter einem Grab in Deckung.

Ich wurde nicht erwischt. In der Nähe nur peitschten die Zweige gegen den Boden.

Aber noch etwas war geschehen. Der Blitz hatte das pulvertrockene Holz in Brand gesetzt. Am unteren Teil begann es. Dort züngelten kleine Flämmchen in die Höhe. Sie waren zuerst nicht größer als Finger, fanden jedoch sehr schnell neue Nahrung und glitten an den helleren Innenseiten des gespaltenen Stammes entlang.

Bald brannten die ersten Äste. Sie wurden zu glühenden Armen, und ihr flackerndes Licht gab der Umgebung einen gespenstisch feurigen Glanz, dessen Widerschein auch über mein Gesicht tanzte, als ich den Kopf anhob.

Wind fachte herbei. Er fuhr wie mit gierigen Händen in die Flammen, wirbelte sie hoch und schleuderte einen breiten Funkenteppich nicht nur tiefer in den Friedhof hinein, sondern auch auf mich zu.

Ich musste weg, bevor der glühende Regen mich oder die unmittelbare Umgebung erreichte.

Knatternde Explosionen, ausgelöst durch das pulvertrockene Holz, begleiteten meinen Weg, wie auch die erneuten Blitze und das dumpfe Wummern des Donners.

Wenn nicht bald Regen fiel, breitete sich der Brand aus und würde den gesamten Friedhof erfassen. Um ihn war es nicht schade, aber ich dachte an den in der Nähe liegenden Wald, der ebenfalls vom Flug der Funken in Brand gesetzt werden konnte.

Bereits jetzt hatte sich das Feuer ausgebreitet und auf andere Bäume übergegriffen. Auch die hölzernen Bodendecker waren von Flammen erfasst worden, die in ihrer Gier unersättlich waren.

Im Laufen warf ich einen Blick zurück und sah eine brennende Gestalt aus einem Feuerkreis taumeln.

Erwischt hatte es einen Zombie. Die lebende Leiche wedelte mit beiden Armen, und die Hitze der Flammen schmolz die Gestalt regelrecht zusammen.

Auch mir machte das Feuer zu schaffen, obwohl es mich noch nicht erreicht hatte, aber es entzog der Luft den Sauerstoff. Zudem wölkte der Qualm über den Friedhof, und das Atmen wurde für mich zu einer regelrechten Qual. Ich hustete und spuckte und musste mir oft den Schweiß abwischen.

Und der Wind jagte heran. Er fauchte in die Flammen hinein, wühlte sie zu einer wahren Feuersbrunst hoch. Es entstanden dabei Geräusche, die sich anhörten wie das wütende Atmen eines Ungeheuers.

Dann fielen die ersten Tropfen.

Ich hätte jubeln können, als der Regen in mein Gesicht klatschte und die heiße Haut ein wenig kühlte. Danach ging es Schlag auf Schlag. Ich war kaum ein halbes Dutzend Schritte gelaufen, als es mich voll erwischte. Der Himmel öffnete seine Schleusen, und der Regen fiel so dicht wie das Wasser aus einer Duschdüse. Im ersten Augenblick verschlug es mir sogar den Atem. Ich hatte den Mund geöffnet, das Wasser rann hinein, und wenn ich nach vorn schaute, dann konnte ich kaum einen Schritt weit sehen.

Die unheimliche Natur umschlang mich. Ich tastete mich vor und stolperte weiter. Der Regen jagte voll in das Feuer hinein, und er würde es löschen. Bald würde die Sicht noch schlechter werden, denn gewaltige Dampfwolken, weiß und dunstig, hüllten mich ein.

Halbblind bahnte ich mir meinen Weg. Ich dachte nur daran, den Friedhof so rasch wie möglich zu verlassen. Die Gefahren jedoch hatte ich vergessen …

Nicht alle Zombies und Monster waren von Pandora zurückgeholt worden, und das bekam ich sehr bald zu spüren.

Diesmal war es kein Krötenmonster, das mich angriff, sondern ein Wesen aus der Luft.

Es sprang mir in den Nacken.

Für einen Moment hatte ich das Gefühl, von einer Katze erwischt worden zu sein.

Das Wesen hinter mir jaulte, aber nicht wie eine Katze. Zum Glück hatte es seine Krallen nicht direkt in das Fleisch geschlagen, sondern mehr in den Kragen, trotzdem spürte ich scharfe Nägel auf meiner Haut, schleuderte einen Arm in die Höhe, griff schräg über meine Schulter, und unter den fünf Fingern fühlte ich raues, struppiges Fell.

Ich riss mir das Ding aus dem Nacken und schleuderte es wütend zu Boden. Als es aufprallte, konnte ich endlich erkennen, um was oder wen es sich handelte.

Es war ein kleines, handliches Biest mit roten Augen. In der Größe etwa zwischen Katze und Ratte. Dabei hatte es sechs Beine mit scharfen Krallen, und es wuchtete von der Erde her sofort auf mich zu.

Mein Gesicht wollte es treffen, doch gegen das Kreuz sprang es. Kaum berührten sich die gegensätzlichen Pole, als dieses Wesen aufzischte und in einen Glühzustand überging. Für einen Moment leuchtete es wie das Auge eines Zyklopen auf, dann platzte es auseinander, wobei der Sturm die einzelnen Teile packte und sie wegwehte. Dabei vermischten sie sich mit dem strömenden Regen.

Ich atmete auf. Eine genaue Definition konnte ich nicht geben. Es musste sich um einen niederen Dämon handeln, der in irgendeinem der Grabmäler gelauert hatte und nun freigekommen war.

Es schüttete weiter. Ich hatte längst keinen trockenen Faden mehr am Leib, als ich meine Weg fortsetzte. Auch der trockene Boden schaffte es nicht, die Wassermassen aufzusaugen, denn sie rauschten einfach mit zu großer Gewalt aus den Wolken, sodass ich das Gefühl hatte, durch einen Wasserfall zu schreiten.

Die Flammen waren gelöscht worden. Auch das Gewitter hatte sich verzogen. Hin und wieder rumorte es noch und blitzte in der Ferne auf.

Bisher hatte ich mir keine direkte Richtung aussuchen können, sondern war mehr im Kreis gelaufen. Das änderte ich nun, denn ich blieb auf dem geraden Weg und erreichte schließlich die Mauer des Friedhofs. Sie war nur kniehoch, aber die langen Eisenstäbe mussten erst einmal überklettert werden.

Es regnete in Strömen. Alles war nass und glatt. Ich hatte meine Mühe, über das Gitter zu gelangen, sprang an der anderen Seite wieder zu Boden, schüttelte mich und suchte nach dem Bentley.

Leider war ich nicht dort gelandet, wo Suko und ich den Wagen verlassen hatten.

Da ich die Gegend nicht kannte, musste ich mich auf mein Glück verlassen und wandte mich nach rechts. Wenn ich außen am Friedhof vorbeilief, würde ich sicherlich irgendwann meinen Wagen erreichen.

Die Tropfen waren nicht dünner geworden. Nach wie vor

hämmerten sie auf meinen Kopf, während ich gebückt durch die grauen Schleier schritt und meinen Bentley suchte.

Ich schaffte es.

Als eine dunklere Masse tauchte der abgestellte Wagen aus dem grauen Dunst aus. Der warme Boden dampfte nach dem Temperatursturz, und so bildeten sich kleine Nebelschwaden, die aus den unzähligen Öffnungen krochen und einen feinen grauen Schleier woben, der sich dicht über dem Boden weiterbewegte.

Meinen Bentley sah ich.

Aber auch die anderen Gestalten.

Es waren vier, die das Fahrzeug besetzt hielten. Ich brauchte nicht erst lange nachzudenken, um zu wissen, dass es sich bei ihnen um Zombies handelte …

Suko sah die Umgebung verschwinden. Dies ging sehr schnell. Er kam mit seinen Gedanken kaum nach, da befand er sich schon in einem Nichts. Irgendetwas presste ihm mit brutaler Gewalt den Brustkorb zusammen, sodass ihm das Atmen schwer fiel.

Für einen Moment hatte er Angst, an der Schwelle des Todes zu stehen. Das Gefühl jedoch verflüchtigte sich rasch, denn das Dunkel vor ihm lichtete sich und machte einem seltsam klaren Grau Platz.

Suko schüttelte den Kopf. Er wusste nicht, wo er sich befand, aber er wollte zunächst einmal den Druck loswerden, der auf seinem Schädel lag, damit er klare Gedanken formulieren konnte.

Seine nähere Umgebung beachtete er nicht sonderlich, sondern dachte darüber nach, was eigentlich geschehen war.

Suko erinnerte sich wieder an die Szenen auf dem unheimlichen Friedhof, an die Kämpfe und Auseinandersetzungen mit den Monstern, die in den zerstörten Gräbern gewohnt hatten und aus der Erde gekrochen waren. Das alles lag hinter ihm, war nur eine Episode gewesen, aber eine neue lag jetzt vor ihm.

Natürlich konnte der Chinese nicht genau sagen, wo er sich befand. Er glaubte jedoch daran, dass ihn die Magie in eine andere Dimension katapultiert hatte.

In eine Dimension oder Zeit, die, physikalisch gesehen, den Gegebenheiten auf der Erde entsprach, denn Suko konnte die Luft atmen, die ihn umgab.

Er saß. Auf einem glatten Boden, und als er mit der Hand darüberstrich, fühlte er die Kühle der Steine. Sie waren dunkler als das ihn umgebende Dämmerlicht. Vielleicht hatten sie eine grüne oder eine schwarze Farbe. So genau war das nicht zu erkennen.

Außerdem spielte es keine Rolle, denn andere Dinge waren für den Chinesen viel wichtiger.

Er hatte die Reise nicht allein gemacht, denn mit ihm zusammen waren auch die anderen acht jungen Leute in diese fremde Dimension geschleudert worden.

Suko sah sie in unmittelbarer Umgebung liegen, und sie sahen aus, als hätten sie ihre Haltung überhaupt nicht verändert. Zwei lagen auf dem Bauch, drei auf der Seite, und die restlichen drei hatten eine Rückenlage eingenommen.

Keiner von ihnen rührte sich. Sicherheitshalber untersuchte Suko jeden Einzelnen und war beruhigt, als er bei ihnen den Herzschlag spürte.

Er stieg über die am Boden Liegenden hinweg und nahm die nähere Umgebung in Augenschein.

Was ihm auffiel, waren die gewaltigen Säulen, die in unregelmäßiger Reihenfolge vor ihm hochwuchsen. Ein Ende konnte Suko nicht erkennen, da sie weit oben im Dämmerlicht verschwammen.

Die Säulen wirkten wie die Stämme uralter Bäume. Sie hatten die gleiche Farbe, waren nicht glatt, sondern zeigten Risse und Einkerbungen. Nach Sukos Ansicht konnten die Säulen nur ein riesiges Dach tragen. Vielleicht war er in einer Höhle oder in einem Tempel gelandet.

Um das herauszufinden, hätte er sich zu weit von den Jugendlichen entfernen müssen. Dies wollte er auf keinen Fall, denn jemand musste anwesend sein, wenn sie erwachten.

Sicher brauchten sie eine Ansprache, die ihnen Mut machte.

Suko schlug einen Kreis. Außer seinen eigenen Schritten vernahm er nichts. Ihn umgab eine totale Stille, wie sie nur in einem großen Raum herrschen konnte, einem Tempel zum Beispiel.

Seine unfreiwilligen Begleiter ließ er nicht aus den Augen, und er war sofort da, als er feststellte, dass sich der erste Junge regte. Es war derjenige, den er zuerst aus der Gefahrenzone geschafft hatte, ein junger Mensch, der den Kopf schüttelte und sich erstaunt umsah. Dann erschrak er, als Suko auf ihn zukam.

»Keine Sorge«, sagte der Inspektor. »Ich tue dir schon nichts.«

Der Junge hatte etwas sagen wollen, hob den Blick und schaute Suko an, der sich neben ihn hockte. »Ich heiße Hauke Heck.«

»Okay, Hauke, dann wollen wir uns erst einmal freuen.«

»Wieso?«

»Dass wir leben.«

Hauke lachte. »Das ist doch klar, ich will es hoffen …« Er stockte und bewegte nervös seine Finger. »Oder ist das etwa nicht normal, Suko?«

Der Chinese wiegte den Kopf. »In unserer Situation wohl nicht. Denn mit uns ist etwas geschehen, das sich nur sehr schwer erklären lässt, musst du wissen.«

»Und was?«

»Du erinnerst dich an den Friedhof?«

»Ja.«

»Da sind wir nicht mehr.«

Hauke schüttelte den Kopf. »Wieso nicht? Wir wollten doch nichts von diesem Totenacker. Verdammt, jetzt weiß ich überhaupt nichts mehr. Da wird man ja verrückt.«

»Kann ich mir vorstellen. Bitte, erzähle mal, wieso ihr überhaupt auf diesen Friedhof gegangen seid! Und noch eine Sache«, sagte der Inspektor. »Der Aussprache nach bist du kein Engländer.«

»Nein, Deutscher.«

»Die anderen auch?«

»Sicher.«

Suko verdrehte die Augen. »Da fahrt ihr von Deutschland nach England, besetzt einen alten Friedhof und wollt …«

»Wir sind doch ein Horror-Club«, verteidigte sich Hauke und schaute zu Boden.

»Den Horror habt ihr ja jetzt kennen gelernt, und ihr werdet noch mehr erleben. Jedenfalls mehr, als euch lieb ist.« Suko dachte daran, dass er und sein Freund John Sinclair einmal einen ähnlichen Fall erlebt hatten, in dem ebenfalls eine aus Deutschland stammende Jugendgruppe eine große Rolle spielte. Da war es um den lächelnden Henker gegangen.

Anschließend hörte er zu, was ihm Hauke zu berichten hatte. Suko konnte nur staunen, als er von der Verwandlung des Jungen Koto erfuhr. Aus Koto war Shimada geworden, und dieser Dämon hatte seinem Namen alle Ehre gemacht. Er konnte tatsächlich in Masken auftreten und hatte es verstanden, die acht jungen Leute für sich zu gewinnen und gleichzeitig auch reinzulegen.

»Wir wollten weg, dann packte uns irgendeine Kraft, wir kippten um, von dort an weiß ich nichts mehr.« So beendete Hauke seinen Bericht, den Suko nickend zur Kenntnis genommen hatte.

»Wir müssen uns eben etwas einfallen lassen«, erklärte der Inspektor.

»Sicher, aber wo befinden wir uns hier?«

»Das frage ich mich auch.«

Hauke schaute Suko erstaunt an. »Du weißt nicht, wo wir hier sind?«

»Nein, ich habe nur Vermutungen. Da ihr euch mit diesen Dingen beschäftigt, will ich nicht damit hinter den Berg halten. Meiner Ansicht nach haben wir eine Dimensionsreise hinter uns und befinden uns entweder in einer fremden Dimension oder in einer anderen Zeit. Vielleicht trifft auch beides zu.«

»Das ist doch Quatsch!« Nicht Hauke hatte die Worte gesagt, sondern Rudi Tewes. Er war unbeobachtet von Suko und Hauke erwacht. Dabei hatte er einen Teil des Gesprächs mit angehört.

Suko drehte sich um. Er schaute in ein junges Gesicht, das auch in diesem Licht seltsam bleich wirkte. Das schwarze Haar hing Rudi in die Stirn, sein Blick flackerte.

»Was mischst du dich überhaupt ein?«, beschwerte sich Hauke.

»Wenn der doch Mist erzählt.«

»Das ist kein …«

»Beruhigt euch«, sagte Suko. »Wir können alles gebrauchen, nur keinen Streit.«

Die beiden Jungen schwiegen. Zudem wurden sie abgelenkt, denn auch die anderen sechs erwachten aus ihrer Lethargie. Der Vorgang war bei fast allen gleich. Sie richteten sich auf und schauten sich zunächst verwundert um.

Niemand sprach. Nur staunende, überraschte Blicke, die sich dann in angstvolle und verwunderte umwandelten, je nachdem, wie die einzelnen Jungen ihre Lage empfanden.

Die ersten wollten sprechen, doch bevor alle durcheinander redeten, winkte Hauke ihnen zu und rief: »Kommt mal her, wir müssen euch etwas sagen.«

Sie kamen.

Suko kannten sie nicht. Er wurde angestarrt. Oft sehr misstrauisch, denn keiner der Jungen konnte einen Chinesen so recht unterbringen. Suko aber lächelte und bat mit freundlichen Worten, dass man sich in einem Kreis zusammensetzen sollte.

Das wurde getan. So völlig auf der Höhe fühlte sich keiner der Anwesenden. Ihre Bewegungen waren langsam. Irgendetwas schien mit dem Kreislauf nicht in Ordnung zu sein.

Aber sie erholten sich. Suko, der währenddessen gewartet hatte, ergriff das Wort, stellte sich noch einmal vor und erklärte die Lage mit wenigen Sätzen.

Er beschönigte nichts, verschwieg nichts und sprach auch von den Gefahren, die ihnen unter Umständen begegnen konnten.

»Wir befinden uns in einer permanenten Lebensgefahr«, fasste er zum Schluss zusammen.

Das hatte gesessen. Niemand war da, der ihm eine Antwort

gab oder widersprach. Die jungen Leute schauten sich nur an. Sie hatten trotzdem Fragen, das las Suko von ihren Gesichtern ab.

»Soweit ich in der Lage bin, werde ich eure Fragen beantworten. Aber zuvor möchte ich eure Namen wissen, auch wenn ich sie mir nicht alle merken kann.«

Sie stellten sich der Reihe nach vor. Entweder mit lauter oder mit leiser Stimme, je nach Temperament. Suko hörte geduldig zu. Er wurde natürlich auf die fremde Dimension angesprochen. Andreas Schattmann tat dies.

»Gibt es die wirklich, oder haben Sie uns da etwas erzählt?«

»Nein, es existieren diese Dimensionen. Wir können auch davon ausgehen, dass wir uns zeitversetzt befinden. Alles ist möglich, denn wir haben das Pech gehabt, in die Auseinandersetzung zweier dämonischer Gegner hineinzugeraten. Shimada und Xorron.«

»Und wer ist das genau?«, fragte Frank Fischer.

In Stichworten erklärte Suko, um wen es sich bei Xorron handelte.

»Woher wissen Sie das so gut?«, mischte sich Thomas Beinke ein und erntete von den anderen ein zustimmendes Nicken.

»Weil ich mich mit der Materie beschäftige. Ebenso wie mein Freund John Sinclair. Ihr könnt uns im weitesten Sinne des Wortes als Geisterjäger bezeichnen.«

Die Horror-Fans schauten sich an. Dass es so etwas wirklich geben sollte, damit hatte keiner von ihnen gerechnet. Dementsprechend still wurde es auch, bis Sven Baumert eine gute Frage stellte.

»Was machen wir denn jetzt?«

»Das ist natürlich das große Problem«, gab Suko zu. »Da ich nicht für alle Ewigkeiten in den Zeiten verschollen bleiben möchte, wäre es gut, nach einer Brücke zu suchen, die uns wieder in die normale Zeit transportiert. Es wird schwer sein ...«

»Gibt es diese Brücke überhaupt?«, fragte Marc Fürstner mit leiser Stimme.

»Das kann ich euch nicht sagen. Ich weiß allerdings aus Erfahrung, dass es sowohl solche Brücken als auch andere

Übergänge gibt, das heißt, von der einen in die andere Dimension.«

»Und die müssen wir nur finden«, sagte Ullrich Latta, der sich bisher ziemlich schweigsam verhalten hat.

»Wie in einem Fantasy-Streifen«, murmelte Thomas. Er schüttelte sich.

Suko wechselte das Thema. Er wusste genau, welch schwere Verantwortung auf seinem Rücken lastete, und er hoffte, dass er diesen Packen würde tragen können. »Freunde, reißt euch zusammen! Sollte es zwischen euch persönliche Differenzen geben, dann schaltet sie aus. In dieser Welt, die uns wie eine feindliche Mauer umgibt, ist ein jeder auf den anderen angewiesen. Keinen Streit, keinen Ärger, überhaupt nichts. Wir müssen zusammenhalten, sonst ist es aus.«

Acht Jungen nickten, als sie Sukos Worte gehört hatten.

»Und wir werden auch zusammenbleiben. Niemand entfernt sich außer Sichtweite des anderen«, sagte Suko mit eindringlicher Stimme.

»Und was könnte geschehen?«, wollte Hauke wissen.

Suko hob die Schultern. »Ich kann leider nicht in die Zukunft sehen. Dennoch können wir davon ausgehen, dass wir die gleichen Figuren hier antreffen wie auf dem Friedhof. Also Shimada und seine grausamen Schergen, denn sie müssen sich ebenfalls in dieser Dimension befinden. Für mich gibt es keine andere Möglichkeit.«

Die Horror-Fans schwiegen. Bei manchem sah Suko einen Schauder der Angst auf dem Gesicht oder das Zusammenpressen der Hände zu harten Fäusten. Er wusste, dass Schweres auf sie alle zukam, und er hoffte, dass seine neuen Freunde durchhalten würden.

Und er drückte sich selbst und den anderen die Daumen, dass die zu erwartenden Gefahren keine lebensgefährlichen Ausmaße annehmen würden. Vielleicht gelang es ihnen, sich aus allem herauszuhalten. Es wäre wirklich das Beste gewesen.

Suko stand auf.

Damit hatte er das Zeichen gegeben, denn die anderen erhoben sich ebenfalls von ihren Plätzen.

Bevor sie gingen, sagte Suko und deutete dabei in die Runde: »Wo wir uns genau befinden, weiß ich leider nicht. Nehme jedoch an, weil ich die Säulen sehe, dass es sich um einen Tempel oder eine große Halle handelt. Das werden wir noch herausfinden.«

»Wo ist denn der Ausgang?«

Suko schaute Hauke an. »Den müssen wir auch noch finden.«

»Da können wir lange suchen.«

»Unter Umständen ja.«

Es war egal, in welche Richtung sie sich auf die Suche begaben. Sie hofften nur, dass sie irgendwann einmal an ein Ziel gelangen würden, und dafür drückten sie sich die Daumen.

Die Horror-Fans hielten sich an Sukos Anweisungen und blieben dicht beisammen. Sie schritten hinter dem Chinesen her, der sehr wachsam war. Manchmal unterhielten sie sich, und Suko entnahm ihren Worten, dass sie alle eine gewisse Furcht verspürten, was er persönlich sehr gut verstehen konnte, denn ihm war auch nicht gerade wohl ums Herz.

Die Lichtverhältnisse änderten sich nicht. Für Suko ein Beweis, dass ein Ausgang nicht in der Nähe lag, und er entdeckte auch keinen Hinweis auf eine Decke über den Säulen.

Alles verschwamm in einem diffusen Halbdunkel.

Zeit spielte hier keine Rolle, deshalb wusste auch niemand, wie lange sie unterwegs waren, aber Sven Baumert entdeckte den dunkleren Schatten als Erster.

»Ich glaubte, da ist die Decke!«, rief er.

Sofort blieben die anderen stehen und schauten nach oben.

In der Tat war es über ihnen dunkler geworden, und man konnte eine Decke erahnen, die sich sogar leicht neigte, denn vor ihnen wurde der Schatten noch intensiver.

Suko überlegte. Dass es sich bei dem Schatten um eine sich neigende Decke handelte, war zwar nicht auszuschließen, stand aber nicht hundertprozentig fest. Es konnte auch eine Falle sein.

Die acht Horror-Fans jedenfalls schöpften Hoffnung, und sie hatten es plötzlich sehr eilig, doch Suko hielt sie zurück.

»Bleibt hier!«, hallte seine Stimme. Ich werde nachsehen.«

»Aber wieso?«, regte sich Rudi Tewes auf. »Wir können doch …«

»Gar nichts können wir!«

Der Chinese war ziemlich ungehalten. Wenn ihm die Disziplin verloren ging, konnte es ein Chaos geben. In dieser fremden Welt ein tödliches Risiko.

»Ihr bleibt hier, und ich werde schauen, was sich da vorn tut«, erklärte Suko sehr bestimmt.

Niemand hatte etwas dagegen einzuwenden. Wenigstens sprach es keiner offen aus.

So machte sich der Inspektor allein auf den Weg. Dabei hielt Suko den Blick nach oben gerichtet, denn der fortlaufende Schatten war für ihn wie ein Wegweiser.

Er neigte sich stärker. Suko gelangte immer mehr zu der Überzeugung, dass es sich dabei tatsächlich um eine Decken- oder Dachneigung handelte, und er glaubte ebenfalls daran, nicht mehr allzu weit von einem Ausgang entfernt zu sein.

In der Tat sah er vor sich etwas Helles schimmern. Genau abgegrenzt, in der Form eines Vierecks.

Es war sehr hoch und auch sehr breit. Was dahinter begann, konnte Suko noch nicht erkennen, aber er hatte das geschafft, was er wollte. Deshalb rief er nach den anderen.

Die acht jungen Leute kamen sofort. Suko vernahm ihre dumpfen Schritte, und als die Horror-Fans neben ihm standen, deutete der Inspektor auf das Rechteck. »Da können wir raus.«

Die anderen staunten. Suko beobachtete ihre Gesichter. Sie hatten einen anderen Ausdruck angenommen. Man sah ihnen das Aufatmen an. In dieser Höhle, dieser Burg oder dem Tempel hatten sie sich verdammt unwohl gefühlt. Dass sie jetzt aufatmeten, konnte ihnen keiner verdenken.

Suko dämpfte ihren Optimismus nicht. Sie würden bald den relativen Schutz dieser Höhle verlassen. Doch was sie draußen erwartete, das wusste keiner von ihnen zu sagen.

»Bleibt zusammen!«, ordnete der Inspektor an.

Die Jungen fügten sich. Sie hatten den Chinesen mittlerweile als Anführer akzeptiert und würden sich hüten, irgendetwas anderes zu unternehmen.

Suko musste an den Satz denken, über den so oft nachgedacht worden war. Jeder Mensch war für sein eigenes Schicksal verantwortlich. Wieder kam ihm das in dieser Situation sehr deutlich zu Bewusstsein.

Das große Tor nahm sie auf. Es streckte sich ihnen entgegen, war mit einer Lockung zu vergleichen, die die Menschen an sich zog, damit sie hindurchschritten und sehen konnten, was hinter dem Tor lag.

Die Temperatur blieb gleich. Auch die Farbe des Lichts änderte sich nicht. Ein seltsames Grau, das die Gegenstände allerdings noch konturenscharf erkennen ließ.

So etwas gab es auf der Erde nicht.

Erst als die neuen Menschen unter dem Tor standen, sahen sie, wie groß es eigentlich war. Gewaltig schwebte es über ihren Köpfen. Sie selbst fühlten sich klein und winzig.

Der Inspektor beobachtete seine Schützlinge. Auch sie hatten die Köpfe gehoben und blickten sich um. Mit diesen Maßen mussten sie erst fertig werden, was ihnen nur schwer gelang, denn Suko sah auf ihren Gesichtern den Schauder.

»Das ist ein Tempel«, erklärte Marc und nickte.

Suko, der einige Schritte vorgegangen war, drehte sich um und schaute zurück. »Kein Tempel, sondern eine gewaltige Pagode«, präzisierte er.

Jetzt wollten es seine Schützlinge auch sehen, liefen zu ihm und schauten zurück.

Sprachlosigkeit zeichnete die nächsten Sekunden, allen war klar, dass sie eine Pagode hinter sich gelassen hatten, wie man sie in ihrer Größe auf der Erde nicht fand.

»Unglaublich«, flüsterte Andreas Schattmann.

Seine Freunde schwiegen voller Ehrfurcht.

Suko interessierte sich nicht für die Pagode. Er schaute nach vorn, denn er wollte mehr von dem Land sehen, das sich vor und hinter ihm ausbreitete.

Sie standen etwas erhöht, denn die unbekannten Baumeister hatten die Pagode auf der Kuppe eines flachen Hügels errichtet.

Der Inspektor blickte in eine Gegend, die eigentlich völlig

normal war. Vielleicht erinnerte sie an die toten Wüsten in Arizona oder New Mexico, denn Suko sah nirgendwo auch nur einen grünen Grashalm. Tot, leer und schweigend war die Gegend.

Wirklich schweigend?

Diesen Eindruck musste er sehr schnell revidieren, denn er hatte ein Geräusch vernommen.

Als dumpfes Brausen drang es an seine Ohren, und auch die Horror-Fans hatten es gehört.

Von links her wehte das Geräusch. Wer es verursacht hatte, konnte Suko noch nicht sehen, die Lichtverhältnisse reichten dafür einfach nicht aus. Es erschien ihm allerdings sicherer, wenn er sich mit seinen Schützlingen wieder zurückzog.

»In die Pagode!«, zischte er.

»Und dann?«, fragte Ullrich.

»Wir werden abwarten, was sich alles ergibt.«

Die Freunde folgten dem Chinesen ohne Widerspruch. Der gelöste Ausdruck auf ihren Gesichtern hatte einem angespannten Platz geschaffen. Bestimmt überlegte jeder Einzelne, um was es sich bei diesem donnernden Geräusch handeln konnte, aber keiner sprach seine Vermutung aus.

Sie mussten warten und alles auf sich zukommen lassen.

Das geschah auch.

Das Geräusch wurde lauter. Ein gewaltiges Donnern war zu vernehmen. Der Schall wurde bis unter das Tor getragen, dann pflanzte er sich noch weiter fort und verlor sich in der Pagode.

Sven sagte: »Da kommt jemand. Der oder die wollen uns bestimmt holen.«

»Halt doch die Klappe!«, zischte Hauke.

Sie hatten sich geduckt und es Suko nachgemacht. Ihre Blicke waren nach vorn gerichtet, wo das Geräusch immer mehr anschwoll und zu einem regelrechten Knattern wurde, in das funkelnde Blitze hineinstießen und sich plötzlich schattenhafte Gestalten abzeichneten.

Jetzt konnten die Menschen Genaueres erkennen.

Ihre Augen weiteten sich, denn was sie sahen, war ungeheuer. Auf fünf seltsamen Reittieren, die den Körper eines

Pferdes, aber den Kopf eines Krokodils besaßen, hockten die dämonischen Wesen, die sie schon vom Friedhof her kannten.

Shimada und seine vier Diener.

In voller Karriere ritten sie heran. Die Hufe der Tiere schlugen Funken, die als Sprühketten in die Luft gestoßen wurden und wieder zusammenfielen.

Eine wilde Kavalkade, dämonische Reiter, denen diese Land wahrscheinlich gehörte und die gekommen waren, um ihre Opfer zu holen …

Die Zombies hatten sich bewaffnet!

Das machte mich sauer, denn so primitiv die Waffen auch waren, sie konnten sicherlich damit umgehen.

Steine und Knüppel hatten sie sich besorgt und hielten sich in Deckung meines Bentley auf.

Nach wie vor dampfte die Erde. Die Zombies waren, wenn sie von den Schwaden umweht wurden, nur schattenhaft zu erkennen. Wesen, die aus dem Nichts gekommen zu sein schienen und nun lauerten, um mich zu erledigen.

Hätte ich Zeit gehabt, wären die vier für mich wohl kein Problem gewesen, denn irgendwann wäre jeder von ihnen von einem geweihten Silbergeschoss erwischt worden. Aber bei mir musste es schnell gehen. Der Fall befand sich leider erst im Anfangsstadium, und so musste ich zusehen, dass ich die Sache in wenigen Minuten hinter mich brachte.

Das schienen die Zombies zu ahnen, und sie machten mir einen Strich durch die Rechnung.

Bevor ich mich in Bewegung setzen konnte, nutzten die Zombies ihre Chance, verließen die unmittelbare Nähe des Wagens und tauchten in den Dunst ein wie Gespenster. Sie kamen mir vor, als wären sie ein Teil von dem Nebel selbst.

Ich sah sie nicht mehr.

Meine Lippen verzogen sich zu einem harten Grinsen. Die Taktik dieser Bestien war gar nicht schlecht. Sicherlich hatten sie mich längst gewittert und warteten nun darauf, dass ich mich auf den Wagen zubewegte, um in ihre Arme zu laufen.

Das würde ich auch.

Dabei befand ich mich in der Lage, dass ich einfach los musste und keine Zeit hatte, lange zu warten.

Mit gezogener Beretta ging ich die ersten Schritte. Den Wagenschlüssel hielt ich griffbereit, und meine Füße platschten durch die Pfützen, die der Regen hinterlassen hatte. Wasser spritzte auf. Da ich schon nass war, war es mir egal.

Wie eine Lockung stand der schwere Bentley auf dem Weg. Ich schaute auf den Kühler. Wenn ich wegfahren wollte, musste ich erst wenden.

Keiner der Zombies ließ sich blicken. Sie hatten es verstanden, die natürlichen Gegebenheiten für sich auszunutzen, und ich entdeckte nicht eine Hand von ihnen.

Auch von den Wasserpfützen stiegen die Dunstschwaden hoch. Sie trieben über den Weg, und ich hatte das Gefühl, als würde ich durch eine geisterhafte Landschaft schreiten.

Längst hatte ich über die Hälfte der Distanz hinter mich gebracht, und noch immer erlebte ich keine Reaktion der Zombies. Meine Blicke schweiften nach rechts und links. Auf der rechten Seite befand sich die Friedhofsmauer. Dort konnte sich niemand verborgen halten. Gegenüber jedoch begann der Wald. Und da standen die Bäume ziemlich dicht.

Die Luft war schwer. Bei jedem Atemzug hatte ich das Gefühl, Wasser zu trinken, so dick und dunstig waren die Schwaden, die mich umtanzten.

Der Bentley lockte mich. Er stand da, und ich brauchte nur einzusteigen.

Neben der Fahrertür blieb ich stehen. In der linken Hand hielt ich die Beretta, in der rechten die Schlüssel.

Trotz der unzählige Male geübten Bewegung fand ich das Schloss nicht sofort, kratzte etwas am Lack, schob den Schlüssel dann nach rechts und probierte es erneut.

Diesmal ging es.

Bevor ich die Tür aufschloss, warf ich noch einen Blick über die Schulter.

Hinter mir dampfte und wogte es. Unterholz und Bäume verschwanden in einem nebligen Grau, und von ihren Blättern tropfte das Wasser mit hartem Pitschen zu Boden.

An diese Geräusche hatte ich mich mittlerweile gewöhnt. Als ich die Wagentür aufzog, schien es mir, als würde sich das Maul eines Ungeheuers öffnen, um mich zu verschlingen.

Ein Ziehen auf meinem Rücken bewies mir, dass ich nach wie vor unter großer Spannung litt.

Ich duckte mich und stieg ein. Automatisch fasste ich nach dem Türgriff und zog den Wagenschlag zu.

Kurzes Aufatmen, geschafft!

Sollten die Zombies so einfach aufgegeben haben? Daran wollte ich nicht glauben. Ich kannte mich mit diesen seelenlosen untoten Bestien aus. Oft genug hatte ich gegen sie gekämpft und festgestellt, dass sie es immer wieder versuchten. Sie mussten dies tun, sie folgten nur ihrem Trieb.

Auch jetzt …

Bevor ich startete, schaute ich mich nach allen Seiten um. Kein Zombie zeigte sich mir. Die Bestien hielten sich vornehm zurück. Hatten sie erkannt, dass ich als Beute »unverdaulich« war?

Das wäre mir zum ersten Mal passiert, denn Zombies nahmen normalerweise auf niemanden und nichts Rücksicht. Da es sehr still war, hörte ich meinen Herzschlag klopfen. Noch ließ ich mir Zeit und führte meine Hand nur zögernd nach vorn.

Verdammt, ich konnte einfach nicht mit dem Wissen losfahren, dass noch vier Zombies zurückblieben.

Trotzdem startete ich.

Obwohl es heftig geregnet hatte und die Luft wegen der Feuchtigkeit schwer war, sprang der Motor sofort an.

Ein Blick in Innen- und Rückspiegel zeigte mir nur tanzende Nebelschwaden – und eine Gestalt, die sich aus diesem grauen Teppich löste. Sie war aus dem Wald gekommen und wankte schräg auf den Wagen zu.

Also doch.

Ich fuhr an.

Langsam rollte ich die ersten fünf Yards nach vorn, denn ich wollte auch die restlichen Zombies locken.

Das gelang mir.

Der zweite tauchte ebenfalls aus dem Wald auf. Links von mir sah ich ihn, wie er sich aus dem düsteren Schatten löste und die Kühlerhaube des Autos ansteuerte.

Dabei hatte er den rechten Arm erhoben, und er traf keinerlei Anstalten, dem Fahrzeug auszuweichen.

Er wollte den Kampf.

Den sollte er haben, denn ich dachte nicht daran, auszuweichen. Ich hatte jedoch die Waffen der Zombies vergessen. Kurz bevor er gegen meinen Wagen laufen konnte, hob er den Arm und schleuderte das, was er in seinen kalten Totenklauen gehalten hatte.

Es war ein Stein.

Und er traf.

Ich sah nur den Schatten, duckte mich, so gut es möglich war, hinter dem Lenkrad zusammen, hörte das dumpfe, dann platzende Geräusch, schielte nach oben und sah bereits den Splitterregen, der mir entgegenwirbelte.

Mich selbst traf der Stein nicht. Er landete irgendwo im Fond. Ich nagelte mit meinem rechten Fuß das Bremspedal fest, brachte den Wagen zum Stehen, tauchte wieder aus der Versenkung auf und blickte durch das Loch an der rechten Scheibenhälfte. Die linke war zwar nicht mehr ganz, dennoch hingen mehr Fragmente im Rahmen als rechts.

Und auf der Kühlerhaube lag der Zombie!

Er bot ein schlimmes Bild. Einen Arm hatte er vorgestreckt, die Hand gekrümmt, als wollte er versuchen, sich mit den Fingern an dem glatten Blech festzuklammern, was ihm natürlich nicht gelang.

Dafür schob er sich vor.

Sein Gesicht war nass. Die wenigen Haare klebten auf dem runden Schädel, der Mund stand offen, aus seiner Nase rann irgendeine gelblich schimmernde Flüssigkeit.

Ich streckte den Arm mit der Beretta aus, zielte und schoss.

Vor der Mündung war das Gesicht groß aufgewachsen. Es

schien in die Feuerblume am Laufende der Beretta hineinzugleiten, dann zerfloss es, als mein geweihtes Silbergeschoss haargenau das Zentrum erwischte.

Der Zombie hatte nicht die Spur einer Chance. Es gelang ihm nicht mehr, sich zu halten. Die Kraft des Geschosses wischte ihn kurzerhand von der Haube, wobei er sich noch drehte und schließlich von der feuchten Fläche abrutschte.

Das hatte ich geschafft.

Dann vernahm ich die Schläge. Wuchtig und dumpf klingend. Sie hämmerten gegen den hinteren Kotflügel. Als ich mich nach links drehte und zurückschaute, sah ich schemenhaft die Gestalt eines zweiten Zombies. Er befand sich in Aktion.

Es waren immer die gleichen Bewegungen, und der Untote drosch einen Knüppel gegen das Blech.

Fehlte noch, dass ich mir von diesen hirnlosen Bestien meinen Wagen demolieren ließ. So hatten wir nicht gewettet. Sie wollten den Kampf, und ich war bereit, ihn aufzunehmen.

Wuchtig stieß ich die Tür auf, schwang meinen Oberkörper nach draußen, ließ die Beine folgen und wurde in Höhe der Waden von zwei Klauen erwischt, die mich eisern festhielten.

Zwar versuchte ich durch Tritte, dem Griff zu entgehen, doch der Zombie hatte bereits gezogen, und ich machte den großen Sprung nach vorn und landete auf meinen ausgestreckten Händen.

Reingelegt haben sie dich!, schoss es mir durch den Kopf. Sie waren doch schlauer, als ich erwartet hatte.

Die Schläge vernahm ich auch nicht mehr. Der Zombie hatte durch seine Aktion das gesteckte Ziel erreicht. Jetzt kam er selbst. Als ich mich unter großen Mühen zur Seite wälzte, sah ich seinen Schatten.

Er wirkte wie eine Walze. Selten hatte ich einen so kompakten Zombie gesehen. In seinem menschlichen Leben hatte er sicherlich fast drei Zentner gewogen.

Jetzt war das Fleisch nicht mehr fest, sondern nur noch eine wabbelige Masse, sodass dieser Untote wirkte, als würde ein Zittern seine Gestalt durchlaufen.

Ein widerliches Bild.

Schießen konnte ich nicht, denn der Zombie, der mich festhielt, hatte sich auf meinen Arm gelegt und ihn eingeklemmt.

Sie wussten schon, wie sie mich packen konnten! Auch der letzte Zombie tauchte noch auf.

Eine Frau.

Sie war nackt, ihr Körper eingeschrumpft, ungemein hässlich anzusehen, und sie näherte sich mir von der anderen Seite, sodass die Frau und der Dicke mich in die Zange nehmen konnten, während der dritte Kandidat auf mir lag.

Die Beine hatte ich frei. Sie schwang ich in die Höhe und schlug sie gleichzeitig herum.

Volltreffer.

Meine Füße klatschten gegen den Kopf des Monsters. Da Zombies kaum noch einen Gleichgewichtssinn besitzen, konnte er dieser Attacke nichts entgegensetzen und wurde zur Seite geschleudert.

Ich war wieder frei.

Tief atmete ich ein und hatte sogar noch ein paar Sekunden Zeit, bevor mich die anderen beiden Zombies erreichten.

Aus der Rückenlage schnellte ich in die Höhe, hielt die Arme vorgestreckt und wirbelte herum. In der rechten Hand hielt ich die Beretta. Massig tauchte der dicke Zombie vor mir auf. Ich schaute in sein starkes Gesicht und konnte nicht anders.

Die Kugel traf seine Massen.

Was mit ihm geschah, sah ich nicht, denn die Frau wollte sich an mich hängen.

Als sie auf mich zufiel, stieß sie einen klagenden Schrei aus, der aus ihrem offenen Mund wehte, und sie bewegte ihre langen, dünnen Finger kratzend auf und nieder.

Ich schoss zwischen den beiden Händen hindurch.

Der weibliche Zombie brach dicht vor meinen Füßen zusammen. Sein untotes Dasein war ebenfalls zerstört.

Der letzte Zombie richtete sich an meinem Bentley auf. Er hatte seine Fingerspitzen in der Regenrinne am Dach verhakt, und so schaffte er es, in die Senkrechte zu gelangen.

Um Munition zu sparen, nahm ich für ihn das Kreuz und presste es in seinen Rücken.

Es war ein durchschlagender Erfolg. Der Zombie bäumte sich auf, riss seine Arme in die Höhe und kippte zur Seite.

Das war der letzte Widerling gewesen!

Tief atmete ich die feuchte Luft ein. Wie ein Gespenst stand ich innerhalb der Dunstschleier und schüttelte den Kopf. Es war verflixt hart gewesen, die vier Untoten zu erledigen, aber jetzt konnte ich erst mit einigermaßen ruhigem Gewissen den Rückweg antreten, wobei ich hoffte, dass sich keine weiteren Zombies auf dem unheimlichen Friedhof mehr versteckt hielten.

Mit müden Schritten ging ich zu meinem Wagen und schaute ihn mir an. Zunächst den linken hinteren Kotflügel. Der starke Ast hatte dicke Beulen hinterlassen, zum Glück nicht so tief, dass irgendwelche Kanten den Reifen beschädigt hätten.

Die Frontscheibe war im Eimer. Um während der späteren Fahrt nicht von Splittern getroffen zu werden, die der Wind noch löste, schlug ich alles ab, was noch festhing.

Dann erst nahm ich hinter dem Lenkrad Platz und hoffte, dass es nicht wieder anfing zu regnen.

Den Stein, den der Zombie geworfen hatte, ließ ich liegen. Er konnte als Andenken gelten.

Langsam fuhr ich an. Begleitet wurde ich dabei von den Dunstschwaden, die wie lange Fahnen den Wagen umwehten und sich über dem Dach verneigten.

Mein Fuß spielte mit dem Gaspedal, und der Windzug wurde stärker. Regentropfen klatschten mir ins Gesicht.

Sosehr sich die Menschen den Regen nach der langen Trockenheit auch wünschten, ich konnte jetzt gut auf ihn verzichten, denn ich wollte nicht, dass sich der Bentley in eine volle Badewanne verwandelte.

Die beiden Scheinwerfer gaben ihr Licht als helle Kegel ab.

Der Friedhof blieb hinter mir zurück. Ein Stück Legende, eine schaurige Erinnerung, die ich nicht einfach aus meinem Gedächtnis löschen konnte, denn zu viele Fragen standen noch offen.

Die erste drehte sich um Suko!

Gern hätte ich meinen Partner an meiner Seite gehabt. Wo er

jetzt steckte, konnte ich kaum erraten, denn es gab unzählige Dimensionen zwischen den Zeiten. Jemand hatte mal gesagt, dass es ebenso viele Dimensionen gäbe wie Sterne.

Das würde wohl niemals nachgeprüft werden können.

Der Weg wurde besser. Ich hatte jetzt die Asphaltstraße erreicht, die in die Londoner Vororte führte. Obwohl seit meiner Ankunft und der Abfahrt nicht viel Zeit vergangen war, kam es mir vor, als lägen Tage dazwischen, weil sich einiges geändert hatte.

Die Nacht hatte gerade begonnen. Ich sah Lichter durch die Dunkelheit schimmern. Sie brannten in den Reihenhäusern.

Plötzlich summte das Telefon.

Im ersten Moment schrak ich zusammen, denn mit einem Anruf hatte ich nicht gerechnet. Viele kannten meinen Nummer nicht, Sir James befand sich zudem für eine Woche in Urlaub. Wer also konnte etwas von mir wollen?

Sicherheitshalber fuhr ich links an den Straßenrand, hielt an und hob den Hörer ab. Ich sagte nichts, nicht mal meinen Namen, denn ich wollte den Anrufer in Redezwang bringen. Das gelang mir auch.

»Sinclair?«

Die Stimme, die da hart und bellend aus dem Hörer drang, gehörte einem Mann, und ich hatte sie auch schon einmal gehört. Leider kam ich im Moment nicht darauf, um wen es sich handelte.

»Hören Sie mich, Sinclair?«

»Ja, ich höre Sie.«

»Okay, dann …«

»Wollen Sie sich nicht vorstellen, Mister?«

»Ach verdammt, Sie haben doch meine Stimme längst …«

Das hatte ich inzwischen tatsächlich. Doch ich wollte den Namen von ihm wissen.

»Logan Costello!«

»Wie nett.« Meine Antwort klang spöttisch. »Hat es Ihnen in New York nicht mehr gefallen?«

»Reden Sie keinen Unsinn, Sinclair! Ich rufe Sie ja nicht zum Vergnügen an.«

»Wieso denn nicht? Ich kann mich nicht daran erinnern, mit Ihnen irgendwelche Gemeinsamkeiten zu haben.«

»Lassen Sie die Polemik! Das Thema, um das es geht, ist verdammt ernst, wie Sie sich denken können.«

»Gut«, lenkte ich ein. »Was also ist geschehen?«

»Das kann ich hier am Telefon nicht sagen. Ich will mit Ihnen allein sprechen. Unter vier Augen, wenn Sie verstehen, was ich meine.«

Ich lachte auf. »Sie und ich?«

»Genau.«

»Aber wieso?«

»In diesem Fall sind unsere beiderseitigen Interessen bedroht. Das wollte ich Ihnen mitteilen. Es geht wirklich um alles. Gewisse Kreise werden mir zu mächtig.«

»Und nun soll ich Ihnen helfen, sie zu stoppen.«

»So ungefähr.«

Ich wollte Logan Costello reizen und sagte deshalb: »Wie käme ich überhaupt dazu, mich auf Ihre Seite zu stellen?«

»Es ist auch in Ihrem Interesse. Ich hätte Sie nicht angerufen, wenn es um einen Dealer gegangen wäre oder um einen Diebstahl in einem meiner Geschäfte. Hier geht es um lebensbedrohende Tatsachen. Sie selbst haben die Zombie-Galeere in New York erlebt. Das sollte Ihnen als Hinweis reichen, Sinclair.«

Ich hörte ihn reden, doch meine Gedanken beschäftigten sich mit anderen Problemen. Wenn sich Logan Costello mit einer Bitte um Hilfe an mich wandte, dann hatte das seine Gründe. Es musste ihm schlecht gehen, denn bisher war er es gewohnt, seine Probleme allein aus der Welt zu schaffen. Und dazu gehörte auch ich. Er würde mich lieber tot als lebendig sehen. Jetzt wandte er sich mit einer Bitte um Hilfe an mich. Demnach musste es ihm ziemlich schlecht gehen und er sich in einer Position befinden, wo er alle Vorurteile erst einmal in eine Kiste legte. Zwar hatte er mir nicht genau gesagt, um was es ging, dennoch konnte ich es mir denken. Das Problem hieß wahrscheinlich Xorron.

»Haben Sie sich entschieden, Sinclair?«

»Ja.«
»Und?«
»Falls Sie keinen Hintergedanken haben, bin ich entschlossen, mich mit Ihnen zu einem Gespräch unter vier Augen zu treffen.«
»Es sind keine Hintergedanken dabei, Sinclair.«
»Dann ist es ja gut. Wo sollen wir uns sehen?«
»Ich würde den Hafen als Treffpunkt vorschlagen, damit ...«
Mein Lachen unterbrach ihn. »Das riecht nach einer Falle, Costello. Der Hafen ist Ihr Revier. Da können Sie Heckenschützen aufstellen, die mich aus den Schuhen pusten.«
»Dann schlagen Sie etwas anderes vor«, erwiderte er ärgerlich.
»Sie kommen zum Yard Building. Und zwar freiwillig.« Für Costello musste dies harter Tobak sein, gleichzeitig auch ein Test, denn wer begibt sich schon gern in die Höhle des Löwen? Falls es ihm ernst war, würde er auf den Vorschlag eingehen.
Dass er mit den Zähnen knirschte, vernahm ich sogar durch den Hörer. Aber nicht ich wollte etwas von ihm, sondern er von mir. Deshalb saß ich am längeren Hebel.
»Nun?«
»Sinclair, Sie nutzen meine Lage aus.«
»Wir können das Gespräch auch lassen. Aber nicht ich wollte etwas, sondern Sie.«
Costello überlegte. »Ja, Sinclair, Sie haben Recht. Ich wollte das Gespräch. Deshalb gehe ich auf Ihre Bedingung ein und komme freiwillig zum Yard.«
»Das ist gut.«
»Dies passiert mir nur einmal. Wo sollen wir uns sehen?«
»In der Eingangshalle. Der eine wartet auf den anderen. Klar?«
»Ja, verstanden.«
»Noch etwas«, sagte ich schnell, bevor Costello auflegen konnte. »Ich hätte gern gewusst, wieso Sie meine Telefonnummer wissen. Vom Autotelefon, meine ich.«
Costello kicherte hohl. »Das, Sinclair, ist Betriebsgeheimnis. Sie dürfen nicht alles wissen.« Es waren seine letzten Worte, denn er unterbrach die Verbindung.

Ich blieb für einen Moment im Wagen sitzen und zündete mir eine Zigarette an. Die Überraschung des Anrufs hatte ich noch immer nicht verdaut. Damit hätte ich nie im Leben gerechnet, aber Costello war ein Typ, der genau wusste, was er wollte. Und er bluffte bestimmt nicht, da war ich mir sicher, denn ich kannte ihn ja doch schon etwas.

Hatte er Ärger?

Bestimmt. Denn seine dämonischen Freunde tanzten nun mal nicht nach seiner Pfeife. Um dem abzuhelfen, versuchte er mich als seinen Helfer zu gewinnen, um vielleicht zwei Fliegen mit einer Klappe zu schlagen. Diese Suppe wollte ich ihm versalzen …

Suko und seine acht jungen Freunde von den Horror-Clubs hielten den Atem an.

Schon auf dem Friedhof hatten sie die vier Diener des Shimada gesehen und auch in Aktion erlebt, hier aber zeigten sie sich in einer wilden, erschreckenden Zügellosigkeit.

Sie hockten auf ihren Reittieren wie festgeleimt und jagten hintereinander her, wobei sie wie Gespenster innerhalb der wallenden Staubschleier wirkten.

Atemlos schauten die neun Menschen zu. Sie hatten sich geduckt und eine relativ sichere Deckung nahe des Pagoden-Eingangs gefunden. Dort saßen sie und schauten nach vorn, wo die Wolken hochquollen und die wilde Kavalkade umschwebten.

Suko hatte mit fünf Reitern gerechnet und nicht so genau geschaut, deshalb zuckte er zusammen, als ihn einer der Jungen ansprach.

»Das sind aber nur vier«, sagte Frank Fischer.

Der Chinese wandte kurz den Kopf. »Wirklich?«

»Ja, zählen Sie nach.«

Der Inspektor schaute nach links, wo sich die Schleier allmählich dem Boden entgegensenkten. Ein Beweis dafür, dass Shimadas Diener nicht mehr weiterritten.

»Eins, zwei, drei, vier …« Suko zählte leise, stockte bei der letzten Zahl und suchte den fünften, Shimada, vergeblich.

»Habe ich Recht?«, flüsterte Frank.
»Tatsächlich.«
»Aber wo kann der andere stecken?«
»Keine Ahnung.« Suko war ehrlich. Er wollte den Jungen nichts vormachen und auch nicht den großen Supermann spielen. Dass er mit seinem Latein am Ende war, gab er zu.
»Und was machen wir jetzt?«, vernahm der Inspektor eine flüsternde Jungenstimme an seinem Ohr. Es war Rudi, der sich in Sukos Nähe geschoben hatte.
Suko schaute ihn scharf an. »Zieh du dich erst einmal zu den anderen zurück, dann sehen wir weiter.«
»Wohin denn?«
»Weg!«
Dieses scharf ausgestoßene Wort hatten auch die anderen vernommen, und sie bewegten sich rückwärts, wo der Eingang der Pagode lag. Es war die einzige Möglichkeit, denn nach vorn konnten sie nicht, da versperrten ihnen die vier Reiter den Weg.
Suko und die Jungen wussten natürlich nicht, ob man sie bereits entdeckt hatte, hofften, dass dies nicht der Fall war, denn bisher hatten sich die Reiter nicht gerührt, und sie trafen auch keine Anstalten, auf die Pagode zuzureiten.
»Alle in geduckter Haltung bleiben!«, ordnete Suko an. Was hier aussah wie ein Indianerspiel, war in Wirklichkeit blutiger Ernst.
Und sie blieben zusammen. Keiner tanzte aus der Reihe. Der Anblick dieser vier Reiter hatte bei allen einen nachhaltigen Eindruck hinterlassen.
Suko bildete den Schluss. Er behielt die Feinde noch im Auge und konnte sehen, dass sie sich allmählich aus der sich senkenden Staubwolke hervorschälten.
Ja, das waren die vier.
Am schlimmsten sah der mit halbem Gesicht aus. Ein fürchterliches Monster, das mit einem gefährlichen Ninja-Schwert bewaffnet war. Der Glatzkopf mit dem Buckel hatte sich nach vorn gebeugt und seine Hände um den Echsenhals des Reittieres geklammert. Zu beiden Seiten des Kopfes schauten die Griffe der Dolche über seiner Schulter hervor.

Der mit dem Feuergesicht hockte aufrecht auf dem Tier. Seine langen, spinnenartigen Finger bewegten sich hektisch im Würgerhythmus, als wäre er dabei, nur für ihn sichtbare Gegner allmählich zu erdrosseln.

Der vierte Feind ohne Kopf war kaum zu sehen, da seine Gestalt vom Schädel des Reittieres verdeckt wurde.

Suko war kein Feigling. Wenn es sein musste, ging er einer Auseinandersetzung nicht aus dem Weg. Aber bei diesen vier Gegnern hatte er doch ein sehr seltsames Gefühl, und er fragte sich, ob er sie überhaupt schaffte, wenn es hart auf hart kam.

Seine Waffen standen gegen die der anderen, und diese befanden sich immer im Vorteil.

In einer Reihe hatten sie sich aufgestellt und bildeten eine Wachtpostenkette. Suko rechnete damit, dass sie niemand durchlassen würden, und wahrscheinlich waren er und die acht Jungen auch längst von ihnen entdeckt worden.

Wo steckte Shimada?

Diese Frage beschäftigte Suko, und er konnte nicht behaupten, dass er darüber glücklich gewesen wäre. Shimada war die unbekannte Größe.

Auf allen vieren bewegte sich der Chinese zurück. Von seinen Begleitern hörte er keinen Laut. Sie verhielten sich so, wie der Inspektor es angeordnet hatte.

Auch Suko tauchte in die unheimliche Pagode ein, und er spürte wieder den Steinboden unter seinen Fingern. Der Blickwinkel zu den vier Reitern hatte sich verschoben. Suko konnte sie jetzt nicht mehr sehen, da das Gelände vor ihm leicht anstieg. Deshalb ging er davon aus, dass ihn auch die anderen nicht mehr im Auge behielten.

Er richtete sich auf.

Als er sich umdrehte und nach seinen Begleitern suchte, fiel ihm die fast unnatürliche Stille auf. Niemand sprach ein Wort, jeder verhielt sich ruhig, und Suko wunderte sich so sehr darüber, dass er einige Schritte vorging.

Die Horror-Fans hatten einen Halbkreis gebildet und umstanden einen blondhaarigen Mann, der wie ein Spuk aus dem Jenseits aufgetaucht sein musste.

Sukos Augen wurden groß. Er spürte sein Herz schneller schlagen, denn damit hatte er nicht gerechnet. Niemals im Leben! Und eine so große Überraschung war ihm kaum einmal bereitet worden.

Der Mann blickte dem Chinesen ins Gesicht und nickte.

Suko gab diesen Gruß nicht zurück. Dafür sagte er nur ein Wort und sprach den Fremden an.

»John ...«

Ich hatte sehr vorsichtig und langsam fahren müssen, deshalb erwartete mich Costello bestimmt schon in der Halle. Ein Lächeln zuckte um meine Lippen, wenn ich darüber nachdachte. Logan Costello suchte freiwillig die Höhle des Löwen auf.

Unwahrscheinlich war so etwas.

Ich hatte das Gebäude durch den Hintereingang betreten. Auch um diese späte Zeit herrschte noch Betrieb, allerdings nicht mehr solche Hektik wie tagsüber.

Ein paar Kollegen grüßten mich, und als ich in der Halle stand, wurde mir schon vom Empfang her zugewinkt. Ich ging hin und erfuhr von dem Kollegen des Nachtdienstes, dass jemand auf mich wartete.

»Einen Kerl, den ich kenne«, flüsterte der Kollege.

»Und wen?«

Seine Stimme nahm einen verschwörerischen Ton an. »Ich glaube, dass der ein Gangster ist.«

»Ehrlich?«

»Ja, Sir, aber ich werde mein Gedächtnis noch anstrengen, damit ich Genaueres ...«

»Tun Sie das, mein Lieber, tun Sie das.« Ich hatte keine Zeit mehr und drehte mich um.

Logan Costello wartete dort, wo einige Sessel standen. Er konnte von seinem Platz aus die Tafel sehen, auf der die Namen der Toten standen, die im Dienst gefallen waren. Sicherlich trug Logan Costello die Schuld am Tod des einen oder anderen Kollegen, und ich geriet leicht ins Schwitzen, wenn ich daran dachte.

Ich sah ihn.

Allein hockte er auf einem Zweisitzer. Er trug einen dunklen Anzug, ein helles Hemd, aber keine Krawatte. Er hatte mich längst erkannt, da ich aus dem Hellen erschien, und er blickte mich aus seinen kalten Augen starr an.

»Hat verdammt lange gedauert. Sinclair. Ich wollte schon verschwinden.«

»Fahren Sie mal ohne Frontscheibe, Costello.«

Er hob nur kurz die Augenbrauen, ansonsten reagierte er auf meine Bemerkung nicht.

Ich setzte mich ihm gegenüber. Costello, der harte Knochen, der eiskalte Killerboss, hatte etwas von diesem Image verloren, wenn ich ihn mir so anschaute. Zwar rührte sich in seinem Betongesicht kein einziger Muskel, aber das Spiel seiner Hände verriet mir, in welch einer innerlichen Zwangslage er sich befand. Costello schien die Situation nicht mehr zu überblicken. Und das machte ihn wohl nervös. Seit New York hatte er sich verändert. Das war mir sogar sehr recht. Ich freute mich, dass etwas von seiner überzogenen Sicherheit abbröckelte.

»Dann können wir ja reden«, schlug ich vor.

»Werden wir auch nicht abgehört?«

»Nein.«

Costello schaute mich misstrauisch an. »Euch traue ich alles zu, wenn es darum geht, jemanden reinzulegen.«

»Sie sollten nie von sich auf andere schließen, Costello. Weiß eigentlich Ihr Anwalt von dieser Unterhaltung?«

Er schüttelte den Kopf. »Das geht nur uns beide etwas an, Sinclair, denn ich will etwas von Ihnen. Ich will gewissermaßen einen Pakt mit Ihnen schließen.«

Mit etwas Ähnlichem hatte ich gerechnet, dennoch war ich überrascht und griff zu meiner Zigarettenschachtel. Ein Stäbchen befand sich noch darin. Ich zündete es an und schaute dabei auf Logan Costello. »Dazu gehören zwei, mein Lieber.«

»Klar. Wobei ich sicher bin, Sinclair, dass Sie in diesen Pakt mit einsteigen werden.«

»Und dann?«

»Hören Sie sich erst mal an, was ich Ihnen zu sagen habe.«

»Reden Sie!«

»Also, Sinclair, es geht um Xorron. Sie haben erlebt, wie er in New York wütete oder wüten ließ, denn sein verdammtes Totenheer ist nicht zu unterschätzen.«

»Das ist bekannt.«

»Okay. Jetzt hat er sich wieder an mich gewandt, denn ich bin für ihn die Anlaufstation. Er schlug vor, dass ich ihn bei seinen Plänen unterstützen soll.«

Ein Grinsen konnte ich mir nicht verkneifen. »Das ist doch nichts Neues bei Ihnen. Sie haben oft genug mit ihm zusammengearbeitet. Ich brauche da nur an die Leichenkutsche zu denken, als Xorron Ihnen half, Konkurrenten aus dem Weg zu räumen.«

»Das war damals eine andere Situation.«

»Weil Morasso noch lebte?«

Costello ging auf meine Frage nicht ein, sondern sagte: »Sie, Sinclair, sollen mir helfen.«

Mehr sagte er nicht und ließ seine Worte wirken.

Ich drückte die Zigarette aus und lehnte mich zurück. »Sie meinen, dass ich Ihnen bei Xorrons Vernichtung zur Seite stehen soll?«

»So ungefähr.«

»Dazu müsste ich ihn erst haben.«

Ein dünnes Lächeln zuckte um seine Lippen. »Sie sind also einverstanden, Sinclair?«

»Abwarten. Welche Interessen verfolgen Sie in diesem Spiel?«

»Die gleichen wie Sie, Sinclair. Es gibt keine Unterschiede mehr. Ich will Xorron vernichtet sehen, Sie wollen es auch. Wir müssen diesen Kreislauf einfach aufbrechen.«

»Und dann?«

»Haben wir beide unsere Ruhe.«

Costello machte es sich sehr einfach. Natürlich hätte er seine Ruhe, denn Xorron war das letzte Mitglied der ehemaligen Mordliga. Alle anderen gab es nicht mehr. Vielleicht noch Lupina, aber die lebte in einer anderen Zeit und in einer anderen Welt. So genau konnte das niemand sagen. Jedenfalls brauchte

Costello jemanden, den er vor seinen Karren spannen konnte. Und dieser Jemand sollte ich sein. Dabei konnte er fast sicher sein, dass ich ihm zur Seite stand. Ob freiwillig oder unfreiwillig, mein Job verlangte es einfach, dass ich Xorron bekämpfte. Aber Seite an Seite mit Logan Costello? Das wollte mir doch nicht so recht in den Sinn, und ich sagte es ihm auch.

»Wir stehen in verschiedenen Lagern, Costello. Das wissen Sie, das weiß ich. Es ist praktisch unmöglich, dass ich mich auf Ihre Seite stelle und Ihnen helfe.«

»Sie sollten es sich überlegen. Schließlich bedeutet Xorron eine große Gefahr.«

»Steckt er in London?«

»Natürlich, Sinclair, aber nicht nur er. Er hat sein Totenheer mitgebracht und will auch die Ghouls locken, die in dieser Stadt ihren Unterschlupf gefunden haben.«

Dieser eine Satz beinhaltete einen Zündstoff, der mir Angst bereiten konnte. Xorron war nicht nur Herr der Zombies, sondern auch der Ghouls. Bisher hatte er sich nur mit den Untoten abgegeben, die Ghouls waren aus dem Spiel geblieben, nun aber wollte er sie mit einbringen. Und zusammen mit den Zombies stellten sie eine ungeheure Gefahr da.

»Da staunen Sie, Sinclair, wie?«

»Ich kann es nicht abstreiten«, gab ich zu.

»Und Sie denken auch an die Folgen?«

»Natürlich.«

»Was hindert Sie dann daran, sich auf meine Seite zu stellen? Nur gemeinsam können wir es schaffen.«

»Ich habe da noch eine unbekannte Größe in der Rechnung gefunden«, erklärte ich. »Sie heißt Shimada.«

Costello hob die Schultern. »Damit habe ich nichts zu tun.«

»Das sagen Sie so einfach. Sie haben Shimada selbst in New York erlebt und auch seine vier Diener, die nicht nur schrecklich aussehen, sondern auch grausam zuschlagen können. Das alles gebe ich zu bedenken.«

»Shimada stünde doch auf unserer Seite«, sagte Costello.

»Shimada ist mein Feind. Er will nicht nur Xorrons Niederlage, sondern auch meine.«

Costello wurde zynisch. »Ist ja kein Fehler.«

»Dass Sie so denken, ist mir klar. Nur sollten wir zur Sache kommen. Im Moment weiß ich leider nicht, wo sich Shimada befindet. Wir können uns auf Xorron konzentrieren, und Sie wissen, wo er sich befindet. Oder habe ich das falsch gesehen?«

»Nein, das war schon richtig.«

»Und wo ist er?«

Costello gab mir keine direkte Antwort. »Er hat sich mit mir in Verbindung gesetzt und einen Treffpunkt vereinbart, zu dem ich hinfahren werde. Nur hatte ich mir gedacht, dass Sie mich und meine drei Männer begleiten, denn dann liefere ich Ihnen Xorron auf dem Tablett.«

»Toll gesagt, Costello. Wobei ich mir vorstellen könnte, dass Ihr Tablett mit einigen Nägeln bestückt ist.«

Der Mafioso schob seine Unterlippe vor und nickte ein paarmal. »Wir werden nie Freunde sein, Sinclair. Darauf wird es Ihnen auch kaum ankommen. Denken wir an eine Partnerschaft. Mehr will ich nicht. Eine Partnerschaft auf Zeit.«

»Wie läuft das Treffen denn ab?«, wollte ich wissen.

»Keine Ahnung. Xorron will mich sprechen, das ist alles. Welche Pläne er genau hat, wird er mir schon sagen, und dabei können Sie zuhören, Sinclair.«

»Und Sie glauben, dass Xorron dies zulässt?«, fragte ich.

»Er braucht Sie ja nicht zu sehen. Der Kofferraum eines Mercedes ist groß genug, darin können Sie sich verbergen, Sinclair. Xorron wird nichts merken.«

»Das glauben Sie.«

»Dann sagen Sie etwas dagegen.«

»Xorron hat Instinkt. Er spürt alles Weißmagische auf. Nein, so einfach ist das nicht.«

Costello war über meine Antwort wütend. Sein Gesicht verzog sich für einen Moment. »Dann lassen Sie Xorron doch wüten, verdammt. Wenn er in London die Hölle entfesselt, komme ich ungeschoren davon. Sie aber nicht, Geisterjäger. Das sollten Sie sich genau merken. Xorron wird durchdrehen und diese Stadt in einen Trümmerhaufen des Schreckens legen. Er ist ein Tier, ein …«

Ich blieb ein wenig spöttisch. »Schließlich hat er Ihnen geholfen, Costello. Sie zeigen sich wenig dankbar.«

»Die Zeiten haben sich eben geändert. Ich muss sehen, wie ich zurechtkomme.« Er schaute auf seine Uhr. »Tut mir Leid, aber ich will ihn nicht warten lassen. Meine Zeit ist knapp, und wenn Sie sich nicht entscheiden können, muss ich mich irgendwie mit Xorron arrangieren.« Er lächelte böse und schaute mich dabei an.

Dieser Logan Costello war ein verdammtes Schlitzohr. Ein böser, hinterlistiger Bursche, der mit Menschen wie andere mit Marionetten spielte. Er war es gewohnt, seine Leute wie Schachfiguren zu behandeln, sie hin- und herzuschieben, und ich kam mir selbst wie eine Schachfigur in Costellos Spiel vor.

Er hatte mich vor die Alternative gestellt. Sollte ich auf seinen Plan eingehen oder nicht? Costello durfte und konnte man nicht trauen. Der verkaufte seine eigene Mutter, wenn es ihm einen Vorteil brachte. Auch mich würde er nicht anders behandeln. Zudem tat er nichts ohne Hintergedanken. Wahrscheinlich rechnete er damit, dass Xorron mich töten würde oder wir beide draufgingen, dann hatte er freie Bahn in London.

Ein raffinierter Plan. Nicht nur Xorron stand als Feind fest, auch Costello.

Er ahnte wohl, was in meinem Kopf vorging, denn er hatte sich bequem hingesetzt und schaute mich unter hochgezogenen Augenbrauen direkt an. »Wie gesagt, Sinclair, meine Zeit drängt. Entscheiden Sie sich jetzt und in dieser Minute.«

Mich ritt der Teufel, das wusste ich, aber ich entschied mich für Costellos Plan und ging ihm dabei vielleicht auf den Leim. Das war so genau nicht zu sagen.

»Ich mache mit!«

Für einen Moment zeichnete Zufriedenheit sein Gesicht. Ich konnte es gut erkennen, denn er beugte sich vor und geriet in den Lichtkreis einer von der Decke herabhängenden Lampe.

»Das ist Ihr Ernst?«

»Ja.«

Costello stand auf. Das glich schon einem Hüpfen. Seine grauen Augen waren starr auf mich fixiert. »Okay, Geisterjäger, dann kommen Sie mit. Mein Wagen wartet.«

»Wie viele Leute haben Sie dabei?«, erkundigte ich mich.

»Drei nur. Einen haben Sie noch in guter Erinnerung. Sie kennen ihn aus New York. Er hat es sich nicht nehmen lassen, mich zu begleiten. Jacques Cavelli will Rache nehmen.«

Ich hob die Schultern. »Meinetwegen. Ändern kann ich sowieso nichts daran.«

»Natürlich nicht.«

Gemeinsam verließen wir das Yard Building. Der Nachtportier schaute uns nach. Vielleicht hatte er inzwischen den Namen meines Begleiters herausgefunden, jedenfalls konnte er nur staunen, als er uns aus dem Haus gehen sah.

Wohl war mir nicht zumute. Ich ließ mich da auf ein verdammt gefährliches Spiel ein, und ich wusste nicht, wie ich da jemals wieder rauskommen konnte.

Der dunkle Mercedes 500 parkte ein wenig entfernt. Schon beim Näherkommen sah ich die dunklen Gestalten in dem Wagen sitzen. Aber ich entdeckte noch mehr. Einen hellen Fleck, der auf blondes Haar hindeutete.

Darauf sprach ich Costello an.

Er hob die Schultern. »Tut mir Leid, Sinclair, ich habe da jemanden mitgenommen.«

Ich blieb stehen. »Eine Frau?«

»Ja. Sie ist Reporterin und arbeitet für das Blatt ›Each Week‹. Ich möchte mich schließlich absichern.«

Mein Gesicht versteinerte. »Sind Sie wahnsinnig?«, zischte ich. »Kennen Sie dieses verdammte Blatt? Es lebt nur von Sensationen und reißerischen Berichten.«

»Dann wäre Jill St. Clair genau richtig.«

»So heißt die Dame also?«

»In der Tat.«

»Ich fahre nicht mit, wenn die Reporterin mit von der Partie bleibt.«

Logan Costello schaute mich an. Seine Mundwinkel zuckten, er ballte auch die Hände und sah die Entschlossenheit in meinen Zügen. Wenn ihm etwas an der Erreichung seines Zieles lag, musste er auch in diesem Punkt nachgeben.

Sie oder ich.

Costello nickte. »Es ist gut, Sinclair. Ich werde sie rausschmeißen, damit Sie erkennen, wie lauter meine Absichten sind – und dass ich Sie nicht hintergehen will.«

»Mir kommen gleich die Tränen«, erwiderte ich bissig.

Costello drehte sich um, hob die Schultern und ging dabei auf den Mercedes zu.

Ich folgte ihm langsamer.

Seine Leibwächter waren gut erzogen. Kaum hatten sie ihren Chef gesehen, da öffnete einer von ihnen die Fondtür, um Costello einsteigen zu lassen. Der Mafioso wollte nicht. Er beugte sich vor, und ich hörte ihn sprechen.

»Kommen Sie, Miss St. Clair! Hier trennen sich leider unsere Wege.«

Ich vernahm keinen Protestruf, sondern sah im nächsten Augenblick zwei gut gewachsene Beine, die sich aus dem Fond schwangen. Der Rock des dunkelroten Kleides war in die Höhe gerutscht, dann schob sich die Reporterin ganz aus dem Wagen.

Ich hatte weder etwas von ihr gesehen noch gehört. Wenn sie ebenso klug wie hübsch war, musste sie wirklich eine Karrierefrau sein. Ihr blondes Haar trug sie lockig. Es war so hell, dass es mir gefärbt erschien. Vor ihrem Busen baumelte eine Kamera, und eine Tasche hatte sie sich um die Schulter gehängt.

Sie beachtete Costello nicht, sondern schaute nur mich an, sprach aber zu dem Mafioso. »Das war seine Idee, stimmts?«

»Ich kann es nicht leugnen.«

Sie trat auf mich zu, blieb stehen und nickte. »Geisterjäger nennen Sie sich. Ja, ich habe einiges von Ihnen gehört, hätte aber nicht gedacht, dass Sie die Pressefreiheit nicht anerkennen.«

Ein wenig erinnerte sie mich an Jane Collins, als diese noch normal gewesen war. »Das hat mit Pressefreiheit nichts zu tun«, erwiderte ich. »Es gibt eben Dinge, die einfach zu gefährlich sind. Nicht nur für eine Frau, sondern auch für einen Mann. Einem Kollegen von Ihnen wäre es ebenso ergangen.«

»Ich traue Ihnen nicht.«

»Das ist mir egal. Jedenfalls werden Sie sich absetzen, Miss St. Clair.«

»Wobei Sie mich nicht daran hindern können, einen Bericht zu schreiben. Es ist wirklich interessant, dass sich ein bekannter Polizist mit einem Menschen abgibt, der es mit dem Gesetz nicht so genau nimmt.«

»Hüte deine Zunge, Mädchen«, sagte Costello.

Sie nickte, drehte sich um und verschwand.

»Was haben Sie sich dabei gedacht?«, fuhr ich Costello an. »Spielen Sie schon jetzt falsch?«

»Sie wollte sich reinhängen.«

»Costello, ich trau Ihnen nicht. Es wäre ja interessant, einige Aufnahmen zu besitzen, die uns zusammen zeigen …«

»Das sehen Sie falsch.«

»Nein, genau richtig.« Ich wusste, dass ich nicht nur gegen Ghouls zu kämpfen hatte, auch gegen Gangster, und dies machte die Sache wirklich nicht einfacher.

»Dann kann ich Ihnen nicht helfen«, sagte der Mafioso. »Wollen Sie in den Kofferraum?«

»Ja.«

Jacques Cavelli schob seinen Oberkörper aus dem Wagen. Er schaute mich hart an. Dieser Typ war ein Killer, der keinen Pardon kannte. Auch jetzt trug er eine kurzläufige Maschinenpistole bei sich. In New York hatten wir uns kennen gelernt, und Cavelli hatte großes Glück gehabt, dass er mit dem Leben davongekommen war.

Mit ihm schritt ich um den Mercedes herum und blieb vor dem Kofferraum stehen. Cavelli schloss ihn auf. Der Deckel klappte lautlos hoch. Ich schaute in den Kasten, sah ihn bis auf Werkzeug und Reserverad leer geräumt und stieg ein. Cavelli griff nach der Klappe.

»Das mache ich selbst«, sagte ich zu ihm.

Er hob nur die Schultern. Gesprochen hatte er bisher kein einziges Wort.

Ich streckte meinen Arm aus, bekam den Innenriegel zu fassen und zog die Haube nach unten. Sie rastete nicht völlig ein, ich ließ sie spaltbreit offen.

»Gute Reise!«, wünschte mir Costello noch. Seine Stimme klang nicht einmal höhnisch. Wahrscheinlich setzte er ziemlich viele Hoffnungen auf mich, wobei ich mich fragte, ob ich sie erfüllen konnte. Xorron war verdammt stark, sein Totenheer ebenfalls …

Während ich gekrümmt dalag, lud ich meine Beretta. Ein Ersatzmagazin trug ich bei mir, zum Glück auch den Bumerang, ebenso das Kreuz und den silbernen Dolch.

Ich hatte Costello nicht danach gefragt, wo sich das Ziel der Reise befand, denn den Weg konnte ich verfolgen, wenn ich die Haube ein wenig anhob.

Ich roch das Wasser der Themse, und dabei blieb es auch, denn wir fuhren dicht am Ufer des Flusses entlang. Sehr bald hatte ich herausgefunden, dass wir uns auf dem Victoria Embankment befanden. Diese breite, alleeartige Straße begleitete den Strom bis zur Blackfriars Bridge. Wir fuhren an den Anlegestellen der Ausflugsdampfer vorbei und blieben auf der nördlichen Seite der Themse, wobei wir über eine schmalere Straße in Richtung Tower fuhren.

Am Tower rollten wir vorbei und auch an der Tower Bridge, die um diese Zeit wie ein toter Steinkoloss wirkte. Tagsüber war dort der Bär los, denn jeder Tourist, der seinen Weg nach London gefunden hatte, wollte die Brücke und das Gefängnis sehen.

An der U-Bahnstation Tower Hill bogen wir in den Wirrwarr des Hafens und der Docks ein.

Nun war mir klar, wo Xorron seinen »Freund« Logan Costello erwartete.

Im Hafen.

In London ist nachts immer viel los. Allerdings nur in bestimmten Stadtteilen. Die Docks und Kais gehören zu denen, wo wirklich der Hund begraben liegt. Wenn nicht gearbeitet wird, dann schweigen auch die Piers, denn sie sind für irgendwelche Nachtschwärmer und auch Gesetzesbrecher nicht interessant genug. Die heißen Geschäfte wurden woanders abgewickelt.

Bisher hatte nichts darauf hingedeutet, dass Costello mich reinlegen wollte. Dennoch verstärkte sich mein ungutes Gefühl. Ich spürte im Magen diesen leichten Druck, der immer höher stieg und der Kehle entgegenwanderte.

Trotz guter Federung merkte ich, wo ich lag, und auch der typische Kofferraum-Geruch fiel mir allmählich auf den Geist. Hin und wieder schob ich die Klappe höher, denn ich wollte sehen, ob sich Verfolger auf unsere Fersen geheftet hatten.

Einige Male war ich misstrauisch geworden. Ein Scheinwerferpaar war konstant hinter dem Mercedes geblieben, doch irgendwann verschwand es, weil der Wagen abgebogen war. Costello konnte sich eigentlich kein falsches Spiel erlauben.

Die Gegend änderte sich schnell. Die glatten, normalen Fahrbahnen verschwanden. Schon sehr bald spürte ich unter den Reifen ein anderes Pflaster. Rau und hart. Katzenköpfe. Manchmal auch nur Schotter, unterbrochen von Schlaglöchern.

In dieser Gegend hatte ich schon des Öfteren zu tun gehabt. Irgendwie scheint der Hafen zusammen mit den Docks in der Nacht eine besondere Anziehungskraft auch für dämonische Gestalten zu haben.

Das Magendrücken blieb weiterhin. Irgendwie lief alles auf eine Entscheidung hinaus, und ich war außerordentlich gespannt, wie es weitergehen würde.

Gegen Gangster, Ghouls und Zombies! Wahrscheinlich musste ich in allen dreien meine Feinde sehen. Wenn ich daran dachte, wurde mein Mund trocken.

Gern hätte ich Suko oder andere Kollegen als Rückendeckung gehabt, aber mein chinesischer Freund war verschwunden. Er trieb sich in irgendeiner anderen Dimension herum und war dort möglicherweise auf Shimada getroffen.

Ich stand gegen Xorron!

Entweder gewannen Suko und ich, oder wir gingen gemeinsam unter. Kein gutes Gefühl.

Der Fahrer senkte die Geschwindigkeit. Wir hatten mittlerweile ein Gebiet erreicht, in dem die Lagerhäuser und Schuppen ziemlich dicht beisammenstanden und nur durch enge Gassen getrennt wurden. In die lenkte der Mann den Mercedes.

Ich hütete mich, die Kofferraumhaube höher zu drücken, als es unbedingt nötig war. Sollten wir schon beobachtet werden, durften die anderen keinesfalls Verdacht schöpfen.

Eine enge Kurve.

Der Wagen rollte hinein. Rechts und links geisterten die Schatten der Lagerhäuser vorbei. Tiefschwarze Flecken, unheimlich anzusehen und für ein Treffen sehr geeignet erscheinend.

Der Wagen stoppte.

Jetzt wurde es spannend. Auf meinem Körper bildete sich eine Gänsehaut.

Leider stand der Wagen so, dass ich nicht nach vorn schauen konnte. Wenn ich seitlich durch den Spalt schielte, sah ich aber den Widerschein der Scheinwerfer, die einen blassgelben Teppich auf den Boden warfen.

Auch der verschwand.

Finsternis hüllte uns ein. Zuerst konnte ich keinerlei Konturen erkennen, alles blieb dunkel. Dann hatten sich meine Augen an die Lichtverhältnisse gewöhnt, und ich sah die Docks und Piers, die sich in unmittelbarer Nähe befanden.

Sie erinnerten mich an viereckige, lange Finger, die in die Seitenkanäle der Themse hineinragten.

Dass ein Wagenschlag aufgestoßen worden war, hatte ich nicht gehört. Ich vernahm nur, wie er wieder zuschnappte, und dies mit einem satten, leicht schmatzenden Geräusch.

Schritte.

Die einer Person.

Sie wurden leiser. Für mich ein Beweis, dass sie sich vom Mercedes entfernten.

Als sie verstummten, spitzte ich meine Ohren noch mehr. Ich nahm an, dass Logan Costello ausgestiegen war. Seine Leibwächter hockten noch im Wagen, und sie saßen nicht still, sondern bewegten sich. Daran zu merken, dass der Mercedes leicht schaukelte.

Costello war tatsächlich ausgestiegen, denn seine Stimme klang bis zu mir herüber.

»Ich grüße dich, Xorron!«

Jetzt wusste ich Bescheid. Costello hatte mich nicht reingelegt. Xorron befand sich schon in der Nähe.

Und er gab Antwort. Seine Stimme klang dumpf und kratzig. Die Worte waren nur schwer zu verstehen, ich musste sehr genau hinhören und zum Teil noch raten.

»Endlich bist du da.«

»Ich hatte es versprochen.«

»Ja, aber du bist nicht allein gekommen.«

»Du auch nicht.«

»Das ist etwas anderes. Meine Freunde warten in dem Schuppen. Dort werden wir hingehen.«

»Ich nehme meine Männer mit«, forderte Costello.

»Nein!«

Das fing ja gut an! Xorron hatte von seinen Zombies gesprochen. Mir jedoch war etwas anderes aufgefallen. Meine empfindliche Nase hatte einen Geruch wahrgenommen, der einem Menschen den Magen hochdrücken konnte, auch wenn er nicht empfindlich war.

Leichengestank.

Das deutete auf Ghouls hin! Obwohl ich sie noch nicht hier gesehen hatte, war dieser Gestank für mich Beweis genug. Hier hielten sich die Leichenfresser auf. Ich muss ehrlich gestehen, dass es mir nicht sehr wohl bei diesem Gedanken war.

Costello zeigte Mut, dass musste man ihm lassen, denn er wollte auf die Bedingungen Xorrons nicht eingehen. »Ich brauche meine Leute als Schutz«, erklärte er. »Deine Zombies sind unberechenbar, das habe ich in New York erlebt. Zudem hat mich diese Episode verdammt viel gekostet. Ich musste zahlen, um freigelassen zu werden. Auch habe ich einige Leute verloren.«

»Sie gehörten deinem Partner.«

»Das spielt keine Rolle.«

»Costello, ich kann dich zwingen, allein zu kommen. Bisher habe ich dir oft geholfen, jetzt bist du an der Reihe. Entweder kommst du allein, oder ich entfessele hier eine Hölle, wie du sie schlimmer noch nicht erlebt hast.«

Würde Logan Costello sich wieder kompromissbereit zeigen? Eigentlich gab es keine andere Möglichkeit. Er musste es, denn Xorron saß am längeren Hebel.

Seinen Leibwächtern gefiel das nicht, was sich draußen abspielte. Sie wurden unruhig, und ich spürte die heftigen Bewegungen des Wagens. Aber die Männer konnten nicht eingreifen.

»Wie lange wird es dauern?« Costello zog seinen Entschluss noch in die Länge.

»Ich gehe nicht nach Zeiten!«

Costello wurde wütend. »Wenn man deinen Zombies Bleikugeln in den Schädel schießt, sind sie erledigt«, sagte er. »Und meine Männer haben den Auftrag, sofort zu reagieren, falls mir irgendetwas zustoßen sollte.«

»Traust du mir nicht mehr?«

»Nein, ich bin sehr misstrauisch geworden.«

»Das wird sich legen. Komm jetzt!«

Es war ein Befehl, und Costello ignorierte ihn nicht. Ich vernahm wieder seine Schritte. Er folgte der Aufforderung also und ging vielleicht seinem Verderben entgegen.

Auch die Killer im Wagen sprachen miteinander. Was sie redeten, konnte ich nicht hören, nur ihre Stimmen klangen dumpf an meine Ohren.

Von irgendwoher vernahm ich das Geräusch einer zufallenden Tür, danach wurde es still.

Gekrümmt und mit angehaltenem Atem blieb ich im Kofferraum liegen. Jetzt wurde die Zeit lang. Die Sekunden dehnten sich, und Minuten schienen zu halben Stunden zu werden.

Fünf Minuten wurden zu einer regelrechten Qual. Mindestens dreimal schaute ich auf meine Uhr.

Plötzlich wurde ich stutzig. Es war zwar kein Geräusch zu hören, das mich aufgeschreckt hätte, dennoch hatte sich etwas verändert.

Es war der Gestank!

Ich empfand ihn wesentlich intensiver als zuvor, und das konnte nur einen Grund haben.

Die Ghouls kamen …

Sehr vorsichtig bewegte ich mich. Bisher hatte ich auf der rechten Seite gelegen, abgestützt am Schulterknochen, nun drückte ich mich mit einer Hand in die Höhe.

Mit der anderen Hand drückte ich gegen den Deckel. Um die Breite eines Daumens schob ich ihn hoch, sodass ich durch den Spalt schauen konnte und sich mein Blickfeld erweiterte.

Der Gestank war bestialisch. Den Ghoul aber entdeckte ich nicht. Dabei musste er in der Nähe sein.

Dann war er da.

Er hatte direkt am Heck gelauert und sich flach auf den Boden gelegt. Ein schleimiges Gebilde geriet in mein Blickfeld. So etwas wie einen Kopf konnte ich erkennen, außerdem zwei wurmartige Arme, die sich durch die Öffnung schieben wollten!

Schießen durfte ich nicht, aber ich hatte bessere Waffen, leise Waffen. Zum Beispiel den Dolch.

Ihn zog ich.

Der schnelle Stich traf den Ghoul genau. Ein Supertreffer, denn das schleimige Wesen sackte zusammen, und erst jetzt vernahm ich die typischen Geräusche wie Schlürfen und Schmatzen.

Nicht mehr sehr laut, denn das geweihte Silber hatte bereits seine Pflicht getan.

Der Ghoul verging.

Das stellte ich fest, als ich die Haube anhob und nach unten schaute. Da schwamm eine Lache, die sich ausbreitete und einen noch intensiveren Geruch absonderte.

Ich schüttelte den Kopf und wusste, dass mich im Kofferraum nichts mehr hielt.

Xorron hatte nur von seinen Zombies gesprochen, die Ghouls ließ er aus dem Spiel. Sicherlich mit Berechnung, denn sie sollten dafür sorgen, dass es einigen Leuten an den Kragen ging.

Sicherlich den Leibwächtern.

Sie hatten noch nichts bemerkt, denn der eine Ghoul war

sehr schlau gewesen, indem er sich praktisch im Kriechgang dem Ziel genähert hatte.

Ein Ghoul kommt selten allein. Dieser sarkastische Satz fiel mir ein, als ich auf die Lache blickte. Sicherlich lauerten in der Nähe noch andere Leichenfresser. Wenn ja, hatten sie sich verdammt gut versteckt, denn ich konnte keinen entdecken.

Im Kofferraum hielt ich es nicht länger aus, schob die Haube doch höher und stieg aus.

Dies war natürlich nicht unbeobachtet geblieben. Mit einem Angriff der Ghouls hatte ich gerechnet, von einer anderen Seite jedoch bekam ich Stoff.

Die Wagentür an der linken Seite wurde aufgedrückt, und Jacques Cavelli stieg aus. Wie unbeabsichtigt und nur rein zufällig deutete die Mündung der MPi dabei auf mich, wobei mich Cavelli ansprach. »Bleib im Kofferraum, Bulle!«

»Nein, nicht mehr!«

»Costello hat es befohlen!«

»Dein Boss hat gar nichts«, erwiderte ich und ging um den Wagen herum. Meine Blicke wechselten dabei. Ich schaute nicht nur auf Cavelli, sondern an ihm vorbei, denn ich suchte die Ghouls.

Der Schießer hatte ebenfalls etwas bemerkt. Er zog ein paarmal die Nase hoch. »Verdammt, hier stinkt es wie …« Er fand keinen passenden Vergleich, und ich hütete mich, ihm auch nur einen Tipp zu geben. »Riechst du das auch, Bulle?«

»Manchmal.«

Er grinste hart. Die MPi senkte er dabei. »Okay, Costello hat nichts gesagt. Trotzdem, ich …«

Weiter kam er nicht, denn es erschien jemand, mit dem wir nie im Leben gerechnet hätten.

Zunächst wurden wir beide von einem grellen Blitzlicht geblendet.

Jill St. Clair, die neben einer Schuppenwand stand, fotografierte …

Selbst ein abgebrühter Killer wie Jacques Cavelli konnte sprachlos sein. Das stellte ich in den nächsten Sekunden fest. Sein Unterkiefer klappte dem Hals entgegen, er schüttelte den Kopf, wollte etwas sagen, doch kein Wort drang aus seinem Mund.

Gleichzeitig stiegen die beiden anderen Kerle aus. Harte Typen und schwer bewaffnet.

»Was soll der Mist?«, quetschte einer hervor.

»Das kann ich dir sagen«, erwiderte Cavelli.« Man hat ein hübsches Foto von uns gemacht.«

»Die Schnüfflerin?«

»Genau.«

»Dann lege ich sie um.«

»Nein, Raul. Das wirst du nicht, aber wir können die Kleine herholen. Bestimmt wird sie uns die Kamera geben. Wenn nicht, helfen wir ein wenig nach.«

Mochte sich Jill St. Clair auch falsch verhalten haben, ich wollte nicht, dass sich die Mafiosi an ihr vergriffen, deshalb mischte ich mich ein und sagte: »Ich werde sie holen!«

»Bleib stehen, Bulle!«, drohte Raul.

Nach seinen Worten fuhr ich so heftig herum, dass er erschrak, in mein Gesicht schaute und schwieg. Er hatte den entschlossenen Ausdruck sehr wohl bemerkt und zog die Konsequenzen.

Bisher hatten die Killer noch nichts von den Ghouls bemerkt. Ich war auch froh, dass sich diese widerlichen Dämonen nicht blicken ließen, als ich mich auf den Weg machte und von keinem aufgehalten wurde. Sie wussten, dass Costello und ich eine Partnerschaft auf Zeit eingegangen waren, und da wollte sich keiner falsch verhalten.

Ich ging geradewegs auf die Reporterin zu. Sie tat nichts, um mich zu stoppen, im Gegenteil, sie hob ihre Kamera an, visierte kurz und drückte auf den Auslöser.

Das Klicken hörte ich nicht. Dafür machte mich der Blitz für einen Moment blind.

Ich hörte ihr Lachen. »Das werden Superfotos, Mr. Sinclair. Damit verdiene ich mir … Ahhhhhiii…«

Das letzte Wort endete in einem Schrei. Ich sah auch den

Grund dafür, denn zwei schleimige Arme hielten ihren Körper umfasst, und ein dritter klatschte in ihr Gesicht.

Die Ghouls waren da!

Unhörbar hatten sie sich angeschlichen. Vielleicht hatte Jill St. Clair auch den Geruch wahrgenommen, sich aber nichts dabei gedacht. Nun ging es um ihr Leben, denn die Ghouls würden sie erst umbringen, um anschließend weitere Schreckenstaten zu begehen.

Was interessierte mich eine Kamera oder die Bilder? Die Frau musste gerettet werden!

Ich hörte hinter mir die Stimme der Mafiosi. Keiner der Kerle setzte sich in Bewegung. Auf Jill St. Clair rannte ich allein zu, die erst jetzt richtig begriff, was die Stunde geschlagen hatte, denn die schleimigen Arme zogen sie nach hinten.

Sie kippte. Die Kamera entfiel ihren Händen, und ein zweiter Ghoul baute sich wie ein Berg aus Schleim zwischen Jill und mir auf.

Ich griff ihn an.

Bevor er mich attackieren konnte, rammte ich bereits meine rechte Hand vor. Zwischen den Fingern hielt ich das Kreuz. Meine Faust drang zusammen mit der geweihten Waffe tief in den schleimigen Körper, blieb für einen Moment stecken, und als ich sie wieder zurückzog, da vernahm ich ein sattes Schmatzen.

Die »Wunde« schloss sich wieder. Der Ghoul aber breitete seine krakenhaften Arme aus und kippte nach hinten. Er blieb auf dem Rücken liegen, sein Gesicht wurde zu Brei, in dem die Augen nach zwei Seiten hinwegliefen.

Mit einem Satz sprang ich über die Ghoullache hinweg, denn ich wollte zu Jill St. Clair.

Sie wehrte sich verzweifelt, und es war ihr gelungen, sich zu drehen, sodass sie den Ghoul direkt anschauen konnte. Dabei hatte sie ihre Arme erhoben und schlug auf den Dämon ein. Immer, wenn ihre Fäuste trafen, gab es klatschende Geräusche.

Die Reporterin hatte gegen den Ghoul nicht die Spur einer

Chance. Sie konnte nicht einmal schreien, denn die widerlich schleimige Pranke verschloss ihren Mund.

Ich war inzwischen so nahe heran, dass ich ihr Gesicht sehen konnte. Die Augen darin waren weit aufgerissen. In den Pupillen las ich ein verzweifeltes Flehen nach Hilfe. Ich wollte ihr beistehen.

Der Ghoul sah das Kreuz. Vor Angst und Grauen veränderte sich die Gestalt, sie wurde lang und dünn, damit sie mir ausweichen konnte, aber ich war bereits zu nah.

Der Rammstoß kam.

Diesmal flog der Schädel der Ghouls auseinander. Zahlreiche Tropfen wirbelten umher, klatschten gegen die Wände der Lagerhäuser und liefen als schleimige Masse nach unten.

Jill St. Clair war zu Boden gefallen. Sie saß auf ihrem Hinterteil, starr vor Schreck, und sie starrte mich an wie einen Geist.

»Stehen Sie auf!« Ich reichte ihr meine Hand.

Sie griff sie zu. Ich riss sie auf die Beine, sie prallte gegen mich, und für einen Moment spürte ich ihren zitternden Körper.

»Ich – ich«, begann sie.

»Kein Wort, Miss! Wir müssen sehen, dass wir hier heil herauskommen.« Ich drehte mich und warf einen Blick zurück.

Die Ghouls lösten sich auf. Nur noch widerlich riechende Lachen waren von diesen beiden dämonenartigen Wesen zurückgeblieben. Da konnte man sich nur schütteln.

In der Nähe entdeckte ich einige Fässer. Nicht weit davon brannte eine Laterne. Die Fässer konnten als Deckung dienen. Auch die Umgebung eignete sich dafür.

Ich zog Jill St. Clair weiter.

Sie sträubte sich erst und wollte wissen, was ich vorhatte. Mit drei Worten setzte ich sie ins Bild, dann liefen wir los.

Wir mussten in einer schrägen Linie rennen, wobei ich meinen Blick nach links gerichtet hielt, denn dort sah ich die drei Killer. Sie standen neben dem Mercedes und hielten ihre Maschinenpistolen in den Händen. Von den Ghouls entdeckte ich noch nichts, allerdings stach mir ein offener Gullydeckel ins Auge. Für mich ein Zeichen, dass sie den Weg aus der Kanalisation gefunden hatten.

Die Reporterin schleifte ich hinter mir her. Sie konnte kaum Schritt halten, zudem trug sie Schuhe mit zu hohen Absätzen. Erst als sie ihre Treter weggeschleudert hatte, klappte es besser.

Hinter den Fässern duckten wir uns zusammen. Jill war ziemlich außer Atem. Auf ihrem Gesicht glänzte der Schweiß, und sie presste eine Hand auf den Busen.

Ich schaute sie wütend an. »Was ist Ihnen nur eingefallen, uns zu folgen? Sind Sie denn wahnsinnig?«

»Nicht ich«, sagte sie keuchend. »Der Job. Mein Chef will eine heiße Geschichte. Ich habe lange nichts mehr gebracht. Wenn ich mit keinem Knaller komme, kann ich meine Sachen packen.«

Ich drückte auf ihre Schulter, denn sie machte schon wieder Anstalten, sich zu erheben. »Unten bleiben, verdammt!«

»Ja, ja …«

Alles hätte mir passieren dürfen, nur so etwas nicht. Jetzt hatte ich die Reporterin am Hals und wusste nicht, wie ich sie loswerden konnte.

Vorsichtig drückte ich mich hoch, peilte über den Rand einer Tonne hinweg. Ich hatte ein gutes Blickfeld, denn die Ghouls stachen mir sofort ins Auge. Wo sie gelauert hatten, wusste ich nicht, jedenfalls waren sie da. Sieben an der Zahl.

Vor allen Seiten schoben sich die schmatzenden, schleimigen und widerlichen Gestalten näher, aber nicht uns hatten sie sich als Ziel ausgesucht, sondern die drei Killer am Wagen.

Auch die waren aufmerksam geworden.

Jacques Cavelli, der bereits in New York Nervenstärke bewiesen hatte, hob einen Arm.

Ich ahnte Schlimmes. Wenn erst einmal geschossen wurde, drehte Xorron sicherlich durch, denn er würde Costello die Schuld geben.

Ich wollte noch rufen. Es war jedoch zu spät. Cavellis Arm fiel nach unten, und im nächsten Augenblick hämmerten die Waffen.

Logan Costello war ein hartgesottener Bursche. Er hatte in seinem Leben alle Höhen und Tiefen durchgemacht, wobei er meist oben war, denn er ging über Leichen. Bisher hatten ihn die dämonischen Wesen beschützt, sich an seine Seite gestellt und waren von ihm dafür mit Informationen beliefert worden. Das klappte alles wunderbar, bis die Mordliga zerbrach. Da begann Costello zu überlegen. Lady X hatte sich am längsten gehalten. Nur war sie jetzt auch ausgeschaltet worden, und Costello besaß so gut wie keinen dämonischen Schutz mehr.

Xorron konnte er vergessen. Mit ihm war kein Pakt zu schließen. Er ging seinem widerlichen Trieb nach und setzte sich über alle Dinge hinweg, die ihm im Wege standen.

Es ärgerte ihn ungemein, dass Xorron seine Forderungen hatte durchsetzen können, und Costello musste sich fügen.

Er betrat das Lagerhaus. Wohl war ihm nicht dabei. Er hatte Angst und bekam weiche Knie.

Das Tor stand offen. Noch konnte Costello nichts sehen, da es im Inneren der Halle dunkler war als draußen. Aber schon wenige Schritte später blieb Costello stehen, denn was er vor sich sah, war eine geballte Ladung an Grauen.

Er merkte kaum, dass Xorron hinter seinem »Gast« das Tor schloss. Costello hatte nur Augen für die Gestalten.

Das Wort Totenheer war nicht übertrieben!

Sie standen vor ihm. Männer, Frauen. Ob Kinder dabei waren, konnte er nicht sehen, aber jeder einzelne Zombie stellte eine Gefahr dar. Und sie sahen auch verschieden aus, denn manche hatten länger, andere wiederum kürzer im Grab gelegen.

Costello bekam Magendrücken. Im Lagerhaus gab es auch Fenster. Sie lagen ziemlich hoch, etwa in Laternenhöhe, und der fahle Schein der Lampen fiel durch die schmutzigen Scheiben, sodass einige Zombies in den Gesichtern angeleuchtet wurden.

Obwohl sie keinen Ausdruck mehr in ihren Augen hatten, glaubte Costello, die nackte Gier in den Blicken zu lesen. Sie betrachteten ihn wie ein Opfer, das längst reif war.

Costello schüttelte sich und hörte Xorron kommen. Der

Unhold legte eine Pranke auf Costellos Schulter, drückte leicht zu, und dem Mafioso brach der Schweiß aus.

»Das ist mein Totenheer«, erklärte Xorron und begann zu lachen. »Damit werde ich diese Stadt unter meiner Knute zwingen, und du, Costello, wirst mir dabei helfen.«

Der Mafioso nickte ein paarmal. Er wollte dieses Monstrum um Himmels willen bei Laune halten.

»Aber was kann ich tun?«, fragte er flüsternd.

»Ich brauche die Hilfe eines Samurais. Und du wirst dafür sorgen, dass er erscheint.«

»Wer soll das sein?«

»Der Goldene.«

»Ich kenne ihn nicht.«

»Lüg nicht«, flüsterte Xorron. »Er und die Sonnengöttin Amaterasu halten zusammen. Ich weiß dies. Wenn sie sich auf meine Seite stellen, wird es mir gelingen, Shimada zu töten. Du wirst dafür sorgen, dass die Sonnengöttin erscheint.«

»Wie soll ich sie …?«

»Es gibt eine Person, die man mit Amaterasu identifizieren kann. Sie heißt Shao und ist die Freundin dieses verdammten Chinesen Suko. Verstehst du jetzt?«

»Ich habe begriffen.«

»Wenn ich dich gleich entlasse, wirst du fahren und sie herholen. Dann werde ich sie zwingen, mit Amaterasu Kontakt aufzunehmen, damit der Goldene gerufen werden kann.«

»Und dann?«

»Kann Shimada vernichtet werden.«

Costello spürte den Druck der Pranke nicht mehr auf seiner Schulter und bekam so etwas wie Oberwasser. »Was ist, wenn alles nicht so läuft, wie du es dir vorgestellt hast?«, wollte er wissen.

»Werde ich mit meinem Totenheer durch London ziehen und das zerstören, was du aufgebaut hast.«

Die Antwort reichte dem Mafioso. Er schluckte und dachte an all die »Arbeit«, die er in seinem Leben bisher gehabt hatte. Er hatte sich sein Imperium aufgebaut, war rücksichtslos über Leichen gegangen, hatte Konkurrenten aus dem Weg schaffen lassen, sich mit der Polizei angelegt, wobei sogar einige Gesetzeshüter in seinem Sold standen, um ihm Informationen zu liefern, und er hatte beste Beziehungen bis in alle Hauptstädte der Welt. Er war stolz auf seine »Arbeit«, und da kam ein Monstrum wie Xorron daher und sagte ihm ins Gesicht, dass er alles zerstören würde, was er aufgebaut hatte.

Wenn es keiner schaffte, Xorron würde es packen, daran glaubte Costello fest.

Er spürte den wachsenden Hass in seinem Innern. Bisher waren immer andere von ihm abhängig gewesen, nun lief es umgekehrt. Er stellte fest, dass er von Xorron abhängig war. Dieser Unhold konnte befehlen, und er, Costello, würde spuren.

»Weshalb zögerst du?«, fragte Xorron.

Costello schüttelte den Kopf. »Nichts, es ist nichts«, sagte er mit leiser Stimme.

Damit konnte er Xorron nicht täuschen. »Und doch ist etwas. Du hast was, Costello!«

»Ich habe nichts!«

Xorron hatte sich an seiner Meinung festgebissen. Er trat noch einen Schritt auf Costello zu, fasste den Mafioso an und schüttelte ihn hart durch.

Logan Costello presste seine Lippen fest zusammen. Er starrte in Xorrons Gesicht, das zu einer bösen Fratze geworden war. Das Monstrum hatte seinen Mund geöffnet, präsentierte sein Gebiss und fauchte Costello an.

»Hüte dich, mich täuschen zu wollen, das sage ich dir! Ich warne dich, Logan Costello! Wer Xorron hintergeht, der lebt nicht mehr lange.«

»Ich weiß!«, keuchte der Mafioso.

Xorron drehte sich um und schleuderte Costello gleich mit. »Oder soll ich dich meinem Zombies zum Fraß vorwerfen!?«, schrie er und ließ Costello auf das Totenheer schauen.

Der Mafioso schluckte. Die Gestalten streckten bereits ihre Arme aus. Hände wollten nach ihm greifen. Finger bewegten sich schwerfällig wie dicke Würmer, und über Costellos Rücken rann eine Gänsehaut. Noch befand er sich von den

Zombies zu weit entfernt. Wen die jedoch zwischen den Klauen hatten, den ließen sie nicht mehr los, denn die Untoten gaben ihm keine Chance.

Xorron ließ den Mafioso los. »Und da sagst du mir, deine Leute wollen gegen die Zombies ankämpfen! Lächerlich ist das, absolut lächerlich. Hast du verstanden?«

»Ja.«

»Du wirst also diese Chinesin holen, dann sehen wir weiter«, sagte Xorron. »Und hüte dich, irgendeinen Trick zu versuchen, du würdest es nicht überleben.«

Xorron wollte noch etwas hinzufügen, doch er brach mitten im Satz ab. Ihm war etwas aufgefallen.

»Was ist geschehen?«, erkundigte sich Costello.

»Die Ghouls, sie …«

»Was ist mit ihnen?« Costellos Stimme klang schriller. Er ahnte schon Schlimmes.

»Die Ghouls sind draußen«, flüsterte Xorron. »Wahrscheinlich haben sie deine Leute angegriffen. Ich sagte dir doch, dass du allein kommen solltest, jetzt müssen die anderen die Folgen tragen. Das wird für die Ghouls ein Festmahl.«

Costello dachte dabei an den Geisterjäger John Sinclair. Obwohl dieser sein Feind war, glaubte er an ihn und drückte ihm die Daumen, dass er in den Kampf mit eingriff und den verfluchten Ghouls zeigte, wo der Hase langlief.

Da knatterten die ersten Schüsse. Durch die Schuppenwände gedämpft zu hören, aber Costello wusste sofort, dass es sich um die Maschinenpistolen seiner Leibwächter handelte.

Xorron stieß ein undefinierbares Geräusch aus. Wohl ein Zeichen, dass er die Schüsse nicht mochte. Er brauchte nur zwei Schritte vorzugehen, um die Tür zu erreichen.

»Was machst du!?«, schrie Costello.

Der Unhold lachte. »Da draußen ist geschossen worden. Ich lasse mein Totenheer frei …«

Jill St. Clair und ich lagen nach wie vor hinter den Fässern in Deckung und schauten zu, wie die Mafiosi schossen.

Es war ein Bild wie in den Gangsterfilmen. Sie standen breitbeinig auf dem Fleck, hielten die MPis leicht gesenkt, sodass die Läufe auf die herankriechenden Ziele wiesen.

Und sie feuerten.

Vor den Mündungen tanzte und blitzte es. Kleine, fahle Feuer erhellten die Nacht, und die Kugeln zogen eine Funkenspur hinter sich her, wenn sie gegen den harten Straßenbelag hämmerten.

Sie trafen ihre Ziele.

Wir konnten sehen, wie sie in die Körper hieben und vernahmen trotz der Schussdetonationen sogar das Klatschen, das die Treffer begleitete.

Sie pumpten die Ghouls voll. Die Geschosse wühlten sich in die schleimigen Gebilde, aber die konnten sie nicht zerstören. Zwar hielten sie die Ghouls für einen Moment auf, doch in einer Feuerpause formierten sie sich wieder.

Jill St. Clair fasste nach meinem Arm. Sie musste innerlich unter Druck stehen, denn ihre Nägel drangen durch, und ich spürte sie auf meiner Haut.

Ich schaute sie an.

Leichenblass war ihr Gesicht. Die Augen starr nach vorn gerichtet. Der Mund bildete nur einen Strich, und aus ihren Wangen war jegliches Blut gewichen.

»Sie sehen, was passiert ist?«, fragte ich.

»Das – das ist doch unmöglich«, hauchte sie. »Verrückt, einfach irre und unbegreiflich.«

Ich gab keine Antwort. Jill musste das erst einmal fassen, was sie hier erlebte.

Mich interessierten die Ereignisse nicht so sehr, ich suchte mit meinen Blicken die freie Fläche ab, um eventuell noch mehr Ghouls zu finden, die sich heimlich anschlichen.

Das war nicht der Fall. Sämtliche Ghouls, die auf den Mercedes zukrochen, befanden sich auf dem Pier.

Die Einschlagwucht der Kugeln hatte sie zum Teil zerrissen und Stücke aus ihnen herausgeschleudert, doch die Pfützen aus Schleim bewegten sich und krochen wieder auf die Ghouls zu, um sich mit dem Hauptkörper zu vereinigen.

Nichts hatten die Killer erreicht.

Das sahen sie sehr deutlich. Sie zeigten sich überrascht, schüttelten die Köpfe, sprachen miteinander, und ich hörte ihre verständnislosen Worte.

»Die hätten doch gekillt sein müssen!«, rief Cavelli wütend und drehte sich im Kreis.

»Das sind Ghouls, keine Zombies!«, flüsterte ich, hob den Arm und legte meine Beretta auf den Rand des Fasses, damit ich eine bessere Stütze beim Zielen hatte.

»Was ist der Unterschied?«, fragte Jill St. Clair, denn sie hatte meine Bemerkung vernommen.

»Eines haben sie gemeinsam«, sagte ich. »Beide kann man mit geweihten Silberkugeln erledigen. Zombies kann man aber auch mit normalen Kugeln töten, in der Regel jedenfalls. Man braucht nur auf ihren Kopf zu halten.«

»Gott, das ist ja schrecklich.«

»Da sagen sie was.«

»Und die Ghouls können …«

»Ich habe geweihte Silberkugeln in meinem Magazin«, erklärte ich der Reporterin.

»Dann schießen Sie doch!« Ihre Stimme klang leicht schrill.

»Das werde ich auch, aber warten Sie ab. Ich möchte sicher sein, auch einen Treffer zu landen.«

Sie schüttelte den Kopf und presste ihre Hände gegen die Wangen.

Jill interessierte mich im Moment nicht so sehr, die Ghouls waren für mich wichtiger.

Es waren sieben an der Zahl, und sie gingen jetzt konzentrierter vor als beim ersten Angriff. Die widerlichen Dämonen hatten sich versammelt. Sie wollten es mit einem kompakten Angriff versuchen. Während sie über den rauen Boden schlichen, verursachten sie keinerlei Geräusche. Nicht einmal das mir leider allzu gut bekannte Schmatzen und Schlürfen vernahm ich. Lautlos bewegten sich die schrecklichen Wesen auf ihre Opfer zu.

Auf dem Boden hinterließen sie eine Schleimspur, die weißlich grün schimmerte und allmählich zu verdampfen schien, denn von ihrer Oberfläche stiegen dunstige und entsprechend riechende Schleier in die Höhe, die vom Wind erfasst und über den Pier getrieben wurden, sodass sie auch in unsere Richtung gerieten.

Jill wurde noch blasser. »Mir wird übel!«, keuchte sie.

»Pressen Sie sich ein Taschentuch vor den Mund«, gab ich zurück und konzentrierte mich wieder auf meine Gegner.

Die Mafiosi hatten hinter dem Mercedes ihre Deckung gefunden. Sie hockten dort mit angeschlagenen Waffen. Die Mündungen glotzten über das Dach und die Kühlerhaube.

Jacques Cavelli zielte auf eine Reihe von vier Ghouls und schoss.

Abermals hörten wir die hässliche Melodie der Maschinenpistole. Die Waffe spie Tod und Verderben aus. Die Kugeln fanden ihren Weg und auch das Ziel.

Wieder rammten sie in die schleimigen Körper, stoppten den Angriff sekundenlang. Die Ghouls blieben stehen, wurden auch gedreht, aber sie gaben nicht auf.

Auch die anderen Mafiosi feuerten. Sie trafen ebenfalls. Doch niemand konnte die Ghouls stoppen.

Ich schluckte hart.

Okay, die Killer waren auch meine Feinde. Wir standen in verschiedenen Lagern. Dennoch konnte ich sie nicht zu Opfern dieser Leichenfresser werden lassen, deshalb wollte und musste ich jetzt in den Kampf eingreifen.

Zum Glück bewegten sich die schleimigen Wesen nicht schnell. Sie kamen nur langsam, wenn auch sehr zielstrebig voran.

Ich suchte mir einen aus. Die Mündung der Beretta folgte genau dem Weg des Ghouls, und als es mir richtig erschien, drückte ich ab.

Der peitschende Klang mischte sich in die Echos der MPis, denn auch die Killer schossen.

Ein Ghoul wurde fast in die Höhe gerissen. Er war von dem geweihten Silbergeschoss getroffen worden. Ich drehte die Waffe ein wenig nach rechts und nahm mir die nächsten beiden aufs Korn.

Zweimal klatschten die Kugeln in die schleimigen Körper. Die Reaktion war ebenso wie bei dem ersten Ghoul.

Für einen Moment blähten sie sich auf, fielen dann zusammen, wobei sie flach wurden, in die Breite liefen und auf dem Boden einen regelrechten See bildeten.

Große, stinkende Lachen, aus denen ein feiner, aber widerlich riechender Nebel kroch.

Das Ende der drei Ghouls.

Costellos Männer feuerten nicht mehr. Sie waren vor Staunen starr und schauten verständnislos auf die allmählich zerfließenden Körper dieser Monster.

»Wie machst du das, Bulle?«, brüllte Jacques Cavelli.

»Durch geweihtes Silber.«

»Verdammt, das haben wir nicht! Wir ...« Was er noch sagen wollte, verschluckte er, denn etwas anderes geschah. Die Tür zum Lagerhaus, in dem Xorron verschwunden war, öffnete sich. Dies geschah ziemlich schnell und lief auch nicht ohne Geräusche ab.

Wir alle schauten hin.

Jill St. Clair schrie vor Angst, mein Herzschlag stockte, denn Xorron hatte zum letzten Mittel gegriffen. Er entließ sein Totenheer!

Der blonde Mann stand da und schaute Suko ins Gesicht. Die acht Horror-Fans waren zurückgewichen, schwiegen, denn sie ahnten, dass etwas Entscheidendes bevorstand und sie jetzt einfach den Mund halten mussten, um nicht zu stören. »John?«

Diesmal bettete Suko den Namen in eine Frage ein, und Sinclair nickte, während über seine Lippen ein Lächeln glitt.

»Wo kommst du her?«

Nun antwortete der Geisterjäger. »Mich hat die Magie ebenfalls getroffen und in diese Dimension geschleudert.«

Suko hörte genau hin. Er lauschte dem Klang der Stimme nach und konnte keine Unterschiede feststellen. Dann warf er einen Blick über die Schulter zurück, aber von den vier Leibwächtern des Shimada war nichts mehr zu sehen.

Sie mussten sich vor dem Eingang der Pagode verborgen halten. Vielleicht trauten sie sich auch nicht, den Tempel zu betreten. Wie dem auch sei, John Sinclair war da – oder nicht?

Suko schaute seinen Freund an. Es blieb ein Rest von Skepsis in ihm. Er wollte es einfach nicht glauben oder konnte es nicht fassen, denn John hätte sich bestimmt früher gezeigt oder gemeldet. Weshalb kam er erst jetzt zu ihnen?

Das wollte Suko genauer wissen und stellte die diesbezügliche Frage.

»Es ist einfach zu erklären«, erwiderte der Geisterjäger. »Ich bin in einem anderen Teil dieser Dimension aufgewacht.«

»Und wo?«

John deutete über die Schulter.

»Gibt es dort einen Ausgang?«

»Möglich«.

Suko überlegte. »Wir könnten hingehen«, meinte er nach einer Weile des Nachdenkens.

»Dagegen hätte ich nichts«, erwiderte John Sinclair.

Ullrich ging einen halben Schritt vor. Seine Blicke schwankten zwischen Suko und John. »Kann das nicht eine Falle sein?«, hauchte er.

Suko hob die Schultern.

John Sinclair lachte. »Weshalb sollte ich euch in die Falle locken? Kommt jetzt!« Er drehte sich um und ging vor.

Suko und die acht Jungen zögerten noch. Ihnen war die Sache nicht geheuer.

Thomas Beinke schüttelte den Kopf. »Wer weiß, wo wir da landen«, hauchte er.

»Kann es noch schlimmer kommen?«, fragte Andreas.

»Nein«, gab Hauke zu. »Entweder stehen wir es durch, oder wir gehen gemeinsam unter.« Er schaute seine Freunde der Reihe nach an und erntete ein Nicken.

Sie alle waren einverstanden.

»Du auch, Suko?«, fragte er.

»Ja, lasst uns gehen! Hinter uns wissen wir die vier dämonischen Ninjas. Es kann wirklich nicht schlimmer kommen.«

»Aber wie ist es möglich, dass dein Freund hier erscheint?«, wollte Sven Baumert wissen. Seine Stimme klang vor Angst ein wenig weinerlich.

»Er wird denselben Weg gegangen sein wie wir«, antwortete Suko.

Sie schauten John Sinclair nach, der sich inzwischen von der Gruppe entfernt hatte. Er ging langsam, im Schlenderschritt, weil er wollte, dass ihm die anderen folgten.

»Dein Freund benimmt sich seltsam, Suko«, stellte Marc Fürstner fest und schaute nach, ob er von den anderen auch die entsprechende Zustimmung erhielt.

»Das stimmt«, gab Suko zu.

»Vielleicht hat er sich verändert«, meinte Rudi.

Suko gab ihm keine Antwort mehr. Statt dessen winkte der Chinese den Jungen zu.

Sie verstanden das Zeichen und setzten sich in Bewegung. Alle gingen sehr verhalten, als hätten sie Angst davor, den nächsten Schritt zu tun.

Ihre Gesichter waren starr. Manchmal zuckten ihre Lippen, wenn sie mit sich selbst sprachen. Sie hatten sich Grusel und Horror als Hobby ausgesucht, jetzt erlebten sie so etwas in Wirklichkeit, und das war schwer für sie zu verdauen.

Da sie ein wenig schneller gingen als John Sinclair, holten sie auf. John hatte die Spitze übernommen. Sukos Blick klebte auf dem Rücken des Geisterjägers.

»John!«, rief er einmal.

Sinclair blieb stehen und drehte sich um.

»Zeig dein Kreuz, John!« Diesen Satz hatte sich der Chinese lange genug überlegt. Wenn John Sinclair tatsächlich der echte war, musste er jetzt die Karten auf den Tisch legen.

»Was willst du damit?«, fragte er.

Suko ging einige Schritte vor. »Ich will es nur sehen«, erklärte er lässig.

»Später.«

Damit war für John Sinclair die Sache erledigt, denn er wandte sich wieder um und ging davon.

Einfach so …

Suko stand da wie ein Ölgötze. Für ihn war es klar, dass er

nicht den echten John Sinclair vor sich hatte, sondern einen Doppelgänger. Es lag schließlich auf der Hand. Nicht umsonst wurde Shimada der Dämon mit tausend Masken genannt. Es war für ihn leicht, sich auch in einen Menschen namens John Sinclair zu verwandeln.

Im ersten Augenblick war Suko tatsächlich auf ihn reingefallen. Doch der Test mit dem Kreuz hatte ihm die Wahrheit offenbart.

Das war nicht John Sinclair!

Was sollten sie tun? Es gab zwei Möglichkeiten. Sie konnten zurücklaufen oder ihm folgen. Was sie in ihrem Rücken erwartete, das wussten sie. Es waren vier dämonische Killer, die ihnen sicherlich keine Chance lassen würden.

Aber Shimada?

Wie sich Suko auch entschied, er saß immer am kürzeren Hebel. Und damit auch die acht jungen Leute, die ihn begleiteten und ihre ganze Hoffnung auf ihn gesetzt hatten.

Sie hatten sich mit ähnlichen Gedanken herumgequält wie Suko, denn Ullrich fragte: »Stimmt mit deinem Freund etwas nicht, Suko?«

»Möglich.«

»Er ist es nicht, wie?« Rudi Tewes war vorgekommen und schaute Suko auffordernd an.

»Ich fürchte auch.« Suko wollte seinen Schützlingen reinen Wein einschenken. Es hatte keinen Sinn, sie zu belügen. Am Ende würde die Überraschung nur noch schlimmer sein. Aus diesem Grunde entschied er sich dafür, weiterzugehen, und den Horror-Fans blieb nichts anderes übrig, als ihm zu folgen.

Sie blieben dicht beisammen. Den angeblichen John Sinclair sahen sie nur in seinen Umrissen, dann überhaupt nicht mehr, denn das diffuse Licht innerhalb der Pagode hatte ihn verschluckt.

Und so schritten sie tiefer in diesen unbekannten Tempel hinein, wo an jeder Säule, die sie passierten, eine Gefahr lauern konnte. Es hatte sich nichts verändert. Dieser pagodenartige Tempel musste gewaltige Ausmaße haben.

Keiner sprach etwas. Die jungen Leute standen unter einem Bann. Sie spürten die Unheimlichkeit des Tempels, und sie ahnten, dass es hier untotes, unheimliches Leben gab. Vielleicht Jahrtausende alt, und ihnen schien es, als wären in diesem Tempel die dämonischen Legenden geschrieben worden.

Ihre Schritte waren die einzigen Geräusche, als sie tiefer in die Halle hineingingen.

Um sie herum lastete die Stille. Die Luft kam ihnen vor wie flüssiges Blei, denn sie war schwer zu atmen.

Suko ging an der Spitze. Manchmal konnte sich einer der Jungen nicht mehr beherrschen. Er stellte Fragen, die niemand beantwortete. Auch Suko nicht, denn auch ihm war nicht bekannt, in welch einer Dimension oder Zeit sie sich befanden.

Aber sie erreichten ein Ziel.

Daran zu erkennen, dass es vor ihnen heller wurde. Zunächst wirkte diese Helligkeit wie ein dunstiger Streifen, zu vergleichen mit dem Vorgang, wenn im Gebirge allmählich die Sonne aufgeht und sich das helle Grau vorwitzig über die Grate der Berge schiebt.

So war es auch hier.

Suko ging jetzt schneller. Er wollte endlich wissen, woran er war und die ganze Sache nicht noch länger hinauszögern. Der Inspektor gehörte zu den Menschen, die nichts auf die lange Bank schoben. Wenn Shimada einen Kampf haben wollte, dann sollte er ihn bekommen. Suko würde sich zu wehren wissen.

Er dachte daran, dass auch er kein heuriger Hase war. Ihn hatte man ebenfalls im Kampf geschult. Er konnte mit seinen Fäusten gut umgehen, ebenfalls mit einem Samurai- oder Ninjaschwert. Vielleicht konnte er Shimada locken, indem er mit ihm um das Leben der acht Jungen kämpfte. Wenn er gewann, sollte Shimada sie freigeben.

Mit diesen Gedanken beschäftigte sich der Chinese, während er dem Ziel immer näher schritt. Der graue Streifen hatte sich verdreifacht. Er schwebte wie eine große Wand vor ihnen und schien von unten her aus einem Tal in die Höhe zu steigen.

Suko schaute nach oben.

Kaum hatte er seinen Kopf in den Nacken gelegt, als ihn die

Überraschung packte. Sie befanden sich überhaupt nicht mehr innerhalb des Tempels, denn Suko sah einen blassen Himmel. Ohne dass sie etwas davon bemerkt hatten, waren sie im Freien gelandet.

Auch die Jungen hatten es festgestellt. Marc Fürstner sagte: »Wir sind ja raus aus dem Tempel!«

Seine Stimme klang euphorisch. Er sah einen kleinen Erfolg. Suko war sich da nicht so sicher. Seine Skepsis blieb, als er sich vorsichtig umschaute und dabei weiterging.

Keine Steine bedeckten mehr den Boden. Unter seinen und den Füßen der Jungen befand sich feiner grauer Staub. Je weiter sie vorgingen, umso besser konnten sie ihre Umgebung erkennen und schließlich auch das Ziel der Wanderung.

Suko hatte mit einigen Überraschungen gerechnet. Was er nun sah, haute ihn fast um.

Er glaubte, auf einer hohen Klippe zu stehen. Nur schäumte unter ihm nicht das Wasser oder die Brandung gegen die Felsen, in der Tiefe befand sich etwas anderes.

Eine Arena!

Ein gewaltiger Kampfplatz, fast kreisrund angelegt. Und wo am Meer Felsen in die Höhe stachen, waren es hier die Ränge, die steil nach oben führten.

Man konnte sie als Sitzplätze bezeichnen, denn jemand hatte sie in den grauen Stein gehauen.

Die acht Jungen waren dicht aufgeschlossen, standen neben dem Chinesen und schauten ebenfalls staunend nach unten.

»Das gibts doch nicht«, hauchte Andreas Schattmann. »Mensch, das ist ja wie im alten Rom.«

So Unrecht hatte er nicht. Nur war diese Arena primitiver, und es gab auch keine Tribünen, wo früher die Statthalter, Kaiser und Honoratioren gesessen und den Kämpfen zugeschaut hatten.

Suko warnte seine neuen Freunde. »Gebt Acht – und tretet nicht zu nahe an den Rand.«

»Müssen wir da hinunter?« Frank Fischer stellte die bange Frage.

»Wahrscheinlich.«

»Wir können sie auch umgehen«, meinte Sven Baumert. »Wenn ihr mich fragt, dann fühle ich mich verdammt unwohl.«

»Vergesst Shimada nicht.«

Sven schaute Suko an. »Von dem ist doch nichts zu sehen. Die Arena ist leer.«

Suko lächelte. »Der wird sich schon auf uns vorbereitet haben, Freunde, keine Angst.«

»Wie meinst du das?«

»Wir sind seine Opfer!«, stellte Suko klar.

Nach diesen Worten trat eine Pause ein. Bis sich Hauke ein Herz fasste. »Du meinst, dass er uns töten will?« Bei dieser Frage schaute er Suko an.

Der Inspektor nickte. »Wir müssen damit rechnen. Es sei denn, dass Shimada andere Pläne hat.«

»Und welche?«, wollte Marc wissen.

»Wenn ich das wüsste, ginge es uns besser«, erwiderte Suko. »Wir sind vorerst Statisten und können überhaupt nichts tun. Nur zusehen, dass wir einigermaßen glatt aus dieser Sache herauskommen, das ist wirklich alles.«

Sie waren zwar Statisten, aber sie blieben, denn in ihrem Rücken hörten sie das dumpfe Trommeln der Hufe auf nacktem Stein. Alle wussten sofort, wer sich ihnen da näherte.

»Die vier Ninjas!«, rief Thomas. Er stand wie auf dem Sprung. Sein Blick flackerte, und Suko bekam Angst um den Jungen, denn wie leicht konnte er die Nerven verlieren und durchdrehen.

Deshalb fasste der Chinese zu und riss ihn herum. »Bleib hier und mach keinen Unsinn!«

»Aber ich …«

»Keine Widerrede. Wir müssen die vier Reiter hier erwarten. Sie werden uns nicht töten, denn das hätten sie schon wesentlich früher haben können. Verstanden?«

»Ja, ja …«

In banger Erwartung schauten die acht jungen Horror-Fans in die Richtung, aus der sie gekommen waren, und sie entdeckten wieder die gewaltigen Wolken aus grauem Staub, die die Reiter auf ihren unheimlichen Tieren begleiteten.

In scharfer Karriere preschten sie herbei. Zuerst tauchten die unheimlichen Echsenköpfe aus den Wolken auf. Die mutierten Tiere hatten die Mäuler weit aufgerissen. Scharfe Zähne blinkten wie frisch geschliffene Messer.

Sie ritten sehr dicht heran, denn sie wussten, dass die Menschen nicht ausweichen konnten, sonst wären Suko und seine Schützlinge weiter zurückgegangen, wären über die Kante gekippt und die langen Reihen hinabgerutscht.

Vier dämonische Ninja-Kämpfer schickten ihnen ein dröhnendes Lachen entgegen. Es klang triumphierend, denn diese Wesen wussten, dass ihnen die Menschen nicht mehr entkommen konnten.

Der Glatzkopf mit dem Messer ritt scharf an Suko heran. Er hielt sich nicht fest, sondern hockte freihändig auf dem Rücken des seltsamen Tieres und dirigierte es nur durch den Druck seiner starken Schenkel.

Suko sah das aufgerissene Maul des Echsenpferdes dicht vor sich und auch die Messer in den Händen des Glatzkopfes. Der scharf geschliffene Stahl blinkte durch den Schleier aus Staub.

Alles deutete darauf hin, dass dieser Ninja seine Waffen gegen Suko einsetzen wollte.

Der Chinese war schneller.

Er stieß sich ab und flog dem Dämonen schräg entgegen. Seine Hände griffen zu, umfassten für einen Moment die Hüften des anderen und stießen ihn dann vom Rücken des Reittiers.

Der Ninja verschwand in der Staubwolke.

Dafür hockte Suko auf dem Tier. Er hatte natürlich nicht die Erfahrung wie der andere Reiter, und es gelang ihm nur mit Mühe und viel Glück, sich auf dem Rücken zu halten. Mit dem linken Arm umklammerte er den Hals des Tieres, und sein Arm bildete einen Würgegriff. So konnte sich Suko halten.

Das unheimliche Reittier bockte. Seine kräftigen Hinterbeine warf es in die Höhe, kippte gleichzeitig nach vorn weg, wühlte den Staub auf und wollte Suko abschütteln.

Der hielt eisern fest.

Zusammen mit dem Tier drehte er sich im Kreis. Schemenhaft erschienen die Gesichter der Horror-Fans. Der Chinese las das Entsetzen und die Angst in den Zügen, aber er gab nicht auf, sondern kämpfte weiter.

Aus dem Schleier löste sich eine Gestalt.

Ein mörderischer Schrei drang Suko entgegen, während der Ninja mit dem halben Gesicht gegen ihn anritt und gleichzeitig sein gefährliches Schwert schwang. Er führte es im Kreis, und es sah so aus, als wollte er Suko den Kopf abschlagen.

Suko besaß die Gabe, auch in einer Stresssituation wie dieser niemals den Überblick zu verlieren. Er packte jetzt mit der anderen Hand zu und riss den Echsenkopf des Tieres in die Höhe.

Das Ninja-Schwert pfiff fauchend heran. Es traf den Kopf des Reittieres. Im nächsten Augenblick erlebte Suko, wie scharf geschliffen diese Klinge war, denn es reichte ein Hieb, um den Kopf des Tieres vom Rumpf zu trennen.

Aus der Wunde schoss eine grünlich rote Fontäne in die Höhe, während der Kopf über den Boden rollte und das Tier mit den Vorderläufen einknickte.

Es fiel.

Suko konnte sich nicht mehr auf dem Rücken halten, bekam das Übergewicht, gab sich aber noch Schwung und stieß sich von dem hornigen Rücken ab.

Genau im richtigen Moment, denn der angreifende Ninja hatte sich gedreht und abermals zugeschlagen.

Die Klinge stach nicht in Sukos Leib, sondern in den Rücken des zusammenbrechenden Tieres.

Noch ein Blutstrom schoss in die Höhe. Das bekam Suko nicht mit, er war gelandet und rollte sich geschickt über die Schulter ab, umso schnell wie möglich auf die Beine zu gelangen.

Schon preschte der Kopflose heran. Auch er lenkte sein Tier nur mit den Schenkeln, hatte einen Pfeil auf die Sehne gelegt und den Bogen gespannt. Die Spitze zielte auf Suko.

Der tauchte weg.

Sirrend sprang die Sehne zurück, nachdem der Pfeil sie verlassen hatte. Er wischte an dem Chinesen vorbei, wurde vom

Staubschleier geschluckt, und Suko vernahm einen fürchterlichen Schrei, der ihm durch Mark und Bein schnitt.

»Ich bin getroffen! Ich bin getroffen!«

Die Worte zerrissen fast Sukos Seele. So lange hatte er es hinauszögern können, nun war es doch geschehen.

Er wirbelte herum. Dass er seinen Feinden den Rücken zudrehte, war ihm in diesem Augenblick egal, ihn interessierte nur der Junge. Der Chinese tauchte in den dichten Schleier aus Staub und wäre fast über den am Boden Liegenden gestolpert.

Es war Rudi, der Junge mit den dunklen Haaren, der immer ein wenig vorwitzig gewesen war.

Suko fiel auf die Knie. Er schaute in das verzerrte Jungengesicht, sah den Schmerz auf den Zügen und hörte das keuchende Atmen.

Der Pfeil war in die Hüfte gedrungen. Wie ein Mahnmal schaute der Schaft hervor. »Bleib ruhig liegen«, sagte Suko und schaute nach der Wunde.

Es sickerte kaum Blut aus ihr. Nur an den Rändern entdeckte Suko einen rötlichen Streifen. Was die Spitze alles verletzt hatte, konnte Suko nicht sagen, er hoffte nur, dass Rudi an diesem Treffer nicht starb.

Um die beiden herum gellten Schreie, in die sich die dumpf klingenden Laute der dämonischen Ninjas mischten.

Die drei Reiter trieben die anderen sieben Jungen zusammen, sodass sie schließlich einen Kreis bildeten und die Waffen ihrer Feinde drohend auf sich gerichtet sahen.

Niemand dachte daran, wegzulaufen. Sie waren froh, noch am Leben zu sein. Auch diejenigen mit den stärksten Nerven zitterten vor Furcht, denn sie erlebten ein Grauen wie nie zuvor in ihrem Leben.

Suko kümmerte sich nicht darum, was in seiner unmittelbaren Umgebung geschah. Er interessierte sich für Rudis Verletzung. Wahrscheinlich hatte der Pfeil keine Widerhaken. Dennoch war es Suko zu riskant, ihn aus dem Körper zu ziehen. Das musste ein Arzt machen.

Aber nicht in dieser Welt.

»Wie fühlst du dich?«, fragte Suko.

»Es tut verflucht weh.«

»Das kann ich mir vorstellen.« Der Chinese tupfte dem Verletzten Schweiß aus dem Gesicht. »Aber du kannst hier nicht liegen bleiben. Du musst versuchen, hart zu sein, und die Zähne zusammenbeißen. Wahrscheinlich werden sie uns abführen. Sollte das geschehen, bleibe ich immer an deiner Seite und stütze dich. Kannst du das schaffen?«

»Wenn es sein muss«, hauchte Rudi.

»Ja, es muss sein.«

»Okay, ich ...« Seine nächsten Worte verschluckte er, denn er hatte sich leicht bewegt und spürte wieder das Brennen in seiner Hüfte.

Suko spürte auch etwas. Sein Nacken wurde plötzlich von einem kalten Gegenstand berührt.

Im ersten Moment blieb er ruhig knien. Dann drehte er den Kopf und sah rechts neben sich einen Schatten.

Düster und dunkel gekleidet.

So lief nur einer umher.

Shimada!

Er war es, der neben Suko stand und das Schwert in dessen Nacken gelegt hatte. Ein leichter Druck nur, und Suko war verloren ...

Wir wollten es nicht glauben, obwohl wir es mit eigenen Augen sahen. Aber der Schrecken war nun mal nicht mehr wegzudiskutieren.

Aus dem Tor quoll das Grauen!

Ich kannte die meisten Zombies, denn ich hatte sie auf dem Friedhof und auch schon auf der Galeere gesehen, und sie überschwemmten den Pier wie eine Wolke des Schreckens.

Sie gingen nicht, sondern torkelten und wankten, aber ihr Instinkt sagte ihnen genau, welche Richtung sie einzuschlagen hatten.

Es war der Platz, den sich auch die Ghouls ausgesucht hatten. Der Mercedes des Logan Costello.

Im Gegensatz zu ihren Vettern, den Ghouls, teilten sie sich

jedoch, denn sie hatten gespürt, dass auch noch hinter den aufgestellten Fässern Beute lauerte.

Diese Beute waren Jill St. Clair und ich.

Die Reporterin hatte sich etwas in die Höhe geschoben, damit auch sie über den Rand der Tonne blicken konnte. Sie schüttelte den Kopf und hauchte: »Das kann doch nicht wahr sein! Diese Wesen ...«

»Sind Zombies«, erklärte ich. »Lebende Tote. Xorron hat sie aus dem Wasser, von Friedhöfen und aus verdeckten Gruften geholt. Was uns da entgegenkommt, meine liebe Jill, ist der Pesthauch der Hölle.«

Harte Worte, aber sie mussten sein, denn Jill St. Clair sollte sich keinen Illusionen hingeben. Unsere Chancen standen schlecht, das Heer der lebenden Toten war zu übermächtig.

»Wäre ich doch nicht hergekommen.« Jill St. Clair machte sich Vorwürfe.

»Da sagen Sie was«, erwiderte ich. »Manchmal kann die Sucht nach einer Story gefährlich, wenn nicht tödlich sein.«

Sie schaute mich erschreckt an. »Haben Sie die Hoffnung aufgegeben?«

»Nein, meine Liebe. Ich werde mich diesen verdammten Ungeheuern stellen, aber ich will Sie aus der Gefahrenzone wissen.«

»Wie soll ich ...?«

»Fliehen Sie! Laufen Sie nach hinten. Dort ist noch alles frei. In wenigen Minuten kann sich das schon geändert haben.«

»Aber ich ...«

»Weg!« Ich fuhr sie scharf an, denn die Zombies, so stumpfsinnig sie auch wirkten, hatten es verstanden, sich aufzustellen. In Grüppchen marschierten sie los und überschwemmten den Pier, während Xorron, ihr Anführer, wie ein Denkmal am Tor des Lagerhauses stand und sein Totenheer beobachtete.

Ich sah jemanden neben ihm stehen. Er hielt sich im seitlichen Schatten des Eingangs, und mir schien es, als wollte er nicht unbedingt gesehen werden.

Der Kerl war Logan Costello!

Was hatte er neben Xorron zu suchen? Und weshalb hielt er

die Zombies nicht ab? Wenn er es nicht selbst schaffte, warum versuchte er Xorron nicht wenigstens davon zu überzeugen, dass es doch seine Leute waren, die von den Untoten angegriffen wurden?

Nichts dergleichen geschah.

Die lebenden Leichen gingen unbeirrbar ihren Weg, und der führte sie auf die drei Mafiosi zu, die bisher noch nicht wieder geschossen hatten, sondern wie die berühmten Salzsäulen auf dem Fleck standen und Xorron anstierten.

Ich kochte innerlich. Die Kerle sollten sich in den Wagen setzen und wegfahren. In wenigen Sekunden schon würde es zu spät für sie sein.

Warmer Atem streifte meinen Nacken. Ich fuhr herum. Jill hockte noch immer in meiner Nähe.

»Verschwinden Sie endlich!«, zischte ich und funkelte sie an.

Die Reporterin begriff. Sie wusste, dass ich sie auch mit Gewalt entfernen würde, denn ich stand dicht vor der Explosion.

Sie nickte nur, zog sich einige Schritte geduckt zurück und begann zu rennen.

Die Sorge war ich los.

So konnte ich mich wieder den eigentlichen Ereignissen zuwenden und in den Kampf eingreifen.

Diesmal blieb ich nicht in Deckung, sondern sprang hoch.

Da fielen die ersten Schüsse. Die Mafiosi hatten sich endlich überwunden, und wieder war es Jaques Cavelli, der Killer mit den eisenharten Nerven, der den Anfang machte.

In seinen Händen tanzte die MPi. Das Blei fuhr aus der Mündung, traf auch das Ziel, und ich schloss für zwei Sekunden die Augen, weil der Anblick zu schrecklich war.

Kaum hatte ich sie wieder geöffnet, als ich den Schrei vernahm. Es hatte den Mann namens Raul erwischt. Gleich vier Zombies ließen sich auf ihn fallen und begruben ihn unter sich. Der Wagen verdeckte mir zusätzlich die Sicht auf ihn, sodass sein Schrei das letzte Lebenszeichen von ihm gewesen war.

Im nächsten Moment roch ich die Gefahr. Dies im wahrsten Sinne des Wortes, denn einer der übrig gebliebenen Ghouls hatte es geschafft und sich unbeobachtet in die Nähe der mir als Deckung dienenden Fässer herangeschoben.

An der anderen Seite zog er sich hoch, und ich blickte in ein flaches, breites und widerlich verzogenes Gesicht, bei dem die Augen wie bei dem kleinen E.T. standen.

Eine breiige Pranke wollte nach meinem Gesicht fassen. Ich drehte mich weg, zog in der Bewegung meinen Dolch und stach zu.

Der Ghoul stieß ein blubberndes Geräusch aus, bevor er nach unten wegsackte und verschwand.

Das war erledigt.

Sekunden später setzte ich mit einem gewaltigen Sprung über die Tonne. Ich wollte zum Wagen hin, doch auf dem Pier hatte sich einiges verändert. Die Zombies – oder ein Teil von ihnen – bildeten eine Kette und somit auch einen Sichtschutz. Ich konnte den Wagen nicht mehr erkennen, denn es waren zu viele Zombies, die sich an den Händen gefasst hielten und auf mich zuschritten.

Mir wurde es verdammt trocken im Hals. Noch hatte ich Zeit zu überlegen, denn sie befanden sich weit genug weg. Aber es musste rasch gehen.

Xorron hatte sein Totenheer geschickt, das mich vernichten sollte.

Schüsse hörte ich ebenfalls. Nur nicht mehr so laut wie zuvor. Sie knatterten in unregelmäßigen Abständen auf.

In einer Feuerpause vernahm ich ein anderes Geräusch. Ein Motor wurde angelassen. Da nur ein Fahrzeug auf dem Pier stand, konnte es sich nur um den Mercedes handeln.

Ich hatte mich nicht geirrt. Zur Seite hin war mein Blickfeld besser, und schon bald schoss der dunkle Schatten über das raue Pflaster des Piers. Hinter dem Lenkrad hockte geduckt eine Gestalt. Obwohl ich sie nicht genau sehen konnte, glaubte ich, in ihr Logan Costello zu erkennen.

Er suchte das Weite!

In mir stieg die Wut hoch. Demnach hatte er mich doch als Schachfigur benutzt und sich wahrscheinlich mit Xorron arrangiert, damit er ihm die Flucht ermöglichte.

Ein verdammt raffiniert eingefädelter Plan, auf den ich Ochse reingefallen war.

Ändern konnte ich nichts mehr daran, denn nun hatte Xorron eigentlich das, was er wollte.

Nämlich mich.

Ich wog die inzwischen nachgeladene Beretta in der Hand. Natürlich konnte ich die Kette der Zombies durch ein paar Treffer aufreißen, doch hinter ihr lauerten andere Untote, die sich dann auf mich stürzten, und irgendwann würden sie mich packen, denn sie brauchten sich nur zu bewaffnen.

Der Gedanke war kaum in mir aufgeflammt, als ich abermals Schüsse vernahm.

So hämmerte nur eine Maschinenpistole.

Plötzlich kippten an der linken Reihe zwei Zombies um, und mein Blickfeld wurde für einen Moment freier. Ich sah Xorron, hörte sein wummerndes Gelächter und erkannte auch den Schießer.

Es war ein breitschultriger Zombie, der sich die MPi eines Mafioso genommen hatte und mit ihr herumspielte.

Gefährlich spielte, denn er schwang sie nicht nur von einer Seite zur anderen, sondern auch von oben nach unten, und die Kugelgarben wischten von allen Seiten herbei. Dabei war es dem Zombie egal, ob er auch seine Artgenossen traf oder nicht.

Nicht weit von mir entfernt tanzte eine Garbe über den Belag und schleuderte kleine Teerbrocken hoch.

Für mich wurde es Zeit zum Rückzug.

Ich jagte wieder dahin, wo ich hergekommen war, und brachte Distanz zwischen mich und die Zombies. Mein Hechtsprung über die Fässer konnte sich sehen lassen, nur landete ich nicht so glücklich, denn der Schmerz in meiner linken Schulter war nicht von schlechten Eltern.

Ich kam wieder hoch und stützte mich dabei mit der linken Hand auf. Der Schmerz verwandelte sich in ein Stechen, und ich lief weiter. Kein Ruhmesblatt für einen Geisterjäger, vor seinen Gegnern zu fliehen, doch es blieb mir keine andere Möglichkeit.

Durch die schmale Gasse zwischen zwei Bauten hetzte ich,

und erst als ich ihr Ende erreicht hatte, schaute ich mich um, wobei ich das Poltern hörte, das mir entgegenschallte.

Die Zombies hatten die Fässer umgekippt. Einer dieser Untoten trug einen dunklen Anzug. Das erkannte ich, als er in den Schein einer Laterne geriet.

Es war Raul, der Killer.

Er gehörte jetzt auch zu der Meute. Raul bewaffnete sich mit einem Fass. Er packte es und stemmte es hoch über seinen Kopf. Im nächsten Moment wuchtete er es nach vorn.

Die Entfernung zwischen ihm und mir war einfach zu groß. Das Fass konnte mich kaum erreichen, es tickte auf, knallte mal gegen die linke, dann wieder gegen die rechte Wand und zersplitterte schließlich.

Die Zombies drängten sich in die Gasse.

Wieder war ich versucht, zu schießen. Nein, ich musste Munition sparen, denn ich brauchte sie, wenn ich in ausweglose Lagen geriet. Der Blick nach rechts öffnete sich zum Wasser hin. Wenn alle Stricke rissen, musste ich in die dunkle Brühe hechten. Auf der linken Seite standen die Barackenbauten, es schimmerten auch Gleise, und eine in Fertigbauweise errichtete Halle gab einen matten Glanz ab.

Hinter der Halle musste eine Straße oder ein Weg liegen, denn dort konzentrierte sich der Lichtschein.

Ich jagte los. Mein Ziel war die Halle. Die Zombies, wesentlich langsamer als ich, blieben hinter mir zurück, und ich atmete allmählich auf. Im Laufen konnte ich sie schlagen, da waren sie immer die Verlierer.

Aber nicht Xorron!

So stumpfsinnig und hirnrissig, wie er gern von anderen gesehen wurde, war er nicht, das bewies er in den nächsten Sekunden, denn vor mir hörte ich ein Knirschen und Krachen.

Die Seitentür einer Baracke brach, von einer furchtbaren Gewalt getroffen, auseinander.

Xorron kam!

Wie ein Irrwisch drang er durch die Öffnung. Dabei wurde er von Holzteilen und Steinbrocken umwirbelt. Die Schreie, die er ausstieß, waren fürchterlich.

Ich hatte zum Glück rechtzeitig genug stoppen können, sonst wäre ich voll gegen ihn geprallt, und ich wurde auch nicht von den Trümmern begraben oder erwischt. Nur ein paar dünne Holzplatten prallten gegen meinen Körper.

Xorron hatte ebenfalls sehr viel Kraft hinter seinen Rammsprung gelegt, sodass es nicht einfach für ihn war, sich wieder zu fangen. Er prallte vor die Wand der gegenüberliegenden Baracke und musste sich erst noch drehen.

Ich befand mich bereits auf dem Rückmarsch. Vorne hätte mich Xorron erwischt, denn auch mein Kreuz richtete gegen ihn nichts aus. Die Magie umtanzte seine Gestalt zwar mit einem grünen Schein, mehr geschah aber nicht.

Ich sah zu, aus Xorrons Reichweite zu gelangen. Hinter mir hörte ich sein Gelächter und danach die stampfenden Schritte, als er die Verfolgung aufnahm.

Was befand sich vor mir?

Natürlich eine Gasse. Außerdem Zombies …

Sie quollen hinein, stießen und drängten, aus ihren Mäulern wehten schaurige Laute. Sie fielen hin, standen wieder auf und krochen in meine Richtung.

Eingekesselt!

Ein anderer Begriff fiel mir nicht ein. Nach hinten war der Weg versperrt, nach vorn ebenfalls.

Wohin?

Rechts und links befanden sich die glatten Mauern. Ich warf einen Blick in die Höhe. Sehr hoch waren die Dächer nicht, und an einem sah ich eine Dachrinne, die zerstört war und nach unten hing.

Die einzige Chance!

Ein glücklicher Zufall. Wenn ich mich anstrengte, konnte ich die Rinne erreichen.

Hoffentlich hielt sie auch …

Ich nahm mir sogar noch die Zeit für einen Anlauf. Kurz vor der Mauer wuchtete ich meinen Körper in die Höhe, schleuderte den Arm nach oben, und schon beim ersten Versuch klatschte meine Hand gegen die Rinne.

Wie ein Ertrinkender nach dem treibenden Brett greift, so

packte ich die Dachrinne. Das Metall war rostig, es ächzte, als ich daran zog, und es schnitt auch in meine Hand. Ich fasste mit der linken Hand nach und fand somit mehr Halt.

Dann zog ich die Beine an. Mit den Fußspitzen berührte ich das raue Mauerwerk, konnte mich ein wenig abstützen und versuchte, mich in die Höhe zu hangeln.

Unter mir heulten die Zombies.

Sie hatten inzwischen den Platz erreicht, an dem ich gesprungen war. Jetzt drängten sie gegen die Mauer, schlugen mit ihren Händen zu, warfen sich selbst dagegen oder versuchten, ebenfalls hochzuspringen, um die Dachrinne zu packen.

Das gelang ihnen nicht. In ihren Körpern steckte einfach keine Kraft mehr. Die Zombies prallten nur gegen die Mauer und sackten anschließend in die Knie.

Auch mir erging es nicht viel besser. Ich versuchte verzweifelt, auf das Dach des Hauses zu gelangen, aber die verfluchte Rinne brach immer weiter ab, sodass ich allmählich in die Tiefe sackte.

Es war zum Heulen.

Weshalb griff Xorron nicht ein? Ich schaute zurück, sah ihn da stehen und zu mir hochblicken.

Er grinste, wobei er sein hässliches Maul in die Breite gezogen hatte und sein mörderisches Gebiss fletschte.

Ich ahnte seinen Plan. Wenn ich auf dem Dach stand, konnte ich nicht mehr weiter. Es war eine Insel, und wenn Xorron sie erkletterte, hatte er mich, falls ich nicht vorher kippte.

Aber ich erhielt Hilfe.

Wie eine Schlange schob sich etwas über das Dach. Im ersten Augenblick konnte ich es nicht genau erkennen, dann sah ich, dass sich die »Schlange« vorn teilte, wobei sich eine Hand herauskristallisierte.

Eine rettende Hand!

Sehr schmal, dennoch war sie gewillt, hart zuzupacken. Das bewies sie im nächsten Augenblick. Etwas umklammerte meinen linken Arm, hielt fest und zog mich in die Höhe.

Ich stütze mich an der Dachkante ab und war der rettenden Hand somit behilflich.

Endlich lag ich, holte schwer Atem und musste nur noch die Beine völlig nachziehen.

Ich schaute hoch.

Mein Retter hatte sich in das Dunkel zurückgezogen, dennoch erkannte ich ihn.

Jill St. Clair!

Im ersten Augenblick wollte ich meinen Augen nicht trauen. Das durfte es doch nicht geben! Ich hatte Jill befohlen, zu verschwinden, und jetzt hockte sie auf diesem Dach?

Wie war sie da überhaupt hochgekommen?

Darüber machte ich mir keine weiteren Gedanken, sondern ging auf sie zu. Jill hatte sich ebenfalls geduckt. Jetzt kam sie hoch. Die Distanz zwischen uns schmolz dahin, ich sah sie genauer und bekam einen gewaltigen Schock.

Die Bisswunde am Hals war nicht zu übersehen. Und auch nicht das Blut.

Jill St. Clair hätte tot sein müssen, denn so eine Verletztung überlebt niemand. Dass sie noch lebte, dafür gab es nur eine Erklärung.

Jill St. Clair war ein Zombie!

Bisher hatte sich Logan Costello auf seine Leute immer verlassen können. Sie standen ihm treu zur Seite, doch wenn es um das eigene Leben ging, dann waren die anderen unwichtig.

Wenigstens für Costello.

Xorron hatte ihm einen Auftrag erteilt und gleichzeitig gesagt, dass er die drei Mafiosi den Zombies als Beute überlassen wollte. Costello widersprach nicht, denn er kam noch einmal davon, und er sollte seinen Wagen nehmen.

Die lebenden Toten wussten Bescheid. Sie würden Logan Costello nichts tun, wenn er quer durch ihre Linien auf seinen Wagen zurannte und damit verschwand.

Dennoch hatte er Angst. Er sah die schrecklichen Gestalten vor sich, erinnerte sich auch wieder an New York, wo die Zombies so furchtbar gewütet hatten, und hoffte, dass sie Xorrons Befehlen tatsächlich gehorchten.

Sie griffen ihn nicht an.

Schreckliche Szenen spielten sich ab. Jacques Cavelli schoss, was die Waffe hergab, doch auch er konnte den Ansturm der Zombies nicht stoppen.

Es waren einfach zu viele.

Costello kam durch. Da er nicht mehr rechtzeitig genug stoppen konnte, prallte er gegen die Fahrerseite, fingerte nach dem Wagenschlüssel und schloss die Tür auf.

Noch nie war Logan Costello so rasch in seinen Wagen gestiegen wie in diesen Augenblicken. Er flatterte am ganzen Körper, rammte die Tür so hart zu, dass es wie ein Schuss klang, und suchte mit zitternden Fingern nach dem Zündschloss.

Endlich.

Er drehte den Schlüssel, und der Mercedes bewies wieder seine Funktionstüchtigkeit.

Costello stellte die Automatik um.

Und Costello gab Gas. Er hatte sich geduckt, sein Gesicht war verzerrt, es spielte für ihn keine Rolle mehr, was aus seinen Männern wurde. Hauptsache, ihm gelang die Flucht.

War der Pier auch sehr groß, so hatte Costello dennoch keine freie Bahn. Die Zombies bevölkerten die nähere Umgebung, und sie wussten jetzt nicht mehr, wohin sie sich wenden sollten, da der Wagen weg war.

Aus den Augenwinkeln bemerkte Costello, dass sie sich dennoch formierten. Dann fiel ihm ein, dass er die Scheinwerfer nicht eingeschaltet hatte. Er holte es rasch nach.

Die beiden hellen Arme stachen gerade in die Dunkelheit. Costello – er konnte nun mehr erkennen – beschleunigte seinen Mercedes. An schnelles Bremsen war nicht mehr zu denken, auch nicht, als die beiden Zombies im Streulicht der Scheinwerfer wie Geister erschienen.

Im künstlichen Licht sahen sie noch schauriger aus. Sie standen plötzlich vor der Kühlerhaube und glotzten durch die Frontscheibe, dabei streckten sie ihre Arme aus und bewegten die teigigen Hände.

»Verfluchte Brut!«, keuchte Costello und gab Gas.

Der schwere Mercedes wirkte wie ein Rammbock. Beide

Zombies wurden erfasst, der eine an der linken, der andere an der rechten Seite, und in die Höhe geschleudert.

Sie wirkten plötzlich wie Puppen. Arme und Beine schlenkerten, dann krachten sie zu Boden und blieben liegen.

Er musste lachen. Es ging nicht anders. Dieses Gelächter drang wie eine große Befreiung aus seinem Mund. Costello schüttelte den Kopf und erschrak heftig, als sich das Licht der Scheinwerfer auf einer dunklen Fläche widerspiegelte und helle Reflexe schuf.

Da war schon das Wasser!

Costello bekam es mit der Angst zu tun, bremste und riss das Lenkrad nach rechts.

Die Reifen wimmerten protestierend, und auf dem Boden blieb eine grauschwarze Spur zurück, aber Costello bekam den Mercedes herum und berührte nicht einmal den Rand des Piers.

Jetzt lachte er wieder, denn er hatte freie Bahn. Der Schrecken blieb hinter ihm zurück. Als er die erste normale Straße erreichte, fühlte er sich noch gelöster und wäre am liebsten weitergefahren bis in alle Ewigkeiten. Doch da lag unsichtbar ein Druck auf ihm, der ihn in die Knie zwingen konnte.

Xorron hatte ihm einen Befehl gegeben.

Er musste Shao holen!

Wenn er dies nicht tat, war er verloren, denn Xorrons Rache entging niemand. Da konnte er noch so viele gute Leute haben. Wenn Xorron seine Zombies losschickte, wurden aus seinen eigenen Killern nur kleine Statisten im Spiel des Grauens.

Costello schaltete das Fernlicht ein. Die blaue Leuchte am Armaturenbrett kam ihm vor wie ein Auge. Jetzt konnte er noch besser sehen und erkannte auch die Gestalt, die plötzlich mitten auf der Fahrbahn auftauchte.

Es war ein Mann. Und er trug eine Maschinenpistole.

Costello atmete tief ein und keuchend wieder aus. Er hatte den Kerl erkannt. Jacques Cavelli, der Killer aus New York, der bisher alles überlebt hatte.

Sollte er vorbeirasen? Denn was ging ihn überhaupt Cavelli an? Eigentlich nichts, nur trug der seine MPi noch bei sich, und er wirkte so, als würde er sie auch einsetzen.

Costello geriet ins Schwitzen. Er musste sehr schnell entscheiden, was er tun sollte.

Cavelli schoss. Noch feuerte er nicht auf den Wagen, er setzte die Garbe nur auf das Pflaster, als Zeichen der Warnung.

Costello dachte daran, dass der Mercedes zwar schusssichere Scheiben hatte, aber keine kugelfesten Reifen. Die hatte er sich immer aufziehen lassen wollen, es aber dann doch vergessen.

Das rächte sich nun, denn mit zerschossenen Reifen kam er nicht weit. Da konnte er besser so stoppen.

Er löschte das Fernlicht und tippte auf die Bremsen. Dicht neben Cavelli hielt er an. Durch Knopfdruck entriegelte er die Tür, die sofort aufgerissen wurde.

Zuerst erschien der Waffenlauf. Er glotzte wie ein finsteres Auge in das Wageninnere. Ein Stück dahinter erschien das verzerrte Gesicht des Killers. Cavelli stand unter einer unheimlichen Spannung, dies sah man ihm deutlich an.

»Du Schwein wolltest allein verschwinden!« Cavelli war außer sich und stieß mit dem Waffenlauf nach Costello. Fast hätte er den Capo noch am Kopf erwischt, doch Costello drückte sich rechtzeitig genug zur Seite.

Die Wut stieg wieder in ihm hoch. »Verdammt, was sollte ich denn machen? Ich war froh, dass ich abhauen konnte.«

Cavelli stieg ein und hämmerte die Tür zu. »Was ist denn mit den anderen?«

»Ich weiß es nicht.«

»Die Zombies, nicht?«

»Möglich.«

»Du Dreckschwein.«

Logan Costello atmete scharf ein. So etwas hatte schon jahrelang niemand mehr zu ihm gesagt, und Cavelli hatte ihn, den großen Capo, damit tödlich beleidigt.

»Ich bin hier am Drücker«, erklärte der Mann aus New York und drehte die Maschinenpistole, sodass die Mündung auf den hinter dem Steuer sitzenden Costello wies. »Fahr los!«

»Und wohin?«

»Das weißt du doch genau, du Feigling. Da, wo du hinwolltest. Ich bin gespannt.«

»Bitte!« Costello blieb ruhig. Bei ihm ein böses Zeichen. Er gab Gas und erreichte schon bald die Nähe der großen Tower Bridge.

Cavelli schwieg. Nur hin und wieder drehte er sich um, schaute aus dem Heckfenster und suchte nach Verfolgern.

»Sind welche hinter uns?«, fragte Costello.

»Zum Glück nicht. Es würde dir auch schlecht bekommen.«

»Wieso mir?«

»Weil du mich dann reingelegt hättest.«

»Beschwere dich bei Xorron.«

Cavelli lachte auf. »Ich werde verschwinden, Costello. In New York kenne ich mich aus, aber du musst in London bleiben und dich um Xorron kümmern. Besser gesagt, er wird sich um dich kümmern, und da kannst du etwas erleben.«

»Wir werden sehen.«

Cavelli holte Zigaretten hervor, ohne die Lage der Maschinenpistole zu verändern. Er zündete ein Stäbchen an und behielt es im Mundwinkel. An einer Ampel stoppten sie.

Jetzt sprach Cavelli wieder. »Also, wohin geht die Reise? Raus mit der Sprache!«

Costello, mit allen Wassern gewaschen, hatte sich schon längst eine Ausrede zurechtgelegt. »Wir werden zu einem kleinen Ausweichquartier von mir fahren.«

»Ein Versteck?«

»So ungefähr.«

»Liegt es einsam?«

Die Ampel wechselte auf Grün, und der Mafioso konnte wieder anfahren. »Nein, es ist kein einsamer Platz. In einem Hochhaus. Sehr citynah.«

»Da verkriechst du dich also. Wer weiß alles davon?«

»Nur noch mein Anwalt.«

»Ist er dort?«

»Nein.«

»Dann werde ich dich begleiten. Da ich annehme, dass die Wohnung Telefon hat, wirst du einiges in die Wege leiten. Zum Beispiel den lieben Roberto Pasti in New York anrufen, damit der über alles in Kenntnis gesetzt wird und sich seine Gedanken machen kann, wenn ich zufällig nicht am Hudson auftauche.«

»Das geht in Ordnung.«

Cavelli lachte. »Ihr lernt schnell hier in London.«

Costello gab keine Antwort. Er überlegte verzweifelt, wie er aus der doch be…scheidenen Lage herauskommen konnte, ohne dass die Sache große Kreise zog.

Natürlich wusste er, wo Sinclair, sein großer Feind, wohnte. Dennoch fuhr er einen Umweg, denn er brauchte Zeit, um nachdenken zu können. Ein paarmal nickte er vor sich hin, was Cavelli auffiel, und dieser fragte nach dem Grund.

»Es ist nichts«, sagte Costello.

»Leg mich nur nicht rein!«

»Wie denn?«

Cavelli lachte. »Das stimmt.«

Sie hatten mittlerweile die Gegend erreicht, wo Sinclair und auch seine Freunde wohnten. Das hohe Haus stach schmal in den dunklen Himmel. Es waren noch zahlreiche Fenster erleuchtet, manchmal sah man auch den Schatten eines Menschen.

Auch Cavelli hatte den Bau entdeckt. Er beugte sich ein wenig vor, um besser sehen zu können. »Ist das dein Ziel?«

»Genau.«

»Und wo stellst du den Wagen ab?«

»Hinter dem Haus ist ein kleiner Parkplatz.«

Das stimmte tatsächlich. Nur stellten die Bewohner ihre Wagen zumeist in der Tiefgarage ab, aber das konnte Cavelli nicht wissen. Auf dem Parkplatz brannten nur zwei Laternen. Er war ein idealer Ort für Liebespaare. Ein paar Fahrzeuge waren abgestellt worden, aber es gab genügend freie Plätze.

»Fahr nahe an das Haus heran!«, befahl Cavelli.

Innerlich grinste Costello. Dieser Kerl konnte ihm keinen größeren Gefallen tun, denn am Haus war es noch dunkler. Die nächste Laterne stand schräg gegenüber.

Logan Costello ließ den Mercedes in eine Parkbucht rollen und stoppte. »Da wären wir«, sagte er.

»Steig aus!«, befahl Cavelli. »Aber keine Dummheiten! Ich kann dich immer erwischen.«

»Das weiß ich.« Costello öffnete die Tür. Er lachte über den arroganten Schießer aus New York. Der vergaß die einfachsten Regeln, denn Costello hätte jeden Gegner nach Waffen untersucht.

Jacques Cavelli tat so etwas nicht.

Er machte Fehler …

Costello wartete neben dem Wagen. Cavelli kam sehr schnell. Geschmeidig drückte er sich nicht nur aus dem Innern, sondern auch in die Höhe, ging um den Mercedes herum und winkte mit der MPi.

Logan Costello blieb stehen. »Willst du die in der Hand halten, wenn wir ins Haus gehen?«

»Du willst mich reinlegen, was?«

»Nein. Nur vor Schaden bewahren. Um diese Zeit ist in einem so großen Haus noch einiges los, deshalb wäre es besser, wenn du die MPi verschwinden lassen würdest.«

Cavelli überlegte einen Moment. »Gut, ich mache es. Aber lass dir keine Dummheiten einfallen!«

Logan Costello schaffte es, ein naives Gesicht zu machen. »Welche Dummheiten denn?«

»Schon gut, Alter, geh!« Cavelli schüttelte den Kopf. »Und so etwas wie du hat hier in London die Macht.« Er knöpfte mit einer Hand sein Jackett auf und ließ die MPi sinken.

Costello feuerte durch die Jackentasche. Dort steckte der kleine vernickelte Revolver. Es gab nur einen dünnen Knall, und der Mafioso schoss noch ein zweites Mal. Zur Sicherheit.

Beide Kugeln trafen genau. Zweimal zuckte Cavelli zusammen. Seine Augen wurden groß, der Mund öffnete sich, und ein schweres Röcheln drang hervor.

Dann wankte er zurück. Die MPi rutschte ihm aus der Hand und fiel auf das Pflaster.

Ausdruckslos schaute Logan Costello den Killer aus New York an. Dabei schüttelte er den Kopf und erwiderte etwas auf Cavellis letzte spöttische Bemerkung.

»Ich regiere in London. Das wirst du wohl jetzt bemerkt haben, du elende Ratte.«

Die letzten Worte hörte der New Yorker schon nicht mehr.

Costello war zufrieden. So viel er feststellen konnte, hatte es keine Zeugen gegeben, und das beruhigte ihn ungemein. In aller Ruhe machte sich Costello an die Arbeit. Er erledigte das, was zu tun war. Zunächst hob er die Maschinenpistole auf und verstaute sie in seinem Wagen. Dann bückte er sich, fasste die Leiche unter und schleppte sie zu einem nahen Gebüsch, wo sie zwischen den dicht belaubten Zweigen verschwand.

Anschließend lud er seinen Revolver nach. Dabei lächelte er. Dieser kleine Freund hatte ihm wieder einen großen Dienst erwiesen. Leider hatte er sich ein wenig verspätet, aber die Chinesin würde noch nicht zu Bett gegangen sein.

Costello strich seinen Anzug glatt und schritt an der Schmalseite des hohen Hauses entlang, um den normalen Eingang zu erreichen. Er kannte den Nachtportier zwar nicht, zudem war die Tür abgeschlossen, aber um so etwas hatte er sich noch nie gekümmert.

Zwei Minuten wartete er im Schatten. Dann kam ein junger Mann auf das Haus zu. Er war durchschnittlich gekleidet und trug eine Aktentasche. Vielleicht kam er von der Arbeit.

Costello stellte sich ihm in den Weg und wedelte mit einer 100-Pfund-Note. »Die gehört Ihnen, junger Mann, wenn Sie mich mit ins Haus nehmen und so tun, als wären wir Bekannte.«

»Aber – aber – wieso ...?«

»Machen Sie es?«

»Klar, ich ...«

»Unter Männern, wissen Sie. Hier wohnt jemand, der ist jünger als meine Frau, und Sie wissen schon ...«

Das verstand der Mann. Er grinste und griff nach der Note. »Das sage ich meiner Maria aber nicht.«

»Es wäre auch töricht.«

So gelangte Logan Costello in das Haus, und der Nachtportier grüßte sogar noch freundlich.

»Wo wollen Sie denn hin?«, wurde Costello gefragt, als sie im Lift standen.

»Bestimmt höher als Sie.«

»Das glaube ich gern. Ich könnte zu Fuß hochgehen.«

»Drittletztes Stockwerk.«

»Na, dann viel Spaß.«

Costello fuhr weiter und hatte bald den Stock erreicht, in dem nicht nur John Sinclair wohnte, sondern auch dessen Freunde Suko und Shao. Der lange Gang war bis auf Costello menschenleer. Teppiche dämpften seine Schritte, und die entsprechende Tür hatte er bald gefunden. Er wusste, dass Shao und Suko neben Sinclair wohnten.

Vor der Tür blieb Costello für einen Moment stehen und atmete noch einmal tief durch.

Dann schellte er …

Die Reporterin war zu einer Untoten geworden!

Ich hätte mir selbst ins Gesicht schlagen können, als ich das sah. Trotz des Schocks machte ich mir die bittersten Vorwürfe. Vielleicht hätte ich sie doch nicht wegschicken sollen, aber wer konnte schon in die Zukunft sehen? Sie musste den Zombies als Lebende genau in die Arme gelaufen sein.

Verdammt auch.

Jill St. Clair wollte etwas sagen. Sie bewegte auch den Mund, doch nur ein dumpfes Röcheln drang mir entgegen.

Plötzlich griff sie an.

Ich hatte mich noch nicht richtig auf die Situation eingestellt. Ein Schlag erwischte mich seitlich am Kopf und warf mich herum. Rasch konnte ich mich wieder fangen, als sie sich schon auf mich fallen ließ und ihre bereits kalten Totenklauen nach meinem Hals griffen.

Ich schlug unter die Hände, riss mein Knie hoch und konnte sie stoppen. Um sie richtig auszuschalten, musste ich eine Waffe nehmen.

Ich wollte das Kreuz hervorholen, als sie einen Angriff startete, mit dem ich nicht gerechnet hatte. Sie warf sich nicht nur vor, sondern rannte auch. Dabei senkte sie den Kopf, zielte auf meinen ungedeckten Magen und traf.

Ich wurde nach hinten katapultiert, gefährlich nahe an den Dachrand …

Der Kampf der Giganten

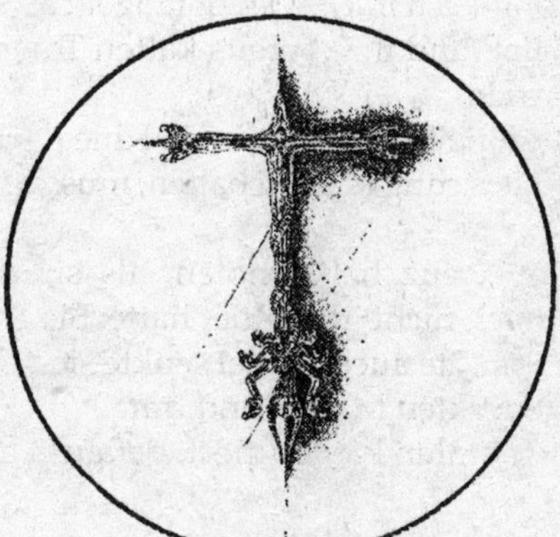

Das Schreckliche hatte zwei Namen.

Xorron und Shimada!

Beide waren Dämonen und Feinde. Jeder wollte die Herrschaft an sich reißen. Xorron nannte sich Herr der Zombies und Ghouls. Diesen Namen beanspruchte Shimada jedoch auch, und so trieb alles auf eine Entscheidung zwischen ihnen hin.

Es würde einen gigantischen Kampf geben, und darin konnten sich John Sinclair und Suko leicht verstricken und untergehen.

Deshalb war Shao so nervös. Sie konnte keine Ruhe finden, wanderte aufgeregt durch die kleine Wohnung, wobei sie immer häufiger auf die Uhr schaute.

Es dauerte nicht mehr lange bis Mitternacht. Dann brach ein neuer Tag an. Was würde er bringen?

Bestimmt nichts Gutes, dachte Shao, die sich ansonsten immer optimistisch zeigte. Und an diesem Tage hatte sie zusätzlich noch Angst.

Beide Männer lebten auf sehr gefährlichem Fuß. Wenn sie einen neuen Fall angingen, konnte es immer der letzte sein. Das wusste Shao, denn sie hatte mit ihrem Freund Suko oft genug darüber gesprochen. Aber über eine Sache zu reden und sie dann selbst zu erleben, das waren schließlich zweierlei Dinge.

Dies stellte auch Shao fest. Sie ging ins Bad, machte Licht und betrachtete sich im Spiegel. Die Chinesin stellte fest, dass sie schlecht aussah. Sie hätte mal wieder zwölf Stunden schlafen müssen, doch das konnte sie nicht. Solange sie nicht wusste, wo die beiden Männer steckten, fand sie keine Ruhe.

Shao wusch sich das Gesicht, schüttelte sich und holte tief Luft, bevor sie ihre Haut mit einem weißen Handtuch abtupfte.

Durst verspürte sie, ging in die Küche und stellte vorher den Fernseher ab. Es lief sowieso nichts, was sie noch interessiert hätte. Kaum hatte sie die Tür des Kühlschranks aufgezogen und nach einer Flasche gegriffen, als sie die Klingel vernahm.

Ein kurzes Läuten nur, nicht wütend oder fordernd, sondern eher schüchtern.

Shao wusste nicht, wer sie zu dieser späten Stunde noch

hätte besuchen wollen. Aus diesem Grund war sie sehr vorsichtig, als sie zur Tür schlich, vor ihr stehen blieb und durch das in Augenhöhe steckende Guckloch schaute.

Leider war die Optik beschlagen, sodass Shao nicht viel erkennen konnte. Dass der Besucher für diese Sichtverminderung gesorgt hatte, wusste Shao nicht.

»Wer sind Sie? Was wollen Sie?«, fragte sie so laut, dass der andere es auch hören konnte.

»Ich komme von Ihrem Freund.«

Shaos Herz schlug schneller. »Suko?«

»Ja.«

»Was ist mit ihm?« Plötzlich war sie so nervös, dass sie alle Vorsichtsmaßregeln über Bord warf. Sie dachte nur an Suko, auf den sie so lange gewartet hatte.

Nur kannte sie den Mann nicht, und das machte sie misstrauisch. »Wer sind Sie?«

»Ich komme vom Yard.« Der andere hielt einen Ausweis hoch. »Und ich soll Sie abholen.«

»Das müssen Sie beweisen!«

»Bitte, Shao! Sehen Sie den Ausweis …«

»Papier ist geduldig. Auf jeden Fall lasse ich Sie nicht in die Wohnung«, erklärte die Chinesin.

»Das ist auch nicht nötig. Ich warte unten im Eingang auf Sie. Aber beeilen Sie sich! Die Zeit drängt wirklich.«

Shao, die nach wie vor durch den Türspion schaute, sah, dass der Mann aus ihrem Blickfeld verschwand. Sie konnte aufatmen. Anscheinend war es doch keine linke Tour, die er vorhatte. Aber wer konnte schon wem trauen in diesem verdammten Spiel.

Es ging um Suko!

Das allein zählte, und der Mann hatte gesagt, dass er unten warten wollte. Shao überlegte. Wie verhalte ich mich denn jetzt richtig?, fragte sie sich. Was kann ich tun, um alles so in die Wege zu leiten, wie Suko es getan hätte?

Eine Antwort auf die Frage fand sie nicht. Deshalb wollte sie sich nur auf ihr Gefühl verlassen, und das sagte ihr: Geh auf den Plan ein! Fahr nach unten! In der Halle wird dir kaum etwas passieren, Mädchen. Vielleicht weiß er wirklich etwas über Suko. Möglich ist schließlich alles.

Shao, die eine dünne Bluse und einen bunten Rock trug, warf sich noch eine Jacke über, eilte durch die Diele und stoppte ihren Schritt erst kurz vor der Tür.

Für einen Augenblick schienen ihre Pupillen zu glühen, sie zögerte noch, überlegte, ob es wirklich richtig war, was sie da vorhatte. Dann gab sie sich einen innerlichen Ruck.

Sie schloss auf.

Shao war vorsichtig und lugte zunächst einmal durch den Türspalt in den Gang. Der Blickwinkel war mies, aber sie konnte sicher sein, dass in der unmittelbaren Nähe niemand stand.

Freie Bahn.

Shao drückte sich aus der Wohnung, schloss die Tür und drehte den Schlüssel von außen zweimal herum. Sie wollte ihn wieder aus dem Schloss ziehen, als sie hinter sich das diskrete Hüsteln vernahm.

Shao ließ den Schlüssel los und fuhr herum, wobei sie einen Schrei ausstieß.

Woher der Kerl gekommen war, konnte sie nicht sagen. Es war aber der, der geläutet hatte, nur hielt er diesmal einen kleinen Revolver in der Hand, und Shao war in der Lage, sein Gesicht genauer zu betrachten.

Dieses Betongesicht kannte sie, und sie wusste mit einem Mal, mit wem sie es zu tun hatte.

Logan Costello!

Jetzt schüttelte sie sich. Der Schreck presste ihr den Magen zusammen, denn sie ahnte, dass Costello in irgendeinem Zusammenhang mit Suko oder John Sinclair stand. Wenigstens in diesem Fall. Denn es gab Verbindungen zu Costello und Shimada.

Shao fing sich wieder. Ihre Stimme klang trotzdem spröde, als sie fragte: »Was wollen Sie?«

»Dich!«

»Wollen Sie mich entführen?«

»Nein und ja. Ich will dich nur zu jemandem hinbringen,

und ich würde dir raten, keine Dummheiten zu machen, sonst werden deine Freunde nicht mehr lange leben.«

»Suko?«

Costello nickte. »Genau. Er und Sinclair befinden sich in den Händen derer, die man getrost als ihre Feinde bezeichnen kann, und du bist für sie der Ausweg.«

»Was geschieht mit mir?«

»Das wirst du noch sehen, China-Girl. Jetzt kommst du erst mit. Und wie gesagt, keine Dummheiten, sonst ergeht es dir schlecht.«

»Okay.« Shao gab das Versprechen, und sie wollte sich auch daran halten. Die Gegenseite hielt leider die besseren Karten in den Händen, das musste sie zugeben.

Costello ließ sie vorgehen. Ein knappes Grinsen huschte um seine schmalen Lippen. Es lief besser, als er es sich vorgestellt hatte. Dabei konnte sich Costello auf die Schulter klopfen, denn er hatte erkannt, dass er noch nicht zum alten Eisen gehörte. Er machte so manch Jüngerem noch etwas vor.

Sie gingen bis zum Fahrstuhl. Shao mit zitternden Knien, Costello wachsam wie ein Kettenhund.

Der Lift stand noch oben. Shao musste als Erste die Kabine betreten. Hinter ihr schlüpfte Costello hinein. Er ließ die Chinesin den entsprechenden Knopf drücken.

Während der Fahrt nach unten sprachen sie kein Wort. Es war alles gesagt worden. Shao hatte sich nur danach zu richten. Costello beobachtete sie. Seine Blicke saugten sich in ihrem Gesicht fest. Er sah, wie nervös die Chinesin war. Sie schwitzte, die Haut glänzte, und ihre Lippen zitterten, während sie die Hände ineinander verkrampft hatte.

Gemeinsam stiegen sie aus. Und sie gingen nebeneinander her wie zwei alte Bekannte. Costello hielt seinen Revolver so, dass er nicht zu sehen war, aber Shao spürte diese Drohung, und ein kalter Schauer rann ihren Rücken hinab.

Der Portier sah die beiden. Er mochte Shao und streckte seinen Kopf aus der Öffnung des Glaskastens. »Alles in Ordnung, Miss Shao?«, rief er.

»Natürlich.«

»Dann ist es gut.«

Der Mann sah den beiden nach. Er wunderte sich über den älteren Knaben, denn er hatte ihn vor kurzem schon gesehen. Da war er allerdings mit einem Hausbewohner gekommen, und nun verschwand er mit Shao. Wirklich seltsam. Der Portier überlegte, ob er die Polizei alarmieren sollte, denn er wusste, dass Shaos Partner Suko und dessen Freund John Sinclair einem gefährlichen Beruf nachgingen.

Bevor er sich entscheiden konnte, hatten die beiden das Haus bereits verlassen.

Die kühle Luft tat dem erhitzten Gesicht der jungen Chinesin gut. Einige Male atmete sie tief durch, während sie von Costello nach links dirigiert wurde, wo zwischen Sträuchern und dem Haus ein schmaler Weg angelegt war.

»Zum Parkplatz«, sagte der Mafioso.

»Und dann?«

»Machen wir eine kleine Fahrt. Dabei fällt mir etwas ein. Kannst du Auto fahren?«

»Ja.«

»Gut, dann wird es dir auch nicht schwer fallen, einen Mercedes zu steuern. Die Servolenkung ist hervorragend.«

Shao wusste jetzt, wie es weitergehen sollte.

Sie atmete auf, denn sie hatte trotz allem die Befürchtung gehabt, dass Costello sie töten wollte.

Dies geschah nicht.

Sie erreichten den Wagen. Costello schaute sich um. Zeugen wollte er nicht haben, doch in den abgestellten Fahrzeugen schien niemand zu sitzen. Die Nacht war zu lau, da zogen es Liebespaare vor, sich im Freien zu verlustieren.

Logan Costello schloss die Fahrertür auf und bedeutete Shao, einzusteigen. Er selbst schritt um den Mercedes herum und nahm auf dem Beifahrersitz Platz.

Wie eine halbe Stunde zuvor Jacques Cavelli ihn während der Fahrt bedroht hatte, so richtete er jetzt die Mündung des kleinen Revolvers auf die Chinesin. »Fahr los!«, forderte er.

Shao hielt den Zündschlüssel noch in der Hand. »Und wohin soll die Reise gehen?«

Costello grinste nur. »Zum Hafen, meine Liebe.«
»Und da?«
»Werden wir weitersehen. Und jetzt Abfahrt!«
Die Chinesin verstand die Worte. Sie drehte den Zündschlüssel, der Motor kam sofort, und Shao wurde auch mit der Automatik des Mercedes gut fertig.
Nur etwas blieb zurück.
Die Angst …

Und Angst hatte auch ich!
Wenn ich über die Dachkante fiel, war ich verloren, denn unten in der Gasse lauerten zahlreiche Zombies, die nur darauf warteten, dass ich ihnen in die Hände fiel.
Jill St. Clair, ehemalige Reporterin und jetzt als lebende Leiche mein Gegner, hatte mich erwischt, mir ihren Kopf in den Magen gestoßen und mich so weit zurückgetrieben, dass ich in allerhöchste Gefahr geriet.
Sie taumelte auch, während ich verzweifelt mit den Armen ruderte, um das Gleichgewicht zu finden.
Wie weit die Dachkante noch entfernt war, konnte ich nicht sagen. Vielleicht zwei Schritte oder drei? Ich hatte keine Ahnung, musste jedoch mit dem Schlimmsten rechnen.
Auf den weiblichen Zombie konnte ich mich nicht mehr konzentrieren. In diesen schrecklichen Sekunden war es allein wichtig, dass ich mich wieder fing.
Ich verlagerte mein Gewicht, wuchtete den Körper nach vorn und drückte mich gleichzeitig zur Seite. Eine kuriose Haltung, und mir gelang es dabei nicht, auf den Beinen zu bleiben. Ich fiel auf die dicke Teerpappe, die das Dach bedeckte, schlug mit dem linken Arm nach hinten aus und griff ins Leere, denn dicht hinter mir war das Dach bereits zu Ende.
Irgendwie gelang es mir, die brüchige Dachrinne zu packen, und dort fand ich einen gewissen Halt.
Noch lag ich auf dem Rücken, und Jill St. Clair wollte meinen Zustand ausnutzen. Ein hilfloser Gegner ist für einen Zombie immer eine fette Beute.

Sie kam von oben. So jedenfalls sah ich es, als sie sich auf mich niederfallen ließ. Die Arme hatte sie dabei ausgestreckt, die Hände waren gespreizt. Mir gelang es, zwischen ihren Armen hindurchzuschauen und das Gesicht zu erkennen. Selbst die schreckliche Halswunde sah ich. Einer der Zombies hatte sie auf diese Art und Weise getötet, und die ehemalige Reporterin bot einen schlimmen Anblick.

Meine Waffen trug ich zwar bei mir, hielt sie jedoch nicht parat. Also musste ich mich mit einfachen, normalen Mitteln gegen sie wehren.

Ich zog die Beine an und stieß sie blitzschnell wieder nach vorn. Darin hatte ich Übung.

Ich erwischte Jill im richtigen Augenblick. Die Sohlen meiner Schuhe klatschten gegen ihren Körper, der Widerstand war da, und ich drückte die lebende Leiche zurück.

Diesmal hatte sie mir nichts entgegenzusetzen. Sie schleuderte noch ihre Arme hoch, die Bewegungen waren voller Hektik, aber auf den Füßen bleiben konnte sie nicht.

Jill prallte rücklings zu Boden.

Sie schlug hart auf. Das Geräusch drang an meine Ohren, und auch ihren wütenden Schrei vernahm ich. Sie rollte sich zur Seite, aber nun war ich am Drücker, sprang auf die Füße, sah sie liegen, zu mir hochstarren, und im nächsten Moment verzerrten sich ihre Gesichtszüge.

Jill hatte mein Kreuz gesehen.

Ich hielt es an der Kette, es baumelte ihr entgegen, schwang leicht hin und her. Sie wollte sich noch voller Panik aus der Gefahrenzone rollen, doch ich war schneller.

Das Kreuz fiel.

Sie spürte es fast noch in derselben Sekunde auf ihrer Brust und begann gellend zu schreien. Diese markerschütternden Laute drangen über das Dach, und dort, wo mein Kreuz sie erwischt hatte, stieg Rauch aus der magisch verbrannten Haut.

Das Schreien endete in einem Wimmern. Die unten in der Gasse lauernden Zombies reagierten. Ich vernahm ihre klagenden Totenstimmen, die wie ein unheimlicher Chor klangen und mich frösteln ließen.

Jill war tot. Diesmal endgültig. Sie lag verkrümmt vor meinen Füßen, ein Monster, das ich erledigt hatte. Ich wollte sie auf dem Dach nicht haben, überwand mich selbst, nahm mein Kreuz an mich und fasste sie dann unter.

Sie war schwer. Ich hatte Mühe, sie hochzustemmen und zum Dachrand zu laufen.

Für einen Moment schaute ich in die Tiefe.

Wie ein gigantisches Gewürm hatten sich die Zombies in der Gasse verteilt. Sie standen nicht still, bewegten sich, jaulten, heulten und streckten mir ihre Arme entgegen. Einige versuchten, an der Hauswand hochzuklettern.

Ich schleuderte den Körper zwischen sie.

Die Zombies fingen ihn auf. Das Gewicht riss einige von ihnen um, und sie verschwanden zwischen den anderen Leibern.

Nein, das war nicht mein Fall, und ich zog mich so rasch wie möglich vom Rand des Dachs zurück.

Was sollte ich tun?

Ich kam mir vor wie auf einer einsam im Meer liegenden Insel, die von Haien umschwommen wurde. Von so einer Insel konnte man nicht fliehen, und von diesem Dach würde ich es wohl auch nicht schaffen.

Es sei denn, ein Hubschrauber holte mich aus der Gefahrenzone. Da konnte ich jedoch lange warten.

Zunächst einmal wollte ich sehen, wie sich die Lage für mich überhaupt darstellte. Aus diesem Grunde blieb ich nicht stehen, sondern schritt das Dach ab. Ich hielt mich am Rand, sodass ich immer in die Tiefe schauen konnte.

Xorron, von dem ich im Moment nichts sah, hatte alles sehr schlau eingefädelt und das Lagerhaus von seinen Zombies umstellen lassen. Es gab keine Seite, die frei gewesen wäre. Wenn ich sprang, würde ich ihnen in die Klauen fallen.

Und das wollte ich keineswegs riskieren.

Mir blieb kein Ausweg, deshalb ging ich zurück und schaute über das Dach hinweg auf das am nächsten stehende Lagerhaus. Zwischen dem, auf dem ich mich befand, und dem anderen Gebäude klaffte eine Lücke. Schwer zu schätzen, wie breit sie war. Einige Yards waren es schon, und es war nicht sicher, dass ich sie überspringen konnte. Wenn alle Stricke rissen, musste ich es aber versuchen.

Eigentlich wäre es für Xorron ein Leichtes gewesen, auf das Dach zu klettern und sich mir zu stellen. Er hielt sich jedoch seltsamerweise zurück, und das musste einen Grund haben.

Noch einmal drehte ich meine Runde, suchte ihn, aber ich entdeckte ihn nicht.

Xorron blieb verschwunden. Ich stellte mich darauf ein, dass er noch irgendeinen Trumpf in der Hinterhand hielt und diesen erst später ausspielte. Bis dahin konnte oder musste ich mir etwas einfallen lassen.

Es würde unheimlich schwer für mich sein, den lebenden Leichen zu entkommen. Xorron hatte sein Totenheer geschickt, und die Zombies waren voll auf seinen Plan abgefahren. Sie hatten sich so geschickt verteilt, dass mir keine Chance blieb.

Und sie würden warten.

Wenn es die Situation erlaubte, tage- oder wochenlang, denn sie brauchten weder zu essen noch zu trinken. Sie existierten einfach, getragen von einem dämonischen Keim.

Einige von ihnen hatte ich erledigen können, doch längst nicht alle. Es schienen immer noch mehr hinzugekommen zu sein, und auch Ghouls hatte Xorron aus ihren Verstecken geholt.

Zwei mussten noch existieren.

Vor mir hörte ich an der Mauer klatschende Schläge. Sofort war ich alarmiert, lief an den Dachrand und sah bereits einen Zombie, der auf das Haus klettern wollte.

Er hatte noch vor gut einer Stunde zu Costellos Begleitung gehört und war einer seiner Killer gewesen. Er wurde ein Opfer der lebenden Leichen, den Erfolg erkannte ich jetzt.

Und er war bewaffnet.

Zwar gelang es ihm nicht, seinen Revolver so zu halten, wie es hätte sein müssen, dennoch bildete die Waffe eine Gefahr für mich, und er schwenkte sie schon in meine Richtung, während unter ihm die anderen lebenden Leichen nachrückten und ihn in die Höhe schoben, damit er auf das Dach klettern konnte.

Mit einem wütenden Tritt traf ich seinen Arm. Ich hatte nach unten getreten und nagelte die Waffenhand auf der Dachkante fest. Dann bückte ich mich, riss ihm den Revolver aus den Fingern, während er versuchte, nach meinem Knöchel zu greifen.

Ich schoss.

Wenn man Zombies richtig trifft, sind sie auch mit einer normalen Kugel zu töten. Diese hier fuhr genau in den Kopf der lebenden Leiche. Sie schleuderte ihn nicht nur nach unten, sondern zerstörte auch das widerliche Leben.

Als er fiel, brach die Pyramide aus Zombie-Leibern unter ihm zusammen, sodass ich von dieser Seite her erst einmal Ruhe vor den menschenmordenden Bestien hatte.

Ghouls können sich lautlos bewegen. Zum Glück jedoch riecht man sie meist, bevor sie ihr Opfer erreichen, und so erging es mir, als mir der Pesthauch dieser schrecklichen Dämonen in die Nase geriet.

Ich fuhr herum.

Sie waren zu zweit und befanden sich bereits auf dem Dach.

Als ich mich umdrehte, weil mich ihr Geruch gewarnt hatte, richteten sie sich gerade auf.

Sie starrten mich an. Für einen Moment nur, dann fächerten sie auseinander, denn sie wollten mich in die Zange nehmen. Der eine kam von rechts, der andere glitt von der linken Seite her auf mich zu. Begleitet wurden sie von der stinkenden Wolke, die mir unsichtbar entgegenschwebte.

Vielleicht hatten die Zombies sie vorgeschickt, denn die Ghouls waren noch unersättlicher als die lebenden Toten.

Auf eine lange Auseinandersetzung konnte und wollte ich mich nicht einlassen, deshalb lief ich dem ersten Ghoul entgegen. Als dieser sich aufrichtete, schleuderte ich den Dolch. Ich hatte ihn beim Laufen gezogen.

Die geweihte Silberklinge blitzte in der Luft auf, bevor sie fast bis zum Heft in der teigigen Masse verschwand.

Der Ghoul kippte zurück. Dabei platschte er auf den Rücken, blieb liegen und lief aus.

Eine große Lache breitete sich dort aus, wo er lag, und feine Schwaden stiegen fast kerzengerade in die Höhe.

Der zweite wollte fliehen. Er hatte seinen aufgedunsenen

Kopf gedreht und mitbekommen, wie es seinem Artgenossen ergangen war. Er hatte sich kaum umgedreht, als ich schon bei ihm war. Dass er erledigt wurde, dafür sorgte mein Kreuz.

Von dem ersten Ghoul war nur mehr ein gelblich grün schimmernder Klumpen zurückgeblieben. Aus ihm zog ich meinen Dolch, reinigte die Klinge und steckte die Waffe weg.

Die letzten beiden! Unwillkürlich musste ich grinsen, weil Xorron mit seinen Ghouls kein Glück gehabt hatte.

Aber die Zombies blieben.

Ich schritt wieder am Dachrand entlang und schaute in die Tiefe. Sie hatten es nicht aufgegeben und versuchten immer wieder, an der Wand nach oben zu klettern.

Es gelang nicht. Wenn sie jeweils auf die Rücken ihrer Artgenossen stiegen, brachen diese zusammen.

Zum Glück …

Ich wartete auf Xorron. Dass er nicht zu sehen war, konnte mich eigentlich beruhigen, doch dieses Gefühl wollte einfach nicht aufkommen. Wenn er mich so allein mit seinen Dienern ließ, heckte er sicherlich etwas aus.

Dieser Gedanke machte mich nervös.

Schließlich ging ich dorthin, wo sich die Kluft zum Nachbardach befand.

Sollte ich sie überspringen?

Für einen Moment spielte ich mit dem Gedanken, aber es war keine Not am Mann, so ließ ich es bleiben, denn auch in der Gasse warteten die Zombies.

Einige hatten sich hingesetzt, die Köpfe erhoben, und ich starrte in die bleichen, aufgedunsenen Gesichter dieser Wesen. Albträume wurden wahr, wenn man diese Zombies sah. Ich schüttelte mich.

Ich ging wieder zurück. Mein Blick flog über die Hafenlandschaft. In der Ferne schimmerte die Tower Bridge. Sie war nachts angestrahlt. Ihre Lichterkette war für mich ein Gruß aus einer anderen, sehr fern liegenden Welt. Für mich unerreichbar, obwohl nur einige Hundert Yards Luftlinie entfernt.

Dazwischen sah ich das Wasser und die Piers. Hier wurde nicht gearbeitet. Erst weiter im Osten strahlten in der Dunkelheit die starken Halogenleuchten und machten dort die Nacht zum Tag. Hin und wieder drang aus der Ferne ein helles Klingen oder das Quietschen eines Krans an meine Ohren.

Unendlich hoch über mir spannte sich der Nachthimmel. Dunkelblau, fast wie die Augen des Ninja-Dämons Shimada, den man auch die lebende Legende nannte.

Eine Legende, die Wahrheit geworden war, die den Menschen Angst einjagen konnte. Wo mochte er jetzt stecken? Vielleicht dort, wo sich auch Suko aufhielt?

Vieles war möglich, manches unwahrscheinlich.

Sosehr ich mir auch den Kopf zerbrach, ich fand einfach keine Lösung und musste mich damit abfinden, erst einmal nur Xorron gegenüberzustehen.

Ob es wohl zu einem Kampf zwischen den Giganten kommen würde? Einer war zu viel. Entweder Xorron oder Shimada.

Meinetwegen konnten sie sich gegenseitig vernichten. Das wäre mir am liebsten gewesen.

Als ich abermals meinen Blick über die Dockanlagen streifen ließ, fiel mir etwas auf. Es waren zwei helle Punkte. Scheinwerfer. Da kam ein Wagen!

Ich hatte die Wahl. In diesem Fahrzeug konnte ein Unbeteiligter sitzen, der dann in den tödlichen Kreislauf geriet, oder jemand, der sich diesen Pier bewusst als Ziel ausgesucht hatte.

Vielleicht Suko? Möglicherweise war es ihm gelungen, seinen Gegnern zu entkommen, und er hatte erfahren, dass ich mich hier im Hafen mit Xorrons Totenheer herumschlug.

Meine innere Spannung stieg, und ich merkte, dass mein Blut schneller durch die Adern rann. Noch konnte ich den Wagentyp nicht erkennen. War es vielleicht ein Bentley?

Ich musste mich noch etwas gedulden, bis das Fahrzeug so nahe heran war, dass seine Kühlerschnauze schon fast die ersten Zombies berührte, die sich natürlich dem Fahrzeug zugewandt hatten.

Es stand.

Noch lief der Motor, ich hörte es deutlich.

Niemand stieg aus. Dafür sorgten schon die Zombies. Der oder die Insassen mussten vor Angst starr sein, denn die lebenden Leichen umringten den Wagen und schlugen mit ihren Händen dagegen. Sogar ein Stein wurde geworfen. Er knallte gegen das Blech.

Dafür hatte ich keinen Blick und auch kein Gehör, mich interessierte eine andere Sache. Das Fabrikat war ein Mercedes. Und so einen Wagen fuhr Logan Costello.

Mit diesem Wagen waren er und ich gekommen. Costello war dann damit geflohen und traf nun wieder ein.

Was hatte das zu bedeuten? Meine vorherigen Annahmen wurden über den Haufen geworfen, wenn ich mir den Mercedes so betrachtete. Ich hatte Costello wirklich auf einer feigen Flucht vermutet und hätte nie damit gerechnet, dass er zurückkommen würde.

Da ich nichts Genaues erkennen konnte, nahm ich an, dass er im Wagen saß. Zusammen mit einer anderen Person, die ich ebenfalls nicht identifizieren konnte.

Die Zombies wollten ihre Beute. Einige von ihnen hatten sich gebückt und hoben den schweren Mercedes an der Fahrerseite an. Sie hatten ihre Mühe damit und bekamen ihn kaum vom Boden hoch, sondern schaukelten ihn nur ein wenig.

Bis Xorron erschien.

Wo er gesteckt hatte, sah ich auch diesmal nicht. Jedenfalls war er da, und er scheuchte seine Diener durcheinander, dass es beim Zusehen schon eine Pracht war.

Seine Arme arbeiteten wie Windmühlenflügel. Die lebenden Leichen kippten reihenweise um, und Xorron konnte sich endlich seinen Weg bahnen, um an das Fahrzeug zu gelangen. Er riss die Beifahrertür heftig auf, sodass der Unbekannte aussteigen konnte.

Es war Logan Costello!

Kaum stand er draußen, hob er seinen Revolver und zielte auf einen Zombieschädel, doch Xorron zischte ihm etwas zu. Costello ließ die Waffe sinken.

Die Fahrertür schwang auf. Nur zögernd schob sich die Gestalt ins Freie.

Eine Frau.

Es war Shao!

Ich stand auf dem Dach des Lagerhauses und war wie zur Salzsäule erstarrt.

Damit hatte ich nicht gerechnet. Deshalb also war Logan Costello weggefahren. Er hatte Shao geholt und dies höchstwahrscheinlich in Xorrons Auftrag.

Für einen Moment packte mich der Schwindel. Nicht nur Suko und ich befanden sich in der Gewalt dieser Dämonen, sondern auch Shao, die – und das wusste ich – eine bestimmte Aufgabe in diesem höllischen Spiel zu erfüllen hatte.

Über Shaos Herkunft lag zwar kein Geheimnis, dieses allerdings existierte in ihrer Ahnenreihe. Die Chinesin hatte erfahren, dass sie von der jetzt gefangenen Sonnengöttin Amaterasu abstammte und praktisch das letzte Glied in der Kette war. Nur durch Shao konnte Amaterasu Kontakt mit dieser Welt aufnehmen, und das hatte sie einige Male bewiesen. Nachfolgend baute ich mir eine eigene Theorie auf. Wahrscheinlich wollte Xorron über Shao an seinen Feind Shimada herankommen, denn die lebende Legende war auch ein Gegner der Sonnengöttin. Ein wenig kompliziert, im Prinzip jedoch einfach, wenn man näher darüber nachdachte.

Shao war zwar ausgestiegen, jedoch stehen geblieben. Sie hielt sich an der noch offen stehenden Tür fest, schaute auf die Mauer der Zombieleiber, und ich glaubte, die Angst auf ihrem Gesicht erkennen zu können.

Ich schüttelte mich. Was hatte dieser gierige Teufel Xorron nur alles mit ihr vor?

Xorron ließ seinen Kumpan Logan Costello stehen, bahnte sich seinen Weg um den Wagen herum und trat auf Shao zu. Sie wollte zurückweichen, ich stellte es an ihren Bewegungen fest, doch da war nichts mehr, wo sie hätte hingehen können. Die offene Tür befand sich in ihrem Rücken und versperrte dort den Weg! Ansonsten umstanden sie die Zombies wie eine lebende Wand, die nichts durchließ.

Xorron schaffte sich Platz und blieb vor ihr stehen. Ich konnte alles gut beobachten, denn Costello hatte die Scheinwerfer nicht ausgeschaltet.

Shao hielt sich tapfer. Sie zeigte kaum Furcht und sank nur

heftig in die Knie, als sie die Pranke des Monstrums auf ihrer Schulter spürte. Xorron riss sie zu sich heran, drehte sich mit Shao im Griff und zog sie fort.

Ich stand auf dem Sprung. Auf mein Kreuz und die Beretta musste ich mich verlassen. Sollte Shao von irgendwem angegriffen werden, wollte ich sofort schießen.

Das geschah nicht. Vor Xorron hatten seine Diener einen so großen Respekt, dass diese sogar ihren schlimmen Trieb vergaßen und bereitwillig Platz schufen, als er durch wollte.

Vor der Kühlerhaube blieben sie stehen, während sich Costello im Hintergrund hielt.

Xorron und Shao boten ein sehr unterschiedliches Bild. Da war einmal das weiße Monstrum mit dem grünen Skelett, das durch die Haut schimmerte, und zum zweiten die gegen Xorron zierlich wirkende Chinesin.

Noch konnte ich nichts unternehmen und musste erst einmal oben auf dem Dach stehen bleiben und abwarten.

Xorron ließ Shao los. Dann drehte er seinen haarlosen Schädel so, dass er schräg in die Höhe schauen konnte und mich sein Blick aus den Spaltaugen traf.

Ich hatte mich wieder aufgerichtet, musste von unten wie ein Schattenriss wirken, der sich vom Dach her abhob und in den finsteren Himmel stach.

Unbeweglich blieb ich. Selbst den Atem hatte ich reduziert. Sekundenlang starrten wir uns nur an, bis Xorron das Wort ergriff. »Du kennst sie?«, fragte er.

»Natürlich.«

Da lachte er dröhnend. »Dann wirst du sicherlich wissen, dass sie sich in meiner Hand befindet und ich mit ihr anstellen kann, was ich will, Geisterjäger.«

»Sag, was du vorhast!«

»Sie ist mein Trumpf, und du bist es ebenfalls. Ich habe dich gut unter Kontrolle, denn wenn du ohne meine Einwilligung das Dach verlässt, werden dich meine Diener zerreißen.«

Da hatte er völlig Recht. Ich sprach auch nicht dagegen. Ich wartete nur darauf, was er noch wollte, denn er hatte sich Shao nicht umsonst holen lassen.

»Sie«, rief er mir zu, »ist die Verbindung zu einer anderen, die ich unbedingt herstellen muss, um Shimada zu vernichten. Ich will, dass sie sich erinnert.«

»Woran?«

»An eine Göttin. An die Sonnengöttin Amaterasu. Etwas anderes kommt für mich nicht in Frage. Und wenn die Sonnengöttin es schafft, ihren Geist in den Körper dieser Chinesin fließen zu lassen, kriege ich die Informationen, die ich haben will.«

Xorron hatte sich rasch an die menschliche Sprache gewöhnt, das musste man ihm lassen. Ich aber fragte dagegen: »Was geschieht, wenn sie sich nicht erinnert?«

»Dann muss ich sie als Feindin betrachten und werfe sie meinen Zombies vor!«

So etwas Ähnliches hatte ich mir gedacht. Xorron hätte gar nicht anders handeln können. Es wäre wider seine Mentalität gewesen, die sich von der eines Killers nicht unterschied.

Xorron war mit seiner Rede noch nicht am Ende, denn die folgenden Worte galten mir direkt. »Du, Geisterjäger, wirst alles hautnah miterleben. Spring vom Dach und komm zu uns!«

Das hatte ich mir gedacht. »Was ist, wenn ich mich weigere?«

»Dann gebe ich die Frau sofort frei!«

»Und dein Plan ist damit gescheitert.«

»Nein, Geisterjäger, überhaupt nicht. Es gibt für einen Menschen schlimmere Dinge als zu sterben, das solltest du wissen.«

Wie recht dieses Untier hatte. Xorron konnte mit Shao so einiges anstellen, wobei ich machtlos zusehen musste.

Mir blieb keine andere Wahl.

Ich ging noch einen Schritt vor, trat bis dicht an den Dachrand und stieß mich ab …

Noch jetzt spürte Suko den Druck der Klinge in seinem Nacken und den Staub auf seinen Lippen, obwohl beides Vergangenheit war. Tatsache blieb, dass sie verloren hatten.

Minutenlang hatte Suko nur dagesessen. Vor ihm lag stöhnend der verletzte Junge, hinter ihm stand Shimada; der brauchte nur mit dem Schwert zuzudrücken, um Sukos Kopf vom Rumpf zu trennen.

Das tat er nicht, denn Shimada hatte andere Pläne mit den Menschen. Welche das waren, wusste wohl nur er allein.

Man konnte alles von zwei Seiten sehen. Suko sah es von der optimistischen. Er lebte, und das war die Hauptsache. Bis auf Rudi war keinem etwas geschehen.

Shimada hatte Suko sogar erlaubt, sich um den verletzten Jungen zu kümmern. Suko hatte Rudi auf den Armen liegen und musste Acht geben, sich nicht zu stark zu bewegen, denn jede Verlagerung ließ die Schmerzen erneut hochschießen.

Die sieben restlichen Horror-Fans schwiegen. Sie schwiegen aus Angst. Drei gefährlich aussehende Ninjas schlossen sie ein. Diese Dämonen saßen auf den Reittieren. Eine Pferdeechse hatten sie verloren, und so musste der Dämon mit den gefährlichen Dolchen zu Fuß gehen.

Ihr Ziel war die Arena, die tief unter ihnen lag. Leider gab es auf den Rängen keine Gänge, so mussten sie über in Stein gehauene Stufen schreiten, um zu ihrem Ziel zu gelangen.

Suko hatte die Spitze übernommen. Hinter ihm schritt Shimada. Er trug die Kampfkleidung der Ninjas, und nur seine Augen waren zu sehen. Kalte, blaue Mordaugen, erbarmungslos im Blick und jeden Menschen wie sezierend anschauend.

Das Schwert hatte er wieder weggesteckt. Er trug es in einer langen Nackenscheide.

Hinter Shimada schritten die sieben Jungen. Schweigend, mit verbissenen Gesichtern. Sie bemühten sich, ihre Angst nicht zu deutlich werden zu lassen, kniffen die Lippen zusammen und ballten ihre Hände, doch der Blick ihrer Augen sagte genug.

Suko musste auf die Stufen achten und blickte hin und wieder in Rudis Gesicht. Es war sehr bleich, und auf der blassen Haut schimmerten kleine Schweißperlen.

Der Pfeil steckte in seiner Hüfte. Mit dem Schaft ragte er noch hervor. Wie schwer die Verletzung war, wusste niemand zu sagen, auch Suko nicht, der sich jedoch große Sorgen um den Jungen machte, denn dieser Treffer hatte auch lebenswichtige Organe im Innern verletzen können.

Stoßweise ging Rudis Atem. Manchmal sickerte ein wenig Blut aus der Wunde, und Suko fühlte einen unbeschreiblichen Zorn in sich hochsteigen, weil er so hilflos war und nichts für den Verletzten tun konnte. Der brauchte dringend ärztliche Behandlung. Falls der Pfeil vergiftet war, starb Rudi dem Chinesen noch unter den Händen weg.

Der Weg in die Tiefe war nicht ungefährlich. Manchmal brachen an den Kanten der Stufen einige Stellen ab. Dann rollten kleine Steine weiter und landeten irgendwo in der Tiefe.

Nur die Schritte waren zu hören. Ansonsten sprach niemand. Suko wunderte sich, dass es sogar die Reittiere schafften, so mühelos die Stufen hinunterzugehen, ohne auszurutschen und zu fallen.

Rudi wurde allmählich schwer. Hin und wieder bewegte er die Lippen, die fast ebenso blass waren wie seine Haut. Sukos Befürchtungen wuchsen, und er hörte genau hin, wenn der schwer verletzte Junge ein paar Worte redete.

Er sprach flüsternd von seinem Zuhause in Deutschland. Suko hörte den Namen des Ortes. Warendorf. Rudi redete von einer Wirtschaft, rief nach seinen Eltern und verzog zwischendurch immer wieder das Gesicht, wenn ihn ein neuer Schmerzstoß überfiel.

Endlich, nach einer schier endlosen Zeit, hatten sie ihr Ziel erreicht, die Arena.

Sukos Füße verschwanden im Sand, der wie Glas blitzte, wenn ein Lichtstrahl auf ihn fiel. Die Schritte wirbelten den feinen Staub hoch, und es schien dem Chinesen gefährlich zu sein, dieses Zeug einzuatmen.

Als er stehen bleiben wollte, stieß Shimada ihn an und wies ihn an, bis in die Mitte der Arena zu gehen.

Das tat Suko. Erst dort durfte er anhalten. Vorsichtig bettete er Rudi auf den Boden. Im Sand lag er weicher als auf Sukos Armen.

Der Chinese merkte, wie sehr er zitterte. Jetzt, da er das Gewicht nicht mehr spürte.

Das Blut hatte sich gestaut. Auch Suko war langes Tragen nicht mehr gewohnt, und nun schaute er nach unten, wo Rudi lag.

War er tot?

Schmerzhaft spürte Suko seinen Herzschlag an den Rippen. Es war ein hartes Hämmern, und mit ihm kam die Angst. Rudi hielt die Augen halb geschlossen. Als Suko sein Ohr an die Lippen des Jungen legte, spürte er kaum noch Atem.

Der Junge starb ...

Obwohl Suko nichts gesagt hatte, merkten auch die anderen sieben, was da geschah. Sie traten näher, und die Ninja-Dämonen ließen sie gewähren. Dann standen sie um Suko und den Jungen.

Hauke fasste sich als Erster. Er wischte fahrig über seine Stirn, bewegte den Mund, räusperte sich, bevor er seine Frage krächzend stellte. »Wird er sterben?«

Suko schaute zu dem Jungen hoch. Seine Hände hatte er in den Sand gestemmt. Er fühlte die Härte der Körner zwischen seinen Fingern und sah die fragenden Blicke der sieben jungen Leute auf sich gerichtet.

»Wird er sterben, Mann?«

»Scheint so«, erwiderte Suko leise. »Der Treffer war schwer. Vielleicht war die Spitze vergiftet ...« Sukos Schulterzucken deutete die Hilflosigkeit an, die er empfang.

»Neiinnnn!« Marc Fürstner hatte den Ruf ausgestoßen. »Er darf nicht auch noch sterben. Erst Michael, jetzt er. Verdammt, wann sind wir an der Reihe?« Er schaute sich fragend um, niemand gab Antwort.

Suko spürte die Gänsehaut auf seinem Körper. Am Hals besonders intensiv, dort zog sich die Haut zusammen. Alle bekamen mit, wie sich der verletzte Rudi aufbäumte.

Suko wollte ihn zurückdrücken, der Junge durfte sich nicht bewegen. Dann sah der Chinese den allmählich brechenden Blick und die bleichen Lippen.

»Vater?« Es war nur ein Hauch. »Vater, du bist so hell, so strahlend. Bitte – ich, ich ... Oooohhh Gott!«

Mit den letzten Worten in seinem Leben hatte er nach dem

Höchsten und Größten gerufen, was es gab. Danach brach sein Blick.

Rudi Tewes war tot. Gestorben in einer anderen Welt, die keine Gnade kannte.

Suko konnte es kaum fassen. Er brauchte nur in das Gesicht zu schauen, um die Wahrheit erkennen zu können. Die Züge des Jungen hatten sich in den letzten Sekunden seines Lebens ein wenig entspannt, irgendwie wirkten sie sogar entspannt, und Rudi musste das letzte Bild, das er gesehen hatte, mitgenommen haben auf die lange Reise.

Der Chinese beugte sich vor. Und er schämte sich nicht, dass seine Augen feucht wurden.

Über sich vernahm er das Schluchzen. Sie waren Freunde gewesen, die neun jungen Leute. Einem gemeinsamen Hobby hatten sie gefrönt. Nun waren es nur noch sieben.

Ein Wahnsinn, ein schrecklicher Wahnsinn, und Suko ballte seine Hände zu Fäusten. Der Tod dieses jungen Menschen sollte nicht ungesühnt bleiben, das schwor er sich in diesen Augenblicken.

Als er sich in die Höhe stemmte und die jungen Leute anschaute, da erschraken sie über den Gesichtsausdruck des Chinesen. Sein fürchterlicher Schwur stand in seinen Zügen wie eingemeißelt. Ein jeder ahnte oder wusste, dass die vier Dämonen nun einen anderen Suko erleben würden.

»Was hast du vor?«, fragte Frank Fischer mit tränenerstickter Stimme.

Suko schüttelte den Kopf, als wäre ihm diese Frage lästig. »Das werdet ihr noch genau sehen, ich verspreche es euch.« Er durchbrach den Kreis und blieb zwei Schritte vom Kopfende des Toten stehen.

Suko wusste, wer diesen Mord verübt hatte.

Es war der Dämon ohne Kopf, der dennoch lebte und sogar seine Pfeile verschoss.

Ihn wollte Suko packen!

Langsam schritt Suko auf den Mörder zu.

Shimada stand rechts von ihm. Eingehüllt war er in seine Ninja-Kampfkleidung. Die schwarze Jacke fiel über die pludrigen Hosen, und sein Gesicht war ebenfalls in der unteren Hälfte mit einem Tuch bedeckt, das nur die Augen freiließ.

Shimada griff nicht ein. Er ahnte, was Suko wollte, und er stieß nur ein grollendes Lachen aus.

Suko blieb stehen. Ein Windstoß fuhr in die Arena, strich über den Sand und berührte auch die Haare des Chinesen. »Ich werde mir den Mörder holen!«, erklärte Suko.

Shimada nickte.

In dieser Welt herrschten andere Gesetze. Die Kraft des Stärkeren regierte. Mit denen auf der Erde waren diese Gesetze nicht zu vergleichen, und Suko hätte einen menschlichen Killer auch nicht so angepackt. Bei einem Dämon war es etwas anderes.

Der Kopflose wusste genau, was da auf ihn zukam. Und er reagierte dementsprechend.

Blitzschnell und mit den Augen kaum zu verfolgen waren seine Bewegungen, als er über die Schulter griff und gleich mehrere Pfeile aus dem Köcher holte. Den Bogen nahm er mit der anderen Hand und legte sofort einen Pfeil auf die Sehne, die er augenblicklich spannte.

Auch Suko war nicht faul.

Er zog eine andere Waffe. Sie stammte ebenfalls aus einer fremden Dimension und gehörte zu seinen stärksten Trümpfen.

Es war die goldene Pistole …

Ja, ich sprang!

Und es war ein verflucht ungutes Gefühl, als ich dem Boden entgegenfiel, denn ich wusste, was mich in den nächsten Sekunden alles erwartete.

Dann rammte ich die ersten beiden Zombies. Ich hatte meine Beine gespreizt, die Untoten wichen nicht aus, wurden an der Schulter getroffen und zwischen ihre Artgenossen gestoßen.

Ich bekam ebenfalls Kontakt. Landete allerdings nicht auf dem Boden, sondern auf einem der weichen Körper, und sofort griffen Hände nach mir.

Meine Beretta hatte ich nicht losgelassen. Wehrlos sollten sie mich nicht vor sich sehen, deshalb feuerte ich und traf den mir am nächsten stehenden Untoten zwischen die Augen.

Er verschwand aus meinem Blickfeld.

»Halt!« Es war Xorron, der diesen Befehl gab, und die lebenden Leichen gehorchten ihrem Herrn und Meister.

Sie standen still und stramm wie Zinnsoldaten.

»Komm her, Geisterjäger!«

»Hältst du deine Bestien zurück?«, wollte ich wissen.

»Das versuche ich.«

»Gut! Wenn nicht, weiß ich mich zu wehren«, sagte ich und deutete mit der Berettamündung auf mein vor der Brust hängendes Kreuz.

Xorron reagierte nicht darauf. Er stand nur hinter Shao und hatte seine weißen Pranken um ihren Hals gelegt, ohne allerdings zuzudrücken. Die Geste reichte, um mich ruhig werden zu lassen.

Es war schon ein verdammt seltsames Gefühl, durch die gelichteten Reihen der Zombies zu schreiten. Keine der bleichen Gestalten griff mich an oder wollte etwas von mir. Xorrons Knute hielt sie unten.

Vor Xorron blieb ich stehen.

Wir schauten uns an.

Wieder saugte ich seinen glatten Gesichtseindruck in mir auf. Schrecklich war er, abstoßend, widerlich, obwohl ich schon schlimmere Fratzen gesehen hatte. Wahrscheinlich dachte ich bei der Betrachtung immer nur daran, wozu diese Bestie in der Lage war, wenn es hart auf hart kam, und deshalb widerte er mich so an.

Und er sprach. Dabei öffnete er sein Maul nur einen Spaltbreit und zischte die Worte heraus. »Es kommt auf dich und die Chinesin an. Wenn ihr gehorcht, kann ich Shimada schaffen!«

Ich nickte. »All right, ich habe verstanden. Was soll ich also tun?«

»Du nichts, Geisterjäger. Sie muss es machen. Sag ihr das!«

Shao schaute gequält. Ihren Kopf hatte sie angehoben. Ich

konnte erkennen, dass sie einen innerlichen Kampf ausfocht. Sie hätte Xorron geholfen, aber er verlangte sehr viel von ihr.

»Kannst du mit Amaterasu Kontakt aufnehmen?«, fragte ich sie.

»Ich weiß es nicht.« Shao hob die Schultern. Diese Bewegung gestattete Xorron ihr, denn er hielt sie nicht mehr fest. Dabei stand er wie ein Wachhund neben ihr, beobachtete einmal Shao, dann wieder mich und ließ seine kalten Blicke auch über die Reihen der lebenden Leichen wandern, die nie ruhig stehen konnten, sondern hin- und herschwangen, wobei sie ihre Köpfe mal nickend und mal seitlich bewegten.

Ich gönnte Shao den Erfolg. Intensiv hoffte ich, dass sie es schaffte, den Kontakt herzustellen. Wenn dies nicht geschah, waren wir verloren. Xorron würde durchdrehen, wenn er seine Chance schwinden sah.

»Hast du es dir überlegt?«, fragte er.

Shao nickte.

»Ich will eine Antwort.« Xorron wurde leicht sauer.

»Es ist einfach zu schwer!«

Mit dieser Antwort wollte sich der Herr der Untoten nicht zufrieden geben. »Du stammst von Amaterasu ab. Du bist die Letzte in dieser langen Ahnenfolge, ich weiß dies alles genau. Jetzt reiß dich zusammen! Flehe sie an, hole sie her, beschwöre ihren Geist, damit er mir Bescheid gibt, wie ich Shimada töten kann. Shimada ist auch ein Feind der Sonnengöttin, das weißt du!«

Shao blickte zu Boden. Sie fühlte sich überfordert. Noch nie hatte sie so etwas unternommen. Wenn sie Kontakt zu Amaterasu bekam, geschah dies immer auf den Willen der Sonnengöttin hin.

Ich hatte getan, was ich konnte. Mehr war nicht drin. Gut, mein Kreuz besaß noch einige Kräfte. Die wollte ich aber vorerst zurückhalten und erst freilassen, wenn es tatsächlich keine andere Möglichkeit mehr gab. Dann musste ich es aktivieren, wobei Xorron durch das Kreuz nicht getötet werden konnte.

Wir standen am Scheidepunkt!

»Ich warte nicht mehr lange!«, drohte Xorron. Er hob seinen

Arm, ballte eine Pranke zur Faust und ließ sie über Shaos Kopf schweben. Wenn er sie nach unten schlug, konnte er die Chinesin mit einem Hieb töten.

»Und wenn ich es nicht schaffe?«, fragte Shao flüsternd und schaute mich dabei flehend an.

Xorron lachte nur, während ich mir eine Antwort ersparte.

Shao schaute für einen Moment auf die Kühlerhaube des Mercedes. Ihr Blick schien dabei in unendliche Ferne zu wandern, und sie schluckte ein paarmal.

Ich wusste, dass sie sich jetzt entschieden hatte, und ich sollte mich nicht getäuscht haben. Sie drehte sich um, schaute Xorron an und sagte: »Du sollst deinen Willen haben!«

»Aber schnell!«

»Ich brauche Platz«, sagte Shao fordernd. »Schafft ihn mir.«

»Die Zombies bleiben«, ordnete Xorron an. »Du kannst auf das Dach des Wagens steigen.«

»Aber …« Es meldete sich Costello. Wahrscheinlich hatte er Angst um seinen Wagen, doch Xorron unterbrach ihn mit einem wütenden Zischlaut, sodass Costello zusammenzuckte und lieber den Mund hielt.

Shao, auf deren Schultern jetzt die volle Last der Verantwortung ruhte, stieg auf die Kühlerhaube. Unter ihrem Gewicht federte das Blech, brach aber nicht, und sie kletterte weiter auf das Dach des Wagens, um dort stehen zu bleiben.

Langsam richtete sie sich auf. Wir standen hinter ihr und schauten zu ihr hoch. Selbst die teigigen, aufgedunsenen Gesichter der lebenden Leichen waren auf Shao gerichtet, die von Sekunde zu Sekunde zu wachsen schien, als sie ihren Körper streckte und dabei noch die Arme hob.

Von unten her blickte ich in ihr Gesicht.

Vorhin hatte es noch sehr blass ausgesehen. Nun glaubte ich, einen metallenen Schimmer auf der Haut zu sehen, was auch Einbildung sein konnte.

Shao war sich ihrer Aufgabe voll bewusst. Alles war nur auf sie ausgerichtet, und selbst Xarron hatte seine Spaltaugen ein wenig geöffnet, um die Chinesin anzublicken.

Auf sie allein kam es an!

Würde es ihr gelingen, die Göttin der Sonne anzurufen, damit sie uns aus der Klemme half?

Egal, was geschah. Shao setzte alles ein und begann mit ihrem Versuch …

Bisher hatte Suko sie noch nicht einzusetzen brauchen, doch er trug sie bei sich, und die goldene Pistole war mit einer Flüssigkeit geladen, die dem Todesnebel glich.

Der Inspektor würde sich hüten, die Waffe gegen Menschen einzusetzen, wie Dr. Tod damals seinen Nebel, aber für Dämonen nahm er die Pistole, die sich in ihrer Funktion bisher immer als sehr wirksam erwiesen hatte.

Sie sah ein wenig klobig aus, lag nicht einmal ausgewogen in der Hand, und Suko hatte alle Mühe, genau zu zielen. Allerdings besaß die Waffe eine sehr breite Streuung, und der Chinese musste das Ziel nur ungefähr anvisieren.

Der Kopflose bewegte sich rasend schnell. Er trieb nicht nur sein Echsenpferd an, sondern saß auch auf dem Rücken dieses Reittiers nicht still. Sein Oberkörper pendelte von einer Seite zur anderen, war mal links zu sehen, dann wieder rechts, und auf der Sehne lagen die Pfeile, denn er hatte zwei davon genommen.

Die Hufe des exotischen Reittieres wühlten den feinen glasigen Sand zu Schleiern und Wolken hoch, als der Kopflose die Geschwindigkeit steigerte. Er wollte schießen und Suko gleichzeitig über den Haufen reiten. Das Tier wuchs vor dem Chinesen in die Höhe. Breitbeinig hatte sich Suko aufgestellt, hielt den rechten Arm mit der goldenen Pistole in der Hand ausgestreckt und erinnerte an einen Wahnsinnigen, der sich einem Ungeheuer stellte, um einen Selbstmord zu begehen.

Auch die sieben jungen Leute sahen dies. Auf ihren Gesichtern zeichnete sich die Angst ab. Sie hatten Angst um Suko.

Vielleicht fünfzehn Meter noch mochte die Distanz zwischen den beiden Gegnern betragen, als aus den glasigen Staubwolken die ersten Pfeile zischten.

Nun bewies der Chinese seine Reaktionsschnelligkeit. Er fiel in sich zusammen, hechtete gleichzeitig zur Seite und tauchte zu Boden. Mit der Schulter zuerst landete Suko im Sand, überrollte sich, kam wieder auf die Füße und drückte in der Bewegung ab.

Ein jeder konnte erkennen, dass sich etwas von der Mündung der goldenen Pistole löste. Es war eine längliche Blase, allerdings nicht mit Gas, sondern mit einer Flüssigkeit gefüllt, und die Blase fand ein wenig torkelnd ihren Weg.

Hätte Suko mit der Beretta geschossen, wäre es ihm sicherlich gelungen, den Kopflosen zu treffen. So aber klatschte die Blase wuchtig gegen das Reittier, platzte dort auseinander und übersprühte es mit seinem gesamten Inhalt.

Irgendwie schien der kopflose Ninja die Gefahr zu spüren. Der lebende Torso katapultierte sich vom Rücken des Reittieres zu Boden, überschlug sich und verschwand wie ein Schatten in der glasigen Staubwolke.

Das Echsenpferd aber brüllte.

Es drang kein Wiehern aus seinem breiten Maul, auch kein Feuerschweif, sondern ein Geräusch, das schlecht zu beschreiben war. Ein hohes Quietschen, vermischt mit jaulenden Lauten, und der schwere Kopf flog in die Höhe, wobei er gegen ein Hindernis prallte, das die Flüssigkeit gebildet hatte.

Das seltsame Tier konnte sich nicht mehr von allein bewegen. Es war eingeschlossen in eine gewaltige Blase, die einen so großen Auftrieb hatte, dass es das Echsenpferd vom Boden abhob und es in der Luft schweben ließ.

Das Wesen starb.

Suko, die Jungen, die vier Ninjas und auch Shimada schauten zu, denn damit hatte wohl keiner gerechnet. Selbst der Kopflose vergaß seine Pfeile, als er sah, wie sich die Haut vom Körper löste.

In großen Stücken fiel sie ab. Auch der Kopf wurde nicht verschont. Als hätte man Metall erhitzt, so wurde die Haut weich, warm und schließlich flüssig. Sie wirkte wie ein dicker Sirup, der in schweren Brocken nach unten klatschte.

Zurück blieb ein Gerippe!

Das Knochengestell des Monstertieres, denn die Kraft der alles zerstörenden Flüssigkeit hatte auch bei ihm gewirkt.

Triumph schoss in Suko hoch. Das Tier hatte er geschafft. Er glaubte nicht, dass der Kopflose dieser fürchterlichen Waffe widerstehen konnte, und suchte ihn, denn ihn hatte er sich als nächsten Gegner ausgesucht.

Doch da war Shimada!

Plötzlich erschien er. Eine düstere, unheimliche Gestalt. Sie wurde von einer Staubwolke ausgespien, denn Shimada hatte zu einem gewaltigen Sprung angesetzt, der ihn auf Suko zubrachte.

Der Chinese wirbelte herum. Er vergaß den Kopflosen, richtete die Mündung auf Shimada und schoss.

In diesen Augenblicken entschied es sich. Konnte er Shimada ebenfalls töten, oder war alles umsonst?

Eine Sekunde der Spannung, und dann erlebte Suko die sagenhafte Schnelligkeit und Gewandtheit der lebenden Legende …

Shao tat ihr Bestes!

Ich zitterte um sie, drückte ihr die Daumen, denn ich wollte, dass sie es schaffte. Sie durfte jetzt nicht schlappmachen, denn wir alle hatten unsere Hoffnung in sie gesetzt, wenn auch die Motive unterschiedlich waren.

Von meiner Position aus wirkte sie so, als wäre sie um ein Stück gewachsen. Die Arme hatte sie hoch erhoben, die Hände zusammengelegt und die Finger gegen den Himmel gestreckt, als würde sie dort ihre Ahnherrin, die Sonnengöttin Amaterasu, sehen können.

Es war ein Flehen, ein stummes Beten, ein verzweifeltes Ringen und Hoffen.

Ich fieberte.

Auch Xorron starrte sie an, während die lebenden Leichen schwankend dastanden und sich mit ihren stupiden Blicken anstierten.

Natürlich war auch Logan Costello nervös. Aus den Augenwinkeln bemerkte ich, dass er immer wieder meinen Blick suchte. Er schielte mich an, vielleicht wollte er mir sogar etwas erklären, doch ich sah keinen Grund, mit ihm ein Wort zu wechseln.

Unsere Partnerschaft betrachtete ich als aufgehoben!

Kein Wort entrang sich Shaos Mund. Mich erinnerte sie in ihrer Haltung an eine stumme Göttin, die nur daran dachte, den Kontakt zu außerirdischen Wesen herzustellen.

Shao flehte.

Ich schaute in den Himmel. Ein dunkles, unendlich erscheinendes Firmament, auf dem hin und wieder wie weggeworfen die Diamantsplitter eines Sterns glänzten.

Tat sich dort vielleicht etwas? Öffnete sich der Himmel, um die Sonnengöttin zu entlassen?

Das Firmament blieb geschlossen.

Shao gab nicht auf. Die Augen hielt sie geschlossen. Sie strengte sich ungemein an. Das Gesicht schien noch schmaler geworden zu sein, als es ohnehin schon war. Ihre Lippen zitterten, die Muskelstränge am Hals zuckten in einem seltsamen Rhythmus.

Amaterasu!

Nur dieses eine Wort, diesen einen Begriff brauchte sie, und ich drückte ihr beide Daumen, dass die in der Dunklen Welt gefangene Sonnengöttin sie hörte und ihren Geist auf die Reise schickte.

Aber reichte es aus?

Mir fiel ein, dass auch von dem Goldenen Samurai gesprochen worden war. Er sollte ebenfalls erscheinen und sich Shimada stellen. Bestimmt würde er das tun, doch an Xorrons Seite?

Das war die große Frage, die mich beschäftigte, und meine Spannung stieg von Sekunde zu Sekunde, während Xorron allmählich unruhig wurde. Bisher hatte er still auf dem Fleck gestanden, nun bewegte sich sein gewaltiger Körper, und das in seinem Innern leicht grünlich leuchtende Skelett machte die Bewegungen mit, wobei ich den Eindruck hatte, als würde es aus Gummi bestehen.

Gern hätte ich die Gedankenströme sichtbar gehabt. So hätte ich sehen können, wie sich Shao bemühte, den Kontakt zu einem Wesen zu finden, dessen Entstehung im Dunkel der Zeiten verschwunden war.

Xorron hob den Arm!

Ich stand wie unter Strom, tastete nach meinem Kreuz und ahnte, dass der Geduldsfaden dieser Bestie inzwischen gerissen war. Jetzt würde er eingreifen und das Spiel nach seinen Regeln gestalten.

»Nicht!«, zischte ich. Zum ersten Mal versuchte ich mit Worten gegen ihn anzugehen.

Scharf wandte er den Kopf.

Aus seinem schmalen Mund drang kein einziges Wort. Er starrte mich nur an. Die Schlitze der Augen hatte er ein wenig geöffnet. Ich sah das Schimmern seiner Stahlzähne und redete ihn an.

»Gib ihr noch eine Chance, sie versucht es ja!«

Hörte Xorron auf mich?

Er schüttelte den Kopf. Nein, er war gnadenlos. Shao schaffte es nicht in der Zeit, die er ihr gegeben hatte. Jetzt mussten wir alle die Folgen tragen.

Ein Schrei.

Ich hatte nicht mehr auf Shao achten können, weil mich Xorron ablenkte, aber sie hatte diesen Schrei ausgestoßen. Sofort richtete ich meinen Blick auf die Chinesin, sah sie in einer verkrampften Haltung auf dem Dach des Mercedes stehen, wobei sie die Augen so weit aufgerissen hatte, wie es eben möglich war.

Der Schrei zitterte noch nach.

Als Echo war er gegen den nachtdunklen Himmel geschwebt. Shaos Mund stand ebenfalls offen. So weit, dass die Mundhöhle ein dunkles Loch bildete, in dem die beiden Kiefer fast verschwanden.

Hatte sie Kontakt?

Ja, sie musste ihn haben, denn einen Lidschlag später brüllte sie einen Namen.

»Amaterasu!«

Ein Ruf, ein Schrei, ein Akt der Verzweiflung! Amaterasu musste es einfach hören.

Und sie hörte ihn.

Vielleicht rechnete jeder von uns – die Zombies ausgenommen – mit einer Reaktion aus dem dunklen Himmel. Das war nicht der Fall. Die Sonnengöttin reagierte zwar, doch aus einer anderen Richtung, mit der sie auch Xorron überraschte.

Ihr Geist hatte sich aus den Tiefen einer schrecklichen Welt gelöst und steckte bereits in Shaos Körper.

Wir konnten es sehen!

Zunächst war es nur ein Glimmen, das an ihren Beinen den Anfang nahm. Heller als die Haut, ein goldgelber, metallischer Ton, der auch einen goldenen Schimmer hatte.

Hell wie die Sonne – hell wie das Licht!

Und Shao wurde zu einer anderen. Sie nahm den Geist der Sonnengöttin in sich auf, wobei sich auch ihr Körper veränderte und sie mir plötzlich wie ein fremdes Lebewesen vorkam.

Shao erinnerte mich immer weniger an einen Menschen. Für mich war sie nur eine Figur, und irgendwie hatte sie eine entfernte Ähnlichkeit mit dem Eisernen Engel.

Auch dessen Haut schimmerte metallisch, nur in einem anderen Ton als bei Shao.

Bisher hatte die Chinesin still auf dem Autodach gestanden. Nach dem Schrei war kein fremdes Wort über ihre Lippen gedrungen. Sie blieb weiterhin stumm, als sie ihren Kopf senkte und den Blick ihrer Augen in meine Pupillen bohrte.

Erkannte sie mich?

Ich hob meine Hand, versuchte zu lächeln, was mir kaum gelang, denn Shao wirkte in diesem Moment fremd für mich.

Unter ihrer Haut schimmerte die seltsame Farbe. Eine Mischung aus Gold und Gelb. Selbst ihre sonst so dunklen Pupillen hatten die Farbe verändert und waren heller geworden. Ich glaubte, in ihnen goldene Punkte schimmern zu sehen.

Sie war so anders, so fremd.

Xorron hielt es nicht mehr aus. Sein Drang, Shimada zu vernichten, war ungemein stark, und er wandte sich der veränderten Shao zu. »Wer bist du? Shao oder Amaterasu?«

Sie ließ sich Zeit mit der Antwort. Selbst die Zombies waren ruhig geworden und standen, wie Costello, Xorron und ich, auf einer Insel der Stille.

Shao blieb uns die Antwort nicht schuldig. Allerdings formulierte sie diese ein wenig orakelhaft. »Ich bin ich, und ich bin sie«, sagte sie mit leiser Stimme. »Habt ihr verstanden?«

»Ja«, sagte ich. »Amaterasus Geist steckt in deinem Körper!«

»So ist es.«

»Kannst du durch ihre Augen sehen? Erkennst du etwas, was uns verborgen bleibt?«

»Ja …«

»Was ist es!?«, schrie Xorron. »Was siehst du? Ich will Shimada! Sag mir, wo er zu finden ist.«

»Er hat einen Fächer!«, vernahm ich die seltsam klingende Antwort. »Nur er wird ihn …« Sie schüttelte den Kopf und redete nicht mehr weiter. Etwas schien sie daran zu hindern.

»Wo steckt er?«

Als Shao diese Frage hörte, riss sie sich wieder zusammen und drehte Xorron ihren Kopf zu.

»Es ist eine unendlich weite Dimension. Er ist da, wo ihr geboren wurdet und euch in die Wiege gelegt wurde, dass ihr einmal Todfeinde werden solltet, bevor du weggeschafft wurdest und sich Pandora deiner annahm. Dort hält er sich auf. Es ist seine Dimension. Er ist aus dem See gestiegen, und er kann nicht besiegt werden.«

Xorron lachte auf. »Das werden wir sehen. Ich will hin, und du, Shao, sollst mir dabei helfen.«

»Das geht nicht. Ich bin gefangen.«

»Wie denn? Du bist frei, nur dein Körper schwebt woanders. Aber du kannst denken und uns losschicken, damit wir dich von Shimada befreien und den Fächer holen.«

Das war ja etwas völlig Neues. Xorron war also scharf auf den Fächer. Ich glaubte nicht so recht daran, dass er ihn aus der Hand geben würde, wenn er ihn einmal besaß, deshalb schüttelte ich leicht den Kopf und hoffte, dass Shao es bemerkte.

Sie ging nicht darauf ein, sondern wechselte das Thema.

»Shimada ist es gelungen, den Fächer dem Goldenen abzunehmen. Ihm gehört der Fächer, nicht dir, Xorron.«

»Wo steckt er denn, der Goldene? Ein hilfloses Geschöpf, mehr ist er doch nicht.«

»Er besitzt zwar den Fächer nicht mehr, aber sein Herz glüht vor Rache. Der Goldene hat Shimada den Tod geschworen. Er wird erscheinen und sich den Fächer zurückholen.«

»Das mache ich schon«, erklärte Xorron. »Lass ihn mal!«

»Nein, die Weichen sind gestellt. Pandora hat sich unsichtbar und über allem schwebend in das Spiel eingemischt. Sie will, dass es zum großen Kampf kommt. Es muss eine Entscheidung geben. Zwischen dir, Xorron, dem Goldenen und Shimada!«

»Dann führe mich endlich hin!«

»Geduld. Noch ist es nicht soweit, denn Shimada hat nicht nur euch als Gegner, sondern einen Menschen, der mein zweites Ich sehr liebt. In Shimadas Dimension befindet sich Suko. Und bei ihm sind die jungen Leute, die auf dem Friedhof waren. Suko wird sie gegen die Diener des Shimada in Schutz nehmen müssen, denn sie kennen keine Gnade. In der Arena des Grauens wird sich ihr Schicksal entscheiden …«

»Lebt er noch?«, rief ich laut.

Shao schaute mich an. Und zwar anders als sonst. Es war eine andere, die mich anstarrte, eine Fremde, beseelt vom Geist der Sonnengöttin.

»Ich habe ihm Bescheid gesagt«, erklärte sie, ohne auf meinen Einwand zu reagieren. »Und er wird erscheinen.«

»Ist es denn der Goldene?«, rief Xorron.

»Ja, er befindet sich bereits auf dem Weg, und sein Herz dürstet nach Rache. Ihr könnt ihn gleich sehen …«

Sie sprach die Worte mit einer solchen Bestimmtheit aus, dass ich keinen Grund sah, an ihnen zu zweifeln.

Neben mir entstand Bewegung. Logan Costello hatte sich entschlossen, an meine Seite zu treten. Er drückte ein paar lebende Leichen zur Seite, die ihn auch nicht angriffen.

Neben mir blieb er stehen.

Von der Körpergröße her reichte er mir soeben über die Schulter.

»Was meinen Sie dazu, Sinclair?«, fragte er leise.

Es hatte mir noch gefehlt, mich ausgerechnet von Costello anquatschen lassen zu müssen, deshalb fiel meine Antwort ziemlich grob aus. »Sie haben mir das alles eingebrockt.«

»Das sehen Sie falsch.«

»Wirklich?«

»Was hätte ich denn machen sollen, verdammt! Dieser Xorron hat mich in der Gewalt, er kann mich unter seine Knute zwingen. Ich musste einfach tun, was er sagte.«

»Sie meinen Shaos Entführung?«

»Es ist doch keine Entführung. Schließlich profitieren Sie auch davon, Sinclair.«

Im Prinzip hatte er Recht. Trotzdem gefiel mir die Methode nicht.

»Xorron hätte mich eiskalt umgebracht oder mich umbringen lassen, wenn ich nicht gehorcht hätte.«

»So etwas dürfte Ihnen doch nicht fremd sein, Costello. Sie haben oft genug Mordbefehle gegeben.«

»Werden Sie nur nicht komisch, Sinclair! Das können Sie sich jetzt nicht erlauben.«

Ich lachte leise. »Meine Position ist besser als die Ihre, Costello. Ich besitze Waffen, im Gegensatz zu Ihnen. Wenn Xorron Ihrer überdrüssig wird, lässt er Sie fallen wie eine heiße Kartoffel. Da gibt es nichts, Mr. Mafia.«

»Deine große Schnauze wird dir noch vergehen, Sinclair!«, flüsterte er zischend.

Ich ging nicht darauf ein, sondern fragte: »Was ist eigentlich mit Ihren Männern?«

»Sie sind zu lebenden Leichen geworden.«

»Auch Cavelli?«

»Weiß ich nicht.«

»Mit anderen Worten, Sie haben die Männer geopfert, die für Sie schossen und mordeten. Typisch …«

Costello erstickte fast an seiner Wut. Meine Worte hatten ihn hart getroffen, doch er sagte nichts mehr, sondern schwieg verbissen. Sah er sich als Verlierer an?

Möglich, denn er hatte genau begriffen, dass er sich auf

Xorron nicht hundertprozentig verlassen konnte. Dieses Monstrum kannte nur ein Ziel. Es wollte Shimada vernichten. Wer dabei auf der Strecke blieb, war ihm völlig egal.

Vielleicht hatte Costello deshalb versucht, sich auf meine Seite zu schlagen oder mich davon zu überzeugen, dass es besser war, wenn ich wieder mit ihm zusammenarbeitete.

Einmal hatte er das geschafft, da erforderte es die Situation. Ein zweites Mal würde ich nicht darauf eingehen.

Shao hatte von dem Goldenen gesprochen. Sie wollte, dass er erschien, und es würde sicherlich kein Wunschtraum bleiben. Die Chinesin, die den Geist der Sonnengöttin Amaterasu in ihrem Körper spürte, drehte sich langsam um.

Ich konzentrierte mich nicht mehr auf Costello, sondern schaute auf sie und folgte ihrem Blick.

Den Kopf hatte sie nach rechts gewandt. So blickte sie über die Dächer hinweg und auch über einen Teil des Piers, der sich bis zum Wasser hinzog. Eine schwarze, wellige Fläche, auf der hin und wieder kleine Lichtblitze entstanden.

Schimmerte nicht über dem Wasser etwas?

Ich zwinkerte mit den Augen. Vielleicht bildete ich mir den goldenen Schein auch nur ein, weil wir so oft von ihm gesprochen hatten, aber es war keine Täuschung, denn der Schein wurde stärker, und ich glaubte sogar, Umrisse zu sehen.

Die Umrisse einer Gestalt!

Ja, es war der Goldene! Dieser unheimliche Kämpfer, der schon so viele Dämonen erledigt hatte und den Fächer besaß, um ihn Amaterasu zu geben.

Das jedoch hatte sich inzwischen geändert, denn der Fächer war ihm abgenommen worden. Ausgerechnet von Shimada. Und jetzt suchte Xorron in dem Goldenen einen Verbündeten, mit dem zusammen er Shimada vernichten konnte.

Keine schlechte Rechnung, wie ich zugeben musste, denn sicherlich dürstete der Goldene Samurai nach Rache. Er würde den vernichten wollen, der ihm den wertvollen Fächer gestohlen hatte.

Ich war gespannt, wie sich die Situation noch veränderte und weiter entwickelte.

Seltsamerweise verspürte ich keine Angst mehr um mein Leben. Überhaupt war die Furcht zurückgewichen, und ich hatte mich mittlerweile auch an die schaurige Umgebung gewöhnt. Der Ring der Untoten machte mir gar nichts mehr aus.

Der Goldene hatte es nicht besonders eilig. Fast gemächlich kam er näher. Ich stellte fest, dass er nicht einmal den Boden berührte, sondern in der Luft schwebte wie ein Geist.

Immer deutlicher trat er hervor. Er trug eine goldene Rüstung und besaß ein Kampfschwert aus dem gleichen Material. In dieser Kampfrüstung wirkte er ein wenig plump, aber er konnte sich blitzschnell und gewandt bewegen, das hatte ich des Öfteren erlebt.

Auf seinem Schädel saß ein seltsamer Helm. Er sah wie ein Topfdeckel aus, der nach oben spitz zulief.

Immer näher schwebte der Goldene Samurai. Etwas schaute über seine rechte Schulter hinweg.

Es war ein Bogen. Den dazugehörigen Köcher trug er ebenfalls, und aus ihm lugten die Schäfte der goldenen Pfeile.

Nur den Fächer der Sonnengöttin Amaterasu besaß er nicht mehr, und das kam für ihn einer Niederlage gleich, denn nach seiner Kampfmoral hatte er versagt.

Würde man ihm verzeihen?

Wie auch Shao, so richteten wir alle – außer die Zombies – unsere Blicke auf den Goldenen.

Es war schon sehr imposant, wie er heranschwebte. Kein Laut war zu hören, die einzelnen Luftmoleküle schienen ihn zu tragen, und sein Blick war unverwandt auf Shao gerichtet, die auf dem Wagendach stand und ihm entgegenschaute.

Eine moderne Frau mit dem Geist oder der Seele einer uralten Sonnengöttin.

Das war schon gewaltig.

Hier trafen Gegenwart und Vergangenheit direkt aufeinander und verstanden sich.

Shao ließ ihre hochgereckten Arme allmählich herabsinken, sodass sie im rechten Winkel vom Körper standen und dort zur Ruhe kamen, wobei sie ausgestreckt blieben.

So erwartete sie ihren Diener.

Ja, man musste den Goldenen tatsächlich als ihren Diener bezeichnen. Etwas anderes fiel mir nicht dazu ein.

Er glitt bereits über die Köpfe der lebenden Leichen hinweg. Selbst in der Dunkelheit gleißte und funkelte seine goldene Rüstung, und nicht ein Scheppern oder Klirren war zu hören, als er sich bewegte, noch tiefer ging und den Wagen erreichte.

Wir hielten den Atem an.

Auch Logan Costello war in den Bann der Ereignisse geraten. Hier erlebte er in der Tat eine uralte Magie, die auch in der modernen Zeit nichts von ihrem geheimnisvollen Zauber verloren hatte.

Der Goldene Samurai landete.

Ohne auch nur einen Laut zu verursachen, berührte er das Dach des Fahrzeuges, das er seltsamerweise nicht einbeulte, trotz seiner schweren Rüstung.

Er blieb so nahe vor Shao stehen, dass die Fingerspitzen ihrer ausgestreckten Hände seinen goldenen Panzer berührten.

Plötzlich durchlief ein Zittern den starren Körper der Chinesin Shao. Sie blieb jedoch stehen und veränderte auch nicht ihre Haltung.

Der Goldene schaute sie an, und wir erlebten anschließend eine demutsvolle Geste, womit wir nie gerechnet hätten.

Der Goldene kniete vor Shao nieder und berührte mit seinen Lippen ihre Fußspitzen …

Für den Bruchteil einer Sekunde bekam Suko Angst. Es war ein schmerzhaftes Zucken seines Herzmuskels. Shimada hatte die Kraft der Waffe erlebt, dennoch stellte er sich dem Chinesen. Was musste dieser Dämon nur für eine Selbstsicherheit haben, um so etwas auf sich zu nehmen. War er tatsächlich unverwundbar?

Suko wollte es einfach nicht glauben, denn die gefährliche Flüssigkeit hatte bisher jeden geschafft.

Wie beim ersten Schuss, so wallte die seltsame Flüssigkeit Shimada entgegen. Und sie hätte auch getroffen, denn der unheimliche Ninja-Kämpfer wich nicht aus. Aber es kam etwas dazwischen.

Shimadas Fächer!

Das Schwert hatte er stecken lassen, den Fächer aber riss er gedankenschnell in die Höhe und hielt ihn als Deckung vor seine Brust, denn der Fächer war aufgeklappt.

Das Zeichen der Sonne leuchtete rot, und genau dort hinein traf die Ladung aus der Waffe.

Klappte es?

Suko hielt den Atem an. Für einen Moment gab es nur ihn und Shimada, und der Chinese erlebte im folgenden Moment eine gewaltige Enttäuschung. Die Ladung der Waffe war nicht stark genug, um den Fächer zu zerstören. Die rote Sonne fing die Flüssigkeit auf. Es war ein hohes, singendes Zischen zu vernehmen, dann wölkte Dampf auf, und die Sonne strahlte für einen kurzen Moment stärker.

Danach war alles wieder normal.

Suko stand. Allmählich wurde ihm bewusst, welch ein Gegner ihm da in Shimada erwachsen war.

Unbesiegbar?

Für Suko vielleicht. Er war ehrlich genug, dies zuzugeben. Er ließ seinen Arm sinken, und Shimada senkte sogar den Fächer, dass er deckungslos vor dem Chinesen stand. Die blauen Augen dicht über seinem Gesichtsschutz strahlten eine erbarmungslose Kälte ab, die Suko aufzehren wollte und in seine Seele drang.

»In dieser Welt herrsche ich!«, drang ihm Shimadas Stimme entgegen. Sie hallte sehr und schien von allen Seiten zu kommen. »Die Arena des Grauens wird euch zum Schicksal werden. Hier habe ich meine Feinde erledigt, hier werde ich euch töten und auch Xorron, meinen größten Feind, besiegen. Du aber hast noch nicht weitergekämpft. Der Kopflose steht dir nach wie vor zur Verfügung, nur will ich, dass ihr die gleichen Waffen habt. Gib genau Acht.«

Suko hatte die Worte vernommen. Er wollte nicht das tun, was Shimada von ihm verlangte, aber er hatte keine Möglichkeit mehr, sich gegen den Willen des unheimlichen Ninja-

Dämons zu stellen. Dessen strahlende Augen hatten ihn unter ihren Bann gezwungen, und Suko musste gehorchen, ob er wollte oder nicht.

Shimada hielt den Fächer in der rechten Hand. Er bewegte nur kurz sein Gelenk, der Fächer klappte auseinander. Suko schaute wieder auf die Sonnenscheibe, er sah jedoch die linke Hand des Dämons, die von der anderen Seite des Fächers her über dessen Rand griff und die Tierkreiszeichen der uralten japanischen Mythologie verstellte.

Wieder einmal bewies der Fächer seine Kraft und auch seine Macht, denn Suko schaffte es nicht mehr, die goldene Pistole zu halten. Unsichtbare Kräfte zogen an seiner Faust. Sie öffneten sie, rissen an den Fingern, und die Pistole rutschte ihm aus der Hand. Sie fiel vor Sukos Füße in den glasigen Sand der Arena, und der Inspektor hatte nicht die Kraft, sich nach ihr zu bücken.

Er stand unter Shimadas Willen.

Hilflos sah er zu, was mit der Waffe geschah. Nicht sichtbare Ströme bemächtigten sich ihrer, fassten sie an, hoben sie hoch und drehten sie zusammen. Der vorstehende Lauf wurde weich und teigig, in den Griff zurückgedrückt, der sich ebenfalls verformte, sodass beide Teile schließlich nur mehr einen Klumpen bildeten.

Das war alles.

Suko konnte es kaum fassen. Er hatte die Waffe noch nicht lange besessen, erst einige Wochen, und er war stolz darauf gewesen. Nun lag sie vor seinen Füßen. Ein weicher, gelber Klumpen – mehr nicht …

Und er hatte nichts daran ändern können. Shimadas Ausstrahlung war einfach zu stark gewesen. Dieser Dämon wusste genau, wie er die Menschen unter seine Knute zwingen konnte, bei Suko hatte er es abermals bewiesen.

Wie konnte man ihn besiegen?

Dieser Gedanke quälte den Chinesen, als der Bann schließlich gebrochen war und er normal denken und reagieren konnte.

»Ich wollte Chancengleichheit haben«, erklärte ihm Shimada in seiner Sprache. »Du hast mit der goldenen Pistole schon genügend Unheil angerichtet. Es reicht jetzt!«

Scham überflutete Suko. Noch nie hatte ihn jemand so gedemütigt wie dieser Shimada, den man auch die lebende Legende nannte. Vielleicht hätte ein anderer jetzt aufgegeben. Suko dachte nicht daran. Er brauchte sich nur den Kopflosen vorzustellen, dann sah er gleichzeitig wieder den sterbenden Rudi Tewes vor sich.

Der Kopflose hatte diesen jungen Menschen auf dem Gewissen, und dafür sollte er büßen.

Ein Ruck ging durch die Gestalt des Inspektors. Bisher hatte er seine Aufmerksamkeit nur auf Shimada gerichtet, nun musste er sehen, wo sich sein Gegner befand.

Shimada ging zurück.

Für Suko ein Zeichen, sich ebenfalls zu drehen. Das tat er, indem er sich nach links schraubte.

Der Kopflose stand bereit. Und er befand sich im Vorteil. Ein Pfeil lag bereits auf der Sehne, und der Dämon korrigierte nur noch ein wenig die Richtung.

Dann schoss er.

Und Suko handelte.

Das war der Beweis!

Durch das Hinknien und das Küssen der Fußspitzen hatte der Goldene Shao als seine Herrin anerkannt und sah in ihr die Sonnengöttin Amaterasu.

Ich war beeindruckt!

Shao stand auf dem Dach des Wagens tatsächlich wie eine Göttin und nahm die Huldigungen des Goldenen entgegen. Er blieb in seiner Haltung, hob nur ein wenig den Kopf an, schaute zu Shao hoch und begann zu sprechen.

Es waren Worte, die wohl keiner von uns verstand. Ich jedenfalls nicht, und auch Costello hob die Schultern. Er war ebenfalls überfragt, was das Gespräch anging, denn Shao antwortete ihrem Diener.

Noch nie hatte ich sie so reden hören. Sie benutzte eine mir fremde Sprache. Die Laute aus ihrem Mund konnte man hoch und singend einstufen. Immer wenn sie Luft holte und eine

Rede begann, schaute ihr der Goldene andächtig ins Gesicht.

Was mochten sie miteinander zu bereden haben?

Ich war sehr angespannt, Logan Costello ebenfalls. Und natürlich auch Xorron. Nur hielt er es nicht mehr länger aus. Er wollte an dem Gespräch teilhaben, dessen Worte er nicht begriff, und er formulierte es in einem scharfen Satz.

»Redet so, dass wir euch verstehen!«

Seine Worte hallten den beiden entgegen, und sie blieben nicht ohne Wirkung.

Shao-Amaterasu reagierte. Sie verstummte, drehte sich um und schaute Xorron an.

»Was hat er gesagt?«

Für einen Moment wirkte Shao so, als wollte sie eine scharfe Erwiderung geben, verschluckte diese Worte jedoch und sagte statt dessen: »Er ist gekommen, weil ich ihn gerufen habe. Er folgte der Stimme seiner eigentlichen Herrin.«

»Das weiß ich auch. Was hat er zu dir gesagt? Will er sich auf unsere Seite stellen?«

»Ich weiß es nicht.«

»Du hast mit ihm gesprochen.«

»Er hat sich entschuldigt!«

Aus Xorrons Maul drang ein Lachen. »Entschuldigt? Für was denn?«

»Dass er nicht in der Lage war, den Fächer für mich zu schützen«, erklärte ihm Shao-Amaterasu.

»Das hätte selbst ich nicht geschafft«, gab Xorron zu. »Shimada ist einfach zu stark. Doch gemeinsam können wir ihn schaffen. Glaub mir das. Wir werden ihn vernichten, denn du wirst mir ebenso zur Seite stehen wie der Goldene. Wenn er den Fächer zurückbekommt, kann er ihn dir übergeben, Shao.«

»Was soll ich damit? Ich bin nicht Amaterasu. Ihr Körper ist gefangen. In meinem steckt nur ihr Geist, der das Dunkle Reich verlassen konnte. Das solltest du wissen.«

»Trotzdem will ich zu ihm. Pandora hat mir den Weg gewiesen …«

Plötzlich richtete sich der Goldene Samurai auf. »Dann soll sie dir auch helfen!«, dröhnte seine Stimme.

Es war das berühmte Stichwort. Wie durch Zauberei erschien über uns am Himmel eine Gestalt.

Wieder kam mir der Begriff Engel in den Sinn, aber, verdammt noch mal, Pandora war kein Engel, sie war ein Teufel, denn sie hielt ihr Füllhorn in den Händen.

Dann schallte uns ihre Stimme entgegen. »Ich sehe, dass meine Forderungen und Wünsche erfüllt worden sind.«

»Und jetzt bist du am Zug, Pandora!«, donnerte Xorrons Stimme. Er streckte seinen Arm aus, und wies zum Himmel hin, wo die Dämonin wie ein Abziehbild zu sehen war.

»Ja, das bin ich. Ich habe gesagt, dass der Endkampf zwischen euch beiden in einer Dimension stattfinden muss, die Shimada gehört. Wird er zerstört, gibt es auch dieses Reich nicht mehr. Und da werde ich euch hineinstoßen. Dich, Xorron, den Goldenen, und auch die Person, in der die Sonnengöttin Amaterasu wohnt.«

Von Costello und mir hatte sie nicht gesprochen, und ich verspürte schon ein komisches Gefühl.

»Was ist mit Sinclair?«, fragte Xorron.

»Er bleibt hier. Wir brauchen ihn nicht mehr. Sollen ihn die Zombies vernichten!«

Xorron lachte. »Das ist eine sehr gute Lösung«, stimmte er zu. »Ich freue mich schon darauf.«

Ich weniger, wollte ich schon sagen, als sich Shao-Amaterasu meldete. »Du, Pandora, wirst mich nicht zwingen können, dir zu folgen. Es sei denn, du nimmst den Geisterjäger mit.«

Das war stark, und ich gratulierte Shao-Amaterasu zu ihrem Entschluss, der auch Pandora beeindruckte. Irgendwie hatte sie Achtung und Respekt vor Shao. Schließlich wollte sie ihren Schützling Xorron gewinnen lassen, damit er weiterhin die Herrschaft über die unzählige Menge an Untoten behielt. Dafür musste sie Kompromisse eingehen.

»Entscheide dich!«, rief die Chinesin laut und brachte Pandora somit in Zugzwang.

Jetzt kam es darauf an. Pandora stand wie ein Denkmal am Himmel, nur ihre Büchse hatte sie gesenkt. Die Öffnung wies nach unten. Ein gewaltiges Oval, das sich vergrößerte.

Ich schaute direkt hinein.

Es war zwar leer, dennoch kam es mir vor, als würde eine durchsichtige Blase über der Öffnung sitzen und die Sichtperspektive verzerren. Irgendetwas tat sich dort, ich sah ein Glosen und Glühen.

Die Magie des Füllhorns entlud sich.

Auch mein Kreuz reagierte. Ein starkes Brennen spürte ich an der Brust, und urplötzlich explodierte es.

Ich selbst hatte nicht damit rechnen können, es war weder von mir aktiviert noch angesprochen worden, aber die fremde Magie der Pandora war so stark, dass mein Kreuz einfach etwas dagegen unternehmen musste. Und dann vernahm ich Schreie, die ich nie in meinem Leben vergessen würde.

Mein Kreuz zerstörte das Böse. Und es suchte sich die aus, die in meiner Nähe standen.

Es waren die Zombies!

Die Magie des Kreuzes zerstörte Xorrons Totenheer. Unzählige Gestalten sanken wimmernd, jaulend und schreiend zusammen. Sie fanden einfach nicht mehr die Kraft, sich auf den Beinen zu halten, brachen in die Knie, schlugen zu Boden, hämmerten mit allmählich vergehenden Fäusten auf das Pflaster, und ich sah, wie ihnen das Fleisch von den bleichen Knochen fiel.

Xorrons Totenheer starb.

Und er stand dazwischen. Wirkte wie ein heller Felsen in der Brandung, als er mit ansehen musste, wie seine Diener vernichtet wurden. Das Kreuz wurde zum großen Mittelpunkt. Es blendete mich, ich hörte ein gewaltiges Brausen in meinen Ohren, das nicht einmal mehr von den allmählich verwehenden Schreien der lebenden Leichen übertönt wurde. Stimmen drangen in mein Gehirn. Ich wusste nicht mehr, ob ich auf den Beinen stand oder längst am Boden lag.

Aber es waren helle, klare Stimmen, die ich schon einmal gehört hatte, als Asmodis auf der Blutorgel spielte.

Die vier Erzengel?

Wesen des Lichts, Geister, die ihre Zeichen in meinem Kreuz hinterlassen hatten.

Sie waren geschaffen worden, um das Böse zu töten, und sie bewiesen es in diesen Augenblicken, als sie mir zur Seite standen und ihre Kraft dafür sorgte, dass die Zombies keinem mehr etwas zu Leide tun würden.

Die lebenden Leichen vergingen der Reihe nach. Ich selbst sah es nicht, denn mich umfingen andere Geräusche. Das Brausen, die Stimmen, das plötzliche helle Licht, als hätte ich in ein Blitzlicht geschaut. Danach das Zusammensacken der weißen Magie, sodass die normale Welt mich wiederhatte.

Tief atmete ich durch. Meine Augen begannen zu glänzen, ein Lächeln spaltete meine Lippen, denn man hatte mir Hoffnung gegeben. Ich wusste, dass ich diesen übermächtigen Feinden aus fernen Zeiten und Legenden nicht allein gegenüberstand. Hinter diesem Kreuz wachten Wesen, denen ich voll vertrauen konnte.

Es war gut, dies zu wissen.

Noch kannte ich nicht alle Geheimnisse, aber ich war sicher, dass sie mir irgendwann einmal offenbart werden würden.

Es hatte sich nichts an der Umgebung verändert. Noch immer befanden wir uns in der Hafengegend, doch die Zombies gab es nicht mehr. Auch kaum noch Reste, nur Staub.

Und der bedeckte unsere Füße.

Ich warf einen Blick auf Logan Costello. Der brutale Mafiaboss war kreidebleich geworden. Sein Betongesicht hatte sich so stark verzerrt, wie ich es bei ihm noch nie gesehen hatte. Er atmete durch den offenen Mund. Auf seiner Stirn stand dicker Schweiß, und er schüttelte sich dabei, als hätte man ihn mit Wasser übergossen.

»Das kann doch nicht wahr sein!«, ächzte er. »Verdammt, Sinclair, was haben Sie gemacht?«

»Nicht ich, mein Kreuz.«

Er ballte die Hände, wankte vor, kam bis zum Wagen und stützte sich am Dach ab.

Und Xorron?

Aus dem Staub ragte er wie eine weiße Säule. Er hatte auf seine Diener gesetzt, doch sie waren verloren. Eine Aktion meines Kreuzes hatte dies geschafft.

Aber wieso jetzt? Weshalb nicht schon in New York, wo die Zombies auf der Galeere eingelaufen waren?

Ich dachte so intensiv daran, dass ich sogar eine Antwort erhielt. Nur ich konnte sie hören, und die Worte klangen wie kleine Glockenschläge in meinem Kopf.

›Der Weg musste für uns frei sein‹, hörte ich die Stimme. ›In New York war er es nicht. Die Fronten mussten sich klären, denn auch wir wollen eine Entscheidung …‹

›Wer seid ihr?‹

›Ahnst du es nicht? Die stummen Götter – und der Seher. Du musst weitermachen, John Sinclair. Wir versuchen, dir zu helfen, denn auf dich wartet noch so viel. Shimada darf nicht kommen. Lass die lebende Legende niemals Wahrheit werden. Versuche sie zu stoppen und treibe den Teufel dabei mit dem Beelzebub aus. Denk an Xorron …‹

Das waren die letzten Worte, ein Hinweis, aber ich hatte ihn verstanden. Den Teufel mit dem Beelzebub austreiben. Ich also sollte mich Xorrons Hilfe bedienen.

Konnte ich das annehmen?

Es blieb mir keine andere Möglichkeit, und ich nickte mir selbst zu.

Shao und der Goldene hatten die Vorgänge ebenfalls überstanden. Auch Pandora, die geisterhaft am Himmel schwebte und weiterhin ihr Füllhorn umfasst hielt.

Ich konnte mich daran erinnern, dass sie es geöffnet hatte, um Tod und Verderben zu säen. Diesmal allerdings hielt sich die Dämonin noch zurück.

Ich nahm die Initiative in die Hand. »Wo ist Shimada, Pandora? Sag es uns, und führ uns zu ihm!«

»Du willst wirklich?«

»Ja …«

»Sinclair, da …!« Costello schrie es, aber es war schon zu spät. Aus der Öffnung löste sich etwas.

Wie Glas sah es aus. Oder ein Spiegel ohne Silberfläche. Auch als Halbkugel zu bezeichnen, jedenfalls riesig.

Xorron stürmte ihr entgegen. Costello floh in panischer Eile, während Shao-Amaterasu und der Goldene auf dem Dach des

Wagens stehen blieben und dieser unheimlichen Begebenheit ebenso entgegenschauten wie ich.

Wir konnten nicht mehr entkommen – ich wollte es auch nicht, und im nächsten Augenblick stülpte sich das, was aus Pandoras Büchse gefallen war, wie eine Glocke über uns.

Die Umgebung verschwand. Wir rutschten hinein in den Kanal der Zeiten und Dimensionen …

Suko stand zu weit entfernt. Zudem hielt er keine Waffen in der Hand, aber er ließ sich im Bruchteil einer Sekunde etwas einfallen. Ob der Pfeil die Sehne bereits verlassen hatte, wusste Suko nicht, er stieß nur seine Fußspitze vor und rammte sie in den Sand, der dem Kopflosen entgegenspritzte und ihn für einen Moment verunsicherte, sodass er den Bogen verriss.

Der Chinese hatte unwahrscheinliches Glück. Um Fingerbreite verfehlte ihn der mörderische Pfeil. Er hörte noch das surrende Geräusch, als er an seinem Ohr vorbeiglitt.

Der Inspektor wusste, wie rasch sein Gegner einen neuen Pfeil nachlegen konnte, deshalb musste er schnell wie selten in seinem Leben sein. Er tauchte unter, lag am Boden, überrollte sich und hatte Glück, dass der nächste Pfeil genau dort sein Ziel fand, wo Suko noch einen Atemzug zuvor gelegen hatte.

Dann sprang er auf.

Der Kopflose wich zurück. Suko konnte dies gut erkennen, denn die Staubwolke hatte sich gelegt. Sein Gegner schwankte, er fuchtelte mit den Armen, bewegte sich sehr schnell, und Suko hielt plötzlich seine Beretta in der Hand.

Mit geweihten Silberkugeln war die Waffe geladen.

Der fahle Mündungsblitz ging im in der Luft flirrenden Reststaub unter. Dennoch hatte Suko getroffen, zwar nicht die Brust des Kopflosen, sondern den linken Arm.

Das Geschoss hackte hinein.

Suko sah, wie der Arm nach hinten gerissen wurde. Kein Blut drang aus der Wunde, aber die Kugel hatte dafür gesorgt, dass der Kopflose die linke Hand nicht mehr anheben konnte.

Suko schoss noch einmal.

Diesmal hatte er auf den rechten Arm gezielt, und er traf ihn genau. Abermals geschah das gleiche Spiel. Der Ninja war nicht mehr in der Lage, den Arm zu bewegen.

Jetzt konnte er vernichtet werden.

Mit einem gewaltigen Sprung hatte der Chinese die trennende Distanz überbrückt, stand plötzlich vor ihm, packte zu und spürte die trockene Kleidung unter seinen Fingern.

Er riss diesen verdammten Morddämon hoch, drehte sich und schleuderte ihn zur Seite.

Dabei hatte Suko nicht aufgepasst. Der Dämon wurde genau auf die sieben Horror-Fans zugewuchtet und fiel zwischen sie.

Als der Chinese dies sah, machte er sich Vorwürfe, denn der Kopflose war noch nicht ausgeschaltet. Er konnte ohne weiteres zu einer wahren Mordmaschine werden.

Doch die Jungen reagierten. Irgendwie war bei ihnen eine Sperre gebrochen. Sie hatten ihr erstes Entsetzen überwunden und wussten, dass sie, wenn sie überleben wollten, hart kämpfen mussten.

Ullrich machte den Anfang!

Er überwand sich, tauchte blitzschnell nach unten und riss einen Pfeil aus dem Köcher. Mit beiden Händen packte er ihn. Sein Gesicht verzerrte sich, die Augen leuchteten, als er auf den vor ihm liegenden Dämon starrte.

»Das ist für Rudi!«, brüllte er mit sich überschlagender Stimme und rammte den Pfeil nach unten.

Fläche war genug vorhanden. Der Pfeil traf das Monster mitten in die Brust, und jetzt folgten auch die anderen Jungen ihrem Freund Ullrich.

Hauke, Sven, Marc, sie waren die nächsten Kandidaten, die nach den Pfeilen griffen und sie in die Brust des kopflosen Dämons stoßen wollten.

Suko hatte etwas dagegen. Nicht weil er den Ninja am Leben lassen wollte, nein, es war die Art, wie die jungen Leute vorgingen. So etwas konnte er nicht gutheißen. Sie durften dem Hass nicht einen so freien Lauf lassen.

Er scheuchte sie mit wilden Armbewegungen zur Seite, während der Kopflose aufstand.

Ein Pfeil steckte in seiner Brust.

»Der ist noch nicht tot!«, kreischte Thomas und schüttelte sich.

»Eure Pfeile hätten nichts genützt«, erklärte Suko. Er breitete die Arme aus, denn er hatte seine Dämonenpeitsche gezogen und schon einen Kreis geschlagen, sodass die drei Riemen aus der Öffnung gerutscht waren.

Die Horror-Fans hatten bisher nichts von der Peitsche gesehen. Sie wussten nicht, was Suko damit anstellten wollte, aber sie sahen es im nächsten Moment, als er zuschlug.

Die Riemen klatschten gegen den untoten Ninja.

Schreien konnte er nicht mehr, denn er besaß keinen Kopf mehr. Aber er wurde herumgeschleudert, lief einige torkelnde Schritte, bevor er zu Boden prallte und liegen blieb. Diesmal für immer.

Aus seiner Fetzenkleidung quoll Rauch, der in das Grau des Himmels stieg. Zudem löste er sich auf. Die Kraft der Peitsche war so stark gewesen, dass sie auch den untoten Ninja töten konnte.

Suko hatte sich oft genug gratuliert, diese Waffe zu besitzen. Sie reagierte auch dann noch, wenn andere Waffen versagten.

Die jungen Horror-Fans schauten zu, wie der Ninja verging. Sie erlebten so etwas zum ersten Mal, und auf ihren Gesichtern standen die entsprechenden Empfindungen.

Abscheu, Ekel – auch Angst.

Suko hatte keinen Blick mehr für den Kopflosen. Denn es lauerten weitere Gegner, und die würden sich bestimmt nicht so einfach mit der Vernichtung ihres Partners abfinden.

Beinahe lässig sah es aus, wie die lebende Legende durch den Sand der Arena schritt. In seiner dunklen Kleidung erinnerte er an einen gefährlichen Wüstenkämpfer. Nach wie vor zeigte er nur seine Augen, die in einem erbarmungslosen Blau glänzten.

Shimada unterbrach seinen Gang. Er blieb so stehen, dass er Suko anschauen konnte. Die drei Ninjas hatten hinter ihrem Herrn eine düstere Mauer gebildet.

Sie saßen noch auf den Rücken ihrer Reittiere, hielten keine

Zügel fest, sondern pressten ihre Schenkel um die Körper. Die Echsenpferde hatten die Mäuler aufgerissen, die Gebisse blinkten, die Zungen peitschten.

Suko wusste genau, dass Shimada nur mit ihnen spielte. Er selbst hätte den Chinesen auch angreifen können, aber das ließ er bleiben, denn er wollte sicherlich seine Kräfte für Xorron schonen.

Auf ihn allein kam es ihm an.

Xorron sollte sterben, damit er freie Bahn hatte.

Hinter Suko standen die Fans. Der Inspektor hörte sie atmen. Es waren schwere Atemzüge, die über ihre Lippen drangen. Sie zeugten von der Furcht, die in ihnen steckte und die sie nicht unterdrücken konnten.

Die Lage hatte sich keineswegs verbessert, auch wenn jetzt ein Gegner weniger vor ihnen stand. Shimada und die drei Ninjas reichten noch immer aus.

»Du bist nicht schlecht«, sprach die lebende Legende Suko an. »Aber der Kopflose war das schwächste Glied in unserer Reihe. Mit den anderen dreien wirst du deine Schwierigkeiten haben, das kann ich dir sagen. Sie werden dich zerfetzen, niederwalzen! Ich muss freie Bahn für Xorron haben.«

»Wo steckt er?«, fragte Suko. Er hatte sich breitbeinig aufgebaut und hielt in der rechten Hand die Dämonenpeitsche.

»Noch nicht in dieser Dimension. Dennoch weiß ich, dass er den Weg hierher finden wird. Alles ist vorbereitet, er kann gar nicht anders, denn die Entscheidung muss fallen. Hier wurde Xorron erschaffen, geboren unter dem Schutz einer mächtigen Dämonin.«

»Pandora, nicht wahr?«

»Ja.«

Suko lachte auf. »Willst du sie besiegen? Das glaube ich kaum. Sie ist einfach zu stark für dich, Shimada. Vielleicht kannst du Xorron vernichten, sie jedoch nicht.«

Shimada winkte ab. »Das spielt keine Rolle. Wenn sie Xorron tot in dieser Arena liegen sieht, wird sie sich mit den Tatsachen abfinden, denn es gibt kein Zurück. Vielleicht stellt sie sich auf meine Seite, damit wir eine Verbindung eingehen können.«

Das alles war Zukunftsmusik. Dennoch musste Suko zugeben, dass Shimada einen wirklich gigantischen Plan entwickelt hatte, und der Chinese war gespannt, ob Xorron erschien. Wobei er hoffte, dass er dies noch erlebte.

Kämpfen musste er auf alle Fälle. Sollte es ihm tatsächlich gelingen, die drei untoten Ninja-Krieger zu erledigen, stand immer noch Shimada da. An ihm kam Suko nicht vorbei.

Dennoch dachte er nicht an sich, sondern an die sieben jungen Menschen hinter ihm. Für sie trug Suko die Verantwortung. Er wollte sie aus der Schusslinie bringen.

»Lass sie laufen!«, bat er Shimada. »Du hast mich. Was sollen sie in dieser Dimension und bei dir? Sie haben ihr Leben noch vor sich. Nimm es ihnen nicht weg!«

Shimada kannte keinen Pardon. »Sie stecken mit drin. Sie haben auf dem mysterischen Friedhof den Anfang erlebt, und sie werden auch das Ende erleben. Nämlich als Tote …«

»Und wo bleibt die Ehre der Ninjas?«, rief Suko laut. »Ich weiß, dass die Ninjas, ähnlich den Samurais, eine große Ehre und Tradition besitzen. Bei dir scheint es nicht der Fall zu sein. Echte Ninjas beschützen Unschuldige. Sie töten sie nicht. Du aber bist für mich kein echter Ninja, wenn du so denkst, sondern ein fauliger Kadaver, der sich den Ninja-Mythos nur an seine Fahnen geheftet hat. Ich könnte vor dir ausspeien, Shimada!«

»Es sind Beleidigungen, Chinese, die du mir da entgegenschleuderst, aber ich nehme sie hin. Es interessiert mich nicht, wie du darüber denkst, auch die Ninja-Ehre berührt mich nicht. Zudem gehöre ich nicht zu den echten Ninjas, sondern bin ein schwarzer, ein dämonischer. Jeden Ehrenkodex habe ich abgelegt. Ich, Shimada, kenne nur noch eins. Die Macht und die Vernichtung. Was interessieren mich andere und alte Regeln. Was interessieren mich die Gebote der Menschlichkeit? Was interessiert mich die Ehre eines Kämpfers, der Schwache beschützen soll und selbst dabei den Tod finden kann? Nichts, überhaupt nichts. Ich kämpfe für mich und meine Pläne. Dies allein zählt und nichts anderes. Ich will Xorron vernichten. Würde ich den alten Traditionen gehorchen, hätte er es wahrscheinlich längst geschafft, mich umzubringen. Er wäre mir immer zuvorgekommen.«

Suko sah ein, dass er gegen einen Felsblock redete. Von Shimada konnte er weder Kompromisse noch Gnade erwarten. So reagierten Dämonen immer. Sie gingen nur dann Kompromisse ein, wenn sie sich einen Vorteil davon versprachen.

Hier herrschte Shimada, hier hatte er alle in seiner Hand und konnte schalten und walten. Sie mussten gehorchen, auch Suko konnte daran nichts ändern.

Der Chinese schaute zu Boden. Für einen Moment umklammerte ein Gefühl der Furcht sein Herz, dann schaute er zurück und warf einen Blick auf die sieben Fans.

Nicht weit von ihnen lag der Kopflose im Sand. Nur noch Reste seines Körpers waren zu sehen, aus dem trübe Rauchfäden stiegen, die schon sehr bald zerfaserten.

Jeder der Fans hätte eine Dämonenpeitsche haben müssen, dann wären die Chancen wahrscheinlich besser gewesen. So aber würden sie sich kaum wehren können.

Shimadas Schergen wurden allmählich unruhig. Das begann mit den Tieren, denn sie scharrten mit den Füßen im Sand und wirbelten kleine Staubwölkchen hoch. Sie wollten kämpfen, und ihre Reiter warteten ebenfalls auf eine Entscheidung Shimadas.

Einen hatte Suko besiegen können.

Drei andere standen gegen ihn.

Würde er sie schaffen?

Kaum!

»In der Arena des Grauens wurden schon immer die großen Kämpfe ausgetragen«, erklärte Shimada mit dumpfer Stimme. »Dieser Sand ist mit viel Blut getränkt worden, und er wird auch euer Blut aufsaugen. Ihr seid die Vorkämpfer, bevor die große Auseinandersetzung zwischen Xorron und mir beginnt. Vernichtet sie!«

Die letzten Worte waren ein Schrei, und die drei mörderischen Ninjas ritten an …

Zeiten, Dimensionen, Begriffe wie endlich und unendlich – das alles verschwamm in einem Meer von nichts.

Die Spanne war nicht zu messen, die Länge musste jeder selbst festlegen, da reagierte jeder bestimmt anders, doch ich hatte das Gefühl, einen Blick in die Unendlichkeit des Alls werfen zu können.

Genau dort hinein, in dem alles Leben entstanden war und unter anderem auch auf unserer Erde zur Entwicklung der Menschheit geführt hatte, wie auf Millionen und Abermillionen anderer Planeten auch.

Ich spürte weder Kälte noch Wärme. Widerstand gab es ebenfalls nicht. Luftleer, ohne tragfähige Atome oder Moleküle. Keine Farben, keine wirbelnden Spiralnebel, einfach gar nichts, nur die Leere und Schwärze einer kaum vorstellbaren Welt.

Hier war Leben geschaffen worden, hier war es entstanden, und eine Milliarde Jahre zählte nicht mehr als nur eine Sekunde in der Ewigkeit.

Welch gigantisches Werk!

Götter- und Dämonengeschlechter waren hier entstanden und auch vergangen. Das gesamte All konnte man als eine Enzyklopädie bezeichnen, von der wir Menschen bisher nicht einmal die erste Seite richtig aufgeschlagen hatten.

Eigentlich hätten mich andere Gedanken beschäftigen müssen, aber es ging einfach nicht anders. Ich konnte an mein und das Schicksal der Freunde nicht denken. Für mich gab es nur diese tiefen Gefühle, wobei sich meine Seele weit wie ein Tor öffnete.

Von Shao, Xorron oder Pandora sah ich nichts mehr. Ob Costello diese seltsame Reise überhaupt mitgemacht hatte, konnte ich nicht einmal sagen.

Die Dunkelheit war absolut.

Vielleicht schwebten wir auch nur innerhalb dieser seltsamen Blase an der Öffnung des Füllhorns. Möglich war alles, und ich wartete nur darauf, in irgendeiner Dimension zu erscheinen, um endlich eine Entscheidung herbeiführen zu können.

Trotz dieser Reise arbeiteten meine Gedanken noch immer klar. Ich dachte zurück an die Zeit, als ich Pandora kennen lernte. Sie stand mit Xorron in einem unmittelbaren Zusammenhang, den ich nicht genau kannte, obwohl ich auf einer Insel erlebt hatte, wie man Xorron herbeischaffte. Vielleicht aus Japan, denn wie sollten er und Shimada sonst Feinde geworden sein?

Die Reise ging weiter.

Es war eigentlich ein herrliches Gefühl, ein Schweben durch die Unendlichkeit von Zeit und Raum, und die Dimensionen verschoben sich dabei.

Ich würde in einer Welt landen, die einem anderen gehörte und die nicht mehr existierte, wenn dieser andere, Shimada, vernichtet worden war.

Das alles waren Spekulationen. Ebenso konnte es Shimada gelingen, Xorron zu töten, dann sah alles anders aus, und Pandora würde ebenfalls an Macht und Einfluss gewinnen.

Noch waren dies alles nur wirre Gedanken. Ich durfte mich nicht ablenken lassen, denn plötzlich veränderte sich die Umgebung.

Schlagartig geschah dies. Das hellere Licht traf meine Augen, es schmerzte, und mir gelang es noch im selben Augenblick, etwas zu sehen.

Es war eine Welt.

Eine andere jedoch.

Fremd, unheimlich.

Aber bewohnt.

Menschen entdeckte ich da und eine unheimliche Gestalt, die alles andere überragte.

Shimada!

Wir waren am Ziel – und mussten feststellen, in einer Hölle gelandet zu sein, denn auf dem Grund einer Steinarena kämpfte Suko um sein Leben …

Es wurde sehr gefährlich. Nicht allein für Suko, auch für die Horror-Fans.

Noch hatte der Bucklige seine Messer nicht hervorgeholt. Vielleicht erhielten sie deswegen einen geringen Aufschub, den der Chinese nutzen wollte.

Er drehte den Angreifern den Rücken zu und wandte sich an die Jungen. »Verteilt euch!«, brüllte er. »Bietet um Himmels willen kein kompaktes Ziel! Versucht das Beste aus der Situation zu machen. Ich stelle mich den dreien!«

Mehr konnte Suko nicht sagen, denn das Schlagen der Hufe hinter ihm schwoll zu einem Donnern an.

Wieder drehte sich der Chinese. Gerade noch rechtzeitig, denn der erste Gegner war verdammt nah. Es war der Ninja, der äußerlich keine Waffe trug und einen knallroten Schädel hatte, aus dem plötzlich Feuerzungen wirbelten, die gegen Suko zielten.

Der Chinese sprang zurück. Er drehte sich dabei aus der Laufrichtung des Reittieres und führte mit der Dämonenpeitsche einen halbhohen Rundschlag.

Suko traf.

Die drei Riemen wickelten sich um den Leib des Feuerschädels und rissen die Gestalt vom Rücken des Tieres. Sie prallte in den Sand, wo Suko sah, dass ihn die Kraft der Peitsche dreigeteilt hatte.

Beine, Rumpf und Kopf waren voneinander getrennt, und jedes Teil brannte für sich.

Schreie drangen aus dem Maul, die Suko nicht weiter kümmerten, denn er war zur Hochform angelaufen. Der Kampfstress beflügelte ihn. Mit gewaltigen Sätzen jagte er hinter dem Reittier her, holte es ein, stieß sich ab und sprang auf den Rücken des Tieres, wobei er wild die Peitsche schwang.

Suko fühlte sich wie ein Rodeoreiter. Das seltsame Tier wollte ihm nicht gehorchen, es drehte sich um die eigene Achse, sodass der Inspektor das Gefühl hatte, inmitten eines Kreisels zu stecken.

Sand flog auf, wurde zu wirbelnden Wolken, vernebelte Suko die Sicht, und er hörte die gellenden Schreie der Jungen.

Für einen Moment verzerrte sich Sukos Gesicht, dann rammte er seine Faust auf den Schädel des Tieres, und dieser Schmerz trieb das Reitmonster an.

Es schoss zuerst in die Wolke hinein und dann aus ihr hervor, sodass Suko besser sehen konnte.

Was sich vor seinen Augen abspielte, raubte ihm den Atem. Zwei Ninjas waren wie die Irrwische unter die Fans gefahren und hatten sie auseinander getrieben. Noch war nichts passiert, denn die beiden Ninjas spielten mit den Fans. Sie trieben sie vor sich her, doch sie waren nahe daran, den ersten oder die ersten beiden zu töten.

Suko sah zwei Jungen wegrennen. Sofern er es richtig behalten hatte, hießen sie Frank Fischer und Thomas Beinke. Sie flohen vor einem Ninja-Dämon, dem Buckligen mit den Messern.

Eine mörderische Gestalt, die bereits beide Arme gehoben hatte. Aus den Fäusten schauten die funkelnden Klingen der Dolche, und dieser Dämon war bereit, sie den beiden Flüchtenden in die Rücken zu schleudern.

Dies alles nahm der Chinese innerhalb eines Atemzuges auf, und er fragte sich, wie er den beiden helfen sollte.

Die Dämonenpeitsche schaffte es nicht. Er befand sich einfach zu weit vom Ort des Geschehens entfernt.

Der Zufall kam ihm zu Hilfe. Der untote Ninja mit den Messern stoppte sein Reittier, kurz bevor er die Dolche schleuderte. Und diese Spanne nutzte Suko.

Er rammte mit seinem Tier das andere genau in dem Augenblick, als der Ninja die Dolche losließ. Der plötzliche, nicht erwartete Ruck brachte den Glatzkopf aus dem Rhythmus. Er wurde nach vorn gestoßen, und seine Dolche fegten in den Himmel.

Im nächsten Augenblick verschwand er vor Sukos Augen, weil der Aufprall zu stark gewesen war und ihn vom Rücken des Tieres zu Boden geschleudert hatte.

Deshalb konnte Suko auch nicht mit der Peitsche zuschlagen und ihn vernichten.

Suko hielt ebenfalls nichts auf dem Rücken des Echsenpferdes, und an der rechten Seite flankte er hinab. Aus den Augenwinkeln sah er noch die beiden Jungen, die wie angewachsen dastanden und kaum begreifen konnten, dass sie dem Schrecken entgangen waren.

Sukos Füße versanken im Sand. Er hatte keinen guten Stand, weil der Boden zu weich war.

Plötzlich sah er den Schatten.

Es war der Bucklige.

An den heftigen Bewegungen erkannte Suko, dass dieser Dämon seine Messer einsetzen wollte und nur noch die richtige Zielrichtung suchte.

Ein Kampfgeschrei drang aus dem Mund des Chinesen, als er über den Rücken des Echsenpferdes hinwegsetzte und plötzlich von oben her auf den buckligen Ninja zufiel.

Der kam nicht schnell genug weg.

Suko prallte auf ihn, spürte an der Hüfte einen scharfen Schmerz und wusste, dass ihn einer der Dolche getroffen hatte. Er drehte sich wild um, winkelte den Arm an und rammte den Ellbogen zur Seite.

Die Spitze traf auf Widerstand, und der Ninja wurde zur Seite geschleudert.

Suko bekam etwas Zeit und wollte sich um den Messerwerfer kümmern, als der Unheimliche mit dem halben Gesicht gegen ihn anritt.

Einer der Jungen drehte durch.

Es war Hauke, der sich zu dieser Wahnsinnstat veranlasst sah und in den Sprung des Tieres hineinrannte.

»Weeeggg!« Sukos Stimme überschlug sich, aber der Junge hörte ihn nicht. Im nächsten Augenblick sah Suko schattenhaft einen wirbelnden Körper innerhalb der Staubwolke und hörte auch die trommelnden Hufe, dann schlug der Ninja bereits zu.

Ein blitzender Reflex wurde von der Klinge erzeugt, die Suko allerdings nicht traf, weil er zur Seite hechtete, auf den Boden fiel, sich überschlug, wieder hochkam und erkannte, dass die jungen Horror-Fans die Arena fluchtartig verließen und die Treppen hinaufrannten. Dabei trugen zwei von ihnen Hauke. Suko konnte nicht erkennen, ob der Junge noch lebte.

Er fiel auf die Knie.

Wie ein gewaltiger Koloss kam ihm der Ninja mit dem halben Gesicht vor, als er auf dem Rücken des Monstertieres saß und erneut angreifen wollte.

Aber nicht nur er.

Auch der Messerwerfer wollte Suko mit seinem scharf geschliffenen Dolch durchbohren.

Ausweichen konnte Suko diesmal nicht.

Aber er besaß noch eine letzte Waffe.

Seinen Stab.

Blitzschnell fasste er ihn an und rief, ohne ihn hervorzureißen, den beiden mörderischen Ninjas das magische Wort entgegen.

»Topar!«

Bisher war Suko nicht dazu gekommen, den Stab einzusetzen. Er hatte wirklich bis zum letzten Moment warten müssen.

Der Ruf erreichte die beiden.

Und sie erstarrten.

Für fünf Sekunden wurde die Zeit angehalten, und genau diese Spanne blieb Suko, seine Gegner auszuschalten. Töten durfte er sie nicht, nur entwaffnen.

Und das wollte er.

Der Chinese bewegte sich wie ein Irrwisch. Wenn er jetzt nicht das Richtige tat, waren er und die Horror-Fans verloren.

Die beiden Monster erinnerten an Denkmäler. Nichts mehr rührte sich bei ihnen.

Der Messerwerfer hatte eine seltsame Haltung eingenommen. Nach hinten war sein Körper gebogen, und diese Bewegung hatten auch seine Arme mitgemacht. Die Hände umklammerten die Griffe der Dolche. Dieser Ninja war wurfbereit gewesen, und er hätte auch getroffen.

Der zweite mit dem halben Gesicht hielt sein Schwert ebenfalls zum Schlag bereit. Er hockte auf dem Rücken des monströsen Reittiers, ein wenig nach rechts gedreht, und der Arm mit der langen Schwertklinge stach wie ein Mahnmal in die Luft.

Suko nahm sich zuerst den Messerkämpfer vor. Er drehte dessen Arme zur Seite, fühlte unter den tastenden Händen die kalte Haut ohne Leben und öffnete die starren Finger.

Es war nicht einfach, zudem drängte die Zeit, und Suko hatte seine große Mühe mit ihm. Den ersten Dolch konnte er einstecken, den zweiten ebenfalls, aber er wusste nicht, wie viel Zeit ihm noch blieb, und er riskierte es deswegen auch nicht, die anderen Dolche des dämonischen Killers an sich zu nehmen.

Der Ninja mit dem halben Gesicht war wichtiger. Wenn es ihm gelang, das Schwert einzusetzen, sah es böse aus.

Suko drehte sich zur Seite. Mit einem gewaltigen Satz sprang er auf den Rücken des echsenköpfigen Tieres, umklammerte den kalten, totenähnlichen Körper des Ninja – und musste erleben, dass die fünf Sekunden abgelaufen waren.

An Shimada dachte Suko nicht mehr. Auch nicht an seine Verletzung. Um so etwas konnte er sich einfach nicht kümmern. Für ihn war wichtig, dass er den Kampf gegen die letzten beiden Leibwächter des Dämons Shimada gewann.

Er setzte alles ein und spürte im selben Augenblick, als die Zeit vorbei war, die Kraft des Ninja.

Suko hatte ihm das Schwert aus der Klaue drehen wollen, doch der Untote verfügte über gewaltige Kräfte. Außerdem bemerkte er Sukos Vorhaben rechtzeitig und hielt dagegen.

Seine Drehbewegungen glichen die des Chinesen aus, und so kam es zu einem Patt.

Für einen Moment blieben sie noch auf dem Rücken des Tieres sitzen. Dabei schauten sie sich an, und Suko sah das zur Hälfte zerrissene und zerstörte Gesicht dicht aus der Nähe.

Eine schreckliche Fratze, das Grauen stand wie eingemeißelt in seinen Zügen. Ein normaler Mensch wäre wahrscheinlich in Ohnmacht gefallen.

Suko nicht. Er kannte seine Gegner, war es gewohnt, gegen diese Bestien zu kämpfen, und er gab auch diesmal nicht auf. Beide Hände nahm er zu Hilfe, umklammerte das Gelenk des Ninjakämpfers und stemmte sich gegen diese unheimliche Erscheinung.

Plötzlich bockte das Tier.

Suko verlor den Halt. Instinktiv hielt er den Arm des Gegners weiterhin fest und dachte auch mit Schrecken an den Messer-Ninja. Dann wurden seine Überlegungen mit einem Schlag und radikal ausgeschaltet, als er zusammen mit dem Ninja zu Boden prallte.

Unglücklicherweise fiel Suko auf den Rücken, doch der weiche Sand dämpfte den Fall, sodass es ihm auch nichts ausmachte, mit dem Hinterkopf aufzuschlagen.

Der Kampf war noch nicht beendet. Keiner wollte nachgeben. Suko versuchte sich zur Seite zu rollen. Mit der Hacke stemmte er sich ein, und sein Vorhaben gelang.

Der Ninja rollte mit. Das Schwert bewegte sich ebenfalls, geriet zum Glück nicht so nahe an Suko heran, als dass es ihm gefährlich werden konnte.

Trotz des aufgewirbelten Sandes hielt der Inspektor seine Augen nicht geschlossen. Deshalb nahm er auch den Schatten wahr, der sich heranschlich und dabei eine gespannte Wurfhaltung eingenommen hatte.

Es war der Ninja mit den Messern!

Dass er Suko töten wollte, daran gab es nichts zu rütteln. Aber er konnte es nicht schaffen, denn beide bewegten sich einfach zu schnell. Sie waren ineinander verkrallt, rollten sich dabei durch den Sand. Mal lag Suko oben, mal der Ninja. Es wäre für den Messerstecher ein zu großes Risiko gewesen, die gefährlichen Klingen zu schleudern.

Sukos Gegner versuchte mit aller Gewalt, seinen Arm loszureißen. Das geschliffene Ninja-Schwert, scharf und tödlich, wartete nur darauf, in den Körper des Menschen zu dringen, und das wusste auch Suko. Deshalb tat er alles, um dieser Gefahr zu entrinnen.

Und der zweite Ninja lauerte.

Er bewegte sich kaum mehr. Dafür hatte er sich breitbeinig aufgebaut, hielt die Arme halb erhoben, und aus seinen Fäusten schauten die blitzenden Klingen der Dolche.

Wann konnte er sie schleudern?

Suko kämpfte mit allen Mitteln. Er setzte auch seine Beine ein, stieß sie vor, und manchmal, wenn die Bewegung zu plötzlich und hart war, spürte er seine Verletzung wieder.

Da er mit reiner Kraftanstrengung nicht mehr weiterkam, musste er versuchen, den anderen in Sicherheit zu wiegen.

Das tat Suko. Er ließ sich zusammensacken und gab seinem Gegner ein Gefühl der Überlegenheit.

Der Ninja stürzte auf ihn. Er wollte sein Schwert einsetzen und die Klinge nach unten stoßen. Darauf hatte Suko nur gewartet. Der Chinese drehte sich auf die rechte Seite, winkelte dabei sein Bein an und rammte das Knie nach vorn.

Treffer!

Wie ein Auto auf der Rampe, so wurde der Dämon in die Höhe gebockt. Er hob regelrecht von Suko ab, ohne ihn jedoch loszulassen, und der Inspektor hatte so viel Spielraum, dass er noch einmal zutreten konnte.

Diesmal reichte es.

Der Ninja gehorchte auch in dieser Dimension den Gesetzen der Physik. Er flog nach hinten, rutschte noch mit den Hacken durch den Sand, wobei seine Fetzenkleidung flatterte.

Suko war frei.

Seine Hände rasten dorthin, wo die erbeuteten Messer steckten. Er wollte sie dem Ninja in den Balg schleudern, aber da kam plötzlich der Dolchwerfer.

Wieder konnte Suko nicht ausweichen. Die Zeit reichte einfach nicht. Dennoch hatte er Glück, weil der Ninja mit dem zerstörten Gesicht für einen Moment zwischen ihm und dem Messerwerfer stand.

Diese halbe Sekunde der Ablenkung reichte Suko, um die Dolche zu ziehen und zu schleudern.

Werfen konnte er. Ob Messer oder Pistole, mit beiden Waffen ging Suko gleich gut um.

Es war ein Aufblitzen, als sie die Luft durchschnitten, aber auch der Ninja hatte seine Messer geworfen.

Suko hechtete nach vorn, als die Dolche seine Fäuste verließen, und er vernahm zwei Geräusche fast gleichzeitig.

Einmal das Sausen der anderen Klingen, als sie über seinen Schädel streiften, noch einige Haare abrasierten, und zum zweiten die dumpfen Aufschläge, die entstanden, als seine Klingen trafen. Sie hieben wie Hammerschläge in die Brust des Ninja und trieben die schreckliche Gestalt zurück.

Der Messer-Ninja wankte durch den Sand. Was weiter mit ihm geschah, darum kümmerte sich Suko nicht, denn der letzte Gegner stand nach wie vor gegen ihn.

Und mit ihm musste sich Suko beschäftigen.

Natürlich hatte dieser mitbekommen, wie sein Artgenosse gekippt war. Jetzt hing alles an ihm.

Shimada griff nicht ein. Er wollte sehen, ob auch sein letzter Scherge versagte.

Der Ninja mit dem zerstörten Gesicht ließ Suko nicht erst dazu kommen, seine Dämonenpeitsche zu ziehen. Er griff sofort an und nahm sein Schwert, um endlich Schluss zu machen.

Suko erkannte, dass dieser Dämon die Waffe mit einer wahren Meisterschaft zu führen verstand. Er schlug kreuz und quer, die Klinge war kaum zu sehen, und Suko musste zurück.

Er wurde von seinem Gegner in einen Kreis getrieben, musste sich ducken, zur Seite springen, sich auch fast auf den Boden legen.

Hätte Suko nicht so ausgezeichnete Reflexe gehabt, wäre für ihn der Kampf längst aus gewesen. Aber der Inspektor konnte sich ebenfalls wie ein Irrwisch bewegen, bis er mit dem Rücken gegen eines der Reittiere stieß, das wie fest gewachsen stand.

Da hatte Suko eine Idee.

Seine Arme fuhren in die Höhe. Er kriegte den Kopf des Tieres zu packen, und trotz des Echsenmauls drückte er für einen Moment die beiden Kiefer zusammen, riss das Tier mit all seiner ihm zur Verfügung stehenden Kraft herum und wuchtete es genau in den Lauf des Ninja-Kämpfers.

Beide prallten zusammen, denn Shimadas Scherge hatte mit dieser Attacke nicht gerechnet.

Das Tier schleuderte ihn zu Boden, brüllte auf und sprang zur Seite. Sukos Weg zu dem Ninja war frei.

Und der Inspektor war schnell. Bevor sein Gegner irgendetwas unternehmen konnte, sprang er auf ihn zu, wuchtete seine Füße gegen den Kopf und packte dabei den Arm des anderen. Er riss den Liegenden hoch, hämmerte den Unterarm auf sein angezogenes Knie und hielt endlich das in der Hand, was er schon immer hatte haben wollen.

Das Schwert.

Natürlich war sein Gegner nicht erledigt. Er sprang wie ein Stehaufmännchen in die Höhe. Sein uriger Schrei zitterte Suko entgegen, als sich der Ninja herumwarf.

Darauf hatte Suko gewartet.

Diesmal gelang dem Ninja keine Ausweichbewegung mehr. Suko führte den Schwertstreich waagrecht und in Kopfhöhe, sodass sein Feind genau hineinlief.

Dann war es geschehen.

Suko hatte haargenau getroffen. Das Schicksal, das ihm zugedacht gewesen war, traf nun den anderen. Plötzlich bestand der Ninja aus zwei Hälften, denn der Schwertstreich hatte seinen Schädel vom Kopf getrennt.

Für einen Moment schien es, als wollte der Torso weitergehen, bis ihn die Kraft verließ, er in die Knie sackte und das Übergewicht bekam.

Dicht vor Suko kippte er zu Boden, und wie eingefroren wirkten seine fauligen, hervorgestreckten Arme, deren Hände sich an der Kleidung des Chinesen festklammern wollten.

Einen halben Schritt trat Suko zur Seite.

Der letzte Ninja kippte an ihm vorbei. Dumpf schlug er in den Sand, der von keinem einzigen Tropfen Blut gefärbt wurde.

Für die Länge einer Sekunde wollte Hochgefühl in Suko aufsteigen. Er unterdrückte es schnell, denn die Gefahr war längst nicht gebannt. Der Chinese hatte noch einen Gegner.

Und nicht nur Shimada, denn dort, wo der halb zerstörte Schädel des Ninja lag, erhob sich eine Gestalt.

Es war der Messerkämpfer.

Zwei seiner eigenen Dolche steckten in seiner Brust, aber sie hatten ihn nicht töten können.

Suko rann es kalt den Rücken hinab, als er dies sah. Er wollte es kaum glauben, seine Haut spannte sich, und die Augen wurden groß.

Der Unheimliche mit den Dolchen in der Brust wankte auf den Chinesen zu.

Er ging schwerfällig, die sonstige Geschmeidigkeit war ihm abhanden gekommen, die Arme waren schwer wie Blei, als er nach weiteren Dolchen suchte.

Er hatte Mühe, sich auf den Beinen zu halten. Die beiden Treffer hatten ihn geschwächt, und Suko wollte endlich alles bereinigen.

Er ließ ihn kommen.

Bevor es dem Ninja gelang, die Dolche aus den Scheiden zu ziehen, schlug Suko zu.

Einen flirrenden Halbkreis beschrieb die Schwertklinge, bevor sie voll traf.

Den Messer-Ninja traf das gleiche Schicksal wie seinen Vorgänger. Nur torkelte sein Torso nicht weiter, er brach dort zusammen, wo er seinen Schädel verloren hatte.

Aus …

Suko atmete tief ein. Er wollte es kaum glauben, dass er es hinter sich gebracht hatte, drehte sich um und schaute zu den sechs Horror-Fans hin, die sich auf den Rängen verteilt hatten.

Die jungen Leute standen dort wie angewachsen. Starr und mit weit aufgerissenen Augen hatten sie den Kampf beobachtet. Vielleicht war ihnen noch gar nicht bewusst geworden, dass sie der ersten großen Gefahr entronnen waren, denn als Suko die Hand hob und zu ihnen hinüberwinkte, erntete er keine Reaktion.

Zwischen ihnen lag Hauke. Ob dieser junge Mann tot war, konnte Suko nicht erkennen. Er würde auch keine Zeit haben, um danach zu fragen, denn sein innerer Alarmwecker meldete sich. Und der sagte ihm, dass er es noch längst nicht geschafft hatte.

Shimada lebte weiterhin. Er hatte nur nicht eingegriffen, aus welchen Gründen auch immer, aber er war da.

Suko sah ihn nicht, er hörte ihn nur.

Stampfende Schritte näherten sich ihm, und Suko fühlte es kalt den Rücken hinabrinnen. Seine Haut im Nacken zog sich zusammen. Er blieb starr stehen und hörte in seinem Rücken die fordernde, höhnische, befehlende und lauernde Stimme.

»Dreh dich um, Chinese!«

Suko gehorchte.

Er stand vor ihm und schaute ihn an!

Eingehüllt in seine schwarze Ninja-Kleidung, die nur die obere Gesichtspartie freiließ, sodass Suko die gnadenlosen Augen genau erkennen konnte.

Blau und kalt.

Er musste sich stark zusammenreißen, um keine Schwäche zu zeigen. Shimada hielt keine Waffe in der Hand, das hatte er nicht nötig, denn er war ein König in dieser Dimension.

Durch eine knappe Geste gab er Suko zu verstehen, sich ihm zu nähern.

Der Chinese zögerte einen Moment, erregte dadurch den Unwillen des Shimada, und ihm blieb nichts anderes übrig, als sich dem Unheimlichen zu nähern.

Sein erbeutetes Schwert hielt er dabei so, dass die Spitze genau auf Shimada zeigte, aber das machte dem anderen nichts aus. Er breitete nur seine Arme aus und dokumentierte mit dieser Geste, dass er sich vor der Waffe nicht fürchtete.

Suko hatte mit dem Schwert zwei Shimada-Schergen umgebracht. Gegen den Super-Dämon selbst würde ihm die Klinge kaum helfen, das wusste er.

Deshalb ließ er sie sinken.

Dagegen hatte Shimada etwas. »Nein!«, sagte er mit dumpfer Stimme. »So haben wir nicht gewettet, Chinese. Du sollst merken, dass ich durch dich nicht zu töten bin. Ich gebe dir jetzt einen Befehl. Stoß zu!«

Scharfe Worte, die Suko genau verstanden hatte, und Shimada ließ ein Lachen folgen, als er zusätzlich und gewissermaßen als Aufforderung noch seine Arme ausbreitete, sodass die breite Brust deckungslos vor den Augen des Chinesen lag.

»Los, tu es!«

Suko hatte Hemmungen. Vielleicht dachte er daran, dass er alles verloren hatte, wenn er es jetzt tat. Noch konnte er hoffen, doch Shimada wollte ihm beweisen, wie mächtig er war.

»Stoß zu!«

Der Befehl war mehr ein Schrei, und Suko konnte nicht mehr anders. Er musste handeln und tat es.

Mit einem gewaltigen Satz sprang er vor. Sein Beuteschwert hielt er in der rechten Hand. Er senkte den Arm, sodass die Waffe zu seinem Körper im rechten Winkel stand. Dann wuchtete er den Arm vor, ein Schrei drang aus seinem Mund, und im nächsten Augenblick stieß er die Klinge mit aller Kraft in den Körper hinein.

Es war ein mörderischer Rammstoß, so hart, dass die Klinge nicht nur in den Körper hineinraste, sondern am Rücken wieder herauskam, denn das konnte Suko erkennen, als sich Shimada drehte und er dabei die Bewegung mitmachte, da er mit dem Dämon durch das Schwert verbunden war.

Er sah die Klinge am Rücken blitzen. Ein kurzes Stück nur, nicht länger als eine ausgestreckte Männerhand.

Kein Tropfen Blut rann zu Boden. Auch keine andere Flüssigkeit. Shimada war innerhalb seiner Gestalt völlig ausgetrocknet.

Für einen Moment lachte er auf. Er ahnte wohl, wie es in Suko aussah. Dann trat er zwei Schritte zurück, sodass die Klinge aus seinem Körper gleiten konnte.

»Was sagst du nun?«, fragte er.

Suko hatte sich schnell wieder gefangen. In seinem Leben hatte man ihm schon genug Überraschungen bereitet, deshalb konterte er eiskalt. »Ich hätte dir auch den Schädel abschlagen können, Shimada!«

»Dann tu es!«

Suko duckte sich unwillkürlich, als er diese Aufforderung vernahm. War Shimada lebensmüde? Das konnte sich Suko kaum vorstellen, denn ein Dämon wie dieser Ninja sagte nicht etwas dahin. Wenn er so sprach, hatte das Hand und Fuß.

»Na los!«

Noch stand diese Aufforderung zwischen ihnen, und Shimada drehte sogar den Kopf zur Seite, um Suko eine bessere Zielfläche zu bieten.

»Bist du feige?«, höhnte er.

»Nein!«, erwiderte Suko hart. »Ich bin nicht feige!« Er fixierte sein Ziel, nahm einen kurzen Anlauf, hob den rechten Arm, um einen seitlichen Hieb zu führen.

Suko vernahm das fauchende Geräusch, mit dem die Klinge durch die Luft schnitt.

Der Widerstand!

Hart wie Stein. Undurchdringlich. So fest, dass die Gegenreaktion erfolgte und dem Chinesen das Schwert fast aus der Faust geschleudert wurde. Suko ging einen Schritt zur Seite. Er schaute auf Shimada, hoffte, dass der Kopf fallen würde. Vergeblich.

Der Schlag hatte nichts erreicht.

Kein Bluff, den hatte Shimada nicht nötig. Sukos letzte Hoffnung zerplatzte. Er blieb stehen, schaute auf die schmale, leicht gebogene Klinge, presste die Lippen zusammen und vernahm hinter sich einen Schrei. Wer von den Jungen ihn ausgestoßen hatte, wusste er nicht, aber schon bald füllte eine sich überschlagende Stimme die Arena aus.

»Er schafft es nicht. Dieser Dämon ist ein Teufel, der ist unbesiegbar!«

War er das wirklich?

Suko schaute hoch in die gnadenlosen Augen des Ninja-Dämons Shimada. Wie kalte, das Böse ausstrahlende Kristalle kamen sie ihm vor. In ihnen lauerte das Verderben, und sie waren bereit, diese schlimme Botschaft auch auf den Gegner zu übertragen.

Shimada hatte sich nach dem Treffer kaum gerührt. Nun aber hob er den rechten Arm.

Das ging alles so schnell, dass Suko kaum etwas davon sah. Er setzte auch nicht die Kraft seiner Dämonenpeitsche entgegen, denn instinktiv wusste er, dass Shimada damit nicht zu vernichten war.

»Ich bin die lebende Legende!«, erklärte ihm der Ninja-Dämon. »Was vor Urzeiten einmal geboren wurde, kann ein Mensch nicht töten. Dies solltest du dir merken!«

Im nächsten Augenblick hielt er seine Klinge in der Hand. Sie schimmerte wie das blaue Eis eines Alpengletschers, war leicht gekrümmt und lief zum Ende hin spitz zu.

»Jetzt musst du kämpfen, Chinese!«, schrie Shimada. »Und du wirst verlieren, das schwöre ich dir …«

Die Ankündigung hätte Shimada erst gar nicht zu machen brauchen. Suko glaubte ihm jedes Wort, und er bemerkte im nächsten Augenblick, dass Shimadas Schwert etwas Besonderes war. Bei jedem Schlag stieß die Klinge ein singendes Geräusch aus und hinterließ einen bläulichen Schattenstreifen, der in der Luft für einen Moment stehen blieb, bevor er wieder verschwand.

Diese Waffe war nicht normal. Sie musste magisch aufgeladen sein, und deshalb war sie sicherlich auch so gefährlich. Ein normales Schwert hätte ein Monstrum wie Xorron nicht umbringen können, diese Waffe jedoch wirkte anders, das merkte Suko schnell.

Bevor er von Shimada verletzt oder gar getötet werden konnte, zog er sich zurück. Suko lief mit großen Sprüngen in die Mitte der Arena, drehte sich dort und gelangte an den Rand, wo die nach oben führenden Stufen begannen.

Dort wurde er wieder an die sechs unfreiwilligen Zuschauer erinnert, denn er hörte die Stimme von Ullrich Latta. »Sollen wir dir helfen, Suko?«

Obwohl der Chinese anderes zu tun hatte, als sich um die Jungen zu kümmern, drehte er kurz den Kopf und warf einen Blick auf den Sprecher. »Auf keinen Fall. Haltet euch in Deckung.«

»Und wenn er dich tötet?«, fragte Andreas Schattmann.

»Soweit ist es noch nicht!« Suko legte innere Kraft in seine Stimme, obwohl er selbst nicht daran glauben wollte. Dieser Shimada war einfach zu stark. Man konnte ihn tatsächlich als die lebende Legende bezeichnen, und waren Legenden überhaupt zu vernichten?

Normalerweise nicht, dennoch kämpfte Suko. Aufgeben stand nicht auf seinem Lebensplan, und er scheuchte die jungen Leute erst einmal weg. »Lauft höher und geht in Deckung!«

»Da gibt es nichts«, sagte Thomas Beinke.

»Dann rennt in den verdammten Tempel und drückt mir die Daumen, Freunde.«

Ob die Horror-Fans Sukos Anordnungen befolgten, konnte der Chinese nicht mehr erkennen, denn Shimada nahm wieder seine Aufmerksamkeit in Anspruch.

In dieser Dimension herrschte er. Vielleicht hatte er sie sogar erschaffen, und wenn dies tatsächlich zutraf, konnte er sich auch Zeit lassen und seine Vormachtstellung auskosten.

Die lebende Legende brauchte sich nicht einmal groß zu beeilen. Fast gemächlich schlenderte Shimada näher, wobei er seine Waffe kampfbereit in der rechten Hand hielt.

Suko besaß ebenfalls ein Schwert. Ein Nichts gegen die Klinge des Dämons. Deshalb zog er seine Peitsche, schlug einen Kreis über den Boden und ließ die Riemen aus der Öffnung rutschen.

Er war wieder kampfbereit!

Aber hatte er mit seiner Peitsche eine Chance gegen Shimada? Der brauchte nur sein Schwert zu bewegen und konnte die drei Riemen kappen. Das war das große Risiko.

Suko rann ein Schauer über den Rücken, als sich seine Gedanken damit beschäftigten, und seine Magenwände zogen sich ein wenig zusammen, als hätte er Salzsäure getrunken.

Auf seinem Gesicht spiegelten sich die Gefühle wider. Die Züge waren verzerrt. In den einzelnen Falten hatte der Staub seine Spuren hinterlassen und Krusten gebildet.

Suko atmete flach durch den offenen Mund. Mit dem Handrücken wischte er den Schweiß von der Stirn, und er spürte auch seine Verletzung. In der Hüfte pochte und bohrte es, aber Suko hatte keine Zeit, jetzt noch einen Blick auf die Wunde zu werfen. Shimada war wichtiger.

Ein Reittier stand noch in der Arena. Das Vieh hatte seinen gewaltigen Echsenkopf gesenkt, das Maul geöffnet und ließ die Zunge aus den beiden Kiefernhälften hängen. So stand es und schaufelte Sand in seinen großen Rachen.

Da das Tier links von Suko stand, bewegte sich der Chinese auch in diese Richtung. Er ging schräg, sodass er Shimada immer im Auge behalten konnte.

Die lebende Legende folgte ihm.

Shimada war nicht schnell. Er bewegte sich langsam, fast marionettenhaft, und seine Schritte wirkten irgendwie steif, hölzern. Er war sich seiner Beute sicher, denn er hatte ein Opfer gefunden. Aus dieser Arena war noch niemand entkommen.

Auch Suko sollte dieses Gesetz nicht brechen.

Nur noch wenige Schritte, dann hatte Suko sein Etappenziel erreicht. Er stand nahe am Reittier, das den Echsenkopf träge in die Höhe hob, für einen Moment seine Nahrungsaufnahme unterbrach, Suko anglotzte, um danach weiter das Zeug in seinen Rachen zu schaufeln. Dabei holte es mit seiner klebrigen Zunge massenweise Sand vom Boden und schluckte ihn runter.

Shimada verkürzte den Winkel. Er hatte sein Tempo beschleunigt, für Suko ein Beweis, dass er eine Entscheidung suchte. Durch nichts würde er sich abhalten lassen, und dem Chinesen blieb nichts anderes übrig, als sich zum Kampf zu stellen, denn Shimada würde ihn niemals entkommen lassen.

Schritt für Schritt legte er zurück. Die Entfernung zwischen den beiden schrumpfte.

Suko hob die Peitsche ein wenig an. Er hielt sie in der linken Hand. Die drei Riemen stammten aus der Haut Nyranas, waren etwas Besonderes, und in ihnen steckte eine gewaltige dämonische Kraft. Ob sie allerdings für Shimada reichte, war fraglich. Zudem konnte dieser Dämon sie auch mit einem Schlag kappen.

Suko ging ihm entgegen, blieb allerdings so stehen, dass er das Reittier an seiner linken Seite wusste. Im nächsten Augenblick schlug er mit der Dämonenpeitsche auf Shimada ein.

Die drei Riemen fächerten auseinander.

Shimada bewegte nur kurz den rechten Arm. Das Schwert glitt in die Höhe, wieder vernahm Suko das singende Geräusch, und als Widerschein blieb die Klinge noch kurz in der Luft stehen.

Sie berührte die Riemen nicht. Suko hatte die Peitsche sehr schnell wieder zurückgezogen, und das war gut so, denn das Schwert hätte die Dämonenpeitsche vernichtet. Als der Chinese sich seine Waffe anschaute, wurde ihm verdammt flau, denn er sah genau, dass die Spitzen nicht mehr die Farbe hatten, die sie eigentlich hätten haben sollen. Sie schimmerten in einem dunklen Braun, wirkten dabei wie alte Rinde, und vielleicht hatte sogar ein Teil der Magie die Peitsche verlassen.

Als Suko daran dachte, wurde er noch blasser, hielt seinen Blick jedoch konzentriert auf den Gegner gerichtet.

Shimada hatte seiner Ansicht nach genug gespielt. Er ging Suko an. Sein Schwert stieß er vor, gleichzeitig machte sein Körper die Bewegung mit, und es sah alles sehr geschmeidig aus, wie er reagierte und Suko schon alle Kunst aufwenden musste, um der singenden Klinge auszuweichen.

Er schaffte es, befand sich plötzlich hinter dem Tier und brachte es zwischen sich und Shimada.

Sein Plan ging auf.

Suko hatte sehen wollen, wie das Schwert des Dämons reagierte. Das wurde ihm im nächsten Augenblick vorgeführt, und er konnte nicht behaupten, dass es ihm danach besser ging.

Der große Körper deckte ihn so stark ab, dass er nicht einmal sehen konnte, wie Shimada zuschlug. Er hörte jedoch das singende Geräusch und sah auch die Folgen.

Das Echsenpferd bäumte seinen Kopf für einen winzigen Moment in die Höhe, schien zu einem Denkmal werden zu wollen, und dann erklang das Fauchen. Es hörte sich an, als würde heißer Dampf aus einem Kessel abgelassen werden, doch das war es nicht.

Das Reittier starb.

Von einer Sekunde zur anderen schmolz es zusammen. Genau in dieser Zeitspanne fauchte eine blaue Flamme in die Höhe, wurde zu einem durchsichtigen Gespinst, erlosch wieder, und damit war auch das Echsenpferd verschwunden.

Suko schaute auf das, was vor seinen Füßen lag und allmählich im Sand versickerte.

Eine blaue, kristallartige Masse, aus der feine Rauchschwaden quollen.

Suko wagte es und setzte einen Fuß auf die Masse.

Er hörte das Knirschen, verstärkte den Druck und spürte unter seinen Füßen plötzlich etwas Feinkörniges.

Sand …

Als er den Blick senkte, sah er das blaue Schimmern. Es nahm sehr schnell ab, sodass das, was einmal das Echsenpferd gewesen war, schon sehr bald ebenso aussah wie der übrige Sand in der Arena.

Suko wusste Bescheid. Nun war ihm klar, wie der Sand hier entstanden war. Man hatte diese Arena nicht normal aufgefüllt. Der Sand war das, was von den Opfern übrig blieb.

Schlimm ...

Und Suko bekam eine Vorstellung dessen, was mit ihm geschehen würde, sobald er durch Shimada starb. Auch sein Körper würde von der Hitze vernichtet und zu Sand werden.

Ein grauenhaftes Schicksal, das nicht nur ihm bevorstand, sondern auch den jungen Horror-Fans.

Selten in seinem Leben hatte sich Suko so chancenlos gefühlt, und eigentlich hatte er noch nie einen Gegner wehrlos nahe an sich herankommen lassen wie Shimada. Aber Suko sah ein, dass es keinen Sinn hatte, sich gegen ihn zu stellen, und er blieb stehen.

Unter dem Gesichtsschutz drang ihm die Stimme entgegen. »Du weißt Bescheid, Chinese!«

Suko gab keine Antwort. Er brauchte nur auf die Klinge zu starren, die ihm Shimada entgegenhielt. Die Spitze des singenden Schwerts wies genau auf sein Herz.

»Wer sich mir in den Weg stellt, füllt die Arena weiter aus. So will ich es, und ich will noch mehr. Ich will deine Freunde. Sie sollen sich neben dich stellen und zuschauen, wie ihr großer Held vernichtet wird.«

Suko schüttelte den Kopf. Sich hatte er nicht verteidigen können, aber für die jungen Leute wollte er alles in die Waagschale werfen. »Bitte«, flüsterte er, »bitte, lass sie laufen! Nimm statt dessen mich. Sie haben dir nichts getan! Sei einmal gnädig, Shimada!«

»Gnade!«, höhnte Shimada. »Was ist das, Gnade? Nichts, es ist nichts. Ich kenne keine Gnade und habe sie noch nie gekannt, Chinese. Das solltest du wissen.«

»Bitte, ich ...«

»Nein, hol sie her!« Die Spitze zuckte auf Suko zu, und der Inspektor glaubte, dass Shimada zustoßen würde, doch dicht vor seiner Brust kam sie zur Ruhe. Er schaute wieder in die erbarmungslosen Augen des finsteren Dämons und wusste Bescheid.

Suko nickte.

»Ja«, hauchte er, »ich werde es tun. Sie sollen herkommen.«

Er drehte sich um. Sein Gesicht war zur Maske erstarrt. Selten in seinem Leben hatte er sich so schlecht gefühlt wie in diesen Augenblicken.

Die Jungen hatten die Worte bereits vernommen. Einige von ihnen saßen, zwei waren aufgestanden und schauten in die Arena hinunter.

Suko winkte ihnen zu. »Kommt!«, rief er. »Shimada will es so. Wir haben keine Chance.«

»Sehr richtig!«, bestätigte der Dämon.

Und die jungen Leute kamen. Sogar mit Hauke. Er konnte stehen, wenn er auch gestützt werden musste. Das taten Ullrich und Sven.

So schleppten sie ihn die Stufen hinab, wobei sich Haukes Beine anders bewegten als die seiner Helfer. Es war mehr ein Stolpern, aber Hauke schaffte es mit Hilfe seiner Freunde, die Distanz schließlich hinter sich zu lassen.

Er war einer der Ersten, der die Arena betrat.

Shimada war zufrieden. »Rahmt ihn ein!«, befahl er mit lauter Stimme. »Er soll in der Mitte zwischen euch stehen, wenn er dem Schwert zum Opfer fällt.«

Hauke, Ullrich und Sven bauten sich rechts von Suko auf. Marc, Andreas, Frank und Thomas fanden ihren Platz links von ihm.

So blieben sie stehen.

Mit Suko zusammen bildeten sie eine Reihe. Fast zu vergleichen mit der Linie angetretener Soldaten, nur dass die Schuhspitzen nicht genau ausgerichtet waren.

Niemand rührte sich.

Shimada genoss diese Situation. Seine Schwertklinge wanderte. Sie glitt die Reihe der Todeskandidaten entlang, befand sich einmal ganz links außen, fand ihren Weg auf die rechte Seite und hinterließ jedes Mal den blauen Schein, sodass es aussah, als würden zwei Schwerter von Shimada gehalten.

Der Widerschein verschwand nur allmählich, und auch Shimadas folgende Worte zeigten, wie grausam und gefährlich dieser Dämon sein konnte. »Ich werde nicht diesen Chinesen zuerst töten, sondern mir ihn als Zweiten vornehmen, damit ihr sehen könnt, wie euer Helfer stirbt. Er soll begreifen, dass man hilflos sein kann, dass es immer jemanden gibt, der stärker ist, als man selbst denkt. Wer meldet sich freiwillig? Wer von euch will zuerst in den Tod gehen?«

Eine zynische Frage. Natürlich trat keiner vor. Die Jungen waren geschockt. Sie hatten schreckliche Angst, die ihnen niemand verdenken konnte.

Hatten sie vor Sekunden noch starr wie Soldaten in einer Reihe gestanden, so begannen sie nun zu zittern. Es ging ans Sterben, und so etwas kann niemand verkraften.

»Dann werde ich einen aussuchen«, erklärte Shimada mit kalter Stimme und bewegte seinen Schädel. Die hellen, blauen Augen fixierten jeden Einzelnen.

Der Reihe nach senkten die jungen Leute die Köpfe. Nur an Suko glitt der Blick vorbei.

»Du«, sagte Shimada plötzlich.

Der Angesprochene zuckte zusammen. Er sah jetzt die Spitze der Klinge dicht vor sich und wäre fast zusammengebrochen. Seine Freunde konnten ihn gerade noch halten.

Es war Ullrich, auf den das Schwert zeigte. Er sollte den Anfang machen.

Der Junge schüttelte den Kopf. »Bitte!«, hauchte er mit kaum zu verstehender Stimme. »Bitte nicht! Ich will nicht sterben. Ich habe dir nichts getan. Wirklich ...«

»Du musst!«

Shimada konzentrierte sich auf den Jungen. Auch die Blicke der anderen Horror-Fans klebten an dieser grässlichen Gestalt. Nur Suko schaute an ihr vorbei. Er blickte über Shimadas Schulter. Vor Suko breitete sich die Arena aus, aber nicht nur sie, denn über ihr schwebte etwas, das Suko sehr gut kannte.

Es war ein Füllhorn.

Er hatte Pandoras Einsatz erlebt. Damals in Schottland, als sie aus dem Füllhorn Tod und Verderben kippte.

Hier geschah etwas Ähnliches. Nur mit einem Unterschied. Das magische Füllhorn oder die Büchse war nicht mit dem Grauen gefüllt, sondern mit Menschen und Dämonen.

Suko sah seinen Freund John Sinclair, er sah Shao, die ihm so seltsam erschien, er entdeckte den Goldenen Samurei, und er erkannte das weißhäutige Monstrum Xorron.

Sie alle waren da und schwebten nieder.

»Dann stirb!«, schrie Shimada Ullrich zu.

»Neiinnnn!«, brüllte Suko, streckte seinen Arm aus und deutete in die Luft. »Schau dorthin, Shimada. Dort sind deine Gegner!«

Shimada, die lebende Legende drehte sich um!

Im selben Augenblick landeten wir.

Es ist schwer, die Gefühle zu beschreiben, die mich während der letzten Sekunden beherrschten, falls man der Reise überhaupt eine Zeiteinteilung geben konnte. Ich hatte Suko und die Jungen vom Friedhof in allerhöchster Lebensgefahr erlebt und eigentlich keinen Pfifferling mehr für sie gegeben, doch Shimada hatte alle umbringen wollen und dafür Zeit gebraucht.

Die wir gut gebrauchen konnten.

Ich hörte zwar Sukos Stimme, konnte aber nicht verstehen, was er sagte. Erst als ich mit beiden Beinen im Sand der Arena stand, war alles um mich herum klar und deutlich.

Suko und die jungen Leute befanden sich in einer tödlichen Gefahr. Sie reduzierte sich allerdings, denn nach unserer »Landung«, die auch von Shimada nicht unbemerkt geblieben war, hatte er sich halb gedreht, trat zur Seite, sodass er uns und seine Opfer genau im Auge behalten konnte.

Wenn es nicht Realität gewesen wäre, hätten wir uns vorkommen können wie Operndarsteller. Die Arena war mit einer gewaltigen Bühne zu vergleichen, auf der sich alles abspielte. Zwei Parteien hatten sich dort verteilt, zwei Gegner, die ein unbekannter Regisseur aufgestellt hatte. Es fehlte nur die Musik, die aber würde bald folgen und von unseren Waffen gespielt werden.

Mir rann es heiß und kalt zugleich den Rücken hinab. Obwohl nichts geschah, war die Brisanz der Lage nicht zu übersehen. In Sekundenschnelle konnte sich hier alles ändern, praktisch explodieren und eskalieren zu einer Symphonie der Gewalt.

Um das zu vermeiden, wollte und würde ich alles einsetzen, was ich besaß.

Die beiden Parteien befanden sich in der Arena. Aber eine Person schwebte über allem und beobachtete.

Es war Pandora!

Ihr Gesicht war genau zu erkennen. Die Büchse oder das Füllhorn hatte sich stark erweitert. Die Öffnung schien mir noch größer geworden zu sein.

Die Büchse und Pandora bildeten quasi eine Person. Ich ahnte, ja, ich wusste, dass sie eine Entscheidung wollte. In mir stieg ein seltsames Gefühl hoch. Wir hatten lange Jahre gegen Dämonen und schwarzmagische Wesen gekämpft, und wir standen, so sah ich die Dinge, in diesem Augenblick an einem Scheideweg.

Noch lebte Xorron, noch existierten der Goldene und auch Shimada. Diese drei würden sich bis aufs Messer bekämpfen, um sie würde sich alles drehen, und es war fraglich, ob überhaupt jemand überlebte.

Ich wollte nicht so recht daran glauben.

Aber ich wollte auch kein Statist in dem mörderischen Spiel sein. Zu großen Ärger hatten mir diese Wesen bereitet. Sie hatten Menschen in ihren Bann gezogen, sie malträtiert, sie getötet und grausam vernichtet. Dafür sollten sie von mir die Quittung erhalten, und zwar mit Zins und Zinseszins, das stand fest.

Ich hielt mich außen auf, während wir zusammen einen Halbkreis bildeten. Neben mir stand der Goldene. Sein Körper schien erstarrt zu sein. Er rührte sich nicht, aber er ließ Shimada nicht aus den Augen.

Danach kam Shao.

Noch immer steckte der Geist der Sonnengöttin Amaterasu in ihrem Körper und umwob ihn mit einem goldenen Schimmern. Sie sah so anders aus, so seltsam, wobei ihre Haut so wirkte, als wäre sie mit einer dünnen Metallfolie überzogen worden.

Neben Shao hielt sich Xorron auf.

Er stand wie eine Eins. Mit seinen Füßen schien er im Sand der Arena verwachsen zu sein. Diesmal zeigte sein Gesicht einen Ausdruck. Die Augen hatte er ebenso geöffnet wie seinen Mund, sodass er sein aus Stahl bestehendes Gebiss präsentieren konnte. Das Skelett unter dieser meiner Ansicht nach unzerstörbaren Haut schimmerte in einem dunkleren Grün als normal. Für mich ein Zeichen, dass Xorron sehr erregt war. Am Hals sah ich den dunklen Streifen.

Dort hatte ihn mein Bumerang erwischt, ihn allerdings nicht verletzen oder töten können. Wahrscheinlich nicht einmal schwächen.

Ich holte tief Luft. Zum Glück gab es hier genügend Sauerstoff, sodass ich frei atmen konnte, auch wenn die Luft sehr warm war und mit schwülem Sommerwetter verglichen werden konnte.

Wir alle gegen Shimada. Konnte er gegen uns bestehen?

Gern hätte ich mehr über seine Kampfkraft gewusst. Um mir darüber Auskunft geben zu können, wäre Suko der richtige Mann gewesen, doch ihn wollte ich nicht fragen.

Ich war ja froh, dass er überhaupt noch lebte. Sein Gesicht hatte ebenfalls einen entspannten Ausdruck angenommen. An seiner Hüfte rann etwas nach unten. Es sah mir verdammt nach Blut aus. Demnach hatte Suko Kämpfe hinter sich und sie nicht ohne Blessur überstanden. Mir fiel ein, dass ich keinen von Shimadas Schergen sah. Sie fehlten völlig, und eigentlich gab es dafür nur eine Erklärung.

Mein Freund Suko hatte den Kampf gegen sie gewonnen!

Unwahrscheinlich, wenn ich daran dachte. Was musste er alles geleistet haben, doch Shimada war zu stark gewesen.

Bisher hatte ich noch keinen Schock erlitten. Der allerdings blieb nicht aus, denn mein Blick wanderte weiter, und ich sah das dunkle Bündel im Sand der Arena.

Dort lag ein Mensch.

An der Haltung erkannte ich den Toten. Es hatte also einen der Jungen erwischt.

In mir vereiste etwas. Eine Hoffnung zerplatzte. Ich hatte fest geglaubt, dass die Horror-Fans es überstehen würden, das jedoch erwies sich als Trugschluss.

Suko hatte bemerkt, wo ich hinschaute. Als wir uns wieder ansahen, da hob er die Schultern.

Diese Geste war leicht zu interpretieren. Er hatte alles versucht, aber nichts erreicht.

Man konnte ihm keinen Vorwurf machen, und ich wurde von den Ereignissen wieder abgelenkt, denn Shimada übernahm die Initiative. Zum Glück waren Suko und die jungen Leute für ihn uninteressant geworden, denn er wandte sich uns zu.

Jeden Einzelnen schaute er an.

Es waren Blicke, die nicht nur auf meinen Körper brannten, sondern Eingang in die Psyche, die Seele, fanden. Die blauen Augen erinnerten mich an die eines Belphégor oder an sprühende Steine, aber diese hier waren noch härter und gnadenloser.

Noch widerstand ich ihnen, und meine Hand kroch höher, um das Kreuz zu umfassen.

Reagierte es?

Eine gewisse Wärme zeigte es. Sie konnte aber auch im Metall liegen und völlig normal sein. Es hatte also nichts weiter zu bedeuten, und ich musste davon ausgehen, dass mich mein Kreuz irgendwann im Stich lassen würde. Diese Welt hier besaß andere Gesetze. Shimadas Recht, Shimadas Gesetz, und er würde sie für sich anwenden.

Die lebende Legende regierte hier, und sie zeigte sich so, wie man sie eigentlich gewohnt war, nicht in einer Verkleidung oder Maske.

Sein Schwert senkte er. Langsam glitt der Arm nach unten. Dafür griff er unter seine Kleidung und holte etwas anderes hervor.

Es war der Fächer!

Atemlose Stille breitete sich aus, als Shimada seinen linken Arm hob, in dessen Hand er den Fächer hielt und ihn mit einer geschickten, kaum wahrnehmbaren Bewegung auseinander klappte, sodass jeder von uns das rote Abbild der Sonne sehen konnte.

Auch Shao!

Doch sie war nicht mehr die normale Person, sondern infiziert vom Keim oder der Seele der Sonnengöttin, und es war etwas anderes, ob sie den Fächer als einfacher Mensch sah oder als infiziertes Wesen wie jetzt.

Sie öffnete unseren Halbkreis, indem sie einen Schritt vortrat und ihren Blick auf den Fächer konzentrierte.

Weder sie noch Shimada sprachen. Es war ein stummes Messen der Kräfte, aber durch Shaos Gestalt ging ein Ruck, und sie richtete sich auf den Zehenspitzen auf.

»Der Fächer«, sagte sie. »Er gehört mir!«

Sie erhielt auch eine Antwort. Nur sprachen weder Shimada noch Pandora die Worte aus, sondern derjenige, der sich schämte, dass es ihm nicht gelungen war, auf den Fächer so aufzupassen, wie er es sich vorgenommen hatte.

Der Goldene.

Er bewegte sich plötzlich, und er ging weiter vor. Der Goldene überholte Shao und reagierte auch nicht auf ihren warnenden Ausruf. »Das ist meine Aufgabe«, erklärte er, und wir alle verstanden seine Worte.

Wir begriffen sein Vorgehen. Ein Kämpfer wie er konnte es nicht überwinden, dass Shimada ihm durch die Wegnahme des Fächers eine schmähliche Niederlage bereitet hatte.

Und so lenkte der Goldene seine Schritte auf Shimada zu. Standen sich wirklich zwei Legenden gegenüber?

Die Spannung verdichtete sich, während der Goldene seine Hand auf das Schwert legte und die Waffe zog. Die Pfeile ließ er im Köcher, er wollte seinen Bogen nicht einsetzen, sondern nur diese einzige Waffe.

Schwert gegen Schwert!

»Kämpfe, Shimada!«, rief der Goldene seinem Gegner zu. »Oder gib den Fächer freiwillig zurück!«

Dagegen hatte Shimada natürlich einiges. Er lachte auf, klappte den Fächer wieder zusammen, behielt ihn aber in der Hand und wartete auf den ersten Angriff des Goldenen.

Und der kam.

Als Samurai war der Goldene ausgebildet worden. Er verneigte sich kurz vor seinem Gegner, und im nächsten Augenblick wirbelte er seine Klinge auf Shimada zu.

Zum ersten Mal sah ich die lebende Legende mit dem Schwert kämpfen. So schnell und gewandt der Samurai auch reagierte, gegen Shimada kam er nicht an. Der parierte jeden Schlag. Wir sahen das Blitzen der Waffen, hörten ihr Klirren und das Singen, wenn sie gegeneinander prallten, und ich sah stets einen blauen Schein, der zurückblieb, wenn Shimada sein Schwert heftig bewegt hatte.

Die lebende Legende kämpfte nur mit einer Hand. Gewandt, schnell, sicher. Und es gelang ihm, den Goldenen immer weiter zurückzudrängen. Shimada hatte eine vorzügliche Kampfhaltung eingenommen. Wie ein Tänzer ging er seinen Gegner an, sprang plötzlich zur Seite, klappte seinen Beutefächer auseinander und parierte damit gedankenschnell einen Gegenstoß des Goldenen.

Schwert und Fächer berührten sich.

Kein helles Klingen schwang uns entgegen, sondern ein dumpfes Geräusch, das allerdings von dem gellenden Schrei des Goldenen übertönt wurde.

Wir sahen ihn wanken.

Langsam, als würde er mit jedem Schritt mehr an Kraft verlieren, bewegte er sich rückwärts. Ich hatte plötzlich Mitleid mit ihm, denn Shimada hatte ihn nicht allein zum Verlieren, sondern auch zu einer tragischen Gestalt degradiert, die nichts mehr unternehmen konnte, um den Spieß umzudrehen.

Der Goldene war am Ende!

Er, der so zahlreiche Gegner und Feinde getötet hatte, musste dem Härteren weichen. Für die Sonnengöttin Amaterasu hatte er diese Niederlage auf sich genommen, und ich glaubte plötzlich daran, dass es ihn bald nicht mehr geben würde, denn er war dem Tod sehr nahe.

Der Goldene Samurai war schwer getroffen. Wir sahen nicht einmal eine körperliche Wunde, aber Shimada hatte die Magie des Fächers gegen ihn und die Waffe eingesetzt.

Es geschah etwas mit dem Schwert.

War die Klinge zuvor noch hart und fest gewesen, so veränderte sich jetzt ihre Form.

An der Spitze begann der Vorgang. Das Metall wurde dort weich und flüssig, sodass es mich an tropfendes Softeis erinnerte. Das Schwert fiel als faustgroße Tropfen zu Boden, die den Sand berührten, sich verhärteten und als goldene Rückstände liegen blieben.

Bis auf die Hälfte war die Waffe bereits geschrumpft, und es gab nichts, was den Vorgang gestoppt hätte. Der Goldene hielt seinen Kopf gesenkt. Er stierte auf das Schwert, wollte es kaum glauben und schüttelte sich.

Sein ganzer Körper zitterte, und dieses Zittern übertrug sich auch auf den Helm.

Plötzlich löste sich ein Schrei aus seiner Kehle. Laut, durchdringend, markerschütternd, und mit einer heftigen Bewegung schleuderte der Samurai den noch zurückgebliebenen Rest der Waffe in den Sand.

Hatte er aufgegeben?

Ich wollte eingreifen, auch die anderen standen zum Sprung bereit, doch der Goldene musste es noch einmal versuchen. Er konnte nicht anders. Er gehörte zu den Wesen, die erst dann aufgaben, wenn alles gelaufen war und sie nicht mehr in der Lage waren, sich überhaupt noch zu wehren.

Er besaß weitere Waffen.

Pfeil und Bogen.

Es war erstaunlich, wie schnell er den Bogen von seiner Schulter rutschen ließ, ihn in der rechten Hand behielt und gleichzeitig aus dem Fächer die Pfeile holte.

Drei nahm er zwischen die Finger!

Blitzschnell legte er sie auf die Sehne, und er nahm gleich zwei der Pfeile.

Spannen, zielen, schießen!

Mit einer Bewegung lief es ab. Ein Beweis dafür, wie gut und sicher er mit seinen Waffen umgehen konnte.

Wir vernahmen das sirrende Geräusch, als die beiden Pfeile auf die Reise geschickt wurden. Sie hatten beim Abziehen nicht sehr dicht nebeneinander gelegen, sodass sie auch jetzt auseinander fächerten und Shimada an zwei verschiedenen Seiten trafen.

Shimada war sich seiner Überlegenheit voll bewusst. Er ließ sogar den Fächer sinken und nahm die Pfeile voll.

Sie wuchteten in seine Brust. Harte Treffer, die ihn nicht einmal nach hinten schleuderten, denn Shimada stand wie eine Eiche. Er lachte nur und nahm auch den dritten Pfeil, den ihm der Goldene entgegenschickte. Dann drückte er die Sonne auf dem Fächer gegen die Pfeile, und wir konnten zuschauen, wie sie schmolzen.

Sie flossen auseinander, und vor Shimadas Füßen fielen die Tropfen zu Boden.

Der Goldene hatte auch damit nichts erreichen können, aber Shimadas Geduld war erschöpft.

Plötzlich setzte er sich in Bewegung. Ein Kampfschrei drang unter seinem Mundtuch hervor, und im nächsten Augenblick hörten wir das hohe Singen des Ninja-Schwerts, bevor es den Goldenen genau zwischen die Augen traf. Ein blauer Schatten stand vor dem Gesicht des Samurai, das allmählich zerfiel und zerlief.

Der Goldene starb.

Shimada hatte sein Schwert wieder zurückgezogen. Er wollte selbst auch gehen, als Shao eingriff.

»Du hast ihn erledigt!«, rief sie mit hoher Stimme. »Deinetwegen geht er in den Tod, aber du hast nicht gewonnen, Shimada. Der Fächer gehört mir. Der Goldene sollte ihn mir bringen, aber du standest ihm im Wege. Jetzt hole ich ihn mir zurück.«

Shimada hatte für diesen Vorsatz nur ein grollendes Lachen übrig. »Du willst ihn dir zurückholen? Wer bist du denn? Du bist nicht Amaterasu. Sie liegt gefangen im Dunklen Reich. Du bist nur eine Hülle, ein Zerrbild ihrer. Mehr nicht.«

Als Shimada das sagte, ging er gleichzeitig zurück, und ein jeder von uns sah, was nun geschah. Shimada, die lebende Legende, spielte die Macht des Fächers aus.

Gleichzeitig starb der Goldene. Er hatte der Kraft des Schwertes nichts entgegenzusetzen gehabt. Seine Gestalt, noch vor Sekunden fest, hart und unbesiegbar gewesen, schmolz so zusammen, dass sie allmählich in den Boden einsickerte und sich mit dem Sand vermischte. Eine goldene Lache bildete sich, die den Sand überzog und noch zum Schluss das flach gewordene Gesicht des Samurai durchschimmern ließ.

Ein schauriger, unheimlicher Vorgang, der uns allen wohl schwer an die Nieren ging.

Wir kamen nicht dazu, uns weiterhin auf den Goldenen zu konzentrieren, denn Shimada bastelte an der Magie des Fächers. Es hatte an seinen oberen Kanten die Tierkreiszeichen, und diese ließen sich bewegen. Wenn sie verschoben wurden, änderte sich auch die Magie.

Shimada machte es uns vor. Zudem tat er noch etwas. Er spielte mit den Dimensionen.

In diesen Momenten begriff ich erst, welch eine Macht hinter ihm stand, als sich die Umgebung schlagartig veränderte.

Was die anderen für ein Gefühl verspürten, konnte ich nicht sagen. Ich musste allein von meiner Situation ausgehen, und die war schlimm genug.

Nicht sichtbare Kräfte an meinem Körper.

Etwas drückte mich zur Seite, sodass es mir nur gelang, in einer schrägen Haltung auf den Beinen zu bleiben. Dabei wirkte ich wie festgewachsen. Die Schuhe schienen mit dem Sand eine Verbindung eingegangen zu sein, und ich war einfach nicht in der Lage, einen Fuß zu heben.

Der Sand hielt mich fest.

Den anderen erging es nicht besser. Die Arena bekam völlig neue Perspektiven. Hindernisse entstanden, schiefe Ebenen wurden geboren, und ich hatte das Gefühl, von seltsamen Kristallformen eingeschlossen zu sein. Mein Denkapparat funktionierte ausgezeichnet, und plötzlich erinnerte ich mich an etwas.

Kristalle!

Genau das war das Stichwort. Es ging um Kristalle, und ich hatte davon schon gehört.

Stammte Xorron nicht aus einer Kristallwelt? War nicht dort sein unzerstörbarer Körper erschaffen worden?

Wiederum strengte ich mein Gedächtnis an, und die Lösung kam wie ein Blitzstrahl.

Ich sah mich wieder von der Magie des Würfels und des Kreuzes auf eine ferne Insel in der Vergangenheit geworfen. Dort hatte ich miterlebt, wie Xorron an Land geschafft worden war. Man hatte ihn aus dem Reich der aufgehenden Sonne gebracht, und er war damals von Pandora in Empfang genommen worden.

Als wäre es erst gestern gewesen, so sah ich die beiden vor meinem geistigen Auge, als Pandora Xorron gewissermaßen die Unsterblichkeit garantiert hatte.

Wie sagte sie noch ungefähr?

»Aus den magischen Kristallen gläserner Welten wurden dir Geist, Kraft und Stärke eingeschmolzen. Als Unsterblicher wirst du mir dienen, denn ich allein kann dir durch die Kraft des Göttervaters Zeus das geben, was du brauchst.«

Ich hatte die Worte nicht mehr genau im Kopf, aber ich dachte noch daran, dass Xorron anschließend in die Flammen eines lodernen Feuers geworfen worden war und seine letzte Stärkung erhalten hatte, die ihn auch widerstandsfähig gegen Feuer machte.

In der Kristallwelt war er geboren und erschaffen worden. Nach Pandoras Willen sollte auch dort der große Kampf stattfinden. Demnach musste seine Magie nicht gefruchtet haben.

Das merkten wir auch, denn Shimada schüttelte seinen Kopf. Er bewegte die Finger der einen Hand wieselflink, stellte die Tierkreiszeichen um, damit er eine andere Umgebung oder eine andere Dimension schaffen konnte, doch das gelang ihm nicht.

Die Szene erstarrte.

Wir standen fast so wie in der Arena. Nur war sie verschwunden. Zwischen uns wuchsen Kristalle hoch. Kleine Hügel, durch Kanten scharf abgegrenzt, manchmal auch Kegel oder Pyramiden, und sämtliche Kristalle schimmerten in einem leichten Blaugrün, wahrscheinlich durch die Reflektion des Lichtes.

Es herrschte eine völlig andere Temperatur. Es war nicht kalt und nicht warm, dennoch fror ich, und es bereitete mir Mühe, mich überhaupt zu bewegen.

Ich schaute auf Shao. Ihr erging es ähnlich. Nur langsam ließ sie den Arm sinken. Es hätte nur noch ein Knirschen gefehlt, das diese Bewegung begleitete.

Auch Shimada war nicht mehr so schnell. Als er den Fächer wegsteckte, hatte er Mühe, seine Bewegungen genau zu kontrollieren.

In der Luft lag ein seltsames Flimmern, das ich mir nicht recht erklären konnte, bis ich genauer hinblickte und erkannte, dass es Fäden waren, die wie ein unheimlich feines Netz Verbindungen zwischen den einzelnen Kristallblöcken gewebt hatte.

Eine Welt der Wunder, eine Welt der Gefahr, denn sie lauerte hier, dessen war ich mir sicher.

Zum Glück war uns nichts geschehen. Nur der Goldene war im Mahlstrom der Dimensionen zurückgeblieben, ein weiteres Opfer, während Suko und seine jungen Begleiter ebenso wie ich auf dem Fleck standen und sich nicht rührten.

Pandora hatte ihr Versprechen in die Tat umgesetzt. Das wurde uns sehr bald durch ihre Worte bestätigt.

»Es ist soweit!«, erklang ihre Stimme. »Die Regeln in diesem Spiel der Dimensionen bestimmst nicht du, Shimada, sondern ich. Die Geschichte zwischen dir und Xorron muss einmal zu Ende geschrieben werden. Und das geschieht jetzt …«

Shimada kontra Xorron!

Eigentlich hatte ich mit diesem großen Zweikampf gerechnet, aber Pandora war noch im Spiel. Sie ließ sich die Leitung nicht aus der Hand nehmen, führte im Hintergrund geschickt Regie und hatte die beiden dort, wo sie sie von Beginn an hatte hinhaben wollen.

An ihrer Geburtsstätte.

Wenn ich darüber nachdachte, konnte mir schwindlig werden. Vielleicht waren wir um zigtausende von Jahren in der Zeit zurückgerutscht, möglicherweise erlebten wir noch einmal die Geburt dieser beiden Monstren. Oder die Zeit spielte in dieser Dimension keine Rolle, und es ging allein um den Kampf.

Fragen, die mir weder Shimada noch Xorron beantworten konnten, deshalb musste ich mich an Pandora direkt wenden.

Es machte mir schwer zu schaffen, den Kopf so weit zu drehen, damit ich sie auch anschauen konnte, aber sie war die Einzige, die mir eine Erklärung dafür geben konnte.

Als ich sie sah und genauer anblickte, kam sie mir vor wie ein zu Eis gewordener und über allem schwebender Engel, der den Himmel beherrschte, tatsächlich aber nur eine Dämonin war, die rücksichtslos vorging, wenn sie sich einen Vorteil versprach.

In ihrem Gesicht regte sich nichts. Klein und dennoch groß kam sie mir vor. Es war eine so starke Verzerrung des Bildes, dass normale Maße nicht ausreichten und ich mich erst an sie gewöhnen musste.

»Pandora!«, rief ich so laut, wie ich konnte, und meine Stimme hallte in dieser Welt seltsam nach. Sie wurde von den Kristallfiguren gebrochen. Drei- bis viermal traf mich das Echo, sodass meine Stimme von einem Ohr zum anderen schwang.

Nur allmählich ebbten die Wellen ab, und Pandora, die über mir schwebte, schaute mich starr an.

»Was willst du?«

Ihre Stimme hallte nicht. Sie drang klar an meine Ohren.

Ich sprach leiser, als ich die nächste Frage stellte. »Ich möchte wissen, wo wir uns befinden. Gib eine Erklärung, Pandora. Wo hast du uns hinschaffen lassen?« Meine Stimme klang zwar nicht wie sonst, aber die Echos waren nicht mehr so stark wie vorher.

»Ich habe nichts getan. Shimada war es.«

»Das glaube ich nicht!«, hielt ich dagegen. »Was hätte Shimada für ein Interesse haben sollen, an die Geburtsstätte seines Feindes zu gelangen?«

»Du weißt viel, John Sinclair.«

»Leider nicht genug.«

Ihr Lachen klang wie ein helles Glockenscheppern. »Ich weiß, dass du sehr neugierig bist, und ich werde dir den Gefallen tun und deine Frage beantworten, obwohl es nicht viel nutzen wird, denn hier haben meinen Freunde und ich zu bestimmen.«

»Wer sind sie, deine Freunde?«

»Alle, die in der Dimension der Legenden und Mythen leben«, erklärte Pandora. »Es sind besondere Reiche, von denen nur die wenigsten wissen. Irgendwann haben die Menschen einmal erfahren, dass es diese Reiche gibt. Sie sind mal hineingeholt worden und haben anderen Menschen davon berichtet. So entstanden im Laufe der Jahrtausende die Sagen und Legenden. Vieles an den Geschichten ist wahr, manches stimmt nicht, aber dass Shimada existiert, ist eine Tatsache. In seiner Heimat wurde er die lebende Legende genannt. Sie entstand noch vor der Zeit, als Menschen waren, aber sie wurde nicht vergessen. Ebenso wie Xorron, der ein Kind dieses Landes ist – und der unter meinem Schutz steht.«

»Dann ist er hier geboren?«

»Ja, ich habe ihn erschaffen und in das Reich der Sonne geschickt, weil ich einen Vertreter haben wollte. Xorron gehorchte dem, den er als Herrn und Meister anerkannte. Geschlechter und Mythologien. Manchmal standen die Menschen zu ihm, dann waren sie wieder gegen ihn. Es gab eine Kaste, die ihn nicht haben wollte. Deshalb schafften ihn mutige Seefahrer weit über das Meer und brachten ihn auf eine Insel, wo ich ihn unter meinen Schutz nahm und ihm auch noch die letzte, die Feuerweihe, gab.«

»Wie kam er nach Amerika?«

Da lachte Pandora. »Die Fäden des Schicksals sind oft seltsam geknüpft. Vor einigen Hundert Jahren nach eurer Zeitrechnung wurde eine Strafkompanie zusammengestellt. Mit Xorron, der noch im tiefen Schlaf lag und dessen Zeit noch nicht reif war, konnten die Menschen nichts anfangen. Also schafften sie ihn in die Neue Welt, wo man ihn begrub. Niemand konnte wissen, dass dort einmal eine große Stadt entstehen würde, und Xorron schlief unter der Erde, auf der später der Central Park entstand. So war es, aber diejenigen, die von Xorron wussten und sich seiner Hilfe sicher sein wollten, sie setzten alles daran, um ihn zu erwecken, was sie auch schafften, denn Xorron merkte, dass seine Zeit gekommen war. Er wusste von mir, dass er einmal der Herr der Zombies und Ghouls sein würde. Er sollte über ein mächtiges Heer von seelenlosen Geschöpfen gebieten, und keiner sollte sich ihm in den Weg stellen. Es kam anders. Xorron bekam Feinde. Auch dich zähle ich dazu. In der Mordliga war er sicher, doch sie begann sich aufzulösen, und ich wusste, dass auch Shimadas Zeit kommen würde, denn er beanspruchte ebenfalls die Herrschaft über die Untoten. Deshalb musste ich handeln. Zwei so Mächtige als Feinde durfte es nicht geben. Es wäre für die Dimension der Sagen und Legenden zerstörerisch gewesen. Also schuf ich die Voraussetzungen, die nötig waren, um es zu einem Kampf kommen zu lassen. Und ich werde dafür sorgen, dass nur einer gewinnt. Shimada und seine Magie sowie sein Verhältnis zu anderen Göttern interessiert mich nicht. Ich will Xorron als den alleinigen Sieger sehen.«

Jetzt wusste ich mehr, aber mich interessierte vor allen Dingen die Dimension oder das Land der Sagen und Legenden. Es musste etwas daran sein, es war keine Spinnerei, und Pandora allein konnte mir darüber Auskunft geben.

»Was ist dieses Land, von dem du gesprochen hast?«, rief ich. Wieder zu laut, denn die Echos kamen zurück und brandeten in meinen Ohren.

»Du befindest dich darin!«, hörte ich ihre Antwort.

»Schon. Aber ich kenne andere Dimensionen. Die der stummen Götter. Die Dimension der Großen Alten – Atlantis …«

»All das hat mit diesem Land nichts zu tun«, sagte sie. »Obwohl sich um Atlantis auch die Legenden ranken und es gewisse Berührungen gibt, das gebe ich zu. Doch das ist nicht unser Thema. Ich will die Entscheidung. Xorron muss bleiben, und niemand wird mich daran hindern. Auch du nicht, John Sinclair, denn in den Kampf der Giganten kannst du nicht eingreifen. Und ich will dir noch etwas sagen. Während sie kämpfen, werdet ihr zu einem Teil dieser Welt. Schau genau hin, dann erkennst du die Fäden, die sich in der Luft befinden und hauchdünn sind. So fein, dass man Mühe hat, sie mit bloßem Auge zu sehen. Aber sie gehorchen meinem Willen, denn aus ihnen entstehen Kristalle. Unzählige Fäden, zusammengelegt und ineinander verrollt, lassen die Kristalle wachsen. Sie überwuchern alles, was sich ihnen in den Weg stellt, auch Menschen, die sich in dieser Welt befinden. Noch kannst du sie zerreißen, kannst sie kappen, aber sie werden wiederkommen, und nach Tagen lassen eure Kräfte nach. Es gibt hier kein Wasser, ihr werdet nichts essen können, denn Kristalle sind unverdaulich. Irgendwann ist die Schwäche so groß, dass sie euch von den Beinen reißt. Dann werdet ihr liegen und allmählich zu Kristallen erstarren. Durch nichts seid ihr dann noch von einem der anderen Blöcke zu unterscheiden.«

Ich schluckte. Es waren schaurige Aussichten, die mir diese Dämonin offenbart hatte. Kalt rann es meinen Rücken hinab. Obwohl ich starr stehen blieb, schaute ich mich um.

Da sah ich die blass schimmernden Figuren. Manche grün, andere wieder bläulich.

Waren dies auch einmal Menschen gewesen?

Pandora hatte meine Gedanken erraten, denn sie gab mir, ohne dass ich eine Frage gestellt hatte, die Antwort.

»Alle, die du hier siehst, waren einmal so wie ihr. Auch sie hat das Schicksal in die Kristallwelt verschlagen. Sie blieben ebenfalls und passten sich dieser Welt an.«

Sie passten sich dieser Welt an! Welch ein lapidarer Ausdruck für einen schrecklichen Tod.

Ich schluckte hart, als ich das hörte, hob meine Hand und wischte einige Fäden zur Seite. Dabei wurden Erinnerungen an einen weiblichen Zombie wach, an eine ehemalige Spinnerin, die in Trier gelebt hatte und durch die Kraft ihrer langen Haare Menschen töten konnte.

Dagegen hatte man sich wehren können. Hier gelang das zwar auch, aber die Zeit stand gegen die Menschen, die immer ins Hintertreffen geraten würden.

»Was ist, wenn Xorron verliert?«, rief ich.

»Das geschieht nicht!«

»Und wenn doch?«

»Werden die Kräfte sich gegenteilig bemerkbar machen«, erklärte sie mir.

»Das heißt, wir können diese Welt verlassen?«

»Ja, denn eine Legende ist gestorben, und so findet schließlich ein Austausch statt.«

Interessante Worte, die man mir da zu verstehen gab. Wer war gefährlicher, Shimada oder Xorron?

Beide konnte man als gleich schlimm bezeichnen. Gnade kannten sie nicht. Sie gaben kein Pardon, sie wollten das Chaos und würden es auch bekommen. Für mich oder für uns war es besser, wenn Xorron vernichtet wurde. Dann erlosch die Magie dieser Welt, und wir hatten es nur noch mit Shimada zu tun.

Wechselte er Xorron dann ab?

Ich hoffte, dass dies nicht geschah. Am liebsten wäre mir gewesen, wenn sich beide vernichtet hätten, aber soweit war es noch nicht. Sie traten nicht einmal an, denn Pandora hielt den »Startschuss« noch ein wenig zurück.

»Mehr werde ich dir nicht sagen«, erklärte sie mir. »Du weißt jetzt, woher Xorron stammt. Er kommt aus dem Land der Legenden und ist zu einem Mythos geworden. Wie auch Shimada, der sich nicht mehr auf den Fächer der Sonnengöttin verlassen kann, denn hier regiere ich.«

Ich hatte sie bei den Worten angeschaut und bemerkte, wie sich ihre Gestalt straffte.

Plötzlich wies sie aus ihrer Höhe auf Xorron. »Es ist soweit«, erklärte sie mit lauter Stimme. »Du, Xorron, wirst endlich die Chance haben, deinen Gegner zu vernichten. Dir gehört diese Welt. Mach sie dir zu eigen. Spiele deinen Verstand aus und vernichte deinen Feind Shimada!«

Xorron hörte die Worte. Sein Skelett glühte für Sekunden stärker auf. Dann bewegte er nickend seinen Schädel und ging mit elastischen Schritten auf Shimada zu.

Der Kampf der Giganten begann!

Ich vergaß alles, was mir Pandora berichtet hatte. Jetzt gab es für mich nur zwei Dinge.

Xorron und Shimada!

Lange hatten sie auf diesen Zeitpunkt warten müssen, denn

Pandora leitete das Spiel nach eigenen Regeln. Nur aber war sie voll abgefahren und ließ den beiden Monstren freien Lauf.

Es war erstaunlich und faszinierend zugleich, mit anzuschauen, wie sich Xorron bewegte. Er war starr auf seinen Gegner fixiert, und niemand hielt ihn auf.

Weder Suko, Shao noch ich, und wir alle hatten nur Augen für die beiden Giganten.

Und den jungen Horror-Fans erging es ebenso. Sie erlebten Dinge, die sie sich wohl nie hatten träumen lassen.

Die Distanz zwischen Xorron und Shimada verringerte sich. Natürlich blieb Shimada nicht ruhig, denn er hatte einen großen Nachteil.

Das war nicht seine Welt. Hier existierte er unter anderen Bedingungen, und Xorron diktierte das Geschehen. In seiner Geburtsstätte konnte er sich bewegen, wie er wollte.

Im Augenblick verließ sich Shimada nicht auf sein Schwert. Er wusste, welche Macht der Fächer besaß, und ihn wollte er wieder einsetzen, obwohl er vergeblich versucht hatte, die fremde Magie damit zu beeinflußen.

Mühsam hob er seine rechte Hand. Die Falten seiner Kleidung schienen eingefroren zu sein, sie bewegten sich in einem wahrlich zeitlupenhaften Tempo und damit ebenso Shimada.

Xorron holte aus.

Weit nahm er seinen rechten Arm zurück. Ich rechnete damit, dass er Shimada mit einem Schlag zu Boden schmettern würde, doch er spielte uns Zuschauern einen Streich.

Xorron schlug zwar zu, doch er fegte Shimada nur den Fächer aus der Hand, der klirrend zu Boden fiel, wo er liegen blieb und für Shimada nicht mehr zu erreichen war.

Jetzt besaß die lebende Legende nur noch das Schwert. Hatte er sich zuvor geschickt, sicher und dabei noch schnell bewegen können, so passierte dies nicht mehr. Shimada hatte Mühe. Er bekam kaum seinen Waffenarm in die Höhe, und Xorron blieb vor ihm stehen, um ihn zu provozieren. Der Herr der Untoten breitete sogar noch seine Arme aus, präsentierte Shimada seine deckungslose Brust, während die Augen anfingen zu leuchten. Vielleicht war es Triumph.

Unter dem Gesichtsschutz des Ninja drang ein schweres Röcheln hervor. Dann stieß er seinen rechten Arm vor, um Xorron das Schwert in die Körpermitte zu rammen.

Dies geschah langsam. Ich konnte jede Bewegung des Ninja gut verfolgen und schüttelte den Kopf, als Xorron mit Leichtigkeit auswich. Auch das hohe Singen der Waffe vernahm ich nicht mehr, selbst das bläuliche Leuchten blieb nicht zurück. Diese Welt hatte ihre eigenen Gesetze, und ihnen musste auch Shimada gehorchen.

Spielerisch leicht wich Xorron aus. Er schaute zu, wie Shimada sich mühte und der Ninja von seinem eigenen Schwung nach vorn getrieben wurde.

Es folgte Xorrons zweiter Schlag.

Wieder traf er nicht den Kopf des Ninja, sondern nur dessen Arm. Er wuchtete die Faust nach unten, ich glaubte sogar, etwas brechen zu hören, als Shimada seine Faust öffnete und ihm die Klinge aus der Hand glitt. Jetzt war er waffenlos.

Xorron reagierte sofort. Wie ein Ringer seinen Gegner packt, so fasste er Shimada an und stemmte ihn in die Höhe. Einen Moment später schwebte der Ninja bereits über Xorrons Kopf.

Und nun degradierte Xorron seinen Gegner zur Lächerlichkeit. Er drehte sich mit ihm, sodass ich beim Zuschauen schon Schwindelgefühle bekam. Shimada wurde zu einem dunklen Kreisel, während Xorron auf der Stelle stehen blieb und ein röhrendes Lachen aus seinem Mund drang.

Dann ließ er Shimada los.

Wie eine Rakete ging der Ninja ab. Er jagte zuerst in Richtung Shao, krachte aber mit den Füßen gegen einer der Kristallfelsen, zerstörte ihn in der oberen Hälfte. Sein unfreiwilliger Flug wurde abgelenkt, und einen Herzschlag später prallte er gegen einen weiteren Felsen, der krachend in zahlreiche Stücke barst, die über Shimada zusammenfielen.

Wie tot blieb er liegen …

Xorron aber schüttelte sich. Er ging ein wenig in die Knie, streckte seinen Arm aus und griff nach dem Schwert. Für einen Moment hielt er es in der Hand, starrte auf die Klinge und bewegte diese dann gedankenschnell.

Diesmal hörte ich das hohe Singen, und es lag auch der Schatten in der Luft.

Die Magie des Schwertes funktionierte also wieder. Aber nur bei Xorron, Shimada konnte darauf nicht mehr bauen.

Da ich auch in Xorrons Richtung schaute, trafen sich unsere Blicke. Für einen Moment öffnete er sein Maul. Ich sah das Blitzen des Stahlgebisses und konnte mir ausdenken, was mir bevorstand, wenn Xorron den Kampf der Gigangten für sich entschied.

Ich musste etwas tun!

Nur – wie sollte ich es schaffen, diese Bestie zu besiegen? Xorron war ein Gigant, ein Monstrum, für mich unbesiegbar, das hatte ich oft genug feststellen müssen.

In dieser Welt, wo er noch mehr Kraft besaß, war es wohl überhaupt nicht möglich, ihn zu stoppen.

Er drehte mir den Rücken zu. Uns nahm er als Gegner nicht ernst. Bevor ich selbst aktiv wurde, schaute ich in die Höhe, wo Pandora lauerte.

Sie beobachtete ihren Schützling, hatte mich allerdings aus dem Blick gelassen.

Vorteil Nummer eins.

Ich bewegte meinen rechten Arm. Das Kreuz half mir nicht gegen Xorron, die Beretta erst recht nicht, die Gemme konnte ich auch vergessen. Und so blieb mir nur der Bumerang.

Schon einmal hatte er einen großen Gegner vernichtet. Zusammen mit der Magie des Kreuzes war es ihm gelungen, den Schwarzen Tod umzubringen. Konnte er auch Xorron schaffen?

Zu vergleichen waren die beiden nicht. Der Schwarze Tod war mehr der Führer, sein Denkapparat funktionierte besser, während man Xorron als Hilfskraft bezeichnen konnte.

Doch der Bumerang hatte ihn angekratzt, und das war die Hauptsache in diesem höllischen Spiel.

Selten hatte ich so große Mühe gehabt, an meine Waffen zu gelangen. Diese verdammte Welt hier machte mir schwer zu schaffen; die Kristallfäden wurden immer stärker, je länger ich mich hier aufhielt.

Aber es musste zu schaffen sein!

Endlich hatten die Finger meiner rechten Hand den Bumerang umschlossen. Die silberne Banane, wie ich ihn immer nannte, steckte schräg in meinem Gürtel. Abermals kostete es mich Mühe, die Waffe hervorzuholen, während ich Xorron nicht aus den Augen ließ.

Er hatte Shimada erreicht. Zum Glück stand er schräg neben ihm, sodass mir der Blick auf den liegenden Ninja nicht verwehrt wurde und ich erkennen konnte, wie sich Shimada bewegte.

Er stemmte sich hoch.

In diesem Augenblick kam er mir wie ein alter Mann vor. Aber ich durfte nicht vergessen, dass es mir ja ähnlich erging wie ihm und ich auch nicht schneller war.

Der Ninja schaute zu Xorron hoch.

Wohl noch nie in seiner dämonischen Existenz hatte er so vor seinem Gegner gelegen. Bisher waren die Feinde nur immer ihm vor die Füße gefallen, diesmal hatte er keine Chance mehr.

Xorron hob den rechten Arm an, sodass die Klinge seines Beuteschwertes waagrecht stand.

Er führte einen Streich dicht über den Kopf des Ninjas hinweg. Ich vernahm wieder das hohe Singen und sah die Klinge nachglühen. Der Ninja zuckte nicht einmal zusammen, aber er konnte sich ausrechnen, was ihn erwartete.

Xorron würde ihm mit seinem eigenen Schwert den Kopf abschlagen und ihn vielleicht als Trophäe behalten.

So grausam waren die Regeln!

Der Herr der Ghouls und Zombies machte es spannend. Er fasste die Klinge an ihrem Ende an, bog sie kurz durch und ließ die Spitze wieder los. Sofort federte das Schwert zurück, und abermals hörte ich das Singen.

Dann blickte er in die Höhe. Xorron suchte seine Herrin. Er wollte von ihr die Bestätigung für die endgültige Vernichtung des Ninjas Shimada haben.

Ich hielt inzwischen den Bumerang in der rechten Hand. Vor meinen Augen flimmerte etwas. Es waren die spinnennetzdünnen Fäden, die sich in der Luft befanden und die Sichtweite beeinträchtigten. Hoffentlich hielten sie nicht den Bumerang auf, falls es mir überhaupt gelang, ihn zu schleudern.

Ich wog die Banane in der Hand, konzentrierte mich voll auf die Aktion und achtete auch nicht auf Pandora, bis ich ihre Stimme hörte, die mich aus meinen Gedanken riss.

»Töte ihn, Xorron. Schlag ihm den Schädel ab und schleudere ihn in die Kristallwelt hinein. Wenn du lebst, wird auch diese Welt leben, deshalb tu es jetzt!«

Darauf hatte Xorron lange genug gewartet. Er beugte seinen Oberkörper ein wenig zurück und umfasste den Griff des Schwerts mit beiden Händen.

So war er schlagbereit.

Und ich war wurfbereit.

Schaffte ich es noch?

»Xorron!«, brüllte ich, lenkte ihn damit ab und schleuderte den Bumerang …

Himmel, was war die Banane langsam! Wenn ich sie sonst warf, wurde sie zu einem flirrenden Etwas, zu einem silbrigen Kreis, der sich mit rasender Geschwindigkeit fortbewegte und immer treffsicher sein Ziel fand.

Aber hier? Ich zitterte, ich bebte vor Hilflosigkeit, denn über meine Attacke würde Xorron sicherlich nur lachen.

Er schaute zu mir hin, sah den Bumerang, und ich glaubte, dass sein Gesicht so etwas wie Unverständnis in diesen Augenblicken zeigte. Damit hatte er wohl nicht gerechnet.

Der Treffer!

Xorron hatte sich nicht einmal die Mühe gemacht, der silbernen Banane auszuweichen. Er wusste ja, dass sie ihm nichts anhaben konnte, und ich hörte den klingenden, hellen Aufschlag, bevor sich die Waffe wie eine Krause um seinen Nacken drehte.

Sägte sie den Kopf ab?

Nein, aber sie behinderte Xorron, hatte ihn nicht zum Schlag kommen lassen, und der weißhäutige Riese mit dem grünen Skelett im Innern wankte zurück.

Ich ging vor.

Es war ein schweres Laufen, ähnlich wie im hüfttiefen

Wasser. Ich ruderte dabei mit den Armen, aber ich wollte in Xorrons Nähe gelangen, denn mir war ein fantastischer, beinahe wahnsinniger Gedanke gekommen. Bisher hatte es keine Waffe gegeben, die Xorron vernichten konnte, doch nun setzte ich voll auf meinen Plan.

Es gab zwei Möglichkeiten: Entweder schaffte ich es, oder wir gingen gemeinsam unter.

Ich erreichte Xorron, der sich wieder gefangen hatte und nach dem Bumerang greifen wollte.

Dadurch war er ein wenig von mir abgelenkt, sodass ich alles auf eine Karte setzen konnte.

Ich packte Xorrons Arm, mit der er die Waffe hielt, drehte das Gelenk herum, und plötzlich zeigte die Schwertspitze auf ihn.

In seiner Hand funktionierte sie, war ihre Magie wieder wirksam, das hatte ich mir gemerkt.

Und ich rammte sie vor.

Plötzlich zerschnitt sie die Haut. Was nie eine Waffe zuvor geschafft hatte, das brachte dieses Schwert zustande.

Tief bohrte es sich hinein, zerstörte das Skelett, riss es an einer Stelle entzwei, und die seltsamen grünen Knochen liefen aus.

Xorron wankte zurück. Noch immer hielt er den Schwertgriff fest. Ich packte ebenfalls sein Gelenk mit beiden Händen und dachte plötzlich daran, dass ich mit meiner Tat dem Ninja-Dämon Shimada das Leben gerettet hatte.

Dann riss ich die Klinge wieder aus der Brust des Monstrums und rammte sie noch einmal nach vorn.

Diesmal in einem spitzeren Winkel, sodass sie durch Xorrons Hals und Kinn schräg in den Kopf fuhr.

Etwas klackte und knirschte. Die Klinge drang durch. Ich sah die Spitze hervorstechen, und der Riese Xorron begann zu wanken.

Dann fiel er.

Ein schwerer Fall. Ich zuckte unbewusst zurück, weil ich nicht Gefahr laufen wollte, von ihm zerdrückt zu werden. Ich hatte wirklich Glück, dass er vor meinen Füßen zusammenbrach.

Xorron starb.

Seine Haut platzte auf. Sie war einmal unverwundbar gewesen. Nun nicht mehr. Ich vernahm jetzt noch das Singen der Klinge. Während Xorron verendete, das grüne Skelett dabei auslief und die Reste aus den Spalten der Haut quollen, verging auch diese Dimension der Legenden.

Dass sich die Welt um mich herum verändert hatte, sah ich nicht mehr. Ich hatte nur Augen für Xorron und wollte auch meinen Bumerang haben, den ich soeben noch zwischen die Finger bekam, bevor der Boden anfing zu wanken.

Xorron heulte und stöhnte.

Selten habe ich einen Dämon so schreien gehört. Er schlug um sich, während immer mehr Haut schmolz und sich sein Gesicht zu einer weißgrünen, breiigen Masse verzerrte.

»Das hast du nicht umsonst getan!«, hörte ich die brüllende Stimme der Pandora und vernahm auch, wie Suko den Namen seiner Freundin rief.

Im nächsten Augenblick öffnete sich der Boden.

Er verschlang uns wie ein riesiges Maul.

Auch Xorron und Shimada erwischte es. Diese Legendenwelt versank. Wir wurden in einen Strudel gerissen und jagten wieder durch die Zeiten. Wie es Shimada dabei erging, konnte ich nicht erkennen, er verschwand vor meinen Augen. Das war im Moment auch unwichtig.

Ich sah noch, wie es Xorron erwischte.

Als würden tausend Hände und mehr nach seinem Kadaver fassen, so rissen sie ihn auseinander und schleuderten die einzelnen Stücke in das absolute Nichts.

Pandora hatte uns in die Kristallwelt geholt, Pandora war es auch, die uns wieder entlassen musste, sodass wir dort landeten, wo wir hergekommen waren.

In unserer Zeit!

Einen Tag später.

Wir hatten das Erlebnis noch längst nicht verkraftet und redeten immer wieder davon. Shao war normal geworden, in ihr steckte nicht mehr Amaterasus Geist.

Natürlich sorgten wir uns um die jungen Leute aus Deutschland. Wir sahen zu, dass sie wieder in die Heimat gebracht wurden. Von jedem verabschiedete ich mich mit Handschlag.

Hauke Heck, Ullrich Latta, Sven Baumert, Marc Fürstner, Andreas Schattmann, Frank Fischer, Thomas Beinke – sie alle hatten den Fall überstanden.

Bis auf Rudi Tewes und Michael Pollmüller!

Es würde schwer sein, es ihren Angehörigen zu erklären. Falls Fragen auftauchten, sollte man sich von Deutschland aus an uns wenden.

Xorron war natürlich nicht vergessen.

»Ist er nun tot?«, fragte Shao immer wieder.

Ich war davon überzeugt. Suko stimmte mir ebenfalls zu.

»Dann wäre die Mordliga also endgültig zerstört«, meinte Shao.

»Du sagst es«, pflichtete Suko ihr bei.

»Nur haben wir einen neuen Gegner bekommen«, dämpfte ich den Optimismus ein wenig. »Denkt an Shimada. Der wird es irgendwie schaffen. Zudem kann er den Fächer besitzen, und damit steht er gegen Amaterasu, die Sonnengöttin, denn der Goldene existiert ja nicht mehr.«

»Vielleicht steht er auch gegen mich«, murmelte die Chinesin.

Nachdenklich schwiegen wir nun. Shao stammte nun einmal von der Sonnengöttin ab. Mit diesem Schicksal musste sie leben.

Der Fall hatte noch ein besonderes Nachspiel. Direkt an unserem Wohnhaus wurde die Leiche eines Mannes gefunden, den ich als Jacques Cavelli identifizierte. Man hatte ihn mit zwei Kugeln getötet.

Sein Mörder stand für uns fest. Es war Logan Costello. Nur konnte ich ihm nichts beweisen, wie schon so oft. Und ausgerechnet er war aus dem Fall am besten herausgekommen.

Und das ärgerte uns.

Irgendwann würden wir ihn noch kriegen, das stand für mich fest. Und einen Pakt mit Logan Costello wollte ich auch nicht mehr schließen. Das brachte nichts ein.

Höchstens Ärger. Doch davon hatten wir genug ...

Briefe aus der Hölle

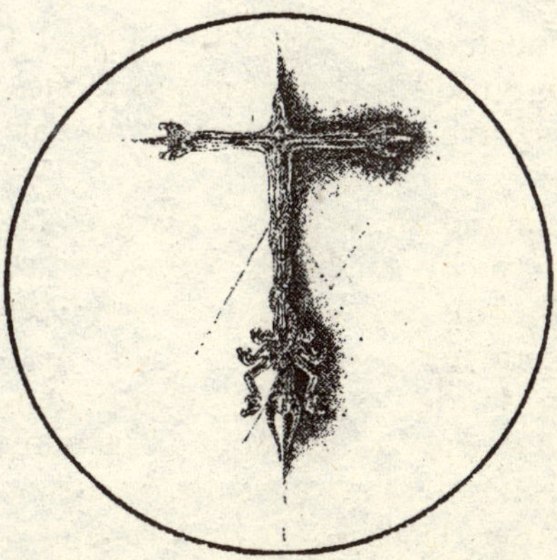

Das Licht der Schtreibtischlampe warf einen hellen Kreis auf das Papier und beleuchtete auch die Hand, die den Federhalter hielt. Es war eine kräftige, leicht gebräunte Hand, die einige Altersflecken zeigte. Der Schreiber des Briefes hatte die Fünfzig bereits überschritten.

Er hockte leicht gebückt und etwas verdreht vor seinem Schreibtisch, konzentrierte sich auf seine Arbeit und störte sich ansonsten um nichts. Die Worte – zu einzelnen Sätzen zusammengefügt – flossen glatt und sicher aus seiner Feder. Er unterbrach seine Tätigkeit kaum, und als einziges Geräusch war das Schleifen der Feder über das glatte Papier zu vernehmen.

Ansonsten herrschte eine nahezu bedrückende Stille in dem kleinen Raum, der auch nur diese eine Lichtquelle besaß. Die alten Möbel verschwammen im Schatten der Wände, und nur die Fensterscheibe blinkte matt wie poliertes Gusseisen.

Der Mann sah aus, als wollte er sich nicht stören lassen. Er hatte bereits drei Blätter voll geschrieben, legte jetzt auch das vierte zur Seite und nahm ein nächstes in Angriff.

Sorgfältig malte er die Zahl 5, nickte zufrieden und fuhr in dem Satz fort.

Nichts brachte ihn aus der Ruhe. Er wunderte sich nicht einmal darüber, mit welch einer gestochen scharfen Schrift er die einzelnen Worte zu Papier brachte.

Es war später Abend. Die meisten Menschen in dem alten Wohnblock lagen bereits in den Betten. Nur hinter wenigen Fenstern brannte noch Licht.

Niemand störte den Mann. Er schrieb weiter und hatte fast die fünfte Seite voll geschrieben, als hinter der Zimmertür Schritte aufklangen. Für einen Moment hob der Schreiber den Kopf, in seinen Augen zuckte es, dann senkte er seinen mit grauen Haaren bedeckten Schädel und schrieb weiter.

Die Zimmertür lag in seinem Rücken. Er schaute nicht nach hinten und sah deshalb auch nicht, dass sich die Klinke sehr behutsam nach unten bewegte.

Jemand wollte das Zimmer betreten, doch diese Person zögerte noch. Wahrscheinlich deshalb, weil sie den Schreiber bei seiner Arbeit nicht stören wollte.

Spaltbreit wurde die Tür aufgedrückt, und sie schwang lautlos in das Innere des Zimmers.

Mit der Öffnung drang etwas sehr Seltsames in den Raum.

Ein beißender, scharfer Geruch, der aus allen möglichen Düften widerlichster Art zusammengesetzt war, aber von einem Stoff überlagert wurde.

Es stank nach Schwefel!

Noch war nichts zu sehen, doch schon bald änderte sich dies. Erste Wolken drangen in den Raum. Sie schimmerten leicht gelblich, verteilten sich wie ätzender Brodem und nahmen, je mehr Wolken nachfolgten, eine grünlichere Färbung an.

Es folgte eine Hand.

Nein, eine Klaue. Schwarz wie die eines Tieres. Mit Nägeln versehen, die ein wenig heller schimmerten und eine gekrümmte Form zeigten. Eine schreckliche Kralle, die eigentlich keinem Menschen gehören konnte, sondern einem Tier.

Die Kralle mündete in einen Arm, der ebenso dunkel aussah, mit Fell bedeckt war und in der oberen Hälfte in einem dunkelroten Vorhang verschwand.

Wer trug ein solches Gewand? Es gab nur einen, der so auftrat: Jemanden, den die Menschen von Anbeginn der Zeiten hassten und fürchteten. Der sich verwandeln konnte in einen schönen Jüngling oder ein hässliches Monster. Der sich den Menschen hin und wieder in einer bockfüßigen, ziegenköpfigen Gestalt gezeigt hatte – und der einen Namen hatte, der Angst und Panik verbreitete.

Es war der Teufel!

Und genau der war es, der die Tür so vorsichtig geöffnet hatte und das Zimmer betrat.

Sein breites, hässliches Maul verzog sich zu einem Grinsen, doch es drang kein Laut über die widerlichen Lippen. Das Gesicht lief unten am Kinn in einem Dreieck zu. An der Stirn wurde es breiter, wobei die Nase kaum zu sehen war, sehr genau aber die hochstehenden Nüstern, aus denen feine Rauchschwaden krochen und vor der hässlichen Teufelsfratze allmählich zerflatterten.

Eigentlich hatte der Teufel pechschwarze Haare, doch er

hatte sich eine dunkelrote Kappe übergestreift, die sehr eng an seinem Schädel auflag, die Stirn noch mehr zum Vorschein treten ließ, sodass die beiden Hörner doppelt so groß wirkten, wie sie tatsächlich waren.

So sah der Satan in all seiner Scheußlichkeit aus. Er stand im Zimmer, hatte eine Klaue auf die Klinke gelegt, drückte die Tür allmählich wieder zu, wobei sie kein Geräusch verursachte, als sie ins Schloss fiel.

Falls der Mann am Schreibtisch dennoch etwas bemerkt hatte, so ließ er es sich nicht anmerken. Er blieb in seiner gebückten Haltung hocken und schrieb weiter.

Der Teufel wartete einen Moment. Der Blick seiner stechenden dunklen Augen glitt zum Fenster. Er nickte, als er sah, dass auch von draußen her kein Licht in das Zimmer fiel.

Dann ging er langsam vor.

Er schlich, er schwebte, kein Geräusch begleitete ihn, nur die nach Schwefel stinkende Wolke hielt sich immer in seiner Nähe, denn sie war für ihn eine Art Markenzeichen.

Einen halben Schritt hinter dem schreibenden Mann blieb er stehen. Durch seine hässliche Gestalt lief ein Zucken, als er auf den gebeugten Nacken des Mannes schaute, seine Arme ausstreckte und die widerlichen Krallen um den Hals des Menschen legte.

Er drückte nicht zu, doch der Mann zuckte zusammen, als er die Berührung spürte, und seine rechte Hand glitt zur Seite. Die Feder verließ das Papier; ein zittriger Streifen blieb auf der weißen Fläche zurück und wurde auf der Schreibtischplatte verlängert.

»Ich bin da, Henry!«, sagte der Satan. Er sprach mit einer seltsam zischenden Stimme, und diesmal drang der Qualm nicht nur aus seinen Nasenlöchern, sondern auch aus dem Maul.

Der Schreiber blieb ruhig sitzen. Wenigstens so lange, bis der Teufel seine Klauen zurücknahm. Dann drehte sich der andere gemächlich um, wobei er auch die Beine herumschwang, damit er seinen Nacken nicht verdrehte.

Henry legte den Kopf zurück.

Er und der Teufel starrten sich an.

Der Satan grinste. Es war in der Tat ein diabolisches Grinsen, wie man es eben von ihm erwartete. »Du weißt, wer ich bin, mein lieber Henry?«, fragte er mit falscher Freundlichkeit.

»Der Teufel.«

Satan lachte, und aus seinem Mund drang eine giftgrüne Schwefelwolke, vermischt mit Schleim. »Herrlich geraten, mein Bester. Fantastisch, kann ich nur sagen. Wirklich exzellent.«

Der Schreiber saß stumm da und schaute den Satan nur an. Er fürchtete sich nicht, hatte keine Angst, und in seine kühl blickenden Augen trat kein Funken Gefühl. Der Mann hatte ein zerfurchtes Gesicht. Die Unterlippe war ein wenig verschoben. Seine Nase zeigte einige rote Flecken, und die Haut wirkte trotz der Bräune alt und lappig.

»Du hast geschrieben, nicht wahr?«

»Ja.«

»Und sogar sehr schön!«, bestätigte der Teufel kichernd. »Weißt du eigentlich, dass es nicht deine Handschrift ist?«

Henry nickte.

»Wie kommt es wohl, dass du dennoch so glatt und sicher die Buchstaben auf das Papier bringen kannst, wobei du doch ansonsten keine Geistesleuchte bist?«

»Jemand hat mir geholfen und mich geführt.«

Da schüttelte der Satan den Kopf, und die Schwefelwolke breitete sich noch stärker aus. »Nicht nur einer hat dir geholfen. Es waren zwei. Einmal hat er und einmal ich. Mich kennst du jetzt. Aber weißt du, mein Freund, wer der andere war?

»Ich glaube mich zu erinnern.«

»Dann sag es, schnell.«

»Gideon Torry!«

»Ja!«, schrie der Satan und rieb sich seine Klauenhände. »Du hast Recht, er war es tatsächlich. Gideon Torry, der Henker, der Massenmörder. Und du bist Henry Torry, einer seiner vielen Nachkommen, die er aus dem Jenseits und mit meiner Hilfe beglückt ...« Der Teufel brach in ein rasendes, raues Gelächter aus, das durch den Raum hallte. So heftig, wie es aufgeflammt war, so schnell brach es auch wieder zusammen. »Und jetzt lies mir vor, was Gideon diktiert hat.«

Henry Torry nickte, drehte sich wieder um und begann mit leiser Stimme zu lesen.

Es war ein langer Brief, und er enthielt nur Grausamkeiten und finstere Drohungen, die der längst verstorbene Henker ausstieß. »Doch der Teufel hat mir geholfen«, sagte Henry zum Schluss. »Er leitete alles in die Wege. Ich bin noch da, die Menschen werden es merken …«

»Gut hast du das gemacht«, lobte Asmodis seinen Schüler. »Sogar vorzüglich. Ich gratuliere.«

»Das war nicht ich.«

»Klar, ich weiß, mein Bester. Aber Gideon steckt in dir, wie du gemerkt hast. Er hat wieder Kontakt mit der Erde. Mit den Lebenden. Ich hab ihm Hilfe gegeben, und er will weitermachen. Sein Geist in deinem Körper oder auch beschützend über dir schwebend. Du, Henry Torry, wirst seinen Namen in Ehren halten, und du musst es mir und ihm gleich beweisen.«

Henry nickte. »Was soll ich tun?«

Der Satan winkte ab und drehte seinem Günstling gleichzeitig den Rücken zu. »Es ist nicht viel«, erklärte er. »Eine Kleinigkeit. Lappalie heißt es bei euch …«

»Sag es!«

»Ich zeige es dir!«, rief Asmodis, machte so heftig kehrt, dass sein Umhang flog. Unter ihm zog er etwas hervor, das er triumphierend in der Hand hielt.

Es war das, was Gideon Torry in seinem Leben so ausgezeichnet hatte.

Eine Schlinge!

Sorgfältig geknüpft, mit einem Zugknoten versehen, damit sie um jeden Hals passte.

Der Satan hielt sie in der Hand, hob seinen Arm etwas in die Höhe, sodass er genau durch die Schlinge schauen konnte, wobei sich sein hässliches Gesicht zu einem noch hässlicheren Grinsen verzog.

Ein wenig bewegte er die Hand. Gerade so viel, damit die Schlinge pendeln konnte. »Siehst du sie?«, flüsterte er dabei. »Siehst du dieses kleine Stück der Erinnerung an deinen Ahnherren?«

»Ja, mein Gebieter!« Henrys Augen begannen zu glänzen. Sein Körper streckte sich. Er reckte die Arme, um nach der Schlinge zu greifen, doch der Teufel zog sie ihm weg.

»Noch nicht!«, sagte er. »Warte eine kleine Weile. Ich werde dir erst sagen, wen du umbringen sollst.«

Henry nickte.

Der Satan aber beugte sich vor, neigte sein Maul bis dicht an das Ohr des Mannes und flüsterte einen Namen.

Henry erschrak, und der Satan fuhr zurück. Mit vorgestrecktem Arm und wie ein in der Pose erstarrter Ballettänzer blieb er stehen, wobei sein Finger auf Henry Torry deutete.

»Willst du nicht?«, fragte der Satan.

»Doch, ich will!«

»Dann steh auf und geh!« Er warf Henry die Schlinge zu. Der Mann fing sie geschickt auf und lenkte seine Schritte auf die Tür zu. Um seine Tat zu begehen, brauchte er nicht einmal die Wohnung zu verlassen …

Man konnte von Shelly Torry nicht behaupten, dass sie gut schlief. Deshalb nahm sie bereits seit Jahren Schlaftabletten, um ins Reich der Träume zu gleiten.

Wenn ihr einmal die Augen zugefallen waren, gab es auch nichts, was sie noch aufweckte. Da konnte neben ihrem Bett der Blitz einschlagen und der Donner grollen, sie schlief weiter.

Das wusste ihr Mann.

Seine Hände spielten mit der Schlinge, als er die quadratisch angelegte Diele betrat. Alle Türen der Wohnung zweigten von hier aus ab, und das gemeinsame Schlafzimmer lag direkt gegenüber.

Henry hatte die Tür hinter sich geschlossen. Dennoch schaffte es der Teufel, durch das Holz zu kriechen.

Eine Rauchwolke entstand, der Schwefelgeruch verstärkte sich, und plötzlich stand er wieder neben Henry.

»Tus!«, zischte er dem Mann ins Ohr.

»Und dann?«

»Wirst du schon sehen, mein Lieber. Es gibt für dich viel zu tun, denn du bist nicht der Einzige in dem höllischen Reigen. Ich habe noch einige Briefschreiber …«

»Wer denn?«

Der Satan stieß ein glucksendes Gelächter aus. »Das werde ich dir nicht sagen. Vielleicht erfährst du es früh genug. Aber nun lauf, damit ich sehe, wie gut du mir gehorchst!«

Henry hatte sich längst entschlossen. Er lenkte seine Schritte zielstrebig auf die Tür des Schlafzimmers zu, hinter der seine Frau schlief und nichts merken würde.

Bevor der Mann die Klinke nach unten drückte, drehte er sich noch einmal um.

Der Teufel stand im Hintergrund und lächelte. Ein seltsames Licht umflorte ihn. Es war dunkel und dennoch hell. Völlig unnatürlich, aber Henry konnte die Gesichtszüge des Satans erkennen.

»Viel Glück«, sagte Asmodis. »Ich wünsche es dir von meinem ganzen satanischen Herzen.«

»Ja, ja.« Der Mann nickte, drehte sich wieder und legte seine Hand auf die Klinke.

Shelly schloss nie ab. Das hatte sie auch an diesem Abend nicht getan, und die Tür schwang beim leichtesten Druck auf.

Wie eine graue Schattengestalt blieb der Teufel in der Diele stehen und schaute seinem Günstling nach, der sich über die Schwelle schob und in das Dunkel eintauchte.

Für einen Moment blieb er im Finstern stehen. An der rechten Seite sah er schwach die Umrisse des Fensters. Auch das breite Doppelbett zeichnete sich ab, der Schrank ebenfalls, und er hörte das ruhige Atmen seiner Ehefrau.

Bald würde sie nicht mehr atmen …

Henry Torry, der sich völlig in den Klauen des Satans befand, grinste und zog seine Lippen weit zurück. Mit traumwandlerischer Sicherheit fand er den Lichtschalter, betätigte ihn und schaute zu, wie die Schalenleuchte an der Decke hell wurde.

Er brauchte keine Angst zu haben, dass Shelly erwachte. Die Schlaftabletten wirkten, zudem waren es im Laufe der Zeit immer stärkere geworden.

Er schaute auf das Bett. An seinem Fußende war er stehen geblieben, sah die Frau und schüttelte sich, als hätte jemand Wasser über ihm ausgegossen.

Fast dreißig Jahre waren sie miteinander verheiratet. Beide waren nicht schöner geworden, aber als er Shelly so im Bett liegen sah, wobei ihr graues Haar auf dem hellen Kissen wie ein schmutziger Fleck auf ihn wirkte, da merkte er plötzlich, wie sehr er diese schlafende Gestalt hasste, obwohl sie seine Frau war.

Ihr Gesicht wirkte gelöst. Die Bettdecke war zur Seite gerutscht. Henry sah den grauen Stoff des Nachthemds und schüttelte sich. Wie konnte man nur ein graues Nachthemd anziehen? Ebenso grau wie die Frau selbst und der verdammte Alltag, in dem sie beide steckten und sich nichts mehr zu sagen hatten.

Ihr Mund stand offen. Leise röchelnd drang der Atem über ihre Lippen. Davor sprühten kleine Speichelbläschen, die Gesichtszüge wirkten entspannt.

Henry fasste die Schlinge fester. Der Teufel hatte ihm einen Auftrag gegeben, ihn würde er auch ausführen.

Seinen großen Meister selbst sah er nicht mehr. Der hatte es vorgezogen, draußen zu bleiben. Das konnte er auch, denn er wusste die Aufgabe in guten Händen.

Henry Torry schritt um das Bett herum. Er ging an der Seite entlang, denn dort schlief Shelly.

Unwillkürlich ging er auf Zehenspitzen. Der alte Sisalteppich dämpfte seine Schritte, und als er mit der Fußspitze gegen die abgestellten Pantoffeln stieß und diese über den Teppich rutschten, zuckte er zusammen.

In Kopfhöhe blieb er stehen. Dabei senkte er seinen Blick, streckte den linken Arm aus und ließ seine Hand auf der Schulter seiner Frau liegen. Für einen Moment blieb er in der Haltung. Er spürte die Wärme der Haut durch den groben Stoff und schaute noch einmal in das völlig entspannte Gesicht.

Lächelte sie etwa?

Kaum, dazu hatte sie auch keinen Grund.

Henry Torry atmete schnaufend. Er zog die Schlafende zu sich herüber, und als sie schräg lag, da richtete er sie auf, indem er eine Hand hinter ihren Rücken legte und sie abstützte.

In dieser Haltung blieb sie.

In der Linken hielt er die Schlinge. Der Kopf war zur anderen Seite gekippt, das störte ihn nicht. Die Henkersschlinge war groß genug, um sie auch in einer Schräglage um den Hals legen zu können. Henry musste sie am Knoten zusammenziehen.

Er machte es so professionell, als hätte er nichts anderes in seinem Leben getan.

Noch ein Ruck.

Dann saß sie fest.

Mit beiden Händen packte Henry Torry den Strick. Sein Mund verzog sich, in seine Augen trat ein fanatisches Leuchten, und er dachte daran, dass der Teufel mit ihm zufrieden sein konnte …

Gayle Torry spürte noch jetzt die Schläge in ihrem Rücken, die die Fäuste ihres Mannes wieder einmal auf ihrem Körper hinterlassen hatten. Sie brannten nicht nur auf der Haut, sondern auch in der Seele, und das war besonders schlimm. Fünf Jahre Ehe lagen hinter ihr. Vier davon waren normal gewesen, eines aber war die Hölle gewesen.

Ausgerechnet das letzte Jahr.

Gayle Torry hatte ihren Namen behalten, als sie heiratete. Irgendwie war es für sie wie ein Wink des Schicksals gewesen, und nun saß sie in ihrem kleinen Fiat und fuhr durch die Nacht.

Diesmal war er zu weit gegangen. Er hatte sie gedemütigt, geschlagen und seine Wut an ihr ausgelassen. Dass er betrunken war, ließ sie als Entschuldigung nicht gelten, nicht mehr …

Ihr blieb nur noch die Flucht.

Zum Glück hatten sie keine Kinder, aber Gayle war es endgültig leid, mit einem Alkoholiker noch länger zusammen zu leben. Sie zerstörte sonst ihr Leben, und das mit sechsundzwanzig.

Nein, ohne sie.

Dabei wunderte sie sich, wie ruhig sie noch den Wagen durch das nächtliche London lenken konnte. Erst hatte sie sich ja ein billiges Hotelzimmer nehmen wollen, bis sie an die Worte ihres Vaters dachte, die er einmal gesagt hatte.

»Solltest du Schwierigkeiten haben, kannst du immer nach Hause kommen, Mädchen.«

Das wollte sie.

Bisher hatte sie sich bei den Eltern nie beklagt, doch in dieser Nacht wollte sie ihnen reinen Wein einschenken. Sie sollten endlich erfahren, wie es um sie stand.

Gayle Torry musste sich konzentrieren. Es fiel ihr sehr schwer, denn ihre Gedanken beschäftigten sich mit anderen Dingen. Immer wieder sah sie das Gesicht ihres Mannes vor sich, den starren Blick seiner Augen, den offenen Mund, und sie roch auch jetzt noch den nach Alkohol stinkenden warmen Atem.

Damit war nun Schluss. An einer Ampel brachte sie ihren kleinen Wagen mit radierenden Reifen zum Stehen. Dieses Auto war ihr ein und alles. Sie hing daran, denn der Fiat gab ihr ein gewisses Maß an Selbstständigkeit. Sie hatte sich in das Fahrzeug setzen und wegfahren können, während ihr Mann zu Hause bleiben musste und dort sicherlich tobte.

Bevor die Ampel umsprang, warf sie noch einen Blick in den Innenspiegel. Dort sah sie ihr Gesicht und entdeckte auch die tiefen Falten in der Haut.

Verflixt, sie sah um zehn Jahre älter aus. Das letzte Jahr hatte an ihren Nerven gezerrt und war wie ein Reißwolf gewesen, der sie verschlingen wollte.

Aber sie hatte widerstanden und sich keine Angst einjagen lassen. Tief atmete sie ein. Erst als jemand hinter ihr hupte, bemerkte sie, dass die Ampel bereits umgesprungen war. Sie hob kurz die Hand und gab Gas.

London bei Nacht. In Soho war jetzt der Teufel los, doch nicht in der Gegend von Paddington, wo ihre Eltern lebten. Sie besaßen eine Wohnung inmitten eines Wohnblocks, den der Besitzer, ein Scheich aus dem Orient, vor einem halben Jahr hatte saharagelb anstreichen lassen.

Weit brauchte sie nicht mehr zu fahren. Sie ließ den Bahnhof Paddington rechts liegen und hatte zwei Minuten später die kleine Straße erreicht, in der das Haus ihrer Eltern lag. Auch sie war in der Mietwohnung aufgewachsen, und das Mädchenzimmer stand ihr eigentlich noch immer zur Verfügung.

Ebenso besaß sie einen Wohnungsschlüssel.

Vor dem Haus fand sie keinen Parkplatz. Um den Wagen abstellen zu können, musste sie einige Yards zurückfahren. Sie drehte den Fiat in die Lücke und atmete auf, als das kleine Fahrzeug stand.

Da ihre Eltern um diese Zeit wahrscheinlich schliefen, wollte sie nicht klingeln, außerdem hatte sie ja den Wohnungsschlüssel.

Gayle Torry lief eilig die paar Schritte zurück. Ihren Mantel hatte sie nicht zugeknöpft. Durch die schnellen Schritte flatterten die beiden Hälften wie lange Tücher hinter ihr her. Sie schloss die Haustür auf.

Die alten Bewegungen waren ihr noch aus der Junggesellinnenzeit vertraut.

Mit traumwandlerischer Sicherheit fand sie den Knipser für das Licht, drückte ihn nach unten und konnte im nächsten Augenblick die breite Treppe erkennen, die sich bis zum Dach hin in die Höhe zog.

Ihre Eltern wohnten in der zweiten Etage. Sie musste sich beeilen, denn das Flurlicht verlöschte schnell. Niemand sollte bemerken, dass sie allein und mitten in der Nacht nach Hause kam, deshalb versuchte sie möglichst leise zu sein.

Ihre Schritte waren auf der Treppe kaum zu hören. Den Wohnungsschlüssel hielt sie schon bereit und schloss auch sofort auf.

Hatte es gebrannt?

Im ersten Moment dachte sie daran. Nein, das hier roch anders. Nach Schwefel …

Ja, so roch Schwefel. Das wusste sie genau, denn sie hatte mal eine Freundin in einem Bad besucht, in dem es ebenfalls nach Schwefel gerochen hatte. Die Freundin war in diesem Ort zur Kur gewesen.

Verwundert runzelte sie die Stirn.

Gayle hatte nicht damit gerechnet, mit offenen Armen empfangen zu werden, aber seltsam war das hier schon. Die Tür zum Arbeitszimmer ihres Vaters stand offen. Es brannte die Schreibtischleuchte, aber ihr Vater saß nicht vor dem Tisch.

In der offenen Tür blieb die Frau stehen und strich sich das braune Haar zurück.

Eine in der Tat seltsame Sache, die ihr hier begegnete. Da ihr Vater ein sehr ordentlicher Mensch war, konnte sie sich kaum vorstellen, dass er das Licht hatte brennen lassen, um anschließend ins Bett zu gehen.

Merkwürdig, dachte sie. Das ist alles sehr merkwürdig. Sie schritt in das Arbeitszimmer hinein, und ihr fiel sofort der Brief auf, der auf dem Schreibtisch lag.

Gayle wunderte sich über die vielen Seiten. Ihr Vater war nie ein fleißiger Schreiber gewesen, und wem sollte er so lange Briefe schreiben?

Es war zwar ein wenig indiskret, dennoch wollte sie lesen, was ihr Vater geschrieben hatte.

Kopfschüttelnd schaute sie nach unten, denn irgendetwas stimmte da nicht. Diese Handschrift gehörte jedem anderen, doch nicht ihrem Vater. Der schrieb nie so gestochen scharf, so abgezirkelt, so sauber. Wenn ihr Vater etwas zu Papier brachte, sah es immer so aus, als wäre ein Huhn drübergelaufen.

Ohne es eigentlich zu wollen, packte Gayle Torry die einzelnen Seiten, knickte sie zusammen und steckte sie ein.

Jetzt wollte sie nur noch wissen, wo sich ihre Eltern aufhielten. Die eigenen Sorgen hatte sie plötzlich vergessen.

Gayle ging wieder zurück in die Diele und pendelte ihren Blick auf die Schlafzimmertür ein. Sicher, die Eltern waren zu Bett gegangen, aber sie musste mit ihnen reden.

Ohne anzuklopfen wollte sie den Raum nicht betreten. Sie pochte dreimal mit dem abgeknickten Zeigefinger gegen die Tür, erhielt jedoch keine Reaktion, sodass sie schließlich die Höflichkeit sausen ließ und die Türklinke kurzerhand nach unten drückte.

Abgeschlossen war sie nicht. Das taten ihre Eltern nie.

Einen Lidschlag danach traf sie der Schock ihres Lebens.

Sie sah ihren Vater und auch ihre Mutter.

Mutter war tot. Ihr Kopf hing an einer Schlinge, deren Ende ihr Vater um sein rechtes Handgelenk gewickelt hatte …

Gayle glaubte, dem Wahnsinn zu verfallen. So etwas Schreckliches wie das Gesicht ihrer Mutter hatte sie noch nie in ihrem Leben gesehen. Die völlig verdrehten Augen, der offene Mund, das Stück der Zunge, die angelaufene Haut, nein, sie konnte nicht mehr hinsehen, aber sie war auch nicht in der Lage, die Tür einfach wieder zuzuwerfen.

Gayle stand auf dem Fleck wie ein zu Eis erstarrter Wasserzapfen. Unfähig, sich zu rühren. Sie war schockiert und wollte einfach nicht glauben, was sie da sah.

Der Vater lachte. Es war ein raues, kaltes Lachen, ohne Gefühl, nur einfach so ausgestoßen.

»Aber komm doch zu mir, Kind …«

Da riss bei Gayle der Faden. Kind hatte er gesagt. Dieser Mörder wagte es, so mit ihr zu reden. Sie wurde feuerrot, wollte etwas sagen, schluckte, suchte nach dem passenden Wort, und dann spie sie es ihrem Vater förmlich ins Gesicht.

»Mörder!«

Es hallte durch das Zimmer, doch der Mann mit den wenigen grauen Haaren lächelte nur.

»Nicht ich«, sagte er. »Der Teufel. Und auch mein Ahnherr Gideon Torry. Sie haben es mir befohlen. Gideon spricht aus dem Jenseits zu mir. Ich gehöre jetzt zu ihm. Ich werde seine Taten …«

Was er noch sagte, hörte die junge Frau nicht mehr. Sie hatte die Tür zugeknallt und wunderte sich über ihre Geistesgegenwart, dass sie es noch schaffte, den innen steckenden Schlüssel abzuziehen, ihn außen in das Schloss zu schieben und herumzudrehen.

Jetzt war die Tür verschlossen.

Gayle taumelte in die Diele. Hätte sie sich im Spiegel gesehen, so hätte sie sich wohl kaum erkannt. Sie sah aus wie eine lebende Leiche, grün im Gesicht, scheußlich anzusehen, und sie begann zu würgen, während sie ihren Oberkörper vorbeugte und auf die Tür zutaumelte, die ins Wohnzimmer führte.

Sie war ebenfalls nicht verschlossen. Gayle stieß sie auf, machte kein Licht, stolperte über einen Sessel, fiel fast der Länge nach hin und stützte sich an dem schweren Marmortisch ab.

Für einen Moment blieb sie so stehen, bis ihr klar wurde, dass sie sich mit einem Mörder unter einem Dach befand.

Und das war ihr Vater!

Kaum zu glauben. Sie schüttelte den Kopf, weil sie es nicht fassen konnte, ging dann weiter und sah auf dem kleinen Beistelltisch das grüne Telefon.

Schwer prallte ihre Hand auf den Hörer, bevor sie ihn von der Gabel heben konnte. Selbst die Nummer der Polizei fiel ihr im Moment nicht ein. Sie musste überlegen und wählte dann mit zitternden Fingern.

Als sich die ruhige Stimme des Polizisten meldete, konnte sie nur noch stottern.

Sie sagte ihren Namen, die Adresse, und als der Beamte nachfragte, war es aus.

Gayle konnte nicht mehr. Vor ihren Augen drehten sich die roten Kreise, wurden immer schneller, verursachten einen Wirbel, der sie endgültig in einen Schacht riss und damit auch in die Tiefe der Bewusstlosigkeit …

»Nicht ich habe getötet, der Teufel und auch mein Ahnherr waren es!«

Die gleichen Worte, wie Gayle Torry sie gehört hatte, vernahm auch ich, denn ich saß Henry Torry, dem Mörder, in einer Zelle im Keller des Yard-Gebäudes gegenüber.

Irgendein schlauer Beamter hatte geschaltet und sich gesagt, dass dies ein Fall für einen gewissen John Sinclair wäre, der immer dann eingesetzt würde, wenn es sich um gespenstische Fälle handelte.

So jedenfalls sah ich es in dieser Nacht, denn ich war ziemlich sauer. Meine Laune lag gewissermaßen noch einen Strich unter Null, denn es ist wirklich kein Vergnügen, aus dem ersten, sehr tiefen Schlaf geholt zu werden.

Suko hatte ich im Bett gelassen. Es reichte aus, dass sich einer von uns die Nacht um die Ohren schlug. Dabei gab es keine konkreten Hinweise. Nur eben eine Tote, die von ihrem Mann erwürgt worden war – und dass der Mann nun erzählte, dass ihm der Teufel die Eingabe zugeflüstert hätte.

Und noch eine dritte Person spielte eine Rolle. Eine gewisse Gayle Torry, die Tochter der Ermordeten, die auch nach ihrer Hochzeit den Mädchennamen nicht abgelegt hatte.

Soweit war ich über die Dinge informiert.

Und nun saß ich ihm gegenüber.

Es war eine kahle Zelle, die auch bei Verhören genutzt wurde. Man konnte den Gefangenen mit mehreren Lampen anleuchten. Ich hatte auf die meisten verzichtet und begnügte mich mit einer.

Er hockte vor mir wie ein Häufchen Elend. Zusammengefallen, eingesackt die Schultern, die restlichen grauen Haare standen von seinem Kopf ab, die Hände waren ineinander verknotet. Das Hemd, das er trug, war wohl mal lila gewesen, jetzt zeigte es eine Farbe, die ich kaum identifizieren konnte.

Ein alter Mann, ein vielleicht gebrochener Mann, der zum Mörder geworden war.

Weshalb hatte er das getan?

So etwas interessierte mich, und ich forschte mit Blicken in seinem Gesicht nach.

Dort regte sich nichts. Der Mann schaute apathisch auf die Platte des zwischen uns stehenden Tischs. An der Tür stand noch ein Bewacher. So richtig fit war ich noch nicht. Allmählich wurde es Herbst, der Körper stellte sich um, und ich hatte in einem Tiefschlaf gelegen, der schon fast einer Bewusstlosigkeit glich. Über meinen Kopf schien jemand eine Glocke gestülpt zu haben, deshalb arbeitete auch mein Gedankenapparat noch nicht auf vollen Touren.

»Sie heißen?«, fragte ich.

»Henry Torry.«

Das hatte ich zwar schon vorher erfahren, dennoch wollte ich es von ihm hören. Ich griff in die Tasche und holte eine halbleere Zigarettenschachtel hervor. »Möchten Sie?«

»Nein.«

Die Schachtel verschwand wieder.

»Sie haben also Ihre Frau getötet«, stellte ich fest.

Er hob den Kopf. Sein Blick verirrte sich in mein Gesicht. Die Augen nahmen einen lauernden, irgendwie abschätzenden Zug an. »Ich habe sie zwar getötet, aber ich war es trotzdem nicht.«

»Wer dann?«

»Der Teufel!«

So etwas hatte man mir schon einmal gesagt. Ich lehnte mich zurück und krauste die Stirn. »Hat der Teufel Sie besucht?«

»Auch das.«

»Erzählen Sie mal.«

Er zierte sich ein wenig. Ich musste ihn noch einmal auffordern, bis er schließlich mit dem Bericht herausrückte. Er begann, den Teufel zu beschreiben.

Ich hörte sehr genau zu und musste anerkennen, dass er den Höllenfürsten tatsächlich gut getroffen hatte. So wie er ihn darstellte, war es außergewöhnlich, aber nicht ungewöhnlich, denn der Satan zeigte sich gern in dieser Aufmachung, zudem war er auch so auf zahlreichen Bildern zu sehen. Deshalb war diese Beschreibung, so exakt sie auch sein mochte, für mich noch kein Beweis.

»Und was hat der Teufel gesagt?«, fragte ich.

»Er hat mir die Schlinge gegeben.«

»Mit der Sie Ihr Frau töteten.«

»Ja. Aber der Satan wollte es so.«

»Weshalb haben Sie gehorcht?«

Jetzt traf mich ein erstaunter Blick. »Ich musste doch sein Erbe antreten.«

»Wessen Erbe?«

»Haben Sie noch nie etwas von Gideon Torry gehört, Mister?«

»Nein, klären Sie mich mal auf!«

»Gideon Torry war ein Henker. Er lebte vor mehr als hundert

Jahren und wurde immer zum Hof bestellt, wenn es etwas zu tun gab. Er soll für die Queen Victoria gehenkt haben.«

Ich schüttelte den Kopf. »Das mag ja alles sein. Aber wie kommen Sie dazu, sein scheußliches Erbe zu übernehmen?«

»Er wollte es so.«

»Der Henker oder der Teufel?«

»Gideon.«

Jetzt verstand ich gar nichts mehr. Ich schwieg auch und schaute ihn nur an. Entweder war dieser Henry Torry ein ganz durchtriebener Lump, der uns praktisch aus dem Spiel bluffte, oder er war tatsächlich ein von Dämonen beeinflusster Mensch.

Ein Mörder, der für seine Taten nichts konnte.

»Warum gerade Ihre Frau?«, wechselte ich das Thema.

»Der Teufel machte mir den Vorschlag.«

»Hassten Sie Ihre Frau?«

»Wenn ich das Erbe des Henkers übernehme, darf ich nach so etwas nicht fragen.«

Da hatte er Recht. Ein Henker konnte sich keine Gefühle erlauben. Er musste seiner Arbeit nachgehen. Dabei spielte es keine Rolle, ob er eine Frau oder einen Mann vom Leben in den Tod beförderte.

Reue konnte ich bei Torry auch nicht erkennen. Er berichtete glatt und irgendwie selbstverständlich.

Das erschreckte mich nicht nur, es bewies mir auch gleichzeitig, dass ich diesen Mann nicht mit normalen Maßstäben messen konnte. Möglicherweise steckte hinter ihm mehr, als wir bisher angenommen hatten. Und vielleicht war die Geschichte mit dem Teufel gar nicht so weit hergeholt.

»Sie wissen, was mit Ihnen passiert, Mr. Torry?«

»Nein.«

»Man wird Sie vor Gericht stellen und verurteilen. Sie sind praktisch auf frischer Tat erwischt worden.«

»Ich habe einen guten Beschützer.«

»Meinen Sie damit den Teufel?«

»Sicher.«

Er sagte das mit einer so großen Lässigkeit, dass ich nicht wusste, woran ich war. Ich hätte ihm noch zahlreiche Fragen stellen können, über die Vergangenheit, zum Beispiel, und wie es zum Kontakt mit dem Bösen gekommen war. Das alles schob ich aber auf, denn diesem Mann schien so ziemlich alles egal zu sein. Reden wollte ich noch mit ihm, allerdings später.

Ich drehte mich auf meinem harten Stuhl um und winkte dem Mann an der Tür.

»Sir?«, fragte der baumlange Kerl, der Muskeln wie einst der gute Tarzan hatte.

»Sie können ihn wegbringen.«

»Jawohl, Sir.« Der Mann nickte, ging auf Torry zu und räusperte sich zweimal.

Torry stand auf. Für einen Moment schaute er mich an. Er machte den Eindruck eines gebrochenen alten Mannes, doch in seinem Blick las ich etwas anderes.

»Wir sehen uns wieder, Polizist«, sagte er, drehte sich um und nickte seinem Bewacher zu. Die beiden verschwanden wenig später durch eine zweite Tür.

Ich blieb noch in der Zelle stehen, denn ich musste warten, bis der Bewacher zurückkehrte, damit er mir die in den Gang führende Tür aufschließen konnte.

»Ein seltsamer Vogel, Sir«, sagte der baumlange Polizist, als er zurückkehrte.

»Da sagen Sie was. Haben Sie so einen Gefangenen schon mal hier erlebt?«

»Nein, Sir. Der ist so ruhig. Aber Sir, wenn ich mir die folgende Bemerkung gestatten darf, stille Wasser gründen tief. Vielleicht kocht in ihm ein höllischer Vulkan. Wer blickt schon in die Seele eines Menschen, Sir?«

»Da haben Sie Recht, Mister.«

Der Mann schloss mir die Tür auf. Ich fand mich in dem unterirdischen Zelltrakt gut zurecht, aber ich wollte noch nicht in meine Wohnung fahren, denn jetzt war ich hellwach. Außerdem wartete jemand auf mich, mit dem ich unbedingt reden wollte.

Es war Torrys Tochter Gayle.

Ich fand sie im kleinen Besucherraum. Sie saß dort allein und wirkte ziemlich verloren. Ihren graubraunen Mantel hatte sie nicht ausgezogen. Vor ihr dampfte eine Tasse Kaffee. Mit beiden Händen hielt sie die Tasse umklammert. Bei meinem Eintritt hob sie den Kopf. Sie war sehr blass, nur die Augen zeigten einen roten Rand vom langen Weinen.

Diese Frau hatte Schweres hinter sich, denn sie war es gewesen, die uns alarmiert hatte. Sie hatte ihren Vater entdeckt und auch die tote Mutter. Ein Arzt musste ihr eine Beruhigungsspritze geben, damit sie wieder zu sich fand.

Allerdings hatte sie sich nicht davon abhalten lassen, mitzukommen, und jetzt wartete sie auf mich.

Ich lächelte ihr zu und fragte: »Kann man den Kaffee trinken?«

»Weiß nicht.«

»Ich hole mir auch eine Tasse.«

Die Kollegen vom Nachtdienst hatten ihn gekocht. Natürlich musste ich mir Bemerkungen gefallen lassen, die auf den Kaffee meiner Sekretärin anspielten, denn ihn hielt ich für den besten der Welt, was ich oft genug anderen mitteilte.

Jetzt kam die Retourkutsche.

»Wenn er besser sein sollte, sage ich es euch«, versprach ich.

»Und wenn nicht?«

»Sage ich es weiter.«

Dann musste ich so schnell wie möglich verschwinden, sonst hätten mich die Kollegen noch gelyncht.

Zur Hälfte hatte Gayle Torry ihre Tasse geleert. Ich nahm Platz, und bei ihr wurde ich eine Zigarette los. Auch ich zündete mir ein Stäbchen an, nahm den ersten Schluck und fand den Kaffee ganz passabel.

Ich wusste nicht, wie alt mein Gegenüber war. Sie war höchstens dreißig, auch wenn sie in diesen Augenblicken wesentlich älter wirkte.

Ihr Gesicht zeigte scharfe Falten, und die waren sicherlich nicht erst in den letzten beiden Stunden entstanden, sondern Spuren eines nicht eben guten Lebens.

»Ich weiß, dass Sie Schreckliches hinter sich haben«, erklärte ich, »aber ich muss Ihnen leider einige Fragen stellen, was Sie sicherlich verstehen werden.«

»Natürlich, Mr. Sinclair.« Meinen Namen hatte ich ihr schon vorher genannt.

»Dann möchte ich gern von Ihnen wissen, wie Sie die schreckliche Geschichte erlebt haben. Versuchen Sie sich an alles zu erinnern. Gehen Sie jeden Schritt einzeln durch.«

Die Frau presste für einen Moment die Lippen zusammen. Zeige- und Mittelfinger drückten die Zigarette so stark zusammen, dass das Stäbchen fast platt wurde.

Ich ließ sie in Ruhe, denn sie suchte nach den passenden Worten. Als sie diese endlich gefunden hatte, begann ihr Redefluss. Sie konnte sich endlich einiges vom Herzen reden, und sie begann nicht mit der Entdeckung des Verbrechens, sondern mit ihrer Ehe, die kaputt war.

Ich war ein geduldiger Zuhörer und führte sie nur durch Zwischenbemerkungen zum eigentlichen Thema hin.

Diesmal erfuhr ich Neuigkeiten. Gayle Torry hatte vor der Entdeckung des Verbrechens noch einen Blick in das Arbeitszimmer ihres Vaters geworfen und dort etwas entdeckt, das ihr aufgefallen war. Einen langen Brief.

»Ich habe ihn sogar bei mir«, erklärte sie und holte ihn aus der Tasche. Knisternd faltete sie das Papier auseinander, bevor sie mir den Brief reichte.

Das waren fünf Blätter, und ich war darüber ziemlich überrascht. »Den hat Ihr Vater geschrieben?«

»Ja, das war er – und auch wieder nicht.«

»Wieso?«

Sie deutete auf das Papier. »Schauen Sie sich mal die Schrift genauer an. Das ist nicht die meines Vaters.«

Ich warf einen schnellen Blick auf die Zeilen. »Ich kenne die Handschrift Ihres Vaters nicht, muss allerdings sagen, dass die Buchstaben heute so nicht mehr geschrieben werden. Das alles sieht mir ziemlich altertümlich aus, wenn Sie verstehen, was ich meine.«

»Ja, ich habe begriffen. Und darüber wollte ich auch mit Ihnen reden, Oberinspektor.«

»Deshalb sind wir zusammengekommen. Also, welche Bewandtnis hat es mit diesem Brief?«

»Wie ich schon sagte. Mein Vater hat ihn zwar geschrieben, aber er war es doch nicht. Jemand hat ihn aus dem Jenseits geführt und gelenkt. Ein Geisterführer oder Geisterschreiber. Ich weiß nicht, wie ich das sonst nennen soll.«

»Wissen Sie denn, wer dieser Geisterführer gewesen sein könnte?«, hakte ich nach.

»Ja, ein Ahnherr.«

»Etwa Gideon Torry?«

»Genau, der Henker.«

Ich lehnte mich nach dieser Antwort zurück. Das konnte ja heiter werden. Plötzlich war ich froh, dass man mich mitten in der Nacht aus dem Bett geholt hatte. Hinter diesem Fall schien einiges zu stecken. Ich verglich ihn mit einem Eisberg, von dem wir bisher nur die Spitze gesehen hatten.

»Sie glauben mir nicht, wie?«

»Doch. Aber wie kommen Sie darauf?«

»Sie sagen nichts, Sir.«

»Ich muss meine Überraschung verdauen. Es ist ja nicht normal, dass ein Toter über einen Lebenden Briefe schreiben lässt und sich so meldet. Oder sind Sie anderer Meinung?«

»Nein, wirklich nicht.«

»Darf ich ihn lesen, Mrs. Torry?«

»Gern. Ich bitte sogar darum.«

Die Blätter waren eng beschrieben worden. Es würde ziemlich lange dauern, bis ich das Geschriebene kannte. Schon nach den ersten Sätzen wusste ich, dass es eine Hymne an die Hölle oder den Teufel war. Dieser Geist aus dem Jenseits ließ Dinge schreiben, die man als erschreckend bezeichnen konnte.

Ich las sie und schüttelte den Kopf. Immer wieder brachte er den Teufel ins Spiel, der sich seiner Seele bemächtigt hatte und seinen Geist führte.

Der Teufel gab Befehle und wollte auch dafür sorgen, dass das Erbe des Henkers nicht in Vergessenheit geriet.

Und das passte mir nicht.

Zudem erschreckte mich noch etwas. Henry Torry war nicht der Einzige, der aus dem Jenseits geleitet wurde. Es existierten noch andere Menschen, deren Verwandte Kontakt mit lebenden Personen aufnehmen wollten. Eine schlimme Vision, denn ich hatte keine Ahnung, wer sich darunter befand.

Die ersten beiden Blätter legte ich zur Seite, nahm mir das dritte vor, senkte den Blick und vernahm plötzlich den leisen Aufschrei der Gayle Torry.

Sofort schaute ich hoch. »Was ist denn?«

Ihr Gesicht war noch blasser geworden. Furcht hatte sich auf ihre Züge gelegt. »Da, Mr. Sinclair, sehen Sie doch, das Papier!«

Ich schaute hin.

Im ersten Moment wollte ich es nicht glauben, aber meine Augen täuschten mich nicht. Die beiden Seiten, die ich vor mir auf den Tisch gelegt hatte, begannen sich zu bewegen. Als wären sie von nicht sichtbaren Händen erfasst worden, so fingen sie damit an, sich allmählich aufzurollen, und auch in meinen Händen spürte ich ein seltsames Kribbeln, das seinen Ursprung in den vor mir festgehaltenen Seiten hatten.

Ich legte sie schnell auf die anderen und rechnete damit, dass sie sich ebenfalls aufrollen würden.

Etwas anderes geschah.

Die Ränder der Briefe veränderten sich. Die weiße Farbe verschwand allmählich und machte einer anderen Platz.

Einer blutroten!

Es war kaum zu glauben, aber aus dem Papier quollen die ersten dicken Tropfen.

Es war Blut!

Irgendwann in der Nacht schlug der Reporter Bill Conolly die Augen auf, tastete nach rechts, und seine Finger glitten nicht über den warmen Körper seiner Frau Sheila, sondern berührten ein kaltes Laken.

Sheila lag nicht im Bett.

Das erschreckte Bill.

Er richtete sich auf, schüttelte den Kopf und versuchte, so die erste Müdigkeit zu verdrängen. Danach fiel sein Blick auf die Digitalanzeige des Weckers.

Mitternacht war vorbei.

Entweder war Sheila wieder aufgestanden oder noch gar nicht zu Bett gegangen. Die zweite Möglichkeit schien richtig zu sein, denn Sheila schien das Bett in dieser Nacht noch gar nicht benutzt zu haben.

Weshalb?

Diese Frage stellte sich der Reporter, und er dachte darüber nach, wie es gewesen war, als sie ins Bett gingen. Das war gegen 23 Uhr gewesen. Ein ziemlich müder Bill Conolly hatte zuerst das Bad aufgesucht und sich dann hingelegt. Sheila wollte etwas später kommen. Er hatte sie noch im Bad gehört, dann war er eingeschlafen.

Unruhe erfasste den Reporter. Als normal konnte man so etwas nicht bezeichnen, und Bill Conolly, gewissermaßen ein gebranntes Kind, was Dämonen und ähnliche Wesen anging, wollte sich selbst überzeugen, weshalb Sheila nicht im Bett lag.

Er hoffte nur, dass sie sich im Haus aufhielt und nicht fortgefahren war.

Bill schwang die Beine nach draußen, reckte seinen Oberkörper und schlüpfte in die Pantoffeln. Ohne Licht zu machen, steuerte er auf direktem Weg die Schlafzimmertür an.

Sie war geschlossen. Er öffnete sie und schaute in den Gang. Ruhig lag er vor ihm. Von Sheila sah und hörte er nichts. Das Haus schien von ihr verlassen zu sein.

Bill Conolly hatte wirklich die Befürchtung, dass Sheila nicht mehr da sein könnte, und er dachte auch sofort an seinen kleinen Sohn Johnny. Vielleicht hatte sie ihn mitgenommen.

Dass es für Sheila nicht den geringsten Grund gab, einfach zu verschwinden, daran dachte Bill Conolly in diesen Augenblicken nicht. Er reagierte nur noch gefühlsmäßig und blieb vor der Tür des Kinderzimmers für einen Moment stehen.

Sie stand nicht offen. Bill drückte die Klinke, stieß die Tür einen Spaltbreit auf und schaute in das Zimmer.

Zuerst sah er zwei Augen!

Sie gehörten der Mensch-Wölfin Nadine Berger. Sie hockte vor dem Bett des kleinen Johnny und wachte über seinen Schlaf.

Der Junge lag auf dem Rücken. Die Arme hatte er ausgestreckt, sein Atem klang ruhig. Nichts war geschehen, was zu einer Beunruhigung hätte Anlass geben können.

Blieb noch Sheila.

Bill ließ die Tür ein wenig offen, drehte sich um und wanderte den Gang hinunter. So konnte er den Wohnraum erreichen.

Draußen stürmte es. Die ersten Herbstwinde jagten über London hinweg und zerrten an den Blättern der Bäume, wobei sie viele von ihnen schon abrissen.

Das Wohnzimmer war nicht nur dunkel, sondern auch leer. Von Sheila keine Spur. Bill sah nur die Umrisse der Möbel und die großen Fenster.

Hier war sie also auch nicht.

Wo dann?

Bill überlegte hin und her. Er wollte nach draußen gehen, bis ihm einfiel, dass es ja noch andere Zimmer im Haus gab, wo Sheila stecken konnte.

So suchte er weiter, ging wieder zurück, schaute in ein leeres Bad, in eine ebenso leere Dusche und dachte an die Gäste- und auch an die beiden Arbeitszimmer.

Sheila hatte eines und Bill ebenfalls.

Das Zimmer seiner Frau lag in einem kleinen Anbau. Um die Tür zu erreichen, musste Bill in eine Nische gehen. Da sie in die Wand hineingebaut war, hatte Bill den Lichtschein nicht sofort sehen können, der unter der Türritze hervordrang.

Ein gelber Streifen, der eine Fingerbreite später schon auf dem Teppich versickerte.

Bill lächelte. Obwohl er sich noch nicht davon überzeugt hatte, war er sicher, seine Frau in dem Zimmer zu finden. Er klopfte nicht an, sondern öffnete die Tür.

Sheila drehte ihm den Rücken zu. Sie saß an ihrem Sekretär, den sie auf einer Auktion ersteigert hatte. An diesem alten Möbelstück erledigte sie die anfallenden schriftlichen Arbeiten, und auch jetzt schien sie etwas zu schreiben, denn ihre Haltung deutete darauf hin.

Sie rührte sich nicht, als die Tür geöffnet wurde und Bill das Zimmer betrat. Sheila arbeitete weiter, während ihr Mann den

Kopf schüttelte, denn er konnte sich die Arbeiswut seiner Frau einfach nicht erklären. Auf Zehenspitzen näherte er sich ihr, gelangte hinter den Stuhl und stellte fest, dass Sheila noch immer nichts merkte.

Sie schrieb.

Und sie schien in Trance versunken zu sein. Der Füllfederhalter glitt wie von anderen Händen gelenkt über das Papier, denn Sheila setzte kaum ab.

Bill musste sich schon vorbeugen, um über die Schulter seiner Frau schauen zu können. Schließlich wollte er sehen, was Sheila schrieb. Bei dieser Bewegung berührte er sie, und Sheila zuckte zusammen.

Bill drückte sich wieder zurück, trat einen halben Schritt nach rechts und blieb seitlich neben seiner Frau stehen. »Schreibst du Liebesbriefe?«, fragte er leise.

Sheila gab keine Antwort. Sie drehte nur den Kopf und schaute zu ihrem Mann hoch.

»Oder einen Abschiedsbrief?« Bill wollte darüber lächeln, aber es gelang ihm nicht. Auf irgendeine Art und Weise empfand er die Situation als zu unwirklich.

Sheila trug bereits ihr Nachthemd, das weit geschnitten war und bei dem der Stoff bläulich schimmerte. Darüber hatte sie einen dünnen Morgenmantel geworfen.

»Keines von beiden.«

Bill nickte. Er deutete auf die vollgeschriebenen Blätter. »Das sind mindestens fünf Seiten.«

»Sechs genau.«

»Alle Achtung. Da hast du dich aber angestrengt. Und an wen ist der Brief adressiert?«

Sheila hob die Schultern.

Bill stützte sich auf. »Du weißt es nicht?«, fragte er erstaunt.

»Nein.«

»Aber was schreibst du denn dann?«

»Nur so.«

Der Reporter schüttelte den Kopf. Das Verhalten seiner Frau kam ihm mehr als seltsam vor. Er schaute sie genau an. In ihrem Gesicht hatte sich nichts verändert. Doch etwas war anders.

Sheila hatte die kleine Kette mit dem Kreuz nicht mehr umhängen. Ihr schlanker Hals lag frei.

Das gab dem guten Bill zu denken. Außerdem war Sheila nachts noch nie aufgestanden, wenn sie schreiben wollte. Das erledigte sie tagsüber und informierte Bill meistens über ihr Vorhaben.

»Stör mich jetzt bitte nicht!«, bat sie.

Damit gab sich Bill nicht zufrieden. »Was schreibst du denn, verflixt noch mal?«

»Etwas Persönliches.«

In einer anderen Situation hätte Bill abgewinkt und es hingenommen, doch nicht jetzt. Das wollte er einfach nicht glauben, deshalb nahm er sich ein Blatt und schaute darauf. Er empfand dies nicht als Eingriff in die persönliche Sphäre seiner Gattin. Bill wollte nur nicht weiter beunruhigt werden.

»Lass es!« Sheilas Stimme klang plötzlich scharf, sodass Bill zusammenzuckte.

»Wieso? Was hast du?« Er trat einen Schritt zurück, um der zugreifenden Hand seiner Frau zu entgehen. Da Sheila nicht nachsetzte, konnte Bill einige Zeilen lesen.

Seine Augen wurden groß. Das Blut wich aus seinem Gesicht, und die Haut zeigte eine seltsame Blässe. »Das ist doch nicht möglich!«, flüsterte er mit rauer Stimme.

»Was ist nicht möglich?«

Bill senkte den Blick und schaute auf den blonden Scheitel seiner Frau. »Hast du diesen Brief tatsächlich geschrieben?«

»Ja.«

»Aber es ist nicht deine Handschrift.«

»Kann sein.« Sheila hob die Schultern und ging über Bills Bemerkung einfach hinweg.

Der Reporter holte tief Luft. Er wollte etwas zu seiner Frau sagen, verkniff sich die Bemerkung jedoch und sprach mehr mit sich selbst. »Das kann nicht sein«, hauchte er. »Verdammt, die Schrift, die habe ich schon mal gesehen.«

»Wirklich?«, fragte Sheila und lächelte dabei sphinxhaft.

»Ja, mir fällt es nur im Augenblick nicht ein.« Mit dem Blatt in der Hand drehte Bill einen Kreis, dann schlug er sich gegen die Stirn, ließ das Blatt sinken und schaute Sheila an. »Jetzt weiß ich, wessen Schrift das ist.«

»Und?«

»Sie gehört deinem Vater!«

Aus dem Papier tropfte Blut!

Es war grauenhaft, dies mit ansehen zu müssen, aber eine Tatsache. Ich starrte auf die roten Ränder, aus denen die Tropfen quollen und allmählich zu langen Streifen wurden, die von oben nach unten über das Geschriebene rannen.

Mit Blut geschrieben! Daran dachte ich, als ich den Brief sah und ihn jetzt fallen ließ.

In diesem Augenblick sprang Gayle Torry auf. Ihre Augen waren weit aufgerissen, der Blick sehr starr, und ihre Lippen zitterten. »Mein Gott«, hauchte sie. »Wie kann das nur sein?«

Ich gab ihr keine Erklärung, sondern starrte auf die Blätter. Nicht nur das eine veränderte sich auf diese makabre Art und Weise, nein, alle fünf waren von diesem Vorgang erfasst worden, und aus sämtlichen Rändern quollen die roten Tropfen.

»Das Blut seiner Opfer!«, keuchte Gayle und schüttelte sich dabei.

Sie konnte den Blick nicht mehr auf die Blätter richten und wandte sich deshalb ab.

Ich aber schaute hin und bemerkte aus diesem Grunde auch die nächste Veränderung.

An den Rändern war das Blut aus dem Papier gequollen, doch in der Mitte breitete sich etwas anderes aus.

Ein Gesicht!

Zuerst dachte ich an menschliche Umrisse, denn ich sah zwei Augen, eine Nase und einen Mund schärfer als die übrigen Umrisse, doch ich wurde eines Besseren belehrt. Nicht ein Mensch zeigte sich mir, sondern ausgerechnet mein großer Feind und Gegner.

Der Teufel!

Es war genau seine schreckliche Visage, die sich in der Mitte des Blattes abzeichnete. Diese dreieckige Fratze mit den kalten, brutalen Augen, der hohen Stirn, aus der die Hörner wuchsen und eine leichte Krümmung zeigten. Die Haare des Teufels sah ich nicht, denn er hatte sich über seinen Schädel eine rote Kappe gestreift, die so eng anlag, dass sie alles andere verdeckte.

Henry Torry hatte mir den Satan beschrieben. Und genau so sah er aus, wie ich es von dem Mörder erfahren hatte. Die Briefe, der Mann und der Teufel standen in einer unmittelbaren Verbindung. Genaueres musste ich allerdings noch herausfinden.

Aus den Rändern rann das Blut, in der Mitte des Briefes zeigte sich das Gesicht des Teufels, und um dieses Gesicht herum wirkte das Papier wie verbrannt. Es hatte bräunliche Ränder. Sie waren nicht scharf abgetrennt, sondern eingezackt.

Irgendwie kam mir der Satan hohnlachend vor, als er sich mir so zeigte, und ich wollte es wissen.

Mein Kreuz trug ich natürlich immer bei mir. Es war die schärfste Waffe gegen die Hölle. Rasch hatte ich die Kette über meinen Kopf gestreift, ließ das Kreuz für einen kurzen Augenblick auf meinem Handteller liegen, um es dann zu senken.

Es bekam Kontakt!

Kreuz und Teufelsgesicht waren wie Feuer und Wasser. Ich vernahm sogar ein Zischen, sah einen grünlichen Qualm, der mir entgegenströmte und so entsetzlich nach Schwefel stank, wie ich es eben vom Satan gewöhnt war.

Unwillkürlich trat ich einige Schritte zurück, denn ich wollte das Zeug auf keinen Fall einatmen.

Die Briefe verschmorten.

Zu sehen waren sie nicht; die grünliche Schwefelwolke hüllte sie ein. Träge schwebte sie über dem Schreibtisch, zudem mir entgegen, und ich wedelte mit der Hand, um freie Sicht zu haben.

Aschereste waren von dem zurückgeblieben, was Henry Torry einmal geschrieben hatte.

Tief atmete ich durch, musste husten und wandte mich danach Gayle Torry zu.

Sie hatte natürlich alles mit angesehen und sich in eine Ecke verkrochen, um aus sicherer Distanz zuschauen zu können. Fragend blickte sie mir ins Gesicht.

Ich hob die Schultern. »Was Sie hier erlebt haben, kann man mit dem Begriff schwarze Magie umschreiben.«

»Das Brennen?«, hauchte sie.

»Ja.«

Sie kam langsam näher. Die Arme sanken dabei nach unten und machten jeden Schritt pendelnd mit. »Dann hat mein Vater doch nicht gelogen«, hauchte sie.

»Nein.«

Sie schüttelte den Kopf. »Mein Vater und der Teufel. Ich werde noch wahnsinnig! Das kann und darf nicht wahr sein. Ich ...« Sie senkte den Kopf und begann zu weinen.

Ich ließ sie, denn Tränen waren am besten, um einen Schock zu überbrücken.

Aber wie ging es jetzt weiter?

Ich dachte daran, dass ich Henry Torry einige Fragen stellen musste, denn sicherlich hatte er mir nicht alles gesagt, was er wusste. Da steckte noch etwas dahinter.

Von seiner Tochter würde ich kaum etwas erfahren. Die war ohne eigenes Zutun in das Karussell des Schreckens hineingeraten. Um sie sollten sich die Kollegen kümmern.

»Kommen Sie«, sagte ich zu ihr. »Wir haben hier nichts mehr zu suchen.«

»Wo soll ich hin?«

Ich hob die Schultern. »Vielleicht gehen Sie in die Wohnung zurück, wenn es Ihnen nichts ausmacht.«

»In die meiner Eltern?«

»Ja.«

»Nein, nicht in die und nicht in die andere. Ich nehme mir ein Zimmer. Aber schlafen kann ich doch nicht nach so einer Nacht.«

Das war nur zu gut zu verstehen.

Ich verabschiedete mich von Gayle Torry mit dem Versprechen, wieder etwas von mir hören zu lassen. Zwei Kollegen begleiteten die leidgeprüfte Frau hinaus.

Was sie in diesen wenigen Stunden mitgemacht hatte, war mehr, als manche Menschen in Jahren erlebten.

Schlimm …

Es gelang mir sehr leicht, meine Gedanken auf Henry Torry zu konzentrieren. Es war die einzige Verbindung, die mir überhaupt in diesem Fall noch blieb.

Zurück in seine Zelle.

Schon auf dem Weg hörte ich das harte Stampfen von Polizeistiefeln. Eine Pfeife gellte, Stimmen schrien, und ich ahnte, dass diese Dinge nur etwas mit Henry Torry zu tun haben konnten.

Ich beschleunigte meine Schritte und hatte Glück, dass mir der Einsatzleiter über den Weg lief.

»Verdammt, dieser Kerl macht mich wahnsinnig!«, schrie der Mann mit hochrotem Gesicht.

»Was ist denn los?«

»Das fragen Sie noch, Sinclair? Kommen Sie mit!«

Wir beeilten uns. Zumindest mit vier anderen Beamten erreichten wir den Besucherraum, fanden die offene Tür zum Zellentrakt und konnten das heruntergelassene Gitter sehen, das den Weg versperrte.

Dahinter stand Henry Torry.

Und was er tat, war kaum zu fassen …

Bills Worte standen im Raum, und der Reporter hatte seine Augen weit aufgerissen, weil dies für ihn ein Phänomen war. Sheila hatte mit der Handschrift ihres Vaters geschrieben. Vielleicht, ohne es selbst zu merken. Das musste Bill erst einmal verdauen.

»Es ist die Schrift deines Vaters, Sheila!«, sagte er rau und flüsternd. »Hast du das nicht gewusst?«

Sheila schaute ihren Mann an, als wäre er ein Fremder. Sie hatte die Stirn in Falten gelegt, als müsste sie erst noch über seine Worte nachdenken, aber eine Antwort bekam der Reporter nicht.

Er fasste seine Frau an der Schulter und rüttelte sie durch. »Sheila, ich habe etwas zu dir gesagt.«

»Ja.«

»Du hast mit der Handschrift …«, Bill holte noch einmal Luft, »… deines Vaters geschrieben.«

»Ich weiß es.«

Bill schlug die Blätter auf die Kante des Sekretärs. »Du weißt es also. Aber wieso? Dein Vater ist vor einigen Jahren gestorben. Wir haben es erlebt. Er ist …«

»Trotzdem.«

Bill ging zurück und raufte sich die Haare. Dabei ließ er sich in einen Sessel fallen. »Ich verstehe das nicht, Sheila. Wieso kannst du mit der Schrift deines längst verstorbenen Vaters schreiben? Das will ich von dir wissen.«

»Ich habe doch Kontakt mit ihm!«

Bill Conolly stand vor Staunen der Mund offen. »Was hast du da gesagt?«

»Ich habe Kontakt. Er hat sich gemeldet. Aus dem Jenseits klang seine Stimme.«

Bill stöhnte auf. »Das gibt es doch nicht. Welchen Grund sollte dein Vater gehabt haben, sich aus dem Jenseits zu melden, Sheila? Er ist tot, vergessen …«

»Nein, das ist er nicht.«

»Dann erkläre es mir.«

»Jemand hat sich seiner Seele bemächtigt.«

»Einfach so?«

»Ja, und ich kenne diesen Jemand. Du aber auch, Bill. Es ist der Teufel!«

Der Reporter war geschockt. Sheila sprach vom Teufel. Sie nahm den Namen des Höllenfürsten in den Mund, als wäre es völlig normal, denn sie hatte ihn emotionslos ausgesprochen. »Weißt du überhaupt, was du da gesagt hast, Sheila?«, fragte Bill entsetzt.

»Natürlich. Ich habe vom Teufel gesprochen. Er hat den Geist meines Vaters zu sich geholt.«

»Und das nimmst du hin?«

Sheila öffnete erstaunt ihre schönen Augen. »Warum nicht? Es ist mein Vater, und er …«

»Nein, der Teufel ist nicht dein Vater!«, schrie Bill. »Dein Vater ist tot.«

»Schrei nicht so, sonst weckst du den Kleinen auf.«

Bill atmete ein paarmal tief durch. »Okay, okay, ich habe die Nerven verloren, das kann man auch, wenn man mit solchen Dingen mitten in der Nacht konfrontiert wird. Ich komme da einfach nicht mit, Sheila. Das ist unbegreiflich.«

»Finde dich damit ab.«

Bill lachte bitter. »Abfinden? Nein, Sheila. Du bist da in einen Teufelskreis hineingeraten, aus dem ich dich herausziehen will, bevor er dich ganz verschlingt.«

»Ich spreche nur mit meinem Vater.«

Bill grinste kläglich. »Jetzt sprichst du auch noch mit ihm?«

»Ja.«

»Und wie?«

»In der Nacht. Wenn ich schlafe, kommen die Träume. Dann setzt sich mein Vater mit mir in Verbindung.«

»Passiert das öfter?«

»Seit einer Woche.«

Bill war perplex und gleichzeitig geschockt. Besonders über den Verlust an Vertrauen, denn er hatte nicht damit gerechnet, dass Sheila ihm etwas verheimlichte. »Weshalb hast du mir nichts davon gesagt?«, hauchte er mit kaum zu verstehender Stimme. »Weshalb nicht, Sheila?« Diese Frage klang kläglich.

»Er hat es mir verboten. Ich durfte zu niemandem ein Wort sagen. Auch nicht zu dir.«

»Aber ich hätte etwas tun können. Du wirst doch gemerkt haben, dass sich über deinem Kopf etwas zusammenbraut, Sheila. Das muss man einfach, weißt du?«

»Was sollte mir mein Vater antun?«

»Wenn sich sein Geist in den Klauen des Höllenfürsten befindet, kann und wird er dich vernichten, falls es soweit ist. Begreif das endlich, Sheila!«

»Du siehst es falsch, Bill. Ich habe mich bereits entschieden!«

»Für den Teufel?«

Sheila schüttelte ihren Kopf. »Nein, Bill, für meinen Vater, wenn du es genau wissen willst.«

»Da gibt es bald keinen Unterschied mehr, glaub mir das. Dein Vater oder vielmehr sein Geist kann sich nicht aus den

Klauen des Satans lösen. Es ist ein Ding der Unmöglichkeit. Daran solltest du denken. Wir werden jetzt gemeinsam darüber nachsinnen, was wir tun können. Zunächst einmal müssen wir John Sinclair einschalten.«

»Ihn nicht«, sagte Sheila hart.

»Er ist unser Freund!«

»Ich habe meinem Vater versprochen, dass ich seinen Wünschen folge. Ich muss mich mit ihm in Verbindung setzen, und das werde ich auch tun. Noch in dieser Nacht.«

Bill ging nicht darauf ein. »Und weshalb diese Briefe?«, fragte er stattdessen.

»Es ist das äußere Zeichen oder der Beweis dafür, dass der Geist meines Vaters existiert.« Sheila stand auf. »Ich habe mit seiner Schrift geschrieben, er hat mir die Worte diktiert. Sie stammen aus dem Jenseits, und ich werde sie mitnehmen.«

»Wohin mitnehmen?«

»Wenn ich gehe.«

Das waren für Bill Conolly völlig neue Perspektiven. »Du willst gehen, Sheila?«

»Ja, ich muss weg.«

Bill schluckte. Diese Antwort hatte ihm verdammt endgültig geklungen, und in seiner Kehle saß plötzlich ein dicker Kloß. Das Innere seines Mundes wurde rau, er hatte kaum Speichel und musste sich räuspern. »Wie soll ich das verstehen?«, hakte er noch einmal nach.

Sheila war dicht neben ihm stehen geblieben. »Wie ich es gesagt habe. Mein Vater rief mich, und ich finde es nicht schlimm, wenn eine Tochter ihrem Vater folgt.«

»Aber nicht so!«, rief der Reporter. »Sheila, dein Vater lebt nicht mehr. Willst du ihm in das Reich der Toten folgen?«

»Das steht noch nicht fest.«

Mit einer wütenden Bewegung schleuderte Bill Conolly die beschriebenen Blätter zu Boden. »Ich werde noch verrückt!«, keuchte er. »Ich drehe hier bald durch. Meine Güte, denk nicht mehr an deinen Vater. Du hast eine eigene Familie, einen Mann, einen kleinen Sohn. Sie brauchen dich und nicht eine Gestalt, die schon längst gestorben ist.«

»Der Körper ja, da hast du Recht. Aber sein Geist lebt weiter, das habe ich bemerkt. Gib dir keine Mühe, Bill, ich muss zu ihm. Er hat mich lange genug gerufen. Die Seelen geraten in Aufruhr. Die Verstorbenen melden sich. Sie wollen den Kontakt zu den Menschen haben, und die Menschen stimmen zu.«

»Du redest in der Mehrzahl, Sheila. Gibt es noch andere, die den gleichen Weg gehen wie du?«

»Das glaube ich stark. Ich bin nicht die Einzige, mein lieber Bill. Nein, das bin ich nicht.« Über ihr Gesicht huschte ein Lächeln. »Damit wollen wir schließen. Gib auf den Jungen Acht, denn ich weiß nicht, wann ich wieder zurückkomme.« Sie nickte ihrem Mann noch einmal zu, ging an ihm vorbei und verließ das Zimmer.

Zurück ließ sie einen wie erstarrt auf dem Stuhl sitzenden Bill Conolly. Er sah seine Frau aus dem Zimmer verschwinden und konnte nichts dagegen tun. Bill war einfach machtlos. So blieb er hocken, schüttelte den Kopf und fragte sich, ob er das alles geträumt hatte.

Nein, es war kein Traum. Das bewiesen ihm auch die beschriebenen Blätter.

Sie nahm Bill an sich. Er schaute sich die prägnante Handschrift seines toten Schwiegervaters an, und seine Augen wurden groß. Ja, das war genau die Schrift. So und nicht anders hatte der alte Hopkins früher geschrieben, obwohl ihn Bill kaum gekannt hatte, aber er hatte nach dessen Tod schriftliche Unterlagen von ihm gesehen und auch die Briefe gelesen.

Wie lange lag das zurück!

Johnny war noch nicht geboren. Damals war Sheila verlobt gewesen. Ihr Auserwählter war damals in die Klauen des Dämons Sakuro geraten und hatte sein Leben verloren.

Wie auch Sheilas Vater!

Sein Geist befand sich nun in den Klauen des Teufels.

Sheila hatte sehr an ihrem Vater gehangen. Durch die Magie der Hölle war es nun möglich gewesen, sich bei seiner Tochter zu melden.

Hier braute sich etwas Schreckliches zusammen. Ein Vorgang, den man überhaupt noch nicht erfassen konnte.

In diesem Augenblick fasste Bill Conolly den Plan, trotz der späten Stunde seinen Freund John Sinclair anzurufen. Der Geisterjäger würde sicherlich ebenso denken wie er. Um telefonieren zu können, brauchte Bill das Zimmer nicht erst zu verlassen. Es gab in der Wohnung mehrere Apparate, unter anderem stand einer in Sheilas Arbeitszimmer.

Bill erreichte den Apparat, riss hastig den Hörer an sich und wählte die Nummer, die er auswendig kannte.

Lange genug ließ er durchläuten, zehnmal schlug das Telefon in der Wohnung des Geisterjägers an, doch John Sinclair war nicht zu Hause. Jedenfalls hob niemand ab.

Bill verzog das Gesicht. Ausgerechnet in diesem Augenblick, wo er für ihn so wertvoll gewesen wäre. Für einen Moment schloss er die Augen. Wieder wurde sein Hals trocken, und er musste sich erst freiräuspern, bevor er einen Ton hervorbrachte.

Wenn John schon nicht da war, wollte er es bei Suko versuchen. Vielleicht erreichte er ihn, sodass Suko unter Umständen auch wusste, wo der Geisterjäger zu finden war.

Bill hielt den Hörer kaum in der Hand, als er seinen Plan wieder umwarf. Der Reporter hatte ein Geräusch gehört. Es war dort aufgeklungen, wo sich ihr gemeinsames Schlafzimmer befand. Und dahin war wohl Sheila Conolly gelaufen.

Der Reporter wusste nicht, was das Geräusch zu bedeuten hatte. Er fühlte sich alarmiert, verließ den Raum, lief durch den Gang auf das Schlafzimmer zu und hörte Sheila sprechen.

Sie redete mit sich selbst. Bill zögerte nicht länger. Er wusste, dass es seiner Frau Ernst war, und er wollte dafür sorgen, dass sie das Haus auf keinen Fall verließ.

Bill stürmte über die Schwelle. Er achtete nicht darauf, dass die Tür halb geöffnet war und zur Wand hin einen toten Winkel bildete. Und dort lauerte Sheila.

Der Reporter entdeckte im letzten Augenblick einen Schatten. Er ahnte die Gefahr, wollte zur Seite hechten, als es bereits zu spät war, denn etwas fuhr aus der Dunkelheit auf ihn nieder und krachte gegen seinen Kopf.

Bill Conolly hatte das Gefühl, von einer herabstürzenden

Decke begraben zu werden. Etwas riss ihm die Beine weg, der Teppich wurde zu einem riesigen schwarzen Teerflecken, der den Reporter aufsaugte, und von da an wusste Bill Conolly nichts mehr.

Sheila löste sich aus der Deckung und blieb neben Bill stehen, der vor ihren Füßen lag.

Sie lächelte, bevor sie sagte: »Nichts kann mich mehr stoppen, mein Lieber. Auch du nicht …«

Ich bekam vor Staunen den Mund nicht mehr zu. Denn das, was wir hier zu sehen kriegten, war unwahrscheinlich.

Henry Torry stand hinter dem Gitter. Er sah aus wie immer, hatte sich körperlich überhaupt nicht verändert, nur seine Haltung war eine andere, denn er hatte seine Arme vorgestreckt und die Hände um die Stäbe gekrallt. Seine Knöchel traten hervor, sie erinnerten mich dabei an kleine, weiße Spitzen.

Das alles wäre normal gewesen, aber nicht das, was noch folgte, denn Henry Torry schaffte es tatsächlich, die Stäbe zu verbiegen.

Ich hatte als Kind mal einen Film über Herkules gesehen. So ähnlich kam mir Torry vor, nur hatte er nicht den Körper eines Herkules', sondern einen völlig normalen.

Und noch etwas fiel mir auf.

Ein seltsames Leuchten zeichnete die Umrisse nach. Als rosafarben konnte man es bezeichnen, es flimmerte und wurde dunkler, je mehr Kraft der andere einsetzte.

Die Polizisten staunten noch mehr als ich. Für sie war es ein Phänomen, während ich mit dem Begriff schwarze Magie so etwas wie eine schwammige Erklärung bereithielt.

In diesem Mann steckte eine ungeheure Kraft, die nicht auf der normalen Welt geboren sein konnte. Asmodis hatte ihn manipuliert, das bewies er uns in den folgenden Sekunden.

»Der will abhauen!«, rief ein noch junger Beamter.

Ich bemerkte aus dem Augenwinkel, wie er nach seiner Waffe fingerte. Da griff ich ein.

Meine Hände umklammerten seinen rechten Unterarm.

»Sind Sie wahnsinnig?!«, fuhr ich ihn an. »Sie können hier nicht mit einer Schusswaffe ...«

»Aber der will fliehen!«

»Lassen Sie ihn!«

Auch die Kollegen hielten mich wohl für verrückt. Das sah ich ihren Blicken an, doch ich ließ mich nicht beirren. Ich machte nicht gern von meinen Sondervollmachten Gebrauch, doch in diesem Falle geschah es aus Gründen der Sicherheit, denn ich glaubte nicht, dass man Henry Torry mit einer Kugel stoppen konnte.

Und noch etwas kam hinzu. Solange er nur ging und niemanden angriff, war alles nicht weiter tragisch. Zudem wollte ich seinen Weg verfolgen, um das Ziel kennen zu lernen.

Dass er mit dem Teufel in Verbindung stand, war klar. Vielleicht führte er mich in die Hölle.

Er bog die Gitter beinahe lässig auseinander, als handelte es sich bei ihnen um Spaghettis. Dann schritt er durch die Lücke und kam auf uns zu.

Ich holte mein Kreuz hervor, hielt es in der Hand und streckte es ihm entgegen.

Es war ein Test gewesen, und er gelang ausgezeichnet, denn der andere blieb stehen. Seinen rechten Arm winkelte er an, riss ihn in die Höhe und deckte somit das Gesicht, denn er wollte das Kreuz nicht sehen.

Ich schritt auf ihn zu.

Die anderen Kollegen wunderten sich, als sich der Mann plötzlich zusammenduckte, zur Seite ging und aus dem Weg schlich. An der Wand ging er entlang. So versuchte er auf einem Umweg, die Tür zu erreichen.

Ich sprang ihm in den Weg.

Wieder stoppte er. Über seinen Unterarm schielte er hinweg, sah das Kreuz und hielt den Arm wieder vor seine Augen, wobei er heftig den Kopf schüttelte.

»Wo willst du hin?«, fragte ich ihn.

Er gab mir keine Antwort. Nur ein Knurren drang aus seinem Mund, wobei man das Gefühl haben konnte, vor einem Tier zu stehen.

Dieser Mann hatte vor dem Kreuz Angst, ein Beweis dafür, dass er tatsächlich mit dem Teufel im Bunde stand.

Die anderen Kollegen drückten sich zurück. Sie fürchteten sich vor diesem Menschen, der ihnen etwas demonstriert hatte, was normalerweise unglaublich war.

Torry wollte raus!

Die Tür behielt er immer im Blick. Ich sah keinen Grund, es ihm zu verwehren, und trat zur Seite.

Katzenhaft waren seine Sprünge, die ihn bis an die Tür brachten. Er riss sie weit auf und war im nächsten Augenblick verschwunden.

Ich jagte hinter ihm her. Die Rufe der Kollegen kümmerten mich nicht, Torry war wichtiger. Er hatte sich nach links gewandt und hetzte mit gewaltigen Sprüngen den Gang entlang, um so rasch wie möglich in die Freiheit zu gelangen.

Ich hatte ihn schon bald eingeholt und blieb dicht hinter ihm. »Du weißt, was ich in der Hand halte!«, zischte ich in sein Ohr.

Er nickte.

»Dann sei vernünftig. Allein kommst du hier nicht weg. Ich würde dich vernichten, also gibt es für dich nur eine Alternative. Du nimmst mich mit. Verstanden?«

»Ja.«

»Gut, ich habe einen fahrbaren Untersatz in der Nähe. Wir werden zu meinem Bentley gehen, einsteigen und losfahren. Hast du begriffen?«

»Ja.«

Er antwortete sehr einsilbig, zudem hatte ich keine große Lust, Diskussionen mit ihm zu führen. Mich interessierte nur sein Ziel, denn dort erwartete man ihn sicherlich.

Wir gingen bis zu einem Aufzug. Der Gang wurde durch Kameras überwacht. Die künstlichen Augen der Apparate befanden sich in Bewegung. Mir war klar, dass man uns streng überwachte, sicherlich hatten die Kollegen lautlosen Alarm gegeben.

Mit dem Lift mussten wir hochfahren, um den Hinterausgang erreichen zu können.

Der Fahrstuhl stand nicht unten. Ich musste ihn erst holen

und drückte den Kontakt. Danach fand ich etwas Zeit, meinen Begleiter zu beobachten. Er machte einen ruhigen Eindruck. Nichts wies darauf hin, dass er eigentlich eine Zeitbombe auf zwei Beinen war und welch eine Bestie in ihm steckte. Satan hatte mit seiner dämonischen Kraft die Seele des Mannes erfüllt und ihn völlig unter seinen Bann genommen. Henry Torry würde bereit sein, alles für den Teufel zu tun, und er hatte schon gemordet, was ich kaum begreifen konnte.

Endlich war der Lift da. Die Tür öffnete sich automatisch. Wir stiegen ein, wobei ich meinen Gefangenen vorgehen ließ. Über die Schulter warf ich einen Blick zurück.

Die Beamten standen im Gang und schauten uns nach. Ich beruhigte sie mit einer Handbewegung.

Als sich die Tür hinter uns schloss, hielt ich bereits das Kreuz in der Hand. Ich spürte die Wärme des Metalls, es zeigte mir an, dass sich etwas Böses in der Nähe befand.

Und Torry merkte dies auch. Er hatte sich in die hinterste Ecke der kleinen Kabine verkrochen, sich dort zusammengeduckt und hielt die Hände vor seine Augen.

Die Fahrt dauerte nicht lange. Nach einigen Sekunden hatten wir unser Ziel erreicht.

»Steh auf!«, fuhr ich ihn an und ließ mein Kreuz gleichzeitig verschwinden.

Torry gehorchte. Dabei schielte er auf mich, doch das Kreuz sah er nicht mehr.

»Wenn wir gleich nach draußen gehen, bilde dir keine Schwachheiten ein«, sagte ich. »Solltest du etwas versuchen, werde ich gnadenlos mit dieser Waffe zuschlagen.«

»Keine Sorge!«

Wir traten in die Halle. Der Eingang lag uns gegenüber. Auch hier wussten die Kollegen schon Bescheid.

Man wollte uns nicht gehen lassen. Es gab immer einige hohe Tiere im Haus. Auch während der Nachtschicht trug einer die Verantwortung.

In diesem Fall war es Chiefsuperintendent Nolan. Er stand vor uns wie ein Denkmal aus bombastischer Zeit. Sein grauer Oberlippenbart zitterte vor Erregung. Die blaue Uniform glänzte. Kein Stäubchen bedeckte den Stoff. Zur Verstärkung hatte er noch drei Beamte mitgebracht, die sich hinter ihm aufgebaut hatten.

Das hatte mir gerade noch gefehlt. Schwierigkeiten im eigenen Lager. Ich hatte mit Nolan nie viel zu tun gehabt. Aber er mochte unsere kleine Abteilung nicht. Erstens hatten wir ihm zu viele Rechte, und zweitens ärgerte er sich darüber, dass mein Chef geadelt worden war und er nicht.

Nolan streckte seinen Arm aus und funkelte mich unter dem tief sitzenden Mützenschirm her an. »Oberinspektor Sinclair. Sie sind sich dessen bewusst, was Sie hier tun?«

»Natürlich, Sir.«

»Sie wagen es, mir dies ins Gesicht zu sagen? Dieser Mann ist ein Mörder. Man hat ihn praktisch auf frischer Tat erwischt, eingesperrt, und Sie wollen ihm zur Flucht verhelfen?«

»Das ist keine Flucht, Sir.«

»Ich sehe es aber so. Deshalb bleibt der Mörder hier.«

»Sir, Sie werden ihn kaum halten können.«

»Aber Sie, nicht wahr?«

»Ja, das habe ich bewiesen. Wird Ihnen zwar nicht passen, Sir, ist aber so.«

Die Haut des Mannes wurde noch röter. Er holte einmal tief Luft, und seine drei Vasallen aus der Nickrunde zuckten sicherheitshalber schon jetzt zusammen. »Ich habe hier die Befehlsgewalt. Und ich befehle Ihnen, dass der Mörder im Yard-Building bleibt. Haben Sie mich endlich verstanden?«

»Sicher, Sie haben schließlich laut genug geredet. Nur sind Sie mit Ihrer Behauptung nicht im Recht. Sie kennen die Hintergründe des Falls nicht. Das ist Ihr Pech. Deshalb handeln Sie auf diese Art und Weise, Sir. Kann ich sogar verstehen. Der Mann ist ein Mörder, das streitet keiner ab, aber er hat nicht aus den gleichen Motiven gehandelt wie ein normaler Mensch. Glauben Sie mir!«

Der Chiefsuperintendent holte wieder tief Luft. Noch hielt seine Uniform, bald jedoch würde sie platzen. »Wollen sie etwa behaupten, dass dahinter wieder Ihr komischer Geisterkram steckt, Oberinspektor?«

»Komischer Geisterkram?«

»So ist es.«

Mir kam allmählich die Galle hoch. Dieser Typ hier kanzelte mich öffentlich ab. Das nahm ich ja noch hin. Dass er aber die Gefahr unterschätzte, die von Henry Torry ausging, konnte ich nicht so ohne weiteres unbeachtet lassen. Deshalb versuchte ich es noch einmal. »Sir, hinter diesem Mord steckt mehr, als wir bis jetzt vermuten. Es hat jemand seine Hand im Spiel, der ...«

»Der Teufel, wie?«

»So ist es.«

»Hören Sir mir mit dem Blödsinn auf! Der Mann bleibt hier, und damit basta. Außerdem sorge ich dafür, dass Sie eine Disziplinarstrafe erhalten.«

»Sir, ich darf Sie auf meine Sondervollmachten aufmerksam machen, die Ihnen ja eigentlich bekannt sein dürften.«

»Das interessiert mich nicht. Hier habe ich das Sagen. Geben Sie den Gefangenen freiwillig her?«

Ich schaute auf die Uniformierten und sah mir ebenfalls Henry Torry an. Um dessen Lippen zuckte ein feines Lächeln. Er hatte alles verstanden, und besser konnte es für ihn überhaupt nicht laufen. Verflucht, was sollte ich tun? Er ließ sich nicht einfach festnehmen, der Teufel steuerte ihn, und er würde die entsprechenden Gegenmaßnahmen ergreifen.

Ich versuchte es ein letztes Mal. »Sir, dieser Mann wird Ihnen immer entwischen. Sie können ihn nicht halten!«

»Festnehmen!«, schnarrte Nolan.

Ich ging zurück. Schweiß hatte sich auf meiner Stirn gebildet. Zwei Beamte lösten sich aus dem Hintergrund und traten auf Torry zu.

Der Mörder stand wie in Demut erstarrt. Er machte überhaupt nicht den Eindruck, als würde er Widerstand leisten.

Ich wusste es besser, und ich ahnte Schlimmes.

Zuerst geschah nichts. Der Mann ließ sich sogar anfassen. Als die Polizisten ihn jedoch herumdrehen wollten, da reagierte er. Seine Arme fuhren blitzschnell zusammen, und im nächsten Augenblick krachten die beiden Beamten gegeneinander.

Ich hörte das Klatschen, und sofort war der Teufel los. Da schrien alle durcheinander, während Torry die Übersicht behielt und sich auf seinen eigentlichen Gegner konzentrierte.

Das war ich.

Er schleuderte mir die Männer entgegen, bevor er mit langen, geschmeidigen Sprüngen dem Ausgang zuhetzte, durch den er auf unseren Parkplatz gelangen konnte.

Im Nu war die Entfernung zwischen uns so groß, dass ihn mein Kreuz durch einen gezielten Wurf nicht erreicht hätte. So musste ich zu Fuß die Verfolgung aufnehmen, nachdem ich über die Kollegen gesprungen war.

»Feuer!«

Die Stimme des Chiefsuperintendenten übertönte alle anderen Geräusche. Waffen krachten, Kugeln heulten, und die Echos brachen sich an den kahlen Wänden.

Ob Torry erwischt worden war, wusste ich nicht. Jedenfalls behinderten mich die Schüsse bei der Verfolgung. Dennoch jagte ich geduckt los, darauf hoffend, dass die Kollegen so vernünftig waren und nicht schossen, als ich die Verfolgung aufnahm.

Sie feuerten nicht, sodass es mir gelang, den Ausgang zu erreichen und auf den Hof zu stürmen.

Es brannten die üblichen Lampen, sie schufen helle Inseln. Ich musste daran denken, dass wir hier schon einen Überfall des Spuks erlebt hatten und ich in eine andere Dimension katapultiert worden war. Das alles verblasste jetzt, denn ich wollte Torry.

Nur – wo konnte er stecken? Es gab genügend Möglichkeiten. Er hätte sich hinter den Wagen oder im Schatten der gewaltigen Hauswand verbergen können. Ich fand ihn nicht.

Vielleicht war er auf die Victoria Street gelaufen. Jedenfalls wollte ich nicht hier stehen bleiben, sondern die Verfolgung aufnehmen. Auch mit dem Bentley.

Die anderen Kollegen waren plötzlich da, und Nolan gab wieder seine Befehle. Er spielte sich wie ein Feldherr auf, ordnete eine planmäßige Durchsuchung des Hofs an. Ich wollte damit nichts zu tun haben, sondern empfahl mich.

Als ich die Wagentür aufschloss, erreicht mich Nolans Stimme. »Sinclair, wo wollen Sie hin?«

»Zum Mond, Sir.«

»Sinclair. Sie ...«

Den Rest hörte ich nicht mehr, denn da hatte ich bereits die Tür zugerammt. Der Kerl konnte mich mal sonst wo.

Ich startete, drehte den Wagen und rollte auf die Ausfahrt zu. Die Scheinwerfer rissen lange, helle Streifen in die Dunkelheit, und es war niemand mehr da, der mich aufhielt. Wenn Beamte im Licht auftauchten, verschwanden sie schnell wieder.

Bevor ich in die Victoria Street einbog, musste ich stoppen, denn auf dieser Straße herrschte auch in der Nacht Betrieb.

»Fahren Sie nach rechts, Mr. Sinclair!«, vernahm ich aus dem Wagenfond eine Stimme.

Sie gehörte Henry Torry.

Allmählich wurde mir der Kerl unheimlich ...

Ich betätigte den Blinker und tat, was er von mir verlangte. Schließlich wollte ich ihn nicht verärgern. »Sonst noch Wünsche?«, erkundigte ich mich, als uns der fließende Verkehr aufgenommen hatte.

»Im Moment nicht.«

Im Innenspiegel sah ich, wie er sich im Fond aufrichtete. Ein direktes Spiegelbild hatte er nicht mehr. Dieser Mann wirkte eher verwaschen, wie ein verschwommener grauer Fleck.

Ich gab mich zwar äußerlich lässig, war aber im Innern gespannt und außerdem sauer. Es ärgerte mich, dass ein Gegner oder Feind so einfach von meinem Bentley Besitz ergreifen konnte. Oder hatte ihm Asmodis geholfen und schützend seine Hand über ihn gelegt? Wahrscheinlich. Das machte mich nicht froher, denn wenn es dem Satan so einfach gelang, Dinge von mir in Besitz zu nehmen, konnte er sie auch leicht manipulieren.

So sah es aus, nicht anders.

Ich fuhr auf der äußersten Spur und hielt mich dabei dicht am Rand der Straße.

Henry Torry blieb weiterhin im Fond des Wagens sitzen. Er sagte nichts, deshalb fuhr ich erst einmal weiter und wartete auf neue Anweisungen meines ungebetenen Passagiers.

Die Fahrt ging in Richtung Westminster City Hall. Das Gebäude war angestrahlt. Doch so weit musste ich gar nicht, denn mein Fahrgast meldete sich mit leiser Stimme.

»In die Franics Street!«

Das tat ich. Es ging rechts ab. Ich kannte mich hier gut aus, denn wir befanden uns noch in Sichtweite des Yard.

»Wo soll es denn nun wirklich hingehen?«, wollte ich wissen.

»Sie werden es früh genug erleben.«

»Kann ich dann wieder zurückfahren?«

Da lachte er nur.

Ich fragte weiter. »Wie haben Sie es nur geschafft, in den verschlossenen Wagen zu gelangen?«

Er antwortete mit einer Gegenfrage. »Gibt es für den Teufel Hindernisse, Sinclair?«

Da hatte er Recht. Vielleicht gab es welche, dann aber nur wenige, zum Beispiel mein Kreuz.

Wir näherten uns dem Vincent Square. Der liegt bereits im Stadtteil Westminster. Und auch die Themse war nicht mehr weit entfernt. Ich erhielt neue Anweisungen, und er nannte mir das Ziel.

»Wir fahren zur Tate Gallery!«

Das überraschte mich. Die Tate Gallery ist einer der berühmtesten Kulturtempel der Welt. Kein Opern- oder Konzerthaus, sondern ein Museum. Alles, was an Malern und Bildhauern Rang und Namen hatte, war hier vertreten. Die großen Zeugen unserer geschichtlichen und kulturellen Vergangenheit gaben sich in der Tate Gallery ein Stelldichein. Nachts hatte das Museum natürlich geschlossen, es war auch ausgezeichnet abgesichert, deshalb fragte ich mich, was wir dort sollten. Ich konnte die Neugierde jedoch unterdrücken.

Henry Torry hatte sich in die Mitte der Rückbank gesetzt. Er hockte genau zwischen Fahrer- und Beifahrersitz. Sein Blick war starr nach vorn gerichtet. Manchmal berührte er mich an der Schulter, und ich wurde das Gefühl nicht los, dass er mir wohl liebend gern seine Hände um die Kehle gelegt hätte, um mich ebenso zu töten wie seine Frau.

Dass er dies nicht versuchte, hatte seine Gründe. Vielleicht wollte es der Teufel auch nicht.

Die Gegend wurde ruhiger. Die Tate Gallery ist ein imposantes Bauwerk. Es erinnert an die Zeiten des Klassizismus. Das Gebäude ist nur durch die Uferstraße von der Themse getrennt.

Auf dem Gelände existierten auch Parkplätze für die Besucher. Um diese Zeit waren sie leer. Geisterhaft hell huschten die breiten Finger der Scheinwerfer über die Fläche.

»Du kannst in eine Parktasche fahren.«

»Sicher.«

Ich tat Torry den Gefallen. Als der Bentley stand und ich den Motor abgestellt hatte, drehte ich mich um. »Wie geht es denn jetzt weiter?«, fragte ich.

»Aussteigen.«

»Klar. Und dann?«

»Du bist doch neugierig. Deshalb nehme ich dich mit. Der Teufel wird sich über dich als Gast freuen.«

»Diese Freude kann ich nicht erwidern.«

»Brauchst du auch nicht. Aber deine Neugierde wird befriedigt.«

Ich stieß den Wagenschlag auf. Torry gab sich verdammt cool und überlegen. Er tat so, als könnte ihm nichts passieren. Stimmte das auch? War er so sicher?

Kaum hatte ich die Tür wieder geschlossen, als ich einen Motor hörte, Scheinwerfer sah, die mich aber nicht erfassten, und ich mit meinen Blicken das flache Fahrzeug verfolgte, das eine Kurve drehte und im rechten Winkel zu mir zum Stehen kam.

Den Wagentyp hatte ich erkannt. Es war ein Porsche.

Auch bei ihm wurde die Tür aufgestoßen. Die Innenbeleuchtung flammte auf, und ich sah die Umrisse einer Frau. Blonde Haare, eine schlanke Figur, alles war zu sehen.

Gehörte sie auch dazu?

Ich wollte mich schon wieder abwenden, als ich stutzte.

Irgendetwas klickte in meinem Hirn. Die Frau hatte ich schon gesehen. Und nicht allein das, wir waren auch miteinander befreundet, denn sie war die Gattin eines meiner besten Freunde.

Diese blonde Person war keine andere als Sheila Conolly!

Etwas klatschte gegen Bills Gesicht, war feucht, warm und nass zur gleichen Zeit. Wie ein Lappen fühlte es sich auf der Haut an.

Zuerst rührte sich Bill nicht. Er glaubte an einen Traum, aber dieses Klatschen hörte einfach nicht auf, und der Reporter konnte es nicht mehr ignorieren.

Er öffnete die Augen.

Die Umgebung hatte sich nicht verändert. Noch immer lag er im Schlafzimmer auf dem Boden. Sogar das Licht brannte noch. Es schmerzte in seinen Augen. Durch die wahnsinnigen Kopfschmerzen hatte er das Gefühl, sein Schädel wäre auf das Dreifache angewachsen. Und als er die Hand hob, da fuhren seine Finger durch ein weiches Fell.

Jetzt wusste Bill Conolly genau Bescheid, wer ihn da geweckt hatte. Das Nasse war kein Lappen gewesen, sondern die Zunge der Wölfin Nadine Berger.

Das Tier hatte bemerkt, wie schlecht es Bill Conolly ging.

Aus dem Mund des Reporters drang ein leises Stöhnen. Es war ihm kaum möglich, seine Gedanken zu sammeln, denn der Treffer hatte ihn hart erwischt. Und wer trug daran die Schuld?

Sheila fiel ihm ein.

Urplötzlich war der Name da. Seine eigene Frau hatte ihm aufgelauert, und er war wie ein Idiot in die Falle getappt. Als Bill sich dessen bewusst wurde, hielt er es nicht mehr aus, sondern rollte sich zur Seite, fand die Bettkante, stützte sich dort ab und kam auf die Füße. Er hätte es lieber sein lassen sollen. Eine Sekunde später explodierte in seinem Kopf der Schmerz. Er kippte zur Seite und fiel zum Glück auf das weiche Bett und nicht daneben.

Bill war außer Gefecht gesetzt worden. Sheila musste kräftig zugedroschen haben, und es würde sicherlich noch dauern, bis der Reporter die Nachwirkungen verdaut hatte.

Die Decke neben ihm bewegte sich, weil Nadine auf das Bett gesprungen war.

Bill hörte ihr Hecheln. Sie konnte natürlich nicht sprechen, aber der Reporter wusste, was sie wollte. Er sollte nicht länger liegen blieben, sondern etwas tun. Ihre Zähne fassten in seinen Kragen, um Bill vom Bett zu ziehen.

»Ja, ja, altes Mädchen!«, keuchte Bill. »Ich werde es noch einmal versuchen.« Er rollte sich zur Seite und stemmte sich sehr langsam hoch. Zwar zuckten wieder Schmerzen durch seinen Kopf, aber sie ließen sich einigermaßen ertragen. Bill verzog nur das Gesicht, kein Laut verließ seine Kehle.

Schließlich hatte er es geschafft, sich hinzusetzen. Sein Gleichgewichtssinn war noch nicht in Ordnung. Er sah die Wand und bemerkte, dass sie sich bewegte.

Einige Minuten wartete er, bis er sich aufraffte und auf beiden Beinen stand. Am Anfang klappte es nicht so recht, später ging es besser. Bill stützte sich an der Wand ab, tastete sich voran. Er wollte das Schlafzimmer verlassen.

Nadine blieb an seiner Seite, als er durch den Flur schritt. Sein Ziel war das Badezimmer.

Normalerweise war Bill Conolly kein Freund irgendwelcher Tabletten. In diesem Fall blieb ihm keine andere Wahl. Er brauchte Kopfschmerztabletten.

Er wankte weiter. Seine Hand schleifte an der Wand entlang, er sah die Tür zum Bad, drückte sie auf und stolperte in den Raum hinein. Am Waschbecken hielt er sich fest. Der Spiegelschrank hatte eine eigene Lichtquelle. Die schaltete Bill ein, öffnete den Schrank und entdeckte die Tabletten.

Zielsicher holte er die richtigen hervor, ließ zwei aus der Röhre fallen, warf sie in den Mund und trank noch einen Schluck Wasser, während ihn die Wölfin weiter beobachtete.

Bill blieb für einen Moment stehen, den Kopf hatte er in den Nacken gelegt. Er leerte das Glas.

Die Kälte tat ihm gut. Die Schmerzen verschwanden zwar nicht, aber die Tabletten verschafften ihm Linderung.

Nadine wartete an der Tür. Sie schaute den Reporter an. Als ihre Blicke sich trafen, da glaubte Bill, Mitleid und Verständnis in den Augen der Wölfin zu lesen.

»Reingelegt!«, flüsterte Bill, wobei er Nadine direkt ansprach. »Sie haben uns reingelegt. Sheila ist verschwunden!« Als der Reporter dies sagte, stieg ihm wieder all das hoch, was er vor seinem Niederschlag miterlebt hatte.

Es war schlimm gewesen. Am liebsten hätte er sich in die Ecke gesetzt und geheult. Das aber konnte er sich nicht leisten. Trotz seiner Behinderung musste er etwas unternehmen. Sheila war verschwunden. Jetzt galt es, sie zu finden.

Er verließ das Bad.

Auf wackeligen Füßen ging er. Seine Knie schienen aus Gummi zu bestehen. Der Atem pfiff über seine Lippen, die Wangen zuckten, die Beine wollten mehr als einmal nachgeben, und nur mühsam bewegte sich der Reporter voran.

Sein Sohn war ihm eingefallen!

Johnny hatte von dem schrecklichen Theater nichts mitbekommen. Er schlief tief und fest. Da die Tür zu seinem Zimmer nicht geschlossen war, hörte Bill ihn atmen.

Auf der Schwelle blieb der Reporter stehen. Er schaute in den Raum, sah Johnny im Bett liegen und überlegte, wie er ihm erklären sollte, dass seine Mutter verschwunden war.

Einfach weg!

Bills Gesicht verzog sich. »Verdammt!«, keuchte er. »Sheila, was machst du für Sachen? Du musst doch zurück.« Die Worte flossen quälend über seine Lippen. Er drehte sich wieder um und ging wie ein Betrunkener dorthin, wo alles begonnen hatte.

In Sheilas Arbeitszimmer.

Das Licht brannte noch, auch die Tür war nicht geschlossen, und Bill sah die Blätter am Boden liegen. Sie befanden sich nicht weit vom Telefon entfernt, und der Apparat erinnerte den Reporter daran, dass er unbedingt anrufen musste.

Unter großen Mühen zog er einen Stuhl in die Nähe des Telefons, setzte sich und hob den Hörer ab. Sollte er es noch einmal bei John versuchen?

Nein, der Geisterjäger war nicht zu Hause. Bill hatte vor seinem Niederschlag Suko anrufen wollen, und diesen Vorsatz setzte er jetzt in die Tat um.

Seine zitternden Finger fanden kaum die Zahlen der Tastatur. Er wusste auch nicht, ob er sich verwählt hatte, und vertraute auf sein Glück. Bill wurde nicht enttäuscht, denn Suko meldete sich mit einer verschlafen klingenden Stimme.

»Ich bins!«, keuchte der Reporter in den Hörer.

Obwohl er krächzend gesprochen hatte, wusste Suko, wer ihn da aus dem Schlaf gerissen hatte. »Bill, was ist?«

»Ich wollte John haben, aber er …«

»Ist er weg?«, fragte Suko erstaunt.

»Ja.«

»Ich weiß nicht, wo er steckt. Okay, wo drückt der Schuh?«

Bill lachte krächzend auf. »Schuh ist gut!«, keuchte er. »Das sind schon zwei. Es geht um Sheila. Sie ist verschwunden!«

Für einen Moment sagte Suko nichts. »Entführt?«

»Nein.« Bill umklammerte den Hörer und schwankte auf seinem Stuhl. »Sie ist einfach abgehauen, hat mich niedergeschlagen und …«

»Bill, was erzählst du da?«

»Die Wahrheit, Suko. Die reine Wahrheit. Sheila hat mich niedergeschlagen und ist verschwunden. Sie wollte zu ihrem Vater gehen.«

»Aber der ist tot.«

»Eben …«

Der Reporter hörte Suko atmen. Der Chinese war zwar Überraschungen gewohnt und ließ sich auch nicht so leicht aus der Bahn werfen, diese Antwort jedoch hatte ihn umgehauen.

»Kannst du kommen?«, fragte Bill bittend.

»Klar. Sofort.«

»Und bring Shao mit.«

»Wieso?«

»Es ist wegen Johnny.«

»Himmel, an ihn habe ich gar nicht gedacht! Okay, Bill, wir machen uns auf die Socken. Und bleib du ruhig. Wir werden das schon wieder in Ordnung bringen.«

»Das sagst du so …«

Diesen Satz hörte Suko nicht mehr, denn er hatte die Verbindung unterbrochen.

Schwerfällig ließ sich Bill auf dem Stuhl zurücksinken. Vor seinen Augen begann sich das Zimmer zu drehen. Für ihn ein Beweis, dass er den Hieb trotz der Tabletten noch nicht überwunden hatte. Er presste die Hände vor sein Gesicht und blieb sitzen. Der Schmerz war dumpfer geworden. Bill fühlte die Beule an seiner Stirn, und er hatte das Gefühl, in einem luftleeren Raum zu schweben.

Sheila war weg!

Dieser eine Gedanke quälte und malträtierte ihn. Sie hatte sich umgezogen und war gefahren. Einfach so. Ohne Rücksicht auf ihre Familie zu nehmen.

Dahinter konnte nur ein dämonischer Plan stecken, wie Bill allmählich zugab, denn die Schwarzblüter waren seine größten Feinde. Und Sheila hatte etwas geschrieben, bevor sie verschwand. Ihr Vater hatte aus dem Jenseits zu ihr gesprochen.

Wie war das möglich?

Eine Erklärung hatte Bill nicht parat. Zu schwer fiel ihm momentan das Denken.

Dann hörte er Geräusche.

Es war ein leises Knurren, ein Tappen von Pfoten auf dem Boden, und Bill ließ seine Arme wieder nach unten fallen. Kaum war die Sicht frei, schaute er auf die Wölfin.

Sie war unruhig geworden. Etwas störte sie beträchtlich, und sie lief einen Kreis um die am Boden liegenden Briefseiten. Von ihnen schien etwas auszugehen, was sie nicht mochte.

Auch Bill schaute auf die Blätter.

Sie sahen normal aus. Ein völlig normales Format, normal beschrieben, und dennoch steckte etwas in ihnen, was das Tier störte. Es war sensibler als ein Mensch.

Nadine schlich um die Blätter herum. Sie traute sich nicht einmal, mit der Pfote nach ihnen zu schlagen, und Bill Conolly sah auch den Grund dafür.

Die Blätter veränderten sich. In der Mitte jeweils entstanden die Abdrücke des Gesichts.

Es war kein normales Gesicht, sondern eine dreieckige Fratze, die zum Kinn spitz zulief.

So zeigte sich nur einer.

Der Teufel!

Trotz seiner Kopfschmerzen wurde Bill dies mit Schrecken bewusst. Auf dem Blatt sah er das Gesicht des Höllenfürsten, und ihm war klar, dass Sheilas Vater etwas mit ihm zu tun haben musste.

Der Teufel und er.

Sie bildeten eine Allianz, und dem alten Hopkins war es gelungen, auch seine Tochter in diese Verbindung hineinzuziehen.

Bill ballte die Hände. Er öffnete den Mund, sein Gesicht verzerrte sich. »Satan, verfluchter!«, keuchte er und drohte mit der Faust. »Es kommt der Tag, da werde ich ...«

Die Fratze strahlte Hohn aus. Der Teufel weidete sich an den seelischen Qualen des Menschen. Wenn er Leid erleben konnte, dann geriet er in ein Hochgefühl.

So war es auch hier.

Bill streckte sein Bein aus und wollte auf das Blatt treten. Etwas anderes fiel ihm nicht ein, um seine Aggressionen loszuwerden. Er brauchte es nicht so weit kommen zu lassen. Das Gesicht verschwand wieder. Völlig normal lag das Blatt vor ihm.

Nadine tappte herbei. Auch sie zeigte sich nicht mehr so aufgeregt, sondern packte das Blatt mit ihren Zähnen und schob es dem Reporter entgegen.

Damit wollte sie etwas andeuten.

Bill verstand die Geste, streckte seine Hand aus und nahm das Papier an sich.

Es zu lesen, fiel ihm ungemein schwer. Die Buchstaben sah er nicht mehr getrennt, und auch die einzelnen Worte flossen mittlerweile ineinander, sodass es ein Wirrwarr wurde, was vor ihm auf dem Blatt stand.

Nadine presste sich gegen seine Beine. Bill spürte die Wärme, und er verstand das Tier. Die Wölfin drückte damit ihr Vertrauen aus, das sie dem Menschen entgegenbrachte.

Nach einiger Zeit klappte es besser. Es gelang Bill, die ersten Sätze zu entziffern.

Sheilas Vater sprach von einer Dimension, in der er sich befand. Das Wort Wanderung fiel und der Begriff Rückkehr. Bill stolperte auch über den Satz: *Besuch mich in London. Die alte Bücherei an der Gallery wird dir vieles erklären …*

Bis zu diesem Absatz las Bill. Und er merkte, wie ihn die Zeilen mitgenommen hatten, denn in seinem Kopf rauschte plötzlich das Blut. Ein Beweis dafür, dass er erregt war. Selbst die Schmerzen spürte er nicht so wie noch vor Minuten.

Irgendetwas war geschehen.

Aber was?

Plötzlich wurden Bills Augen groß. Seine Mundwinkel zuckten, denn er sah, dass sich an den Rändern des Blattes etwas tat.

Da quoll eine Flüssigkeit hervor.

Blut!

Bill saß wie festgeleimt auf seinem Stuhl. Er starrte das Blatt an, sah das Blut, das sich ausbreitete und nach unten lief, da der Reporter das Blatt schräg in den Händen hielt.

Lange, rote Streifen zogen sich über das Papier, und in der Mitte erschien wieder die Fratze des Teufels.

Bill hörte sogar eine Stimme. Sie klang höhnisch und triumphierend, und sie drang direkt aus dem Papier.

»Jetzt habe ich sie, Bill Conolly. Durch ihren Vater ist es mir gelungen. Sie kommen alle, die ich will, und wir treffen uns noch in dieser Nacht. Willst du sie wieder zurückholen? Dann versuche es nur. Ich warte auf dich!«

Der Reporter schrie auf, als er das Blatt zur Seite schleuderte. Er steckte voller Angst, und er musste seinen Aggressionen einfach freien Lauf lassen.

»Gib sie zurück!«, brüllte er. »Gib sie zurück! Ich werde …«

Der Teufel lachte schallend. »Du kannst sie dir holen, Conolly. Du hast ja gelesen, wo sie sich befindet, nicht wahr!«

»Ich hole sie auch!«, schrie Bill. »Ich …«

Der Satan lachte nur. Es war eine wilde, gemeine Lache, und sie entfernte sich immer mehr, wurde leiser und verstummte schließlich völlig.

Aus …

Bill hockte auf dem Stuhl, starrte auf die Blätter, sah das Blut an ihnen und schlug seine Hände vor das Gesicht, wobei er zusammensackte wie ein Mensch, der all seine Hoffnungen verloren hatte …

Sheila Conolly befand sich auf dem Parkplatz, und sie war mit dem eigenen Wagen gekommen, das heißt, sie hatte sich den Porsche aus der Garage geholt.

Was tat sie hier?

Ich wusste es nicht. Ich dachte auch nicht daran, dass sie dem Teufel ihre Reverenz erweisen könnte, nein, diese Idee kam mir überhaupt nicht, denn welche Verbindung sollte es schon zwischen dem Satan und ihr geben?

»Sheila!«

Ich rief sie an, und zwar so laut, dass sie mich einfach hören musste.

Sie ging weiter.

Noch einmal rief ich ihren Namen, doch Sheila konnte oder wollte mich nicht hören. Sie dachte überhaupt nicht daran, ihre Schritte zu verlangsamen oder zu stoppen.

Dann verschluckte sie die Dunkelheit.

Ich stand noch immer da, wie vom Donner gerührt. Was ich eben erlebt hatte, wollte nicht in meinen Kopf. Das war einfach zu unwahrscheinlich. Was hatte Sheila hier zu suchen?

Zufall?

Ich hörte Schritte und sah, dass sich Henry Torry von mir entfernte. Er schlug die gleiche Richtung ein, in die auch Sheila Conolly verschwunden war.

Gern hätte ich ihn verfolgt, aber ich musste erst Gewissheit haben, und die konnten mir nur Sheilas Mann und mein Freund Bill Conolly geben.

Zum Glück besaß ich ein Autotelefon. Ich tippte die Nummer der Conollys, während ich schräg auf dem Fahrersitz hockte und meine Beine aus dem offenen Wagenschlag schauten.

Bill hob schnell ab. Seine Stimme erkannte ich kaum wieder, und ein heißer Schreck durchfuhr mich.

»Hier ist John.«

»John!« Es war ein verzweifelt klingender Aufschrei, der mir da entgegenschallte, sodass ich unwillkürlich den Hörer ein wenig vom Ohr abhielt.

»Mensch, Bill ...«

Er ließ mich nicht erst ausreden. »John!« Er schluchzte meinen Namen. »Sheila ist weg.«

»Das weiß ich.«

Ich hörte sein pfeifendes Atmen. »Was hast du da gesagt, John? Du weißt es?«

»Ja, denn ich habe sie soeben gesehen, und deshalb rufe ich dich auch an.« Ich wusste nicht, ob es richtig war, dass ich meinem Freund diese Information durchgegeben hatte, und es dauerte einige Sekunden, bevor seine Reaktion kam.

»John, verdammt, ist das wirklich wahr?«

»Ja.«

»Aber wie kann Sheila ...?« Er stoppte und sprach danach weiter. »Ich habe es gelesen. Tate Gallery, ihr Vater hat es diktiert.«

Das waren für mich wieder Neuigkeiten. »Ihr Vater?«, flüsterte ich. »Bill, spielt dir deine Fantasie einen Streich?«

»Nein, John. Sie hat einen Brief geschrieben, den ihr Vater diktierte. Und Sheila schrieb genau mit der Handschrift des alten Hopkins.«

In den letzten beiden Stunden war vielleicht ein wenig zu viel auf mich eingestürmt, deshalb fiel bei mir der Penny erst jetzt. Von einem Brief hatte Bill geredet. Das gleiche war auch mit Henry Torry geschehen. Es gab also eine Verbindung zwischen ihnen, und Sheila war nicht zufällig mitten in der Nacht in diese einsame Gegend gefahren.

Sie und Henry Torry.

Wer noch?

Hatte der Teufel vielleicht ein gewaltiges Netz ausgelegt, in dem sich die Menschen verfingen?

Darauf deutete alles hin. Noch durchschaute ich seinen Plan

nicht, doch ich war fest entschlossen, ihm auch diesmal ein Bein zu stellen.

»Bist du noch da, John?« Die Stimme meines Freundes zitterte.

»Natürlich.«

»Was sagst du dazu?«

»Ich kann es dir kaum erklären, aber wir müssen von einem ungeheuren Zufall sprechen, Bill. Ich arbeite praktisch an demselben Fall.«

»Aber Suko weiß nichts davon.«

»Das stimmt. Hast du ihn informiert?«

»Was sollte ich machen? Suko und Shao kommen zu mir. Shao soll sich um Johnny kümmern.«

»Das ist gut.«

»Wartest du auf uns?«, fragte Bill.

»Nein, ich muss mich hier umschauen. Vielleicht kann ich schon etwas erreichen. Sobald Suko erscheint, startet ihr. Du weißt, dass Sheila den Porsche mitgenommen hat?«

»Nein, ich habe noch nicht nachgeschaut.«

»Dann fahrt meinetwegen mit der Harley. Meinen Wagen seht ihr auf dem Parkplatz der Gallery.«

»Okay, John, ich habe verstanden.« Bill räusperte sich. »Wenn es geht, kümmere dich um Sheila. Bitte, tu es! Hol sie aus den Klauen der Hölle.«

»Ich werde mich anstrengen, das verspreche ich. Und dreh du auf keinen Fall durch, Alter! Wir packen es schon.« Mit diesen optimistischen Worten legte ich auf.

War ich wirklich so optimistisch? Nein, denn ich wusste, welch eine Macht der Teufel hatte. Er konnte die Menschen, die er einmal in seinen Klauen hielt, manipulieren und mit ihnen machen, was er wollte. Sie würden für ihn alles tun, und davor fürchtete ich mich. Wenn Sheilas Vater als Verbindungsglied fungierte, war seine Tochter Wachs in den Händen des Teufels. Wie schlimm das enden konnte, hatte ich schließlich bei Henry Torry erlebt.

Natürlich war der Platz leer. Ich sah weder etwas von Sheila Conolly noch von Torry. Dass sie nicht weggelaufen waren, stand fest. Sie mussten hier in der Nähe ihren Treffpunkt haben.

Leider wusste ich nicht, mit wie vielen Gegnern ich es zu tun hatte. So würde meine Aktion ein Tritt ins Ungewisse werden.

Kompakt und wuchtig hob sich vor mir das Bauwerk der Tate Gallery ab. Es war hervorragend gesichert, deshalb konnte ich mir kaum vorstellen, dass sich die Menschen in das Innere des Gebäudes begeben hatten. Also musste es hier in der Gegend noch einen anderen Schlupfwinkel geben. Als ich über den Parkplatz schritt, erkannte ich, dass nicht nur ein Porsche und mein Bentley abgestellt waren, sondern noch drei andere Fahrzeuge dazu. Wenn die Besitzer dieser Autos auch in die Klauen des Satans geraten waren, kannte ich die Zahl meiner Gegner.

Es waren fünf! Den Teufel hatte ich dabei nicht mitgezählt. Ich verließ den Parkplatz und näherte mich dem gewaltigen Bauwerk. Die hohen Fenster an der Rückseite, wo ich mich befand, waren vergittert. Es erinnerte mich an die wuchtigen Mauern alter Banken.

Da kam niemand durch.

Links von mir rauschte der Strom. Ich roch das Wasser, ich hörte ihn und sah auch, wenn ich den Blick wandte, jenseits der Uferstraße Lichtreflexe. Es waren die Wellen, die manchmal die Helligkeit reflektierten.

Der Bau war von Bäumen umgeben, die sich an der Rückseite verdichteten, sodass die Umgebung einen parkähnlichen Charakter bekam.

Sie eignete sich auch gut als Versteck. Ich suchte nach Spuren. Irgendwo mussten zumindest zwei Menschen hergegangen sein. Doch sosehr ich mich auch bemühte, ich fand nichts.

Dafür wurde ich gefunden!

Plötzlich traf mich der blendende Strahl einer Lampe haargenau im Gesicht.

Stocksteif blieb ich stehen. Innerhalb einer Sekunde war ich zu einer lebenden Zielscheibe geworden und wollte nicht durch missverständliche Bewegungen dazu beitragen, dass irgendjemand aus Versehen den Stecher einer Waffe betätigte.

Sehen konnte ich nichts. Das grelle Licht blendete einfach zu stark. Dafür hörte ich Schritte. Es waren schwere Tritte, die mir entgegenhallten. Ich wurde nicht länger geblendet, weil der Träger seine Lampe senkte.

»Noch einer«, sagte er.

Nach diesen Worten atmete ich erst einmal auf. Wer so redete, war erstens kein Dämon und auch kein vom Satan beeinflusster Mensch. Ich tippte eher auf einen Nachtwächter, denn trotz elektronischer Sicherungen verzichtete man darauf nicht.

»Gehörst du auch zu denen?«

»Was meinen Sie damit?«

»Ich habe doch fünf Leute hier gesehen, kam aber leider zu spät. Jetzt habe ich wenigstens dich.«

Ich konnte nicht sehen, ob der Mann eine Waffe in seiner anderen Hand hielt, deshalb fragte ich sehr höflich, ob er es mir gestattete, in meine Innentasche zu greifen.

»Wieso?«

»Weil ich Ihnen einen Ausweis zeigen möchte. Ich bin Polizeibeamter bei Scotland Yard.«

Er brummte irgendetwas. Ich fasste es als Zustimmung auf und holte meinen Ausweis hervor. Den Arm schwenkte ich zur Seite, der Lichtstrahl machte die Bewegung mit. Die Legitimation wurde angeleuchtet, und der Knabe konnte endlich lesen.

»Sie sind ja tatsächlich …«

»Ich sagte es Ihnen bereits.«

»All right, dann entschuldige ich mich, aber es war wirklich zu komisch.« Er nahm seine Lampe zur Seite, sodass ich endlich besser sehen konnte.

Vor mir stand ein älterer Herr in einer Uniform. Eine Waffe trug er nicht, und ich war froh, dass er zu spät gekommen war.

»Sie sind der Nachtwächter?«, fragte ich.

»So ähnlich.«

»Gehen Sie auch in die Gallery?«

»Nein, ich bin für den Außenbezirk verantwortlich. Im Innern ist alles elektronisch gesichert. Hin und wieder treiben sich lichtscheue Gestalten hier draußen herum. Der Parkplatz dient auch öfter Liebespaaren, und die Museumsleute rechnen manchmal mit Dieben, die das Gelände erkunden wollen. Deshalb bin ich hier.«

»Und Sie haben fünf Leute gesehen?«

»Ja.«

»Männer und Frauen?« Ich stellte ihn auf die Probe.

»Zwei Frauen. Eine war blond. Die andere konnte ich nicht so genau erkennen.«

»Haben Sie gesehen, wo sie hingegangen sind?«

»Sicher.« Der Mann nickte und deutete in Richtung Fluss. »Sie sind in diesem Park verschwunden. Ich werde mal nachschauen.«

»Das auf keinen Fall!« Meine Worte hielten ihn zurück, denn er hatte sich bereits in Bewegung gesetzt.

»Wieso nicht?«

»Ich übernehme es.«

Unter seiner Mütze verzog der Nachtwächter das Gesicht. »Es ist gefährlich, wie?«

»So kann man es sagen.«

»Soll ich die Polizei rufen?«

»Die Angelegenheit regele ich allein.«

»Aber Sir! Fünf Leute.« Er hob die Hand und hielt mir seine gespreizten Finger vor das Gesicht.

Ich ging nicht auf seine Warnung ein. »Sagen Sie, wo könnten sich die fünf Menschen denn versteckt haben, wenn sie schon nicht in die Gallery wollten?«

»Sie meinen den kleinen Park?«

»Genau.«

»Da gibt es noch etwas. Wenn Sie direkt zum Fluss gehen, werden Sie über den Bau stolpern. Es ist ein kleines Gebäude. Früher diente es als Bücherei.«

»Und jetzt?«

»Steht das Ding leer.«

»Ich danke Ihnen für die Informationen. Wenn Sie sich selbst einen Gefallen tun wollen, beenden Sie ihren Dienst.«

»Das kann ich nicht.«

»Doch, gehen Sie!« Mehr sagte ich nicht, hoffte auf seine Vernunft und verschwand zwischen den Bäumen.

Unter meinen Füßen bog sich das herbstlich kurze Gras. Manchmal spürte ich auch Widerstand an den Sohlen. Er stammte von herabgefallenen Kastanien.

Die hohen Bäume breiteten schützend ihre starken Äste über meinem Kopf aus. Ich huschte von Stamm zu Stamm und wartete darauf, die leerstehende Bücherei in mein Blickfeld zu bekommen. Das Rauschen des Flusses drang wie durch einen Filter gedämpft an meine Ohren. Nur hin und wieder schimmerte durch eine Lücke das Wasser.

Einen Weg oder Pfad entdeckte ich nicht. So ging ich weiter über den Rasen, änderte ein wenig die Richtung nach rechts und hatte das Glück des Tüchtigen.

Es gab im Park eine Lichtung. Sie war eigentlich keine mehr, denn dort erkannte ich die Umrisse eines Hauses, das mir selbst in der Dunkelheit einen ziemlich verfallenen Eindruck machte.

Licht brannte nicht.

Das Haus stand dort wie ein gefährlicher Klotz, der durch das schief sitzende Dach zwar wankend wirkte, aber dennoch nicht umfiel und auch bereit war, weitere Stürme zu überleben.

Ich ließ mir Zeit, verschmolz mit dem Schatten eines Baumes und beobachtete nur.

Es tat sich nichts. Keine Spur wies darauf hin, dass jemand in dem Haus wohnte.

Vorsichtig setzte ich nach einer Weile meine Schritte. Selbst ein Lauscher in der Nähe hätte mich nicht gehört, denn der Rasen dämpfte fast bis zur Lautlosigkeit.

Sollten sich der Satan und seine Getreuen dort tatsächlich verkrochen haben, hatten sie ein ideales Versteck gefunden.

Noch wies nichts darauf hin.

Die große Tür war nicht verschlossen. Sie bestand aus schwarz gebeiztem Holz, war ziemlich dick, und ich musste kräftig dagegen drücken, um sie so weit aufzuschieben, dass ich hindurchschlüpfen konnte.

Eine andere Welt umfing mich.

Man konnte sie kaum beschreiben, aber sie kam mir muffig, alt und verbraucht vor.

Leider sah ich so gut wie nichts. Die Wände waren nur mehr als Umrisse zu sehen, Fenster schimmerten wie matte, rechteckige Augen. Ich zog witternd die Nase hoch, suchte nach Schwefelgeruch, doch nur die verbrauchte Luft wehte mir entgegen.

Kein Satansgestank.

Aber ich hörte die Stimmen. Sie kamen plötzlich, und sie drangen von allen Seiten auf mich ein.

»Willkommen …«

Es sprachen Männer und Frauen. Einzelne Stimmen konnte ich nicht unterscheiden, ich wusste auch nicht, ob sie zu Menschen oder Geistern gehörten, jedenfalls fühlte ich mich als ein Mittelpunkt, ging auch nicht weiter und ließ die Stimmen auf mich einwirken.

Nur das Wort *Willkommen* hatte ich verstanden. Was sie sonst noch sagten, registrierte ich zwar, aber ich vernahm keine Einzelheiten. Meine Blicke bohrten sich in das Dunkel. Irgendwo mussten Umrisse oder Schatten zu sehen sein, wenn ich es mit Menschen zu tun hatte. Es war nicht der Fall. Nur die tintige Dunkelheit umgab mich, in der sich alles verborgen halten konnte.

Gefährliche Dämonen, Geister, Höllendiener, die eine feinstoffliche Struktur angenommen hatten und für mich nicht sichtbar waren.

Sichtbar war dafür das Kreuz!

Ich hatte es hervorgeholt und hielt es in der Hand. Aus der Faust schaute es hervor, und ein seltsam fahles Leuchten umgab die geometrischen Umrisse.

Das Kreuz spürte die Gefahr, aber es tat nichts dagegen. Es warnte mich nur.

Die Stimmen wisperten weiter. Noch immer verstand ich nicht, was sie eigentlich wollten, und ich drehte mich im Kreis, ging dann zur Seite. Doch die Lautstärke blieb konstant.

Sie verfolgten mich unsichtbar.

Viel Platz hatte ich nicht. Wenigstens nahm ich es an, denn ich konnte kaum etwas erkennen, bis ich den roten Schein sah.

Sofort blieb ich stehen.

Vor mir sah ich das geheimnisvolle Glosen und Leuchten. Ein rötliches Licht, langgestreckt, in der Form an eine aufrecht stehende Birne erinnernd.

Aber es war nicht nur ein Schein, der mir da entgegenleuchtete. In seinem Innern erkannte ich eine Gestalt.

Sheila Conolly!

Sie stand, ich blieb stehen. Beide fixierten wir uns. Verändert hatte sich Sheila nicht, nur dass sie von diesem geheimnisvollen Leuchten umgeben wurde. Ihr Blick war starr. Um ihre Lippen lag ein feines Lächeln, das auch eine Lockung sein sollte, doch ich blieb auf dem Fleck stehen.

Die Stimmen hatten sich zurückgezogen. Sie waren nur noch als unheimliches fernes Flüstern und Raunen zu vernehmen, und meine etwas hallend klingende Stimme durchbrach das lastende Schweigen.

»Was tust du hier, Sheila?«

Sie kniff leicht die Augen zusammen, bevor sie die Lippen zu einer Antwort öffnete.

»Er hat mir Bescheid gegeben, und ich will zu ihm.«

»Meinst du deinen Vater?«

»So ist es.«

Ich schüttelte den Kopf. »Sheila, dein Vater ist tot. Das ist alles Lug und Trug. Der Teufel, der im Hintergrund sitzt, will nicht deinen Vater, sondern dich, denn ihn hat er schon.«

Sheila ging auf meine Bemerkung nicht ein, denn sie gab eine völlig andere Antwort. »Mein Vater will mir das Jenseits zeigen, und er hat es mir bereits geschildert.«

»Wann?«

»In meinen Träumen«, antwortete Sheila.

»Weshalb hast du darüber nicht mit mir gesprochen?«

»Du warst nicht da, John. Du hattest mit anderen Gegnern zu viel zu tun. Denk an Xorron, an Shimada …«

Da hatte sie Recht. Die letzte Woche war verflucht schlimm gewesen. Xorron gab es nicht mehr, aber keiner von uns wusste, wie es weitergehen würde, denn Shimada war aufgetaucht. Eine neue, unbekannte Größe im gewaltigen Spiel der Kräfte.

»Außerdem hat mir mein Vater untersagt, mit irgendjemandem über meine Träume zu reden. Und daran habe ich mich gehalten. Nur wenn ich ihm gehorche, kann ich das sehen, was für mich so wichtig ist. Welcher Mensch vor mir hat schon einen so langen intensiven Blick in das Jenseits werfen können? Selbst du nicht, John Sinclair, wo du in zahlreichen Dimensionen gefangen warst oder sie durchwandert hast. Mir öffnen sich Türen, die allen anderen Menschen verschlossen bleiben. Unsere Ahnherren und Verwandten haben es geschafft. Wir sind ausersehen, sie treffen zu dürfen.«

»Dabei spielt auch ein Mord keine Rolle, wie?«, hielt ich ihr entgegen.

»Ich habe nicht gemordet.«

»Aber ein anderer. Henry Torry!«

Sheila hob die Schultern. »Jeder tut nur das, was man von ihm verlangt.«

Ich stellte eine Suggestivfrage. »Du würdest es auch tun?«

»Natürlich.« Ohne zu zögern gab sie mir diese Antwort, und sie erschreckte mich. Hätte Sheila jetzt eine Waffe besessen und den Befehl erhalten, mich zu töten, bei Gott, sie hätte sicherlich abgedrückt.

Ich schüttelte mich. Von Jane Collins hätte ich so etwas erwarten können, aber von Sheila?

Schreckensvisionen standen plötzlich vor meinem geistigen Auge. Ich musste daran denken, dass ich Nadine Berger praktisch verloren hatte, danach war mir Jane Collins genommen worden, und jetzt stand Sheila Conolly praktisch mit beiden Füßen auf der Schwelle zum Dämonenreich.

Das durfte nicht passieren.

Ich atmete tief ein. »Komm zurück, Sheila!«, sagte ich mit rauer Stimme. »Dein Platz ist hier bei uns. Denk an Bill, an deinen Sohn. Dein Vater existiert nicht mehr. Er ist ein Trugbild, so wie auch die Ahnherren der anderen Trugbilder sind …«

»Du kannst sagen, was du willst, John. Ich habe mich bereits entschlossen, und dabei bleibt es.«

»Nein!«, erwiderte ich. »So einfach lasse ich dich nicht entkommen, Sheila. Du wirst nicht in Satans Hände geraten. Das schwöre ich dir. Ich hole dich raus. Und wenn es sein muss, mitten aus der Hölle. Das habe ich auch Bill versprochen …«

»Dann komm her.« Sie winkte mir sogar zu, und ihr Lächeln wirkte so rätselhaft, dass ich das Gefühl hatte, in ihre Falle zu laufen.

Trotzdem ging ich auf sie zu. Wenn ich etwas für Sheila tun wollte, durfte ich keine Angst zeigen und mich vor nichts fürchten. Auch nicht vor dem Teufel und der Hölle.

In direkter Linie lenkte ich meine Schritte auf Sheila Conolly zu. Aber sie spielte mir einen Streich. Immer dann, wenn ich vorging, ging sie zurück. So blieb die Entfernung gleich, und ich stoppte nach etwa fünf Yards. Meiner Ansicht nach hatte ich jetzt genau den Punkt erreicht, wo Sheila vorhin gestanden hatte. Erst jetzt erkannte ich die Öffnung. Tatsächlich, ich hielt mich auf der Schwelle eines Durchgangs oder einer nicht mehr vorhandenen Tür auf.

Der Weg führte in die Tiefe des Hauses.

»Komm zu mir«, hörte ich Sheilas lockende Stimme. »Dieses Haus gehört dem Teufel, wir sind seine Mieter und Gäste. Komm weiter, John, du sollst alle kennen lernen.«

Und ich folgte ihr.

Der rote Schein, der Sheila umhüllte, wies mir den genauen Weg. Ich wurde tiefer in das Gebäude gelockt, das einmal eine Bücherei gewesen war. Der Übergang gestaltete sich fließend. Ohne es eigentlich zu merken, gelangte ich in einen großen Raum, in dem wohl früher die zahlreichen Bücher gestanden hatten, denn an den Wänden befanden sich noch die hohen, bis zur Decke reichenden Regale.

Jetzt waren sie leer. Einige standen nicht mehr so, wie es eigentlich hätte sein sollen. Sie waren zusammengekracht und lagen als hölzerne Trümmer auf dem Boden.

Sie störten aber nicht, denn die größte Fläche des Raumes war frei. In die Mitte bewegte sich Sheila. Und während sie ging, veränderte sich der Schein. Er verblasste, wurde bleich und verschwand schließlich völlig.

Auch Sheila sah ich nicht mehr, denn die Dunkelheit hatte sie verschluckt. Ich kam mir vor wie der Mittelpunkt einer schweigenden Mauer. Nichts war zu sehen, nichts zu hören. Dennoch glaubte ich, vor mir, etwa in der Zimmermitte, Schatten zu sehen.

Ich sollte mich nicht getäuscht haben, denn im nächsten Augenblick wurde es heller.

Genau dort, wo ich die Gestalten vermutete, begann ein seltsam fahles Licht aus dem Boden zu kriechen.

Es war ein unheimlicher Vorgang, der eine Faszination ausübte, der auch ich mich nicht entziehen konnte.

Das Licht stieg aus der Tiefe. Es war nicht direkt hell und auch nicht dunkel, eine seltene Mischfarbe, wie ich sie kaum gesehen hatte. Kurz vor dem Losbrechen eines Gewitters kann man am Himmel solche Farben entdecken.

Intervallweise schälten sich die auf dem Boden hockenden Gestalten aus der Finsternis.

Natürlich befand sich auch Sheila unter ihnen. An der Hose erkannte ich Henry Torry. Neben ihm saß die zweite Frau, dann kamen zwei Männer, die ich bisher nicht gekannt hatte.

Langsam nur kroch das Licht weiter. Es ließ Hände sehen, die seltsam fahl wirkten und mich an geisterhafte Krallen erinnerten. Arme entdeckte ich ebenfalls, Oberkörper, Gesichter – und Waffen.

All dies geschah in einer unheimlich wirkenden Lautlosigkeit, und nicht einmal das Atmen war zu hören.

Die Gesichter interessierten mich im Augenblick nicht so sehr. Obgleich sie unterschiedlich waren, glichen sie sich dennoch, denn mir erschienen sie wie Masken.

Die Waffen waren interessanter.

Von der Henkersschlinge hatte ich bisher nur gehört, sie aber nie gesehen. Henry Torry hielt sie in der Hand, und die ovale Schlinge baumelte vor seinem Gesicht. Da es windstill war und er sich auch nicht bewegte, schien sie in der Luft festgefroren zu sein.

Sheila besaß keine Waffe, dafür die zweite Frau. Sie trug ein grünes Kostüm und hielt zwei lange Messer in ihren Händen. Solche Dinger hatte ich schon in Fleischereien gesehen, und ich musste unwillkürlich schlucken.

Blieben die beiden Männer. Einer von ihnen hielt einen Spaten mit kurzem Griff fest. Das Blatt des Werkzeugs glänzte, wenn sich auch an seinem Ende einige dunkle Flecken befanden.

Der zweite Mann war kein Europäer. Das konnte ich erst jetzt sehen. Ein Malaie oder Indonesier. Seine Fäuste umklammerten die beiden Holzgriffe einer Nunchaki. Man konnte sie als Würgekette bezeichnen, denn beide Holzgriffe waren durch diese Kette miteinander verbunden.

Fünf Gegner – vier davon bewaffnet.

Auch ich trug meine Beretta bei mir. Und natürlich auch das Kreuz sowie den Dolch, aber ich wollte auf keinen Fall den Anfang machen und auf die Menschen schießen. Zudem hoffte ich noch immer darauf, Sheila herausholen zu können.

In meinem Nacken hatte sich der Schweiß gesammelt und rann jetzt in einer kalten, langen Bahn den Rücken hinab. Diese Gestalten machten einen Furcht erregenden Eindruck, und wenn ich an die Kräfte dachte, die Henry Torry besaß, wurde mir schon anders, denn ich glaubte nicht, dass die anderen schwächer waren.

Der Teufel hatte bestimmt vorgesorgt.

Kaum hatte ich an meinen speziellen Freund Asmodis einen Gedanken verschwendet, als er sich schon meldete. Er zeigte sich nicht, dafür hörte ich seine Stimme, und auch sie drang, wie das Licht, tief aus der Erde.

»Es hat dich schon einmal jemand willkommen geheißen, John Sinclair. Jetzt wiederhole ich es.«

»Darauf kann ich verzichten«, erwiderte ich kalt.

»Bestimmt, aber ich wollte nur höflich sein, und ich möchte dir auch die restlichen drei Menschen vorstellen, die zu mir gekommen sind, weil sie Kontakt mit dem Jenseits wollen.«

»Weshalb sind sie dann bewaffnet, wenn du sie nur zu dir holen willst?«, fragte ich.

»Ganz einfach. Sie tragen die Waffen, mit denen ihre Vorfahren berühmt wurden. Bei dem lieben Henry Torry war es die Schlinge, nur die kleine Sheila hat keine. Ihr Vater tötete nicht, aber ich nahm sie gern in den Kreis mit auf, denn auch die Seele des alten Hopkins findet nicht die richtige Ruhe. Schließlich stand er auf einer Seite, die du ja ablehnst, Geisterjäger!«

Manchmal konnte sich der Satan richtig gewählt ausdrücken. Das spielte keine Rolle, ich wollte nur Sheila.

»Bevor ich mein Spiel beginne, Geisterjäger, noch schnell die Namen. Die Frau heißt Frederice Landon. Vor fast hundert Jahren machte ihr Onkel blutige Geschichte. Er tötete Menschen und …«

»Ich weiß, was er tat«, unterbrach ich den Satan.

»Du hast schwache Nerven, wie?«

»Rede weiter!« Die Spielregeln des Teufels waren mir bekannt. Er kam nie direkt zur Sache, weil er ungemein eitel war und immer glänzen wollte.

Die Frau war aufgestanden. Sie hatte ein sehr rundes Gesicht, in dem die dicken Wangen besonders auffielen. Das Haar war pechschwarz, lag eng am Kopf, und der Pony war so geschnitten, dass er wie rasiert aussah. Aus ihren dunklen Augen fixierte sie mich kalt und böse.

Als der Satan mit der Vorstellung fortfuhr, setzte sie sich wieder hin. »Der Nächste ist Earl Nickel. Sein Großvater hat sich als Totengräber einen Namen gemacht. Für die großen Organisationen begrub er auch mal Menschen, die noch lebten. Deshalb besitzt Earl den Spaten, das Markenzeichen seines Großvaters.«

Nickel stand auf. Er war größer als ich, dabei sehr knochig, und sein Gesichtsausdruck erinnerte mich an den eines Pferdes. Die wenigen Haare auf seinem Schädel waren zur Seite gekämmt worden und lagen direkt auf der blassen Haut. Er trug eine geflickte Jacke und dazu eine alte Hose. Seine Hände erinnerten mich an knorrige Zweige.

»Solltest du noch nicht gestorben sein, Sinclair, dafür aber wehrlos, wird mein Freund Nickel dich trotzdem begraben. Hier in der Nähe ist noch viel Platz.«

Sheila reagierte überhaupt nicht, obwohl sie diese Morddrohung gehört hatte. Teilnahmslos schaute sie mich an, und der Teufel stellte den Letzten vor.

»Steh auf, Luang!«

Der Angesprochene gehorchte. Dabei bewegte er auch seine Arme, und die einzelnen Glieder der Kette klirrten leise aneinander.

»Luangs Ahnherr war der Henker des Königs. In seinem Land holte man ihn, wenn es galt, Widersacher zu erledigen. Und der Ahnherr beherrschte die Nunchaki meisterhaft. Luang hat es von ihm geerbt, denn der Henker des Königs ist immer sein großes Vorbild gewesen. Ich habe auch mit seinem Geist gesprochen und auf ihn so eingewirkt, dass er mit Luang Kontakt aufnahm. All die hier Versammelten hingen sehr an ihren Vorfahren, John Sinclair, und sie werden alles tun, um ihnen nachzueifern. Durch den Kontakt mit ihnen sind sie in meinen Dunstkreis geraten, und wer sich einmal darin befindet, den lasse ich freiwillig nicht mehr heraus. Hast du sie nicht flüstern gehört, Sinclair? Es waren die Geister der längst Verstorbenen, denn sie halten sich immer in der Nähe ihrer Nachkömmlinge auf, um diese zu beschützen.«

Da hatte der Satan Recht. Wer sich einmal in seinem Dunstkreis befand, den ließ er so leicht nicht los. Und auch mich hatte er, denn ich konnte mir vorstellen, dass er dieses Haus zu einer teuflischen Rattenfalle umfunktioniert hatte.

Dies wurde mir auch sehr bald bestätigt. »Das Haus, Geisterjäger, in dem du dich befindest, gehört mir. Es strömt meinen Geist aus, meinen Atem, und ich werde dafür sorgen, dass derjenige, der es betritt und den ich nicht eingeladen habe, es nur als Toter verlässt. Hast du gehört, Sinclair? Nur als Toter. Die Briefe aus der Hölle haben ihren Zweck erfüllt. Ich habe neue Diener und werde meinen Erzfeind los!«

»Gut, Asmodis«, sprach ich mit lauter Stimme. »Ich werde nichts unternehmen, noch nichts. Aber du kannst mir auch einen Gefallen tun. Gib Sheila Conolly frei!«

Selten hatte ich den Teufel so lachen hören, denn ich erschrak und wollte mir schon die Ohren zuhalten. »Ich soll sie freigeben? Hast du nicht verstanden? Wer sich im Dunstkreis der Hölle befindet, den lasse ich nicht los. Egal, wer es ist. Ich habe einmal bei dir eine Ausnahme gemacht. Es geschah aus taktischen Gründen. Das wird nicht mehr geschehen. Sie gehört zu mir!«

Nur gut, dass Bill Conolly die Worte nicht gehört hatte. Er wäre womöglich durchgedreht. Er und vor allem Suko waren meine versteckten Trümpfe, die ich in den Händen hielt. Die beiden konnten mir die nötige Rückendeckung geben, wenn sie rechtzeitig genug eintrafen.

Kampflos würde der Satan Sheila Conolly nicht freigeben. Zudem wollte sie nicht. Sie war völlig durchgedreht. Die Stimme ihres Vaters hatte sie verrückt gemacht, sodass sie alles vergaß, auch ihre Familie.

Ich holte ein paarmal tief Luft. Der Teufel selbst hatte sich noch immer nicht gezeigt, aber er wohnte in diesem Haus. Die Innenwände strahlten seine Düsternis aus, sein Atem und sein Flair waren überall zu spüren, und auch das fahle Leuchten meines Kreuzes hatte noch nicht nachgelassen.

»Und noch etwas, John Sinclair!«, vernahm ich wieder Asmodis' Stimme. »Du hast deine Gegner kennen gelernt, denn ich stellte sie dir vor. Aber einen Feind, Sinclair, habe ich noch vergessen. Ich werde ihn dir jetzt nennen. Es ist das Haus. Diese alte Bücherei wird zu deinem schlimmsten Feind werden, denn ich habe sie erobert. Mein Geist lauert und lebt in diesen Mauern, sodass ich sie manipulieren kann. Wenn du nun gegen meine Freunde kämpfst, wirst du die tollsten Überraschungen erleben, das verspreche ich dir im Namen der Hölle.«

Fünf Gegner reichten also nicht. Ich hatte auch noch gegen das Haus zu kämpfen, und das konnte verdammt ins Auge gehen. Vielleicht war diese alte Bücherei sogar eine Todesfalle für mich.

Natürlich dachte ich daran, das Kreuz zu aktivieren. Ich hätte damit möglicherweise einiges zerstören können, vielleicht aber auch einiges zu viel.

Damit meinte ich Sheila.

Noch immer dachte ich nicht daran, sie dem Teufel zu überlassen. Ich suchte nach einer Chance, sie dem Höllenfürsten wieder zu entreißen. Asmodis selber griff mich nicht an, denn dann hätte er erst das Kreuz überwinden müssen, was ihm wohl kaum gelungen wäre.

Ich wartete darauf, dass er noch etwas sagte. Asmodis dachte nicht daran, er verhielt sich still, dafür geschah etwas anderes.

Das seltsam graue Licht verschwand.

Diesmal sofort und ohne Zögern.

Dunkelheit!

Ich fühlte wieder das Kribbeln auf meinem Rücken und merkte auch den Druck im Magen.

Die Gefahr war da, sie lauerte.

Und dann vernahm ich das Klirren der Kette …

Als Suko und Shao vor der Haustür standen und ihren Freund Bill Conolly ansahen, erschraken sie beide. Ohne sich abgesprochen zu haben, teilten sie die gleichen Gedanken.

Bill sah aus wie ein Toter.

Doch er war ein lebender Toter, so bleich, so blass, mit dunklen Ringen unter den Augen und einer geschwollenen Stirnseite.

Mehrmals schluckte er, knetete nervös die Hände und sagte schließlich mit würgender Stimme: »Kommt rein!«

Suko und Shao betraten das Haus. Es kam ihnen plötzlich so leer vor, die Atmosphäre stimmte nicht mehr, und Shao, die schwarzhaarige Chinesin, deutete auf die Tür des Kinderzimmers. »Was ist mit Johnny? Schläft er?«

Bill nickte.

Nadine kam aus dem Raum. Fast unhörbar schlich sie näher und begrüßte die beiden Ankömmlinge, indem sie ihren Körper gegen Shaos und Sukos Beine rieb.

Bill hatte die Tür hinter ihnen geschlossen. Er führte die beiden in Sheilas Arbeitszimmer, wo noch die Reste der blutigen Briefe lagen. »Hier ist es passiert«, sagte er.

Suko bückte sich und hob ein Papierfragment auf. »Es ist wirklich die Schrift deines Schwiegervaters?«

»Wenn ich es dir sage.«

»Gut, Bill. Du weißt Bescheid, wir wissen Bescheid.«

»Und John auch«, sagte der Reporter.

»Was?« Shao war so überrascht, dass ihr die Frage über die Lippen glitt.

»Ja, ich habe mit ihm gesprochen.« Bill hob die Schultern. »John arbeitet an demselben Fall, stellt euch das vor. Wenn das kein Zufall ist, dann …«

»Hat er schon etwas unternommen?«, wollte Suko wissen.

»Nein, er hat Sheila aber gesehen. Sie befindet sich an der Tate Gallery.«

»Dort müssen wir auch hin«, sagte Suko und schaute Bill an. »Wir nehmen meine Harley, damit sind wir schneller. Hast du noch einen Helm, Bill? Shaos wird dir kaum passen.«

»Ja, natürlich. Er liegt schon bereit. Ich dachte mir so etwas.«

»Gut, dann fahren wir jetzt.«

»Wir hätten uns da auch treffen können«, sagte der Reporter. »Ich habe nicht daran gedacht!«

Suko legte Bill eine Hand auf die Schulter. »Mach dir nichts draus, alter Junge. John ist da und wird die Sache schon schaukeln.«

Der Reporter schüttelte den Kopf. »Ich sehe das nicht so optimistisch, Suko.«

»Und weshalb nicht?«

»Du hättest Sheila sehen sollen. Sie hat sich völlig verändert. Sie ist eine andere geworden, denn der Satan hält sie in den Klauen. Du erkennst sie nicht wieder. So verändern kann sich normalerweise kein Mensch. Und ob sie noch einmal in diese Atmosphäre hier zurückkehren wird, ich kann daran kaum glauben.«

Während dieser Worte hatte sich Bill eine Jacke angezogen. Sie war gefüttert, denn der Fahrtwind würde schneidend werden.

Nadine, die Wölfin, zeigte sich unruhig. Sie konnte nicht in der Hocke bleiben und strich um die Beine der Freunde. Anscheinend witterte oder ahnte sie mehr, nur konnte sie sich nicht so artikulieren, dass sie von den Menschen verstanden wurde.

Es war alles furchtbar verfahren.

»Sogar ihr Kreuz hat sie abgenommen«, flüsterte Bill und zeigte es den beiden Freunden. Als er diese Worte sagte, röteten sich seine Augen, und auf seinem Gesicht lag eine Gänsehaut.

Suko griff zu und schloss Bills Finger, sodass die Hand eine Faust bilden konnte. »Behalte es«, sagte er. »Wir nehmen es mit und werden es ihr übergeben.«

Bill lachte bitter. »Ich weiß nicht, woher du diesen Optimismus nimmst, wirklich nicht.«

»Hat uns der nicht immer ausgezeichnet?«

»Schon, aber …«

»Keine Widerrede, alter Junge. Es geht los. Komm, jede Sekunde ist kostbar! Wir müssen John unterstützen. Und Sheila hauen wir ganz nebenbei noch heraus«, bemerkte Suko mit einem knappen Lächeln.

Shao stand da und sagte nichts. Auch nicht, als sich die beiden von ihr verabschiedeten.

Doch als die Tür hinter den Männern zugefallen war, senkte sie den Kopf und hauchte: »Sie schaffen es nicht. Sie sind zu schwach. Sheila ist eine andere geworden, ich fühle es …«

Dann ging sie ins Kinderzimmer, wo Johnny Conolly lag, der von alldem nichts ahnte …

Dieses Klirren der Kette war für mich so etwas wie ein Warnsignal. Deshalb zog ich mich sofort zurück, und ich hörte etwas durch die Luft pfeifen, als hätte jemand eine Säbelklinge geschlagen.

Er traf nicht, denn ich hatte mich geduckt und gleichzeitig meine Beretta gezogen.

Das Kreuz steckte in meiner Tasche. Da es leuchtete, hätte es meinen Standort zu leicht verraten können, und so einfach wollte ich es meinem Gegner auch nicht machen.

Ich blieb in meiner geduckten Haltung und lauerte darauf, dass die anderen etwas taten. Sie mussten ja aus der Reserve kommen, denn ich war schließlich der Gejagte.

Am meisten dachte ich darüber nach, was mir der Teufel

zum Schluss so höhnisch mitgeteilt hatte. Dieses Haus sollte oder konnte zu einer Todesfalle werden, und meiner Ansicht nach würde es sich auf irgendeine Art und Weise verändern.

Da musste ich erst einmal abwarten.

Mit der Hacke stieß ich gegen einen Widerstand. Ob es bereits eine Wand war, wusste ich nicht, spürte jedoch, wie sich der Widerstand löste, ohne dass ich etwas dagegen tat.

Für einen Moment rührte ich mich nicht und stellte fest, dass etwas an meiner rechten Wade hochstreifte. Der Gegenstand wurde in die Höhe geschoben.

Stand da schon jemand hinter mir?

Ich duckte mich und flirrte herum. Mit der Schädelkante stieß ich gegen etwas Hartes, griff mit der linken freien Hand zu und bekam meinen Gegner zu fassen.

Dieser Gegner war ein Brett!

Ich habe ja von den zusammengebrochenen Regalen erzählt, und das Brett schwebte, ohne dass es jemand anhob, langsam in die Höhe.

Die Magie des Hauses ermöglichte es.

Ich packte noch härter zu und hatte zu viel Kraft hineingelegt, denn ich taumelte zusammen mit dem Brett in der Hand rückwärts. Dann drehte ich mich und schleuderte es weg.

Es gab einen dumpfen Aufprall. Zusätzlich hörte ich noch das Klirren der Nunchaki.

Wahrscheinlich war Luang getroffen worden. Einen Laut der Überraschung oder des Schmerzes vernahm ich nicht. Der Malaie musste schon ein knochenharter Bursche sein.

Ich wechselte gedankenschnell meinen Standort, huschte zur Seite, tat den ersten, den zweiten, den dritten Schritt und steckte plötzlich mit den Füßen fest.

Morast, Sumpf! Oder gierige Monsterarme. Ich wusste es nicht. Auf jeden Fall wurde ich festgehalten und kam einfach nicht mehr weg.

Im ersten Augenblick überflutete mich die Panik. Der Boden hielt mich und wollte mich nicht mehr loslassen. Und da waren die fünf Feinde, die mir ans Leben wollten.

Eine verdammte Situation, in die ich da hineingerutscht war.

Es zog mich tiefer. Dieser seltsame Morast hielt meine Fußknöchel bereits umklammert. Ich ruderte mit den Armen, um mein Gleichgewicht zu halten. Wer mich jetzt sah, hätte über mich lachen können. Mir selbst war nicht danach zu Mute.

Der Teufel hatte dieses Haus als Falle bezeichnet.

Das war es auch.

Irgendwo erklang wieder das Klirren der Kette. Für mich war dieses Geräusch eine Angst Begleitmusik. Luang konnte sich auch unhörbar anschleichen und mich mit der Nunchaki erwürgen.

Er kam nicht, dafür eine andere.

Die Frau mit den Messern. Sie musste vor meinen Füßen gelauert oder sich unhörbar angeschlichen haben, denn plötzlich schnellte sie in die Höhe, und aus der Dunkelheit leuchtete mir ihr Gesicht entgegen.

Eine hässliche Fratze.

Die Wangen waren aufgeplustert, als hätte sie von innen Luft hineingeblasen. Die Augen glichen kleinen, dunklen Rädern. Ungewöhnlich fahl leuchtete die Gesichtshaut. Sie schimmerte in dem gleichen grauhellen Licht, das ich schon kannte.

Und sie hatte die Waffen!

Mit beiden Fäusten hielt sie die Griffe umklammert. Die Spitzen der mörderischen Instrumente wiesen genau auf mich. Sie sahen aus wie Bohrer und rahmten das Gesicht der Frau etwa in Wangenhöhe ein. Die Lippen zog Frederice Landon zu einem hässlichen Grinsen zurück, in ihren Augen flammte es für einen Moment auf, dann rammte sie den Kopf vor und gleichzeitig die Dolche.

Ob die Waffen mich getroffen hätten oder nicht, konnte ich nicht sagen. Ich wollte das Risiko auch nicht eingehen und schickte meine Faust mit der Beretta auf die Reise.

Es war ein wuchtiger Hammerschlag. Und meine Reichweite war größer. Ich traf die Mörderfrau, bevor sie mich mit dem Messer malträtieren konnte.

Sie kippte zurück. Ein seltsames Grunzen vernahm ich noch, dann entschwand sie aus meinem Blickfeld.

Ich aber wurde von dem verdammten Sumpf weiterhin festgehalten, bückte mich und half mir mit dem Kreuz. Dieser Morast war nicht normal, dagegen musste man etwas unternehmen können, und das Kreuz löste ihn tatsächlich auf.

Ich konnte mich wieder bewegen, nutzte dies auch sofort aus und huschte zur Seite.

Noch hatte ich keinen meiner Gegner erledigen können, aber sie hatten mich ebenfalls nicht gepackt.

Das war schon etwas.

Ich orientierte mich zurück. Von dort war ich gekommen, da musste auch der Ausgang liegen, falls es ihn noch gab, denn der Satan hielt nicht umsonst das Haus unter seiner Kontrolle. Er konnte es manipulieren.

Bewiesen hatte er dies schon.

Ich spitzte die Ohren. In der Dunkelheit war nichts zu sehen, deshalb musste ich mich auf mein Gehör verlassen. Mehrmals hatte ich das Klirren der Nunchaki-Kette gehört, nun war es verstummt. Ich wusste überhaupt nicht mehr, wo meine Gegner lauerten.

Welche Überraschung hielt der Satan wohl als nächste für mich bereit?

Sie kam schneller, als ich erwartet hatte, denn da waren plötzlich Stimmen, die mich umtanzten. Ich hatte sie bei meinem Eintritt schon gehört und wusste aus den Erklärungen des Teufels, dass dies die Geister der Verstorbenen waren.

Unter ihnen musste sich auch der Geist eines gewissen Sir Gerald Hopkins befinden.

Diesmal hörte ich sie nicht nur, ich sah sie auch.

In der Dunkelheit waren sie blasse Schatten. Schemen, die einen rasenden Wirbel verursachten und mich an Wattestreifen erinnerten, die auseinander gerissen worden waren und jetzt durch die Luft fegten.

Ein unheimliches Spiel, das sich meinen Augen bot. Ich wollte sie mit dem Kreuz attackieren, meine Hand schnellte schon vor, da waren sie wieder verschwunden.

Dafür tauchte ein anderer auf.

Der Mann mit dem Spaten.

Ich vernahm sein glucksendes Lachen, ahnte seine Gestalt

mehr, als ich sie sah, und entdeckte nur den Spaten, den er so hielt, dass die scharfe Kante genau auf mich zeigte.

Er würde zustoßen!

Und er tat es.

Es war eine blitzschnelle Bewegung, der ich eine ebenso schnelle Drehung entgegensetzte. Das Blatt erwischte mich nicht, dafür konnte ich den Mann packen.

Wieder schlug ich zu.

Ich wollte nicht schießen, denn diese Menschen – zu ihnen gehörte auch Sheila – waren keine Dämonen, sondern nur Beeinflusste, und bei ihnen reagierte ich anders als bei den Schwarzblütern.

Die Waffe erwischte ihn am Hals.

Ich hörte seinen leisen Schrei, sah ihn torkeln, drehte mich und schlug noch einmal zu.

Diesmal traf ich voll.

Der Totengräber, der mich sicherlich unterschätzt hatte, richtete sich noch einmal auf und sackte dann zusammen.

Noch vier.

Sheila zählte ich dabei mit, denn sie würde sicherlich nicht zögern, auch gegen mich einzusteigen.

Wenn nur die verdammte Dunkelheit nicht gewesen wäre. So musste ich mich vortasten, wenn ich mich bewegte. Ich streckte die Arme aus, um nicht so ohne weiteres gegen ein Hindernis zu laufen.

»Wir holen dich, John!«

Mich traf die Stimme wie ein Schlag, denn dieses Versprechen hatte mir Sheila gegeben, und das gefiel mir überhaupt nicht.

»Komm zurück, Sheila!«

Ich hatte die Worte kaum ausgesprochen, als ich zur Seite sprang, und das war gut so, denn plötzlich sirrte etwas über meinen Kopf hinweg und fuhr mit einem dumpfen Laut in ein anderes Ziel. Wahrscheinlich in eine der Wände.

Wenn es tatsächlich ein Messer gewesen war, das mich nur knapp verfehlt hatte, dann war es nicht weit geflogen, und deshalb wollte ich es mir schnappen. Eine weitere Waffe konnte niemals schaden.

Geduckt lief ich in die entsprechende Richtung. Ich hatte es nicht weit bis zur Wand, und die hatte sich nicht verändert, denn dort befand sich noch immer die Holzverkleidung der alten Bücherei.

Rasch tastete ich sie ab und fand in Kopfhöhe genau das, was ich gesucht hatte.

Das Messer.

Plötzlich war das Klirren ganz nah. So nahe schon, dass ich nicht mehr ganz ausweichen konnte. Ich wollte zwar zur Seite, aber das Klirren verstärkte sich.

Ein Beweis, dass es sich dicht an meinen Ohren befand. Und nicht nur das. Etwas Kaltes spürte ich für einen winzigen Moment am Hals, dann zog Luang, der Malaie, die Nunchaki zu.

Ich hörte ihn noch lachen und dachte daran, dass er mich erwürgen wollte …

Verständlicherweise konnte es Bill Conolly nicht schnell genug gehen. Er machte sich große Sorgen wegen Sheila, saß geduckt hinter Sukos Rücken und klammerte sich an dem Chinesen fest, als wäre er sein letzter Rettungsanker.

Sie jagten durch die Nacht.

Bill war zu leicht angezogen. Dennoch spürte er nicht den beißenden Wind, der die Kälte mitbrachte, die seine Haut malträtierte und die Augen tränen ließ, denn er hielt das Sichtvisier hochgeklappt.

Bill dachte nur an Sheila. Noch immer sah er sie vor sich, und er dachte daran, wie erschreckend sie sich verändert hatte. Sie war zwar äußerlich die gleiche geblieben, doch im Innern hatte sie sich auf die Seite des Teufels gestellt.

Und damit hätte Bill nie gerechnet.

Es war ein kühler Septemberabend. Der Sommer lag endgültig hinter ihnen, die große Hitze war vorbei, und die Menschen hatten keine Lust mehr, die Häuser und Wohnungen zu verlassen, sodass die Straßen ziemlich leer wirkten.

Was es zu überholen gab, daran rauschten sie vorbei.

Suko war ein exzellenter Fahrer. Die Straße, die Harley und er schienen eine Einheit zu bilden, und Bill kam überhaupt nicht in den Sinn, dass ihnen etwas passieren könnte.

Hinter ihnen zerflatterte die Abgasfahne. Suko nahm die Kurven scharf und fuhr zumeist über breite Straßen, denn dort konnte er Zeit aufholen.

Als sie die unmittelbare Nähe des Vincent Square erreicht hatten, atmete der Reporter zum ersten Mal auf. Von hier bis zum Ziel war es nur mehr ein Katzensprung.

Es dauerte nicht einmal zwei Minuten. Suko bewies noch einmal all seine Fahrkünste, als sie den wuchtigen klassizistischen Bau der Tate Gallery sahen.

Vor diesem Kulturtempel war alles ruhig. Es gab nichts, was auf eine Bücherei hingewiesen hätte, die würde höchstwahrscheinlich an der Rückseite liegen.

Schon bald erreichten sie den Parkplatz. Suko fuhr sehr langsam. Sie entdeckten zuerst den Bentley und sahen wenig später den Porsche der Conollys.

»Halt an!«, rief Bill.

Suko stoppte neben dem Sportwagen. Bill rutschte zuerst von der Harley, schaute zu, wie sein Freund die Maschine aufbockte, und blickte durch die Scheiben in den Porsche.

Der Wagen war leer.

Suko schlug dem Reporter auf die Schulter. »Komm, wir dürfen keine Zeit mehr verlieren.«

Bill war einverstanden. Sie ließen den Parkplatz schnell hinter sich und sahen den Park, der sich wie eine dunkle, geheimnisvolle Insel vor ihnen ausbreitete.

»Da müsste die Bücherei eigentlich liegen«, murmelte Suko. Er und Bill verschwanden zwischen den Bäumen. Sie gingen auf direktem Weg zum Fluss hinunter, blieben allerdings nicht zusammen, sondern bildeten eine Schere. So war die Wahrscheinlichkeit größer, das Haus schneller zu finden.

Suko hatte das Glück. Er entdeckte die Lichtung und sah die Umrisse des Gebäudes.

»Bill!« Der Ruf war nicht laut, aber er reichte völlig aus, und der Reporter war wenig später zur Stelle.

»Das ist es!«, hauchte er. Sein Gesicht verzerrte sich dabei. Er holte die Beretta hervor und stieß den Namen seiner Frau aus. »Sheila«, flüsterte er. »Ich hole dich hier raus, das verspreche ich dir.«

Suko wollte ihn noch warnen, doch der Reporter war so von seiner Mission überzeugt, dass er auf nichts mehr achtete und auch nicht an die Gefahren dachte, die eventuell auf ihn lauerten.

Die alte Tür war verschlossen. Das kümmerte Bill Conolly nicht. Er stürmte auf sie zu, packte die Klinke, erstarrte für einen Moment und begann im nächsten Augenblick fürchterlich zu schreien.

Bill Conolly war in eine magische Falle gelaufen!

Und ich steckte ebenfalls in der Falle!

Luang, der Mann mit der Nunchaki, wollte mich auf schreckliche Art und Weise umbringen. Die Kette spannte sich bereits um meinen Hals, und sicherlich hatte mein Gegner die Holzstäbe hinter meinem Rücken bereits über Kreuz gelegt.

Ich kriegte keine Luft mehr und wurde nach hinten gerissen.

Dabei trat ich zu.

Meine Hacke traf das Schienbein des Malaien. Ich hörte ihn aufstöhnen, für einen Moment lockerte sich die Klammer an meinem Hals, ich bekam etwas Luft und rammte die angewinkelten Arme zurück.

Gern hätte ich mir Treffer mit den Ellenbogen gewünscht, doch Luang war ungemein geschmeidig. Er hatte sich bereits zur Seite gedreht, sodass meine Arme ins Leere stießen.

Dafür riss er mich von den Beinen.

Ich prallte schwer zu Boden, hörte den dumpfen Schlag, und die Kette löste sich nicht von meinem Hals. Sie umklammerte ihn weiterhin mit ihren stählernen Gliedern.

Ich lag auf dem Rücken. Der andere wollte mich hochziehen und dabei töten.

Diese Tricks kannte ich, aber dagegen hatte ich einiges. Ich spannte meinen Körper, zog die Beine an, vollführte eine Rolle rückwärts und ließ meine langen Beine nach vorn schnellen.

Luang stand gebückt.

Diesmal musste er den Schlag nehmen. Ich hörte ihn stöhnen, riss meine Arme halb hoch, und es gelang mir, die Finger zwischen Kette und Hals zu schieben.

So brachte mich der plötzliche Ruck, mit dem Luang nach hinten geschleudert wurde, nicht um.

Der Hundesohn ließ aber nicht los. Ich wurde mitgeschleift. Meine Hände übten einen Gegendruck aus, und dabei rutschte ich über den Boden.

Jemand wankte heran. Es war der Kerl mit dem Spaten. Sein Gesicht leuchtete bleich, weil es wieder von diesem grauen Licht umflort wurde, und ich sah das Blitzen des Spatenblatts.

Nicht nur Luang wollte mich umbringen, auch Earl Nickel.

Und er war im Augenblick am gefährlichsten.

Eine Hand musste ich von der Kette nehmen, riss meine Pistole hervor, und bevor das Spatenblatt auf mich niederfahren konnte, hatte ich schon geschossen.

Die Silberkugel traf. Earl Nickel zuckte zusammen. Plötzlich schaute er mich ungläubig an.

Die Waffe in seiner Hand begann zu zittern, denn die Kraft rann aus seinen Armen. Wo ihn die Kugel erwischt hatte, konnte ich nicht erkennen, denn das graue Licht wurde wieder schwächer, und die Gestalt verschmolz mit der Dunkelheit.

Noch in der gleichen Sekunde vernahm ich einen schweren Fall. Nickel lag am Boden.

Luang aber wollte es wissen.

Er hätte es vielleicht schon kurz vorher schaffen können, doch mein Schuss hatte ihn zu sehr abgelenkt. Und dieses Zögern rettete mir vorläufig das Leben.

Ich warf mich zur Seite, zog Luang dabei mit und sah ihn stolpern. Er war nur ein Schatten, aber mein Karatehieb erwischte ihn.

Ich hatte sehr viel Kraft hinter diesen Schlag gelegt, und die Kräfte verließen den Mann. Er torkelte noch, dann fiel er zu Boden und blieb liegen.

Die Nunchaki hatte er nicht losgelassen. So rasch es ging, wickelte ich sie vom Hals und konnte endlich wieder einatmen.

Obwohl die Luft in diesem Haus nicht die beste war, erschien sie mir köstlich. Allerdings hatte ich Schwierigkeiten beim Atmen, zudem brannte die Haut an meinem Hals wie Feuer.

Ich keuchte, spie und ächzte. Auf die Beine stemmen konnte ich mich nicht, ich musste mich erst ausruhen und fühlte mich in diesen Augenblicken verdammt hilflos.

Unter mir zitterte der Boden. Ich hörte ein Knirschen und dachte wieder an die Worte des Teufels.

Er veränderte das Haus.

Als das Knirschen lauter wurde, reagierte ich. Trotz der Schmerzen drehte ich mich um, zog die Beine an und versuchte, aus der Gefahrenzone zu kriechen.

Das Knirschen begleitete mich. Längst war die Unterlage nicht mehr so fest, und ich ahnte, dass der Boden bald zusammenkrachen würde.

Der Teufel spielte alle Tricks aus.

Als ich mich auf die Knie stemmen wollte, da brach der Boden unter mir weg.

Ich fiel.

Ohne dass ich es wollte, löste sich aus meiner Kehle ein Schrei. Während des Falls streckte ich die Beine aus. Dies geschah mit einer Reflexbewegung, und es war gut, dass ich so reagiert hatte, denn ich kam mit beiden Füßen zuerst auf.

Ein harter Boden. Der Aufprall stauchte mich ein wenig zusammen, den Druck spürte ich im Kopf, doch ich hatte den Fall gut überstanden, hatte mir nichts verstaucht oder gar gebrochen.

Automatisch lief ich ein paar kleine Schritte weiter, schaute dann zurück und gleichzeitig nach oben.

Das Loch, durch das ich gefallen war, zeichnete sich an der Decke als blasse Öffnung ab. Sie hatte eingerissene und gezackte Ränder und war ziemlich groß.

Jetzt sah ich wieder das Licht. Nicht im Keller, sondern am Rand des Loches. Unhörbar kroch es näher, füllte die Öffnung aus, und im nächsten Augenblick starrten sie alle zu mir herab.

Bis auf einen.

Der Totengräber war wohl so angeschlagen, dass er sich nicht mehr bewegen konnte. Vielleicht hatte ich ihn auch tödlich erwischt, ich wusste es nicht, doch die vier übrigen reichten völlig aus.

Graue Gesichter. Kalte, tödliche Masken, wobei ich das Gesicht von Sheila mit hinzurechnete.

In ihrem Blick stand kein Funke Gefühl. Der Mund bildete einen Strich. Hart traten die Wangenknochen hervor. Da das Licht sehr scharf war, konnte ich alles genau erkennen.

Die Gestalten mussten auf dem Boden liegen oder knien. Ich entdeckte Henry Torry ebenfalls. Er hielt seine Schlinge in der Hand und ließ sie in die Öffnung hineinbaumeln.

Dann sah ich Frederice Landon. Ein Messer hatte ich ihr abnehmen können, doch sie winkte jetzt mit dem zweiten und grinste diabolisch dazu. Neben ihr hockte Luang.

Das erschreckte mich am meisten, denn ihn hatte ich ja mit einem harten Karateschlag erwischt. Dieser Treffer schien ihm nichts ausgemacht zu haben, denn er zeigte sich verdammt munter und hielt die Nunchaki in seinen Händen. Die einzelnen Glieder der Kette glänzten wie tödliche Ringe. Sie klirrten sogar. Die Melodie jagte mir einen Schauer über den Rücken.

Bisher hatten sie nichts gesagt, nun öffnete ausgerechnet Sheila den Mund, um mich anzugiften. »Jetzt haben wir dich, John. Der Teufel wartet – und wir auch!« Sie streckte ihre Arme aus und rieb sich die Hände. Ein widerliches Geräusch, wenn ich es in Zusammenhang mit dem Gesprochenen sah.

Ich hatte damit gerechnet, dass sie springen und mich gemeinsam angreifen würden, aber da täuschte ich mich, denn so leise, wie sie aufgetaucht waren, glitten sie auch wieder zurück.

Das Licht verschwand ebenfalls. Ich blieb in der Dunkelheit eines muffigen Kellers stehen.

Ein unbekanntes Gelände, durch das ich mich auch nicht weitertasten wollte, denn nun setzte ich meine kleine Leuchte ein. Der Strahl war dünn, viel konnte ich nicht erkennen, als ich mich drehte, aber ich sah, dass der Keller unter anderem als Lager für Bücher gedient hatte. An den Wänden waren noch die alten Bücher gestapelt, sie waren mit einer Folie verschweißt worden, damit sie nicht vergilbten.

Der Keller bestand aus mehreren Räumen. Ich entdeckte einige Durchbrüche, die in die anderen Räume oder Verliese führten, und ging auf den erstbesten zu. Natürlich wollte ich hier unten nicht mein ganzes Leben verbringen, sondern suchte nach einer Treppe, die mich wieder in das normale Haus brachte.

Unter meinen Sohlen knirschte der Dreck. Es war das Geräusch, das mich begleitete.

Der Teufel tat nie etwas, ohne sich dabei etwas zu denken. So hatte er mich auch in den Keller gelockt, um mir hier eine Falle zu stellen. Noch ließ er mich in Ruhe.

Aber er zeigte sich mir.

Ich sah sein Gesicht.

Nicht nur einmal, sondern gleich in vierfacher Ausfertigung. Er lauerte vor, hinter und seitlich von mir, und seine schreckliche Fratze malte sich deutlich an den Wänden ab.

Er trug eine rote Kappe auf seinem Schädel, die Hörner stachen krumm aus der Stirn hervor, der breite Mund war zu einem Grinsen verzogen, und in den Augen leuchtete kalt der Hass.

»Ich freue mich, dich zu sehen, Geisterjäger. Du hast den Weg in den Keller gefunden. Viel Spaß ...«

Mehr sagte er nicht, denn seine Gesichter verschwanden wieder. Ich hatte die kleine Leuchte nicht ausgeschaltet, deshalb konnte ich mich weiterhin im Keller umschauen.

Der Teufel hielt sich im Hintergrund, die anderen, seine Vasallen, würden versuchen, mich zu töten.

Einen sah ich.

Es war Henry Torry.

Wo er hergekommen war, wusste ich nicht. Jedenfalls stand er plötzlich vor mir, grinste breit und hatte sogar ein kleines Souvenir mitgebracht.

Es war die Schlinge.

Torry hielt die Hand ein wenig erhoben. Er bewegte sich, und die Schlinge führte pendelartige Schwingungen aus. Sie sollte mich locken und mir klarmachen, was bald geschehen würde.

Meine Kehle wurde trocken. Gegen Schlingen dieser Art hatte ich einiges, denn ich erinnerte mich an ein Abenteuer in New York, als Gatano, ein untoter Henker, es fast geschafft hätte, mich ebenfalls in einem alten Keller zu erwürgen.

Damals war ich nur haarscharf mit dem Leben davongekommen. Und Henry Torry hatte das gleiche vor.

Wenn ich nur gewusst hätte, wie er in den Keller gelangt war. Eine Treppe konnte ich nämlich nicht entdecken, auch nicht, als ich an ihm vorbeischaute.

Ein wenig schwerfällig schritt Henry Torry auf mich zu, und die Schlinge machte jede seiner Bewegungen mit. Von ihm wusste ich, dass er einen Mord auf dem Gewissen hatte, und dafür sollte er büßen, das nahm ich mir fest vor.

Ich richtete nicht nur den Strahl der kleinen Lampe auf ihn, sondern auch meine Beretta. »Bleib stehen!«, befahl ich.

Torry ging weiter.

»Bist du kugelsicher, Killer? Das glaube ich nicht …«

»Nein, er ist nicht kugelsicher!«

Verdammt, die Stimme kannte ich. Sie gehörte Sheila, und schon sah ich Bill Conollys Frau. Etwa in Höhe des Mörders Torry löste sie sich aus der Düsternis und bewegte sich lautlos auf den Mann zu, wobei sie sich schützend vor ihn stellte.

Ich ahnte, was mir bevorstand, und verzog das Gesicht.

»Wenn du ihn töten willst, John, musst du zuerst mich erledigen!«, machte mir Sheila klar.

»Geh zur Seite!«, verlangte ich.

»Nein!«

»Sheila, bitte!«

Sie schüttelte den Kopf. Dabei kamen sie und Torry immer näher. Die Distanz schmolz mir zu schnell zusammen, und ich musste mich innerhalb der nächsten Sekunden entscheiden.

Das tat ich auch.

Bisher hatte ich Sheila noch nie in meinem Leben angegriffen. Hier blieb mir nichts anderes übrig, denn sie selbst hatte mich in diese Zwangslage gebracht.

Sheila wollte zwar noch ausweichen, doch ich war einfach zu schnell. An der Schulter bekam ich sie zu fassen, wuchtete sie herum und schleuderte sie gegen die Wand.

Sheila schrie wie eine Sirene, und ich hörte auch ihre keuchenden Worte. »Häng ihn auf, Henry! Los, häng ihn auf!«

Es waren seelische Treffer. So etwas hätte ich ihr niemals zugetraut. Sie stiftete einen anderen zum Mord gegen einen Freund an. Wie tief musste sie im Bann des Teufels stecken.

Henry Torry schleuderte seine Schlinge. Er ließ sie dabei nicht los, aber er schien von seinem Ahnherrn eine gewisse Begabung geerbt zu haben, denn die Henkersschlinge näherte sich bedrohlich meinem Kopf.

Soeben noch riss ich meinen linken Arm hoch, traf die Schlinge und wuchtete sie zur Seite.

Dann traf ich Torry mit der Waffe!

Schon einmal hatte ich seine mörderische Kraft erlebt. Und jetzt wurde mir bewiesen, dass er auch einstecken konnte wie ein Herkules. Er schüttelte nicht einmal den Kopf, sondern ging weiter und drosch mit der Schlinge zu.

Sie klatschte gegen mein Gesicht.

Es war ein harter Hieb. Haut platzte auf und begann zu brennen. Blut rann aus den Wunden.

Ich riss die Arme hoch.

Beide Hände trafen. Ich hatte sie gekrümmt und erwischte Torry links und rechts am Hals.

Dabei glaubte ich, gegen Beton zu schlagen, denn er ließ sich nicht stoppen. »Der Teufel!«, knurrte er. »Er hat mir als Einzigem die neue Kraft gegeben, weil ich schon tötete. Und nun bist du der Nächste auf meiner Liste.«

Er wollte mich mit einer Hand umfassen, ich aber war zu schnell, denn ich sprang zurück, und mein Gegner griff ins Leere.

Stoppen konnte ich ihn nur mit dem Kreuz!

Das setzte ich ein!

Ich stürmte in seinen nächsten Angriff einfach hinein, hielt mein Kreuz vorgestreckt und sah plötzlich die Angst in den Augen meines Gegners. Da wusste ich, dass ich gewonnen hatte.

Meine Hand rammte gegen seine Brust.

Es war wie eine Explosion. Zuerst hörte ich ihn schreien, dann wurde er von einer unheimlichen Kraft gepackt und nach hinten gerissen. Der Sog ließ ihn nicht los. Die Kräfte in meinem Kreuz hatten ihn voll erwischt, und er hob sogar vom Boden ab.

Der Aufschlag.

Henry Torry prallte gegen eine Wand, die ebenfalls wie ein Trichter wirkte und ihn zu sich holte.

Er wurde hineingezerrt.

Das Kreuz aber hatte auf seiner Brust ein Zeichen hinterlassen. An der Stelle schimmerte es groß, schwarz und verbrannt. Aus der Wunde drang dunkler Qualm, der ebenso in der Wand blieb wie Torry.

Das hatte ich geschafft.

Ausruhen konnte ich mich nicht, ich kreiselte herum, um mich Sheila zuzuwenden.

Sie hatte dem Kampf zugesehen. Ich leuchtete sie an und sah sie starr auf dem Fleck stehen, wobei sie die Arme erhoben und die Hände gegen die Wangen gepresst hielt.

Ihre Blicke waren auf mich fixiert, und ich ging langsam auf sie zu.

»So, Sheila«, sagte ich. »Wir werden jetzt gemeinsam dieses Haus verlassen!«

Sie schüttelte den Kopf. Ihr blonden Haare peitschten um das Gesicht. Dann sagte sie etwas, das mich erschreckte.

»Nur über meine Leiche, Geisterjäger!«

Bill Conolly hing an der Tür fest und schrie. Die Falle war zugeschnappt, und der herbeieilende Suko sah das Zittern, das Bill Conolly schüttelte.

Bill hielt sich zwar fest, dennoch war die Kraft so stark, dass er von der Tür weggedrückt und wieder dagegen gewuchtet wurde. Die Schläge hallten Suko entgegen, und er rief mit lauter Stimme: »Halte dich, Bill, ich komme.«

Suko zog seine Dämonenpeitsche. Magie gegen Magie. Es war die einzige Chance, die ihm blieb.

Noch zwei gewaltige Sprünge, dann hatte er sein Ziel erreicht. Er schlug mit der Peitsche zu.

Die drei Riemen klatschten gegen die Tür.

Suko und Bill vernahmen nicht nur das Geräusch des Aufpralls, sondern auch ein seltsames helles Zischen, das ihnen entgegendrang. Und der Chinese hatte Erfolg.

Bill Conolly konnte seine Hand von der Klinke lösen, war aber zu schwach, um sich auf den Beinen zu halten. Schwer sackte er zusammen.

Suko stand keuchend neben ihm. Die Peitsche hielt er in der Hand. Auf seiner Stirn glänzte der Schweiß, und er atmete durch den offenen Mund.

»Okay?«, fragte er.

Bill stöhnte, stützte sich mit einem Arm auf und versuchte, auf die Beine zu gelangen.

Suko musste ihm helfen.

»Das war hart!«, flüsterte der Reporter. »Ich dachte, dass mir diese Tür den Arm abreißen würde.«

»Einen Vorteil hat es gehabt. Wir wissen jetzt, dass in der Bücherei einiges nicht mit rechten Dingen zugeht.«

»Und wo stecken John und Sheila?«

»Wahrscheinlich sind sie drin. Und wir werden jetzt auch hineingehen.« Suko sprach den Satz noch, als er bereits die Tür aufriss. Diesmal geschah nichts, alles war normal.

Im Haus war es nicht nur still, sondern auch stockfinster. Die beiden Freunde bohrten ihre Blicke in die Dunkelheit, doch sie konnten nichts sehen.

Bill hatte es eilig. Er dachte nur an Sheila und nicht an die Gefahren, die in dem Haus lauern konnten.

Davor warnte Suko. Er zog den Reporter zurück. »Nicht so hastig, Junge, das kann eine Falle sein.«

»Aber Sheila ...«

»Wir werden sie schon raushauen.« Suko musste den Freund

zügeln. Es reichte, dass Sheila bereits in eine Falle gelaufen war.

Das Haus schluckte sie.

Genau dieses Gefühl hatten die beiden, als sie sich in die Dunkelheit hineinschoben. Obwohl sie dicht beieinander blieben, konnten sie sich nicht sehen, sondern nur ahnen.

Dass der Teufel hier sein Domizil aufgeschlagen hatte, war in diesen Augenblicken für beide nicht spürbar. Sie sahen weder von Sheila eine Spur noch von ihren Gegnern.

Nur die Dunkelheit lag vor ihnen.

»Verdammt, wir brauchen Licht!« Suko hörte das scharfe Flüstern des Reporters.

»Nein!«

»Aber …«

»Denk an die Zielscheibe.« Suko machte sich Vorwürfe, den guten Bill überhaupt mitgenommen zu haben. Der Reporter dachte nicht mehr logisch und nüchtern. Für ihn gab es nur noch Sheila, seine Frau. Da vergaß er alles andere. Wenn sie tatsächlich Lampen einschalteten, konnten sie aus dem Dunkeln leicht erschossen werden, deshalb hatte Suko das Wort Zielscheibe erwähnt.

Sie tasteten sich weiter voran. Die Sinne des Chinesen waren besonders gespannt. Man konnte Suko als einen übersensiblen Menschen bezeichnen, der auf Gefahren immer sehr schnell reagierte und sie meist vor den anderen bemerkte. Auch hier lauschte er in die Dunkelheit und hatte das Gefühl, nicht mehr allein zu sein, sondern belauert zu werden. Irgendwo vor ihnen steckten die Gegner.

Sie gingen weiter. Nur sehr kleine Schritte brachten sie voran, und sie hielten selbst den Atem an, solange es möglich war, denn sie wollten sich nicht zu früh verraten.

Die Gegenseite ließ sie kommen.

Bisher war es still gewesen, plötzlich vernahmen sie ein Geräusch. Es waren Stimmen.

Ein Mann und eine Frau redeten, aber sie waren nicht in der Nähe, sondern weiter entfernt.

Suko hörte seinen Freund Bill scharf atmen. Dann seine erstickt klingende Stimme. »Das war doch Sheila …«

Auch Suko hatte die Stimme vernommen und Sheila ebenfalls erkannt. Die andere gehörte John.

Darauf achtete Bill nicht. Er dachte nur an seine Frau. »Sheila!« Er sprach schon lauter und brachte sich dabei in Gefahr. »Mein Gott, Sheila, ich komme!«

»Bill, bleib hier!«

Der Reporter war nicht mehr zu halten. Er stürmte vor, und Suko vernahm seine dumpfen Schritte.

Bis Bill einen Schrei ausstieß.

Keinen Laut des Schmerzes, sondern eher einen der Überraschung, und diesmal reagierte auch Suko. Er holte seine kleine Lampe hervor, schaltete sie ein und sah die Bescherung.

Keine Monster oder Teufelsdiener hatten den Reporter erwischt, sondern ein großes Loch im Boden. In das war er hineingetreten und hatte sich nicht mehr halten können.

Bill musste im Keller gelandet sein.

Suko wollte natürlich hinterher, dagegen aber hatten zwei Teufelsdiener etwas.

Es war Frederice Landon mit dem gefährlichen Messer, außerdem Luang mit seiner noch gefährlicheren Nunchaki.

Die beiden schirmten das Loch im Boden ab, und ihr Grinsen zeigte an, dass sie Suko längst auf ihre Todesliste gesetzt hatten …

»Nur über meine Leiche, Geisterjäger!« Das hatte mir Sheila entgegengerufen, und sie sah so aus, als würde sie ihre Worte auch in die Tat umsetzen.

Ich wollte mich damit nicht abfinden und schüttelte den Kopf. »Nein, Sheila, du gehörst nicht zum Teufel. Ich werde dich aus diesem Keller schleifen, und wenn es sein muss, an den Haaren. Aber hier bleibst du mir nicht!«

Sie lachte hart. »Komm doch her, verdammter Geisterjäger. Komm ruhig näher. Mein Vater wird mich schon beschützen. Er hat es mir gesagt. Sein Gesicht sorgt dafür, dass mir nichts passieren kann.«

»Es ist eine Falle, Sheila«, sagte ich mit eindringlicher Stimme.

»Man will dich da hineinlocken. Nicht dein Vater will dich, sondern der Teufel. Und er hat dich schon. Sieh das ein, Sheila!«

Sie sagte etwas, das mich erschreckte. »Der Teufel steht meinem Vater zur Seite. Da ich eine gehorsame Tochter bin, gehorche ich auch dem Satan! Daran kannst du nichts ändern.«

»Und du hast alles vergessen?«

»Was denn schon?« Sie lachte mir bei dieser Frage zusätzlich noch ins Gesicht.

»Deine Familie. Du hast einen Mann und einen Sohn, Sheila!«

»Sicher, aber was solls? Ich habe eine andere Aufgabe gefunden, die mich sehr reizt. Und jetzt lass mich in Ruhe, Geisterjäger. Ich will dich nicht mehr sehen!«

Das konnte ich mir vorstellen. Wer so redete wie Sheila, durfte nicht anders handeln. Doch ich hatte etwas dagegen. Manche Menschen muss man eben zu ihrem Glück zwingen.

Dazu gehörte Sheila.

Ich besaß eine Waffe, die das Problem vielleicht aus der Welt schaffen konnte.

Es war das Kreuz!

In der rechten Hand hielt ich es und streckte meinen Arm vor. »Sollte der Teufel in dir stecken«, sagte ich leise, »dann wird mein Kreuz ihn dir austreiben, das verspreche ich dir!«

Sheilas Gesicht verzerrte sich. Sie wollte weiter zurück, aber da war die Wand, die sie stoppte. Deshalb duckte sie sich zusammen, streckte ihre Arme vor und spreizte abwehrend die Hände.

»Nein, nein! Bleib mir vom Leib, verdammt!« Noch nie hatte ich sie so reden gehört.

Ich durfte keine Rücksicht nehmen.

Sheila drückte sich nach rechts, da sie zurück nicht mehr konnte. Sie schabte an der Wand entlang, aber ich egalisierte ihre Bewegungen durch meine eigenen Schritte und hatte sie wieder vor mir.

Da geschah etwas, womit keiner von uns gerechnet hatte.

In meinem Rücken hörte ich ein Geräusch. Es war ein hartes Klatschen, ein Aufprall, und ich erinnerte mich daran, dass ich den gleichen Laut verursacht hatte, als ich durch das Loch im Boden gefallen war.

Jemand war hinter mir!

Ich flirrte herum.

Es war düster, und aus der Finsternis schwang mir nur ein Stöhnen entgegen.

Der Lampenstrahl war zwar fingerdünn, dennoch reichte seine Kraft aus, um die Person zu fassen, die geduckt auf dem Kellerboden saß, jetzt zur Seite kippte, ein Bein angewinkelt hatte und sich den Knöchel rieb, wobei das Gesicht schmerzverzogen war.

Bill Conolly!

Die Frau hatte das Messer, der Malaie die Nunchaki!

Für Suko gab es keine Frage, dass die beiden ihn keinen Schritt nach vorn kommen lassen wollten. Sie würden mit allen Mitteln versuchen, ihn zu stoppen.

Die kleine Lampe konnte er ausschalten, denn ein anderes Licht erhellte einen Teil des Raumes. Es drang aus dem Boden und verließ auch die Körper der beiden Satansdiener, wobei sie für Suko aussahen, als würden sie in einer Wolke schweben.

Luang hielt die beiden Stöcke fest. Als er die Hände bewegte, klirrten die Kettenglieder. Eine Musik, die Suko nicht mochte, denn sie konnte für ihn zu einer Todesmelodie werden.

Aus dem Mund des Mannes drang ein Zischen, als stünde eine gefährliche Schlange dicht vor dem Angriff.

Und so kam Suko der Mann auch vor. Er war zwar klein, aber durchtrainiert und geschmeidig.

Von Suko aus gesehen, standen sie vor dem Loch und brauchten es nicht erst zu überspringen, wenn sie den Chinesen angreifen wollten. Es war völlig natürlich, dass sich Suko auf den Mann konzentrierte, und damit hatten die beiden gerechnet und sich deshalb einen Trick ausgedacht.

Frederice griff an.

Sie kam mit ihrem Messer, das eher einem Schraubenzieher glich, und wollte die Spitze in Sukos Brust bohren.

Der Chinese schlug zu.

Sogar Luang erschrak, als er erkannte, mit welch blitzschnellen Reflexen der Inspektor ausgestattet war. Sein linker Haken erwischte die springende Frau in der Luft.

Es klatschte. Die Landon schlug fast einen Salto und verschwand. Sie krachte dumpf zu Boden. Danach war von ihr nichts mehr zu hören.

Luang glitt zur Seite. Seine Augen funkelten tückisch. Das graue Licht hüllte ihn konturenklar ein, und Suko hatte keine Lust, sich auf einen langen Kampf einzulassen. Er wechselte die Dämonenpeitsche in die linke Hand, um an die Beretta zu gelangen.

Der Malaie ließ ihn die Waffe ziehen. Dann reagierte er. Diesmal wurde Suko überrascht. Luang benutzte seine Nunchaki als Schlagwaffe. Er löste eine Hand von dem Griff und schleuderte die Nunchaki dann vor, wobei der losgelassene Holzstab immer länger zu werden schien und Kurs auf Sukos Hand nahm.

Der Chinese konnte seinen Arm nicht mehr rechtzeitig zur Seite nehmen. Zwar wurden die Finger kaum getroffen, dafür die Beretta, die sich plötzlich selbstständig machte und Sukos Fingern entglitt. Sie blieb dicht neben der Öffnung liegen, und Suko konnte sich nicht mehr um die Waffe kümmern, denn nun griff Luang an.

Er war ein Teufel, und ein meisterhafter Beherrscher seiner Nunchaki. Längst hatte er seine Waffe wieder normal in die Hände genommen, damit er die Kette um Sukos Körper oder Hals schlingen konnte.

Der Chinese sah das Blitzen der Kettenglieder, sprang zurück und wurde nur gestreift.

Luang war wie ein Panter. Wieder schlug er mit seiner Nunchaki. Der Knüppel traf Suko an der Schulter, und der Inspektor ging für einen Moment in die Knie.

Sein Gegner stürzte auf ihn zu. Die Kette wirbelte und klirrte, prallte gegen Sukos Stirn und schleuderte den Chinesen auf den Rücken. Doch Suko verwandelte diesen Sturz in eine Rolle rückwärts und stand sofort wieder auf den Füßen.

Seine Peitsche hatte er nicht verloren. Diese Waffe beherrschte er ebenso gut wie sein Gegner die Nunchaki.

Dicht über den Boden führte Suko den Schlag, und die drei Riemen erwischten Luang in Kniehöhe. Sie wickelten sich um seine Beine, und er kam nicht mehr zum nächsten Treffer. Er wurde durch einen heftigen Ruck zu Boden gerissen.

Diesmal lag er.

Aber er war nicht ausgeschaltet. Trotz der gefesselten Beine schwang er seinen Oberkörper hoch, hielt wieder beide Griffe der Waffe fest, und zwischen ihnen war die Kette straff gespannt.

Er wollte sie Suko gegen den Hals drücken.

Da erwischte Luang der Tritt! Der Chinese hatte sein Knie hochgerissen …

Luang erreichte die Kehle des Inspektors nicht mehr, sondern kippte wieder nach hinten. Federnd kam er auf. Ein anderer hätte sich vielleicht die Knochen gebrochen, aber bei diesem Kämpfer schienen sie aus Gummi zu sein. Noch immer war es ihm nicht gelungen, die drei Peitschenriemen von seinen Beinen zu lösen. Suko dachte auch nicht daran und ließ, als sein Gegner in die Höhe schnellte, die Handkante nach unten sausen.

Ein Treffer.

Luang schien noch in der Luft zu erstarren. Die Kraft verließ ihn, und als er aufschlug, war er längst bewusstlos.

Suko atmete auf. Das war geschafft. Er gab ehrlich zu, dass ihm dieser Gegner verdammt große Schwierigkeiten bereitet hatte, und wenn er über sein Gesicht strich, fühlte er das Blut, das aus den Wunden rann, die die Nunchaki hinterlassen hatte.

Der Inspektor hob seine Beretta auf. Ihm fiel ein, dass er nicht allein gewesen und Bill in das Loch gestürzt war.

Sehen konnte er kaum noch etwas. Doch in der Tiefe bewegte sich ein heller Streifen, und Suko vernahm plötzlich den gellenden Schrei seines Freundes Bill Conolly.

Er rief verzweifelt den Namen seiner Frau!

Der Reporter wollte sich in die Höhe stemmen, doch er schaffte es nicht. Mit einem Wehlaut auf den Lippen knickte er zusammen, und sein Gesicht verzerrte sich.

Ob er Sheila entdeckt hatte oder nicht, das wusste ich nicht. Jedenfalls reagierte er nicht auf ihre Anwesenheit.

Dafür sie. Bevor ich es verhindern konnte, hatte sie sich von der Wand abgestoßen und war an mir vorbeigerannt. Ich sah ihre Gestalt im Schein der Lampe, und erst jetzt bemerkte Bill Conolly, wer da auf ihn zulief.

»Sheilaaaa!«

Noch nie in meinem Leben hatte ich den Freund so schreien hören. Seine Stimme überschlug sich, er brüllte voller Verzweiflung den Namen seiner Frau und versuchte trotz des gestauchten Knöchels in die Höhe zu kommen, wobei er Sheila die Arme entgegenstreckte.

Im nächsten Moment geschah etwas, das mir durch und durch ging und mich innerlich schrecklich aufwühlte.

Aber noch härter musste es Bill treffen, denn er glaubte daran, dass Sheila zu ihm zurückkehren würde. Es sah auch danach aus, denn sie lief auf den knienden Bill zu und hob im Lauf plötzlich ihren rechten Fuß, wobei sie in dem Moment zutrat, als sie sicher war, Bill auch zu erwischen.

Ich konnte es kaum fassen. Sheila hatte ihren Fuß gegen Bills Kinn gerammt. Ihr Mann flog zurück, er riss die Arme hoch, ein Schrei löste sich aus seiner Kehle, dann fiel er nach hinten, und Sheila setzte mit einem Satz über ihn hinweg, als wäre er nicht ihr Mann, sondern ein völlig Fremder.

Auch ich konnte es nicht fassen und stand da wie vom Donner gerührt, während Sheila tiefer in den Gang hineintauchte, bis sie meine hallende Stimme einholte.

»Sheila, bleib stehen!«

Sie stoppte tatsächlich, drehte sich um, und ich sah um ihren Körper einen rötlichen Schein, der auch einen Stich ins Grünliche hatte. Da war mir klar, dass Asmodis inzwischen eingegriffen hatte.

Zwischen ihr und mir lag noch Bill. Er hatte seine Hände gegen die untere Gesichtshälfte gepresst und schaute über seine Finger hinweg. Dabei drehte er mir den Rücken zu und blickte Sheila an.

Eine Hand löste er vom Gesicht, und es wurde eine schrecklich hilflose Geste, mit der er seinen Arm ausstreckte, als wollte er dadurch seine Frau zurückhalten.

»Sheila!« Dumpf und stöhnend stieß er den Namen aus, aber sie hörte oder wollte ihn nicht hören, denn auch hinter ihr war wie ein alles verzehrender Schatten jemand erschienen.

Der Teufel!

Wieder zeigte er sich in seiner hässlichen Gestalt und mit der knallroten Kappe auf dem Schädel. Der Rauch der Hölle umwallte ihn wie ein Vorhang, und nur sein Gesicht kristallisierte sich klar und deutlich hervor.

»Komm!«

Ein Wort stieß er aus. Es war an Sheila gerichtet, die es hörte, sich drehte und …

Würde sie ihm folgen?

Ja, sie ging! Es war unglaublich, aber sie gehorchte dem Satan und brach damit die Brücken zu uns hinter sich ab.

Bill konnte es nicht fassen. Sein gellendes »Nein!« hallte durch den düsteren Keller. Er hielt die Hand noch immer ausgestreckt, aber Sheila näherte sich immer mehr dem Herrscher der Hölle.

Die Flammen der Wut und der Enttäuschung schlugen über mir zusammen. Ich konnte einfach nicht mehr klar denken, und was ich anschließend tat, glich einem Verzweiflungsakt.

Ich schleuderte meine stärkste Waffe hinter Sheila her. In diesem Augenblick war es mir egal, ob ich das Kreuz verlor, ich wollte nur Sheila retten.

Sie sollte nicht auch noch so enden wie Jane und Nadine.

Doch jemand machte mir einen Strich durch die Rechnung.

Suko!

Als ich das Kreuz schleuderte, da ließ er sich fallen. Er wollte in den Keller.

Suko stöhnte auf, so heftig war das Silberkreuz gegen seinen Körper geprallt.

Sheila konnte gehen, während das Kruzifix zu Boden prallte und dicht neben Bill Conolly liegen blieb.

Ich hätte im Boden versinken können. So aber stand ich nur da und starrte Sheila nach, die den Teufel bereits erreicht hatte. Der Satan streckte seine Klaue aus, und Sheila griff zu.

Kontakt!

Für einen Moment flimmerten die Umrisse ihrer schmalen Gestalt. Dann hatte sie die Wand verschluckt, und sie verschwand zusammen mit Asmodis in einem Reich, zu dem wir keinen Zutritt hatten.

Als Letztes hörten wir das schaurige Lachen des Höllenfürsten. Er hatte gewonnen …

Wir saßen im Keller und sprachen kein Wort. Niemand machte dem anderen einen Vorwurf, wobei ich wusste, dass Suko sich ärgerte wie selten in seinem Leben.

Ich hockte neben Bill und schaute meinen Freund an, der apathisch ins Leere starrte. Hin und wieder zuckte sein Gesicht. Die Wangen waren nass, und er musste öfter schlucken als gewöhnlich.

»Sheila!« Manchmal flüsterte er den Namen. Ein Hauch nur, kaum zu verstehen.

Ich wusste nicht einmal, wie viel Zeit vergangen war, doch irgendwann stand Suko auf. Er blieb vor mir stehen und schaute mich an. »Ich weiß, John, dass ich es verbockt habe. Wenn ich nicht gesprungen wäre, hätte das Kreuz Sheila erreicht, aber …«

»Hör auf!«, fuhr ich ihn an. »Du brauchst dir keine Vorwürfe zu machen, verdammt!«

»Doch John, die mache ich mir. Ich schwöre dir, ich werde Sheila zurückholen. Und wenn ich dazu selbst in die Hölle gehen muss!« Es waren harte Worte.

Ich hörte seine Schritte verhallen …

Bill und ich blieben zurück. Ich konnte meinen alten Freund in diesen Minuten nicht allein lassen. Er hockte auf dem Boden und starrte die Wand an, in der Sheila verschwunden war.

»John?«, fragte er. »Ist sie wirklich weg?«

»Ja.«

»Erst Nadine, dann Jane Collins, nun sie. Alles geht kaputt, John. Wir kommen nicht dagegen an, ich spüre es.« Seine Stimme erstarb.

Ich wollte ihm etwas antworten, doch er hatte im Prinzip Recht. Denn es hatte Augenblicke gegeben, in denen ich ebenso gefühlt hatte.

»Wir müssen hoch, Bill«, sagte ich. »Komm!«

Mein Freund ließ sich von mir aufhelfen. Wir gingen den gleichen Weg, den auch Suko genommen hatte. Keiner von uns warf noch einen Blick zurück. Auch eine Treppe fanden wir und gelangten ins Freie.

Dort wartete Suko.

Earl Nickel hatte meine Kugel überlebt. Er lag am Boden, versehen mit einem Notverband. Die anderen standen neben dem Chinesen und hielten die Blicke gesenkt.

Einen Mord hatten sie noch nicht begangen, aber der Satan hatte dennoch sein Ziel erreicht.

Sheila war bei ihm!

Frederice Landon und Luang brauchte er nicht mehr. Earl Nickel ebenfalls nicht.

Uns aber standen schwere Zeiten bevor …

Wenn Satan sich die Hände reibt

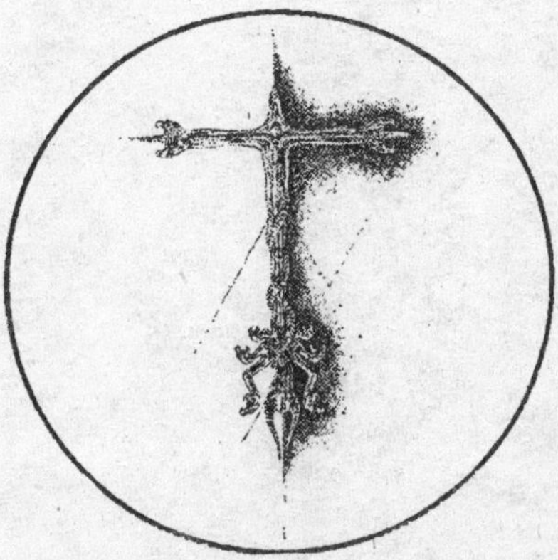

Welcher Mensch hatte den Satan je zufrieden lächeln sehen? Kaum jemand, aber Sheila Conolly wurde diese Ehre zuteil. Und für sie war es eine Ehre, sie gehörte seit kurzer Zeit zu den Dienern des Teufels.

Sogar freiwillig.

Der Teufel hatte ein gewaltiges Spiel eingeleitet, um Sheila Conolly in seine Klauen zu bekommen. Und er war nicht direkt an sie herangegangen, sondern über einen Vermittler.

Über Sheilas Vater.

Der Geist des verstorbenen Sir Gerald Hopkins hatte sich mit Sheila in Verbindung gesetzt und sie so beeinflusst, dass sie sogar ihre Familie vergaß und nur noch dem Teufel diente. Als er rief, gehorchte sie und folgte ihm.

Und der Teufel triumphierte. Schließlich gehörte Sheila Conolly zum engeren Kreis um John Sinclair. An ihn selbst kam der Teufel nicht so ohne weiteres heran, denn Sinclair besaß etwas, das wie ein Schutzschild wirkte. Sein Kreuz!

Er hütete es wie einen Augapfel, und es war sehr schwer, das Kreuz zu stehlen.

Selbst normale Killer der Mafia, die eigentlich für jeden Job gut waren, schreckten bei Sinclair zurück, denn er war Polizeibeamter, und da wurden gewisse Killer vorsichtig. Zudem zeigte sich die Position eines Logan Costello auch nicht mehr so gefestigt. Der Mafiaboss hatte in der letzten Zeit viele Federn lassen müssen.

Satan aber stand groß da. Er hatte seinen großen Auftritt gehabt, war wie Phönix aus der Asche gestiegen und konnte sich in aller Ruhe die Hände reiben.

Solange sich andere gegenseitig umbrachten – er dachte an Xorron, Pandora oder Shimada, nicht zuletzt auch an die Großen Alten –, wollte er im Hintergrund bleiben und abwarten. Diesmal aber hatte er nicht gewartet, sondern zugeschlagen.

Und Sheila war voll in die Falle gelaufen.

Sie stand neben ihm. Beide befanden sich in einer Welt, die mit physikalischen Gesetzen nicht zu erklären war, sie schwebten gewissermaßen über den Dingen, und der Teufel war stolz darauf, diese Frau neben sich zu haben.

»Was willst du sehen, Sheila Conolly?«, fragte er.
»Dein Reich!«
»Was meinst du damit?«
»Die Hölle!«
Da begann der Satan zu lachen. Er tat es laut und donnernd. Aus seinem hässlichen Maul quollen dabei grüne Schwefelwolken, die träge und ätzend stinkend verwehten.
»Weshalb lachst du?«, fragte Sheila.
»Weil du immer noch den Begriff Hölle verwendest.
»Stimmt etwas nicht damit?«
»Schon, aber die Hölle sieht anders aus, als du sie dir immer vorgestellt hast, Sheila.«
»Dann zeig sie mir.«
Der Satan schaute seine neue Verbündete an. In seinem dunklen Gesicht zuckte es. Er lachte wieder. »Gut, ich werde dir die Hölle zeigen und freue mich jetzt schon auf deine Überraschung.«
»Ja, bitte.«
Sheila wusste nicht, wo sie sich befanden. Sie hatten einen Dimensionswechsel hinter sich, und dieser Übergang hatte sich fließend gestaltet. Obwohl sie nichts sah, spürte sie Widerstand unter ihren Füßen. Es war zwar dunkel, sie konnte dennoch sehen. Sie hörte, sie roch, sie tastete, es war alles wie auf der Erde, dennoch hatten sie diese längst verlassen.
»Die Hölle willst du sehen«, sagte der Teufel und nickte. »Ich zeige sie dir, schau nach vorn.«
Und Sheila hob den Kopf. Was sie in den nächsten Augenblicken zu sehen bekam, konnte sie nicht fassen. Es war unglaublich, aber es stimmte. Wie auf einer unendlich erscheinenden Filmleinwand breitete sich vor ihnen etwas aus.
Ozeane und Kontinente, gewaltige Länder und Meere, Städte und Wüsten, Wälder und Ebenen, Straßen, Flugzeuge, Autos, riesige Häuser und kleine Hütten …
Dieses Panorama lief vor ihren Augen ab, und sie sah die Menschen darin. Zerstörungen, Kriege, Grauen und Schrecken, aber auch Frieden und Lachen.
»Das ist die Hölle?«, fragte Sheila.

»Genau.«

»Aber ich begreife nicht ...« Sie schüttelte den Kopf. »Wie kann das die Hölle sein?«

»Wieso nicht?«

»Es ist das, was ich kenne. Was du mir gezeigt hast, ist unsere, ist meine Erde.«

»Du hast es erfasst, Sheila Conolly. Du konntest einen Blick auf die Erde werfen und gleichzeitig in die Hölle. Denn Erde und Hölle sind das gleiche.«

Ein Satz, den Sheila zwar verstand, aber nicht begriff. Sie dachte darüber nach, doch der Teufel wollte ihr keine Zeit geben, er setzte vorher zu einer Erklärung an.

»Die Erde ist die Hölle. Auf diesem blauen Planeten wohnen Menschen, und die Menschen sind schlecht. Habgier, das Streben nach Macht und Reichtum kann sie zu kleinen Bestien machen, denn kein Lebewesen ist schlimmer als der Mensch. Das weiß ich auch, deshalb helfe ich hin und wieder nach. Mein Einfluss ist vorhanden, niemand sieht ihn, man merkt ihn nur. Die Erde ist für mich die Hölle!«

»Ich begreife es trotzdem nicht. Es gab eine Zeit, da wurde uns die Hölle anders dargestellt.«

»Und wie?«

»Feuer, Qualen, ewiges Dahinsiechen, Schmerzen und Grauen. Der endlose Schrecken ...«

»Auch das gibt es«, gab der Teufel zu. »Es gehört zur Erde. Die Menschen sind es gewohnt, in drei Dimensionen zu denken, ich aber denke in vielen. Und jede Dimension kann auch eine Welt für sich sein. Gib genau Acht, Sheila.«

Der Satan trat einen Schritt vor und breitete die Arme aus. In diesem Moment kam er Sheila vor wie ein großer Zauberer, denn der Mantel, den er trug, flatterte in die Höhe, obwohl er von keinem Windstoß erfasst worden war.

Und die Szene änderte sich.

Sheila hörte die Schreie.

Von einem Moment zum anderen gellten sie auf, und als sie sich umschaute, sah sie sich innerhalb einer völlig anderen Welt und anderen Dimensionen. Um sie herum loderten

Flammen, deren Höhe sie nicht einmal schätzen konnte. Es war ein Inferno.

Brausen, Fauchen und Tosen.

Sheila verspürte Angst. Etwas umkrampfte ihr Herz, sie wollte nach dem Satan schauen, aber der war von ihrer Seite verschwunden. Sheila stand allein inmitten der Flammen.

Dennoch sah sie ihn.

Sein Gesicht schimmerte plötzlich durch das Feuer. Eine dreieckige Fratze, widerlich anzusehen und von den lodernden Flammen umtanzt. »Hier bin ich, Sheila Conolly!«, brüllte er gegen das Tosen des Feuers an. »Hast du jetzt die Hölle, die du wolltest?«

»Ja. Aber ich …«

»Sheila. Wenn ich will, kann ich dich vernichten, denn du stehst inmitten des Höllenfeuers. Doch ich möchte es nicht, weil du eine Dienerin bist. Andere Menschen wären längst vergangen. Nach der Berührung mit dem Feuer werden sie zu Staub. Du aber gehörst zu mir und bist bereit, meine Pläne zu unterstützen, deshalb tut dir das Feuer nichts. Und sieh genau hin!«

Sheila sah die Bewegungen des Satans. Er spielte mit dem Feuer, und es gehorchte ihm. Als er seine Arme ausbreitete, brachen die Flammen zusammen.

Nicht einmal ein Zischen oder Fauchen war zu vernehmen. Die lodernden Arme verschwanden so schnell, wie sie gekommen waren, und Sheila konnte wieder in eine andere Welt schauen.

Der Teufel eröffnete ihr eine neue Dimension. Eine Welt ohne Flammen, dafür mit einem ungeheuren Schrecken angereichert. Nebelschwaden zogen träge über eine verlassene Landschaft, in der es keine Vegetation gab. Alles war öde, leer und trostlos. Gewaltige Seen gerieten in Sheilas Blickfeld. Das Wasser darin schimmerte pechschwarz, und vom Grund der Seen stiegen Blasen in die Höhe, die wie gläserne Halbkugeln aufgebläht wurden, ehe sie zerplatzten.

Hände erschienen aus dem schwarzen Wasser. Monströse Klauen, die nach irgendetwas greifen wollten, aber nichts fanden und mit einem satten Schmatzen wieder verschwanden.

Die Szene wechselte.

Wieder sah Sheila eine Welt, in der der Schrecken regierte. Sie sah Dinge, die sie nie im Leben für möglich gehalten hatte. Unbeschreiblich grausame Gestalten, die folterten und töteten. Sie waren bewaffnet und kämpften gegeneinander.

Dazwischen schritten Zyklopen mit glühenden Augen. Gorillaähnliche Geschöpfe, die Dreizacke in den Händen hielten, um andere damit aufzuspießen. Es war das reine Chaos, in dem jeder gegen jeden kämpfte und nur der Stärkere überlebte.

»Auch das ist die Hölle!«, vernahm Sheila die Stimme des Teufels. »Ich habe dir nur drei Ausschnitte gezeigt, und die müssten reichen. Ich könnte dir noch vieles vor Augen führen, denn die Hölle ist so vielschichtig, dass sie mit dem menschlichen Verstand einfach nicht erfasst werden kann. Es gibt unzählige Arten und Variationen, und in jeder Dimension existiert ein Herrscher.«

»Sind sie dir alle wohl gesonnen?«, fragte Sheila.

»Nein, nicht alle. Es gibt Unterschiede, weil ein jeder die Macht haben will. Auch ich muss kämpfen, denn große Götter aus uralter Vergangenheit wollen die Herrschaft über alles an sich reißen. Doch sie haben sich geschnitten. Ob es die Großen Alten sind, die Götter ferner Mythologien, sie werden sich im Kampf um die Macht gegenseitig zerfleischen. Aber das sind die großen, gewaltigen Dinge, die dich nicht zu stören brauchen. Auch ich behalte die Feinde nur im Auge, reagiere aber, wenn sie zu gefährlich werden. Wir haben einmal einen Pakt geschlossen und gleichzeitig einen Trennungsstrich gezogen. Auf der einen Seite existiert die Hölle mit mir an der Spitze, auf der anderen die Magie der alten Götter. Auch sie will das Chaos, das Böse. Ich bin gespannt, wer gewinnt.«

»Dann streitet ihr euch um die Welt und um die Menschen?«, fragte Sheila.

»So ist es.«

»Wann wird der Kampf entschieden sein?«

Der Satan hob seine eckigen Schultern, und sein Gesicht verzog sich in die Breite. »Das kann schon morgen geschehen, aber auch in tausend oder zehntausend Jahren. Wir stehen erst am Beginn. Jede Seite ordnet noch ihre Reihen und versucht, so viele Diener wie möglich für sich zu gewinnen. Du gehörst jetzt zu mir.«

Sheila nickte. »Wie mein Vater.«

»Auch er.«

»Wo ist er?«, fragte sie.

Der Teufel lachte, und seine Augen wurden plötzlich zu kleinen Flammenrädern. »Dein Vater ist tot.«

Sheila erschrak. »Aber ich habe ihn gehört. Sein Geist muss noch existieren. Er sprach zu mir …«

»Körper und Geist sind zwei verschiedene Dinge. Der Körper kann ruhig sterben, aber der Geist muss vorhanden sein. So ist es bei deinem Vater. Er hat auch der Hölle gedient, und ich habe ihn in eine Dimension geschickt, in der Geister leben und warten.«

»Darf ich ihn sehen?«

»Wozu?«

»Ich möchte mich davon überzeugen, dass er es tatsächlich ist …«

Der Satan unterbrach die Frau durch sein rohes Lachen. »Wozu willst du dich überzeugen? Du kannst ihn nicht sehen. Er ist feinstofflich, wie man immer sagt. Er ist nur noch Energie und schwebt durch die Dimension des Schreckens und der Geistwesen. Wie viele andere auch. Du kennst Henry Torry und die anderen noch?«

»Natürlich.«

»Auch die Geister ihrer Ahnherren befinden sich in der Dimension, wo sich dein Vater aufhält. Es ist eine Wartestellung. Irgendwann werden sie gebraucht, und dann bin ich da!«

»Ja, vielleicht hast du Recht.«

Der Teufel trat einen Schritt zur Seite und streckte seinen mit schwarzem Fell bedeckten Arm aus. Er legte ihn auf Sheilas Schulter. »Du aber gehörst zu mir, nicht wahr?«

Sheila nickte.

»Fühlst du dich einsam?«

Sie hob die Schultern. »Ich weiß es nicht genau. Es ist noch alles neu für mich ...«

»Und du reagierst zu menschlich, Sheila. Du warst bisher nur auf deinen Vater fixiert. Das kannst du jetzt lassen.«

»Wieso?«

»Ich bin dein Herr und Meister. Vergiss deinen Vater. Es gibt nur einen, der dir etwas zu sagen hat, und das bin ich!«

Sheila hörte die Worte und ballte die Hände. Hätte sie sich in ihrem normalen Lebenskreis befunden, wäre sie vielleicht davongelaufen. So aber runzelte sie die Stirn und begann nachzudenken.

Dem Teufel hatte sie eigentlich nicht dienen wollen. Es war ihr allein um ihren Vater gegangen. Ihn konnte sie nicht sehen, sie sollte ihn sogar vergessen, und das passte Sheila überhaupt nicht. Wenn sie ihren Vater nicht sah, dann wollte sie auch nicht ...

Da wurden ihre Gedanken unterbrochen, denn der Satan hatte eine magische Sperre errichtet. Es gelang der Frau nicht mehr, näher über ihr Schicksal zu sinnieren. Alles, was menschlich war, wollte Asmodis ausradieren.

Das gelang ihm.

Er bemerkte Sheilas Verlegenheit und begann zu grinsen. Die Frau schaute nicht in sein Gesicht, sonst hätte sie den Triumph vielleicht gesehen. Sheila wunderte sich nur, dass sie aus eigener Kraft ihre Gedanken nicht mehr so in die Reihe bringen oder formulieren konnte, wie sie es gern gewollt hätte.

Sheila Conolly befand sich schon zu stark unter der Knute des Höllenfürsten.

»Freust du dich nicht?«, fragte der Satan lauernd.

»Ich weiß es nicht«, erwiderte Sheila flüsternd. »Freuen ist etwas anderes.«

»Du brauchst Unterstützung, wie?«

»Ja, ich ...«

»Möchtest du Freunde sehen?«

Sheila verzog das Gesicht. Bei dem Begriff Freunde dachte

sie sofort an John Sinclair und dessen Partner Suko. »Nein, ich habe keine Freunde mehr und will …«

Asmodis ließ sie nicht ausreden. »Es ist wunderbar, dass du so denkst, kleine Sheila. So habe ich es auch haben wollen, denn du hast nun andere Freunde.«

»Wen?«

»Alle Monster in den Dimensionen, die ich beherrsche. Aber auch Menschen, die mir zugetan sind.«

»Kenne ich sie?«

»Natürlich.«

»Wer ist es?«

»Schau nach vorn!«

Das tat Sheila auch, und abermals veränderte sich die Landschaft um sie herum. Sie blickte nicht mehr in die Schwärze hinein und auch nicht in andere Welten, sondern sah etwas völlig Natürliches.

Ein Mensch kam auf sie zu – eine Frau wie sie. Blonde Haare, lächelnd, die Arme ausgestreckt.

Eine Person, die Sheila kannte.

Jane Collins!

»Willkommen, kleine Sheila«, sagte Jane Collins, blieb stehen und verneigte sich ein wenig. »Ich freue mich sehr, dass auch du den richtigen Weg gefunden hast.«

Sheila war sprachlos. Das sah auch der Teufel, und abermals rieb er seine Klauen. Es war seine Stunde, er triumphierte und zeigte dies auch.

»Erkennst du mich nicht mehr, kleine Sheila?«

»Jane, ich …«

Die Hexe Jane Collins nickte. »Ich kann mir vorstellen, wie überrascht du bist, aber irgendwann einmal findet jeder den richtigen Weg. Und der führt nun mal in die Hölle und zum Teufel.«

Sheila schüttelte den Kopf. Sie schaute auf den Satan, sah danach wieder Jane an und konnte es nicht fassen. »Aber du wolltest mich töten, Jane. Ich erinnere mich daran, als du in meinem Haus warst …«

»Das ist vergessen, Sheila. Damals hast du noch nicht zu uns gehört. Heute ist das etwas anderes. Du gehorchst ihm. Ich gehorche ihm ebenfalls. So sind wir Partnerinnen. Verstehst du das?«

Sheila nickte. Reden konnte sie nicht. Sie musste sich erst auf die neuen Gegebenheiten einstellen. Bisher waren sie und Jane Collins Feinde gewesen. Todfeinde sogar. Und sie dachte wieder daran, dass Jane sie hatte umbringen wollen.

Diesmal jedoch standen sie zusammen.

Aus Feinden waren Verbündete geworden. Die Macht der Hölle hatte dafür gesorgt.

Sheila holte tief Luft. Sie schaute in das lächelnde Gesicht der ehemaligen Detektivin und sah, dass Jane Collins ihren rechten Arm ausstreckte und Sheila die Hand entgegenhielt.

»Schlag ein!«

Sie zögerte, warf dem Teufel einen fragenden Blick zu. Der Satan nickte.

»Was überlegst du noch, Sheila Conolly? Schließe den Pakt mit Jane Collins. Sie dient mir ebenso wie du. Nur bist du ein Mensch und sie eine Hexe, aber das spielt keine Rolle. Jedenfalls bist du die zweite aus dem Kreis um John Sinclair. Weitere werden folgen.«

Sheila holte tief Luft. »Du willst sie alle zu dir holen?«

»Weshalb nicht?«

»Auch John Sinclair?«

»Nein. Ihn und Suko werde ich natürlich töten. Aber ich denke an deinen Mann Bill. Er liebt dich, und er würde alles tun, um dich zurückzubekommen.«

»Und dann?«

»Landet er hier bei uns!«

Sheila lächelte plötzlich. Sie steckte schon so tief in dem teuflischen Kreis, dass es ihr nichts mehr ausmachte. Zudem war es interessant, wenn sie und Bill sich woanders wiedertrafen.

»Er wird kaum kommen.«

Jane Collins lachte. »Das überlasse mal mir und dem Teufel. Wir kennen da einige Tricks.«

»Und was ist mit Johnny?«

»Erinnerst du dich noch an Lydia?«

»Ja, das Teufelskind.«

»Sehr richtig«, erklärte Jane. »Damals haben wir es versucht, es aber nicht geschafft. Wenn Johnny jedoch von seiner Mutter gerufen wird, kommt er sicherlich freiwillig, und er wird zu dem, was auch Lydia einmal war. Zu einem Teufelskind.«

Es war ein wenig viel, was auf Sheila Conolly einstürmte. Sie wankte zur Seite und bemerkte, dass ihre Knie anfingen zu zittern. Was ihr Jane Collins da mitgeteilt hatte, war kaum zu glauben. Es taten sich gewaltige Dimensionen auf, falls die Pläne klappten.

»Einverstanden?«, fragte Jane.

»Ja …« Das Wort klang zögernd.

»Dann schlag ein!«

Sheila wartete noch einen Moment. Sie schaute auf die leicht gekrümmte Hand der ehemaligen Detektivin, nickte und griff zu.

Mit diesem Handschlag besiegelten die beiden ihren Pakt. Dass sich Sheila damit gegen ihre eigene Familie gestellt hatte, kam ihr zwar in den Sinn, doch sie dachte nicht näher darüber nach.

Die anderen Dinge waren wichtiger. Der Satan hatte ihr viel gezeigt und sie damit geblendet. Sheila war, wie viele andere Menschen vor ihr, auf die Tricks des Teufels abgefahren …

Wenn sich jemand in Bill Conollys Lage hineinversetzen konnte, dann war ich es.

Ich brauchte nur daran zu denken, wie es mir ergangen war, als Jane Collins damals auf die andere Seite wechselte. Ich hatte Depressionen bekommen, und so erging es jetzt auch Bill.

Nur hatte es ihn noch schlimmer getroffen, denn er war mit Sheila verheiratet. Zudem hatten sie einen Sohn, der von all dem Schrecken nichts ahnte.

Aus Bill Conolly war ein gebrochener Mann geworden. Nach dieser schrecklichen Nacht, in der Sheila verschwunden war, folgte ein Tag voller Warten, Hoffen und Bangen.

Während Bill in seinem Haus zusammen mit Shao zurückgeblieben war, hatten Suko und ich mit Sir James konferiert. Unser Chef war mehr als entsetzt gewesen, als er erfuhr, was sich ereignet hatte, und er konnte es kaum glauben.

Wir hatten diskutiert, nach Möglichkeiten gesucht, Sheila wieder zurückzuholen, und besonders Suko tat sich dabei hervor, denn dass es zu alldem gekommen war, daran gab er sich die Schuld.

Wir konnten es ihm auch nicht ausreden. Immer wieder fing er davon an, und er wollte Sheila um jeden Preis retten.

Suko war genau in dem Augenblick in den Keller gesprungen, als ich mein Kreuz auf Sheila geworfen hatte. Das Kreuz hatte nicht Sheila getroffen, sondern Suko.

Sir James und ich konnten reden, wie wir wollten, Suko war einfach nicht zu überzeugen.

Quälend langsam vergingen die Stunden des Tages. Für den Abend hatten wir bereits einen Plan gemacht, denn wir wollten Bill Conolly auf keinen Fall allein lassen.

Hin und wieder telefonierte Shao mit uns. Sie berichtete, wie apathisch Bill war, dass er nur in der Ecke hockte und grübelte. Er war kaum ansprechbar, nur hin und wieder seufzte oder stöhnte er auf.

Kurz vor Feierabend trafen wir uns zu einer letzten Besprechung bei Sir James.

In seinem Büro herrschte eine bedrückende Atmosphäre. Kein Lächeln kerbte unsere Lippen, es fiel kein Scherz, wir nahmen schweigend auf den Stühlen Platz und warteten ab.

Der Superintendent nahm einen Schluck von seinem Magenwasser. Dann schaute er uns an. »Es sind einige Stunden vergangen«, erklärte er. »Und man hat ein wenig Distanz gewonnen. Vielleicht können wir davon ausgehen, dass es uns nicht möglich sein wird, Sheila Conolly zu befreien. Wir haben ja Pläne geschmiedet und sie wieder verworfen. Was hat die Entführung in ihren Augen für einen Sinn gehabt? Und was steckt dahinter?«

Ich gab die Antwort. »Sir, wir müssen es realistisch sehen. Ich glaube, dass Sheilas Entführung erst der Beginn einer gewaltigen Kampagne des Satans ist.«

Unser Chef sah es so, wie ich es wollte. »Sie meinen, John, dass Sheila erst ein Anfang ist?«

»So wird es sein.«

Sir James legte die Stirn in Falten und fragte: »Was kann man dagegen tun?«

»Wenn wir wüssten, was er vorhat, könnten wir ihm zuvorkommen.«

»Sicher, aber wir kennen seine Pläne nicht.«

»Ich meine«, sagte Suko, »dass sich Asmodis das schwächste Glied in der Kette aussuchen wird, um dort den Hebel anzusetzen.«

»Das wäre Sheilas Familie.«

»Genau, Sir.«

Der Superintendent befand sich in einer Zwickmühle. Wenn Suko mit seiner Vermutung tatsächlich Recht behielt, konnte es für Bill Conolly böse ausgehen, aber auch für den kleinen Johnny. Um dem entgegenzuwirken, mussten wir die Familie der Conollys praktisch unter Kontrolle halten, wobei wir unseren anderen Job vernachlässigten. Im Klartext bedeutete dies: Griffen Dämonen oder finstere Mächte an irgendeiner anderen Stelle oder einem anderen Ort dieser Welt an, so waren uns die Hände gebunden, und wir mussten ihnen dort das Feld überlassen, weil wir uns um die Conollys kümmerten.

Keine leichte Entscheidung.

»Tag und Nacht bewachen, John. Es wird schwer sein«, sagte Sir James.

»Zwar kümmert sich Shao um das Kind, doch sie ist einem konzentrierten Angriff der Hölle hilflos ausgeliefert.«

Harte Worte, die stimmten.

Suko senkte den Kopf. Sir James hatte Shao angesprochen. Sein Verhältnis zu ihr konnte man mit dem vergleichen, das Bill zu seiner Frau Sheila hatte.

Was also war zu tun?

»Suchen und finden sie einen Kompromiss«, sagte Sir James und schlug mit den flachen Händen auf seine Schreibtischplatte. »Wir können leider nicht diese Stellung hier verlassen.«

»Wir müssten uns trennen.« Suko schaltete schnell. Er ahnte, was Sir James wollte.

»Ja, das meine ich damit. Ich bin bereit, Ihnen, Suko, zwar keinen Sonderurlaub zu geben, Sie aber trotzdem abzustellen. Das heißt, Sie und Shao werden bei den Conollys wohnen. Vorausgesetzt, dass sich Bill Conolly damit einverstanden erklärt.«

»Und John?«

Sir James lächelte. »Bleibt als Einsatzreserve im Büro, denn Dämonen können überall zuschlagen. Überlegen Sie sich die Sache, meine Herren. Es ist meiner Ansicht nach die einzige Chance, die wir haben.«

Ich schaute Suko an, er blickte in mein Gesicht. Beide hatten wir keinen besseren Vorschlag, und ich nickte.

»So könnten wir es machen«, stimmte ich meinem Chef zu.

»Sind Sie denn bereit, Suko?«, fragte Sir James.

»Immer.« Mein Freund lachte hart auf. »Schließlich trage ich einen Großteil der Schuld, dass es dazu gekommen ist.«

»Hör doch auf!«, fuhr ich Suko an. »Keiner hat Schuld. Ich hätte Sheila ja auch schon vorher packen können.«

»John, du ...«

»Bitte keinen Streit!«, mischte sich Sir James ein. »Wir müssen einen klaren Kopf behalten, und ich hoffe, dass Mr. Conolly ihn auch behält. So schwer es ihm fallen wird.«

»Ja, das hoffen wir auch, Sir.«

»Da ist noch etwas«, sagte Sir James. »Es betrifft ein anderes Thema. Ein Vorgesetzter hat sich über Sie beschwert, John, und droht mit disziplinarischen Maßnahmen.«

»Nolan, nicht wahr?«

»Ja. Er hat einen Schrieb aufgesetzt. Darin beschuldigt er sie, dass Sie einen Mörder laufen lassen wollten.«

»Das ist doch Unsinn!«

Sir James nickte. »Ich weiß, aber machen Sie das Nolan einmal klar. Es wird schwer genug sein. Außerdem fühlt er sich von Ihnen nicht ernst genommen. Sie hätten ihm sehr patzige Antworten gegeben, und das vor Zeugen, John.«

Es stimmte, was mir mein Chef vorhielt, aber ich hatte nicht vorgehabt, einen Mörder laufen zu lassen. Im Gegenteil, Henry

Torry war mit unheimlichen Kräften ausgestattet gewesen, er hatte sogar die Gitter seiner Zelle verbogen und hätte die Dienst tuenden Beamten nur in größte Lebensgefahr gebracht. Also war es Unsinn, was Nolan da berichtete. Aber das konnte man ihm, der die Position eines Chiefsuperintendenten bekleidete, kaum klarmachen. Er hatte da seine eigene Vorstellungswelt.

»Muss ich mich darum kümmern?«, erkundigte ich mich.

Sir James schüttelte den Kopf. »Sie haben Probleme genug, John. Nein, das erledige ich. Aber Nolan wird in Zukunft nur noch sauer auf Sie sein, denn so eine Blamage vergisst er nicht.«

»Es ging eben nicht anders.«

Suko warf einen Blick auf die Uhr. Sir James verstand das Zeichen und erhob sich. Er reichte uns die Hand. »Versuchen Sie alles, meine Herren. Nicht auch noch Sheila Conolly. Jane Collins und Nadine Berger reichen, wie ich meine.«

Da hatte er uns aus der Seele gesprochen. Aber was sollten wir machen? Die andere Seite nahm darauf keine Rücksicht.

Wir verließen das Büro unseres Chefs, gingen durch den Gang und steuerten unseren gemütlichen gemeinsamen Büroraum an.

Glenda Perkins war noch nicht nach Hause gegangen. Auch sie hatte ja mal bei den Conollys gewohnt. Ihr Verhältnis zu dieser Familie konnte man als herzlich bezeichnen.

»Wie ist es gelaufen?«, fragte sie uns.

Ich berichtete von unserem Plan.

Glenda nickte. »Ja, das wird wohl das Beste sein, was ihr unternehmen könnt. Wenn ich euch irgendwie helfen kann, dann …«

Ich strich über ihr Haar. »Das ist lieb gemeint, Glenda, aber diese Sache müssen wir allein durchstehen.«

Glenda Perkins legte ihr Hände auf meinen Arm. »Ganz ehrlich, John. Glaubst du, dass eine Chance besteht, Sheila wieder aus den Klauen des Teufels zu reißen?«

»Ich hoffe es.«

»Aber sicher seid ihr nicht?«

»Nein, du weißt selbst, welch eine Macht der Satan besitzt. Denk nur an Jane Collins. Oder an dich selbst. Du hast es schließlich auch erlebt, als er sich verwandelte und du dich sogar in ihn verliebt hast.«

»Ja, das stimmt.«

»Komm, wir gehen!« Suko drängte. Er wollte etwas unternehmen und musste einfach aktiv werden.

Glenda fiel noch etwas ein. »Da wäre noch eine Sache, John. Jane Collins steht ja auch auf der Seite der Hölle. Wäre es möglich, dass Sheila mit ihr zusammentrifft?«

An diesen Aspekt hatte ich noch nicht gedacht. Damit lag unsere Sekretärin nicht einmal falsch. Es war möglich, dass auch Jane Collins eingriff, um Sheila zu überzeugen.

Ich verspürte leichtes Magenziehen, als ich erwiderte: »Ich will nicht hoffen, dass es Jane gelingt, Sheila zu einer Hexe zu machen.«

»Dann dreht Bill durch!«

»Nicht nur er«, erwiderte ich. »Es gibt da noch den kleinen Johnny. Wenn ich an ihn denke …« Nein, ich winkte ab und schüttelte den Kopf. »Das ist zu schlimm.«

»Alles Gute!«, sagte Glenda mit kratziger Stimme, bevor wir endgültig gingen.

Wir fuhren mit getrennten Fahrzeugen los. Suko nahm seine Harley, ich den Bentley.

Es wäre der erste Abend und die erste Nacht, die Bill Conolly ohne seine Frau Sheila erleben würde.

Nicht nur er würde davor Angst haben, mir erging es ebenfalls so. Und ich war mir sicher, dass sich der Teufel noch einige besondere Gemeinheiten ausgedacht hatte …

Shao öffnete uns.

Um ihre Lippen zuckte ein erleichtertes Lächeln, als sie uns sah. Allerdings konnte dieses Lächeln nicht die Leichenblässe verbergen, die auf Shaos Haut lag.

»Kommt rein!«, sagte sie nur.

Suko nahm seine Freundin in die Arme und drückte sie kurz

an sich. Danach betraten wir das Haus, das ich bis in den letzten Winkel kannte. Ich hatte mit meinen Freunden frohe und auch weniger frohe Tage hier erlebt. Einmal hatte sogar Bill durchgedreht und mich erschießen wollen, um seine Familie zu retten.

Doch eine Atmosphäre, wie sie an diesem Abend in dem Bungalow herrschte, hatte ich noch nie erlebt. Es war fürchterlich. Eine beklemmende Stille umgab uns. Niemand sagte etwas. Wir hörten weder Bill noch Johnny, noch sahen wir etwas von Nadine. Sie alle schienen unter einer Glocke des Schweigens zu leben.

Shao und Suko standen zusammen. Keiner sprach. Shaos Gesicht zeigte Erschöpfung, und ich fragte sie: »Wo steckt Bill?«

»Er sitzt in Sheilas Arbeitszimmer.«

»Und?«

»Ich weiß nicht, ob er überhaupt bemerkt hat, dass Besuch da ist. Er ist nicht ansprechbar.«

»Und Johnny?«

Da hob Shao die Schultern. Hilflos war diese Geste. »Ich habe ihm erzählt, dass seine Mutter verreist wäre. Er hat es zum Glück geglaubt und stellt keine Fragen. Jetzt spielt er mit Nadine in seinem Zimmer. Die Wölfin weicht keinen Schritt von seiner Seite. Ich habe das Gefühl, dass sie etwas gespürt hat.«

»Da liegst du meiner Ansicht nach richtig«, erwiderte ich. »Nadine ist sensibler als wir Menschen.«

Wie aufs Stichwort kam sie an. Ein Schatten huschte durch den Gang, dann war sie bei uns und rieb ihren Körper gegen unsere Beine. Ich ging in die Knie, nahm ihren Kopf in beide Hände und begrüßte sie so, wie ich es immer tat.

»Onkel John und Suko. Ihr seid ja da!« Johnnys Stimme schallte hell durch den Gang.

Ich blieb in der Hocke, breitete die Arme aus und fing Johnny auf, der hineinrannte. Der Kleine presste sich an mich. Wange an Wange hörte ich seine Stimme. »Mummy ist verreist, Onkel John.«

Ich musste mir die Kehle freiräuspern, um etwas zu entgegnen. »Ich weiß, mein Kleiner.«

»Wann kommt sie denn zurück?«

»Kann ich dir nicht sagen.«

Johnny drehte sich, befreite sich aus meinem Griff und schaute mich an. »Aber Shao ist auch nett«, sagte er.

»Sicher, mein Kleiner, bestimmt sogar.«

»Nur Daddy ist komisch.«

»Wieso?«

»Ich sehe ihn kaum. Er spricht nicht und sitzt nur in seinem Zimmer.«

»Daddy muss viel arbeiten«, erklärte ich.

Johnny schüttelte den Kopf. »Ich glaube, dass er traurig ist, Onkel John. Wegen Mummy.« Er zog die Nase hoch. »Kannst du nicht dafür sorgen, dass sie zurückkommt?«

»Sie wird schon kommen.«

»Vielleicht bringt sie mir etwas mit. Aber sie hat nicht auf Wiedersehen gesagt.«

Johnny hatte so Recht. Aber was sollte ich darauf erwidern? Nichts, ich konnte nichts sagen. Es war einfach zu schrecklich und schlimm. Die Wahrheit würde Johnny nicht begreifen. Wir selbst begriffen sie ja kaum.

»Ich mache uns etwas zu essen«, sagte Shao und strich über das blonde Haar des Jungen. »Hilfst du mir in der Küche?«

»Ja, Shao. Kochst du was Chinesisches?«

»Mal sehen.«

»Komm, Nadine, wir gehen!«

Die Wölfin hörte auf den Kleinen. Bevor sie hinter ihm herging, schaute sie mich noch einmal an. Ich las in ihren Augen ein gewisses Maß an Traurigkeit, aber auch eine Warnung.

Tief atmete ich ein. »Ich werde mit Bill reden. Willst du mitgehen, Suko?«

»Nein, es ist besser, wenn ihr allein seid. Du kennst ihn länger als ich. Er wird dir mehr vertrauen.«

»Okay, bis gleich dann.«

Den Weg kannte ich im Schlaf, aber noch nie im Leben war es mir so schwer gefallen, ihn auch zu gehen. Zögernd setzte ich meine Schritte. Ich kam mir vor wie ein Fremder, ein Störenfried, der in die Intimsphäre eines anderen Menschen eindrang.

Vor der Tür blieb ich stehen. Als ich die Hand hob, um anzuklopfen, bemerkte ich, wie sehr meine Finger zitterten. Ich gab mir einen innerlichen Ruck und pochte gegen die Tür.

Keine Reaktion.

Auch bei meinem nochmaligen Klopfen meldete sich kein Bill Conolly. Das Zimmer schien leer zu sein.

Daran wollte ich nicht glauben, öffnete, schaute hinein und sah, dass dem nicht so war.

Bill hockte in einem Sessel. Er hatte ihn so gedreht, dass er sowohl auf Sheilas Schreibtisch als auch zur Tür schauen konnte. Er musste mich einfach gesehen haben.

Er reagierte nicht.

Wie ein stummes Denkmal blieb der Reporter sitzen und starrte vor sich hin.

So sacht wie möglich drückte ich die Tür wieder ins Schloss und näherte mich meinem Freund mit lautlosen Schritten. Erst als ich in seiner Nähe war, sprach ich ihn an.

»Bill, hörst du mich?«

Der Reporter zuckte zusammen, als hätte er von mir einen Schlag mit der Peitsche erhalten. Er schaute mich an.

Es war ein fremdes Gesicht, in das ich schaute. Grau die Haut, leblos die Augen, trübe der Blick. Die Mundwinkel zeigten nach unten, dabei waren die Lippen nur mehr blasse Striche.

Vor Bill auf dem kleinen Tisch stand Whisky. Viel hatte er noch nicht getrunken. Da ich kein Glas entdeckte, nahm ich an, dass mein Freund direkt aus der Flasche getrunken hatte.

Das Haar hing ihm wirr bis in die Stirn, und als er nach der Flasche greifen wollte, zog ich sie ihm weg.

Der Reporter reagierte überhaupt nicht, hob nur die Schultern und lehnte sich zurück.

»Bill«, sagte ich noch einmal.

Er saugte die Luft ein. »Was willst du, John?«

»Mit dir reden.«

»Wozu?«

Ich senkte den Kopf und knetete meine Hände ineinander. »Worüber und wozu redet man mit einem Freund, wenn es ihm schlecht geht? Weil man ihm helfen will, deshalb.«

»Mir kann keiner helfen.«

»Sag nicht so etwas, Bill!«

»Holst du Sheila zurück?« Als er diese Frage gestellt hatte, drehte er müde den Kopf, um mich anzuschauen.

»Ich kann dir nichts versprechen.«

»Da siehst du es.«

»Aber wir werden es versuchen, Bill. Glaub mir! Ich setze alles ein, um Sheila wieder in dieses Haus hier zurückzuholen. Sie darf nicht die Gefangene des Teufels bleiben.«

»Niemand kann sie holen, John. Das schaffst auch du nicht. Oder willst du in die Hölle?«

»Ist sie denn dort?«

»Jeder, den der Teufel in seinen Klauen hat, landet dort. Das kannst du mir glauben. Und zurückgekehrt ist noch niemand – oder?«

»Möglich. Aber irgendjemand muss ja den Anfang machen.«

Plötzlich schrie Bill. »Hör doch auf, verdammt! Ich will davon nichts mehr wissen. Sheila ist verloren! Die andere Seite ist stärker. Wir haben ihr nichts entgegenzusetzen, das sagte ich dir bereits in der vergangen Nacht!«

»Ja, ich habe es behalten.«

»Was willst du noch hier?«

Bill war sehr aggressiv geworden. Er war praktisch von einem Extrem ins andere gefallen. Gut, wenn er es so haben wollte, ich konnte auch anders. Möglicherweise war das sogar die bessere Methode.

Ich beugte mich vor, bevor ich meine nächsten Sätze formulierte. »Mein lieber Bill«, sagte ich. »Halten wir uns mal an die Fakten. Sheila ist verschwunden. Sie hat der Teufel im wahrsten Sinne des Wortes geholt. Aber Sheila ist erst der Beginn. Glaube nur nicht, dass sich Asmodis mit ihr zufrieden gibt. Er will mehr, viel mehr. Kannst du dir vorstellen, wen er sich noch holen will?«

Bill hob die Schultern.
»Dann will ich es dir sagen. Du stehst sicherlich auch auf seiner Liste. Und nicht nur du allein. Wenn er dich erst einmal hat, wird er sich an Johnny heranmachen. Einmal hat er es bereits versucht. Willst du tatsächlich dich und deine Familie dem Teufel opfern, Bill? Ist das dein freier Wille, dein eigener Wunsch?«
Der Reporter hatte mir zugehört. Er starrte grübelnd ins Leere. Eine Antwort gab er mir nicht.
»Bill, sag etwas!«
»Wieso?«
»Es geht um Sheila. Sie ist deine Frau!«
Bills Augen weiteten sich. »Das weiß ich. Und ich will sie auch wieder bei mir haben!«
Ich freute mich, dass mein Freund so reagierte. »Da wären wir uns ja einig. Wenn meine Theorie stimmt, wird sich der Teufel auch bei dir melden, Bill.«
»Wie denn?«
»Das kann ich dir nicht sagen. Auf jeden Fall muss er mit dir in Verbindung treten, und dann können wir Gegenmaßnahmen ergreifen.«
»Ich nicht!«
»Wieso?«
Bill rückte im Sessel herum. »Das ist doch klar, John. Ich unternehme nichts, was Sheila in Gefahr bringen könnte.«
»Das verstehe ich. Aber der Satan wird dich schon dahin führen, wohin er dich haben will.«
Bill winkte müde ab. »Du hast mir bisher nur viel erzählt, aber keine Beweise vorgelegt. Tatsache ist, dass sich Sheila nicht mehr hier im Haus befindet und alles im Stich gelassen hat, was ihr lieb und teuer war. Was ist der Grund, John?«
»Ihr Vater!«
Bill lachte bitter auf. »Ist ihr der alte Hopkins wertvoller als Johnny und ich?«
»Es schien so zu sein.«
»Das begreife ich nicht. Wirklich nicht. Aber wer schaut schon in die Seele eines Menschen?«

Da hatte Bill Recht, doch ich ging nicht auf seine Bemerkung ein, sondern sagte: »Wir sollten gemeinsam zusehen, dass wir einen Plan aufstellen. Ich habe Suko mitgebracht. Er wird uns helfen.«

»Wir können nichts tun.«

»Doch, wir können. Und du kannst für dich etwas tun, Bill, indem du dich unter die Dusche stellst und dir klare Gedanken anbraust. Du siehst grausam aus.«

»Interessiert mich nicht.«

»Dich vielleicht nicht, aber deinen Sohn. Johnny hat Fragen gestellt. Noch haben wir ihm erklären können, dass Sheila verreist ist. Aber er will sicherlich bald mehr wissen, und dann müssen wir Antworten parat haben.« Ich stand auf und schlug Bill auf die Schulter. »Komm hoch, alter Junge. Ich weiß selbst, wie schwer so etwas ist. Mir ging es ähnlich, als ich Jane Collins verlor.«

»Sie ist auch nicht mehr zurückgekehrt«, flüsterte Bill Conolly. »Bei Sheila wird es ähnlich sein.«

»Du kannst sie nicht miteinander vergleichen«, erwiderte ich. »Jane ist eine Hexe.«

»Und Sheila ...«

»Ist nur in den Bann des Satans geraten«, erklärte ich. »Da besteht ein Unterschied. Jane werden wir kaum zurückholen können, bei Sheila ist es etwas anderes.«

Ich sagte die Worte voller Optimismus, obwohl ich so sehr auch nicht davon überzeugt war.

Bill schaute mich nur an. Er sprach nichts, und ich streckte meinen Arm aus, um ihm in die Höhe zu helfen. »Komm mit, Alter, du hast hier nichts mehr verloren.«

Er ließ sich von mir hochhelfen. Neben mir her schritt er zur Tür. Dabei ging er wie ein alter Mann, Kopf und Rücken gebeugt.

Im Flur bat ich ihn, daran zu denken, was ich zuvor gesagt hatte. »Mach dich frisch. Wir warten auf dich.«

»Okay.«

Ich schaute Bill nach, wie er zum Bad ging. War das wirklich noch mein alter Freund und Spezi?

Nein, da ging ein gebrochener Mann. Das hatte Asmodis geschafft. In mir entwickelte sich die Wut allmählich zu einem kochenden Vulkan …

Bill Conolly spürte die Leere in seinem Gehirn und tat das, was ihm gesagt worden war, automatisch. Er merkte kaum, dass er ein Bein vor das andere setzte, schlich gebeugt und bedrückt durch den Gang und öffnete die Tür zum Bad mit einem heftigen Ruck.

Der Raum hatte zwei Türen. Eine führte in den Gang, die andere zum Schlafzimmer.

Bill betrachtete sein Gesicht im Spiegel. Der Reporter erschrak. Ein wenig schwankend blieb er stehen. Zum ersten Mal wurde ihm bewusst, wie er gealtert war, denn die Ereignisse hatten ihn regelrecht gezeichnet.

Ich sehe wie ein Zombie aus, dachte Bill Conolly. Wie ein lebender Toter …

Er schüttelte sich und winkte ab. Ist auch egal. Sheila ist nicht mehr da, alles andere interessiert mich nicht. Es waren deprimierende, trübe Gedanken, mit denen sich Bill Conolly beschäftigte, aber er konnte einfach nicht anders.

Bevor Bill sich duschte, wollte er frische Wäsche holen. Dazu musste er ins Schlafzimmer. Es bestand praktisch aus zwei Räumen. In einem standen die Ehebetten und eine kleine Sitzgruppe, der zweite Raum diente als Ankleidezimmer. Dort war ein Kleiderschrank eingebaut, in dem Sheila unter anderem Wäsche verstaute.

Bill betrat den Raum, wandte sich nach rechts und blieb abrupt stehen.

Er schaute in das Gesicht einer Frau.

Jane Collins war da!

Der Reporter war so überrascht, dass er keinen Ton hervorbrachte. Nur sein Gesicht verzog sich, und allmählich breitete sich darauf ein ungläubiges Staunen aus.

»Hallo, Bill!« Die Stimme der Hexe klang seidenweich und war von einer falschen Lockung.

Bill nickte. Mehr tat er nicht.

»Überrascht, mich hier zu sehen?«

»Ja, sicher ...«

Jane Collins lachte leise. »Du hast sicherlich eine andere erwartet, nicht wahr? Sheila, zum Beispiel.«

»Sheila?« Bill sprach den Namen seiner Frau fragend aus. Dabei verengte er die Augen. »Was hast du mit Sheila zu tun, verdammte Hexe?«

»Ruhig, Bill, ruhig«, wehrte Jane ab. »Noch ist nichts ...«

»Sag es!«, zischte der Reporter.

»Immer mit der Ruhe, Bill!«

»Nein!« Es war ein Aufschrei, der Bill Conollys Kehle verließ. Er stürzte sich der Hexe entgegen.

Jane musste zurück und bewies im nächsten Moment, wozu sie fähig war. Nicht umsonst hatten Wikka, ihre Meisterin, und der Teufel sie mit Hexenkräften ausgestattet, und die spielte sie aus.

Den Reporter erfasste ein Schlag, obwohl sich die Detektivin nicht bewegt hatte. Ihre magischen Fähigkeiten reichten völlig aus, um Bills Angriff zu stoppen.

Der Reporter flog zurück. Er fiel zwischen die aufgehängten Kleidungsstücke, brachte sie ins Schwingen und konnte nicht vermeiden, dass er einige von ihnen von der Stange riss.

Wie große Fahnen flatterten sie nieder und blieben auf dem Reporter liegen.

Bill wollte wieder hoch, doch es blieb beim Versuch. Es gelang ihm nicht, sich aufzustützen, ja, er konnte nicht einmal seinen kleinen Finger bewegen. Die Kraft der Hexe hatte ihn paralysiert.

Dennoch nahm der Reporter alles wahr, was um ihn herum geschah, und er hörte die Schritte, als sich Jane Collins ihm näherte. Bill wollte etwas tun, denn ihm war klar, dass er Jane Collins hilflos ausgeliefert war, aber er konnte sich nicht bewegen, sosehr er sich auch anstrengte.

Durch den dünnen Stoff der Kleider sah er die Umrisse der

Hexe. Bill bekam auch mit, wie sich Jane Collins bückte, in die Kleidung fasste, sie anhob und zur Seite schleuderte.

Dann stand sie vor dem Reporter.

Langsam senkte sie den Kopf und schaute in das Gesicht des am Boden Liegenden. Kalt und wie eingefroren wirkte das Lächeln auf ihrem Gesicht. Die Augen erinnerten dabei an zwei Steine, ohne Gefühl, ohne Gnade, und der Zeigefinger deutete im nächsten Augenblick wie eine Speerspitze auf Bill Conolly.

»Es ist dir doch klar, dass ich dich hätte töten können«, erklärte Jane Collins kalt.

Bewegen konnte sich Bill nicht, dafür aber sprechen, und er gab die Erwiderung. »Tus doch!«, keuchte er. »Verdammt, für mich hat das Leben keinen Sinn mehr.«

»Es ist wegen Sheila, nicht?«

Bill krächzte bitter: »Ich sehe, du weißt Bescheid. Wahrscheinlich hast auch du mitgewirkt.«

»Nein, das war die Sache des Teufels. Aber ich habe mit deiner Frau gesprochen.«

Hätte Bill sich bewegen können, wäre sein Mund sicherlich aufgeklappt. So aber breitete sich das Staunen nur auf seinem Gesicht aus und war in den Augen zu lesen. »Du hast sie gesehen?«

»Und gesprochen«, ergänzte Jane.

Bill holte keuchend Luft. »Verdammt, ich meine …« Er war völlig durcheinander. »Wie geht es ihr denn?«

»Gut.«

»Wie kann es jemanden in der Hölle gut gehen?« Bill stieß die Frage zwischen Lachen und Weinen aus.

»Allen, die dem Teufel gehorchen, geht es gut«, erklärte Jane Collins kalt. »Und Sheila gehorcht ihm.«

»Das habe ich gesehen.«

»Liebst du sie eigentlich noch?« Jane sprach die Frage ziemlich lässig aus.

»Ja, mehr als mein Leben.«

»Das habe ich gewusst.« Sie nickte. »Dann bist du auch bereit, einiges für sie zu tun?«

»Jederzeit.«

»Schön. Stell dir vor, Bill, Sheila will dich sehen. Sie hat gewissermaßen Sehnsucht nach dir, und sie möchte mit dir reden. Na, hättest du damit gerechnet?«

Nein, das hatte Bill Conolly nicht. Aus diesem Grunde war er auch sprachlos.

»Willst du nicht?« Jane lockte ihn aus der Reserve.

»Doch, doch!«, stieß der Reporter hervor. »Ich will sie sehen. Ich muss sie sehen.«

»Dann kannst du zu ihr!« Nach diesen Worten glühte es wieder in Janes Augen auf, und im nächsten Augenblick konnte sich Bill Conolly wieder bewegen.

Weg war die Lähmung!

Der Reporter blieb noch ein paar Sekunden so liegen, er wollte sich erst erholen. Dann räumte er die restlichen Kleidungsstücke zur Seite und stand ächzend auf.

Jane schaute ihm zu. Das Lächeln auf ihren Lippen hatte etwas Geheimnisvolles an sich.

Schwer atmend blieb Bill stehen. In seinem Schädel hatte sich ein dumpfes Gefühl ausgebreitet, und er fragte: »Wo kann ich sie finden?«

Jane Collins hob die rechte Hand. »Nicht so eilig, mein Freund. Wir müssen der Reihe nach vorgehen. Ich hätte zunächst eine Frage. Was wolltest du hier?«

»Duschen«, erwiderte Bill erstaunt.

»Wunderbar«, erklärte die Hexe. »Das wirst du auch. Sinclair und Suko sollen nichts merken. Wenn es dennoch geschieht, kann ich für nichts garantieren.«

»Ich halte mich daran.«

»Gut, wenn du geduscht hast, kannst du zu den anderen gehen. Es wird dir ja nicht schwer fallen, ihnen zu gestehen, dass du sehr müde bist. Man hat Verständnis für dich. Da du dein Haus sehr genau kennst, muss es eine Möglichkeit geben, zu verschwinden, ohne dass die anderen es merken. Stimmt das?«

Bill Conolly nickte, obwohl er jetzt noch nicht wusste, ob es diese Chance tatsächlich gab.

»Fein, wir verstehen uns. Wenn du erst aus dem Haus bist, wirst du zu Sheila fahren.«

»Wo ist sie ?«

Sie gab Bill keine Antwort, denn beide hörten Schritte und dann die Stimme des Geisterjägers John Sinclair, der nach dem Reporter rief.

»Sag es, wo?«

Jane lachte kurz auf. »Sheila wirst du nicht sehen. Schau genau hin.« Sie hatte noch nicht ausgesprochen, als sie bereits mit den Fingern Buchstaben in die Luft malte, die rötlich leuchteten und sich zu einem Wort verbanden.

Bills Augen wurden groß. »Nein …«, würgte er hervor.

»Doch!«, zischte Jane. »Du triffst sie in ihrem Grab!« Es waren die letzten Worte, denn als die Tür zum Bad aufgestoßen wurde, war Jane Collins verschwunden …

Shao war noch in der Küche beschäftigt, so traf ich Suko allein. Er stand im Wohnraum vor dem Fenster und schaute in den Garten. Noch war es nicht dunkel geworden, doch die Dämmerung kroch bereits heran und legte ihr graues Tuch über das Land.

Der Inspektor hatte meine Schritte gehört und drehte sich um. Sein Gesicht war hart, als er fragte: »Wie geht es ihm?«

»Mies«, erwiderte ich.» Sehr mies.«

»Kann ich mir denken.«

Ich hob die Schultern und nahm mir das, was ich meinem Freund Bill vorhin verweigert hatte. Einen Whisky. Die Flüssigkeit gluckerte in das Glas, ich schaute einen Moment auf die Oberfläche, als würde sich dort die Lösung des Rätsels zeigen.

Dann trank ich.

Warm rann der Whisky meinem Magen entgegen. Ein wohliges Gefühl breitete sich in meinem Innern aus, und ich sah Sukos fragenden Blick auf mich gerichtet.

»Bill ist im Bad geblieben«, erklärte ich meinem Partner. »Er will duschen.«

»Hoffentlich.«
»Wie meinst du das?«
»Ich habe ihn zwar nicht gesprochen, kann mir aber vorstellen, dass er sich in einem Zustand befindet, den ich als labil bezeichnen möchte. Bill bietet für die andere Seite Angriffsflächen. Außerdem ist es möglich, dass er völlig durchdreht, wenn er keine andere Chance mehr sieht.«
Ich stellte das Glas weg. »Meinst du Selbstmord?«
»Es wäre zumindest nicht von der Hand zu weisen«, erwiderte er.
Tief atmete ich ein. »Das wäre so ungefähr das Schlimmste, was uns und ihm passieren könnte.«
»Wir müssen mit allem rechnen.«
Da hatte Suko natürlich Recht. Aber würde Bill sein Leben wirklich so einfach wegwerfen? Ich wollte es nicht glauben, das wäre einfach destruktiv, denn ich kannte Bill als einen agilen Menschen, der dem Leben positiv gegenüberstand.
Allerdings an der Seite seiner Frau Sheila. Hinter jedem erfolgreichen Mann steht eine noch erfolgreichere Frau, so sagt man. Und bei den Conollys traf dieses Sprichwort genau zu.
»Du sagst nichts, John?«
»Nein, ich denke nach.«
»Aber du weist meine Theorie nicht von dir.«
»Wie könnte ich?«
»Obwohl du es vielleicht besser wissen müsstest, denn du kennst ihn länger, warst oft genug mit ihm zusammen.«
»Aber so etwas kam nie für ihn in Frage.«
Wir hörten ein Lachen. Es tat gut, dieses Kinderlachen zu vernehmen. Wahrscheinlich hatte es Shao verstanden, den Kleinen aufzuheitern.
Ein Luftzug traf mein Gesicht. Nicht das Fenster war geöffnet worden, sondern die Tür. Ein rotbrauner Körper auf vier Beinen schob sich in den Wohnraum.
Nadine.
Ein Tier hat zwar keinen Verstand, dafür aber einen Instinkt. Und bei Nadine Berger schien mir dieser besonders ausgeprägt zu sein, sodass er fast schon in die Nähe des Verstandes rückte.

Als sie näher kam, konnte ich ihre Augen sehen. Der Blick war starr auf uns gerichtet, wir sahen das feuchte Schimmern, und sie schaute uns an, als wüsste sie bereits alles.

»Komm her, Nadine«, sagte ich leise.

Mit zwei Sprüngen war sie bei mir. Vor meinen Füßen kauerte sie sich hin, legte ihren Kopf schief und blickte mich an.

Wieder einmal wünschte ich mir sehnlichst, dass sie reden könnte, aber das würde wohl für immer ein Wunschtraum bleiben. »Weißt du, wo sich Sheila befindet?«, sprach ich sie trotzdem an.

Sie öffnete ihr Maul. Ich konnte hineinschauen, sah das Blitzen der Zähne und die lange Zunge, doch eine Antwort erhielt ich von ihr nicht.

Sie ließ sich streicheln. Die gespreizten Finger meiner rechten Hand fuhren durch das dichte Fell, und Nadine genoss es, so von mir verwöhnt zu werden.

Bis zu dem Zeitpunkt, als sie sich noch auf dem Boden liegend drehte und in die Höhe sprang. Etwa einen Yard vor meinem Sessel blieb sie stehen. Sie schaute auf die offene Tür. Ihr Fell sträubte sich, ein leises, drohend klingendes Knurren drang dabei aus ihrem Maul, und Suko und ich schauten auf die Tür.

»Da ist doch was«, sagte mein Partner.

Der Meinung war ich ebenfalls und stand auf.

Irgendetwas hatte Nadine beunruhigt. Kaum hatte ich mich erhoben, als Nadine auf leisen Pfoten das Zimmer verließ.

Wir folgten ihr, denn Nadine hatte uns wahrscheinlich auf eine Spur gebracht. Wenn sie auf diese Art und Weise reagierte, dann stimmte etwas nicht.

Durch den Flur lief sie, schlug aber nicht den Weg zum Kinderzimmer ein, sondern lief dorthin, wo sich die Tür zum Bad befand. Davor stoppte sie, das Knurren verstärkte sich, und mein Herz klopfte plötzlich schneller.

Dahinter befand sich Bill.

Wir hörten kein Rauschen der Dusche. Alles war still, und dennoch musste sich da etwas ereignet haben, denn sonst hätte uns Nadine nicht gewarnt.

»Bill!«, rief ich.

Er antwortete nicht.

Ich war es schließlich leid, hieb meine Hand auf die Klinke und riss die Tür auf.

Bill starrte uns an.

Es schien alles in Ordnung zu sein. Nichts deutete auf einen Selbstmordversuch hin, aber auch nichts darauf, dass er sich schon geduscht hatte, denn sämtliche Chrom- und Spiegelflächen im Bad glänzten so wie immer und waren nicht von einem Film aus Feuchtigkeit überzogen.

Scharf schaute ich meinen Freund an. Er schien noch nervöser und bleicher geworden zu sein. Seine Hände zitterten wie die eines Greises. Irgendetwas musste ihn erschreckt oder getroffen haben, auch wenn er jetzt versuchte, sich zusammenzureißen.

Bill hob müde die rechte Hand. »Hallo, Suko«, grüßte er den Inspektor.

Der Chinese nickte.

»Du hast noch nicht geduscht?«, fragte ich.

»Nein.«

»Wieso nicht?«

»Verdammt, kann ich meine Duschzeit nicht selbst bestimmen? Bin ich ein Baby, das sich von euch Vorschriften machen lassen muss?« Für einen Moment flammte in seinem Blick der alte Wille und die alte Kampfkraft wieder auf. »Was wollt ihr überhaupt hier im Bad? Mir beim Duschen zusehen?«

Ich wiegelte ab. »Entschuldige, Bill, aber so darfst du das nicht sehen. Wir haben uns eben Sorgen gemacht.«

»Quatsch.«

»Etwas ist geschehen«, sagte Suko.

»Was soll denn passiert sein?« Bill reagierte sehr aggressiv. »Ich war im Schlafzimmer, um mir frische Wäsche zu holen. Das ist alles.«

»Nadine wurde unruhig«, sagte ich.

»Na und?«

Nein, mit dem Reporter war nicht zu reden. Ich entschuldigte mich noch einmal und verließ das Bad. Suko und Nadine blieben an meiner Seite, die Wölfin knurrte weiter.

»Das macht sie nicht ohne Grund«, erklärte Suko. »Verdammt, da stimmt etwas nicht.«

»Was könnte es sein?«

»Frag mich etwas Leichteres. Bill wirkte sehr aggressiv. Vielleicht hat er Besuch bekommen.«

»Von wem?«

Suko runzelte die Stirn. »Ich denke da an gewisse Personen. Unter anderem an Jane Collins.«

»Eine Vermutung, nichts weiter.«

»Natürlich, aber auch Janc steckt mit dem Teufel im Bunde, und vielleicht setzt dieser sie für oder gegen Bill ein. Wir müssen mit dem Schlimmsten rechnen.«

In diesem Falle hatte Suko ein wahres Wort gesprochen.

Wenig später wurden wir abgelenkt, denn aus der Küche hörten wir Shaos Stimme. »Ihr könnt essen kommen. Ich habe schon gedeckt.«

»Bill steht noch unter der Dusche«, erklärte Suko.

»Der wird wohl kaum etwas zu sich nehmen.«

»Aber es schmeckt gut«, meldete sich Johnny. »Ich werde es Daddy sagen.« Er wollte an uns vorbeihuschen. Ich hielt ihn fest.

»Nein, Johnny. Dein Daddy steht noch unter der Dusche. Er kommt später.«

»Dann fangen wir schon an, Onkel John. Shao hat toll gekocht. Eine Suppe, ich habe probiert.«

»Gut, dann setz dich hin.«

Als wir in der Essecke Platz nahmen, zappelte Johnny bereits auf seinem Stuhl und hielt Shao den Teller hin. »Darf ich zuerst etwas haben?«

»Sicher.«

»Wenn Mummy wieder zurück ist, werde ich ihr sagen, dass sie auch so etwas kochen soll.«

»Das tut sie bestimmt.«

Shao hatte sich große Mühe gegeben. Unter anderen Umständen hätte ich bestimmt Nachschlag genommen, so aber gab ich mich nach einem Teller Suppe satt.

Suko erging es ähnlich. Shao bemerkte dies zwar, sie sagte allerdings nichts. Nur Johnny aß mit gesundem Appetit.

Dann kam Bill. Er hatte sich sogar rasiert, sein Haar glänzte noch nass. Als er sich setzte, zuckte ein flüchtiges Lächeln um seine Lippen.

»Möchtest du etwas essen?«, fragte Shao.

»Nein.«

Die Chinesin lächelte. »Vielleicht eine kleine Portion. Komm, Bill, du musst einfach!«

»Meinetwegen.«

Der Reporter nahm seinen Teller hoch und hielt ihn Shao entgegen. Sie füllte die Kelle zur Hälfte, drehte sie und goss die Suppe auf den Teller.

»Danke.« Bill stellte den Teller ab und griff zum Löffel. Wir schauten ihn nicht an, das war unser Fehler. Vielleicht hätten wir es sonst früher bemerkt, denn erst als Bills Schrei aufklang, wurden wir aufmerksam.

Wir drehten uns zu ihm.

Wie erstarrt saß der Reporter auf dem Platz. Er starrte auf seinen Teller, und was sich darin befand, war nicht mehr die Suppe, sondern eine andere Flüssigkeit.

Blut!

Charly Rainbird schüttelte den Kopf. »Das ist Wahnsinn, wenn wir weiterfahren.«

»Wieso?«, fragte Muriel, seine Frau.

»Weil wir einen zu starken Wind bekommen, und er treibt uns ab. Sieh dir doch mal den Himmel an.«

Muriel folgte dem Ratschlag ihres Mannes. Sie schaute in das dichte, graue Meer aus Wolken, das über ihnen schwebte und sie an eine aus Steinen unterschiedlicher Größe erbaute dicke Wand erinnerte.

Es war wirklich ein Risiko, wenn sie weiterfuhren. Der Wind blies aus den Wolken und degradierte den Ballon über ihnen zu einem Spielball.

»Aber wo sollen wir landen? Hier ist nichts.«

»Etwas können wir ja noch fahren«, meinte Charly, wobei ihm der Flugwind die Worte von den Lippen riss.

»Treib es nur nicht zu toll«, warnte Muriel.

Charly grinste. »Keine Bange, ich bin ein alter Profi.«

Muriel schwieg, legte ihren Kopf in den Nacken und schaute auf den über ihnen schwebenden knallgelben Ballon. Wie ein gewaltiges aufgeblähtes Kunstwerk, so kam er ihr vor. Vom Boden aus gesehen wirkten die Ballons immer kleiner, als sie tatsächlich waren. Wenn man selbst in der Gondel stand und hochblickte, war das alles anders. Da konnte man schon Angst bekommen, vor allen Dingen dann, wenn man daran dachte, dass sich zwischen der Gondel und dem Boden einige Hundert Fuß Distanz befanden.

Muriel teilte erst seit wenigen Monaten das Hobby ihres Mannes. Charly, Manager einer Werbefirma, war an sich atypisch für diesen Job. Er machte keine Schau, schleppte Muriel nicht auf Partys und trieb sich auch selbst nicht in den Kreisen herum, die sich immer als *in* bezeichneten. Er ging nur seinem Hobby, dem Ballonfahren, nach. Natürlich waren sie einem Verein beigetreten, und da hatten sie die Bekannten gefunden, für die es sich lohnte, eine Freundschaft zu schließen. Keiner von ihnen war so oberflächlich wie die Typen aus der Werbebranche. Die Mitglieder des Ballonclubs konnten sich aufeinander verlassen. Jeder half dem anderen, wenn er in Not geriet, sodass sich Charly und Muriel in dem Kreis sehr wohl fühlten. Beide hatten sie die dreißig überschritten und keine Kinder.

Als sie an diesem Abend im Korb standen, trugen sie wetterfeste Kleidung. Der Sommer war vorbei, mit gewaltigen Schritten hatte sich der Herbst genähert, und es war wohl eine ihrer letzten Fahrten, die sie in diesem Jahr unternahmen.

Der Wind wurde schärfer. Muriel zog ihre Kapuze hoch, die das braune Haar verdeckte. Ihr Gesicht war gerötet, die Augen hatte sie leicht zusammengekniffen, und der Himmel verdunkelte sich immer mehr.

Die große gelbe Kugel über ihnen schwang hin und her. Der Wind spielte mit der Ballonhülle, und er bog die Auslaufleinen zwischen Kugel und Korb durch.

Als Charly an Muriels Seite trat, schwankte der Korb ein wenig. »Schau dich mal nach einem Landeplatz um«, sagte er.

»Auf einmal?«

»Ja, wir wollen jedes Risiko vermeiden.«

»Aber wo willst du da runtergehen?« Muriel deutete dabei in die Tiefe, denn als ideal konnte man das Gelände nicht bezeichnen.

Landungen in Wäldern waren nicht gerade ihre Spezialität, außerdem konnte das sehr leicht ins Auge gehen. Für den Menschen ebenso wie für den Ballon. Charly kannte einige Freunde, die Bruch- oder Notlandungen hinter sich hatten und nicht davon begeistert waren.

»Dann eben weiter auf London zu!«, rief er.

Sie sahen die Millionenstadt am Horizont. Das Häusermeer schien dicht unter der grauen Decke der Dämmerung zu liegen, und die ersten Lichter funkelten wie unendlich weit entfernte Sterne.

Wieder fuhr eine Bö heran und schüttelte wild an der Hülle. »Ist egal!«, rief Muriel. »Wir müssen runter, und wenn es eine Bruchlandung wird. Da sind die Chancen noch immer größer als in einem Orkan.«

»Okay, dann sehen wir zu, dass wir runterkommen.«

Wenig später leiteten er und seine Frau die Landung ein. Sie musste mit den Leinen arbeiten, das Gas sollte zum großen Teil die Hülle verlassen, damit sie langsam dem Erdboden entgegenschwebten.

Es war eine einstudierte Arbeit zwischen den beiden, und sie stellten befriedigt fest, dass der Korb einigermaßen ruhig und stetig sank.

Immer häufiger trafen Windstöße die Hülle, und wenn sie heranfauchten, duckten sich Muriel und Charly jedesmal zusammen. Sie hatten so viel zu tun, dass sie zunächst nicht darauf achten konnten, wie ihr Landeplatz wohl aussehen würde, doch als Muriel einen Blick nach unten warf, schrie sie leise auf. »Charly, der Wald!«

Ihr Mann schaute ebenfalls. Das Herz rutschte ihm zwar nicht in die Hose, dennoch wurde er ein wenig blass, als er sah, was da auf sie zukam. Es war kein dichtes Waldstück, sondern eins mit Lichtungen und Wegen.

»Sieht aus wie ein Park!«, rief Muriel.

»Vielleicht haben wir Glück und landen auf einer Wiese.«

»Ich drücke uns die Daumen.«

Der Ballon sackte weiter in die Tiefe. Die Kronen der Bäume schienen zum Greifen nahe zu sein, aber noch glitten sie darüber hinweg, bis wieder eine Bö die große Hülle erfasste und sie hart nach unten drückte.

Der Korb schwankte stärker. Muriel klammerte sich fest, während ihr Mann noch mehr Gas abließ.

Er verfluchte es schon, die Fahrt unternommen zu haben. Aber es war um eine Wette gegangen, und wie er die Sachlage betrachtete, konnte er die Wette schon als verloren einstufen.

Dann hatten sie Glück. Sie glaubten schon, das Kratzen der Äste am Boden des Korbs zu hören, als der Wind es gut mit ihnen meinte, sie packte und weitertrieb.

Über die Bäume hinweg.

Und dann sahen sie einen Platz. Mehr eine große rechteckige Wiese, die an ihrem Ende durch Bäume begrenzt wurde. Bis dorthin durften sie nicht mehr treiben, sie mussten vorher landen, und Charly traf sämtliche Vorbereitungen.

Jetzt sackten sie schneller. Immer mehr Gas verließ die Hülle, während Muriel bereits nach dem außen am Korb hängenden Anker griff.

In vielleicht vier Yards Höhe schaukelten sie über Grund. Aber sie mussten noch tiefer, und das Ende der rechteckigen Wiese geriet in bedrohliche Nähe.

»Jetzt runter!«, rief Charly.

Muriel ließ den Anker fallen. Sie hörten nicht, wie er zu Boden prallte, aber die Treibgeschwindigkeit wurde gedrosselt, zudem verlor die Hülle weiter an Gas.

Dann hatten sie endlich Bodenkontakt, während sich die große Hülle zur Seite neigte und dem Ende des Rasenstücks entgegenkippte, wo sie von den Bäumen aufgehalten wurde.

Beide hörten das Peitschen und Schaben der Zweige. Es hätte sie normalerweise gestört, aber sie waren froh, endlich wieder festen Boden unter den Füßen zu haben.

Der Anker hielt.

Zwar schwang der Korb auf und nieder, berührte mal den Grund, wurde in die Höhe gehoben, aber die Hülle faltete sich immer weiter zusammen, sodass die Zugkraft von der Seite nachließ und das Ehepaar die Gondel verlassen konnte.

Sie standen daneben und schauten sich an. Beide waren ein wenig blass im Gesicht.

»Verdammt, das ist noch mal gut gegangen«, murmelte Muriel und schüttelte sich.

Ihr Mann grinste. »Du weißt doch, das Glück ist mit den Doofen.«

»Danke.«

Dann lachten sie und schauten zu, wie ihr einst so stolzer Ballon immer flacher und platter wurde.

Muriel ging ein paar Schritte zur Seite. Sie wollte sehen, wo sie gelandet waren.

Alles wirkte sehr akkurat. Die Bäume in der Umgebung erinnerten an hohe, grüne Kerzenflammen, denn so waren sie durch Menschenhände gestutzt worden.

Das war kein echtes Stück Natur! Hier hatte der Mensch Hand angelegt. Aber warum?

Und plötzlich wusste Muriel Rainbird Bescheid. Sie wurde blass, als sie daran dachte.

Zwei Schritte brachten sie in Charlys Nähe. »Weißt du, wo wir hier gelandet sind?«, fragte sie mit vibrierender Stimme.

Ihr Mann war zu beschäftigt. Er hatte sich noch nicht umgesehen. Deshalb sagte er: »Nein.«

»Auf einem Friedhof, Charly. Wir befinden uns auf einem Friedhof …

»Blut!«, schrie Bill Conolly. »Es ist Blut!«

Er saß da und starrte auf seinen Teller. Die Arme hatte er halb erhoben, die Augen waren so weit aufgerissen, als wollten sie aus den Höhlen quellen.

Auch wir waren geschockt. Damit hatten wir nicht gerechnet. Hier war eine Magie im Spiel, die von einer anderen Person kontrolliert wurde.

Aber wer war es?

Der Teufel vielleicht oder Jane Collins. Möglicherweise auch beide, denn sie bildeten ja eine Allianz.

Suko saß Bill am nächsten. Er sprang auch am schnellsten in die Höhe, drehte sich nach rechts und stand neben dem Reporter. Sein Gesicht wurde blass.

Bill tat gar nichts. Der Stuhl schien mit ihm eine Einheit zu bilden, während Shao vorzüglich reagierte und sich um Johnny kümmerte, der den Schrei seines Vaters zwar gehört, aber nicht richtig begriffen hatte, was sich da wirklich abspielte.

Er wurde von Shao gepackt und aus dem Zimmer gezogen.

Dann stand auch ich neben Bill. Mit Suko zusammen rahmte ich ihn ein. Zu dritt starrten wir auf den Teller.

Ja, es war Blut, aber wir sahen noch mehr. Ein Gesicht schimmerte in der Flüssigkeit, und es gehörte Bills Frau Sheila.

Zu einem breiten Lächeln waren die Lippen verzogen, die Augen glänzten seltsam, und als ich den Teller bewegte, da zerflossen auch die Gesichtszüge.

»Nimm das Kreuz!« Suko schlug dies vor.

Ich folgte dem Rat, holte den wertvollen Talisman hervor und tat etwas, das ich noch nie in meinem Leben getan hatte.

Ich tauchte das Kreuz in die Flüssigkeit.

Das Gesicht verschwand. Ich vernahm ein Zischen, sah den Qualm und schaute auf einen leeren Teller.

Tief holte ich Luft. Das war verdammt hart gewesen, aber es hatte uns gezeigt, dass Sheila längst nicht aus dem Rennen war, sondern uns unter Kontrolle hatte.

Bill Conolly hatte sich noch immer nicht gerührt. In ihm musste eine Hölle toben.

Mir wäre es wahrscheinlich nicht anders ergangen, wenn ich plötzlich in einer mit Blut gefüllten Schale das Gesicht eines lieben Menschen gesehen hätte.

Ich berührte ihn an der Schulter. Mein Freund zuckte zusammen. Er schien aus einem tiefen Traum zu erwachen, hielt zwar die Augen offen, dennoch hatte ich das Gefühl, als würde er uns überhaupt nicht sehen. »Es war Sheila«, hauchte er. »Habt ihr das Gesicht gesehen? Es schwamm in Blut. Ich habe mich nicht getäuscht.«

»Nein, Bill, das hast du nicht.«

»Sie ist noch hier.«

Ich schüttelte den Kopf. »Sheila hat sich wieder zurückgezogen. Du kannst sie nicht sehen.«

Bill schaute mich an. Ein seltsamer Ausdruck lag in seinen Augen. So weit, so entrückt. »Ja, John, du hast Recht. Ich, ich glaube, ich muss mich hinlegen ...«

Suko und ich schauten uns an. Das waren ja ganz neue Töne. Damit hatten wir nicht gerechnet. Aber es war vielleicht besser, wenn sich Bill hinlegte, deshalb sagte ich: »Tu dir keinen Zwang an, mein Lieber. Leg dich lang und ruh dich aus.«

»Ihr seid mir nicht böse?«

»Nein, natürlich nicht.«

Der Reporter stemmte sich hoch. Er nickte uns noch zu und ging davon. Seine Schritte waren klein, nicht so stürmisch wie früher, man sah ihm die Last an, die er trug.

Suko schüttelte den Kopf.

»Was hast du?«, fragte ich ihn.

»Bill hat so seltsam reagiert. Diese plötzliche Wandlung will mir nicht in den Sinn. Er fällt von einem Extrem ins andere.«

»Das hast du bei Menschen öfter, wenn sie innerlich zerrissen sind«, erwiderte ich.

»Möglich.«

»Ich bin nur froh, dass Bill sich überhaupt hinlegen will. Ich mach mich bald auch lang.«

»Dann willst du bleiben?«, fragte Suko.

»Ja, diese Nacht zumindest. Ich kann von hier aus ins Büro fahren.«

Shao kam zurück. Sie blickte uns aus großen Augen an. Noch immer war sie blass im Gesicht. »Ich habe Johnny in sein Zimmer gebracht und ihn gebeten, ins Bett zu gehen.«

»Liegt er denn?«

»Ja.«

»Hat er nichts gesagt?«

Shao schaute an mir vorbei. »Kaum. Er hat es nicht richtig

mitbekommen oder begriffen. Es wäre ja grausam gewesen, wenn er im Blut das Gesicht seiner Mutter gesehen hätte.« Sie wischte über ihre Stirn. »Es ist sowieso schlimm genug, was der Kleine bisher alles in seinem kurzen Leben durchgemacht hat. Wenn das so weitergeht, bleibt irgendwann mal etwas hängen.«

Ich nickte. »Das fürchte ich auch.«

Von Bill hörten wir nichts mehr. Uns blieb nichts anderes übrig, als uns zusammenzusetzen und erst einmal abzuwarten. Wir hielten nichts in der Hand, die Gegenseite besaß sämtliche Trümpfe, und sie musste auch allmählich agieren.

Die Zeit verging.

Draußen war es inzwischen dunkel geworden. Zwischen uns herrschte eine gedrückte Stimmung. Keiner wusste so recht, was er sagen sollte, wir tranken auch keinen Alkohol, sondern stillten unseren Durst mit Säften.

Shao hatte sich um Johnny gekümmert und den Kleinen hingelegt. Auch ich wünschte ihm eine gute Nacht, und er fragte wieder nach seiner Mutter.

»Sie kommt bald zurück!«, erklärte ich ihm. »Jetzt musst du aber schlafen, Mummy wird sich freuen, wenn ich ihr erzähle, wie brav du gewesen bist.«

Er gab mir noch einen Kuss, und ich verließ das Zimmer. Für einen Moment zögerte ich, denn ich traute mich nicht so recht, nach Bill zu schauen.

Vielleicht hätte er es falsch aufgefasst, aber ich konnte einfach nicht an der Tür vorbeigehen.

Der Höflichkeit halber klopfte ich an, vernahm jedoch keine Antwort. Es war wie vor einigen Stunden, als ich das Bad betreten wollte. Abgeschlossen hatte der Reporter nicht.

Ich stieß die Tür auf.

Neben dem Bett leuchtete eine kleine Lampe. Ihr Licht genügte mir, um erkennen zu können, dass sich außer mir niemand im Zimmer aufhielt. Ich sah das offene Fenster und wusste Bescheid …

Bill Conolly hatte die Nachricht der Hexe Jane Collins natürlich nicht vergessen, und er war wie ein Dieb in der Nacht aus dem Haus geschlichen.

Er dachte nicht mehr an seine Freunde, die sich Sorgen um ihn machten. Sein Ziel hieß Sheila, und er hatte sehr gut behalten, was ihm Jane Collins dank ihrer Hexenkräfte in die Luft geschrieben hatte.

Auf einem Friedhof sollte er Sheila finden. In einem Grab liegend. Bill schauderte, als er daran dachte, und er stellte sich vor, was er vielleicht tun würde, um seine Frau zu holen. Vielleicht musste er das Grab mit seinen eigenen Händen aufschaufeln. Doch auch davor wollte er sich nicht bange machen.

Wenn er nur Sheila hatte.

Tot oder lebendig!

Als er daran dachte, rann es kalt über seinen Rücken. Eine tote Sheila, so schrecklich sich das auch anhörte, aber Bill hatte sich inzwischen mit allem abgefunden, auch damit, dass seine geliebte Frau nicht mehr am Leben war.

All diese Gedanken schossen ihm durch den Kopf, als er durch den Garten schlich. Das Haus hatte er umrundet, befand sich bereits im Vorgarten und nutzte dort geschickt die Büsche und Bäume als Deckung aus.

Hin und wieder schaute er zurück, sah das Haus im Dunkeln liegen, und nur hinter der Tür leuchtete verwaschen das gelbe Flurlicht.

Ein knappes Lächeln huschte über Bills Lippen. Niemand hatte von seiner Flucht etwas bemerkt, und so musste es auch sein. Er wollte ganz allein mit dem Problem fertig werden und dafür Sorge tragen, dass Sheila wieder zu ihrer Familie zurückkehrte. Dass Bill sich dabei mit dem Herrscher der Hölle anlegte, störte ihn nicht.

Er wurde ruhiger, je weiter er sich von seinem Haus entfernte und durch den Garten huschte. Er konnte auch schneller laufen und brauchte nicht unbedingt jeden Strauch als Deckung. Sehr bald erreichte er das Tor. Rechts und links davon friedete ein hoher Zaun das Grundstück ein. Er musste von Bill überwunden werden, was dem Reporter ohne große Mühe gelang.

Auf der anderen Seite des Zaunes sprang er zu Boden und blieb für einen Moment stehen.

Die Conollys wohnten in einer Straße, die ziemlich einsam lag. Die Häuser lagen hinter Vorgärten versteckt, und oftmals verwehrten hochgewachsene Bäume den Blick auf die Wohnburgen.

Zwar gibt es in London sehr viele Taxis, doch Bill konnte nicht damit rechnen, dass eines an seinem Grundstück vorbeifuhr, deshalb musste er sich selbst auf die Suche machen.

Der Reporter wandte sich nach links und lief dorthin, wo sich die nächste Querstraße befand. Er beeilte sich, denn er wollte sein Haus und alles, was damit zusammenhing, so rasch wie möglich verlassen.

Nur weg!

Bill erreichte sein Ziel. Er sah sich nach einem Verfolger um, entdeckte aber keinen.

Ein Taxi tauchte auf. Er hielt es an. Der Fahrer kannte ihn sogar. Überrascht verzog er sein Gesicht, als er den Reporter sah.

»Hallo, Mr. Conolly, wollen Sie wirklich gefahren werden?«

»Ja.« Bill zog den Kopf ein und stieg in den Wagen.

Der Fahrer, es war ein Schwarzer mit hellgrauen Haaren, drehte sich um. »In die Redaktion des …«

»Nein, zum Memorial Cemetery, bitte.«

Der Fahrer zuckte zusammen. »Ehrlich. Wollen Sie auf den Friedhof?«

»Sicher.«

»Und das in der Nacht?«

»Fahren Sie schon!«

»Sorry, Sir, aber ich wunderte mich eben nur über das Ziel. Ich bin zwar kein ängstlicher Mensch, dennoch fürchte ich mich irgendwie davor. Da kann man eben nichts machen. Liegt wohl im Blut meiner Ahnherrn. Wissen Sie, mein Vater, der glaubt noch fest an den Voodoo-Zauber, und er hat auch schon die lebenden Leichen gesehen, wie sie aus ihren Gräbern stiegen und die Menschen anfielen …«

Der Mann erzählte, und Bill schaute aus dem Fenster.

Er hörte überhaupt nicht hin, sondern schaute auf die Lichter oder die hellen Inseln, die hin und wieder vorbeihuschten und bei höheren Geschwindigkeiten zu zerfließenden Gebilden wurden.

Dazwischen aber erschien immer wieder ein Gesicht.

Das von Sheila Conolly!

Er sah die blasse Haut, die großen Augen, den Mund, wenn er lächelte, und er glaubte, ihre Hände an seinen Wangen zu spüren. Sie waren schon einige Jahre verheiratet. Ihre Ehe war gut gewesen, auch wenn Sheila immer dagegen gesprochen hatte, wenn Bill wieder mit seinem Freund John Sinclair auf Geisterjagd gehen wollte. Es hatte auch Streit zwischen ihnen gegeben, das kam nun mal in jeder Ehe vor, da machten die Conollys auch keine Ausnahme.

Bill hatte sich hinter dem Fahrer in die linke Seite des Fonds gedrückt. Sein Kopf sank nach vorn, und Bill presste seine heiße Stirn gegen die Scheibe.

Die Augen hatte er weit geöffnet, und das imaginäre Bild seiner Frau wollte einfach nicht weichen. Seine Lippen verzogen sich. Er öffnete den Mund, und als ein Stöhnen hervordrang, wurde selbst der Fahrer aufmerksam.

»Ist Ihnen nicht gut, Mr. Conolly?«, fragte er.

»Wieso?«

»Ich meine, Sie …«

»Kümmern Sie sich nicht um mich. Mir geht es prächtig, verdammt prächtig sogar …«

Das wollte der Fahrer nicht glauben. Er sagte aber nichts, sondern machte sich seine Gedanken. Einige Jahre kannte er den Reporter schon. Öfter hatte er ihn zu Redaktionen gefahren und ihn auch wieder abgeholt, wenn dort etwas getrunken worden war. Er kannte Bill Conolly als einen geselligen Menschen. Die Fahrten waren immer schnell vergangen, denn der Reporter hatte dann meist die neuesten Witze erzählt, die er bei seinen Besuchern gehört hatte.

So wie an diesem Abend hatte der Fahrer seinen Fahrgast noch nie erlebt. Ihn mussten schwere Sorgen plagen, irgendetwas war geschehen. Und es musste gravierend sein, denn sonst hätte Bill Conolly nicht so im Fond gesessen und nur aus dem Fenster gestarrt. Ob etwas mit seiner Familie passiert war?

Bill starrte weiter nach draußen. Noch immer glaubte er, Sheilas Gesicht zu sehen, ihre ausdrucksvollen Augen, die weichen Lippen, das Lächeln, aber allmählich kristallisierte sich etwas anderes hervor.

Ein fremdes Gesicht. Das des Teufels.

Wie eine Schablone schob es sich über das der Sheila Conolly, und in den Augen las der Reporter einen unbeschreiblichen Triumph darüber, dass es dem Satan gelungen war, Sheila von der Seite ihres Mannes wegzureißen.

Bill öffnete den Mund. Er dachte nicht mehr daran, dass er sich in einer fremden Umgebung befand, denn in ihm schoss die Wut wie eine lodernde Flamme hoch.

»Ich bekomme sie zurück!«, keuchte er. »Du wirst sie nicht behalten, Teufel! Du nicht!«

Mac, der Fahrer, hörte die Worte. Vor Schreck hätte er fast das Gaspedal mit der Bremse verwechselt.

Bill Conolly hatte vom Teufel gesprochen. Und der Teufel machte ihm Angst. Er gehörte ebenso zum Leben des Fahrers wie Gott. Viele seiner Landsleute waren sehr fromm, aber im gleichen Maße auch abergläubisch. Das Böse und das Gute waren für ihn Begriffe, zwischen denen sich das Leben bewegte.

Und er dachte noch weiter. Zwar wusste er es nicht genau, aber bei den Conollys hatten sich schon des öfteren seltsame Dinge abgespielt, die nicht erklärbar waren. Mac hatte von diesen Dingen nie etwas gesehen, nur gehört, er traute sich auch nicht zu fragen, dennoch glaubte er daran, und die Reaktion seines Fahrgastes ließ sich vielleicht mit diesen unheimlichen Vorgängen erklären.

Öfter als gewöhnlich schielte er in den Innenspiegel, um seinen Fahrgast zu beobachten.

Mac erkannte von ihm nur einen kompakten Schatten, und er versuchte es noch einmal. »Geht es Ihnen wirklich gut, Mr. Conolly?«

»Ja, zum Teufel!«

»Sorry, ich meinte nur.«

»Fahr du die Strecke, die ich dir angesagt habe. Ansonsten halt den Mund! Ich möchte keine Gespräche.«

»Habe verstanden, Sir!«

Mein Gott, was muss es dir schlecht gehen, dachte der Fahrer. Ob Bill Streit oder Ärger mit seiner Frau hatte? Oder möglicherweise noch etwas Schlimmeres?

Daran wollte Mac nicht denken, und er beschleunigte.

Die Gegend war einsamer geworden. Der Friedhof lag inmitten eines offenen Gebietes, eingebettet zwischen Wald und Wiesen. Man hatte dort die Helden begraben oder zumindest die, die man für solche hielt.

Mac war da skeptisch. Für ihn waren die kriegerischen Taten irgendwelcher Generäle keine Heldentaten. Eine Mutter, die fünf Kinder aufzog, war in seinen Augen ein größerer Held als irgendein General, der aus dem sicheren Bunkerstand heraus seine Männer und auch die Feinde in den Tod schickte.

Deshalb mochte er diesen Heldenfriedhof nicht. Aber es war nicht seine Sache, und er würde dort auch nicht beerdigt werden.

»Wo soll ich Sie absetzen, Mr. Conolly?«, fragte er nach hinten gewandt.

»Vor dem Eingang.«

»Kennen Sie den Friedhof?«

»Ja.«

»Dann ist es gut.«

Kurz vor Erreichen des Ziels musste Mac den Wagen noch in eine weitere Kurve lenken. Von hier aus führte eine Stichstraße zu dem Parkplatz.

Dort hielt der Fahrer an.

Bill zuckte zusammen, als er merkte, dass der Wagen nicht mehr fuhr. Müde hob er seinen Kopf. »Was bekommen Sie, Mac?«

Der Fahrer nannte den Preis.

Bill Conolly griff in die Tasche, hielt für einen Moment inne, zog die Hand wieder hervor, ließ sie in den anderen Taschen verschwinden und schüttelte den Kopf.

»Was ist, Sir?«

Bill versuchte zu lächeln. Es misslang ihm ziemlich, denn er musste zugeben, dass er sein Geld vergessen hatte.

Mac lachte. »Das ist doch nicht tragisch, Sir. Es kann jedem einmal passieren. Machen Sie sich darüber keine Gedanken. Dann zahlen Sie eben beim nächsten Mal.«

Bill schaute ihn an. Mac hatte die Innenbeleuchtung eingeschaltet. In ihrem Licht wirkte das Gesicht des Reporters ziemlich bleich, noch blasser als sonst.

Bill nickte. »Ja, gut. Ich werde es so machen. Falls es noch ein nächstes Mal gibt«, fügte er leise hinzu.

»Wie meinen Sie das, Sir?«

»Schon gut, es war nur so dahingesagt.« Bill öffnete den Wagenschlag. »Alles Gute, Mac«, hauchte er mit kratziger Stimme beim Aussteigen.

Dem Fahrer kam es vor wie ein Abschied für immer. Er kurbelte die Scheibe nach unten. »Soll ich nicht warten, Sir, bis Sie zurückkommen?«

Bill schlug die Tür zu. »Nein, das ist nicht nötig. Fahren Sie ruhig wieder zurück.« Er hob noch einmal die Hand und näherte sich dem düsteren Eingang des Friedhofs.

Der dunkelhäutige Fahrer schaute ihm so lange nach, bis er die einsame Gestalt nicht mehr sah. Er schüttelte den Kopf, schlug mit der rechten Hand auf den Lenkradring und sagte: »Da stimmt etwas nicht. Irgendwas ist da nicht in Ordnung. Wer geht schon freiwillig nachts auf einen Friedhof?«

Mac überlegte. Nicht nur seine Neugierde war angestachelt worden, er dachte auch daran, dass der Reporter den Fahrpreis nicht hatte bezahlen können.

Das gab ihm die Möglichkeit, am Ball zu bleiben. Und er entschloss sich, trotz der späten Stunde bei den Conollys anzurufen. Einen Grund hatte er ja jetzt.

Wie ein Rennfahrer startete er. Irgendwie ahnte er, dass die Zeit auf einmal drängte …

Charly Rainbird hatte einen Moment nicht zugehört. Deshalb fragte er nach. »Wo sind wir hier gelandet?«

»Auf einem Friedhof.« Muriel konnte ein Zittern der Stimme nicht vermeiden. Sie war kein Mensch, der sich sehr leicht fürchtete, doch vor einem Friedhof hatte sie Angst. Dieses Gelände war ihr unheimlich, auch wenn die Toten nicht mehr sprechen konnten, doch allein die Atmosphäre störte sie sehr.

Und ausgerechnet da mussten sie runtergehen. Keine gute Sache, wie sie fand.

»Besser hier als in einem Wald«, sagte ihr Mann, der alles ganz nüchtern sah.

»Aber ich mag keine Friedhöfe.«

Charly lachte. »Wir wollen hier auch nicht übernachten, meine Liebe. Wir falten, so gut es geht, alles zusammen und zurren die Hülle fest, damit sie vom Wind nicht weggetrieben wird.« Er lächelte Muriel zu. »Hilfst du mir?«

»Natürlich.«

Bevor sie anfingen, schaute sich Charly um. Er hatte in seinem Leben schon zahlreiche Friedhöfe gesehen, allein schon, um seine Verwandten zu besuchen.

Dieser, auf dem sie gelandet waren, kam ihm jedoch anders als die übrigen vor.

Nicht von der Atmosphäre her, sondern allein von der Anlage. Er war weiträumiger, größer, die Wege erschienen ihm breiter, und als er einige Schritte ging, da sah er auch die ersten Gräber.

Sie waren nicht wie bei einem normalen Friedhof abgegrenzt, diese hier waren in die parkähnliche Friedhofslandschaft voll integriert, und die Gedenksteine standen auf den großen Wiesenflächen.

Es waren regelrechte Monumente. Wuchtige Klötze, grau, kantig. Manche nur einfache Rechtecke, andere wiederum mit irgendwelchen heroischen Merkmalen verziert und bebaut.

So entdeckte Charly Rainbird einige Klötze, auf denen Soldaten standen und eine kampfbereite Haltung eingenommen hatten. Daneben stand aber auch wieder ein Engel, der schützend Flügel und Arme ausbreitete.

Ein Widersinn in sich, Kitsch hoch drei, so formulierte Rainbird es in Gedanken.

Er ging ein paar Schritte über den weichen Rasen und konnte im letzten Licht des Tages die Inschrift auf einem der marmornen Grabsteine entziffern.

»Hier ruht General Donald McPherson, ein Mann, der die Ehre Englands in der Hölle des indischen Subkontinents verteidigt hat. Möge Gott seiner Seele den ewigen Frieden geben.«

Charly hatte die Worte vor sich hingemurmelt und schüttelte den Kopf. Er mochte diese Sprüche nicht.

Die helle Stimme seiner Frau riss ihn aus den Gedanken.

»Charly, bitte! Soll ich denn alles allein machen?«

»Okay, ich komme.«

Muriel erwartete ihren Mann neben dem Korb stehend und sah, wie er den Kopf schüttelte. »Du hast Recht, Muriel, dieser Friedhof ist wirklich nicht normal.«

»Sondern?«

»Eine Gedenkstätte für angebliche Helden. Ich glaube, hier liegen nur hohe Tiere. Wenn du dir die Inschriften auf den Steinen ansiehst, kriegst du feuchte Augen.«

»Das geht uns doch nichts an.«

»Recht hast du. Komm, wir müssen den Ballon irgendwo festbinden.«

Die beiden wickelten die Leinen um die Baumstämme. Es waren genügend vorhanden, und wenn es nicht reichte, wurden sogar noch Leinen an den hohen Grabsteinen befestigt.

Muriel und ihr Mann arbeiteten Hand in Hand. Man merkte ihnen an, dass sie ein Team waren.

Der Wind fuhr mit seinen kühlen Schwingen aus nordwestlicher Richtung heran. Er kämmte das Gras und bewegte die hohen Kronen der geschnittenen Bäume.

Ein fantastisches Schauspiel, denn die Bäume wirkten so, als wollten sie sich vor den Menschen verneigen.

»Alles klar?« Muriel richtete sich auf und drückte den Rücken durch. Die Kapuze war ihr wieder in den Nacken gerutscht, und der Wind wehte das braune Haar zu einem Turban in die Höhe.

»Ja, sicher. Wir können nur hoffen, dass uns der Ballon nicht gestohlen wird.«

Muriel lachte. »Wer sollte ihn denn wegnehmen? Die Toten vielleicht?«

»Nein, die nicht. Aber die Frau dort!«

Charly deutete nach rechts, und Muriel zuckte erschreckt zusammen, als sie die blonde Person sah, die dicht neben einem hoch aus dem Boden ragenden Grabstein stand und die beiden wohl schon eine Weile beobachtet hatte.

Charly und Muriel rührten sich nicht. Sie mussten erst ihre Überraschung überwinden, denn sie hatten damit gerechnet, die einzigen Menschen auf dem Friedhof zu sein.

Auf Muriels Gesicht zeichnete sich ein Schauer ab. Sie fasste nach der Hand ihres Mannes, als brauchte sie eine Stütze.

Auch Charly musste sich erst die Kehle freiräuspern, dann aber fragte er: »Wer sind Sie?«

Die Frau ließ sich Zeit mit der Antwort. Sie trat sogar noch ein paar Schritte näher, bis sie sagte und dabei auch lächelte: »Ich bin eine Dienerin des Teufels!«

Bill Conolly war verschwunden!

Ich wollte es nicht fassen, nicht glauben, doch sosehr ich auch schaute, es blieb eine Tatsache. Ich hatte Suko geholt, und der starrte ebenso wie ich auf das offene Fenster, aus dem der Reporter verschwunden war.

»Er hat uns geleimt«, sagte mein Partner.

»Und wir hätten es wissen müssen«, erwiderte ich. »Verdammt auch, das ist doch nicht wahr!«

Keiner von uns konnte sagen, wie lange der Reporter schon verschwunden war. Eine Minute vielleicht, drei Minuten oder eine Viertelstunde. Es war alles möglich.

Hier herumzustehen hatte keinen Sinn, deshalb schlug ich vor: »Sehen wir draußen nach.«

An der Tür erwischte uns Shao. Sie wusste noch nicht, was geschehen war. Als wir es ihr erklärt hatten, wurde sie bleich. »Mein Gott, das darf doch nicht wahr sein.«

»Ist es aber.«

»Und jetzt?«

Wir hoben gleichzeitig die Schultern. Es war eine bezeichnende Geste, denn wir wussten uns keinen Rat mehr. Minuten später durchsuchten wir den Vorgarten. Shao hatte vom Haus her sämtliche Lampen eingeschaltet, sodass sich Helligkeit und Dunkelheit die Waage hielten und wir nicht mit Taschenlampen zu suchen brauchten.

Suko fand die Spuren. Er rief mich zu sich, kniete am Boden und deutete auf die Abdrücke. »John, hier ist vor kurzem jemand hergelaufen, und die Spuren weisen eindeutig in Richtung Tor.«

Eine lange Sucherei im Vorgarten konnten wir uns ersparen, deshalb eilten wir geradewegs auf das Tor zu und entdeckten dort ebenfalls die Abdrücke.

Bill war über den Zaun geklettert.

Bevor ich eine Entscheidung treffen konnte, hangelte sich Suko katzengewandt in die Höhe, sprang auf der anderen Seite zu Boden und schaute sich um.

»Nichts«, hörte ich ihn sagen. »Da gibt es keine Spuren mehr. Die Richtung können wir uns aussuchen.«

»Verdammt auch!«

Suko kletterte wieder zurück. Ziemlich belämmert schauten wir uns an. Es hatte keinen Sinn, sich gegenseitig Vorwürfe zu machen. Wir konnten nur über den Grund spekulieren, weshalb Bill so plötzlich verschwunden war. Das taten wir, als wir zum Haus zurückgingen.

»Ob er durchgedreht hat?«, fragte Suko.

»Möglich.«

»Aber er muss einen Grund gehabt haben. Bill wird nicht so ohne weiteres verschwinden. Das will nicht in meinen Schädel. Ich habe das Gefühl, als hätte er einen Plan gefasst. Irgendetwas muss ihm da einen Anstoß gegeben haben. Denk nur darüber nach, dass er sich innerhalb einer Stunde verändert hat. Seine Gemütsbewegung wechselte, und das gab mir zu denken. Da kannst du sagen, was du willst, John. Wir haben etwas übersehen.«

»In der Dusche«, sagte ich. »Da hat er sich doch so seltsam benommen. Es dauerte immerhin eine Weile, bis sich Bill unter die Brause stellte.«

»Stimmt.«

»Vielleicht hat ihn jemand besucht.«

»Daran dachte ich auch. Möglicherweise sogar Sheila. Der Satan ist verdammt mächtig, der manipuliert Menschen, ohne dass diese es selbst merken.«

»Wenn sie ihn besucht hat, weshalb ist er dann verschwunden?«, sinnierte ich weiter.

»Weil man ihn weggelockt hat.«

Mit dieser Antwort hatte Suko meiner Ansicht nach genau ins Schwarze getroffen. Weggelockt! Das war richtig. Wir hatten zuvor geahnt, dass sich der Satan immer die schwächsten Glieder in der Kette aussuchte, und das war nun mal Bill Conolly.

Zuerst Sheila, dann er.

Shao erwartete uns an der Tür. Sie stand im Lichtkreis der Außenleuchte, und ihr Gesicht glich einem Fragezeichen.

»Nichts«, sagte Suko. »Gar nichts. Tut mir Leid. Bill ist verschwunden.«

Für einen Moment presste Shao ihre Hände gegen die Brust, bevor sie fragte: »Und ihr habt keine Spuren?«

»Leider nein«, erwiderte ich.

Die Chinesin sah uns an, dass wir draußen nicht mehr diskutieren wollten. Sie gab den Weg frei, und wir gingen ins Haus.

Wir waren reingelegt worden, trotz allem. Wir hätten noch vorsichtiger und misstrauischer sein sollen, vor allen Dingen hätte ich mich mehr auf Bill konzentrieren können. Aber wer weiß das alles schon im Voraus? Er hatte mit sich selbst zu tun gehabt, hatte Ruhe haben wollen, und das wurde von mir akzeptiert.

Ich spürte einen Druck im Magen. Es war nicht einfach, den Stress durchzuhalten, und ich nahm einen großen Schluck Mineralwasser.

In der Küche traf ich Shao. »Du bist deprimiert, John, wie?«

»Das kannst du dir ja vorstellen.«

Sie nickte. »Aber was hätten wir machen können?«

»Besser aufpassen.«

»Der Satan hätte immer eine Möglichkeit gefunden, uns zu hintergehen. Deshalb solltet ihr euch keine grauen Haare wachsen lassen, John.«

»Danke für deinen Trost«, entgegnete ich lächelnd und nahm noch einen Schluck Mineralwasser.

»Was habt ihr jetzt vor?«

»Wir können natürlich eine Großfahndung nach Bill Conolly einleiten, wenn uns nichts anderes einfällt. Irgendwo muss er ja zu finden sein.«

»Hast du keinen Verdacht?«

Ich stellte das Glas weg und zündete mir eine Zigarette an. Den Rauch blies ich gegen die Lampe und schaute ihm nach. »Natürlich habe ich einen Verdacht. Vielleicht hat der Teufel den guten Bill ebenfalls geholt, und er befindet sich bereits bei Sheila.«

»Das glaubst du doch selbst nicht.«

»Es wäre zumindest eine Möglichkeit«, gab ich zu bedenken.

Genau in dem Augenblick schellte es. Es war ein langes Klingeln, hörte sich für mich ziemlich fordernd an, und Shaos Blick traf mein Gesicht. »Wer kann das sein, John?«

»Keine Ahnung.«

Im Flur traf ich Suko. Er hob ebenfalls die Schultern und war näher an der Tür als ich. Durch die Sprechanlage erkundigte er sich, wer am Tor stand.

»Entschuldigen Sie, Sir. Ich bin ein Taxidriver und habe gerade Mr. Conolly gefahren. Er blieb mir den Fahrpreis schuldig, und den wollte ich mir abholen.«

Suko schaltete schnell. »Wann haben Sie Mr. Conolly gefahren?« Seine Stimme zitterte plötzlich.

»Vor knapp einer Stunde.«

»Kommen Sie rein!« Suko öffnete per Knopfdruck das Tor.

Auch Shao war inzwischen zu uns gekommen. »Eine Spur von Bill?«, fragte sie.

»Möglich.« Ich wollte mich da nicht so festlegen, sondern erst einmal abwarten.«

Natürlich konnte uns der Satan auch eine Falle gestellt haben, deshalb waren wir vorsichtig, was den Fahrer anging. Wir behielten den Platz vor dem Haus im Auge.

Ich stellte mich dabei ans Fenster. Schon bald sah ich einen Wagen den Weg hochfahren.

Es war tatsächlich ein Taxi. Schräg stoppte der Mann es vor dem Haus und stieg aus.

Ein Farbiger kam auf die Tür zu. Er trug eine Lederjacke und hatte den Kragen hochgestellt. Gesehen hatten wir den Mann noch nie. Suko öffnete, während ich mich im Hintergrund hielt.

»Kommen Sie rein«, sagte der Chinese.

Der Fahrer trat seine Füße ab und kam ins Haus. Er fühlte sich ein wenig unwohl und machte auf uns einen verlegenen Eindruck. »Ich wollte wirklich nicht stören, Sir«, sagte er, »und das mit dem Geld hätte vielleicht noch Zeit gehabt, aber mich hat etwas anderes aufmerksam gemacht.«

»Bitte reden Sie!«, bat ich.

Der Mann knetete seine Hände. Er hob dabei auch die Schultern und erklärte mit leiser Stimme: »Eigentlich geht es mich ja nichts an, aber Mr. Conolly hat sich zu einem Friedhof fahren lassen.«

»Wohin?«, schnappte ich.

»Memorial Cemetery.«

»Was will er denn dort?«, fragte Shao.

»Keine Ahnung, Madam. Wissen sie, ich kenne Mr. Conolly ganz gut. Ich habe ihn schon des Öfteren zu den Redaktionen der Zeitungen gefahren und mich auch immer mit ihm unterhalten, doch nun weiß ich nicht mehr weiter. Ehrlich nicht. Ich kann mir nicht vorstellen, was er auf dem Friedhof wollte, und er war die gesamte Fahrt über auch so seltsam. Sprach nicht, wenn, dann nur mit sich selbst. Einmal habe ich sogar das Wort Teufel verstanden. Es war alles sehr mysteriös, wenn ich das einmal sagen darf.«

»Natürlich dürfen Sie«, sagte ich schnell und nickte Shao zu. Dieser Mann war Gold wert. Jetzt wussten wir, wo sich Bill befand.

»Wie viel bekommen Sie?«, fragte der Chinese.

Er nannte den Fahrpreis.

Ich beglich ihn und legte noch ein großzügiges Trinkgeld hinzu.

Der dunkelhäutige Fahrer bedankte sich überschwenglich und entschuldigte sich gleichzeitig. »Ich wollte mich nicht in Ihre Angelegenheiten einmischen, aber ich fand es seltsam.«

»Sie haben uns einen großen Gefallen getan und einen noch größeren Mr. Conolly.«

Der Driver hob die Schultern. »Wenn Sie meinen, Sir …« Er lächelte verlegen. »Dann gehe ich mal wieder.«

»Natürlich. Und nochmals herzlichen Dank.«

Der Fahrer ging. Wir warteten, bis er seinen Wagen vom Grundstück gelenkt hatte. Dann griffen wir schon nach unseren Jacken.

»Memorial Friedhof«, sagte Suko. »Kennst du den Weg dorthin, John?«

»So ungefähr.« Ich war schon an der Tür. Bis zu meinem Bentley brauchte ich nur wenige Schritte zu gehen. Aus dem Kofferraum holte ich den Bumerang hervor. Wenn wir tatsächlich gezwungen wurden, gegen den Teufel zu kämpfen, wollte ich alle Waffen bei mir haben.

Suko kam ebenfalls, während Shao in der Tür stehen blieb. Sie kämpfte mit den Tränen.

Ich winkte ihr noch kurz zu, bevor ich den Wagen startete. Dann rauschten wir ab.

Obwohl wir nicht darüber sprachen, hofften wir beide, Bill Conolly lebend vorzufinden und dem Teufel die Rechnung präsentieren zu können.

Die Frau mit den blonden Haaren hatte etwas gesagt, das Muriel und Charly Rainbird zwar verstanden, aber nicht begriffen hatten. Sie hatte sich als eine Dienerin des Teufels bezeichnet.

Spinnerei?

Die beiden Ehepartner schauten sich an. In Muriels Gesicht zuckte es. Sie war blass geworden, und auch ihr Mann fühlte sich in seiner Rolle nicht wohl, dennoch überwand er sich selbst und stellte die nächste Frage, um Gewissheit zu bekommen. »Was haben Sie da gesagt?«

»Ich bin eine Dienerin des Teufels!«

»Und?«

Die Frau kam näher. Sie wurde von den Ehepartnern angestarrt. Der Wind fuhr in den Rücken der Blonden und wühlte das Haar in die Höhe. Sie war eigentlich zu dünn angezogen, doch sie schien nicht zu frieren.

Zwei Schritte vor dem Ehepaar blieb sie stehen und schaute auf die leere Ballonhülle. Sie sagte nichts, sodass sich Charly gezwungen sah, eine Frage zu stellen.

»Sie sind zwar eine Dienerin des Teufels, aber haben Sie auch einen Namen?«

»Weshalb wollen Sie ihn wissen?«

»Nur so.«

Muriel Rainbird war die Sache nicht nur peinlich, sie wollte auch weg, denn allmählich wurde ihr dieser Friedhof unheimlich. Sie stieß ihren Mann in die Seite. »Lass doch, Charly …«

»Nein, Madam«, antwortete die Blonde. »Ihr Mann hat eine Frage gestellt, er soll auch die Antwort bekommen. Ich heiße Sheila Conolly und diene, wie gesagt, dem Teufel.«

»Gibt es den überhaupt?«

Muriel hatte die Frage gestellt und erntete einen spöttischen und überheblichen Blick. »Sie glauben nicht an den Teufel?«

»Nein, doch, die Kinder …«

»Es gibt den Teufel«, erklärte Sheila mit fester Stimme. »Ich selbst habe mit ihm gesprochen.«

Charly Rainbird hatten die Worte schon die ganze Zeit über gestört. Er fühlte sich schlichtweg auf den Arm genommen, ging zwei Schritte vor und blieb dicht bei Sheila stehen. »Schauen Sie mir mal in die Augen!«, forderte er.

»Charly!«, rief seine Frau.

Der Mann ließ sich nicht beirren. Er sah Sheilas Lächeln, und sie starrten sich an.

Sekunden nur, doch die Zeit reichte. Charly spürte, dass mit dieser Frau etwas nicht stimmte, und das sagte er ihr auch.

»Tut mir Leid, Madam, aber ich glaube, dass Sie uns hier einen Bären aufbinden wollen. Auch ich habe mir eine Meinung über Sie gebildet. Wollen Sie diese hören?«

»Bitte.«

»Ich glaube, dass Sie aus einer Heilanstalt entwichen sind. Sie sind nicht richtig im Kopf. Irre, wenn Sie meine Ansicht hören wollen. Und davon gehe ich nicht ab.«

»Charly, du bist wahnsinnig!«, rief Muriel. »Wie kannst du so etwas nur sagen?«

»Nein, sie ist verrückt.«

Beide hörten Sheilas leises Lachen.

Charly Rainbird ließ sich nicht beirren. »Aus welcher Anstalt sind Sie geflohen?«

»Ich komme aus keiner Anstalt.«

»Sondern?«

»Aus einem Grab!«

Das war der zweite Hammer innerhalb weniger Sekunden, den Muriel und Charly Rainbird zu verkraften hatten. Der Mann verzog das Gesicht, als hätte man ihm Essigwasser zu trinken gegeben. »Sie, Sie kommen also aus dem Grab, wie Sie selbst sagen.«

»Ja und nein.«

»Was soll das denn wieder heißen?«

»Mein Grab ist die Hölle.«

Charly grinste. »Und es befindet sich auf diesem Friedhof, wenn ich das richtig sehe.«

»Genau.«

»Können Sie es uns zeigen?«

»Wenn Sie mitkommen wollen und Zeit genug haben, mache ich es gern.«

Charly drehte den Kopf und warf seiner Frau einen fragenden Blick zu. Muriel war die ganze Sache sichtlich unangenehm. Hinzu kam die seltsame Furcht, die sie verspürte, und sie überließ die Entscheidung ihrem Gatten.

»Dann gehen wir«, sagte er. Seine Stimme klang nicht mehr so forsch. Aber er hatte einmal in den sauren Apfel gebissen und musste ihn auch essen.

»Wollt ihr den Teufel sehen?«, fragte Sheila.

»Natürlich.«

»Ihr werdet ihm auch dienen müssen.«

»Machen wir alles«, erklärte Charly lässig.

»Bitte, ich …« Muriel mischte sich ein. »Charly, ich möchte nicht mitgehen.«

»Unsinn. Sie will uns doch nur zu ihrem Grab führen. Komm, ich bin sehr gespannt.«

»Das könnt ihr auch sein«, sagte Sheila, drehte sich und ging vor.

Die Sache war den beiden schon mehr als unheimlich. Sicherheitshalber fasste Charly Rainbird die Frau an. Er fühlte unter seinen Fingern die Haut. Für ihn ein Zeichen, dass er es nicht mit einem Geist zu tun hatte, sondern mit einer normalen Frau.

Das war schon wichtig.

Sie schritten den breiten Weg entlang. Muriel hatte den Kopf gesenkt und schaute auf ihre Fußspitzen. Sie wollte nicht sehen, wohin sie gingen. Es war ihr alles unheimlich, wenn sie nur an die schrecklichen Gräber dachte, die den Weg säumten.

Die Grabsteine bereiteten ihr Angst. Sie wirkten bedrohlich, auch wenn sie keine Menschen waren, sondern eine tote Materie.

Es war in der Tat ein Heldenfriedhof. Fast jeder der hier Begrabenen hatte einen besonderen Grabstein bekommen. Die Inschriften erzählten von Ehre und Treue, doch was nutzte dies schon einem Toten?

Hin und wieder wuchsen die sorgfältig gestutzten und beschnittenen Bäume dichter zusammen. Da war dann nicht mehr so viel Platz für die Grabsteine. Manchmal erkannten sie hinter den Bäumen einen langen, kopfhohen Schatten. Es war eine dichte Hecke, die den Heldenfriedhof einzäunte.

Sheila ging einen Schritt vor, während sich Muriel und Charly hinter ihr hielten und sich an den Händen fassten. Besonders Muriel fiel es sehr schwer, ein Zittern zu unterdrücken. Sie hatte schlichtweg Angst, denn über dem Friedhof lag eine seltsame Dunkelheit, eine Mischung zwischen

Schwarz und Grau. Am Himmel türmten sich die Wolken zu skurrilen Gebilden, die der Wind zerfetzte, wenn er hineinfuhr.

Es hätte nur noch der Vollmond gefehlt, um die Gruselatmosphäre perfekt zu machen.

Beide sprachen nicht. Auch Sheila hielt den Mund. Sie ging den Weg entlang, der durch die Grabsteine zu beiden Seiten markiert war.

Weicher Rasen dämpfte ihre Schritte. Eine geisterhafte Stille umgab sie, und die Schatten zwischen den Bäumen und den Grabsteinen kamen Muriel bedrohlich und gefährlich vor.

»Ist es noch weit?« Charly unterbrach das Schweigen.

»Nein, wir sind gleich da!« Ohne stehen zu bleiben, deutete Sheila Conolly nach vorn. »Sehen Sie den hohen Schatten dort?«

»Ja.«

»Das ist mein Grab.«

Sie sagte dies mit einer so großen Selbstverständlichkeit, dass Muriel und Charly nur schlucken konnten. Der Mann wurde immer mehr in seiner Überzeugung gestärkt, dass die Frau vor ihnen verrückt sein musste. Sie wollte ihnen weismachen, aus einem Grab gekommen zu sein, doch das nahm ihr Charly nicht ab.

An der Schulter ihrer Vorläuferin schauten sie vorbei und entdeckten tatsächlich den hohen Grabstein.

Ein hochkant gestelltes Rechteck, das einen Schatten bildete, in dessen Mitte jedoch etwas schimmerte.

Vielleicht war es eine Schrift oder ein Zeichen. Keiner der Rainbirds wusste es genau, und sie wagten auch nicht, danach zu fragen, sondern wollten sich überraschen lassen.

Jetzt trennten sie nur noch wenige Schritte von ihrem makabren Ziel. Als sie noch näher kamen, sodass ihre Fußspitzen fast die waagrecht auf dem Boden liegende Grabplatte berührten, blieb Sheila Conolly für einen Moment stehen, bevor sie zur Seite ging und dem Ehepaar ein freies Blickfeld öffnete.

Muriel und ihr Mann schauten auf den Stein. Die Schrift dort flimmerte tatsächlich. Gelbe Buchstaben, unterlegt mit einem rötlichen Schein, und sie konnten einen Namen lesen.

Charly sagte nichts, aber Muriel konnte ihren Schrecken nicht unterdrücken.

»Es stimmt!«, flüsterte sie. »Es stimmt tatsächlich, Charly. Das ist ihr Grab.«

Der Mann nickte. Wie seine Frau hatte auch er den Namen gelesen.

SHEILA CONOLLY

Die Schrift flimmerte vor ihren Augen, denn sie schien sich in permanenter Bewegung zu befinden.

Charly wischte sich über die Stirn. Er hatte seine Hand noch nicht gesenkt, als er die spöttische Frage hörte.

»Nun, Mister?«

Der Mann drehte den Kopf und blickte Sheila an. »Ja, Madam, Sie haben Recht.«

»Sagte ich Ihnen doch.«

»Aber, verdammt noch mal, Sie können doch nicht aus dem Grab gekommen sein!«

»Weshalb nicht?«

»Tote stehen nicht mehr auf!«, schrie der Mann.

Sheila lachte laut. »Das denken Sie, aber der Teufel hat eine andere Meinung darüber.«

Muriel fürchtete sich nicht nur vor der Umgebung, auch das Gespräch wurde ihr allmählich unheimlich. Sie drängte sich an ihren Gatten und hauchte: »Lass uns gehen, Charly!«

Obwohl sie leise gesprochen hatte, waren die Worte auch von Sheila gehört worden. »Nein«, erklärte sie mit fester Stimme. »Sie werden nicht gehen. Ich bestimme, ob Sie wegkommen oder nicht.«

»Und das glauben Sie?«, fragte Charly.

»Jawohl.«

Er lächelte kalt. »Tut mir Leid. Sie werden uns nicht hier festhalten können.«

»Ich vielleicht nicht, aber der Teufel. Da Sie mir nicht positiv gesinnt sind, sind Sie auch keine Freunde der Hölle, und der Satan wird dementsprechend reagieren.«

Dies war eine Drohung, und Charly Rainbird hatte sie auch genau verstanden. »Sie wollen uns tatsächlich hier festhalten?«

»Natürlich.«

»Dann versuchen Sie es.«

»Bitte.« Sheila ging einen Schritt vor und stand auf der Platte des Grabsteins. Beide Arme hob sie, streckte ihre Fingerspitzen dem nachtdunklen Himmel entgegen und rief mit lauter Stimme den Namen ihres Herrn und Gebieters.

»Satan! Satan!«, hallte es dumpf über dem Friedhof. »Satan, erscheine und nimm diese beiden als Opfer!«

Muriels Angst wuchs. Sie hatte sich geduckt und klammerte sich an ihrem Mann fest, während sie ihre Blicke nicht von Sheila Conolly lösen konnte, die sich zwar äußerlich nicht verändert hatte, dennoch einen unheimlichen Eindruck machte, wie sie hochaufgerichtet auf der Grabplatte stand und nach dem Teufel rief.

Sie kam Muriel wie ein Gespenst vor und nicht wie ein lebendiger Mensch.

»Satan, erscheine!«

»Lass uns gehen, Charly! Lass uns …«

Der Blitz schien aus dem Nichts zu kommen. Urplötzlich war er da und zeichnete eine gezackte Linie in das dunkle Grau des herbstlichen Nachthimmels!

Für einen Moment wurde es auf dem Friedhof hell. Eine fahle, trügerische Helligkeit. Sie ließ die Gesichter der versammelten Menschen geisterhaft bleich aussehen, als wären sie mit heller Farbe übergossen worden.

Dann war es wieder dunkel.

Charly und Muriel, noch geblendet durch den fahlen Schein, konnten sich im ersten Augenblick nicht richtig konzentrieren, doch als sich ihre Blicke wieder geklärt hatten, sahen sie das, was ihnen Sheila Conolly versprochen hatte.

Es war der Teufel!

Er hatte sich hinter seinem weiblichen Schützling aufgebaut. Eine schreckliche Figur, das Grauen in Person, Herrscher der Hölle und vom Höllenfeuer umflort.

Muriel und Charly waren sprachlos. Sie konnten einfach

nicht mehr reden, denn was man ihnen da zeigte, war zu schlimm.

Der Teufel stand hinter Sheila Conolly. Er schien aus dem Grab zu wachsen, war größer als ein Mensch und zeigte sich in all seiner Scheußlichkeit.

Das dreieckige Gesicht war mehr als hässlich. Aus seinem Maul strömte grünlicher Dampf, und die Hörner stachen krumm aus seiner schwarz gefärbten Stirn.

Feuerrot glühten die Augen, und feuerrot schimmerte auch der Mantel, den er ausgebreitet hatte und der über seinen Schultern hing. Er schien aus Flammen zu bestehen.

»Der Teufel!«, schrie Sheila Conolly und begann gellend zu lachen. »Hier seht ihr ihn …«

Sie bot ein schauriges Bild, denn auch sie wurde vom Widerschein des Feuers erfasste, und ihre Haut leuchtete in einem seltsam bleichen Rot.

Das Ehepaar Rainbird stand da wie Zwerge vor einem Giganten. In diesem Augenblick brach eine Welt für sie zusammen. Sie hatten ihr Leben bisher sehr realistisch gesehen. Geisterspuk und Teufelsgabe interessierten sie nicht, jetzt wurden sie eines Besseren belehrt. Dennoch konnten sie es nicht fassen, und es war Charly Rainbird, der sich einen innerlichen Ruck gab und startete.

»Nein!« Er hörte noch den Schrei seiner Frau, doch er ließ sich nicht beirren.

Mit zwei gewaltigen Sätzen sprang er auf die Grabplatte, griff Sheila an und schleuderte sie zur Seite. Wie eine Puppe fiel sie neben dem Grab in das Gras. Auf dem Rücken blieb sie liegen. So konnte sie, wie auch Muriel, mit ansehen, wie ihr Mann den Teufel attackierte oder diejenige Person, die sich seiner Ansicht nach als Satan verkleidet hatte und einen makabren Spaß mit ihnen trieb.

»Ich werde dir deine verdammten Scherze noch austreiben!«, brüllte er, streckte seine Arme vor, und die Hände griffen rechts und links in das Gesicht des Satans.

Er wollte dieser Gestalt die Maske vom Gesicht wegreißen, denn seiner Ansicht nach trug die Gestalt eine Fellmaske.

Seine zehn Finger bohrten sich förmlich hinein. Er griff zu und riss daran, doch das Fell hielt, und er vernahm das gellende Gelächter aus dem Maul des anderen.

Gleichzeitig quoll ihm eine stinkende Wolke entgegen. Sie roch nach Hölle und Tod.

»Du Mensch!«, schrie der Teufel. »Du wagst es tatsächlich?«

»Ja, ich werde dir die … aagghhrr…«

Ein mörderischer Schrei löste sich aus der Kehle des Mannes, und dann reagierte der Teufel.

Wie festgeklebt hing Charly Rainbird an der schrecklichen Gestalt. Denn seine Hände konnten sich nicht mehr vom Gesicht des Satans lösen. Charly Rainbird erlebte das Grauen, und er musste mit ansehen, dass sich seine Haut ebenfalls veränderte.

Sie verbrannte von innen!

Das Weiße verschwand. Die Haut auf seinen Händen und an den Gelenken wurde zuerst feuerrot und war im nächsten Augenblick pechschwarz. Aber an den Händen hörte es nicht auf. Die höllischen Verbrennungen breiteten sich aus. Sie erfassten den gesamten Körper und entrissen ihm die Flüssigkeit.

Charly konnte sich noch immer nicht lösen. Aber er drehte den Kopf, und so erlebte Muriel die letzten, unbeschreiblich schrecklichen Sekunden ihres Mannes.

Sein Gesicht war nur mehr eine verbrannte Maske. Weiß leuchteten darin die Augen, und Muriel glaubte, den letzten Hilfe suchenden Blick zu erkennen, bevor Charlys Knie nachgaben, er keine Kraft mehr besaß und auf der Grabplatte zusammensackte, da der Satan ihn im selben Augenblick losgelassen hatte.

Verkrümmt blieb er liegen.

Über ihm stand der Teufel. Aus seinem Rücken loderte das Feuer. Das entstellte Gesicht war die Ausgeburt an Hässlichkeit, und auch sein Lachen konnte man damit vergleichen.

»Charly?«

Zunächst war es nur ein leises Wort, das über Muriels zitternde Lippen drang. Die Frau konnte es nicht fassen, was mit ihrem Mann geschehen war, doch einen Moment später wusste sie Bescheid. Da verzerrte sich ihr Gesicht, und all ihr Schrecken artikulierte sich in einem gellenden Schrei, der nichts Menschliches mehr an sich hatte.

»Charlyyyy!«

Der Ruf hallte über den Friedhof. Er schien aus keiner menschlichen Kehle zu stammen, so schrecklich war er, und die Stimme der Frau überschlug sich.

Während der Schrei allmählich verebbte, sackte auch Muriel Rainbird zusammen. Sie wirkte wie eine Tote. Die Haut schien keinem lebenden Menschen mehr zu gehören, und als Muriel vor dem Grab zu Boden fiel, stand Sheila auf.

»Sie wollten es nicht glauben«, sprach sie zu ihrem Gebieter, dem Teufel. »Beide wollten es nicht glauben, obwohl ich es ihnen gesagt habe.«

Der Satan lachte widerlich. »Das macht nichts, seine Seele befindet sich bereits bei mir.« Kaum hatte er die Worte ausgesprochen, als aus seinem Maul ein deftiger Wind drang, über die Grabplatte strich und das wegwehte, was von Charly noch übrig geblieben war.

Staub …

Wie eine große Fahne glitt er davon, und die dunkle Grabplatte war wieder leer.

»Nimm sie mit!«, befahl der Teufel und deutete mit einer Krallenhand auf Muriel.

Sheila nickte. Sie kam näher, bückte sich und hatte Schwierigkeiten, die Bewusstlose hochzuheben. »Wohin mit ihr?«, fragte sie schwer atmend.

Der Teufel erhob sich. Wie ein Gespenst schwebte er plötzlich über der Grabplatte. Dann senkte er seine Arme, deutete nach unten, und die Platte hob ab.

Sie stellte sich hochkant. Aber die Öffnung war nicht dunkel wie bei einem normalen Grab, nein, in ihr glühte und loderte ein schauriges Feuer. Gleichzeitig drangen klagende und jaulende Laute ins Freie, als würden innerhalb dieser Öffnung Lebewesen allmählich zu Tode gequält.

Sheila machte dies nichts aus. Sie wartete, bis die Platte so stand, dass sie nicht mehr behindert wurde. Und so betrat Sheila zusammen mit der bewusstlosen Muriel das Grab.

Sie fiel nicht in die Tiefe, sondern schwebte für einen Moment in der Luft, bevor sie allmählich in das höllische Feuer sank.

Die Flammenzungen leckten über ihre Gestalt, trafen auch das Gesicht und ließen es aussehen, als wäre es mit Blut angestrichen.

Sheila verschwand.

Kaum war sie nicht mehr zu sehen, als sich auch die Grabplatte hinabsenkte.

Dies geschah lautlos. Nicht ein Ton war zu hören, kein Knirschen, kein Knarren. Fugendicht schloss die Platte ab, und kein Höllenfeuer schimmerte mehr durch die Ränder.

Still und geheimnisvoll lag das Grab der Sheila Conolly in der Dunkelheit.

Eine stumme Falle, die auf das nächste Opfer lauerte ...

Bill Conolly hörte den Schrei und blieb ruckartig stehen. Er duckte sich dabei zusammen, die Härchen in seinem Nacken stellten sich aufrecht, und über seinen Rücken rann ein Schauer.

Kein Zweifel, da hatte jemand geschrien. Aber wer?

Durch die Nase saugte er die Luft ein, sein Mund bildete einen Strich. Er spürte im Hals einen Kloß, und über seinen Rücken schienen die Fingerspitzen unsichtbarer Hände zu laufen.

Bill wusste nicht, aus welcher Richtung der Schrei gekommen war, deshalb hoffte er, dass er sich wiederholte.

Der Reporter hatte Glück.

Abermals hallte es schaurig und schrill über den Friedhof, und Bill glaubte sogar, dass jemand einen Namen gerufen hatte. Allerdings hatte er ihn nicht verstehen können, bis auf eine Kleinigkeit.

Es war ein langes »a« im Namen.

Wie auch bei Sheila!

»Mein Gott!«, hauchte Bill, und er zitterte am gesamten Leib.

Die Angst brachte ihn fast um. Er lief einige Schritte nach vorn, war aber zu hastig, denn er erreichte nichts und blieb stehen.

»Sheila, bitte …« Er flüsterte den Namen seiner Frau. Dabei starrte er in die Dunkelheit, sah die Schatten der Bäume und nahm die unheimliche Atmosphäre des Heldenfriedhofs in sich auf.

Dieser Flecken Erde schien auf ihn gewartet zu haben. Er glaubte, überall Schatten und unheimliche Wesen zu sehen, die allein auf ihn fixiert waren und ihn belauerten.

Das Atmen fiel ihm schwer. Bill fühlte den Kloß im Hals, und er bewegte seine schweißnassen Finger. Auch dachte er daran, dass er sich schon auf Friedhöfen herumgetrieben hatte und dabei auch Zombies, also lebenden Leichen, begegnet war.

Hier herrschte Ruhe.

Bill ließ sich nicht täuschen. Die Stille empfand er als äußerst trügerisch, und seiner Ansicht nach war sie nur oberflächlich, denn im Verborgenen lauerten die Feinde.

Der Reporter schaute nach vorn. So wie in diesen Augenblicken hatte er sich noch nie in seinem Leben gefühlt. Der Blick schien in die Weite des Alls zu dringen und nicht über den unheimlichen dunklen Friedhof zu streichen.

Es blieb still. Bill hörte den Wind, der über das Gelände strich. Er nahm ihn auf wie eine unheimliche Melodie, die Geschichten aus dem Jenseits erzählen wollte.

Waren es tatsächlich Stimmen? Raunte und wisperte es um den Reporter herum? Wurde er gerufen? Vielleicht von Sheila? Obwohl es nur der Wind war, der um Bill Conolly wehte, ließ er sich täuschen, denn er war innerlich so aufgewühlt, sodass sich bei ihm Realitäten schon mit Wunschvorstellungen mischten.

»Kommt doch her!«, rief er in den Wind hinein. »Los, kommt und zeigt euch! Ich will meine Frau wiederhaben!«

Bills Rufen war vergeblich. Keiner gab ihm eine Antwort, und auch Sheilas Stimme vernahm er nicht.

Er drehte sich noch ein paarmal, fühlte den plötzlichen Schwindel, torkelte zur Seite, und es gelang ihm nicht mehr, sich auf den Beinen zu halten. Bill stürzte zu Boden.

Er drehte sich noch einmal, um in eine sitzende Haltung zu gelangen, senkte den Kopf und begann zu schluchzen. Der Teufel hatte es tatsächlich geschafft und einen Menschen fertig gemacht. So brutal und grausam konnte nur er sein.

Der Friedhof schwieg.

Kein Baum, kein Strauch und kein Grashalm gab dem Reporter Auskunft, sodass sich Bill nach einer Weile wieder fangen musste und aufstand. Er spürte den kühlen Wind auf seinem erhitzten Gesicht und hielt es den Wolken entgegen.

Als große, gewaltige Figuren schwebten sie hoch über ihm, segelten lautlos am Himmel und verdeckten das unendlich erscheinende All, aus dem alles Leben gekommen war.

Bill ging weiter. Diesmal waren seine Schritte noch schleppender als zuvor. Da er keine Wege sah, lief er quer über den Rasen, und seine Schuhe schleiften durch das Gras.

Der Boden war glatt. Keine Erhebungen, keine Löcher, das Gras erschien wie gebügelt.

Schwer ging Bills Atem. Er stieß die Luft aus, die Wolken vor seinen Lippen dampfen ließ, und das Haar klebte schweißfeucht auf seinem Kopf. Den Eingang des Friedhofs hatte er längst hinter sich gelassen und stand jetzt an dem Punkt, der ihn an den Beginn einer Allee erinnerte, obwohl er keinen Weg, sondern nur das mit Gras bewachsene Rechteck sah, dessen Ende sich dicht an einer grünen Hecke befand, die Bill nur als Schatten erkannte.

Dazwischen aber sah er die wohl gestutzten Bäume und die markanten Grabsteine.

Und noch etwas entdeckte er.

Eine gelbe Fläche, die, wenn der Wind über sie strich, Wellen warf und sich bewegte. Bill konnte sich nicht erklären, was dort auf dem Boden lag. Nahe dieser Fläche sah er auch einen dunklen Gegenstand, wobei Bill sicher war, dass es sich nicht um einen Grabstein handelte.

Für einen Moment vergaß er seine Sorgen, denn die Neugierde überwog bei ihm.

So schritt er auf die gelbe Fläche zu und erreichte zuerst den dunklen Gegenstand.

Jetzt erkannte Bill ihn. Vor einigen Jahren war er einmal mit einem Ballon gefahren und hatte in einem Korb wie diesem gestanden, und jetzt wusste er auch, was diese gelbe Fläche bedeutete. Das war eine Ballonhülle, aus der sämtliche Luft entwichen war.

Flach und dennoch wellig lag sie vor ihm am Boden.

Über die Hülle schritt Bill hinweg. Einige Leinen waren mit Bäumen oder Grabsteinen verbunden, damit der Wind die Hülle und den Korb nicht wegreißen konnte.

Die Gräber schwiegen. Auch von den Menschen, die sicher mit dem Ballon gefahren waren, sah Bill nichts. Er dachte wieder über den Schrei nach. Ob ihn der Ballonfahrer ausgestoßen hatte?

Wenn ja, musste er sich noch auf dem Gelände befinden. Bill Conolly machte sich die Mühe, ihn zu suchen. Er schaute hinter den großen Grabsteinen nach, suchte nach Spuren, doch er entdeckte nichts. Er selbst schien der einzige Mensch auf dem Helden-Friedhof zu sein.

Anschließend dachte er auch nicht mehr an die oder den Ballonfahrer, seine eigenen Probleme waren wichtiger. Und die konnte er mit einem Wort umschreiben.

Sheila!

Jane Collins hatte ihm die Nachricht gegeben, dass er Sheila auf diesem Friedhof finden konnte.

In einem Grab.

Und das musste Bill suchen!

Er schritt weiter durch die Allee der Grabsteine. Die hohen Figuren nahm er kaum wahr, sie interessierten ihn nicht weiter, denn er glaubte nicht, dass seine Frau in einem Grab lag, das mit einer soldatischen Heldenfigur geschmückt war.

Wie eine Marionette schwenkte er seine Arme, als er weiterging. Die Augen brannten. Nicht nur vom langen Starren, auch seine innere Erregung sorgte dafür.

Zuerst hielt er das Licht für eine Täuschung. Er sah es inmitten eines düster aufragenden Schattens. Es war nicht ruhig, sondern tanzte von einer Seite zur anderen.

Bill blieb stehen.

»Verdammt!«, murmelte er, schüttelte den Kopf und konzentrierte sich auf das Licht.

Es war keine Leuchte, die brannte, auch keine geschützte Kerze, sondern im Schatten war das Licht geboren worden.

Bill verstand.

Das musste eine Schrift sein, die ihm da entgegenleuchtete, und er glaubte, auch weiterhin Bescheid zu wissen.

Plötzlich hielt ihn nichts mehr. War er vorhin langsam gegangen, so beschleunigte er nun seine Schritte. Der Atem ging schwer, als er über den weichen Rasen lief und seinem Ziel immer näher kam.

Es war eine Schrift!

Sehr deutlich sah er sie, nur konnte er noch nicht die einzelnen Buchstaben unterscheiden.

In der Mitte einer senkrecht hochwachsenden düsteren Grabplatte sah er die Buchstaben, und fast wäre Bill auch über einen waagrecht liegenden Stein gestolpert.

Er konnte sich soeben noch fangen, richtete seinen Blick nach vorn und las die Buchstaben, die sich zu einem Namen zusammengesetzt hatten.

Sheila Conolly!

Bill hatte das Grab seiner Frau gefunden!

In diesem Augenblick brach für den Reporter eine Welt zusammen. Er stand steif da, als hätte er einen Ladestock verschluckt. Seine Augen waren groß, unnatürlich geweitet, und er sah immer nur diesen einen Namenszug.

Den seiner geliebten Frau!

Bisher hatte er noch immer gehofft, dass Jane ihm einen Bären aufgebunden hatte, das war nicht der Fall. Die Tatsachen sprachen gegen diese Hoffnung, und ohne es eigentlich zu wollen, verließen die Worte seinen Mund.

»Sie ist hier begraben!«

Flüsternd sprach er den Satz aus. Er starrte auf den Grabstein, spürte den Adrenalinstoß, der durch seine Adern jagte, und schaffte es nicht mehr, das Gleichgewicht zu halten.

Vor seinen Augen drehte sich alles. Die hell flimmernden Buchstaben wurden zu einem Kreis, der sich in ein Feuerrad verwandelte und die gesamte Größe des Grabsteins einnahm.

Es gelang dem Reporter nicht mehr, sich auf den Füßen zu halten. Er verlor das Gleichgewicht, fiel nach vorn, streckte zum Glück seine Arme aus, sodass er sich auf der Grabplatte abstützen konnte. In dieser Haltung blieb er.

Er starrte nach vorn, sah die Schrift und las immer wieder den Namen seiner Frau.

Also musste Sheila unter der Platte liegen, auf die er sich stützte.

Eine grausame Vorstellung.

Bill Conolly wusste nicht, was er tun sollte. Ihm war alles egal, und er merkte kaum, dass er auf Händen und Füßen über die flach liegende Grabplatte kroch.

Je näher er der senkrecht stehenden Platte kam, umso deutlicher las er den Namen seiner Frau.

Die Schrift brannte sich förmlich in sein Gehirn, und die Gefühle der Angst wurden wie Wellen in ihm hochgepeitscht. Bill schaffte es auch nicht mehr auf die Beine. So kroch er auf allen vieren weiter und seinem Ziel entgegen.

Er spürte unter seinen Handballen die raue Steinfläche der Grabplatte, und abermals tanzten die Buchstaben vor seinen Augen. Es war ein unheimliches Bild, wie dieser verzweifelte Mann auf dem düsteren Friedhof über das Grab kroch.

Seine Gedanken drehten sich allein um Sheila. Er hatte sie verloren, aber er sah ihren Namen auf dem Grabstein flimmern und tat etwas, das man wohl nur begreifen konnte, wenn man sich in Bill Conollys Lage hineinversetzte.

Der Reporter umarmte den Grabstein, als wäre es seine Frau. Er presste sich dagegen, drückte sein Kinn auf die obere Kante, und aus seinem Mund drang ein verzweifeltes Stöhnen.

Der Schmerz um seine verlorene Frau überflutete Bill Conolly, und stockend drang Sheilas Name immer wieder über seine Lippen. Dieser einsame Mann schien zusammen mit dem Grab zu versinken, hineinzutauchen in eine andere Ebene, wo es weder Freunde, Glück noch Liebe gab.

Nur das Grauen!

Seine Rufe wurden gehört.

Unter der waagrecht liegenden Grabplatte tat sich etwas. Bill bemerkte es nicht, er war zu sehr in seinem Schmerz versunken, doch ein rötliches Schimmern drang aus der Tiefe und legte sich wie ein Schleier auf den Grabstein.

Glosend und unheimlich anzusehen. In der Hölle schien es geboren zu sein, dirigiert vom Teufel, der seinen feurigen Atem in die Höhe blies.

Bisher hatte über dem Grab und in dessen Nähe eine bedrückende Stille gelegen.

Das änderte sich nun.

Bisher war nur das unheimliche Glosen aus der Tiefe gedrungen, jetzt aber kam eine Kraft hinzu, die gegen die Innenseite der Grabplatte drückte und sie allmählich anhob.

Ein Gänsehaut erzeugendes Knirschen begleitete diesen Vorgang, und der Spalt zwischen dem Boden und der Grabplatte vergrößerte sich von Sekunde zu Sekunde.

Bill merkte noch nichts. Er umfasste weiterhin mit beiden Armen den Grabstein, bis seine Beine kräftig in die Höhe gehoben wurden.

Der Reporter erstarrte. Seine Augen waren weit aufgerissen, und ein Faltenmuster zeichnete seine Stirn. Ein Beweis, dass er nachdachte, denn etwas hatte ihn gestört.

Ein Zucken durchrann seinen Körper, und der Reporter drehte sich um. Dabei hielt er sich noch mit einer Hand am Grabstein fest und sah die Platte, die immer höher stieg.

Er entdeckte noch mehr.

Aus dem Spalt drang ein rotes, unheimliches Leuchten, das einen feinen Schleier um das Grab legte.

Ein Höllenauge schien sich geöffnet zu haben, und Bill spürte, wie ihn die Angst schüttelte.

Plötzlich hielt ihn nichts mehr auf der Grabplatte. Er hatte das Gefühl, auf einem brodelnden Vulkan zu stehen, der jeden Augenblick in die Luft fliegen konnte. Deshalb sprang er auf das Rasenstück und beobachtete, wie die Platte weiterhin in die Höhe schwang.

Seitlich konnte er in den Spalt hineinschauen. Obwohl er schon breit genug war, gelang es ihm nicht, etwas zu erkennen. Keine Konturen, keine Menschen, weder Ungeheuer noch Höllengeschöpfe.

Nur dieses unheimliche Licht, das in einer nicht messbaren Tiefe geboren worden war und allmählich der Oberfläche entgegenströmte. Es quoll aus den Seiten, bedeckte den Rasen und gab der grünen Farbe einen seltsam bleichen Ton.

Bill hatte sich gebückt hingestellt, den Kopf hielt er schräg. Er stand dabei so günstig, dass er von der Seite als auch von vorn in den Spalt hineinschauen konnte, und er entdeckte plötzlich etwas, das zusammen mit dem glosenden Licht aus der Tiefe stieg.

Es waren Hände. Schmale, schlanke Hände mit langen Fingern, und Bill erinnerte sich daran, dass er diese Finger schon so oft gestreichelt hatte, denn sie gehörten der Person, um deren Leben er so zitterte.

Seiner Frau!

Bill Conolly dachte nicht daran, dass Sheila vielleicht eine Untote sein könnte. Für ihn zählten allein die Hände, die sich vorn an der Grabplatte aus dem Spalt streckten und mit den Fingerspitzen über die Grashalme strichen.

Er fiel so heftig auf die Knie, als hätte er einen Stoß in den Rücken bekommen. Dann kroch er auf die Stelle zu, wo Sheilas Hände aus dem Spalt hervorschauten.

Bill wusste nicht, ob er lachen oder weinen sollte. Er zitterte am ganzen Körper, als er die Hände seiner Frau umfasste und ebenfalls von dem glosenden Lichtschein eingehüllt wurde.

»Sheila, Sheila ...«

Immer wieder flüsterte er den Namen seiner Frau. Sie bedeutete ihm so viel, und Bill wusste nun, dass sie nicht ins Reich der Toten eingegangen war.

Die Grabplatte schwang weiter in die Höhe. Diesmal lautlos, und Bill Conolly gelang es, einen Blick tief in das von rotem Licht erfüllte Rechteck zu werfen.

Da war sie.

Sie schwebte inmitten eines unheimlichen Feuers, dessen Flammen wie lange Hände aussahen und Bill Conollys Gesicht streiften.

Doch er hatte nur Augen für Sheila.

Rot schimmerte ihr Gesicht, der Mund stand offen, die Winkel waren nach oben gezogen, als würde sie lächeln, und Bill ließ ihre Hände nicht los, die sich so wunderbar warm anfühlten und überhaupt nichts mit den Klauen einer Toten zu tun hatten.

»Komm zu mir!«, hauchte der Reporter. »Komm zu deinem Mann. Da ist dein Platz, nicht beim Teufel …«

Sheila kletterte aus dem Grab.

So wie sie Bill verlassen hatte, stand sie auch vor ihm, und Bill schaute sie an, als würde er sie zum ersten Mal in seinem Leben sehen.

Er hatte den Mund geöffnet. Auf seinem Gesicht spiegelte sich das wider, was er an Gefühlen empfand. Es war unbeschreiblich. In dem Reporter tobte eine wahre Hölle.

Er wankte zwischen zu Tode betrübt und himmelhoch jauchzend, und sein Körper zitterte, als würde er von heftigen Stromstößen geschüttelt.

Dann konnte er nicht mehr anders. Diesmal brauchte er seine Arme nicht um den Grabstein zu schlingen, sondern presste seine Frau Sheila an sich, glücklich, ihren Körper zu spüren, und er schloss die Augen, weil er diesen Moment genießen wollte.

Bill ahnte nicht, dass er nur eine Schachfigur im Spiel des Teufels war und der Satan ihm eine Falle gestellt hatte.

Satan rieb sich die Hände …

Er hatte gewonnen!

Bill sah von alldem nichts. Er fühlte sich in diesen Augenblicken wie im siebten Himmel und konnte sein Glück nicht fassen.

Bill brachte seine Lippen dicht an Sheilas Ohr. »Komm, Darling, lass uns gehen. Es war schwer genug. Die anderen warten und Johnny auch. Er hat Sehnsucht.«

»Johnny?«

»Ja, Sheila, unser Sohn …«

Sie lachte.

Bill fiel nicht auf, dass es unecht klang. Er wollte seine Frau nicht loslassen, legte einen Arm auf ihre Schulter und drehte sich zusammen mit Sheila um.

»Jetzt geht es nach Hause, Mädchen …«

Fünf Schritte vor ihnen materialisierte sich in diesem Augenblick der Teufel.

Und er lachte dabei, als er sagte: »Wollt ihr mich nicht mitnehmen, ihr beiden?«

Zu allem Pech hatte ich mich noch verfahren.

Suko saß neben mir, sagte jedoch nichts, nur seinem Gesicht war anzusehen, dass er ebenfalls innerlich unter Spannung stand.

Zum Glück begegnete uns eine Polizeistreife. Bei den Beamten erkundigten wir uns nach dem Weg.

Die Kollegen wussten Bescheid.

Nach einem knappen Dankeschön rauschten wir wieder ab und erreichten unser Ziel wenige Minuten später. Auf einem Parkplatz rollte der Bentley langsam aus. Suko und ich stiegen gemeinsam aus.

Obwohl es dunkel war, erkannten wir, dass dieser Friedhof nicht mit einem normalen zu vergleichen war. Sorgfältig gestutzte Hecken friedeten ihn ein, und über sie hinweg schauten die Wipfel der zurechtgeschnittenen Bäume, deren Form uns an aufrecht stehende Tannenzapfen oder Kerzenbirnen erinnerten.

»Ein Helden-Friedhof«, sagte Suko und verzog das Gesicht.

Begraben wurde hier schon lange keiner mehr. Die Pflege hatte das Militär übernommen, und in der Nähe des Eingangs sahen wir ein flaches Haus, das Ähnlichkeit mit einer Kaserne aufwies.

Besetzt war es nicht.

Natürlich fanden wir das Tor verschlossen, aber so etwas ist kein Hindernis. Es dauerte nicht einmal eine halbe Minute, dann hatten wir es überwunden.

Weicher Rasen dämpfte unseren Sprung. Da wir nicht wussten, was uns auf dem Friedhof erwartete, blieben wir nicht zusammen, sondern teilten uns. Ich huschte nach rechts, Suko nahm die linke Seite.

Es war eine dunkle Nacht. Weder Mond noch Sterne leuchteten am Himmel, und so war es für uns nicht leicht, die Orientierung zu behalten. Nachdem wir einige Yards zurückgelegt hatten, öffnete sich links von uns das Gelände.

So etwas wie ein breiter Rasenweg war zu sehen, wobei er rechts und links von Heldengräbern flankiert wurde. Auch wir bemerkten die hohen Statuen auf den Grabplatten, sahen auf einigen Gräbern Kränze liegen, deren fauliger Blumenduft in unsere Nasen wehte.

Das alles gehörte dazu.

Nicht dazu gehörte wahrscheinlich das rote Licht, das ich weit vor uns leuchten sah.

Auch Suko hatte es bemerkt und verhielt seinen Schritt. Er warf mir einen schnellen Blick zu. »Hast du eine Erklärung, John?«

»Noch nicht.«

»Das erinnert mich an ein Höllenauge.«

Der Vergleich war nicht schlecht, wenn man ihn im Zusammenhang mit dem sah, was wir bisher erlebt hatten. Schließlich spielte der Teufel eine Hauptrolle.

Ob sich in der Nähe dieses Höllenauges etwas bewegte, konnten wir nicht erkennen. Dazu war das Licht einfach zu weit entfernt. Ich erinnerte mich an die Gruft mit dem Höllenauge. Da hatte auch ein rotes Licht geleuchtet, und es war mir damals gelungen, durch das Auge einen Blick in fremde, ferne Welten zu werfen.

Wir würden es der anderen Seite nicht leicht machen, das hatten wir uns fest vorgenommen, und wir wollten alles daransetzen, um Sheila und vielleicht auch Bill aus den Klauen des Teufels zu befreien.

Bisher hatten wir von beiden nicht die geringste Spur entdeckt. Falls sie sich auf dem Friedhof aufhielten, hatten sie sich vorzüglich versteckt, oder es war dem Teufel gelungen, sie an sich zu reißen. Diese Möglichkeit bestand auch.

Beim Betreten des Geländes hatten wir diesen Friedhof als völlig normal eingestuft, das allerdings änderte sich sehr schnell, denn mein Kreuz warnte.

Ich hatte es vor der Brust hängen. Auf dem Metall fanden kleine, lautlose Explosionen statt, und als wir abermals einige Schritte gegangen waren, veränderte sich auch der Boden.

Bisher waren wir über den dichten Grasteppich gelaufen, hatten nur einen weichen Widerstand gespürt und bemerkten sehr plötzlich, dass sich da etwas veränderte.

Unter unseren Sohlen wurde der Boden härter.

Er veränderte sich nicht nur, auch das rote Licht begann zu wandern.

Vor unseren Augen lief ein nahezu fantastischer Vorgang ab. Wie ein gewaltiger Teppich kam uns das Licht vor, das unaufhörlich unter der Rasenfläche wanderte und seinen Kurs auf uns nahm.

Suko sprach das aus, was auch ich dachte. »Der Friedhof steht unter der Kontrolle des Teufels!«

Genauso musste es ein. Es gab einfach keine andere Möglichkeit, und das rote Licht sorgte dafür, dass die tiefen Gräber der Helden nicht nur ausgefüllt, sondern auch durchsichtig wurden.

Wir sahen die Toten.

Suko und ich hatten uns nicht direkt in der Mitte aufgehalten, sondern auch an den Rändern, wo die Gräber lagen, und sie wurden von dieser roten Kraft erhellt.

Einige Männer hatte man mit ihren Stahlhelmen begraben. Vielleicht auch in Uniformen. Doch von denen war nichts mehr zu sehen, und wir sahen nur die Helme auf den Gerippen kleben.

Darunter die bleichen Totenschädel und auch die Oberkörper, bei denen Arme und Beine oftmals streng ausgerichtet am Körper lagen.

Durch das wandernde Licht hatten wir den Eindruck, als

würden sich auch die Gräber in Bewegung befinden und mit ihren makabren Inhalten auf uns zuschwebten.

Kein Bild für schwache Nerven, denn auch von der Tiefe her waren die Gräber nicht mehr zu schätzen, da das sie ausfüllende Licht die Perspektive verzerrte.

Noch hatte uns das Höllenlicht nicht erreicht, doch seine ersten Ausläufer näherten sich bereits unseren Schuhspitzen.

Ich warf einen Blick nach links, weil mir Sukos Bewegung aufgefallen war. Er hatte seine Dämonenpeitsche hervorgeholt, schlug einmal einen Kreis über den Boden, und prompt rutschten die drei Riemen aus der Öffnung.

Suko würde versuchen, mit der Peitsche gegen das Licht anzugehen und darauf hoffen, dass er es zerstören konnte.

Ich verließ mich auf mein Kreuz, und plötzlich standen auch wir auf dieser dunkelroten Insel.

Es veränderte sich etwas, denn unter unseren Füßen begann eine seltsame Kraft zu wirken.

Mit einem Vibrieren begann es, und wir stoppten sofort unseren Schritt. Die Gerippe der Toten wurden ebenfalls von dieser Kraft erfasst.

Die alten Leichen fingen ebenfalls an, sich zu bewegen. Sie vibrierten oder zitterten nicht, sondern drehten sich um ihre eigene Achse. Zunächst langsam und schaukelnd, dann immer schneller, als wären sie von einem unterirdischen Strom gepackt worden, und sie verließen dabei ihre Gräber, um aufeinander zuzutreiben.

Uns kamen sie dabei wie Fallschirmspringer vor, die aufeinander zutrieben, um einen Kreis oder einen Stern zu bilden. Der Satan formierte seine Armee.

Natürlich hatten wir auch die große gelbe Hülle bemerkt, die einen Teil des Rasens bedeckte. Dass es sich dabei um eine Ballonhülle handelte, war gut zu erkennen, wobei ich mich fragte, wie sie auf den Friedhof gelangt war.

Trotz der heftigen Vibrationen unter unseren Füßen gingen wir weiter. Auch wenn uns das schwer fiel, denn der harte Boden wirkte wie ein Magnet, der uns festhalten wollte.

Es wurden immer mehr Skelette.

Von allen Seiten trieben sie heran, schwimmende Knochenmänner, aus Gräbern hervorgehoben, die wir nicht einmal sahen, weil sie irgendwo unter Bäumen oder weiter entfernt lagen.

Die Ersten hatten es geschafft. Ihre knöchernen Finger krallten sich ineinander, und so bildeten sie einen großen Kreis von über zehn Skeletten.

Und der trieb vorbei.

Dafür schwebten andere herbei. Zwei von ihnen verloren ihre alten Helme. Sie rutschten von den bleichen Schädeln und verschwanden irgendwo in der Tiefe.

Noch taten sie uns nichts, und ich setzte auch mein Kreuz nicht ein, denn ich hatte plötzlich einen anderen entdeckt.

Er stand dort, wo ungefähr das rote Licht seinen Ursprung gehabt hatte.

Es war der Teufel!

Aber in seiner Nähe sah ich noch zwei Personen.

Sheila und Bill Conolly!

Der Teufel hatte gesprochen und dabei gellend gelacht. Dieses Lachen war Bill Conolly unter die Haut gegangen, und es zog ihm die Magenwände zusammen.

Sheila hatte er sich geholt, doch der Teufel gab nicht auf. So wie Bill ihn kannte, würde er es kaum zulassen, dass er mit seiner Frau wieder nach Hause und damit in das normale Leben zurückkehrte.

In der Pose erinnerte der Satan Bill Conolly an den Filmgrafen Dracula. Auch der Teufel trug einen dunklen Umhang, dessen Inneres blutrot leuchtete, und als er ihn jetzt ausbreitete, hatte Bill das Gefühl, als würde der Satan in Flammen stehen.

In seinem dreieckigen Gesicht leuchteten alle Schrecken der Hölle. Die Augen strahlten in einem unheimlichen Glanz, und ihr Blick traf Bill Conolly bis in die Seele.

Asmodis näherte sich.

»Ich hole dich«, sagte er zu Bill gewandt. »Wenn du mir nicht freiwillig folgst, wende ich Gewalt an, und wer von euch Menschen kann schon dem Satan widerstehen?«

Bill atmete tief ein. Er pumpte förmlich die Luft in seine Lungen und spürte dabei den seltsam beißenden Geschmack hinten im Hals.

Der Teufel verbreitete den Gestank. Ätzend, nach Schwefel riechend, aber Bill ließ sich davon nicht beeindrucken. Bevor der Teufel sich versah, stellte sich der Reporter schützend vor seine Frau und schrie dem Satan ins Gesicht.

»Du bekommst sie nicht!«

Eigentlich konnte man den Teufel nicht mehr überraschen. Doch in diesen Augenblicken zeigte er sich so. Er schüttelte sogar seinen hörnerbesetzten Schädel und fragte noch einmal nach: »Was hast du gesagt, Conolly?«

»Das hast du genau verstanden!«, knirschte Bill und tat wieder etwas, womit der Teufel nicht gerechnet hatte. Er holte aus seiner Tasche das kleine Kreuz hervor, das Sheila weggeworfen und Bill Conolly an sich genommen hatte.

Der Reporter hatte es mitgenommen und sich geschworen, es seiner Frau persönlich um den Hals zu hängen.

Das tat er auch!

Mit seiner Aktion überraschte er Sheila ebenfalls. Sie kam erst wieder zu sich, als das Kreuz um ihren Hals hing, durch den Schwung der letzten Aktion noch von einer Seite zur anderen baumelte und dabei blitzende Reflexe warf.

Ihr Gesicht verzerrte sich. Sie spreizte die Arme vom Körper. Es hätte nur gefehlt, dass sich ihre Haare aufrecht stellten.

»Nimm es weg!«, brüllte sie. »Verdammt, ich will es nicht haben!«

Bill schüttelte den Kopf. »Sheila, das ist ein Kreuz. Dein Kreuz, du hast es immer getragen. Ich brachte es dir extra mit, denn es wird dich von der Hölle erlösen!«

»Es wird gar nichts!«, donnerte der Teufel und griff selbst ein. Aus seiner rechten Klaue fuhr ein Blitz, dem Bill nicht mehr ausweichen konnte. Er traf ihn so hart, dass der Reporter paralysiert wurde und wie ein Denkmal stehen blieb.

Dann ging der Teufel einen Schritt auf seine neue Dienerin zu. Bill musste mit ansehen, wie er Sheila »befreite«.

Unter dem stechenden und gleichzeitig leuchtenden Blick

seiner Augen schmolz das Kreuz an Sheilas Hals. Es war kein heißer Vorgang, denn die Haut verbrannte nicht.

Flüssig und als kaltes Metall rann das Silber an Sheilas Haut hinab. Es tropfte in den Ausschnitt des Kleides, wo es verschwand. Genau an der Stelle, an der es zuvor noch angelegen hatte, zeigte sich kein Abdruck, und das gab dem Reporter Bill Conolly eine kleine Hoffnung. Hätte Sheila voll unter dem Bann eines Dämons gestanden, wäre zumindest eine verbrannte Stelle zurückgeblieben.

Konnte er seine Frau vielleicht noch retten?

Bill hoffte es stark, und er schaute an dem Satan vorbei. Erst jetzt fiel ihm auf, dass sich das aus dem Grab strömende rote Licht auf dem gesamten Friedhof ausgebreitet und ihn in seinen Besitz genommen hatte.

Der Boden zeigte sich durchsichtig. Was Bill sah, ließ seinen Atem stocken, denn dicht unter der Oberfläche trieben die Leichen, die aus ihren Gräbern geschleudert worden waren.

Es waren zahlreiche Tote. Bill, der versuchte, sie zu zählen, gab sehr schnell auf, aber er erkannte auch, dass ihm das Licht Vorteile gebracht hatte.

In der Ferne, dennoch deutlich zu sehen, erkannte der Reporter zwei Männer.

John Sinclair und Suko!

Sie waren da. Vor Freude übersprang das Herz des Reporters einen Schlag. Wenn John und Suko eingetroffen waren …

Da riss der Bann.

Bill konnte sich wieder bewegen und auch seine Stimme einsetzen. Deshalb sein Schrei nach Hilfe.

»John! Suko!«

Er wusste nicht, wie die beiden reagierten, denn nun griff der Teufel voll ins Geschehen ein.

»Du wolltest doch zu ihr!«, schrie er Bill Conolly an, und aus seinen Augen stürzten blaue Funken. »Das kannst du alles haben. Ich werde dich mitnehmen, und zwar dorthin, wo du mit deiner Frau zusammen bist. In die Hölle …«

Ein schauriges Gelächter brandete auf, und es lag noch in der Luft, als sich Bill gepackt und in die Höhe gerissen fühlte.

Dann schwebte er.

Er sah Sheila an seiner Seite, hörte auch ihr Lachen, schaute nach unten und war entsetzt.

Direkt unter sich sah er die glosende Öffnung des Grabes.

Und da hinein fielen die beiden, während sich die steinerne Platte allmählich schloss …

Bill und Sheila. Sie befanden sich auf dem Friedhof, aber sie waren auch zu weit entfernt, denn zwischen uns und den beiden befand sich noch der Teufel.

Jetzt hatte uns Bill auch entdeckt. Er schrie um Hilfe, und wir hörten das Lachen des Satans.

Ja, er hatte Grund zu lachen, denn er wusste genau, dass wir den Conollys nicht beistehen konnten. Die Entfernung zwischen uns war einfach zu groß, und deshalb dieser Triumph.

Hinzu kam der sich verändernde Boden. Das Vibrieren, die tanzenden Skelette, sie alle beeinflussten die Umgebung, sodass wir längst nicht so rasch vorankamen.

Suko schoss trotzdem.

Er musste einfach etwas tun, denn noch immer war er der Meinung, dass er alles verbockt hatte.

Es hatte keinen Sinn, die Silberkugel hätte nie getroffen. Und wenn, der Teufel war durch sie nicht zu erledigen. Über so etwas konnte er nur noch stärker lachen.

Natürlich trug Suko seinen magischen Stab bei sich. Es hätte nichts genützt, ihn einzusetzen, denn bis Suko die Gegner erreichte, waren die fünf Sekunden um.

Wie wir es auch drehten und wendeten, wir befanden uns immer im Hintertreffen.

Hätte Bill uns vorher informiert, wäre alles anders gelaufen. So aber hatten wir das Nachsehen.

Bis auf meinen Bumerang. Es war die Waffe, die vielleicht am weitesten und am sichersten flog.

Suko hatte die gleiche Idee wie ich. »John, den Bumerang!«, rief er mir zu.

Die silberne Banane lag bereits in meiner Hand. Ich schätzte das Ziel ab, holte bereits aus, als mir der Satan einen Strich durch die Rechnung machte.

Bill und Sheila wurden von seiner magischen Kraft gepackt und vom Boden her in die Höhe gehoben. Sie kamen uns vor wie Geistwesen, als sie plötzlich über dem so sehr veränderten Rasen schwebten und ihr Ziel dort fanden, wo das Licht gloste.

Sie verschwanden.

Obwohl die Entfernung zu groß war, glaubte ich, Bills entsetztes Gesicht zu sehen, bevor er und Sheila von dem unheimlich wirkenden Licht verschluckt wurden.

Die Platte schloss sich.

Genau konnten wir dies nicht erkennen. Suko und ich sahen nur, wie das rötlich glosende Licht schwächer und schwächer wurde.

Auf einmal war es verschwunden. Kein Zentrum mehr, sondern nur noch die weite Lichtflut unter unseren Füßen. Der Teufel hatte es tatsächlich geschafft und den gesamten Heldenfriedhof unter seine höllische Kontrolle gezwungen.

Wir schauten zu Boden.

Die Skelette hatten sich nicht verflüchtigt. Sie trieben weiterhin in der magischen Höllensphäre, hielten sich an den knöchernen Klauen gepackt und wiegten sich in einem Rhythmus, den ihnen nur der Teufel eingegeben haben konnte.

Unter unseren Füßen glitten sie her, wobei sie zumeist auf dem Rücken lagen und ihre knöchernen Fratzen zu uns hochglotzen. Diese Gestalten kamen uns vor, wie in einer blutigen Suppe treibend, und für uns gab es keinen Grund mehr, stehen zu bleiben.

Um Bill und Sheila nicht in Gefahr zu bringen, hatte ich mein Kreuz nicht aktiviert. Ich wusste nicht, was geschah, wenn die beiden mächtigen Kräfte aufeinander prallten. Vielleicht wären unsere Freunde die Leidtragenden gewesen, so aber hatte uns der Satan auch einen Streich gespielt und sie entführt.

Am besten war es, wenn wir uns das Zentrum der Magie anschauten. Es lag dort, wo auch das rote Licht seine Quelle hatte.

Wir starteten.

Der Boden blieb hart. Während wir liefen, richteten wir unser Blicke nach unten und sahen die Skelette unter unseren Füßen hertreiben. Wir mussten beide viel Kraft einsetzen, um die Beine anheben zu können, denn die glatte Fläche schien mit einer dünnen Leimschicht beschmiert worden zu sein.

Wir kämpften uns weiter vor.

Dann traf uns abermals ein Schock.

Nicht nur Skelette trieben unter der Oberfläche, wir sahen auch eine normale Frau.

Sie lag auf dem Rücken, hatte braunes Haar und bewegte ihre Arme, als würde sie durch Wasser schwimmen. Ihr Gesicht glich einer Maske. Die Augen blickten starr, und an der Kleidung erkannten wir, dass die Frau unter Umständen mit dem Ballon gefahren war.

Sie trieb vorbei.

»Noch ein Opfer!«, keuchte Suko und ballte die Hände.

Ich nickte verbissen. Obwohl es keiner von uns aussprach, wussten wir, was uns in der nahen Zukunft erwartete, und wir hatten uns auch nicht getäuscht.

Zwar waren wir darauf vorbereitet, dennoch hätte ich in diesen Augenblicken durchdrehen können, als ich Bill und Sheila sah, die uns entgegentrieben.

Es war schlimm.

Der Reporter glitt als Erster herbei. Ein Skelett stieß noch gegen ihn, prallte ab und driftete davon.

Bill aber schaute hoch.

Und er sah uns.

Noch nie in meinem Leben hatte ich auf den Zügen des Reporters eine so große Verzweiflung gesehen. Eine unbeschreibliche Qual, eine unendliche Sehnsucht nach Hilfe, und er hatte die Arme ausgebreitet, um uns zu empfangen.

Ich fiel auf die Knie.

Mein Freund trieb noch näher auf mich zu. Wenn ich noch einige Sekunden wartete, musste er genau unter meinem Standort vorbeigleiten.

Bills Lippen bewegten sich. Sie formulierten ein Wort, und ich glaubte, den Begriff *Hilfe* zu lesen, konnte mich aber auch getäuscht haben. Doch die Angst und die Verzweiflung in den Zügen meines Partners machten mich fast verrückt.

Vor Wut trommelte ich mit den Fäusten auf den Boden und hörte Sukos schneidende Stimme.

»Nimm das Kreuz!«

Jetzt war alles egal. Bill befand sich sowieso in den Händen des Satans, und ich setzte mein Kreuz ein.

Genau in dem Moment, als Bill vorbeiglitt und Sheila sich uns im schrägen Winkel näherte.

Hart presste ich das Kreuz gegen den Boden und schrie die magische Aktivierungsformel.

»Terra pestem teneto – salus hic maneto!«

Die Erde soll das Unheil halten, das Heil soll hier bleiben! So ungefähr lautete die Übersetzung.

Und das Kreuz reagierte!

Für einen Moment glühte es hell auf, dass ich das Gefühl hatte, es würde schmelzen, dann aber strahlten von den vier Enden gleißend helle Lichtpfeile in die Höhe, die wie die Bahn eines Kometen ins All drangen.

Für einen Augenblick setzte mein Herzschlag aus, und auch mein Freund Suko hielt den Atem an.

Wir sahen etwas Wunderbares, Unerklärliches. Dort, wo die vier Strahlen endeten, erschienen hohe, geisterhaft wirkende Lichtgestalten, die blitzten und strahlten.

Waren es die Erzengel?

So schnell, wie sie aufgetaucht waren, so rasch verschwanden sie auch wieder, und die Umgebung veränderte sich.

Mein Kreuz lag nicht mehr auf einer rötlich schimmernden Fläche, sondern auf einem feuchten Rasen.

Kein durchsichtiger Boden, keine treibenden Skelette, kein Teufel mehr und auch keine Conollys.

Der Friedhof war völlig normal!

Und über uns stand drohend die Dunkelheit. Ein grauschwarzer Nachthimmel, bedeckt mit treibenden Wolken, ohne Mond und Sterne.

Wir standen da und schauten uns an.

Keinem wollte es gelingen, ein Wort zu sagen. Wir trauten

uns beide nicht, die Wahrheit auszusprechen, und jetzt war ich es, der sich die Vorwürfe machen konnte.

Ich hatte mein Kreuz eingesetzt und damit die Magie dieses Friedhofs zerstört. Der Teufel war geflüchtet. Er hatte seine Opfer mitgenommen. Sheila und Bill.

Suko war es, der das Schweigen brach. »Ich weiß, was in dir vorgeht, John, glaube aber nicht, dass du einen Fehler gemacht hast. Was blieb dir denn anderes übrig?«

Ich holte ein paarmal Luft, denn die richtige Antwort wollte mir einfach nicht über die Lippen. »Wir hätten gehen können, hinlaufen, zum Grab rennen, vielleicht wären Bill und Sheila dann nicht verschwunden. Aber so ist alles zu spät.«

»Wir holen sie uns zurück!«

Ich schaute Suko an, als wäre er der größte Lügner auf der Welt. »Zurück?«, flüsterte ich. »Wie sollen wir sie denn zurückholen? Kannst du mir das sagen? Los, rede!«

»John«, sagte er, »ich weiß, wie es in dir aussieht. Reiß dich aber zusammen. Tu dir und mir selbst den Gefallen. Ehrlich. Du musst die Nerven bewahren.«

»Machst du das denn?«

Suko winkte ab.

Wie zwei Verlierer standen wir auf dem Friedhof. Zwei Versager unter toten Helden, und ich dachte an die Worte, die mir mein Freund Bill einmal gesagt hatte. Es war noch nicht lange her. Erst in der gestrigen Nacht.

Sinngemäß hatte er gemeint, dass die Hölle letztendlich doch stärker war und wir gegen diese Kräfte nicht ankamen.

Mittlerweile hatte ich das Gefühl, dass Bills Worte gar nicht mal so weit hergeholt waren.

Es sah in der Tat schlecht aus.

Während ich wie eine Eins dastand und den Blick zu Boden gesenkt hielt, begann mein Partner Suko mit seiner Wanderschaft. Er schaute sich nicht nur den Friedhof an, sondern auch die Grabsteine. Die Peitsche hielt er dabei in der Hand, während die drei Riemen über den Boden glitten und dort nichts veränderten. Auch ein Beweis, dass die Magie des Teufels allmählich verschwunden war.

Jeden Grabstein untersuchte der Inspektor. Er schaute genau nach, ob sich an den Heldengräbern etwas verändert hatte, das jedoch war nicht der Fall.

Sie sahen so aus wie immer.

Da standen die wuchtigen Figuren auf Platten oder Sockeln. Soldaten reckten kampfbereit ihre Gewehre oder Säbel gegen den dunklen Himmel, und Suko fragte sich, wie es wohl unter den Gräbern aussah.

Der Chinese erreichte den Korb, der zu dem Fesselballon gehörte. Er schaute hinein und sah dort einige handliche Eisenstangen liegen. Eine davon nahm der Inspektor in die Hand. Mit ihr kehrte er zu mir zurück.

»John.«

Ich schaute hoch. In diesen Momenten fühlte ich mich krank, verzweifelt und ausgelaugt.

Suko hielt mir die Stange entgegen.

»Was willst du damit?«

»Lass uns mal dort hingehen, wo das Licht seinen Ursprung hatte. Ich habe da ein Grab gesehen.«

»Willst du es öffnen?«

»Ja. Vielleicht haben wir eine Chance. Denk mal an das Geistergrab, als wir einen Zugang zur Leichenstadt entdeckten.«

Der Inspektor dachte noch immer sehr optimistisch. Ich hatte nichts gegen seinen Vorschlag einzuwenden, nickte und hielt mich an seiner rechten Seite, als er ging.

Der Rasen war wunderbar weich. Der Vergleich mit dem Wembley-Stadion kam mir unwillkürlich in den Sinn, und solche Gedanken lenkten mich zum Glück von den großen Problemen ab.

Wenig später standen wir vor dem Grab. Ein kalter Wind blies. Die Wolken jagten über den Himmel, es fielen die ersten Regentropfen, und es wurde noch düsterer.

Wir gingen um die Platte herum. Sie lag flach auf dem Boden und war ungefähr so hoch wie ein halber Arm. Am Ende des Grabs wuchs ein senkrechter Stein in die Höhe. Er hatte ebenfalls die Form eines Rechtecks, und wir entdeckten auf seiner Innenseite eine Schrift.

Leider konnten wir die Worte wegen der Dunkelheit nicht genau lesen, deshalb mussten wir nachleuchten.

Der Strahl von Sukos Taschenlampe glitt auf die Buchstaben, und wir beide konnten die Worte entziffern.

Sheila Conolly.

Wir hatten ihr Grab gefunden.

Der Schock war nicht ganz so schlimm, denn wir hatten Sheila ja inzwischen gesehen und wussten, dass sie lebte. Aber war das noch ein Leben, das sie führte?

Diese Frage stellte sich automatisch. Suko deutete auf die waagrecht liegende Platte. »Sie muss in die Höhe geschwungen sein, denn aus dem Grab hier drang das Licht.«

Ich schaute meinen Freund fragend an. »Traust du dir zu, die Platte hochzuwuchten?«

»Kaum.«

»Aber du willst es versuchen?«

»Klar. Deshalb habe ich ja auch diese Eisenstange mitgenommen.« Suko hielt sie hoch und klatschte damit in seine linke offene Handfläche.

»Dann mach mal!«

Der Chinese schritt um das Grab herum, bis er dicht neben mir stehen blieb. Er schaute noch einmal nach unten, bückte sich dann und bohrte die Stange zwischen dem Grabplattenrand und der weichen Erde in den Boden.

Ich glaubte ja nicht an einen Erfolg, wollte aber meinem Freund die Hoffnung nicht nehmen und gab deshalb keinen Kommentar.

Suko versuchte es.

Die Stange setzte er als Hebel ein. Suko ächzte und keuchte. Auf seinem Gesicht glänzte der Schweiß, die Adern traten dick hervor und glichen schon kleinen Strängen. Die Augen wollten ihm fast aus den Höhlen quellen, als er sich anstrengte, und er schaffte es immerhin, dass sich die Eisenstange durchbog.

Mehr war nicht zu erreichen. Die schwere Steinplatte rührte sich nicht von der Stelle.

Keuchend trat Suko zurück, wobei er den Kopf schüttelte. »Ich glaube, John, das klappt nicht mehr. Wirklich nicht.«

»Also sind wir wieder um eine Hoffnung ärmer.«

»Richtig. Aber hast du noch eine andere?«

Eine sehr gute Frage, die mir Suko da gestellt hatte. Der Teufel hatte die beiden Conollys verschleppt. Wir wussten nicht, wo sie sich befanden, konnten die Dimension aber mit einiger Sicherheit mit dem Begriff der Hölle umschreiben. Es war unbegreiflich, unfassbar, aber es stimmte.

Der Satan hatte tatsächlich zwei Menschen zu sich geholt.

Zwei lebende!

Ich räusperte mir die Kehle frei. Verzweifelt dachte ich über Möglichkeiten nach, den Spieß noch herumzudrehen, aber mir fiel einfach nichts ein.

»Ob wir es noch einmal mit dem Kreuz versuchen?«, fragte Suko in meine Gedanken hinein.

»Wieso?«

»Ich meine nur. Unter Umständen schaffen wir uns freie Bahn. Wenn ich durch Kraft oder Gewalt das Grab nicht öffnen konnte, dann möglicherweise durch Magie.«

Der Vorschlag war zwar nur eine Notlösung, aber mit besseren Gegenargumenten konnte ich nicht aufwarten.

»Leg es auf die Platte!«

Ich tat das, was Suko mir vorgeschlagen hatte. Genau in die Mitte drapierte ich das Kreuz.

Wir warteten.

Die Sekunden verstrichen. Nichts geschah. Das Kreuz reagierte überhaupt nicht. Die Magie hatte den Friedhof verlassen.

Etwa nach einer Minute bückte ich mich und hob das Kreuz wieder auf. Ich schüttelte den Kopf.

»Dann können wir wohl gehen«, meinte Suko mit leiser Stimme.

Als ich diese Worte vernahm, rann über meinen Rücken ein Schauer. Ich hatte auch daran gedacht, mich aber gehütet, sie auszusprechen, weil sie mir einfach zu endgültig klangen. Es kam mir vor wie eine Flucht vor dem Feind. Wenn man jedoch realistisch darüber nachdachte, blieb uns eigentlich keine andere Möglichkeit. Was hätten wir auf diesem Friedhof noch erreichen können?

Nichts.

»Kommst du, John?«

Ich nickte, denn ich konnte in diesen Augenblicken nicht sprechen. Es war ein schreckliches Gefühl für mich, dem Grab der Sheila Conolly den Rücken zuzukehren und wegzugehen.

Depression, Verzweiflung, das Wissen, die eigenen Fähigkeiten überschätzt zu haben, all dies addierte sich und gab mir das Gefühl der großen Hilflosigkeit.

Seit Menschengedenken hatten die Bewohner der Erde immer über die Raffinesse und Schlauheit des Teufels berichtet. In diesem Fall musste ich ihnen leider Recht geben. Der Teufel war schlau und raffiniert. Er legte, wenn es darauf ankam, jeden Menschen rein.

Das hatte er uns bewiesen.

Die Grabsteine der Heldengräber schienen uns höhnisch zu grüßen, als wir an ihnen vorbeischritten. Ich hatte das Gefühl, als würden sich manche Figuren sogar bewegen. Bei genauerem Hinschauen erwies sich dies jedoch als Täuschung.

Vor dem Tor blieben wir stehen.

Beide warfen wir einen letzten Blick zurück und schauten in die dunkle Weite eines normalen Friedhofs, auf dem sich nicht einmal die Restspur einer schwarzen Magie befand.

Suko drehte sich und kletterte als Erster über den Zaun. Ich folgte ihm langsamer.

Der Bentley stand noch so, wie wir ihn verlassen hatten. Der Regen hatte aufgehört. Auf dem Dach des Fahrzeugs glänzten noch einige Tropfen.

»Soll ich fahren?«, fragte Suko.

»Ja, ich würde vielleicht Mist bauen.«

»Das habe ich dir angesehen.«

Ich gab Suko den Schlüssel. Er öffnete den Wagenschlag, stieg aber noch nicht ein.

Ich bemerkte dies und fragte: »Was hast du?«

Suko holte tief Luft. »Es ist so«, sagte er. »Der Teufel hat es auf Sheila und Bill abgesehen, also auf die Conollys. Zwei aus dieser Familie hat er bereits bekommen, aber es gibt noch jemanden.«

»Johnny!«, stieß ich hervor.

»Genau. Und auch Shao. Die beiden sind allein …«

Plötzlich hielt uns nichts mehr. Es war eine Nacht, die dem Teufel gehörte. Und wie ich ihn kannte, nahm der Satan auch auf ein Kind keine Rücksicht, das hatte er schon hinlänglich bewiesen …

Shao fühlte sich einsam in dem Haus.

Sie war eine kleine Wohnung gewohnt, doch nun musste sie auf ein Gebäude Acht geben, das einige Male so groß war wie ihr Apartment, das sie sich mit Suko teilte.

Sie saß im Wohnraum, hatte die Rollos vor die Fenster fahren lassen und wartete. Es brannten nur wenige Lichter. Die sie umgebende Stille drückte wie eine Last. Aber es ist in einem Haus nie so recht ruhig. Hin und wieder bewegte sich etwas. Da knackte es, da klapperte es mal, und immer dann schreckte Shao hoch.

Eine beklemmende Furcht schnürte ihr Herz ein. Shao redete sich ein, dass überhaupt kein Grund vorhanden war, dennoch wollte dieses Gefühl einfach nicht weichen.

Um überhaupt etwas zu tun, erhob sie sich aus dem Sessel, verließ den Raum und schlug den Weg zu Johnnys Zimmer ein. Die Tür war nicht geschlossen. Halb stand sie offen, und durch den Spalt konnte Shao in das Zimmer hineinschauen.

Es fiel noch genügend Licht von der Diele in den Raum. Johnny lag auf dem Bett und schlief. Seine Decke hatte er zur Seite getreten, das rechte Bein war angewinkelt, in einer Hand hielt er seinen Lieblingsteddy.

Shao lächelte. Sie war froh, dass der Kleine so fest schlief. An ihm waren die Spuren der schrecklichen Ereignisse bisher fast spurlos vorübergegangen.

Auch Nadine sah sie.

Die Wölfin lag auf dem Boden, hatte ihren Kopf gedreht und blickte träge zur Tür, wobei Shao ihre Augen leuchten sah.

Obwohl Nadine bewegungslos lag, wusste Shao, dass sie sehr scharf aufpasste. Sollte die geringste Störung eintreten, war sie sofort da. So leise, wie sie gekommen war, zog sich die Chinesin auch wieder zurück und ließ die Tür weiterhin offen.

Freude wollte bei ihr nicht aufkommen, obwohl sie sich wegen Johnny keine Sorgen zu machen brauchte. Aber da gab es andere, um die sie sich sorgte. Wie mochte es Sheila und Bill ergehen? Auch Suko und John? Die beiden waren zu einem Friedhof gefahren, und Shao wusste sehr genau, dass Friedhöfe oft schreckliche Geheimnisse bargen.

Sie hatte Zombies und Ghouls erlebt und schüttelte sich, wenn sie daran dachte.

In den Wohnraum zurückgekehrt, nahm sie wieder dort Platz, wo sie schon einmal gesessen hatte. Sie schenkte ihr Glas mit Orangensaft fast voll. Sie trank ihn in durstigen Zügen, griff zur Fernbedienung und stellte die Glotze an.

Durch irgendetwas musste sie sich einfach ablenken.

Das Gesicht eines Nachrichtensprechers erschien. Was er vorlas, war nicht dazu angetan, Shaos Laune zu heben, deshalb schaltete sie um, erwischte einen alten Schwarz-Weiß-Film, dessen Handlung ihr aber auch nicht zusagte.

Shao stellte den Apparat wieder ab.

Jetzt wartete sie.

Und die Minuten wurden lang. Abermals hörte sie es überall knacken und knistern, und je mehr Zeit verstrich, umso größer wurde ihre Nervosität.

Sie glaubte, den Schatten des Teufels zu spüren, und ein Frösteln rann über ihren Körper.

Plötzlich schreckte sie hoch.

Ein Geräusch war an ihre Ohren gedrungen. Tappende Schritte, die sich dem Wohnraum näherten. Ein Erwachsener war es nicht, der da kam, und Shao stand auf.

Sie richtete ihren Blick auf die offene Wohnzimmertür und sah Johnny den Raum betreten. Er war noch sehr verschlafen, rieb seine Augen und zog die Nase hoch.

Sofort lief Shao auf ihn zu, kniete sich vor ihn hin und nahm ihn in die Arme. »Was ist denn los, mein Kleiner?«

»Ich kann nicht schlafen«, quengelte Johnny.

»Und warum nicht?«

»Ich träume so komisch.«

»Was träumst du denn?«

»Von Daddy und Mummy.«

Shao schluckte und räusperte sich danach die Kehle frei. Sie konnte verstehen, dass der Junge so reagierte, und sie wusste im Augenblick nicht, was sie machen sollte.

»Möchtest du etwas trinken?«, fragte sie.

»Ja.«

»Warte, ich hole dir ein Glas.« Shao ging in die Küche und kam mit Traubensaft zurück.

Johnny befand sich nicht mehr allein im Wohnraum, die Wölfin hatte sich zu ihm gesellt. Sie wich dem Kleinen nicht von der Seite und beschützte ihn in allen Lagen.

Shao reichte Johnny das Glas. Er umfasste es mit beiden Händen, führte es an den Mund und trank den Saft in langen, durstigen Zügen. Erst als das Glas leer war, gab er es Shao zurück. Sie stellte das Gefäß auf den Tisch.

»Jetzt gehst du aber wieder ins Bett, nicht wahr?«

»Nein.« Seine Stimme klang weinerlich.

»Und warum nicht?«

»Ich habe Angst.«

Shao lächelte. »Aber Johnny, du brauchst doch keine Angst zu haben. Wirklich nicht.«

Johnny fing an zu schluchzen. In seine Augen traten Tränen, und er schlang seine Arme um Shao. »Ich möchte, dass Daddy und Mummy zurückkommen«, sagte er.

Obwohl Shao selbst zum Heulen zu Mute war, musste sie den Jungen erst trösten. »Klar, mein Kleiner, das verstehe ich. Mummy und Daddy werden auch bald zurück sein.«

»Wirklich?«

»Ich verspreche es dir. Aber jetzt musst du schlafen. Du kannst doch nicht die ganze Nacht aufbleiben.«

Johnny nickte.

Shao stand auf, nahm die Hand des Jungen und wollte sich umdrehen, als sie das drohende Knurren der Wölfin vernahm.

Die Chinesin zuckte zusammen und schaute auf das Tier.

Steif und mit abgespreizten Pfoten stand Nadine auf der

Stelle. Ihren Blick richtete sie dorthin, wo das große Fenster lag, das an der Seite auch eine Tür zur Terrasse hatte. Durch die Scheibe konnte man nicht sehen, weil Shao die Rollos runtergelassen hatte. Doch sie begriff. Wenn sich Nadine so auf das Fenster konzentrierte, musste sich dahinter innerhalb des Gartens etwas abspielen.

Lauerte dort jemand?

Shaos Herz schlug plötzlich schneller, und Nadine blieb nicht mehr auf dem Fleck, sondern bewegte sich mit schleichenden Schritten in Richtung Fenster.

Johnny stand ebenfalls noch im Zimmer. Shao dachte auch nicht daran, ihn wegzuschaffen, sie spürte nur, dass sich etwas Entscheidendes hinter dem verschlossenen Fenster anbahnte.

Nadine blieb stehen. Sehr weit hatte sie ihr Maul geöffnet, und das aus ihm schwingende Knurren war drohender geworden. Es klang aggressiv, angriffswütig, das Fell war gesträubt, und wenig später sah Shao das Schimmern sowohl auf dem Rollo als auch auf der Fensterscheibe.

Es war ein gelblich weißes Leuchten, und es veränderte sehr schnell seine Form.

War es zunächst nur ein Kreis gewesen, so wurde es nun größer und wirkte in die Länge gezogen. Allmählich schälten sich die Umrisse zweier Menschen heraus.

Mann und Frau!

Bill und Sheila!

Shao wollte es kaum glauben. Ihr Herz raste, es war der freudige Schreck, der dafür verantwortlich war, bis die Ernüchterung eintrat. Shao dachte darüber nach und fragte sich, wie es den beiden gelingen konnte, durch ein geschlossenes Fenster zu schreiten.

Als Menschen schafften sie so etwas nicht!

Wohl als Höllenwesen!

Als Shao so weit gedacht hatte, war ihr klar geworden, in welch einer Gefahr sie und Johnny schwebten. Wenn die Eltern des Jungen zu den Dienern des Teufels gehörten, nahmen sie auf ihren Sohn keine Rücksicht. Soweit kannte sie sich in der schwarzen Magie aus.

Aber was sollte sie tun?

Da standen plötzlich zwei Gegner vor ihr, und sie betraten das Wohnzimmer.

Die beiden streckten ihre Hände aus und berührten sich. So dokumentierten sie eine Gemeinsamkeit, und sie gingen tiefer in das Zimmer hinein, wobei Johnny ihr Ziel war.

Da gab es noch Nadine Berger.

Nicht umsonst hatte die Wölfin so laut geknurrt, denn ihr war die Gefahr schon vorher aufgefallen.

Das Tier hatte bemerkt, dass mit Sheila und Bill etwas nicht stimmte, und es reagierte.

Nadine schlich zurück. Ihr Ziel war Johnny, und vor dem Jungen stoppte sie, wobei sie sich hinsetzte.

Nadine hockte wie ein Denkmal. Sie war bereit, alles für den Jungen zu tun.

Sheila und Bill lächelten. Sie hatten überhaupt keinen Blick für Shao, und ihr fiel auf, wie falsch das Lächeln der beiden Freunde in diesem Augenblick war.

Ihre Blicke glitten zwischen den Eintretenden und dem kleinen Johnny hin und her. Mit jedem Schritt, den das Ehepaar näher kam, verdichtete sich für Johnny die Gefahr.

Sheila war es, die redete. »Hallo, Johnny«, begrüßte sie ihren Sohn. »Willst du nicht zu uns kommen? Und freust du dich nicht, deine Eltern zu sehen, wo wir doch so lange weg waren?«

Johnny schien ein gutes Gespür zu besitzen. Er verfiel in keine Euphorie, sosehr er sich auch nach seinen Eltern gesehnt hatte. Das Gegenteil trat ein.

Einen Schritt ging der Junge zurück, hob seinen Arm und hielt ihn vor das Gesicht. »Geht weg!«, rief er. »Geht doch weg! Ich will euch nicht sehen.«

»Aber Johnny«, sprach Bill. »Wir sind doch deine Eltern …«

»Nein, ihr seid es nicht!« Shao hatte nicht länger an sich halten können und die Worte ausgestoßen. Und sie wandte sich an Johnny. »Lauf fort!«, rief sie. »Nimm Nadine mit!« Sie selbst blieb auch nicht stehen, sprang vor und warf sich zwischen Bill, Sheila und Johnny. Da blieb sie stehen, breitete die Arme aus und hörte hinter sich das gefährliche Knurren der Wölfin.

Wie zwei Geister standen Sheila und Bill vor ihr. Shao wollte nicht glauben, dass sie normal waren, und sie warf sich gegen sie, wobei die Chinesin die Arme ausbreitete, sodass sie Sheila als auch Bill berühren konnte.

Das schaffte sie.

Dann erfolgte die Gegenreaktion.

Für einen Moment schien Shaos Gestalt zu zerfließen. Sie wurde durchsichtig und schien sich in ihre Atome auflösen zu wollen, bis sie sich ebenso rasch wieder zusammenfügte und Shao mit einem Wehlaut auf den Lippen zu Boden sank.

Neben dem Tisch blieb sie in verkrümmter Haltung liegen.

Sheila und Bill hatten freie Bahn.

Gemeinsam gingen sie einen Schritt vor. Ihre Blicke bohrten sich in Johnnys Gesicht.

»Komm zu uns, Kleiner. Wir wollen dich mitnehmen.« Abermals streckten sie ihre Arme aus.

In diesem Moment sprang die Wölfin!

Dass Suko nicht nur seine Harley Davidson meisterhaft beherrschte, sondern auch Auto fahren konnte, bewies er mir mal wieder in dieser Nacht. Er jagte den Bentley durch das nächtliche London, damit wir es noch rechtzeitig schafften.

Wir glichen einem geisterhaften Schatten. Es waren nur wenige Fahrzeuge unterwegs, an ihnen huschten wir vorbei.

Kein Wort fiel zwischen uns. Ich durfte Suko auf keinen Fall ablenken, aber meine Gedanken drehten sich nur um dieses eine Thema.

Ich spürte dabei den Klumpen im Magen. Es war die Angst, die ihn zusammendrückte, und ich hätte mir gewünscht, in einer Rakete zu sitzen.

Hin und wieder schaute ich auf die Uhr.

Die Minuten verrannen. Alles ging viel zu schnell, und ich atmete zum ersten Mal auf, als wir die Gegend erreichten, in der die Conollys wohnten. In diesen schmalen Straßen herrschte überhaupt kein Verkehr mehr, dafür gab es enge Kurven, die Suko alle mit radierenden Reifen nahm.

Noch eine Kurve.

Auch sie nahm Suko mit so hoher Geschwindigkeit, dass ich hart in den Gurt gepresst wurde.

Dann endlich die Straße.

Noch einmal Gas, bremsen!

Der Bentley schleuderte ein wenig, kam vor dem Tor zum Stehen, und ich war schon aus dem Fahrzeug, als es sich noch in Bewegung befand.

Das Tor war verschlossen. Shao hatte es vom Haus aus zurollen lassen.

Wieder musste ich klettern.

Als ich innerhalb des Grundstücks zu Boden sprang, hatte Suko mich ebenfalls erreicht. Gemeinsam kamen wir auf, schauten den Weg hoch und erstarrten für einen Moment.

Über dem Bungalow und aus der Dunkelheit heraus stachen zwei fellbesetzte Arme mit gewaltigen Pranken, die gegeneinander rieben.

Der Teufel rieb sich die Hände!

Hatte er auch zum dritten Mal gewonnen?

Für Johnny tat Nadine Berger alles. Da setzte sie ihr Leben ein, um ihn zu retten.

Sie hatte sehr viel Kraft in den Sprung gelegt, kam auch gut weg und wuchtete den Körper auf Bill und Sheila zu.

Shao hätte ihr eigentlich eine Warnung sein sollen, aber daran dachte Nadine nicht. Für sie gab es nur Johnny, den sie retten musste.

Und sie geriet, wie auch die Chinesin zuvor, in den Kreis der teuflischen Magie. Doch bei ihr reagierte sie anders. Die Gestalt der Wölfin spaltete sich.

Plötzlich schwebten zwei Personen in der Luft. Genau dort, wo sich Bill befand, leuchtete für einen Moment der Tierkörper auf. Ein Stück weiter die Umrisse einer Frau.

Die echte Nadine!

Ihr Geist schwebte im Zimmer, denn die finstere Kraft hatte es geschafft, beide zu trennen. Es war nicht das erste Mal, dass so etwas passierte, und wiederum erlebte Nadine höllische Qualen.

Zwei Schreie gellten durch das Zimmer!

Der eine, aus dem Tiermaul dringend, glich dem Heulton einer Sirene, während der andere Schrei hoch, spitz und schrill aufklang, wobei er von der Qual zeugte, den Nadines Geist empfand.

Beide Schreie vereinigten sich zu einem einzigen, der ein schauriges Echo erzeugte.

Johnny war ausgewichen. Er hatte den Kopf zurückgelegt und wusste nicht, wohin er zuerst schauen sollte. Auf seinem Gesicht zeichneten sich Angst und Unglauben ab. Erstickt klingende Laute drangen über seine Lippen, und er formte ein Wort.

Dabei rief er nicht seine Eltern, sondern den Namen der Wölfin.

»Nadine!«

Und diesen Ruf vernahmen auch wir.

Suko und ich waren wie die Sprinter durch den Garten gestürmt. Es interessierte uns nicht mehr, ob sich der Satan weiterhin die Hände rieb, wir wollten retten, was noch zu retten war.

Die Haustür war verschlossen, aber wir trugen den passenden Schlüssel bei uns.

Ich bebte und zitterte, es gelang mir nur mit Mühe, das Schlüsselloch zu finden, dann rammte ich die Tür so heftig auf, dass sie mit der Klinke gegen die hinter der Tür stehende Wand donnerte.

Wir waren im Haus.

Links von uns lag der Wohnraum.

Aus dieser Richtung schwangen uns auch die mörderischen Schreie entgegen.

Diesmal war ich noch schneller als Suko, stürmte durch den Flur, erreichte die offene Tür zum Wohnraum, um, wie vor eine Wand gerannt, stehen zu bleiben.

Das Bild war schrecklich.

Ich sah Shao am Boden und den kleinen Johnny, der seine Arme vor das Gesicht gerissen hatte. Ich sah auch seine Eltern, die von Nadine, der Wölfin angesprungen wurden.

Aber es war nicht allein die Wölfin. Das Tier war in einen magischen Ring hineingeraten, der es zu vernichten drohte. Es hatte sich geteilt. Der Tür mehr zugewandt, sah ich Nadines Geistkörper, so wie ich ihn damals kennen gelernt hatte, als es um das Todesopfer der Clarissa ging. Daneben befand sich der Körper des Wolfs. Beide standen in der Luft und wirkten wie eingefroren.

Wahrscheinlich würde der Teufel sie vernichten, aber noch war es nicht soweit, und ich griff zum letzten Mittel.

Ich schleuderte mein Kreuz.

Genau hatte ich gezielt. Er musste den magischen Strahl durchschneiden, der die beiden Körper praktisch in der Schwebe hielt. Das Kreuz tat mir den Gefallen. Es blendete wie ein heller Spiegel, ich starrte in einen rasenden Wirbel, der ebenso rasch wieder zusammenfiel, wie er aufgeflammt war.

Zurück blieb – Nadine, die Wölfin!

Der Tierkörper mit dem rotbraunen Fell lag auf dem Rücken. Die Pfoten zuckten, aus dem Maul drangen klagende Laute, und das Fell des Tieres zeigte sich struppig.

Ich kniete mich neben sie. Meine Hände fuhren in das Fell, ich redete mit beruhigenden Worten auf sie ein, während sie sich allmählich erholte.

Noch jemand sprach.

Es war Suko. Er kniete neben Shao, hatte die Hände gegen ihr Gesicht gepresst und atmete auf, als die Chinesin die Augen öffnete. Sie lebte noch.

Sheila und Bill waren verschwunden. Die Magie des Kreuzes hatte sie vertrieben, aber ich war sicher, dass beide nicht aufgegeben hatten. Sie würden zurückkommen und versuchen, Johnny ebenfalls zu holen, denn der Satan war unersättlich.

Hinter mir hörte ich tappende Schritte. Johnny kam. Aus großen Augen schaute er mich an. »Onkel John«, flüsterte er, »ich habe Daddy und Mummy gesehen.«

»Ja, das hast du, mein Kleiner.« Mit kratziger Stimme gab ich die Antwort.

»Aber warum sind sie wieder gegangen?«

Weil ihr Platz beim Teufel ist! Diese Antwort verschwieg ich, obwohl sie den Tatsachen entsprach.

Erst Sheila, jetzt Bill. Wen würde sich der Satan als Nächsten holen? Ich schaute auf mein Patenkind, las das Vertrauen in seinen Kinderaugen und hoffte, dass ich es niemals enttäuschte …

Die Katzen-Göttin

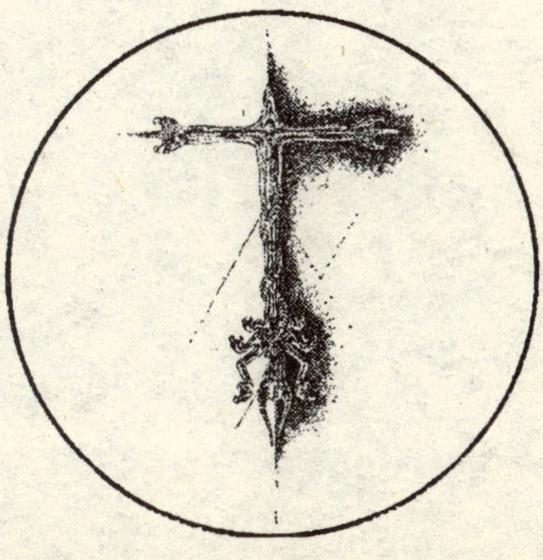

Ihre Augen sprühten wie zerplatzende Sterne, der Mund war in die Breite gezogen, und durch die Zähne zischte nur eine einzige Frage:

»Wo ist sie?«

»Wer?«

Schmale, dennoch kräftige Hände umklammerten Lauf und Kolben des Gewehrs. Und den Lauf rammte die Frau nach vorn.

Der Mann stöhnte auf. Er hatte die offen stehende Tür noch festgehalten. Durch den Druck taumelte er nach hinten, die Tür rutschte aus seiner Hand, während sich der Schmerz explosionsartig in seinem Körper ausbreitete, denn der Waffenlauf hatte den Mann dicht über der Gürtelschnalle getroffen.

Er würgte. Die Augen quollen ihm fast aus den Höhlen. Mit offenem Mund schnappte er nach Luft, während Speichel über sein Kinn rann und die Frau mit dem Absatz die Tür zutrat.

Sie donnerte so laut ins Schloss, als wäre in dem Haus ein Schuss abgegeben worden.

Mit lautlosen, gleitenden Schritten näherte sich die Frau ihrem Opfer. Der Mann ahnte, was kam, wollte einen Schrei ausstoßen, da hatte seine Besucherin die Waffe schon gedreht und zugeschlagen.

Der Kolben traf den Kopf.

Ein dumpfer Laut war zu hören und ein Röcheln, dann sackte der Mann zusammen und blieb rücklings auf dem Boden liegen.

Sie ging weiter.

Schritt für Schritt näherte sie sich ihm, und der Mann sah sie aus seiner Froschperspektive groß wie eine Riesin. Neben ihm blieb sie stehen. Sie öffnete kaum den Mund beim Sprechen, als sie fragte: »Du bist Odgen, nicht wahr? Clive Odgen?«

»Ja!«, ächzte er.

Die Frau senkte den Lauf. Vergrößert erschien er vor Odgens Augen. Die Mündung schien ihren Durchmesser verdoppelt zu haben, und im nächsten Augenblick presste die schwarzhaarige Person die Mündung der Waffe hart in das Wangenfleisch des Mannes.

Odgen stöhnte. Seine Augen rollten. Er wusste nicht, was der Überfall bedeuten sollte, und seine Angst steigerte sich ins Unermessliche.

Aus seiner Froschperspektive schaute er an der Frau hoch. Sie machte an sich einen völlig normalen Eindruck, wenn nur das verfluchte Gewehr nicht gewesen wäre, dessen Mündung einen Krater in das Fleisch seiner Wange drückte. Ihr Haar war schwarz und lang. Einige braune Strähnen durchzogen die dunkle Flut, die zu beiden Seiten ihres Kopfes nach unten hing. Das Gesicht war sehr schmal. Die Wangenknochen standen ein wenig hervor, sodass die Frau mit dem schlanken, biegsamen Oberkörper ein leicht exotisches Aussehen bekam.

Und dann ihre Augen.

Schräg standen sie. Aber nicht wie bei einer Asiatin, nein, sie waren anders geschnitten, sodass Clive Odgen nur ein Vergleich blieb.

Katzenaugen!

Jawohl, das waren Katzenaugen. Eine andere Erklärung gab es nicht dafür. Und auch der Blick dieser Frau erinnerte an den einer Katze, und da kannte sich Odgen aus.

Ihr Mund war voll. Er wirkte reif, und die Lippen glänzten wie ein rotes Brandmal. Das Licht einer an der Decke befindlichen Leuchtstoffröhre fiel auf die Haut, und als Odgen genauer hinschaute, glaubte er, feine Härchen zu erkennen. Ähnlich wie die Schnurrbarthaare der Katzen, die er so gut kannte.

Die Frau oder das Mädchen war völlig normal angezogen. Sie trug einen knallgelben Pullover, einen blauen Rock und eine Strumpfhose in der Farbe des Rocks.

Kalt und gnadenlos schaute sie auf den Mann nieder.

Ihr Blick brannte sich in dem Gesicht des liegenden Mannes fest, und wieder glaubte er, aus den Augen Kometenteile sprühen zu sehen. Es war ein Explodieren der kleinen Pupillen, und der Mann konnte nicht mehr hinschauen.

Dafür spürte er den Druck der Mündung. Und er hörte die folgenden Worte.

»Ich zerschieße dir deinen Schädel, Odgen, wenn du mir nicht sagst, wo er ist!«

»Wer denn?«, heulte Odgen.

»Mein Kater!«

Odgen zuckte zusammen. Nicht, weil die Mündung noch immer in seine Wange stach, sondern wegen der Antwort, und er saugte pfeifend die Luft ein.

»Wegen eines Katers dringen Sie hier ein?«, würgte er hervor.

»So ist es.«

»Aber das ist doch verrückt!«

»Nein! Ich habe meine Gründe, und du wirst es schon merken, du verfluchter Kerl!«

Odgen atmete tief ein. Er gewann allmählich Oberwasser, trotz der Bedrohung. Dabei hatte er angenommen, dass ihn diese Frau berauben wollte, doch das war ein Irrtum.

Sie wollte nur ihren Kater.

Welch ein Irrsinn!

»Nimm endlich das verdammte Ding da weg!«, forderte er. »Dann können wir darüber reden.«

Die Frau überlegte einen Moment. Sie trat plötzlich zurück. Der Druck löste sich, aber Odgen schaute weiterhin in die Mündung, denn sie wies in einem schrägen Winkel auf sein Gesicht. »Bilde dir nur keine Schwachheiten ein!«, flüsterte die Frau. »Ich habe den Finger am Abzug, und ich weiß verdammt gut, wie man mit einer solchen Waffe umgeht, darauf kannst du dich verlassen.«

»Ja, ja, schon gut!« Odgen fluchte, rollte sich auf die Seite und stemmte sich langsam in die Höhe. Als er eine kniende Stellung erreicht hatte, spürte er die Nachwirkungen der ersten Schläge, presste die Hand auf den Magen und eine andere gegen den Kopf. Schräg schaute er die Frau an, die etwas breitbeinig dastand und das Gewehr sogar ziemlich locker hielt.

Odgen war ein hässlicher Mensch. Die Natur hatte ihn nicht verwöhnt. Er war sehr muskulös, dabei jedoch von einem fast zwergenhaften Wuchs, und seine Haare wurden nur mehr aus ein paar grauen Strähnen gebildet, die vom Hinterkopf bis in den Nacken hingen. Sein Gesicht war rund, die Augenbrauen bildeten dichte graue Balken, und die Pupillen zeigten einen wahrhaft tückischen Ausdruck.

Sein Mund wirkte wie eine Falte in der unteren Gesichtshälfte, und die Nase darüber zeigte Spuren eines Kampfes, denn sie stand ein wenig schräg. Im Verhältnis zu seinem Körper passten die Arme nicht. Sie waren zu lang, erinnerten an die irgendwelcher Affen.

»Kann ich aufstehen?«

»Sicher!«

Clive Odgen erhob sich. Er stöhnte, und das viel lauter, als er es eigentlich gemusst hätte. Er wollte die Frau in Sicherheit wiegen, denn die beiden Schläge hatte er noch nicht vergessen, die würde er ihr zurückzahlen. Knallhart und doppelt.

Endlich stand er. Tückisch zogen sich seine Brauen zusammen, und als er anfing zu grinsen, wirkte es schief. »Okay, Mädchen, du bist hier eingedrungen. Darf ich wenigstens erfahren, wie du heißt?«

»Ja. Ich bin Brenda ›the cat‹!«

Zuerst zeigte das Gesicht des Mannes Überraschung. Dann begann er zu lachen.

»Brenda, die Katze? Das gibt es doch nicht!«

»Und wie es das gibt, Odgen, du wirst es noch merken. Du bist doch Odgen, der Katzenfänger.«

Sein Lachen verstummte. »Was bin ich, Puppe?«, fragte er. »Der Katzenfänger?« Er wollte noch etwas hinzufügen, hatte sich aber zu schnell bewegt, und durch seinen Kopf zuckte ein wütender Schmerz. »Katzenfänger ist eine Beleidigung.«

»Was bist du denn, du Bastard?«

»Noch eine Beleidigung.«

»Antworte.« Brenda hob ihr Gewehr an, und in ihre Augen trat ein entschlossener Ausdruck.

»Ich bin Tierfänger. Das ist ein Unterschied. Und ich arbeite seriös, denn ich habe Abnehmer.«

Brenda nickte hart. »Das weiß ich. Die Abnehmer kenne ich auch. Es sind die verdammten Konzerne, die dir die Tiere abkaufen, um sie zu quälen und langsam zu Tode zu foltern.«

»He, he!« Odgen hob beide Hände. »Vergiss nicht, wem die Versuche letztlich nützen. Nämlich den Menschen, auch dir. So kann man mich als einen Wohltäter sehen.«

Über so viel Zynismus konnte die Frau nicht einmal lächeln. Sie gab auch keine normale Antwort, sondern schoss.

Damit hatte Odgen nicht gerechnet. Er schaute in die Mündungsflamme, vernahm einen peitschenden Knall, der als Echo weiterrollte, und hörte sogar das Sirren der Kugel, so nahe streifte das Geschoss an seinem Kopf vorbei.

»Die nächste Kugel jage ich dir in deinen Schädel!«, drohte Brenda mit glasharter Stimme.

Clive Odgen wurde bleich. Bisher hatte er an einen Bluff geglaubt. Nun musste er seine Meinung ändern, denn er sah, dass es dieser Brenda ernst war.

Er musste ein paarmal tief durchatmen. »Bist du eigentlich verrückt?«, fragte er dann.

»Nein, ich bin normal. Ich will nur mein Tier zurückhaben.«

»Was kümmert mich der Scheiß-Ka...?« Odgen verschluckte den Rest im letzten Augenblick, denn er sah, wie die Frau zusammenzuckte. Mit dieser Erwiderung hatte er bei ihr einen wunden Punkt berührt.

»Sprich ruhig weiter«, sagte die Frau flüsternd. »Rede nur, dann habe ich wenigstens einen Grund ...«

»Schon gut, schon gut. Ich bin eben überrascht. Es kommt ja nicht jeden Tag vor, dass hier eine auftaucht, die ihren Kater oder ihre Katze sucht.«

»Nein, ich bin auch einmalig.«

»Und jetzt?«

»Werden wir gehen.«

»Wohin?«

»Zu den Katzen.«

»Meinst du die toten oder die lebenden?«, fragte Odgen lauernd.

Brendas Gesicht verhärtete sich. »Du hast auch tote Katzen hier, du Bastard?«

Irgendwie hatte Odgen das Gefühl, etwas Falsches gesagt zu haben. Er versuchte abzuwiegeln. »Es sind ja nicht so viele. Die meisten leben noch, aber einige gehen eben kaputt.«

»Wo sind die Katzen?«, fragte Brenda.

Der Mann hob erst die Schultern und deutete dann auf die

vier verschiedenen Türen, die von der rechteckigen Diele abgingen. »Hinter zwei Türen befinden sich Hunde. Hinter den anderen beiden die Katzen.«

»Und wo liegen die toten?«

Der Mann zeigte nach links.

»Dann wollen wir zuerst zu den lebenden Katzen gehen«, ordnete die Frau an. »Dreh dich um, und öffne! Keine falsche Bewegung, ich schieße sofort, das wirst du ja inzwischen gemerkt haben.«

Und ob der Mann das gemerkt hatte. Odgen bezeichnete sich selbst als einen abgebrühten Typ, der sich durch nichts so leicht aus der Ruhe bringen ließ. Er hatte Tieren gegenüber keine Gefühle, sondern betrachtete sie als Ware. Und die Chemiekonzerne zahlten gut. Manchmal hatte er noch nicht einmal etwas mit dem Transport zu tun. Den nahmen ihm seine Geschäftspartner ab. Sie holten die Tiere mit extra dafür angefertigten Wagen ab.

Allerdings mehr Katzen als Hunde. Von ihnen gab es auch genug. Schwierigkeiten hatte Odgen bisher noch nicht gehabt. Wenn er auf Katzenfang ging, fuhr er in einen anderen Stadtteil, wo ihn niemand kannte, und in den frühen Morgenstunden befand sich sowieso kaum jemand auf der Straße. Odgen verwendete ein Lockmittel.

Aber wie war diese verdammte Brenda nur auf ihn gekommen? Und sie nannte sich »the cat«! Unmöglich, so etwas. Eine Frau, die sich Katze nannte! Für Odgen war es makaber, und er fühlte es kalt den Rücken hinablaufen. Bisher hatte er sein Haus nicht als unheimlich kennen gelernt, nun aber glaubte er, der Mittelpunkt zahlreicher sich schnell verdichtender Spannungen zu sein. Ihm war nicht wohl.

»Beeil dich! Ich will hier nicht festwachsen!«, zischte Brenda hinter ihm, und es hörte sich tatsächlich wie das Fauchen einer Katze an.

Er schob den Schlüssel vorsichtig ins Schloss. Die Haut in seinem Nacken spannte sich dabei, und er wusste genau, dass er einen Fehler beging, wenn er jetzt aufschloss. Aber er sah keine andere Möglichkeit, sein Leben zu retten.

Die Frau hinter ihm würde gnadenlos schießen!

Die Innentüren des Hauses bestanden zwar aus Holz, aber sie waren mit Metall verstärkt, ausbruchssicher und auch sicher gegen kratzende Katzenpfoten.

Im Raum dahinter war es dunkel. Durch die offene Tür strömte Katzengeruch, der auch von Brenda wahrgenommen wurde, sodass ihre Augen anfingen zu leuchten.

Ja, hier waren sie richtig!

»Mach Licht!«, befahl sie.

Clive Odgen räusperte sich. »Moment noch!«, antwortete er. Irgendwie fühlte er sich zu Tode bedroht, und es war nicht allein die Waffe, die dazu beitrug. Nein, die Frau selbst strömte diese Kälte aus. Sie war ihm unheimlich, suspekt, und sie kam ihm wie eine Katze auf zwei Beinen vor. Zudem konnte er sich vorstellen, dass sie durchdrehte, wenn sie sah, wie er die Tiere hielt.

Er sorgte nicht für Sauberkeit in den Käfigen. Es war ihm egal, wie sehr alles stank, aber die Frau würde da sicherlich anders reagieren, und dem wollte er entgegentreten.

Nahe der Tür stand eine Schaufel. Sie hatte einen kurzen Stiel, war sehr handlich, und Odgen konnte mit ihr schnell und sicher zuschlagen. So manch störrisches Tier hatte er mit ihr vom Leben in den Tod befördert.

Diesmal sollte sie einen Menschen treffen.

Brenda hatte ihn zwar gewarnt, doch was kümmerte es ihn? Wenn die Überraschung auf seiner Seite war, war die andere ohne Chance. Mit einem schnellen Griff hatte er die Schaufel gefunden und an sich genommen. Die im Raum versammelten Katzen blieben zum Glück nicht ruhig. Ihr Miauen übertönte andere Geräusche.

Zwei Dinge tat Odgen zur selben Zeit. Er schlug auf den Lichtschalter, im Raum wurde es hell, und er kreiselte gleichzeitig herum, wobei er noch in der Bewegung die Schaufel schleuderte.

Sie hätte mit dem Blatt genau die Körpermitte getroffen, aber der Werfer hatte nicht mit der Reaktionsschnelligkeit der Frau namens Brenda gerechnet.

Sie musste es geahnt, gespürt, gerochen haben. Mit einem blitzschnellen Sidestep huschte sie nach rechts, und haarscharf passierte das Wurfgeschoss ihre Hüfte.

Irgendwo hinter der schwarzhaarigen Frau prallte es mit einem blechernen Geräusch gegen die Wand, und Odgen, der Tierfänger, stand wie angewurzelt auf der Schwelle.

Er begriff nichts. Es war unwahrscheinlich, wie schnell diese Frau reagiert hatte, zu vergleichen mit der Reaktion einer Katze, doch eines war ihm klar.

Sie konnte ihn töten, wenn sie wollte!

Er schaute in die Mündung, er blickte in das maskenhaft starre Katzengesicht und in die kalten Augen. Er sah aber auch das wie eingefroren wirkende Lächeln, das die Lippen in die Breite zog, und wusste Bescheid. »Hast du etwas zu deiner Verteidigung zu sagen?«, fragte sie mit spöttischer Stimme.

Er schüttelte den Kopf, denn sprechen konnte er nicht.

Brenda schoss nicht. Sie nickte nur, und es war gleichzeitig ein Zeichen für ihn, den Raum zu betreten.

Er wandte ihr den Rücken zu, spürte den Schauder und betrat den Raum, wo die Katzen untergebracht waren.

Brenda folgte ihm. Obwohl sie ihn nicht aus den Augen ließ, sah sie sehr genau, wie der Raum eingerichtet worden war. Möbel gab es fast nicht. Nur Käfige aus Draht, und sie standen, von der Tür aus gesehen, auf der rechten Seite.

Brenda konnte sie nicht zählen, schätzte sie aber auf fünfzig, und was sie in den Käfigen zu sehen bekam, das konnte ihr schon das Herz im Leibe brechen.

Die Käfige waren kaum größer als die Katzen selbst. Neben- und übereinander standen sie. Die Katzen konnten sich nur mit Mühe drehen, hinhocken, und die schwarzen, roten und weißen Körper füllten jeden Käfig aus.

Brenda sah von ihnen nur die Köpfe. Die Tiere pressten sich gegen die Gitter, und Brenda schaute in Augen, die seltsam trübe wirkten.

Für einen Moment verzog sich ihr Gesicht zu einer solchen Grimasse, dass Odgen, der wirklich kein zart besaiteter Mensch war, Angst bekam.

»Du Schwein«, sagte sie nur, »du verdammtes Schwein!«

Odgen hob die Schultern. »Bei den Hühnern ist es ja nicht anders«, versuchte er sich zu verteidigen.

Brenda the cat hob die Augenbrauen. »Mich würde es mal interessieren, wie du dich in einem solchen Käfig fühlen würdest«, sagte sie und zeigte ein so diabolisches Grinsen, dass der Tierfänger sein Ende schon vor Augen sah und sich zusammenduckte, als hätte er einen Schlag erhalten.

Er hatte in der Mitte des Raumes stehen bleiben müssen, während Brenda sich zur Seite bewegte und mit dem Rücken an den Käfigen vorbeischlich.

Als sie die Mitte erreicht hatte, blieb sie stehen und schaute nach vorn, denn dort, auf der gegenüberliegenden Seite, war ihr etwas aufgefallen. Dort befanden sich keine Käfige, sondern ein Wandschrank mit zahlreichen Schubladen, ähnlich wie man es von einer Apotheke her kannte. Allerdings waren diese Schubladen hier höher, aber nicht so breit.

»Hast du dort die Hunde verborgen?«, fragte sie kalt.

»Nein, Hunde habe ich im Augenblick nicht«, lautete die Antwort.

»Zieh die Läden auf!«

Odgen schluckte. Es war ihm nicht wohl bei der Sache, aber er musste gehorchen.

»Mach schon!«

Clive Odgen blieb nichts anderes übrig, als sich umzudrehen. Er blieb vor dem Einbauschrank stehen, fasste nach dem Griff der ersten Schublade und zog sie hervor.

Brenda konnte nicht hineinsehen, denn der Mann verdeckte ihr die Sicht.

»Hol es raus!«

Odgen stöhnte. Dann streckte er seinen Arm und fasste in die Lade hinein. Als er die Hand wieder anhob, ertönte ein klägliches Miauen, und Odgen hielt eine Katze am Nackenfell gepackt. Sie hatte ein schwarz-weißes Fell, war schmutzig, und die Augen hatten einen trüben Glanz.

»Verkaufst du die auch?«, fragte Brenda. Ihrer Stimme war anzumerken, wie sehr die Frau unter Druck stand.

Er nickte. »Aber ich bekomme nicht den vollen Preis dafür. – Die wollen einfach auch kranke Tiere.«

»Sind alle Schubladen – besetzt?« Die Stimme klang fast tödlich sanft.

»Fast.«

Brenda nickte. »Zieh sie auf! Bis zum Anschlag, und wenn du damit fertig bist, öffnest du die Käfige. Hast du mich verstanden, Bastard?«

»Ja.«

Es blieb dem Mann nichts anderes übrig, als dem Befehl zu folgen. Ruckartig riss er eine Lade nach der anderen auf.

Die Katzen bemerkten kaum, dass sie in die Freiheit springen konnten, sie waren zu krank oder teilnahmslos.

Als Odgen fertig war, musste er an die Käfige treten. Auch hier öffnete er die Türen.

Hin und wieder warf er der wartenden Brenda einen Blick zu, doch sie sagte nichts und schaute nur zu, ob der Mann seine Arbeit auch exakt verrichtete.

Einzelne Katzen sprangen aus den Käfigen.

Sie fielen zu Boden, doch es waren keine geschmeidigen Sprünge, sondern mehr Fallübungen, und manche Tiere waren so schwach, dass sie sich nicht auf den kleinen Pfoten halten konnten und zusammensackten.

Jedem Tierfreund wäre das Herz im Leibe verblutet, hätte er zuschauen müssen, doch Brenda, die sich auch »the cat« nannte, blieb seltsamerweise cool.

Und gerade davor fürchtete sich der Mann. Wenn sie wenigstens etwas gesagt hätte! Sie aber stand nur da und schaute starr.

So machte er weiter. Öffnete eine Lade nach der anderen und war eingehüllt vom Gestank des Katzenkots.

Brenda wartete geduldig. Das Gewehr hielt sie im Anschlag. Breitbeinig hatte sie sich aufgebaut und wirkte in dieser Pose wie eine Figur aus einem Film.

Clive Odgen hatte es endlich geschafft und auch die letzte Lade aufgezogen. Ein schwarzer Katzenkopf schob sich über den Rand, die Frau sah dies, und in ihrem Gesicht zuckte es.

»Jason«, sagte sie leise und mit sanfter Stimme, die plötzlich gar nicht mehr zu ihrem Äußeren passte.

Das letzte Tier spitzte seine Ohren, und so etwas wie Leben trat in die funkelnden Augen.

Clive Odgen wusste Bescheid. Wegen dieses Katers war sie also hier. Das Tier gehörte zu den letzten, die in seine Falle gelaufen waren, deshalb würde die Frau an ihm kaum etwas auszusetzen haben.

»Jason, komm …«

Und der Kater gehorchte. Geschmeidig sprang er aus der Schublade, landete zwischen den anderen Tieren, aber er hatte seine gelben Augen nur auf die Frau gerichtet.

Blitzschnell war er da.

»Ja, Jason«, sagte Brenda, »da bist du ja. Was hat man nur mit dir gemacht.« Ihre Stimme klang so weich, so lieb, aber sie ließ Odgen keine Sekunde aus den Augen, obwohl sie sich gebückt und den linken Arm ausgestreckt hatte.

Auch jetzt zeigte die Mündung auf den Mann.

Jason, der Kater, sprang. Mit einem Satz krallte er sich an Brendas Arm fest. Er fand den nötigen Halt, lief hinauf und hockte sich auf ihre Schulter.

Dort blieb er sitzen und erinnerte in seiner Haltung an eine schwarze Marmorkatze. Er hatte gelbe Augen. Wie kleine Kreise leuchteten sie aus dem dunklen Gesicht, und der kleine Kater fixierte seinen Peiniger sehr genau.

Odgen war nervös. Die Katzen hatte er jetzt alle freigelassen. Was würde die Frau nun verlangen?

Sie schaute ihn an. Ohne das Gewehr zu senken, machte sie zwei Schritte auf die Tür zu. »Da gehst du hinaus«, erklärte sie ihm mit drohend klingender Stimme.

»Und wohin?«

»In den Keller!«

Der Mann erschrak. »Was willst du denn da?«

»Liegen dort nicht die toten Katzen, Bastard«

Clive Odgen schluckte. »Ja, verdammt, da liegen einige Kadaver herum. Ich habe sie noch nicht zum Abdecker bringen können …«

»Wie schön für dich, Bastard!«

Der Mann hob die Schultern. Er öffnete zweimal den Mund, dann erst konnte er sprechen. »Was nützen dir denn die toten Tiere? Überhaupt nichts. Lass sie!«

»Wir gehen in den Keller!« Dieser Befehl ließ keinen Widerspruch zu.

Odgen nickte. »All right, du bist der Boss!« Er hob die Schultern und ging langsam vor in Richtung Tür.

Brenda drehte sich so, dass die Gewehrmündung stets auf seinen Rücken wies, das wusste der Tierfänger. Er sah allerdings nicht das harte Lächeln auf den Lippen der Frau, denn sie hatte einen für Odgen schrecklichen Plan gefasst …

Noch immer sah ich das Bild vor Augen!

Zwei gewaltige, fellbedeckte Arme stießen aus dem nachtdunklen Himmel. Sie gehörten dem Teufel, er hatte uns seinen Triumph gezeigt und sich die Hände gerieben.

Nach einem Sieg konnte man das wohl.

Es wäre arrogant und überheblich gewesen, dem Teufel den Sieg abzusprechen. Er hatte nun mal gewonnen, und daran änderte niemand etwas.

So sah die Lage aus, der wir uns ausgesetzt sahen. Als schlimm empfand ich, dass Sheila und Bill im Auftrag des Satans versucht hatten, Johnny zu holen. Daran musste ich mich erst einmal gewöhnen. Steckten sie schon so tief in dieser teuflischen Sphäre, dass sie auch auf das Liebste, was ihnen geblieben war, keine Rücksicht mehr nahmen?

Es waren schlimme Tatsachen, über die wir reden und nachdenken mussten. Der Junge durfte davon nichts wissen.

Es war noch nicht Mitternacht, und zwischen uns herrschte eine gedrückte Stimmung. Niemand wusste so recht, was er sagen sollte. Wir hatten den Jungen wieder ins Bett gebracht und hofften, dass er bald einschlafen würde. Shao, Suko und ich saßen im Wohnraum zusammen, starrten auf unsere Fußspitzen und schwiegen.

Ich drehte eine brennende Zigarette zwischen Zeige- und

Mittelfinger, schaute den feinen Rauchschwaden nach und dachte in diesen Augenblicken an nichts.

Es war die Depression, die mich schlagartig überfallen hatte, denn es blieb nicht aus, dass einem solche Gedanken kamen. Wir hatten sehr lange und hart gegen die dämonische Seite gekämpft, viele Siege errungen, aber auch zahlreiche Niederlagen einstecken müssen. Und eine der härtesten, wenn nicht die härteste überhaupt, hatten wir am gestrigen und heutigen Tag erlitten.

Zwei gute Freunde waren von unserer Seite gerissen worden. Es kam mir vor, als wären sie tot. Vielleicht wäre das nicht einmal so schlimm gewesen wie der Zustand, in dem sich Bill und Sheila momentan befanden. Der Teufel hielt sie in seinen Krallen, sie waren verschollen in der Hölle, und ich fragte mich, ob es je eine Chance geben würde, sie wieder zurückholen.

Das sah Suko auch so, denn er unterbrach mit seiner folgenden Frage das Schweigen.

»Wie können wir sie wieder zurückholen, John?«

»Ich weiß es nicht.«

»Deine Meinung, Shao?«

Die Chinesin hob die Schultern. Ihr Gesicht war bleich, die Augen zeigten vom Weinen rote Ränder.

»Also keine Vorschläge«, fasste Suko zusammen. »Wie ich es mir gedacht habe.«

»Weißt du denn etwas?« Ich schaute ihn an.

»Nein, eigentlich auch nicht«, gab Suko zu.

»Na bitte.«

»Aber ich denke nach.«

»Ja, und ich schlafe«, sagte ich sarkastisch.

»Das will ich damit nicht gesagt haben, John. Mir ist da nur etwas, sagen wir ruhig, Verrücktes eingefallen.«

»Raus mit der Sprache!«, forderte ich meinen Partner auf.

»Es müsste uns doch gelingen, den Teufel zur Freilassung von Sheila und Bill zu zwingen.«

Ich klatschte Beifall. Dabei fiel Asche von der Zigarette. »Und das nennst du einen tollen Vorschlag, Alter?«

»John, du bist ungerecht«, meldete sich Shao.

Ich hob meinen Blick, schaute in das ernste Gesicht der Frau und merkte selbst, dass ich falsch reagiert hatte.

»Ja, tut mir Leid, Shao. Vielleicht hast du Recht.«

»Was hältst du von meinem Vorschlag?«, fragte Suko.

Ich hob die Schultern. »Im Prinzip habe ich daran auch schon gedacht. Er ist auch nicht schlecht, nur würde der Teufel auf nichts eingehen, auf keine Bedingungen. Er schließt keinerlei Kompromisse, und bei den Conollys schon gar nicht. Überleg mal, welche Trümpfe der Satan in den Händen hält. Das ist unwahrscheinlich. Sheila und Bill, zwei seiner Erzfeinde. Himmel, ich komme da nicht mehr mit.«

»Recht hat John«, sagte Shao.

»Was könnte ihn zwingen, die beiden wieder freizugeben?« Suko blieb beim Thema.

»Keine Ahnung.«

»Aber dich hat er auch schon aus der Hölle entlassen, als Morasso Asmodina köpfte.«

»Das war etwas anderes. Da hatte er ein Spiel aufgezäumt, das nur er kannte. Jetzt auf dasselbe Pferd zu setzen, hieße Äpfel mit Birnen zu vergleichen.«

Suko gab dennoch nicht auf. »Und wenn wir andere Personen mit einschalten würden?«

»An wen denkst du da?«

»Myxin, Kara, den eisernen Engel.«

»Was haben sie mit dem Teufel zu tun?«

»Stimmt auch wieder«, gab Suko zu.

»Diese drei sind legendäre Gestalten. Sie haben mit dem Teufel im eigentlichen Sinne nicht viel zu tun gehabt. Ihre Gegner waren andere. Die Großen Alten, finstere Urgötter und Urgötzen aus Zeiten, an die wir gar nicht erst zu denken brauchen. Nein, Suko, da sehe ich keine Chance. Wirklich nicht.«

Der Chinese schüttelte den Kopf. »Ich weiß nicht so recht, John. Wir sollten es trotzdem versuchen.«

»Und wie?«

Nach meiner Frage schaute auch Shao ihren Freund skeptisch und erwartungsvoll zugleich an.

»Man müsste versuchen, die von mir erwähnten Personen

für den Kampf gegen den Teufel zu gewinnen. Vielleicht gibt es irgendetwas, das sie tun können. Möglicherweise besitzen sie trotz allem eine gemeinsame Basis, und die müssten wir finden. Wenn der Eiserne oder Kara in die Hölle eindringen und dem Teufel etwas Wichtiges stehlen, ich sage es bewusst einmal simpel, könnten wir ihn doch damit erpressen, und er würde Sheila sowie Bill vielleicht freilassen.«

Ich schaute meinen Freund an. »Das ist deine ehrliche Meinung?«

»Ja.«

»Gesetzt den Fall, es gelingt uns tatsächlich. Stellt euch vor, der Teufel gibt die beiden frei. Glaubst du denn, dass Sheila und Bill noch so wären wie früher?«

»Das ist eben unser Risiko.«

»Die sind gezeichnet«, sagte ich bitter. »Die Hölle hat bei ihnen ihre Spuren hinterlassen. Sie sind gebrandmarkt. Nein, Suko, wir haben keine Chance, nicht auf diese Art und Weise.«

»Dann weiß ich auch nicht mehr, wie es weitergehen soll.«

Ich lehnte mich zurück. Dafür beugte sich Shao vor. »John, bitte, lass uns noch einmal darüber reden! Es muss doch eine Chance geben, auch den Satan zu erpressen. Ich kann mir nicht vorstellen, dass er unantastbar ist.«

»Das sicherlich nicht.«

»Na, bitte.«

»Aber du wirst eine schwache Stelle kaum finden können. Des Satans schwache Seite. Wo sollen wir sie suchen?«

»Das müsste man eben ausprobieren«, sagte Suko.

Ich verstand meine Freunde sehr gut, denn ich dachte ähnlich. Aus dem Sessel stemmte ich mich hoch und schritt auf das große Fenster zu, wo ich stehen blieb.

Sheila und Bill waren nicht auf die normale Art und Weise in das Zimmer gekommen. Sie hatten es durch das herabgelassene Rollo betreten, ähnlich wie zwei Geistwesen, und sie hatten …

Nein! Ich schüttelte den Kopf, weil ich daran nicht denken wollte. Um Himmels willen! Kein Zurück in die nahe Vergangenheit! Ich musste und wollte an die Zukunft denken.

»Hast du dich entschlossen, John?«

Suko hatte die Frage gestellt, und ich drehte mich um. »Einen besseren Vorschlag habe ich nicht«, gab ich ehrlich zu. »Deshalb möchte ich deinem Rat folgen.«

»Du willst also die anderen einspannen?«

»Wenn es möglich ist.«

»Was geschieht mit Johnny?«

Da hatte Shao etwas Treffendes gesagt. Johnny war der große Unsicherheitsfaktor in unserer Rechnung. Wir konnten den Kleinen nicht allein und auch nicht aus den Augen lassen. Irgendjemand musste bei ihm bleiben und ihn beschützen. Natürlich gab es da Nadine Berger, aber auch sie konnte nicht alles abwehren.

»Vielleicht muss ich mich erst einmal allein auf den Weg machen«, erwiderte ich.

Suko nickte. »Das ist wohl die Folgerung.«

»Und dann?«, fragte Shao.

»Ihr bleibt bei dem Kleinen, während ich zurückfahre. Ich werde morgen früh sofort Sir James Bescheid geben. Schließlich muss er über die neuen Entwicklungen informiert werden.«

Dagegen hatte niemand etwas einzuwenden. Ich griff in die Hosentasche und holte die Wagenschlüssel hervor. »Dann werde ich mich jetzt auf den Weg machen.«

Shao stand auf, trat auf mich zu und legte mir ihre Hände auf die Schultern. »Alles Gute, John.«

»Und gib auf dich Acht«, sagte Suko.

»Wird schon schief gehen.« Ich lächelte zuversichtlich, obwohl mir nicht danach zu Mute war. Es hatte auch keinen Sinn, von einer Depression in die andere zu fallen. Wir mussten einfach am Ball bleiben, auch wenn wir die Verlierer waren.

Draußen hatte es sich abgekühlt. Vor meinem Mund dampfte der Atem. Durch den Garten trieben graue Nebelschleier. Besonders gut nahe der Lichtinsel zu erkennen.

Mein Wagen stand noch vor dem Grundstück auf der Straße. Deshalb musste ich durch den großen Vorgarten gehen.

Suko hatte mitgedacht und das Tor vom Haus aus geöffnet.

Ich verließ das Gelände, setzte mich in den Bentley und startete.

Meine Gedanken drehten sich um die Conollys, wobei ich mich fragte, wie das noch alles enden sollte …

In den Keller führte eine alte Steintreppe. Vor der ersten Stufe gab es einen Lichtschalter, den Clive Odgen umlegte, sodass ein trüber Schein auf die Treppe fiel.

Brenda hielt immer eine genügende Distanz, um einem Überraschungsangriff entgehen zu können, denn damit rechnete sie noch immer. Odgen war ein Mensch, der nicht so leicht aufgab. Es war ihm vor allen Dingen unangenehm, hinunter in den Keller zu gehen. Das hatte die Frau sehr deutlich an seinen Reaktionen gemerkt.

Deshalb würde er sich wahrscheinlich zu einer Verzweiflungstat hinreißen lassen. Auch jetzt zögerte Odgen noch, hatte die Arme ausgestreckt und sie rechts und links an die Wand gepresst.

»Geh!«

»Aber ich …«

»Mach schon!«

»Im Keller gibt es doch nichts zu sehen. Nur tote Katzen.«

Der Kater auf Brendas Schulter fauchte. Er schien zu wittern, dass etwas Entscheidendes bevorstand, und Brenda war es plötzlich leid. Sie hob ihr Bein und trat zu.

Der Tritt traf den Rücken des Mannes. Zu lange hatte der Tierfänger gezögert, nun erhielt er die Quittung. Sein Körper wurde nach vorn geschleudert. Er verlor die Balance, konnte sich zwar auf den ersten drei Stufen noch halten, brach dann aber zusammen und rollte die folgenden hinab bis in den sich der Treppe anschließenden Kellerflur.

Dort blieb er bäuchlings liegen und jammerte.

Die Frau folgte ihm. Auf ihrer Schulter bewegte sich der Kater. Mit seinem Schwanz strich er an ihrer Wange entlang. In Brendas Augen nistete die Kälte, als sie langsam die Treppe nach unten stieg.

»Hör auf zu jammern!«, fuhr sie den Tierfänger an. »Die Katzen haben auch geklagt, und da hast du keinerlei Mitleid gekannt. Ich reagiere nur so, wie du es bei den Tieren getan hast.«

»Aber das sind nur Tiere!«, schrie Odgen.

»Nur? Sie haben auch eine Seele, das wirst du bald merken, du Mistkerl. Du hast sie gequält, getötet und verkauft. Nur für deinen dreckigen Mammon. Jetzt schlagen sie zurück, und du wirst all das wiederkriegen, was du ihnen angetan hast.«

»Wahnsinn!«, keuchte Clive Odgen und kroch zur Seite. »Verdammt, das ist einfach Wahnsinn.«

»Steh auf!« Zur Unterstreichung ihrer Worte drückte Brenda wieder die Mündung der Waffe gegen seine Wange.

Odgen quälte sich auf die Beine. Er hielt sich die Hüfte und den Rücken, denn die Bruchlandung hatte es in sich gehabt. An Widerstand würde er wohl jetzt nicht mehr denken.

Der Kater Jason bewegte sich auf Brendas Schulter. Er schlug mit der rechten Vorderpfote zu, und die ausgefahrenen Krallen kratzten an Odgens Ohr entlang.

Der Mann wich zurück. Sein Gesicht verzerrte sich dabei. Er hob die Hand, fasste an die getroffene Stelle, und als er nachschaute, waren seine Fingerspitzen blutig.

»Die kleine Rache eines Katers«, kommentierte Brenda diesen Vorgang.

Odgen schnaufte. Er wollte etwas sagen, doch er brachte keinen Ton hervor.

»Weiter«, forderte die Frau ihn auf. »Ich will die Leichen der Katzen sehen.«

Odgen nickte. Er hatte eingesehen, dass es keinen Ausweg mehr gab und er aus der Klemme nicht herauskam. Deshalb deutete er auf die größte Tür im Keller. »Dahinter liegen sie.«

Brenda schaute hin. Es war eine Stahltür. Von außen war sie mit einem Hebel gesichert. Er stand schräg. Um die Tür zu öffnen, musste man den Hebel nach unten drücken.

Das tat Odgen.

Seine Hände zitterten dabei, und so etwas freute Brenda natürlich. Dieser Kerl würde alles doppelt und dreifach erleiden, was er den Tieren angetan hatte.

Clive Odgen fasste nach einem Griff. Ein saugendes Geräusch entstand, danach war die Tür offen.

Der Gestank, der aus dem Kellerraum drang, konnte einen Menschen fast umwerfen.

Es roch nach Verwesung, nach Leichen. Ein wirklicher Kadavergeruch, und Odgen begann noch stärker zu zittern.

»Rein mit dir!«, zischte die Frau.

Der Tierfänger zögerte. Er wollte nicht so recht einen Fuß über die Schwelle setzen, aber es blieb ihm keine andere Wahl. Odgen musste hinein, und Brenda blieb dicht hinter ihm.

Der Kellerraum war dunkel. Natürlich gab es Licht. Diesmal jedoch knipste Odgen es nicht an, sondern Brenda. Ihre tastende Hand fand den Schalter, und was sie zu sehen bekam, war furchtbar.

Ein Berg aus Leichen lag vor ihren Augen.

Katzenleichen, manche schon verwest. Deshalb auch dieser schreckliche, kaum zu ertragende Gestank.

Die Katzenleichen lagen in der linken Hälfte des Kellers. An der Wand stapelten sie sich hoch, und sämtliche Fellschattierungen befanden sich unter den Tieren.

Ein Bild wie aus einem Albtraum. Einfach grauenhaft.

»Weißt du, wie viele Katzen es sind?«, erkundigte sich Brenda mit gepresst klingender Stimme.

»Nein!«

Jason, der Kater, fauchte. Auch er sah die Kadaver, und Brenda spürte, wie er zitterte. Dieser Anblick regte den kleinen Kater auf. Sein Schwanz peitschte von einer Seite zur anderen, so erregt war er.

Odgen drehte sich um. Er schaute dabei Brenda an, weil der Anblick der toten Katzen einfach für ihn nicht mehr zu verkraften war.

In seinen Augen las die Frau eine Frage. Ohne dass diese gestellt worden war, gab sie die Antwort.

»Nein«, sagte sie, »wir gehen nicht.«

»Aber was wollen wir hier?«

Brenda »the cat« lächelte geheimnisvoll. »Das wirst du gleich erleben, Bastard!«

Sie trat zwei Schritte zurück, da hatte sie die offenstehende Tür erreicht. Sie bekam sie zu fassen, drückte dagegen, und die Tür schwang allmählich zu.

Clive Odgen wusste nicht, was diese Frau vorhatte. Er stand da und schaute ihr zu.

»So«, sagte Brenda und löschte das Licht.

Wie ein Sack fiel die Dunkelheit über den Raum. Selbst unter der Tür schimmerte kein Streifen mehr.

Es war wirklich stockfinster.

Aus dem Dunkeln drang die flüsternde Stimme der Frau an Odgens Ohren. »Und jetzt mach dich auf etwas gefasst, du Bastard …«

Odgen wagte nicht, sich zu rühren. Er stand steif auf dem Fleck und lauschte dem Klang der Stimme. Selbst das Zittern hatte aufgehört, und seine Angst wurde von Sekunde zu Sekunde größer.

Sehen konnte er nichts mehr. Er wusste nur, dass der Berg der Katzenleichen vor ihm lag.

Dann hörte er Schritte.

Sie waren schleichend, lauernd, und in der Dunkelheit konnte er nicht feststellen, aus welcher Richtung sie kamen. Jedenfalls blieb er nicht stehen und ging zurück.

Einen Schritt, den zweiten, auch den dritten – dann trat er auf etwas Weiches, und er zuckte zusammen, denn er wusste genau, was unter seinem Fuß lag.

Ein Katzenkörper.

Ein Kadaver!

»Komm ruhig näher«, sagte Brenda und lachte leise. »Du brauchst nicht bei den toten Tieren stehen zu bleiben.«

Der Mann erschrak. Verdammt, die wusste genau, wo er stand. Konnte sie etwa im Dunkeln sehen wie auch die Katzen?

Durch die Nase holte er Luft und musste seine Meinung revidieren, denn er sah Lichter.

Es waren die hellen Augen des Katers Jason, die ihn gelblich schillernd anstarrten und sich etwa in Kopfhöhe befanden.

Vor Katzenaugen hatte er sich nie gefürchtet. Wenn andere Menschen darüber sprachen, konnte er nur lachen, weil ihm so etwas nichts ausmachte, doch jetzt sah er die Augen aus einem anderen Blickwinkel.

Tödlich kamen sie ihm vor. Gnadenlos, brutal und voller Hass steckend.

Clive Odgen hatte den Rat der Frau nicht befolgt und war stehen geblieben. Dass sich unter seinem Fuß ein Kadaver befand, störte ihn nicht weiter.

Aber er sah etwas anderes.

Etwa in der Höhe, wo sich auch die Katzenaugen befanden, schimmerte etwas. Im Moment konnte er sich keinen Reim darauf machen, denn noch wusste er nicht, was in der Finsternis vor ihm leuchtete.

Jedenfalls war es etwas Unheimliches. Seine Farbe schwankte zwischen Gelb und Rot, und er glaubte plötzlich, einen Katzenkopf zu sehen.

Ja, das war es.

Ein Katzenkopf!

Übergroß, unheimlich anzusehen, als würde er einer Riesenkatze gehören, die über alle anderen herrschte.

Und er vernahm ein Fauchen.

Dieses Geräusch ging unter die Haut. Eine normale Katze konnte es nicht ausgestoßen haben. Es erinnerte ihn an das wütende Fauchen eines beutehungrigen Tigers. Odgen hatte oft in seinem Leben Zoos besucht.

Ein Tiger zwischen toten Katzen? Gab es so etwas? Wenn ja, wie war diese Bestie dann hereingekommen?

Clive Odgen hörte sein Herz trommeln. Die Schläge pochten gegen seine Rippen, er spürte sie auch im Kopf und hatte das Gefühl, Schmerzen zu empfinden.

Zwei kleine Schritte ging er zur Seite. Unter den Sohlen spürte er wieder den harten Boden, und er dachte daran, dass die Tür nicht abgeschlossen war.

In diesem Keller kannte er sich ausgezeichnet aus, wusste Entfernungen abzuschätzen, und deshalb musste er es einfach versuchen, bevor sich die Lage noch weiter verschlimmerte.

Clive Odgen duckte sich. Obwohl er in der Finsternis nichts erkennen konnte, war sein Blick auf die Tür gerichtet.

Er vergaß den seltsam flimmernden Katzenkopf und die hellen Augen des kleinen Katers. Odgen wollte nur weg, denn der Raum konnte für ihn zu einem Grab werden, das sah er richtig.

Auf Zehenspitzen schlich er. Nur kein Geräusch verursachen, das seine Gegnerin aufmerksam werden ließ.

Konnte er es schaffen?

Odgen rechnete nach. Ungefähr wusste er die Entfernung, und er wusste auch, wann er sich abstoßen musste, um mit einem einzigen Satz sein Ziel zu erreichen.

Noch einen Schritt.

Bevor er sich abstieß, warf er noch einen Blick nach links, wo ein zweites Augenpaar zu sehen war. Ein kaltes Jadegrün, unheimlich und mordgierig.

Dann stieß er sich ab.

Es war ein gewaltiger Satz, der ihn voranbrachte. Odgen erreichte die Tür auch, prallte dumpf gegen sie, tastete nach der Klinke, wollte sie nach unten drücken, als er hinter sich das Fauchen hörte, das schon mehr einem Lachen glich.

Im nächsten Augenblick traf ihn das Verhängnis. Es war keine Kugel, die sich in seinen Rücken bohrte und sein Leben zerstörte, sondern Krallen.

Sie hämmerten gegen ihn, und sie waren scharf wie Messer.

Katzenkrallen hieben zu.

Drei Schläge spürte er. Seine Kleidung wurde zerfetzt, die Haut auf dem Rücken eingerissen, und er dachte nicht mehr an Flucht, sondern sackte vor der Tür zusammen.

Schluchzend blieb er auf dem Boden hocken.

Brenda meldete sich. »Du kannst erst hier verschwinden, wenn ich es will!«, vernahm er ihre geflüsterten Worte.

Clive spürte die Schmerzen auf seinem Rücken. Er hatte Mühe, überhaupt zu reden, dennoch flüsterte er: »Lass mich doch gehen!«

»Steh auf!«

»Kann ich dann ...?«

»Aufstehen!«

»Ich habe Schmerzen. Mein Rücken …«

»Auch die Katzen hatten Schmerzen, aber du hattest kein Mitleid, du verfluchter Bastard!«

Als Odgen diese Antwort vernahm, wusste er ganz genau, dass er von Katzen-Brenda keine Gnade zu erwarten hatte. Es fiel ihm nicht leicht, aufzustehen. Er musste seine Arme ausstrecken und sich an der Metalltür abstützen. Als er diesen Halt gefunden hatte und auch seine Schmerzen vergaß, gelang es ihm, sich in die Höhe zu schieben. Mit zitternden Knien blieb er stehen und hätte sich am liebsten wieder hinfallen lassen.

»Jetzt dreh dich um!«

Die Stimme aus der Dunkelheit klang hart und duldete keinen Widerspruch.

Clive Odgen musste gehorchen. Er rechnete damit, wieder die beiden so unterschiedlichen Augenpaare zu sehen. Das allerdings war diesmal nicht der Fall.

Der Mann wurde mit etwas anderem konfrontiert, das ihn fast an seinem Verstand zweifeln ließ.

Aus der tiefen Dunkelheit vernahm er schabende Geräusche. Dazwischen erklang ein Kratzen, das er sehr gut kannte, denn so hörte es sich an, wenn ausgefahrene Krallen über einen rauen Boden schabten.

Hier erlebte er diese Laute, und er empfand sie als furchtbar. Zudem klangen die Geräusche in der Finsternis schaurig und unheimlich. Die Richtung stand fest.

Das Kratzen drang daher, wo die leblosen Katzenkadaver aufgeschichtet lagen.

Tote Tiere, wohlgemerkt.

Und die konnten sich nicht bewegen.

Oder doch?

Unbeschreibliches Grauen und grenzenlose Angst schlichen auf ihn zu, und er stand auf dem Fleck, ohne sich zu rühren. Sein Verstand weigerte sich einfach, die Dinge zu akzeptieren, die sich mittlerweile als Tatsache herausstellten.

Die Kadaver lebten!

Lebende tote Tiere!

Ein Widersinn, ein Wahnsinn, aber er hörte alles so deutlich, denn er vernahm auch die Geräusche, die entstanden, als die Katzen sich abstießen und zu Boden sprangen. Es war das weiche Platschen der Pfoten auf einem harten Boden. Oft genug hatte er es vernommen, und er schaute noch einmal hin, denn er sah etwas, das sein Grauen noch steigerte.

Das seltsame Leben war nicht nur in die Katzenkörper gekrochen, sondern in deren Augen.

Waren sie zuvor glanzlos und fahl gewesen, so leuchteten sie jetzt wieder, und jedes Augenpaar kam ihm so vor, als würde in ihm sein Tod geschrieben stehen.

Die Katzen wollten sich rächen.

Clive Odgen ging zurück. »Nein!«, gurgelte er. »Nein, ich kann nicht. Das ist …«

»Es ist eine Tatsache!«, vernahm er die Stimme der Frau. »Und du hast dich damit abzufinden.« Während dieser Worte hatte sie, von Odgen unbeobachtet, die Tür geöffnet, sodass ein breiter Lichtstreifen aus dem Kellerflur in den Raum fiel.

Zum ersten Mal sah Clive Odgen die lebenden Katzenleichen. Seine Augen weiteten sich. Er konnte es nicht fassen, denn der gesamte Katzenberg war in Bewegung geraten. Da wimmelte es, da kratzten die Tiere und bewegten sich, wobei ihre Körper wieder so geschmeidig wirkten wie zu ihren Lebzeiten.

Noch griffen sie nicht an. Irgendetwas hielt sie zurück, und wenig später erfuhr der grauenerstarrte Clive Odgen, welch eine Teufelei sich Brenda ausgedacht hatte.

»Du kannst fliehen«, sagte sie. »Ich gebe dir eine Minute Vorsprung und damit eine größere Chance, als du sie den armen Tieren gegeben hast. Eine Minute!«

Odgen drehte den Kopf.

Er sah sie vor sich. Jason hockte noch immer auf ihrer Schulter. Das Gewehr hielt sie gesenkt, die Waffe brauchte sie nicht mehr. »Hast du verstanden, Bastard?«

Er nickte.

»Lauf!«, peitschte der Befehl. »Ab jetzt läuft die Zeit!«

War es tatsächlich eine Chance?

Clive Odgen wusste es nicht, aber er ahnte, dass Flucht wirklich die einzige Möglichkeit war, die ihm blieb.

Also rannte er.

In den nächsten Augenblicken vergaß er seine Schmerzen. Für ihn war einzig wichtig, sein Leben zu retten.

Und so stolperte er vor.

Fast wäre er über seine eigenen Beine gefallen, ruderte mit den Armen, erlangte das Gleichgewicht wieder und schaffte es, auch die ersten beiden Stufen der Treppe zu nehmen.

Da erreichte ihn das Lachen.

Es war ein gellendes Gelächter, und er glaubte auch, dazwischen das Fauchen einer Katze zu hören. Doch das war ihm in diesen Momenten egal, wo sein Rücken brannte, als wäre er mit Säure übergossen worden. Odgen dachte nur daran, dem Grauen zu entfliehen.

Wie lang oder kurz konnte eine Minute werden? Über so etwas hatte Clive Odgen noch nie nachgedacht, aber diese sechzig Sekunden konnten ihn in eine wahre Hölle bringen.

Mit seltsam anmutenden Sprüngen jagte er die Stufen der Treppe hoch. Seine Hand klatschte dabei gegen die Wand. Er war zu aufgeregt, um das Geländer zu finden, stemmte sich ab, sprang wieder hoch und kickte manchmal mit seinen Schuhspitzen gegen die Kanten.

Die Tür!

Als Rechteck sichtbar und für Clive Odgen ein Rettungsanker. Sie musste er erreichen, dann durch die Diele rennen, und erst nach ihr konnte er das Haus verlassen.

Mit der Schulter prallte er gegen die Tür, rammte sie auf und torkelte in den Flur.

Der nächste Fluchtpunkt war die Haustür.

Wieder brachten ihn große Sprünge voran, und so etwas wie Hoffnung keimte in ihm hoch. Als er seine Hand auf die Klinke schmetterte, stand er für einen Moment still.

Er versuchte, den Atem anzuhalten, um sich auf das zu konzentrieren, was sich hinter ihm abspielte.

Kamen sie schon?

Das Klatschen der Pfoten auf dem harten Boden musste zu hören sein, denn wenn Katzen sich schnell voranbewegten, geschah dies nicht lautlos. Das hörte sich an wie ein Donnern von Pferdehufen. Er hatte darin seine Erfahrungen.

Odgen riss die Haustür auf.

Vor ihm nistete die Dunkelheit. Die Außenleuchte war nicht eingeschaltet, und die kühle Luft traf ihn wie ein eiskalter Wasserschwall im Gesicht.

Mit einem Satz sprang er über die Schwelle, hörte noch das Klingeln des Telefons und ließ es läuten.

Was interessierte ihn ein Anrufer, wenn es um sein eigenes Leben ging?

Nur weiter!

Die Minute war um!

Odgen hatte zwar nicht auf seine Uhr geschaut, aber er hörte hinter sich die Verfolger. Unzählige Katzenpfoten hämmerten auf den Boden, und dieses Geräusch erinnerte ihn an ein tödliches Brausen.

Jetzt waren sie ihm auf den Fersen. Bisher hatte er noch an einen Bluff geglaubt, nun überzeugte ihn die Akustik vom Gegenteil. Sie würden ihn jagen, und sie waren verdammt schnell. Schneller als Menschen, vor allen Dingen auch ausdauernder.

Ein Wahnsinn, wenn er daran dachte. Tote Katzen erwachten plötzlich zum Leben, um einen Menschen zu vernichten. Wie war das nur möglich? Magie, Zauberei?

Odgen war nicht nur Tierfänger, er hatte sich auch mit der Herkunft der Katzen beschäftigt, wobei er genau wusste, dass diese Tiere im alten Ägypten nicht nur als heilig galten, sondern dass ihnen auch übersinnliche Fähigkeiten zugesprochen wurden.

Er hatte es als Märchen abgetan. Jetzt war er dabei, seine Meinung zu revidieren.

Wie lange konnte er noch aushalten?

Diese Frage hämmerte in seinem Gehirn. Er versuchte nachzudenken, aber es gelang ihm nicht. Irgendwann hatten ihn die Katzen erreicht, dann war es aus.

Sie würden sich rächen!

Und er würde sterben.

Nein! Es war wie ein Aufschrei. Sterben wollte er nicht. Und wenn er diese verdammten Viecher mit den eigenen Händen umbrachte, was er schon öfter getan hatte, sie sollten ihn nicht bekommen.

Und so rannte er weiter. Wie ein Schatten tauchte er in den kleinen Wald ein, der in der Nähe des Hauses lag.

Er kannte hier jeden Pfad, jede Lichtung, jeden Weg und Wildwechsel. Seine Schritte stampften auf den feuchten Boden. Es war nicht leicht, immer das Gleichgewicht zu halten. Dennoch schaffte er es und bewegte sich mit rudernden Armen weiter.

Odgen musste durch den Wald. Das war seine einzige Chance, denn dahinter lag eine Straße. Sie war zwar nicht allzu stark befahren, dennoch kam hin und wieder ein Fahrzeug vorbei. Und vielleicht hatte er das Glück des Tüchtigen, dass der Fahrer ihn mitnahm. Wenn so etwas eintrat, konnte er der Katzenmeute entkommen.

Diese Hoffnung beflügelte ihn. Er dachte auch nicht mehr so sehr an seinen malträtierten Rücken. Clive schienen auf einmal Flügel gewachsen zu sein.

So schnell war er noch nie in seinem Leben gerannt.

Aber sie kamen.

Die unheimliche Katzenmeute ließ sich nicht aufhalten. Als kompakte dunkle Masse walzte und rannte sie hinter dem flüchtenden Menschen her. Versehen mit glühenden Augen, in denen das Feuer eines unheimlichen Totenreichs zu leuchten schien.

Wann war der Wald zu Ende?

Die Bäume traten zurück, er hatte mehr Platz. Dafür wuchs das Unterholz dichter, und er jagte hindurch wie ein Berserker. Dass die Zweige sperrig, mit Dornen besetzt und auch kratzig waren, störte ihn nicht. Hauptsache, er kam weg.

Die Straße.

Tagsüber war sie ein helles Band aus Asphalt. In der Nacht schimmerte sie fast so wie der Himmel in einem dunklen Grau.

Der Boden im Wald war feucht gewesen, der Asphalt trocken, und Clive Odgens Lauf wurde ein wenig gebremst. Aber er gab sich selbst Schwung, warf sich vor, sprang über die Straße, glaubte, in der Ferne zwei Lichter zu sehen, holte noch einmal Schwung und schaffte es, mit einem gewaltigen Satz an der anderen Seite der Straße in einem Graben zu landen.

Das war sein Verhängnis.

Hoch spritzte das brackige Wasser. Mit dem rechten Fuß trat er auf einen für ihn nicht sichtbaren und hochkant stehenden Stein, knickte um und sank mit einem Wehschrei auf den Lippen zu Boden, denn durch sein rechtes Bein schoss ein stechender Schmerz bis hoch in den Oberschenkel.

Das hätte Clive Odgen nicht passieren dürfen. Durch seine Verletzung war er der mordgierigen Katzenmeute wehrlos ausgeliefert …

Ich hätte über die Hauptstraße zu meiner Wohnung fahren können, doch ich überlegte es mir anders. Dies geschah nicht aus einer Laune heraus, sondern aus klaren Überlegungen. Ich brauchte die Ruhe, um alles durchdenken zu können.

Die Conollys hatten ihr Haus im Londoner Süden gebaut, einer ruhigen Gegend, die zudem, wenn man einen kleinen Umweg in Kauf nahm, noch waldreich war.

Und diesen Umweg fuhr ich.

Weg von den Hauptstraßen, hineinstechen in schmale Wege, die vorbei an Wäldern und Wiesen führten oder sie durchquerten. Die Lichtglocke der Millionenstadt ließ ich nicht aus den Augen. Schimmernd lag sie im Norden am Horizont.

Natürlich dachte ich an die Conollys. Ihr Schicksal hatte mich verflixt hart getroffen. Es ging mir an die Nieren, und ich wusste nicht, was ich noch unternehmen sollte.

In der Hölle verschollen.

Das traf für beide zu.

Wie sollte ich sie jemals da wieder herausholen?

Ich wusste es nicht und dachte deshalb näher über den Vorschlag meines Freundes Suko nach.

Konnten wir es Kara und Myxin überhaupt zumuten, mit den Kräften der Hölle Kontakt aufzunehmen?

Würden sie es schaffen?

Eigentlich nicht, denn der Teufel war eine Sache und Atlantis eine andere, wobei ich dazu noch die Großen Alten zählte, die ja zu diesem Kontinent gehörten wie das Salz zur Suppe.

Hier Atlantis, da der Teufel!

Vielleicht gab es trotz allem eine Verbindungslinie, sodass es uns gelingen konnte, auf einem Umweg an Sheila und Bill Conolly heranzukommen. Aber es würde schwer sein, möglicherweise sogar zu schwer, um einen Erfolg zu erringen.

Hätte ich aber nicht versucht, Kara und Myxin einzuschalten, wären die großen Vorwürfe nicht ausgeblieben, und so musste ich einfach voll auf Risiko setzen.

Es hatte keinen Sinn, die Chancen mathematisch zu erfassen, sie standen zu schlecht.

Sehr gut kannte ich mich in dieser Ecke Londons nicht aus. Ich wusste nur die Richtung, die ich einhalten musste. Nach Norden. Dabei konnte ich mich an der Lichtglocke orientieren.

Kein Wagen befand sich vor mir, keiner folgte mir. Mutterseelenallein fühlte ich mich und musste schließlich an einer Kreuzung stoppen. Es war mittlerweile die dritte.

Ich fuhr weiter geradeaus.

Rechts und links befanden sich Felder. Die Scheinwerfer streiften noch die Straßenränder und leuchteten weit in die Dunkelheit hinein, da ich das Fernlicht eingeschaltet hatte.

Dort, wo es endete, rückte etwas Dunkles näher an die schmale Straße heran.

Ein Waldstück, und es war größer, als ich beim ersten Hinsehen angenommen hatte.

Parallel zur Straße wanderte es mit, und das Licht huschte geisterhaft über Unterholz und dicke Baumstämme, wobei es einen blassen Schein auf die Rinde legte.

Der Weg schwang in eine Rechtskurve. Für einen Moment konnte ich die Straße nicht mehr so weit überblicken wie noch vor einigen Sekunden, aber ich sah dennoch die Gestalt, die wie ein Wiesel über die Straße huschte.

Im nächsten Augenblick war sie verschwunden. Untergetaucht, einfach weg. Unwillkürlich nahm ich Gas weg und rollte langsamer weiter. Man hätte es für einen Spuk halten können, aber das war es nicht gewesen, auf meine Augen konnte ich mich verlassen.

Wie ein Koloss mit zwei gelben Glotzern rollte der dunkle Bentley näher und erreichte fast den Punkt, wo die Gestalt über die Straße gelaufen war. Ich nahm mir vor, anzuhalten. Mein rechter Fuß befand sich schon in Bewegung, um das Bremspedal nach unten zu treten, als mich die Ereignisse überfallartig überrollten.

Von rechts kamen sie.

Der Wald schien urplötzlich zu leben. Ein unheimliches, grauenhaftes Leben, kaum zu zählende Augenpaare, grell leuchtend, fast explodierend. Dann waren die kleinen Bestien da und überschwemmten meinen Bentley wie eine Woge …

Vor Schreck hatte ich den Motor abgewürgt. Der schwere Wagen ruckte vor, etwas wurde von dem linken Vorderreifen zerdrückt, dann stand der Wagen.

Ich sah, wer sich da aus dem Wald gestürzt hatte.

Keine Monster, keine Dämonen, sondern andere Geschöpfe.

Katzen!

Nicht eine, nicht zwei oder drei, nein, es waren unzählige Tiere, die aus dem Wald kamen, den Weg erreichten und mit langen Sätzen über ihn hinweghuschten. Wem der Bentley im Wege stand, der überkletterte kurzerhand das Hindernis.

Die Katzen waren überall. Sie sprangen auf die Motorhaube, kratzten über das Blech, huschten weiter und verschwanden aus meinem Blickfeld. Ich hörte sie auf dem Dach, sah sie an den Scheiben, und für kurze Augenblicke pressten manche von ihnen ihre Gesichter gegen das Glas, sodass ich die glühenden Augen sehen konnte.

Glühende Augen?

So etwas hatte ich bei Katzen noch nie gesehen. Diese aber glühten in einem tiefen Rot, als wären die Körper mit Feuer gefüllt, das nur an diesen beiden Augen den Weg ins Freie fand.

Sogar am Außenspiegel hangelten sich die Biester hoch, huschten über Dach und Haube, schlugen und kratzten mit ihren Pfoten gegen die Scheiben und verschwanden.

Ein Spuk, nichts weiter.

Oder?

»Was ich gesehen habe, das habe ich gesehen«, murmelte ich und blieb nicht länger im Wagen sitzen. In diesen Momenten waren die Conollys vergessen. Ich befand mich wieder voll in Action und öffnete die Fahrertür bis zum Anschlag.

Von rechts waren die Katzen gekommen, von links waren sie verschwunden. Um dorthin zu gelangen, musste ich um den Wagen herum, schaffte die Strecke sehr schnell und lief auf die andere Straßenseite.

Ich hatte mein Ziel noch nicht erreicht, als ich das wütende, Furcht erregende Fauchen hörte. Dazwischen vernahm ich hohe Schreie und ein wildes Kreischen.

Mir wurde heiß und kalt zugleich, ich lief noch einen Schritt und blieb dann stehen.

Eine Unmenge an Katzen wälzte sich in einem gewaltigen Wulst innerhalb und dicht außerhalb eines Straßengrabens. Da sie so dicht beieinander hockten, mussten sie ein Ziel haben, das von ihnen angegriffen worden war.

Ja, sie hatten eins.

Es war ein Mensch!

Ich sah seinen Körper nicht, aber ich entdeckte seinen Arm, der plötzlich aus dem Berg hervorragte. Ich sah auch die zur Klaue gekrümmte Hand, wie sie nach einem Halt suchte.

Arm und Hand schimmerten bleich, bis auf die roten Streifen, die an der Haut entlangliefen.

Drei Katzen sprangen gleichzeitig an dem Arm hoch und krallten sich fest.

Ich schüttelte mich vor Grauen, denn ich wusste, dass diese Viecher dabei waren, einen Menschen zu töten.

Wie sollte ich ihm helfen?

Ich sah ihn nicht und hörte ihn auch nicht schreien. Wahrscheinlich erstickten die auf ihm liegenden Katzenkörper jeden Laut.

Ich musste etwas tun.

Mit beiden Beinen gleichzeitig stieß ich mich ab, landete inmitten der Katzenkörper und spürte unter meinen Füßen weiches Fell, Knochen und Bewegungen, wobei ich ausrutschte und mich natürlich nicht halten konnte.

Ich fiel, gab mir dabei zusätzlichen Schwung, wobei ich versuchte, mich von der Masse der Katzenkörper zu entfernen, und landete auf der feuchten, weichen Erde.

Würden sie auch mich überfallen?

Mit diesem Gedanken beschäftigte ich mich zwangsläufig und sah die Tiere jetzt aus der Froschperspektive, wobei sie mir vorkamen wie gefährliche Raubtiere und nicht wie Hauskatzen.

Da erklang ein Fauchen.

Irgendwo in der Dunkelheit war es ertönt. Die Katzen hörten es, und anstatt mich anzugreifen, drehten sie ab. So rasch, wie sie erschienen waren, jagten sie auch wieder zurück.

Für kurze Zeit noch hörte ich das Trommeln ihrer Pfoten auf dem Boden, dann waren sie verschwunden.

Ein Spuk, mehr nicht.

Aber ein tödlicher.

Das wusste ich genau, denn als ich mich hochstemmte, da sah ich die Leiche.

Zum Glück war es dunkel. So konnte ich nicht alle Einzelheiten erkennen, aber wenn ein Mensch von vielleicht fünfzig oder mehr blutgierigen und mordbereiten Katzen angefallen wird, dann sieht er im Tod auch dementsprechend aus.

Dennoch nahm ich meine Lampe, um in das Gesicht des Toten zu leuchten.

Ich hätte mir die Mühe sparen können, denn der Mann war nicht mehr zu erkennen.

Tief atmete ich ein, während ich aus dem Graben kletterte, für einen Moment auf der Fahrbahn stehen blieb und dann zu meinem Bentley ging, um die Scheinwerfer zu löschen.

Ich schloss den Wagen ab, denn weiterfahren wollte ich nicht mehr. Hier war etwas Schreckliches geschehen, das unbedingt einer Aufklärung bedurfte.

Katzen, die killten!

Katzen mit roten Augen!

War das normal? Oder spielten andere, dämonische Kräfte eine Rolle? Denn ich hatte in der Vergangenheit schon einmal einen Fall mit einer Dämonenkatze erlebt.

Gab es hier Parallelen?

Ich wusste es nicht, hoffte auch nicht darauf, sondern wollte mich erst einmal intensiv um diesen neuen Fall kümmern.

Die Katzen waren verschwunden, und ich hatte mir haargenau die Richtung gemerkt, in die sie gelaufen waren. Wieder zurück über die Straße und in den Wald hinein, der natürlich ein hervorragendes Versteck bot.

Sollte ich ihnen auf diesem Weg folgen?

Es war schwer, eine Entscheidung zu treffen. Wenn fünfzig und mehr Katzen über mich herfielen, nutzte mir keine Kampfkraft mehr. Dann würde es mir wie dem Mann im Straßengraben ergehen.

Aber was hatte die Tiere dazu veranlasst, ihn anzugreifen? Ohne Grund taten sie nichts. Es musste also ein Motiv geben, und das wollte ich zu gern herausfinden.

Das Unterholz knackte viel zu laut, als ich mich in den Wald schob. Wenn da irgendjemand lauerte, war er früh genug gewarnt.

Es tat sich nichts. Niemand griff mich an, keiner wollte mich abschießen. Ich blieb auf mich allein gestellt und erkannte sogar einen schmalen Weg, der den Wald durchkreuzte.

Für einen Moment nahm ich die kleine Lampe zu Hilfe, leuchtete in den Weg hinein und fand ihn leer.

Das war gut.

Aber wo steckten die Katzen?

Innerlich und äußerlich war ich gespannt, als ich tiefer in den Wald eindrang. Ständig schaute ich nach links und rechts, drehte mich auch, aber von den Katzen sah ich nichts mehr. Trotz ihrer glühenden Augen hatten sie es geschafft, sich unsichtbar zu machen.

Konnten sich die Katzen in Luft aufgelöst haben? Eigentlich war nichts unmöglich, denn dieses Wort hatte ich mittlerweile gestrichen, aber ich wollte nicht daran glauben und suchte deshalb rechts und links des Wegs den Boden mit Hilfe der Bleistiftleuchte ab.

Auch in die Bäume schaute ich.

Doch ich wurde enttäuscht.

Keine Katzen zu sehen. Nicht ein glühendes Augenpaar, das auf mich niederstarrte.

Bis auf meine eigenen Schritte hörte ich nichts. Still war es und die Nacht voller Schatten. Wie Tücher hingen sie zwischen den Bäumen, deren manchmal schon kahle Zweige auf mich gespenstisch wirkten.

Über meinen Rücken lief ein Frösteln. Es lauerte kein Gegner in der Nähe. Dennoch hatte ich das Gefühl, von jemandem beobachtet zu werden und eingekreist worden zu sein.

Wenn der Nachtwind etwas stärker aufbriste, bewegte er auch die Zweige der Büsche, die dann wie harte Finger über meine Kleidung glitten.

Wieder blieb ich stehen, drehte mich und schaute schräg zurück.

Da hörte ich die helle Frauenstimme.

»Guten Morgen, Mister ...«

Mitternacht war inzwischen schon vorbei!

Dieser Gedanke schoss mir durch den Kopf, als ich mich wieder umdrehte und fassungslos auf das Mädchen oder die junge Frau starrte, die etwas mehr als fünf Schritte vor mir auf dem Weg stand und mich anblickte. Es war ein Bild, das ich nicht fassen oder begreifen konnte, denn mit einer Frau hätte ich nun wirklich nicht gerechnet.

Sie stand da und war trotz der schlechten Lichtverhältnisse sehr gut zu erkennen, was mich wiederum wunderte. Schwarzes Haar, ein schmales Gesicht, schräg stehende Augen, ein heller Pullover, ein dunkler, etwas eng geschnittener Rock.

Nichts Besonderes an sich.

Nur etwas irritierte mich noch. Das Mädchen trug eine pechschwarze Katze auf dem Arm. Nur leuchteten die Augen dieser Katze nicht knallrot, sondern mehr gelblich, sogar mit einem Stich ins Grünliche, wobei sie mit den Pupillen des Mädchens harmonierten.

Ich war sprachlos und hatte auch nach einigen Sekunden noch keine Antwort parat.

»Haben Sie einen Grund, des Nachts durch den Wald zu streifen, Mister?«, fragte sie mich.

Ich verzog das Gesicht. »Die gleiche Frage könnte ich Ihnen stellen.«

»Den habe ich.«

»Welchen?«

»Ich werde ihn nicht verraten. Aus bestimmten Gründen nicht, Mister. Ich möchte Sie aber warnen, oder gehören Sie auch zu ihm?«

»Zu wem?«

Sie lächelte knapp. »Mister, Sie wissen doch genau, wen ich meine.«

»Den Toten?«

»Ist er denn tot?«

»Sie können seine Leiche gern sehen, wenn Sie starke Nerven haben, Madam …«

»Sagen Sie Brenda zu mir.«

»Und wie heißt Ihre Katze?«

»Es ist ein Kater, und er hört auf den Namen Jason.«

»Sie wissen viel«, sagte ich. »Deshalb würde es mich auch interessieren, ob Sie den Toten gekannt haben, der jetzt im Straßengraben liegt.«

»Nicht besonders.«

»Aber Sie wissen, wer es ist?«

»Ja, Clive Odgen.«

»Und?«

»Nichts und«, sagte sie. »Gehen Sie wieder, Mister! Den guten Rat darf ich Ihnen noch geben. Es ist wirklich besser, glauben Sie mir. Sie würden nur in Ihr Unglück rennen.«

So leicht ließ ich mich nicht abspeisen. Vor allen Dingen dann nicht, wenn es einen Toten gegeben hatte. Und die junge Frau vor mir, die sich Brenda nannte, sah mir ganz danach aus, als wüsste sie mehr über den Toten.

Ich wollte gehen, wann ich es für richtig hielt. »Gehört der Wald Ihnen?«, fragte ich.

»Natürlich nicht.«

»Dann können Sie mich auch nicht zwingen, das Gelände zu verlassen.«

Brenda schüttelte den Kopf. »Zwingen nicht, nur raten.«

Die Person wurde mir allmählich unheimlich. Sie stand da mit einer Selbstverständlichkeit, als würde ihr alles gehören. Und sie hielt einen Kater auf den Armen. Ich aber hatte erlebt, dass Katzen sich für einen Mord verantwortlich zeigten. Sie hatten einen Menschen getötet, waren in diesem Fall kleine Killerbestien.

Und das sagte ich Brenda auch.

»Clive Odgen hat es nicht anders verdient gehabt!«, lautete ihre Antwort. »Er hätte tausend Tode sterben müssen. Die Katzen gaben ihm eine Chance. Er hätte fliehen können. Früher hat er den Tieren nie eine Chance gelassen, sondern sie in Käfige gesperrt und für den Transport vorbereitet. Es gibt ja genug Abnehmer in der Industrie.«

Nun wusste ich, worauf die ganze Sache hinauslief. Tierquälerei, Versuche mit Tieren und an Tieren, um für die Menschheit angeblich die großen Heilmittel zu finden. Ein hochbrisantes Thema, das gerade in der letzten Zeit Furore gemacht hatte. Bei Versuchen an Mäusen begann es, und beim Abschlachten der Robben hörte es auf.

Aber war das alles eine Entschuldigung für einen Mord an einem Menschen? Nein, solange es noch Gesetz und Recht gab, nicht. Das musste auch das Mädchen einsehen.

»Es ist ein Mord geschehen«, erklärte ich. »Und der muss aufgeklärt werden.«

»Sie sprechen, als wären Sie von der Polizei«, sagte sie.

»Ich bin Polizist.«

»Aha.« Sie lächelte ironisch.

Ihre Augen verengten sich noch mehr, sodass ich wirklich

das Gefühl hatte, in Katzenaugen zu schauen. »Welchen Grund hatten Sie, hier zu erscheinen?«

»Ich kam zufällig vorbei.«

»Nun ja, Mister ...«

»Sinclair, Oberinspektor Sinclair.«

»All right, Mr. Sinclair. Sie können sagen, tun und lassen, was Sie wollen. Was hier allerdings geschieht, das bestimme ich. Deshalb gebe ich Ihnen noch einmal den Rat: Gehen Sie hier weg, und vergessen Sie alles, was Sie hier gesehen haben.«

»Das werde ich nicht tun.«

»Dann müssen Sie die Folgen tragen!«

Sekundenlang schauten wir uns an. Wer in ihr Gesicht sah – so interessant es war –, konnte schon Angst bekommen. Mir war längst klar geworden, dass dieses Mädchen Macht über die Katzen besaß. Es konnte sie manipulieren, und ich wollte mich auf keinen Fall von ihm beeinflussen lassen. Am besten war es, sofort durchzugreifen.

Der kleine Kater auf ihrem Arm bewegte sich. Sein Miauen schwebte mir entgegen, als er zuerst seinen Kopf und danach den Körper bewegte, um auf die Schulter seiner Herrin zu klettern. Dort blieb er sitzen und schaute mich an.

Es war ein normales Tier, das war mir inzwischen klar geworden. Aber wo hielten sich die anderen Katzen verborgen?

»Denken Sie nach, Polizist«, sagte Brenda, drehte sich um und ging einfach davon.

Damit überraschte sie mich wirklich. Ich stand da und schaute ihr kopfschüttelnd nach. Fast schwebend schritt sie den Weg entlang, tauchte unter Ästen hinweg und war dann verschwunden.

Einfach so!

Ich blieb stehen, runzelte die Stirn und starrte dieser Brenda nach. Das durfte es doch nicht geben! Sie verschwanden spurlos.

Ich lief ebenfalls los, erreichte die Stelle, wo ich sie zuletzt gesehen hatte, schaute nach rechts und links, suchte im Unterholz und fand von ihr keine Spur.

Brenda hatte sich in Luft aufgelöst.

Ein wenig verloren stand ich herum, sah weder von den Katzen noch von Brenda etwas und bemerkte allerdings einen leicht rötlich leuchtenden Schein, der aus meiner Kleidung drang. Im ersten Augenblick achtete ich nicht so darauf, bis ich genauer nachschaute und feststellte, dass dieser Schein von meiner wertvollsten Waffe, dem Kreuz, stammte.

Es hatte reagiert!

Aber wieso?

Hastig griff ich an die Kette, streifte sie über den Kopf und schaute mir das Kreuz an.

Nicht die Enden, wo die vier Erzengel ihre Zeichen hinterlassen hatten, strahlten Licht ab, sondern ein anderes Symbol. Eins, das sich so ziemlich in der Mitte befand.

Das Allsehende Auge!

Was war geschehen? Weshalb reagierte ausgerechnet das Allsehende Auge in diesen Sekunden?

Eine Antwort fand ich nicht so schnell. Mir fiel ein, dass dieses Auge im alten Ägypten auch zur Darstellung des Gottes Osiris gedient hatte. Es sollte die Menschen an die Wachsamkeit Gottes erinnern. Mich hatte es irgendwie gewarnt. Aber wovor?

Natürlich vor dieser Brenda. Nur – was hatte sie mit dem Allsehenden Auge zu tun?

Allmählich wurde der Fall mystisch. Ich schaute auf das Kreuz, sah auch den Strahlenkranz um das Auge herum, aber der war blass geblieben. Nur die Pupille in der Mitte leuchtete in einem seltsamen Farbton.

Dass es überhaupt so reagiert hatte, war für mich der Beweis, mitten in einem magischen Fall zu stecken, den ich mit normalen Mitteln wahrscheinlich nicht lösen konnte.

Die Frau – das Auge – die Katzen!

Drei Dinge, die ich irgendwie miteinander verbinden musste. Wobei ich nicht genau wusste, wie ich das anstellen sollte und wo es die gemeinsamen Linien gab.

Welche Spur führte nach Ägypten?

Noch einmal stellte ich mir die letzte Szene vor, dachte an die Katzen und stolperte über etwas.

Genau, die Katzen!

Im alten Ägypten galten die Katzen als heilig. Die Tiere wurden früher verehrt und manche wie Gottheiten gehalten.

Was an diesem Glauben und dieser Mythologie stimmte, war mir nicht bekannt. Ich hatte nie einen Grund gehabt, mich intensiver damit zu beschäftigen. Wie die Lage jetzt allerdings aussah, würde ich wohl nicht daran vorbeikommen.

Es gab für mich zwei Möglichkeiten. Entweder alarmierte ich die Kollegen der Mordkommission, oder ich ging weiter in den Wald hinein und schaute mich dort einmal um. Irgendwo musste es ein Ziel geben, denn einen Rückzieher wollte ich trotz der Warnung nicht machen.

Brenda war vor mir verschwunden. Diesen Weg musste ich zwangsläufig auch nehmen. Vielleicht traf ich auf ein Versteck, denn die Katzen mussten ja irgendwo sein.

Oder sollten sie sich aufgelöst haben?

Mittlerweile ging ich schon davon aus, dass sich das Mädchen aufgelöst hatte, denn eine andere Erklärung wusste ich nicht. Wenn sie im Unterholz oder zwischen den Bäumen verschwunden wäre, hätte ich etwas bemerkt und Spuren oder sie selbst entdeckt. Nichts davon.

Nur kahle Bäume.

Äste, die sich mir wie Arme entgegenreckten, um mich zu begrüßen. Laub lag auf dem Boden. Wenn ich darüber hinwegschritt, raschelte und knisterte es.

Andere Laute vernahm ich nicht. Auch kein Rascheln oder Flügelschlagen. Die Nachttiere des Waldes schienen sich zurückgezogen und Angst vor den Katzen zu haben.

Die Luft war nicht klar. Hin und wieder hingen dünne Dunstschleier zwischen den Bäumen und sorgten dafür, dass die Atmosphäre noch geheimnisvoller wurde.

Auch mir rann einige Male eine Gänsehaut über den Rücken, als ich Schritt für Schritt tiefer in den mir unbekannten Wald hineinging. Wo hatten sich die Katzen verborgen?

Ich lauschte auf jedes Rascheln, war fixiert darauf, fremde Geräusche zu vernehmen, hörte aber nichts, was mich hätte beunruhigen können.

Noch immer strahlte das Allsehende Auge. Lockend und gleichzeitig warnend kam mir der Schein vor. Ich hätte viel darum gegeben, mich mit dem Kreuz unterhalten zu können, so war ich weiterhin nur auf Vermutungen angewiesen.

Der Vergleich mit einem Märchen kam mir in den Sinn. Tatsächlich, ich fühlte mich in eine Sage oder eine Legende versetzt, und der Wald wirkte verwunschen auf mich.

Voller Geheimnisse steckend, die gleichzeitig auch gefährlich sein konnten.

Und dieser Vergleich erhielt neue Nahrung, als ich plötzlich das Haus sah, das auf einer kleinen Lichtung stand. Es sah gespenstisch aus, wurde von Dunstschleiern umschwebt, und seine düsteren Mauern schienen alle Geheimnisse des Waldes zu bewahren.

Im Haus brannte Licht, und der schwache Schein fiel auch nach draußen, sodass er nahe der Wand eine Insel bildete.

Unheimlich war es.

Meine Sinne hatten sich im Laufe der Zeit sehr stark entwickelt. Ich hatte einen Instinkt für gewisse Dinge, und hier spürte ich, dass etwas nicht stimmte.

Im Haus lauerte eine Gefahr!

Dennoch ging ich weiter. Gekniffen hatte ich noch nie. Als mein Blickwinkel besser wurde, sah ich im Schatten der rechten Hausseite einen Kombi stehen. Es war ein japanisches Modell.

Zwar war meine Sicht nicht besonders, dennoch glaubte ich, durch die hintere Scheibe ein Gitter erkennen zu können.

Benutzte oder hatte der Tote diesen Wagen als Transporter für seine Tiere benutzt?

Wahrscheinlich, und ich blieb vor der Tür für einen Moment stehen, bevor ich mich entschloss, das geheimnisvolle Haus zu betreten.

Ein gutes Gefühl hatte ich nicht dabei. Als ich über die Schwelle ging, fiel mir sofort der Gestank auf, der mir entgegenwehte. Es war ein seltsamer Geruch, der meinem Magen nicht gerade gut tat. So rochen oder stanken Katzen, wenn sie nicht gesäubert wurden oder selbst nicht die Energie hatten, sich zu putzen.

Katzendreck und Katzenkot …

Licht brannte.

Ich stand in einem Flur oder einer großen Diele und sah, dass vier Türen abzweigten.

Eine stand offen.

Mein Blick fiel in den dahinterliegenden Raum, und ich wusste plötzlich, wo die zahlreichen Katzen geblieben waren. Sie hielten sich in dem Zimmer auf. Oder waren es andere?

Das leise Tappen der Pfoten vernahm ich, hin und wieder ein kläglich klingendes Miauen, ein leises Fauchen oder Schnurren. Doch die Tiere machten mir nicht den Eindruck, als wären sie sehr aggressiv und wollten mich angreifen.

Meiner Ansicht nach konnte ich es riskieren und den Raum betreten. Die Tür drückte ich noch weiter auf, blieb auf der Schwelle stehen und sah die zahlreichen kleinen Käfige an der Wand. Aber auch den großen Schrank mit den aufgezogenen Schubladen. In einigen hockten Katzen und schauten über die Ränder.

Die kleinen Köpfe bewegten sich kaum, der Gestank war fast nicht auszuhalten. Überall in den engen Gitterkästen entdeckte ich den Schmutz, denn niemand hatte diese Boxen gereinigt.

Die Tiere mussten wirklich Qualen erlitten haben, als sie in diesen Käfigen gehalten wurden. Es war grauenhaft. Clive Odgen hatte überhaupt kein Gefühl oder Mitleid gekannt.

Konnte man von einem Tierfänger so etwas erwarten?

Wohl kaum. Für ihn war nur das Geschäft wichtig, und die Konzerne kauften ja.

Es war sehr still. An die Geräusche der Katzen hatte ich mich mittlerweile gewöhnt und zuckte zusammen, als ich plötzlich das Schrillen des Telefons vernahm.

Für einen Moment stand ich steif. Erst beim zweiten Klingeln fuhr ich herum.

Der Apparat musste in einem anderen Raum stehen, denn das Läuten klang gedämpft.

Die Richtung war leicht festzustellen. Ich wandte mich nach links, öffnete eine Tür, schaute in das Zimmer und sah eine alte Einrichtung, die der Mann wahrscheinlich von seinen Eltern oder Großeltern geerbt hatte.

Der schwarze Apparat stand auf einem runden Tisch und läutete. Wer, zum Teufel, rief noch mitten in der Nacht an?

Ich wollte es wissen, ging hin und hob ab, wobei ich mich mit einem hoffentlich verschlafen klingenden und ziemlich brummigen »Ja« meldete.

»Hör zu, Odgen, wir kommen noch heute.«

»Wieso? Wann?«

»Leg dich nicht mehr ins Bett. Wir brauchen unbedingt eine neue Fuhre. Du hast ja genügend da.«

»Ja, sicher …«

»Auch tote Katzen?«

»Ich, ähem …« Verdammt, was sollte ich jetzt sagen?

Der andere nahm wohl an, dass es an der Müdigkeit lag. Er lachte leise. »Bleib auf, wir suchen uns die Kadaver schon aus. Übrigens, ich bringe noch Bruce mit. Bis gleich dann.«

Bevor ich etwas erwidern konnte, hatte der Typ schon aufgelegt. Das passte mir ja überhaupt nicht. Jetzt noch Besuch zu bekommen, war einfach ein wenig viel verlangt. Himmel, was wollten die Leute in der Nacht hier? Tote Katzen ab holen? Wofür? Und tote Katzen hatte ich nicht gesehen, nur lebende.

Ich legte den Hörer auf und dachte nach. Clive Odgen war von Katzen mit roten Augen angegriffen worden. Killeraugen hätte man auch sagen können. Ich hatte allerdings in das Zimmer geschaut und Katzen mit normalen Augen gesehen.

Gab es da zwei verschiedene Rassen?

Verdammt, wenn diese Brenda jetzt hier gewesen wäre, sie hätte mir eine Antwort geben können.

Die toten Katzen wollten mir einfach nicht aus dem Sinn. Ich dachte über sie nach, als ich das Zimmer verließ und in der Diele stehen blieb. Weshalb hatte der unbekannte Anrufer ausgerechnet tote Katzen verlangt? Wenn es die tatsächlich gab, mussten sie irgendwo sein. Räume genug standen ja zur Verfügung.

Der eine kam schon mal nicht in Frage. Und auch nicht der, in dem das Telefon stand.

Demnach mussten sich die toten Tiere in einem der Zimmer befinden, die ich noch nicht untersucht hatte. Zwei blieben übrig. Ich öffnete die erste Tür, schaute in einen Raum, der schmutzig aussah und als Küche benutzt wurde.

In der Spüle stapelte sich Geschirr. Fliegen umsurrten die Tassen, Teller und Gläser. Katzen sah ich nicht. Weder lebende noch tote.

Das andere Zimmer diente als Schlafraum. Ein nicht gemachtes Bett und der schmutzige Fußboden fielen mir auf.

Hier gab es auch keine toten Katzen.

Vergeblich suchte ich eine nach oben führende Treppe. Das Haus hatte nur das Erdgeschoss.

Und den Keller.

Diese Tür stach mir ebenfalls ins Auge. Sie war nicht geschlossen, zudem brannte im Keller Licht, und ich konnte die Treppenstufen hinabschauen.

Er lockte mich, aber ich spürte gleichzeitig die Gefahr, die von ihm ausging. Mit Kellern hatte ich meine bösen Erfahrungen gemacht. Es war nicht gut, ohne Rückendeckung hineinzugehen. Wenn ich erst unten war, konnte die Tür von oben leicht abgeschlossen werden.

Es sah nicht gut aus.

Ich drehte mich wieder um. Die Haustür hatte ich nicht geschlossen. Mein Blick fiel nach draußen, und ich sah auch die Schatten der großen Bäume am Rande der Lichtung.

Aber ich sah noch mehr!

Zwischen den Ästen und Zweigen schimmerten zahlreiche Augenpaare. Böse, funkelnde Sterne, überall verteilt, aber so, dass sie alle auf das Haus schauen konnten.

Das waren die Killerkatzen!

Manche hockten oben in den Bäumen, andere wiederum hatten tiefer ihren Platz gefunden. Wo sie auch saßen, eines hatten sie gemeinsam: die kalten Totenaugen! Und sie waren bereit, keinen mehr aus dem Haus zu lassen. Sie hatten mir eine Falle gestellt.

Dies war mir längst klar geworden, und ich spürte, wie sich mein Magen zusammenzog.

Jetzt hätte ich gern meinen Freund Suko an der Seite gehabt. Da es nicht möglich war, musste ich allein mit den Problemen fertig werden und ging zwei Schritte vor.

Sie brachten mich genau in das Türrechteck.

Da blieb ich stehen.

Jetzt sah ich sie deutlicher. Im finsteren Wald wimmelte es von roten Sternen, von kalten Augenpaaren, die auf mich gerichtet waren.

Es war auch nicht mehr so still. Den Katzen schien es nicht zu gefallen, dass ich weiter vorgegangen war, denn drohend klingendes Fauchen schallte mir entgegen.

Was sollte ich tun?

Dass die Katzen mich nicht auf normalem Weg zu meinem Wagen lassen würden, lag auf der Hand. Aber ich wollte zumindest einen Versuch starten.

Mit vorsichtigen Schritten verließ ich das Haus. Meine Beretta ließ ich stecken und hielt nur das Kreuz in der rechten Hand, allerdings ein wenig verdeckt, denn ich hatte die Hand zur Faust geschlossen.

Aus dem Dunkel des Waldes drang mir ein gefährliches Fauchen entgegen.

Wieder eine Warnung!

Ich hörte sie, achtete aber nicht darauf und ging unbeirrt weiter, wobei ich direkt den Weg ansteuerte, den ich gekommen war.

Vier Yards ungefähr konnte ich zurücklegen, dann reagierten die Katzen. Und sie waren verdammt schnell. Einige von ihnen bewegten sich hektisch. Ich erkannte es am Hin- und Herhuschen der glühenden Augenpaare. Sie zeichneten einen Zickzack-Weg nach. Das Fauchen wurde lauter, und im nächsten Augenblick stießen sie sich ab und sprangen zu Boden.

Es waren drei Katzen, die mit Sprüngen auf mich zuhetzten und mich angreifen wollten.

Das war einen Versuch wert.

Als die erste Katze sprang, wartete ich so lange, bis sie sich dicht vor mir befand. Erst dann streckte ich die Hand mit dem Kreuz nach vorn. Das Tier konnte nicht mehr ausweichen. Es prallte mit der Brust dagegen, und seine Pfoten huschten noch über meinen Handrücken. Dann reagierte die weiße Magie meiner Waffe.

Die Katze explodierte vor meinen Augen. Sie strahlte, ihr Körper schien von einer Glut erfüllt zu sein, erkaltete noch in derselben Sekunde und fiel als Staub zu Boden.

Ich hatte keine Zeit, mich überrascht zu zeigen, denn die nächsten Katzen sprangen gleichzeitig. Sie blieben nicht dicht beieinander, sondern fächerten auseinander, sodass sie mich an verschiedenen Körperteilen treffen konnten.

Die linke wehrte ich mit der Faust ab. Ich spürte unter meinen Fingern das Fell, hörte ein wütendes Kreischen. Die Katze fiel zu Boden, und gleichzeitig trat wieder mein Kreuz in Aktion.

So erwischte ich die zweite.

Ein klägliches Schreien drang mir entgegen, ein Miauen. Der Katzenkörper loderte von innen, sodass für einen Moment ein Glutball in der Luft stand, dann rieselte Asche zu Boden.

Geschafft!

Zwei Katzen weniger, denn die dritte huschte wieder auf den Wald zu.

Ich trat zurück.

Die Attacke der Katzen und meine gleichzeitige Gegenreaktion hatten mir gezeigt, dass ich es nicht mit normalen Tieren zu tun hatte, sondern mich mit dämonischen Wesen herumschlagen musste.

Vielleicht Katzenzombies?

Ich warf einen Blick auf mein Kreuz und sah das Allsehende Auge hell strahlen.

Ägyptische Mythologie hatte für die Vernichtung der drei Katzen gesorgt. Das wurde mir immer mehr klar, und plötzlich sah es gar nicht so schlecht für mich aus.

Die dritte Katze hatte Angst gezeigt. Sie war zu ihren Artgenossinnen geflohen, und ich war gespannt, wie die übrigen Tiere reagieren würden, wenn ich den Weg zurückging und mein Kreuz dabei in der Hand hielt.

Einen Blick warf ich noch dorthin, wo der Kombi stand. Mir fiel ein, dass der Waldweg eigentlich zu schmal für einen solchen Wagen war, deshalb musste es meiner Ansicht nach noch eine zweite Zufahrt zu diesem Haus hier geben.

Sollte ich sie nehmen?

Mein Optimismus erhielt einen starken Dämpfer, denn hinter mir hörte ich die Stimme dieser Brenda.

»Sie haben eine gute Waffe, Sinclair. Ich frage mich allerdings, ob Sie auch kugelfest sind.«

Der Fahrer hieß Bruce Talbot, der Beifahrer hörte auf den Namen Ross Delany.

Beide Männer gehörten zu den Typen, die eigentlich jeden Job annahmen, Hauptsache war, er brachte ein paar Scheine. Im Moment arbeiteten sie für einen Konzern, der Schmerzmittel herstellte und für seine Versuche sehr viel Nachschub benötigte.

Mit dem Wort Nachschub waren die Katzen umschrieben worden. Was da genau lief, wussten beide Männer nicht. Sie waren nur die Fahrer und Transporteure, ihnen war es auch egal, ob sie tote oder lebendige Tiere fuhren, es zählten allein der Erfolg und die Scheine.

Sie fuhren einen alten VW-Bus. An der hinteren Ladefläche gab es keine Scheiben, der Wagen war zu, und die Abtrennung zum Führerhaus hin hatte man verstärkt, denn manche Tiere spielten verrückt. Sie merkten oft genug, dass sie getötet werden sollten, das verriet ihr Unruhe.

Bruce Talbot lenkte den Wagen sicher. Er war ein grobschlächtiger Typ. Sein graues Haar hatte er als Bürste geschnitten. Aus diesem Grund kam seine Stirn besonders zum Vorschein. Sie wirkte hoch und langgezogen. Die Adern traten wie ein blaues Muster hervor.

Ross Delany war gegen ihn direkt schmächtig. Delany liebte Leder. Er legte jeden Cent an, um sich diese Kleidung leisten zu können. Auch in dieser Nacht war er wieder in glänzendes grünes Leder gekleidet, das hauteng anlag. In gewissen Kreisen galt Delany als Lederboy, und er hatte auch seine entsprechenden Freunde gefunden.

Schwarz wie das Gefieder eines Raben war sein Haar. Die Haut dagegen wirkte hell, dafür war der Bart ebenso schwarz wie die »Wolle« auf seinem Kopf.

Die beiden Männer passten eigentlich überhaupt nicht zusammen. Man konnte sie auch nicht als Freunde oder Partner bezeichnen, nur beim Job ergänzten sie sich.

Delany war der Kopf des Duos, und Talbot fühlte sich für die profanen Dinge zuständig. Man konnte ihn auch als Tierquäler einstufen, denn wenn die Katzen oder Hunde schrien, hatte er seinen Spaß.

Im Augenblick aber war er sauer. Es passte ihm überhaupt nicht, in der Nacht noch zu fahren, und er schimpfte entsprechend.

»Was hast du?«, sagte Delany mit seidenweicher Stimme. »Es ist doch nicht weiter tragisch.«

»Ich habe aber was im Bett liegen.«

»Ist er blond?« Delany lachte kichernd.

»Von wegen, du Bock. Sie ist blond.«

»Schade. Woher hast du sie denn?«

»Hafen.«

»Widerlich.« Ross schüttelte sich.

»Hör du auf«, sagte Bruce Talbot. »Wenn ich daran denke, was du dir anschleppst ...«

»Meine Freunde haben Niveau.«

Bruce lachte meckernd. »Wo denn?« Dann sagte er etwas, das nicht druckreif ist, aber sein Kumpan grinste nur.

Sie hatten Londons City längst hinter sich gelassen und näherten sich den Außenbezirken.

Eigentlich war es nicht schlecht, dass sie in der Nacht fuhren, denn tagsüber geriet man immer zu leicht in eine Polizeikontrolle, und die Bullen reagierten manchmal komisch, wenn sie die Ladung überprüften.

Talbot fragte nach einer Weile: »Willst du die toten Tiere einladen?«

»Nein, das machst du.«

»Wieso ich allein?«

»Odgen kann dir helfen.«

»Der wird sich freuen.«

Danach verstummte das Gespräch wieder. Die beiden hingen ihren Gedanken nach und starrten durch die Scheibe. Mitternacht war vorbei, die ersten Morgenstunden angebrochen, und in dieser Zeit bildeten sich die meisten Nebelschwaden. Sie sahen die langen Tücher von den Wiesen steigen und lautlos über das flache Land gleiten. Sie legten sich auch vor die dunklen Umrisse der Waldstücke und ließen die Lichter einsam stehender Häuser verwaschen erscheinen.

Ross Delany zündete sich eine Mentholzigarette an. Er ließ das Stäbchen in seinem Mundwinkel hängen, und der Rauch strömte beim Ausatmen auch aus den Nasenlöchern.

Da sie den Weg schon oft gefahren waren, übersah Bruce Talbot auch die schmale Abzweigung nicht, deren sich anschließender Weg direkt in das Gelände führte, einen Bogen schlug und an der Rückseite den Wald erreichte, wo Odgen wohnte.

Schon bald begann der Wagen zu schaukeln. Sie fuhren nur einen schmalen Feldweg entlang, der mit Schlaglöchern übersät war. Ausweichen konnten sie nicht, der Weg war zu eng, und so hüpften die beiden Männer im Fahrerhaus im Takt mit.

Wie immer, wenn sie die Strecke fuhren, begannen sie zu schimpfen. »Da müsste man Gefahrenzulage kriegen«, bemerkte Ross Delany.

Talbot grinste nur schief. »Dir geht schon nichts von deiner Figur ab.«

»Was weißt du denn schon?«

»Alles.«

»Darf ich mal lachen?«

»Nachher, wir sind gleich da.«

»Auch das noch.«

In der Tat hatten sie es nicht mehr weit. Sie sahen bereits den Wald, mussten einen Bogen fahren, um an die Rückseite des Hauses zu gelangen. Es dauerte nicht mehr lange, und erste Zweige schabten über die Karosserie des Transporters.

Das Haus konnten sie noch nicht erkennen. Wenn sie den Wagen anhielten, dann immer direkt an der Hinterfront, und hier brannte nur in den seltensten Fällen eine Lampe.

Noch eine Kurve, das Huschen der Scheinwerfer über Sträucher und Baumstämme, dann stoppte Bruce Talbot den Wagen. Der Motor verstummte mit einem leichten Stottern.

Die beiden Männer stiegen aus. Sie sahen die Außentreppe, die zum Keller führte, und Ross Delany stellte sich an das Geländer, um auf die Stufen zu schauen.

»Er ist nicht da.«

»Dieser Sack!«, kommentierte Talbot. »Ich werde ihn mal rufen.«

»Lass es!«, sagte Ross Delany schnell.

»Wieso? Was ist?«

Delany schüttelte den Kopf, stemmte sich vom Geländer weg und schaute in die Runde.

»Was nicht in Ordnung?«, fragte Talbot.

»Ja und nein.«

»Rede vernünftig. Was ist los?«

»Ich glaube, hier stimmt etwas nicht. Du weißt, Bruce, dass ich mich auf mein Gefühl verlassen kann.«

Talbots Hand verschwand unter der Jacke. Er holte einen Schlagstock aus Hartgummi hervor. Bruce setzte ihn zumeist bei widerspenstigen Tieren ein, aber auch Menschen hatten ihn schon zu spüren bekommen.

»Lass uns mal gehen«, sagte er lauernd.

Ross Delany folgte ihm. Wohl fühlte er sich in diesen Augenblicken wirklich nicht …

Nein, kugelfest war ich nicht und würde es wohl auch nicht werden. Obwohl ich Brenda noch nicht gesehen hatte, konnte ich mir vorstellen, dass sie nicht unbewaffnet war. Sie bluffte nicht.

»Darf ich mich umdrehen?«, fragte ich.

»Sicher. Aber lassen Sie die Hände oben.«

»Die muss ich erst mal heben.«

»Für Witze habe ich keinen Nerv.«

Ich hob die Arme, hielt mein Kreuz dabei in der rechten Hand. Um einhundertachtzig Grad drehte ich mich um, stand ihr gegenüber und blicktem genau in die Mündung eines Gewehrs.

Das Mädchen hatte sich nicht verändert. Noch immer war der Kater bei ihr. Jason hockte auf ihrer Schulter, starrte mich an und hatte einen Buckel gemacht.

»Ich habe Sie gewarnt«, sagte die Frau.

»Und Sie kannten meine Antwort. Es ging um Mord, Madam. Da hört bei mir der Spaß auf.«

Ihre Augen funkelten plötzlich. »Es war kein Mord!«, zischte sie. »Nur eine Vergeltung für das, was er den Katzen alles angetan hat. Merken Sie sich das. Und es wird auch kein Mord sein, wenn ich Sie erschieße oder von den Katzen töten lasse.«

»Das würde ich mir an Ihrer Stelle überlegen«, erwiderte ich.

»Nein, da gibt es nichts mehr zu überlegen. Die Zeit ist reif. Die Katzen werden zurückschlagen. Lange genug haben sie sich die Quälereien der Menschen gefallen lassen müssen. Nun sind sie an der Reihe. Es ist schade, dass es gerade Sie trifft, aber wie heißt das Sprichwort noch? Mitgefangen – mitgehangen. So ergeht es Ihnen. Sie hätten sich in Ihren Wagen setzen und wegfahren sollen.«

»Und wäre mit der Polizei zurückgekommen.«

»Was mir nichts gemacht hätte«, sagte Brenda mit einem überzeugten Lächeln.

»Wieso?«

»Es ist müßig, Ihnen Erklärungen zu geben. Nehmen Sie mich und meine Existenz als ein Geheimnis.«

»Das vielleicht seinen Ursprung im alten Ägypten hat?«, wollte ich wissen.

Sie zuckte mit den Wimpern. Also hatte ich so ziemlich ins Schwarze getroffen. »Was wissen Sie von Ägypten?«

»Ramses, Pyramiden, der Nil …«

»Auf den Arm nehmen kann ich mich allein. Wie kommen Sie auf dieses Land, Sinclair?«

»Gab es da nicht auch Katzen?«

»Ja, schon …«

»Sehen Sie!«

Ich versuchte es auf die lässige Tour. Vielleicht erhielt ich so bessere Informationen. Zudem war mir diese Frau ein wenig suspekt. Ich wusste nicht, wie ich sie einstufen sollte, denn ich hatte nicht vergessen, wie plötzlich sie erscheinen und wieder verschwinden konnte.

Wie ein Geist!

War sie das?

Wieder sprach sie mich an. »Sosehr du auch grübelst, Polizist, du wirst nie herausfinden, wer und was ich bin. Außerdem wird es dir nicht gelingen, von hier zu verschwinden.«

»Sie gestatten, dass ich anders darüber denke?«

»Natürlich.« Brenda nickte. »Hast du noch einen Wunsch?«

»Im Moment nicht.«

»Das macht die Sache einfacher. Deshalb frage ich dich, ob du lieber von einer Kugel oder durch die Katzen getötet werden willst. Du kannst es dir aussuchen.«

»Eine Kugel ist schneller.«

»Stimmt. Bei den Katzen würde es länger dauern.«

»Geben Sie mir einen Vorsprung?«, fragte ich.

»Nein«, erwiderte das Mädchen kalt. »Den brauchst du nicht, weil ich weiß, dass du einige von ihnen töten wirst, denn du besitzt eine Waffe, wie sie nicht jeder hat.«

»Das stimmt.«

»Ich werde sie dir wegnehmen, wenn du gestorben bist, und sie mir genau anschauen.« Für einen Moment schüttelte sie den Kopf, als wollte sie trübe Gedanken vertreiben. »Ach so«, sagte sie, »da wäre noch etwas. Willst du jetzt die Kugel oder …?«

Ich ging überhaupt nicht auf ihre Frage ein, sondern unterbrach sie. »Wenn du danach das Kreuz nimmst, wird dich das Allsehende Auge zerstören. Osiris, der oberste Gott …«

Plötzlich funkelte es in ihren Augen. »Nein!«, schrie sie. »Nicht Osiris. Er wird es nie zulassen, dass eine Göttin …« Sie brach ab, als hätte sie schon zu viel gesagt, und der Kater Jason begann zu fauchen.

»Du bist eine Göttin?«

Sie duckte sich. Ihre Augen funkelten kalt. Es war ein Ausdruck, der wohl nicht von dieser Welt stammte, und mir rann eine Gänsehaut über den Rücken.

»Antworte! Bist du eine Göttin?«

»Ja!«

»Und welche?«

»Polizist, ich werde dich …« Sie kam wieder nicht dazu, den Satz zu Ende zu sprechen, denn beide gleichzeitig vernahmen wir das Motorengeräusch.

Jemand war gekommen!

Allerdings war der Wagen nicht vor das Haus gefahren, sondern hatte an der Rückseite angehalten. Ich dachte an den Anruf und konnte mir vorstellen, wer eingetroffen war.

Die Lage spitzte sich zu.

Würde Brenda die Nerven behalten?

Wagentüren schlugen. Diese Geräusche lenkten die Frau abermals ab. Unwillkürlich schaute sie zur Seite. Um sich durch so etwas nicht ablenken zu lassen, musste man schon Profi sein und Nerven wie Stahlseile haben. Die hatte Brenda nicht.

Ich nahm die Chance wahr.

Als sie sich drehte, schleuderte ich mein Kreuz auf sie zu und warf mich gleichzeitig nach links.

Ich hörte einen Schrei, einen Schuss, aber ich sah nicht, dass sich die Katzen mit glühenden Augen von ihren Plätzen lösten und zu Boden sprangen.

Ihre Herrin war in Gefahr.

Sie wollten für sie kämpfen – und töten!

Das ungute Gefühl des Ross Delany verstärkte sich mit jedem Schritt, den er tat. Über seinen Rücken rann es kalt, die Gänsehaut schien so dick wie ein Finger zu sein, und er kam sich vor, als hätte er in Eiswasser gebadet.

Da stimmte etwas nicht. Ein sensibler Mensch wie er spürte das sofort. Bruce Talbot war da anders. Der hatte das Gemüt eines Fleischerhundes und stolperte überall rein.

»Bruce!«, zischte Ross.

Unwillig drehte sich Talbot um. »Was ist denn, Mensch?«
»Sei vorsichtig. Wir sollten …«
Da fiel der Schuss. Beide Männer zuckten zusammen. Talbot fing sich als Erster, fluchte und drehte sich um. In der Dunkelheit leuchtete sein Gesicht hell.
»Das war vor dem Haus!«, sagte Ross.
»Ich sehe nach.« Talbot war entschlossen und ließ sich auch durch Delanys Warnung nicht aufhalten.
Wären sie richtige Partner gewesen, so hätte sich Ross ihm vielleicht angeschlossen. So aber blieb er zurück und holte sicherheitshalber die Reserveschlüssel hervor. Wenn es hart auf hart kam, wollte er so rasch wie möglich fliehen.
Bruce Talbot startete. Er sprang mit gewaltigen Sätzen durch den kleinen Garten, den Odgen mal in einem Anfall von Arbeitswut angelegt hatte.
Er trampelte über Gemüsebeete, stolperte über Kartoffelpflanzen, erreichte die Hausecke, wischte um sie herum und konnte jetzt schon die dunkle Wand des dichten Waldes sehen.
Aber sie war nicht mehr dunkel.
Er sah die glühenden, tanzenden, flimmernden Augenpaare und hörte auch das schaurige Fauchen.
Zurück konnte er nicht mehr.
Die Katzen waren da und sprangen ihn an!

Brenda hatte geschossen, aber nicht getroffen. Wo die Kugel in den Boden schlug, konnte ich nicht erkennen, es war auch nicht wichtig. Für mich zählte, dass ich an die Katzenfrau herankam.
Das Kreuz hatte sie nicht aufgefangen. Es lag neben ihr am Boden, und das Allsehende Auge strahlte seinen magischen Schein ab. Einen zweiten Schuss wollte sie zwar abgeben, doch mir gelang es, den Gewehrlauf zur Seite zu schlagen. Mit der rechten Hand riss ich sie um. Ich hatte ihr das linke Bein weggezogen, das rechte warf sie hoch in die Luft, bevor sie auf den Rücken krachte.
Ich musste mich zwischen Gewehr und Kreuz entscheiden.

Das Kreuz nahm ich zuerst, war dadurch eine Sekunde abgelenkt, und die reichte dieser Frau, um gedankenschnell aufzuspringen. Mir gelang es trotzdem, ihr die Waffe zu entreißen.

Dabei schwebte sie zurück. Es war ein Schweben, denn das gleiche passierte, das ich schon einmal im Wald erlebt hatte.

Die Frau löste sich auf.

Ein unheimliches, ein sagenhaftes Phänomen, das ich sehr gern erforscht hätte, doch da waren kleine Bestien, die mir einfach nicht die Zeit ließen.

Ich hörte sie fauchen und schreien, kreiselte herum und sah mich einer dunklen Woge und zahlreichen glühenden Augenpaaren gegenüber. Keine Katze saß mehr auf dem Baum, sie alle hatten ihre Plätze verlassen, um mich, das neue Opfer, zu zerreißen.

Konnte ich gegen diese Übermacht gewinnen?

Hinter mir knallte die Tür zu. Es hörte sich an wie ein Schuss. Dann vernahm ich aus dem Haus ein krächzendes Lachen. Brenda hatte ihren Spaß. Sie konnte sich auf ihre Katzen verlassen.

Es waren dunkle Tiere mit struppigem Fell, und als sie ihre Mäuler öffneten, sah ich das helle Funkeln der kleinen Zähne. Diese Gebisse waren nicht zu unterschätzen. Sie konnten entsprechende Wunden reißen.

Schon einmal hatte mir mein Kreuz geholfen, ich hoffte, dass es mich auch diesmal nicht im Stich ließ. Einen Schritt machte ich zur Seite, hatte so eine bessere Ausgangsposition gefunden und stieß dann den rechten Arm hart vor.

Volltreffer!

Die erste Katze wurde erwischt, glühte kurz auf und blieb als Asche zurück.

Eine zweite und dritte erledigte ich ebenfalls, aber einer gelang es, sich im Stoff meiner Hosenbeine festzukrallen und an meinem Körper nach oben zu klettern.

Ob ihre Bisse magische Nachwirkungen hatten, war mir nicht bekannt. Ich rechnete allerdings damit und schleuderte das Tier so rasch wie möglich von meinem Körper weg.

Mit dem Kreuz schlug ich zu.

Erledigt!

Für einen Moment hatte ich Luft, schaute mich um und stellte fest, dass nicht alle Katzen in meine Richtung sprangen. Einige hatten ein anderes Opfer gefunden.

Es war ein Mann, den ich noch nie in meinem Leben gesehen hatte.

Dass er Angst hatte, stand außer Zweifel. Trotz der Dunkelheit sah ich sein verzerrtes Gesicht. Sein rechter Arm bewegte sich hektisch auf und nieder.

Aus der Faust schaute etwas hervor. Ich konnte nicht erkennen, was genau es war.

Die Katzen sprangen ihn an.

Dazwischen hörte ich das Klatschen. Es entstand, wenn ein Knüppel oder Stock auf die Körper hieb.

Der Mann konnte damit umgehen. Jeder Schlag war ein Treffer. Die Katzenkörper, die sich an ihm festgekrallt hatten, wurden von der Trefferwucht nach unten geschleudert, prallten zu Boden, aber sie waren nicht erledigt. Man sagte Katzen sieben Leben nach, diese hier schienen mehr zu haben, denn sie verdauten die harten Schläge rasch, überrollten sich und griffen sofort wieder an.

Ich musste etwas unternehmen.

Es war nur eine Frage der Zeit, wann der Mann unterliegen und der Berg aus Leibern über ihm zusammensacken würde. Es sollte ihm nicht das gleiche passieren wie Clive Odgen, dessen Schicksal mir nicht aus dem Kopf ging.

Unsere Blicke trafen sich.

Ich sah das Flehen in den Augen des Mannes. Er merkte, dass er mit den Katzen nicht fertig wurde, und erlebte soeben wieder einen gewaltigen Ansturm.

Mindestens ein Dutzend dieser Bestien stürmte gegen ihn. Diesem plötzlichen Ansturm und auch der Wucht der springenden Leiber konnte er kein Paroli bieten.

Er wankte zurück, ein schwarzer Körper sprang gegen sein Gesicht, ich vernahm noch einen dumpfen Schrei, dann kippte er zu Boden. Für mich wurde es Zeit, wenn ich ihm zu Hilfe eilen wollte, doch die Katzen machten mir vorerst einen Strich durch die Rechnung. Sie stellten es raffiniert an. Bisher waren sie gesprungen, diesmal huschten sie zwischen meine Beine, und das genau in dem Augenblick, als ich die ersten Schritte gehen wollte.

Ich verlor das Gleichgewicht und landete prompt am Boden, während ich nicht weit entfernt einen grässlichen Schrei vernahm. Der Mann hatte ihn ausgestoßen, und er wehrte sich verzweifelt gegen die Übermacht der Katzen. Noch immer drosch er mit dem Schlagstock zu, und der hämmerte auf die Körper der Katzen, ohne sie jedoch zerstören zu können.

Ich konnte ihm nicht beistehen, da ich selbst am Boden lag. Wenn die Katzen mein Gesicht erreichen wollten, brauchten sie nicht mehr in die Höhe zu springen.

Katzen kratzen Augen aus!

Das wusste ich.

Ich sah die zuckenden, vibrierenden Körper um mich herum und in meiner unmittelbaren Nähe.

Dabei glühten die Augen wie rote, unheimliche Leuchtpunkte, und sie alle waren auf mich fixiert.

Die Katzen kamen mir plötzlich wie Ratten vor. Aggressiv, grausam und mordgierig klang ihr Fauchen. Sie jagten um mich herum, bildeten einen Kreis, während ich mein Kreuz festhielt und das Glühen des Allsehenden Auges sah.

Griffen sie an?

Zwei versuchten es.

Trotz der Gefahr fiel mir auf, dass sie von einer völlig anderen Seite kamen. Sie sprangen nicht von vorn, also auf das Kreuz zu, sondern hatten einen Bogen geschlagen und probierten ihre Attacke von der Rückseite her.

Da lagen sie bei mir genau richtig.

Ich wälzte mich gedankenschnell herum, die Hand mit dem Kreuz stieß nach vorn, und sie kreuzte genau den Sprung der ersten Katze.

Beide prallten zusammen.

Dicht vor meinen Augen sah ich das Glühen. Die inneren Verbrennungen zerstörten das dämonische Tier.

Aber die andere hatte es geschafft. Ihr Körper fiel auf meine

Brust, die Krallen waren ausgefahren, und ich spürte sie wie winzige Messer durch meine Kleidung dringen.

Auf dem Rücken lag ich, schaute nach vorn und sah das Katzengesicht direkt vor mir und auch das aufgerissene Maul.

Da hinein hieb ich das Kreuz!

Das Tier wurde von einem Sturmwind erfasst und nach hinten geschleudert. Noch in der Luft glühte es in einem dunklen Rot, bevor es zu Asche zerfiel.

Das war geschafft.

Ruckartig richtete ich meinen Oberkörper auf, gelangte in eine sitzende Stellung und sah, dass die Katzen einen Bogen schlugen, denn sie wollten nicht mehr in die Nähe des Kreuzes gelangen.

Es war ihnen unheimlich.

Mit Schwung gelangte ich auf die Beine und wurde im selben Moment von hinten angesprungen.

Die Katzenkörper wuchteten in meinen Rücken, krallten sich dort fest, und für mich wurde es gefährlich.

Ich schlug mit den Armen nach hinten aus. Dabei drehte ich das Handgelenk, und so gelang es meinem Kreuz, die erste Katze zu zerstören, während die zweite von selbst nach unten sprang.

Der letzte Kampf hatte Zeit gekostet. In diesen Sekunden konnte ich einfach nicht auf den anderen Mann achten, den die Katzen unter sich begraben hatten.

Erst jetzt hetzte ich zu ihm.

Ich hörte ihn schreien.

Es waren erstickte Laute, und auch die Bewegungen waren schwächer geworden.

In mir loderte die Wut hoch, und ich stürzte mich in diesen Katzenberg hinein.

Um einen größeren Erfolg zu erzielen, schlug ich mit dem Kreuz nicht auf die wimmelnden, zuckenden Katzenkörper, sondern strich über die Rücken hinweg, sodass es mir bei dieser Aktion gelang, zahlreiche Tiere zu vernichten.

Ich sah mich nicht als Tierquäler, denn diese Katzen vor mir waren nicht normal, sondern dämonisch beeinflusste Tiere oder Zombiewesen, sonst wären sie bei der Berührung des Kreuzes nicht vergangen.

Vier verglühten. Nur noch Asche blieb auf den unter ihnen liegenden Körpern liegen.

Die anderen flüchteten, als hätte ein Blitz zwischen ihnen eingeschlagen. Mir gelang es endlich, den Mann zu sehen, der von den Tieren angegriffen worden war.

Er lebte.

Noch, muss ich sagen, aber die kleinen Bestien hatten ihn entsetzlich zugerichtet. Auch sein Gesicht war erwischt worden. Die Haut zeigte blutige Kratzer, aus denen die roten Rinnsale liefen, die Kleidung bestand nur noch aus Fetzen, zudem musste er schreckliche Schmerzen haben.

Sehen konnte er noch. Die Katzen hatten ihm zum Glück nicht die Augen ausgekratzt.

»Auto!«, keuchte und krächzte er. »Mein Kumpel wartet ... Weg, fliehen ...« Mehr konnte und mehr brauchte er nicht zu sagen, denn ich hatte verstanden.

Aber wo stand der Wagen genau? Hinter dem Haus, das war mir klar, nur wollte ich ihn nicht lange suchen.

»Zurück!« flüsterte der Verletzte. »Wir müssen zurück. An der Rückseite, die Treppe ...«

Ich fragte nicht mehr lange, bückte mich und hebelte den Verletzten auf meine Schulter. Mit der Last taumelte ich los und war froh, dass wir nicht mehr von den dämonischen Katzen verfolgt wurden.

Der Kerl war ziemlich schwer. Sein Gewicht drückte, ich hatte meine liebe Mühe und Not mit ihm, aber ich gab nicht auf, denn ich konnte ihn nicht einfach liegen lassen.

So ging ich weiter, biss die Zähne zusammen und schaffte es mehr schlecht als recht, das Haus zu umrunden.

Es war eine verdammte Schinderei und erforderte Bärenkräfte. Das Blut schoss mir in den Kopf, ich konnte manchmal überhaupt nichts sehen, und der Boden drehte sich.

»Gott, was ist das?«

Aus dem Dunkel vor mir erklang die Stimme. Im nächsten Augenblick sah ich den Sprecher.

Er trug fast schwarze Kleidung, deshalb hatte ich ihn erst später wahrgenommen, aber er war der Kumpan oder der Partner des Verletzten, denn er rief dessen Namen.

»Bruce, Himmel!«

Der Mann rang die Hände.

Sein Gehabe erschien mir affig. Deshalb fuhr ich ihn auch barsch an. »Öffnen Sie die Ladetür, verdammt!«

Er schaute mir ins Gesicht. Seine Mundwinkel zuckten, sodass es aussah, als wollte er jeden Moment anfangen zu weinen.

»Los!«, schrie ich.

Da erst nickte er, drehte sich um. Er klimperte mit den Schlüsseln und schloss endlich die Ladetür auf.

Mit dem Verletzten auf der Schulter wankte ich zu ihm, bückte mich und sorgte mit der Hilfe des anderen Mannes dafür, dass Bruce auf die Ladefläche des VW-Busses gelegt werden konnte.

Dabei fiel mein Blick auf das Gitter. Jetzt wusste ich Bescheid. Die beiden Männer hatten Tiere abholen sollen. Ich erinnerte mich auch wieder an das Telefongespräch.

Tote Katzen …

Die würden sie nicht mehr mitnehmen können.

Hart schlug ich die Tür zu. »Und jetzt verschwinden Sie!«, fuhr ich den anderen an.

»Was ist denn passiert?«

»Mann, hauen Sie ab. Bringen Sie Ihren Freund zu einem Arzt. Haben Sie nicht gesehen, wie er aussieht?«

»Schon, aber …«

Ich packte ihn an der Schulter und stieß ihn am Wagen entlang auf das Führerhaus zu. »Einsteigen und weg. Die Katzen spielen verrückt. Sie haben den Spieß umgedreht.«

»Aber Sie?«

»Um mich brauchen Sie sich keine Sorgen zu machen«, erklärte ich schwer atmend und wischte mir die feuchte Stirn ab. »Fahren Sie weg, und alles andere überlassen Sie mir!«

»Ja, ja, natürlich.« Er drehte sich um und warf zufällig einen Blick in die Höhe. Plötzlich weiteten sich seine Augen. Die bleichen Gesichtszüge schienen einzufrieren. Er hob den rechten Arm und deutete schräg in die Höhe.

»Da, Mister, sehen Sie doch!«

Ich fuhr herum.

Hatte ich bisher gedacht, der Gefahr entronnen zu sein, so sah ich mich getäuscht.

Die Katzen gaben nicht auf.

In Reih und Glied hockten sie am Dachrand, und aus ihren glühenden Augen starrten sie mordgierig zu uns herab …

War er eine sichere Beute für die Katzen?

Im Normalfall schon, doch diesmal war sich Brenda the cat nicht sicher. Dieser Mann war etwas Besonderes, er besaß eine Waffe, in die auch das Allsehende Auge eingraviert worden war. Das Zeichen des Gottes Osiris, und ihm musste man gehorchen.

Auch sie!

Das Licht hatte sie gelöscht. In der Dunkelheit der Diele blieb sie stehen und richtete ihren Blick gegen die Decke, als würde sie von dort eine Erleuchtung erwarten.

Sie konzentrierte sich, vernahm draußen die Schreie der Katzen und zuckte jedes Mal zusammen, wenn eines der Tiere verglühte. Brenda stand in einer so engen Gemeinschaft zu ihnen, dass sie an den Schreien erkannte, wann ein Tier zu Staub zerfiel.

Durch ihren schlanken Körper lief ein Zittern. In den katzenhaft geschnittenen Augen glühte es für einen Moment auf, und plötzlich stand in der Dunkelheit ein Katzenkopf.

Er schwebte dort, wo sich das Gesicht der Frau befand. Seine Umrisse waren genau nachgezeichnet, aus dem Maul drang ein fürchterliches Fauchen, und als sie sich in Bewegung setzte, drang durch die Diele ein seltsames Schleifen.

Der Katzenkopf bewegte sich weiter. Unsichtbare Hände schienen ihn zu tragen, denn nur er leuchtete in der Dunkelheit, der übrige Körper war verschwunden.

Brendas Ziel war der Raum, in dem sich die normalen Katzen aufhielten. Diese Tiere wollte sie zu ihren Dienern machen, denn bisher hatte sie nur über die mit den glühenden Augen geherrscht.

Sie stieß die Tür auf – und betrat eine völlig andere Welt. Die Mythologie eines alten Volkes war Realität geworden …

Der Verletzte befand sich in Sicherheit. Dennoch wurde meine Kehle trocken, als ich in die schräg über mir schimmernden roten Katzenaugen schaute.

Ross Delany begriff nichts. Er hatte keine Ahnung, wie es zu den schweren Verletzungen seines Partners gekommen war, deshalb stellte er auch die ziemlich naive Frage. »Was ist das da?«

»Katzen«, antwortete ich. »Die müssten Sie doch kennen.«

»Aber die Augen …«

»Reden Sie nicht lange herum!«, fuhr ich ihn an. »Steigen Sie ein und dann weg!«

»Aber ich …«

»In den Wagen!«, schrie ich. Allmählich verlor ich die Geduld. Himmel, dieser Typ raubte mir den letzten Nerv. Der war nicht nur affektiert, sondern auch noch dumm.

Endlich begriff er, drehte sich um und schloss die rechte Tür des VW auf.

Ich gab ihm Rückendeckung. Nicht nur das Kreuz hielt ich, auch die Beretta. Vielleicht konnte ich die Bestien auch mit einer Silberkugel erledigen. Der in Leder gekleidete Mann stieg ein. Für einen Moment blieb er steif sitzen und schaute mich durch die offene Tür an.

Ich drehte mich zu ihm. »Starten Sie, verdammt! Geben Sie Gas – und dann nichts wie weg!«

»Da!«, kreischte er.

Ich musste wieder herumwirbeln. Dieser Typ war wirklich schwer von Begriff. Durch seine verdammte Unbeweglichkeit brachte er sich und mich in höchste Gefahr.

Seine Warnung allerdings war gut gewesen, denn vier Katzen zugleich stießen sich ab.

Für einen winzigen Moment zögerte ich mit dem Schuss. Es

war ein irgendwie faszinierendes Bild, wie die Schatten mit den roten Augen aus der Höhe auf uns zuhechteten, doch ich durfte mich davon auf keinen Fall einfangen lassen, letztendlich hing unser Leben von meiner schnellen Reaktion ab.

Ich feuerte.

Die erste Kugel traf genau. Die Katze rechts außen wurde von dem Geschoss mitten im Flug erwischt, zurückgestoßen und flammte tatsächlich auf. Sie verglühte allerdings nicht von innen, aus ihrem Fell schoss eine Flammenzunge, fauchte, als sie sich ausbreitete, und zerstörte die Katze.

Die nächste erledigte ich mit dem Kreuz.

Aber es waren noch zwei da, und vom Dachrand folgten die nächsten Tiere.

Der Typ war noch immer nicht weg. Nicht einmal gestartet hatte er. Er saß da, als wäre er einer tiefen Hypnose erlegen, und starrte auf das, was sich vor seinen Augen abspielte.

»Weg!«

Mein Schrei schien ihn nicht zu kümmern. Ich kam auch nicht dazu, die Wagentür ins Schloss zu hämmern, denn die Katzen waren viel zu schnell, und ich musste wieder um mein Leben kämpfen.

Mit schnellen Schritten huschte ich nach rechts weg. Dieser Standortwechsel war gut, sodass einige Katzen nicht mich erreichten, sondern ins Leere sprangen.

Kaum hatten sie den Boden berührt, als sie sich schon wieder herumwarfen und mich angriffen.

Ich leerte das Magazin. In mir steckte eine Wut, und die musste sich einfach Luft verschaffen.

Jeder Schuss war ein Treffer. Die Detonationen echoten in der Luft nach. Mein Trommelfell wurde in arge Mitleidenschaft gezogen, und das fahle Leuchten der Mündungsflammen erhellte neben den glühenden Augen der Katzen die Szenerie.

Dann brannten die Katzen. Beißender Gestank trieb mir entgegen. Widerlich ätzender Rauch drang aus den Körpern, und ich hörte den Mann im Führerhaus schreien.

Was ihm passiert war, konnte ich nicht sehen, denn ich musste mich um die nächsten Viecher kümmern.

Eine sprang in meinen Nacken. Sie riss die Haut auf, doch bevor sie ihre Zähne in das Fleisch schlagen konnte, hatte ich sie mit dem Kreuz berührt.

Sie fiel zu Boden, glühte und verging.

Dann startete der Mann. Ich hörte den Motor, ein Zittern lief durch den Wagen, und endlich fuhr er weg.

Auch ich rannte vor, sprang über die Katzenreste hinweg und vernahm das grässliche Schreien des Fahrers.

Was geschehen war, ahnte ich mehr, als dass ich es sah. Einigen Katzen war es gelungen, in den Wagen zu springen. Sie hatten sich durch die offene Tür geworfen und in dem Ledermann ein Opfer gefunden.

Der Wagen lief zwar noch, aber es gelang dem Fahrer nicht mehr, ihn zu lenken.

Er schleuderte, als wäre der Boden mit Glatteis bedeckt, und ich hörte den Mann schreien.

Ich musste ihn retten, startete und erreichte den Wagen sehr schnell.

Als ich mich an die offene Tür hängen wollte, um mich anschließend ins Führerhaus zu hangeln, da geschah es. Das Lenkrad schlug um. Die Räder bekamen einen Drall nach rechts, der VW geriet aus der Spur und steuerte den Garten an, den der Katzenfänger Odgen angelegt hatte.

Dort wühlten sich die Reifen fest. Ich aber hatte ins Leere gegriffen und wertvolle Zeit verloren.

Während ich lief, hörte ich den Mann schreien. Es war schrecklich. Dazwischen erklang das Fauchen der Katzen wie eine krächzende, widerliche Musik.

Ich erschien an der offenen Tür, und schon sprang mir die erste Katze entgegen.

Mein Faustschlag schleuderte sie wieder zurück. Sie fiel auf den Rücken, fauchte wie verrückt, strampelte mit ihren Pfoten und wollte sich wieder herumwerfen.

Mein Kreuz erwischte sie.

Mit einer Hand räumte ich den glühenden Katzenkörper zur Seite – er war seltsamerweise kalt – und kümmerte mich um den Fahrer.

Er war vom Lenkrad weg auf die linke Seite gefallen. Drei Katzen hockten auf ihm. Sie fauchten, kratzten, bissen und schlugen mit den Krallen nach ihm.

Ich packte die erste mit der freien Hand in das Nackenfell, riss sie hoch, hieb mein Kreuz gegen sie und schleuderte sie über meine Schulter zurück.

Die anderen beiden hatten bemerkt, was mit ihrer Artgenossin geschehen war. Sie ließen von dem Fahrer ab und schwangen herum.

Für einen Moment schaute ich in die feuerroten Augen, dann machte mein Kreuz kurzen Prozess.

Die zweite Katze wollte noch weg, doch ich war schneller, und sie verging.

Tief atmete ich ein. Dazwischen hörte ich das Wimmern des Fahrers. Er lag noch immer auf der Seite, traute sich nicht, hochzukommen, und ich musste ihn in die Höhe ziehen.

Zum Glück hatte es ihn nicht im Gesicht erwischt. Dafür blutete er am Nacken und an den Händen. Nicht weiter tragisch war das alles, denn die Lederkleidung hatte den wütenden Krallen- und Tatzenhieben der kleinen Bestien widerstanden.

»Wie sehe ich aus!«, schrie er. »Mein Gott, wie sehe ich aus!«

»Gar nicht siehst du!«, fuhr ich ihn an. »Reiß dich endlich zusammen und hau ab.«

»Ich kann nicht fahren.« Er greinte wie ein kleines Kind, das nach seiner Mutter schrie.

Ich hatte nicht viel Zeit, denn ich wusste nicht, wie viele Katzen noch auf mich warteten, deshalb machte ich kurzen Prozess und schlug ihm ins Gesicht.

Zweimal klatschte meine Handfläche, und sie traf genau.

Aus großen Augen schaute er mich an. Damit hatte er wohl nicht gerechnet, ich aber war es endgültig leid. »Wollen Sie nun fahren oder nicht?«

»Ja.«

»Dann weg hier!«

Nach diesen Worten zog ich mich wieder zurück. Meine Füße versanken in der weichen Erde, und ich hatte plötzlich Angst, dass sich der Wagen festgefahren hatte.

Die Befürchtung sollte sich bewahrheiten. Der Motor orgelte durch, lief dann rund, aber der Wagen rührte sich nicht.

Auch das noch.

»Versuchen Sie es mit dem Rückwärtsgang!«, schrie ich und hoffte, dass er mich gehört hatte.

Er hatte es, aber er kriegte seine Karre trotzdem nicht aus dem Deck. Ich verzweifelte fast. Die Erde wurde gegen meine Beine geschleudert, als er alles versuchte. Leider konnte ich ihm nicht helfen, denn ich wusste nicht, wie viele Killerkatzen noch frei herumliefen.

Ich lief wieder auf das Haus zu und sah zwei dicht an der Wand vorbeihuschen.

Bevor ich etwas unternehmen konnte, waren sie schon verschwunden.

Der Motor des Wagens war verstummt. Dafür hörte ich die greinende Stimme des Fahrers. »Ich schaffe es nicht!«

»Dann warten Sie!«, schrie ich zurück. »Und verstecken Sie sich auf der Ladefläche.«

»Soll ich wirklich?«

Ich wollte etwas erwidern, ließ es aber bleiben. Diesem Typ da war nicht zu raten.

Jetzt gab es für mich wichtigere Dinge, denn ich dachte nicht nur an die kleinen Killerbestien, sondern vor allen Dingen an eine Frau namens Brenda.

Sie war für alles verantwortlich.

Einen Toten hatten sie bereits auf dem Gewissen, und es war fraglich, ob der Schwerverletzte auf der Ladefläche überlebte. Wenn nicht, dann hätte sie den zweiten Mord auf dem Gewissen gehabt.

Deshalb hatte ich es so eilig, gegen Brenda erneut anzutreten.

Sie hielt sich im Haus auf, das wusste ich. Also musste ich auch hinein. Da sie die Tür zugeschlagen hatte, blieben mir nur die Fenster. An der Rückseite entdeckte ich keine, an der Vorderfront allerdings hatte ich welche gesehen.

Dennoch wollte ich es an der hinteren Front versuchen. Eine Außentreppe führte in den Keller hinunter. Ruhig lud ich meine Waffe nach, während der Fahrer des Wagens ausstieg, sich furchtsam umschaute und auf die hintere Ladefläche zuhumpelte.

Mit einer Handbewegung deutete ich ihm an, schneller zu gehen, und er verstand.

Die Treppe endete an einer Außentür. Sie sah mir ziemlich stabil aus, und sie war auch abgeschlossen. Da hatte ich keine Chance. Sie aufzustemmen, hätte zu viel Zeit gekostet. Vielleicht wäre der Vorstoß auch gescheitert.

Also musste ich es anders versuchen.

Als ich die Treppe hinter mir gelassen hatte, war von dem Mann in Leder nichts mehr zu sehen. Er hatte wirklich gut daran getan, meinem Rat zu folgen und sich zu verstecken.

Über die Katzen dachte ich auch nach. Es waren keine normalen Tiere, sonst wären sie nicht auf diese seltsame und für Dämonenwesen typische Art und Weise vergangen, als sie von meinen Kugeln oder dem Kreuz getroffen worden waren.

Aber woher stammten sie?

Um eine Antwort auf die Frage zu erhalten, musste ich mich wohl mit Brenda näher beschäftigen. Das würde ich auch tun, denn ich war mir nicht sicher, um wen es sich bei ihr genau handelte.

Sie sah aus wie ein Mensch, reagierte auch so, dennoch blieb ein Rest von Misstrauen bei mir zurück. Konnte sie überhaupt ein Mensch sein? Es gab Dompteure, die ich wegen ihrer Macht über Raubtiere bewunderte. Warum sollte es Brenda nicht gelungen sein, Katzen zu zähmen? Sie gehorchten ihr praktisch aufs Wort und verstanden jede Geste. Eines hatte mich aber stutzig gemacht. Diese Frau konnte klammheimlich verschwinden, und zwar so schnell, dass ich als Betrachter das Gefühl bekam, sie hätte sich aufgelöst.

Dies war eben der Punkt, der mich an ihrem Menschsein zweifeln ließ.

Radikal setzte sie sich für die Tiere und gegen Tierversuche ein. Auch ich war gegen diese Art von medizinischer Forschung, aber deshalb Menschen zu töten, das konnte ich einfach nicht durchgehen lassen. Von meinem Gewissen her nicht und auch nicht in meiner Funktion als Polizist.

Brenda musste gestellt werden.

Da ich draußen auch kein Geräusch vernahm, kam ich mir vor wie unter einer Glocke des Schweigens. Von den Katzen mit ihren feurigen Augen entdeckte ich ebenfalls keine Spur, dennoch ging ich davon aus, nicht alle erledigt zu haben.

Ich ließ mir Zeit und umrundete das Haus. Vor der Eingangstür stoppte ich.

Keinen Lichtschein sah ich im Innern des Gebäudes. Dort war es ebenso dunkel wie hier draußen.

Über meinen Rücken rann eine Gänsehaut, die Haut auf meinem Gesicht spannte sich, und ich verengte die Augen.

Mir war etwas aufgefallen.

Der Hauch einer Gefahr hatte mich gestreift. Zwar kein Luftzug, dennoch hatte ich das Gefühl, von irgendetwas belauert zu werden, obwohl ich nicht wusste, wo sich die Gefahr verbarg. Sie konnte vom Haus ebenso ausgehen wie von dem Wald hinter meinem Rücken.

Die Stille zerrte an meinen Nerven. Es war ein Lauern, ein vorsichtiges Abtasten. Jeder wartete auf einen Fehler des anderen, wobei ich meinen Gegner nicht einmal sah.

Etwas Kaltes rann über meinen Rücken. Ein Schweißtropfen, der eine lange Bahn zog.

Das Haus hatte ich lange genau angesehen, deshalb drehte ich mich um und schaute zum Wald hin.

Dort lag diese düstere Wand aus Bäumen, Schatten und einem dichten Unterholz. Ein heller Streifen führte hinein. Es war der Weg. Schon nach wenigen Yards wurde er von der Finsternis verschluckt, und es sah aus, als würde er in einen Rachen hineinlaufen.

Im Wald lagen die Nebelschleier. Großen Tüchern gleich hingen sie zwischen den Bäumen, verwandelten die manchmal schon kahlen Äste in lange, schattenartige Klauen, die sich mir entgegenstreckten.

Keine Katzen zu sehen.

Aber ich hörte das Rascheln.

Es war ein Geräusch, das mir Angst einjagte. Ein Huschen, ein Schaben. Es kündigte mir an, dass etwas im Wald geschah.

Aus dem Wald näherte sich die Gefahr. Etwas bewegte sich dort und kam auf mich zu.

Ich sah nicht, um was oder wen es sich dabei handelte, ich erkannte nur, dass sich die Zweige der Büsche bewegten, obwohl kein Wind in den Wald hineinfuhr.

Sie zitterten, schabten aneinander, und auf dem Boden raschelte das Laub. Für einen Moment sah ich etwas leuchten. Einen hellen Punkt, wie von einer Taschenlampe abgegeben, dann war der Punkt wieder verschwunden.

Kam noch jemand, um Brenda zu besuchen?

Das hätte mir noch gefehlt, doch ich wollte es einfach nicht glauben. Nein, eine Taschenlampe leuchtete anders. Zudem hätte sie der Träger auch nicht so schnell wieder ausgeknipst, denn von dem helleren Punkt entdeckte ich nichts mehr.

Er war aber da.

Fauchen erreichte mich. Es war ein Geräusch, wie ich es von einem Zoobesuch her kannte. Als Junge hatte ich fasziniert vor den Tigerkäfigen gestanden, den Raubtieren zugeschaut und auch ihr Fauchen gehört, das mir noch in so guter Erinnerung geblieben war.

Auch hier fauchte jemand.

Sollte Brenda nicht nur Macht über Katzen, sondern auch über Tiger besitzen?

Das wäre wirklich zu viel des Guten gewesen, und ich musste mich fragen, wie ich aus dieser Lage wieder rauskam, denn ein Fraß für Tiger wollte ich nicht werden.

Wenn der Tiger tatsächlich im Unterholz lauerte und auf ein Opfer wartete, kam ich ihm gerade recht.

Noch waren es alles Vermutungen. Noch hatte ich ihn nicht gesehen. Was sich aber sehr bald ändern sollte.

Zuerst fielen mir die Augen auf!

Auf einmal leuchteten sie zwischen dem Unterholz. Es waren kalte, gelbe Punkte, starr, ohne irgendein Anzeichen der Bewegung. In der Luft schienen sie zu schweben. Da sie dies wahrscheinlich nicht taten, mussten sie einem größeren Tier gehören, keiner kleinen Katze.

Ich hielt die Pistole mit der rechten Hand fest. Zwischen

Griff, Finger und Handfläche spürte ich den Schweiß. Ich war nervös.

Das Lauern fiel mir auf den Geist.

Ich wusste nicht, wie viel Zeit vergangen war, aber meine Geduld näherte sich dem Ende. Die Nerven waren zum Zerreißen gespannt, die Haut am Rücken gestrafft, und genau in diesem Augenblick vernahm ich wieder dieses fürchterliche Fauchen.

Lauter diesmal.

Ein Beweis dafür, dass das Tier sich genähert hatte.

Schon bewegten sich die Augen. Das gelbe Paar wanderte nach rechts, das Rascheln klang wieder auf, und meine Spannung steigerte sich noch mehr.

Tausend kleine Ameisen schienen meinen Rücken hinaufzulaufen und bis zum letzten Wirbel zu kriechen.

Das Untier kam.

Im Wald war es finster, aber ein noch dunklerer Schatten löste sich aus dem graubläulich schimmernden Wirrwarr aus Unterholz und ineinander verflochtenem Astwerk.

Der Tiger.

Nein, es war kein Tiger, denn jetzt sah ich das Tier genauer. Aber es war ebenso schlimm, wenn nicht noch schlimmer.

Mein Herz stand für einen Moment still.

Ich hatte mir Brenda genau ansehen können und kannte auch den Kater Jason, der seinen Stammplatz auf ihrem Arm oder der Schulter gefunden hatte.

Und hier stand eine Katze vor mir.

Nur um das Zigfache vergrößert, sodass sie tatsächlich die Ausmaße eines Tigers angenommen hatte.

Und als ich genau in das Gesicht und die Augen schaute, da wusste ich, wer das Tier war.

Der Kater Jason!

Brenda »the cat« hatte eine andere Welt betreten. Es gab kein Zimmer mit Katzenkäfigen mehr und auch kein elektrisches Licht, sondern nur ein geheimnisvolles Halbdunkel, dessen

Zentrum ein futuristisches, dennoch uralt anmutendes Gebilde war.

Das Allsehende Auge!

Es stand in der Mitte des Raumes. Übergroß, überirdisch strahlend. Die Seiten des Dreiecks schimmerten in einem geisterhaften Rot, während das große Auge in der Mitte von einem helleren Strahlenglanz umgeben war, der innen bläulich leuchtete und an seinen Rändern einen Stich ins Gelbe aufwies.

Der Gott Osiris hatte sein Zeichen hinterlassen.

Die Katzen waren ebenfalls noch da. Nur glichen sie in diesen Augenblicken Porzellanfiguren, die sich überall verteilt hatten und sich nicht rührten.

Sie hockten auf der Stelle. Nicht ein Härchen zuckte auf ihrem Fell, und die Augen in ihren Köpfen wirkten wie glatte Steine, denn auch in ihnen steckte kein Leben mehr.

Das große Schweigen lastete über dem Raum. Obwohl die Welt eine andere war, hatte Brenda nicht das Gefühl, in der Fremde zu sein, denn diese Mythologie war ihr vertraut.

Dicht hinter der Tür hatte sie ihren Schritt gestoppt, schaute für einen Moment auf das übergroße Allsehende Auge und drückte ihren Oberkörper nach vorn, um sich zu verneigen.

Man erwartete das von ihr, denn der oberste Gott Osiris würde zürnen, wenn sie ihm nicht die große Ehre erwies.

Sie richtete sich wieder auf und schritt auf das Auge zu. Die Arme hatte sie halb erhoben und vor der Brust gekreuzt. Der Kater saß nicht mehr auf ihrer Schulter, und Brenda wirkte ohne das Tier auf irgendeine Art und Weise fremd.

Dann öffnete sie den Mund und sprach das Allsehende Auge an. »Großer Gott Osiris«, sagte sie mit heller klarer Stimme. »Ich habe meinen Auftrag erfüllt und deinen Boten gefunden. Der Kater befand sich in Menschenhand und sollte getötet werden. Ich habe es verhindert!«

Sie erwartete Lob, doch das Auge schwieg. Osiris schien nicht mit dem einverstanden zu sein, was sie getan hatte, denn Brenda stand in der Götterhierarchie um Stufen niedriger als er. Sie musste ihm gehorchen! So lauteten die Regeln.

Dennoch erhielt sie eine Antwort. Zu sehen war niemand, ein

Gott zeigte sich nicht. Die Stimme drang aus dem übergroßen Allsehenden Auge hervor.

»Ich habe dich in die Welt geschickt, damit du siehst, was mit den bei uns heiligen Katzen geschieht. Du, der du aus dem Auge der Sonne gekommen bist und zu einer Göttin wurdest, hättest Gewalt nicht mit Gewalt vergelten sollen ...«

»Ich war ein Mensch«, verteidigte sich Brenda.

»Bist du wirklich ein Mensch?«

»In diesen Augenblicken fühlte ich nicht wie Bastet, die Katzengöttin, sondern allein als Brenda the cat. Ich habe lange genug gezögert, denn ich musste erst Jason, den Boten finden. Ich fand ihn hier bei einem Tierfänger. Nur durch meine Ankunft ist es ihm gelungen, sich auf seine alte Kraft zu besinnen, und er wird sich an denen rächen, die ihm etwas angetan haben. Er mag keine Menschen mehr. Sie haben ihn zu sehr enttäuscht. Wenn du es willst, werde ich in meinen Tempel in Bubastis zurückkehren und dort meinen Platz einnehmen, aber zuvor muss ich noch mit jemandem abrechnen, der sich trotz meiner Warnung gegen mich gestellt hat.«

»Du meinst den Mann draußen vor dem Haus?«

»Ja, den meine ich.«

Für den Bruchteil einer Sekunde flackerte es im Innern des Allsehenden Auges. »Begehst du nicht wieder einen Fehler, Bastet?«

»Wie sollte ich?«

»Dieser Mann ist kein normaler. Man kann ihn zwar als Menschen ansehen, aber er hat besondere Eigenschaften, und er besitzt etwas, das du nicht unterschätzen darfst.«

»Ich habe es gesehen.«

»Dann hast du auch das Auge bemerkt?«

»Ja.«

»Darum frage ich dich, Bastet, willst du tatsächlich gegen jemanden kämpfen, der sich auf das Allsehende Auge und dessen große heilige Kraft voll verlässt? Willst du das tun?«

»Ich muss ...«

»Nein, du kannst mit ihm einen Pakt schließen. Denn wer auf die Kraft des Allsehenden Auges vertraut, auf das Zeichen des Gottes Osiris, der kann nicht schlecht sein, denn der steht auf unserer Seite, auch wenn er nicht an die gleichen Götter glaubt wie du. Aber er geht seinen Weg durch die heiligen Mythologien, deshalb schließe Frieden mit ihm und sei kein Feind mehr, Bastet.«

Brenda »the cat«, die auch mit dem Namen der Katzengöttin angesprochen wurde, schwieg. Sie wusste in diesen Augenblicken nicht, was sie dem Zeichen des Gottes Osiris erwidern sollte. Es war alles anders gekommen, als sie es sich gedacht hatte. Für sie waren die Menschen zu Feinden geworden, weil sie die Tiere quälten. Dank ihrer Zauberkraft war es gelungen, dem Kater Jason eine große, unheimliche Gestalt zu geben, damit er sich an denen rächte, die ihm Schwierigkeiten bereitet hatten. Und diesen fremden Polizisten schloss sie in den Kreislauf mit ein.

Aus dem Auge drang wieder die Stimme. »Ich weiß, was du denkst, Bastet. Ich lese deine Gedanken. Sie sind nicht gut, Sie passen nicht zu einem Gott, wie ich es bin. Hast du das vergessen?«

»Es gibt kein Zurück mehr. Man hat mir gesagt, dass ich zu einem Mörder geworden bin.«

»Nicht du hast es getan. Es waren die Katzen. Tote Katzen, die dank deiner Kraft zu einem seelenlosen Leben erweckt wurden, Bastet.«

»Sie sind meine Freunde!«

»Das weiß ich«, erklang abermals die Stimme aus dem Allsehenden Auge.

»Und er hat sie getötet.«

»Was sollte er machen? Das Auge in seinem Kreuz hat sich gegen die Katzen gestellt, ein Beweis dafür, dass er nur das Gute wollte.«

»Aber die Katzen sind nicht schlecht«, sagte Brenda.

»Doch«, widersprach die Stimme. »Sie sind es. Tiere ohne Seele gehorchen dem Bösen. Sie gehören in die Unterwelt in die Nähe des Schakals Anubis. Daran solltest du immer denken. In der Waffe des Mannes befindet sich das Auge, deshalb sieh ihn als deinen Freund an.«

»Und wenn er schon tot ist?«

»Wie sollte er das?«

»Jason kämpft gegen ihn! Er ist doch zu seiner wahren Größe herangewachsen ...«

»Dann geh hin und ändere es. Aber hüte dich, es nicht zu tun. Stell dich nicht gegen den Willen des Gottes Osiris, denn die, die es getan haben, hat der Fluch der Verdammnis getroffen.«

Es waren harte Worte aus dem Mund des Gottes, der sich hinter dem Allsehenden Auge verbarg.

Brenda »the cat« stand da und dachte nach. Sie wusste genau, dass sie sich den Befehlen nicht widersetzen durfte und es auch nicht konnte. Osiris würde gnadenlos zuschlagen.

Trotz des Kreuzes hatte sie in John Sinclair einen Gegner gesehen und entsprechend reagiert. Da er nicht auf ihre Warnungen hören wollte, hatte er fühlen müssen. Nun war sie gezwungen, einen Rückzieher zu machen. Aber konnte sie das noch?

»Was überlegst du?«, fragte die Stimme. »Beeil dich, es ist nicht sehr viel Zeit.«

»Ist Sinclair schon ...?«

»Möglich!«

Da drehte sich Brenda um und ging. Sie war innerlich zerrissen und wusste nicht, auf welche Seite sie sich schlagen sollte. Am liebsten wäre es ihr gewesen, wenn Jason den Kampf gewann ...

Ich hatte gegen dämonische Schreckenswesen, gegen Vampire, Werwölfe, Gespenster und auch mutierte Tiere gekämpft, sodass es eigentlich nichts Besonderes war, gegen eine Riesenkatze wie diesen Jason anzugehen. Dennoch fürchtete ich mich davor.

Vielleicht war es das Wissen um die Verwandlung, denn ich spürte, dass mir diese Magie unter Umständen überlegen war.

Der kleine Kater hatte sich in eine gefährliche Raubkatze verwandelt und kam näher.

Die Größe eines Tigers hatte er. Dabei bewegte er sich geschmeidig, huschte durch das Unterholz. Ich sah seinen Schatten von Sekunde zu Sekunde an einer anderen Stelle.

Hin und wieder zitterten Zweige, raschelten Blätter. Geräusche, die mich nervös machen sollten.

Ich behielt sein Augenpaar im Blick.

Wo es hinwanderte, dort schaute auch ich hin, und es kam allmählich näher.

Stopp!

Zwei leuchtende Steine schienen in der Luft zu schweben. Gelb und hart, ohne Pardon und Gnade, auf mich fixiert und mit dem Drang des Tötens versehen.

Wenn er sprang, wollte ich schießen.

Irgendwie tat es mir Leid, auf diesen großen Kater zu feuern. Ich war fasziniert von ihm und musste an die Wölfin Nadine denken, die ja auch kein normales Tier war, obwohl man beide kaum miteinander vergleichen konnte.

Bisher hatte ich mich nicht bewegt. Höchstens die Augen, denn ich wollte dem anderen keine Chance geben, einen ersten Angriff auf mich zu starten.

Zwar schaute ich nach vorn, gleichzeitig aber lauschte ich auch nach hinten. Im Haus rührte sich nichts. Brenda hielt sich weiterhin versteckt. Möglicherweise beobachtete sie mich auch, um zu sehen, wie ich mich aus der Affäre zog.

Sie würde sich wundern.

Der Riesenkater löste sich aus dem Schatten des Waldrands, und ich sah seine Umrisse jetzt klarer. Seine Pfoten waren, wie auch der übrige Körper, entsprechend vergrößert, dennoch hörte ich kaum einen Laut, als er sich mir näherte.

Er ließ mich nicht aus den Augen, und sein Kopf bewegte sich leicht auf mich zu.

Wenn sich dieses Tier auf den Hinterpfoten aufrichtete, war es sicherlich größer als ich.

Kein gutes Gefühl.

Da er mir noch nichts getan hatte, traute ich mich auch nicht zu schießen. Ich wollte wirklich abwarten, vielleicht gab es auch noch eine andere Möglichkeit.

Bei jedem Schritt, den der Kater zurücklegte, wuchs er höher und größer vor mir auf.

Gleichzeitig geschah etwas anderes. Mein Kreuz reagierte auf einmal. Ich hatte es mir gut sichtbar vor die Brust gehängt, gewissermaßen als Sicherheit, und als ich an meiner Brust hinabschaute, stellte ich fest, dass sich das Allsehende Auge durch sein strahlendes Leuchten von den übrigen Zeichen abgesetzt hatte.

Es machte in diesen Augenblicken seinem Namen wirklich alle Ehre, denn es strahlte stark und kräftig.

Der Schein hüllte nicht nur mich zum Teil ein, sondern breitete sich aus und erfasste auch die Gestalt des Katers, sodass ich dessen Kopf und die Vorderpfoten sehr deutlich sah, wobei sie zudem noch von einem rötlichen Schein überlagert waren.

Es war fantastisch.

Ich sah jede Einzelheit und bekam auch mit, wie er sein gewaltiges Maul aufriss.

Träge Bewegungen führte er durch. Er wirkte so, als würde er anfangen zu gähnen. Das jedoch war eine Täuschung, denn das aus seinem Maul strömende Fauchen klang sehr gefährlich.

Doch er griff nicht an!

Ich schluckte den unsichtbaren Kloß im Hals runter. Plötzlich hatte ich wieder mehr Hoffnung. Wenn dieser Kater mir nichts tun wollte, musste das einen Grund haben.

Das Allsehende Auge? Wenn ich näher darüber nachdachte, gab es keine andere Möglichkeit, und wiederum dachte ich an die ägyptische Mythologie, in der gerade das Allsehende Auge eine so große Rolle gespielt hatte.

Hier bewies es seine Kraft.

Hypnotische, magische und mystische Kräfte setzte es frei. Es bannte diesen Kater, denn es geschah etwas, womit ich vor einer Minute noch nicht gerechnet hatte.

Das Riesentier setzte sich hin.

Dabei rührte es sich nicht mehr, saß vor mir wie eine übergroße, gewaltige schwarze Statue, in der nur zwei gelbe Punkte, die Augen, hell schimmerten.

Ein flüchtiges Lächeln zuckte um meine Lippen. Durch die Nase holte ich Luft, denn ich wollte es darauf ankommen lassen und den Kater genau testen.

Ich wagte den ersten Schritt.

Es war in der Tat ein Wagnis. Falls der Kater wie ein Raubtier reagierte, war er nicht zu berechnen. Da konnte er blitzschnell und überfallartig zuschlagen, wobei mir nicht die Spur einer Chance blieb. Auch wenn er so ruhig dasaß, hatte das nichts weiter zu bedeuten.

Sitzend schien er noch größer zu sein. Sein gestreckter Kopf befand sich etwa in Höhe meiner Augen, und erst jetzt sah ich, dass seine Augen nicht so klein waren, wie ich angenommen hatte. In der Distanz hatten sie wirklich kleiner ausgesehen.

Inzwischen war ich so nahe an ihn herangekommen, dass er nicht mehr zu springen brauchte, um mich zu erreichen. Ein Treffer mit seiner Pfote würde mich zu Boden schleudern.

Er tat es nicht.

Der Kater Jason blieb ruhig sitzen. Er schaute mich nur an. War es ein freundlicher Blick oder ein hasserfüllter?

Ich hatte keine Ahnung. In seinen Augen jedenfalls las ich nichts davon. Dabei hatte ich das Gefühl, dass er nicht einmal mich so sehr anschaute, sondern vielmehr mein Kreuz mit dem Allsehenden Auge. Das Zeichen des Gottes Osiris faszinierte und bannte ihn wahrscheinlich auch, sonst hätte er mich nicht so dicht an sich herankommen lassen.

Noch hatte ich ihn nicht berührt. Sollte ich es? Konnte ich diesen Riesenkater vielleicht zum Freund gewinnen?

Sekunden vertickten. Zwar stand ich noch unter Spannung, dennoch war es nicht mehr das gleiche Gefühl wie noch vor Minuten. Ich fühlte mich irgendwie befreit und damit auch sicherer.

Ich sprach ihn an. »Jason«, sagte ich mit leiser Stimme. »Kannst du mich verstehen?«

Wieder dachte ich dabei an Nadine. Wenn ich mit der Wölfin redete, hatte ich immer das Gefühl, von ihr verstanden zu werden. Ob es bei diesem Kater auch der Fall war?

Eine Reaktion seinerseits konnte ich nicht erkennen. Er

behielt seine Haltung bei, der Ausdruck seiner Augen änderte sich nicht, und er tat auch nichts, als ich meinen rechten Arm ausstreckte und sich meine Hand seinem Körper näherte.

Ich wollte ihn streicheln.

Unter dem Hals fand meine Hand Kontakt zu ihm. Die Finger strichen über ein glattes Fell, von dem eine gewisse Wärme ausging. Und der Riesenkater ließ es zu, dass ich ihn kraulte.

Ein Stein fiel mir vom Herzen. Es war mir gelungen, einem Kampf zu entgehen. Das machte mich regelrecht euphorisch, und über mein Gesicht flog ein erleichtertes Lächeln.

Konnten wir Freunde werden?

Bei einer Hand beließ ich es nicht, hob auch die andere an und streichelte das Riesentier.

Es tat nichts, bewegte sich nicht und genoss die Berührungen meiner Hände.

Welch ein Phänomen!

»Wer bist du?«, fragte ich ihn. »Und wer ist sie, die sich Brenda nennt?«

Ich hatte mehr zu mir selbst gesprochen und erhielt natürlich keine Antwort, dafür hörte ich etwas anderes.

Ein Geräusch in meinem Rücken!

Sofort zuckten die Arme wieder von dem Kater weg, ich selbst schritt zurück und drehte mich um.

Die Tür des Hauses wurde allmählich aufgezogen. Sehr langsam geschah dies. Ein gelber Lichtstreifen fiel durch den Spalt nach draußen und zeichnete einen schrägen Schein auf den Boden unmittelbar vor dem Haus.

In den Schein trat ein Schatten.

Brenda »the cat«!

Ich wartete, sah einen Körper, sah sie und hielt den Atem an.

Brenda hatte sich verändert, und sie zeigte sich mir in ihrer wahren Gestalt …

Ich hatte gewusst, dass mit Brenda etwas nicht stimmte. Sie sah zwar aus wie ein Mensch, aber sie war es nicht mehr.

Deutlich im aus der offenen Tür fallenden Lichtschein nachgezeichnet erkannte ich ihre wahre Gestalt.

Halb Mensch – halb Katze!

Sie hatte noch den menschlichen Oberkörper, trug auch ihren blauen Rock und den gelben Pullover, doch aus dem Ausschnitt ragte der Kopf einer Katze.

So groß wie der Schädel eines Menschen. Ein seltsamer Kopf mit hoch aufgerichteten Ohren, den schrägen Katzenaugen, die ich ja schon kannte, der langgezogenen Nase, dem breiten Mund und dem zitternden Schnurrbart.

Der Kopf war nicht von einem schwarzen Fell bedeckt, sondern von einem grüngelben. Die beiden Farben liefen ineinander über, sodass man nicht sagen konnte, welche Farbe dominierte.

Faszinierend war es allemal, und ich konnte meinen Blick von dieser Gestalt einfach nicht lösen.

Sie würde sicherlich reden, aber sie hielt sich zurück. Nicht ein Wort drang aus ihrem Katzenmaul, und sie starrte uns nur aus den grünlich schimmernden Augen an.

Da sie nichts sagte, wollte ich den Anfang machen und fragte: »Du bist Brenda?«

»Ja und nein.«

Glatt flossen die Worte aus ihrem Katzenmaul. Dabei redete sie mit der Stimme, die ich schon kannte, denn sie hatte als normaler Mensch ebenso gesprochen.

»Wie soll ich das verstehen?«

»Ich bin eine Doppelperson!«, klärte sie mich auf. »In mir wohnt der Mensch ebenso wie die Göttin.«

»Eine ägyptische Göttin?«, hakte ich nach.

»Ja, so ist es, John Sinclair!«

Während sie mir die Antwort gab, dachte ich darüber nach, was ich von den ägyptischen Göttern und Göttinnen alles wusste. Viel war es nicht, aber dass es eine Katzengöttin gab, das wusste ich schon. Nur fiel mir der Name im Moment nicht ein.

Sie schien auch Gedanken lesen zu können, denn sie sagte: »Streng dich nicht an, John Sinclair, du weißt sowieso nicht, wie ich heiße. Deshalb will ich dir meinen Namen verraten. Ich bin Bastet!«

In einer anderen Situation hätte ich mir gegen die Stirn geschlagen. Natürlich, Bastet. Ich hatte den Namen schon des Öfteren gelesen, aber man konnte ja nicht alles behalten.

Bastet! Eine Löwin war sie einmal gewesen. Ein gefährliches, unheimliches Wesen, das aus Ägypten hatte fliehen müssen und ihr Exil in Nubien fand.

Sehr lange Zeit hatte sie dort verbracht und nicht nur eine innere Wandlung erlebt, auch eine äußerliche. Ihr war die Evolution von der Löwin zur Katze gelungen, und in letzterer Gestalt war sie auch wieder zurückgekehrt. Nach sehr, sehr lange Zeit, und die Ägypter gewöhnten sich an sie. Die Menschen in der Spätperiode akzeptierten sie, und so wurde die Gestalt der Katze vertraut. So vertraut sogar, dass man ihr einen Tempel baute. Und zwar in Bubastis.

Ich erinnerte mich auch an Abbildungen, die ich von ihr gesehen hatte. Dort wurde sie meist in einer königlichen Pose gezeigt, aber auch mütterlich und junge Katzen säugend.

Nun stand sie vor mir.

»Ich sehe dich überrascht, Mensch«, erklärte sie mir.

»Das bin ich auch.«

Sie lachte. Schnell wurde sie wieder ernst. »Es musste sein, denn ich konnte nicht mehr länger zusehen, was Menschen mit den Katzen alles anstellten, die in unserer Zeit als heilige Tiere verehrt worden waren. Zunächst schickte ich Jason, den Boten. Er sollte mir Bericht erstatten, doch er geriet in die Hände dieses brutalen Tierfängers Clive Odgen. Im Reich der Zwischenwelt hörte ich seine verzweifelten Hilfeschreie aus diesem verdammmten Käfig. Ich musste etwas tun und beschloss, mich zu rächen. Als Brenda the cat kam ich in diese Welt, um meine Rache durchzuführen. Ich fand Jason schnell, und ich fand auch den Mann, der für alles verantwortlich war. Er war ein Bastard, ein Schwein, ein Sadist, denn er hielt die Tiere in winzigen Käfigen gefangen. Aber nicht nur das. Im Keller befanden sich die Kadaver der toten Katzen. Ich beschloss, sie auszunutzen.«

»Waren es die mit den roten Augen?«, fragte ich.

»Genau, Sinclair. Die waren es. Ich besitze die Macht über Katzen, und ich hauchte ihnen das seelenlose Leben ein, damit sie meine Rache vollendeten. Sie erwachten aus ihrer Totenstarre, wobei ich erleben konnte, dass meine Kraft, die einst aus der Sonne gekommen war, noch nicht verloren war. Ich besaß die Macht.«

»Dann töteten sie!«, sagte ich.

»Ja, sie sollten es.«

»Der Hehler ist nicht besser als der Stehler«, gab ich ihr zu verstehen. »Du bist schuld am Tode eines Mannes. Du hast dich als Göttin herabgelassen und bist zur Mörderin geworden. Bist du überhaupt noch würdig, in den Kreis der großen Götter einzutreten? Wird Osiris dich nicht verstoßen?« Ich hatte ihr harte Worte entgegengeschleudert und war gespannt, was sie mir antworten würde.

»Das ist meine Sache, John Sinclair. Osiris hat damit nichts zu tun«, antwortete sie mir.

»Ich glaube es nicht.«

»Du stellst mich, die Göttin, als eine Lügnerin hin?«

Ich deutete auf mein Kreuz. Während des Dialogs hatte ich meine Sicherheit zurückgefunden. »Da ist das Allsehende Auge. Es hat reagiert, und es hat deine Diener vernichtet. Durch dich sind die toten Katzen zu Tierzombies geworden, sie dienten dem Bösen, und du stehst damit auch nicht mehr auf der Seite der Götter!«

Konnte Brenda »the cat« alias Bastet diese Worte verkraften? Ihrem Kater Jason gab sie einen nicht zu überhörenden Befehl.

»Pack ihn!«

Alles ging sehr schnell. Ich hörte hinter mir das Fauchen des Riesenkaters und dachte wieder daran, dass mich schon ein Schlag seiner Pfote wehrlos machen konnte.

Der Schlag erfolgte.

Sehr schnell. Schneller als ich mich herumwerfen und Gegenmaßnahmen ergreifen konnte. Die Pfote erwischte mich an der linken Körperhälfte in Höhe des Ellbogens und schleuderte mich so wuchtig zur Seite, dass ich mich nicht mehr auf den Beinen halten konnte und zu Boden fiel.

Auf die Seite wollte ich mich rollen, dann vielleicht noch weg aus der Gefahrenzone, doch der Kater war schneller. Bevor ich mich versah, sprang er nach vorn und drückte mir seine beiden Vorderpfoten gegen die Brust. Der Vergleich mit Eisenstempeln kam mir in den Sinn, so hart drückten die Pfoten auf meinen Brustkasten. Ich war nicht in der Lage, mich zu rühren.

Das Atmen fiel mir ebenfalls nicht leicht, denn eine Pfote stand so, dass sie mir die Luft fast abdrückte.

Und ich hatte gedacht, mit diesem Tier Freundschaft schließen zu können. Ein Irrtum.

Vielleicht ein tödlicher.

Sich jetzt wehren zu wollen, wäre total verkehrt gewesen, also blieb ich still liegen und wartete darauf, was auf mich zukommen würde.

Da war erst einmal Brenda »the cat«. Oder Bastet, die Göttin. Es spielte keine Rolle. Beide musste ich als Feinde ansehen, die meinen Tod wünschten.

Ich hörte die Schritte.

Ein Mensch geht nicht so leise wie eine Katze. Brenda war ein Mittelding von beiden, aber sie hatte den schleichenden, lautlosen Gang des Tieres. Aus den Augenwinkeln schielte ich nach links. Aus dieser Richtung näherte sich das Verhängnis.

Die Schritte schleiften über den Boden. Manchmal knisterte ein trockenes Blatt oder knackte ein kleiner Zweig. Ansonsten hörte ich nichts. Keine Stimme, kein Flüstern, keinen Befehl. Meine Gegnerin schien sich ihrer Sache sicher zu sein.

Und der Riesenkater blieb stehen. Er zuckte überhaupt nicht. Von Sekunde zu Sekunde verstärkte sich der Druck seines Körpers. Seine Beine schienen mich zu durchbohren, und im kalten Feuer seiner Augen schien ich einzutauchen und zu ertrinken.

Die Schritte verstummten direkt neben meinem Körper. In meine Nase drang ein strenger Geruch. Von wem er stammte, wusste ich nicht. Vielleicht von Bastet, der Katzengöttin.

Es war unwahrscheinlich, wenn man näher darüber nachdachte. Ich hatte schon des Öfteren Sagengestalten kennen gelernt, und diesmal war es wieder eine Göttin, die ich sah.

Nur war sie mir nicht wohl gesonnen, denn sie wollte ihre Rache vollenden.

»Auch wenn ich mich gegen den Befehl des großen Gottes Osiris stelle, aber ich kann nicht anders«, erklärte sie mir. »Ich muss dich töten!«

»Du wagst es, dich gegen Osiris zu stellen?«, flüsterte ich. »Bist du nicht dem Größenwahn verfallen?«

»Ich habe eine Aufgabe zu erledigen«, erklärte sie. »Osiris hat in seinem Reich zu befehlen, ich befehle hier. Ich habe mit ihm gesprochen. Er will deinen Tod nicht, denn du besitzt das Allsehende Auge und bist ein besonderer Mensch, aber als Brenda the cat hatte ich mir geschworen, alle Zeugen zu vernichten, denn meine Aufgabe in dieser Welt ist nicht beendet. Hier habe ich den Anfang gemacht. Ich werde all die töten, die den Katzen Leid angetan haben.«

Starke Worte. Doch ich traute ihr zu, dass sie sie auch einlöste. Und Jason, der Kater, würde ihr dabei helfen.

Das Auge auf meinem Kreuz besaß weniger Macht über ihn als die Katzengöttin. Damit musste ich leben.

Jason öffnete sein Maul.

Ein gefährlicher Rachen, der mir wie ein Schlund vorkam. Auf meinem Gesicht bildete sich eine Gänsehaut. Die Beine konnte ich bewegen. Würde es mir auch gelingen, den übergroßen Kater damit von meinem Körper wegzustemmen?

Ich konnte es kaum glauben.

Dennoch!

Auch die Arme waren frei. Wenn ich trat und gleichzeitig die Beretta zog, konnte mir eine Chance bleiben.

Alle Überlegungen hatten keinen Sinn, denn ein anderer griff ein, mit dem ich nie gerechnet hatte …

Ross Delany war auf die Ladefläche des VW geklettert, die sonst nur den Katzen vorbehalten war. Sie war schmutzig. Kot und Dreck lagen dort. Beides stank widerlich. Ross und sein

Partner hatten nie daran gedacht, den Wagen reinigen zu lassen, es interessierte sie nicht.

Keuchend und sich fast übergebend blieb Ross Delany hocken. Er hatte sich hingekniet, seine Arme ausgestreckt und mit den Händen abgestützt. Delany war fertig. Die Katzenbiester hatten ihn malträtiert, ihre Krallen in seine Haut geschlagen und blutende Wunden hinterlassen.

Und jetzt hockte er hier.

In dem Wagen, der sonst nur den Tieren überlassen war. Inmitten einer Wolke aus Gestank hatte er sich eingefunden, und neben ihm lag sein Partner.

Schrecklich anzusehen. Von den Krallen gezeichnet, mehr tot als lebendig, und Ross hörte Bruce Talbots röchelnden Atem. Es klang so schlimm, als würde der Mann wirklich in den allerletzten Zügen liegen und bald dahinscheiden.

Er begann zu weinen. Als harten Typen hatte er sich nie gesehen, trotz seines widerlichen Jobs, doch der Abtransport toter oder lebender Katzen hatte ihn nie persönlich getroffen. Aber das hier war etwas anderes. Man hatte ihn angegriffen, und er war im letzten Augenblick gerettet worden.

Etwas Dunkles tropfte zu Boden. Dicht vor seinem Gesicht klatschte es auf, und als er sich den Fleck genauer anschaute, schüttelte er sich.

Das war Blut.

Menschenblut, sein Blut!

Dabei konnte Ross kein Blut sehen. Er ekelte sich davor, auch wenn es sein eigenes war.

Mühsam drehte er sich auf die Seite und blieb auf dem verschmierten Boden hocken. Er senkte den Kopf, schaute auf seine Knie und bemitleidete sich selbst.

Diese Situation war für ihn grauenhaft. Auch der VW machte nicht mehr mit. Er war auf dem Feld stecken geblieben, und sosehr sich Ross auch bemühte, er musste den VW aufgeben.

Am liebsten wäre er auf einer einsamen Insel gewesen und nicht in Begleitung des Schwerverletzten, der röchelnd atmete sowie ab und zu aufstöhnte.

Ross Delany schaute ihn an.

Gerade jetzt hatte Bruce ihm das Gesicht zugewandt, und Ross musste die vielen Wunden sehen, die es zeichneten.

Nein, es widerte ihn an. Er konnte einfach nicht hinschauen. Nur mit Mühe unterdrückte er das Würgegefühl.

Er hatte die kleine Deckenlampe eingeschaltet, um nicht völlig im Dunkeln zu hocken, sonst hätte er noch mehr Angst bekommen. Irgendwann hatte er sich an die Atemgeräusche des Schwerverletzten gewöhnt, und er dachte wieder über sein Schicksal nach.

In diesem Wagen hockte er relativ sicher, aber auch eingeschlossen. Wie in einem Gefängnis.

Seit Ross Delany eine Jugendstrafe von acht Monaten abgesessen hatte, hasste er Gefängnisse. Er hasste überhaupt Räume, die klein und eng waren, er brauchte immer Luft. Auf dieser Ladefläche drohte er zu ersticken. Hinzu kam der widerliche Katzenmief, der seinen Magen umdrehte, und in einem Anfall von Wut trommelte er gegen die Wände des Wagens.

»Verdammt noch mal, ich will nicht mehr!«, keuchte er. »Ich will raus hier!«

Niemand hörte ihn. Er stieß ein Geräusch aus, das zwischen Seufzen und Lachen lag, drehte sich um und schaute in das Gesicht seines Kumpans. Ihm war überhaupt nicht aufgefallen, dass sich der andere gedreht hatte. Er lag halb auf dem Rücken und halb auf der Seite und stierte Ross an.

Der wich zurück. Dabei wedelte er mit den Händen und flüsterte rau: »Geh weg! Geh weg von mir! Ich will dich nicht sehen.«

»Ross?«

Delany zuckte zusammen, als er angesprochen wurde. Bruce Talbots Gesicht verzog sich, sodass sich die kleinen Wunden veränderten, zum Teil wieder aufplatzten und von neuem bluteten.

»Was willst du?«, kreischte Ross. »Geh weg! Weg von mir. Ich kann dich nicht mehr sehen.«

»Ross, bitte ...«

»Nein, nein! Du hättest auf mich hören und bei mir bleiben sollen!«, zischte Delany böse. »Dir habe ich die verdammte

Scheiße hier zu verdanken. Ich musste fahren. Ich!« Er deutete auf seine Brust. »Ich allein, verflucht, und ich kann doch mit einem Wagen nicht richtig umgehen. Weißt du das nicht?«

»Schon, aber …«

»Dir habe ich alles zu verdanken. Die verdammten Bestien sind auch über mich gekommen, und jetzt …«

»Ross, ich sterbe!«

Delany hörte die Worte. Seine Augen weiteten sich. Er zuckte zurück und begann zu zittern. »Was hast du gesagt?«

»Ich sterbe …«

Delany kicherte irr.

»Das, das kann ich nicht glauben. Mach keinen Quatsch. Jetzt, wo ich dabei bin. Ich kann keinen Sterbenden sehen, Bruce. Du bist schuld. Hättest du nicht …«

»Ross, ich möchte Wasser …«

Delany glaubte, sich verhört zu haben. »Du willst Wasser?«, flüsterte er. »Das ist lächerlich. Woher soll ich denn Wasser besorgen?« Er schüttelte den Kopf. »Nein, das kann ich nicht …«

»Bitte! Ich …«

»Hör auf, Mensch!« Er begann wieder mit seinem Lieblingsthema. »Du hast mir hier den Mist eingebrockt. Jetzt musst du auch sehen, dass du da allein rauskommst.«

»Bring es mir. Draußen. Ich, ich verbrenne, Ross.«

»Das ist mir egal, Bruce. Ich kann dir kein Wasser holen. Draußen lauern die Katzen. Weißt du, was das heißt, mein Lieber? Die werden mich umbringen, töten. Ja, das ist es. Die machen mich fertig. Die schlagen zu!«

»Willst du mich …?«

Delany schwieg. Er konnte auch nicht mehr auf seinen alten Kumpan schauen, denn er las in dessen Blick einen so großen Vorwurf, dass er ein schlechtes Gewissen bekam.

Die Angst war größer. Wie sollte er sich gegen die Katzen wehren? Das war unmöglich, so etwas schaffte keiner. Nein, Bruce musste schon auf sein Wasser verzichten. Und wenn er verbrannte, was ja sowieso Unsinn war.

Ein Stöhnen, wie Ross es schrecklicher noch nicht gehört

hatte, unterbrach seine Gedanken. Der Kopf des Mannes ruckte herum. Delany schaute zu seinem Freund hin, sah bei ihm den starren Blick der verdrehten Augen und bekam den Schreck seines Lebens.

Die Hand fuhr hoch, er presste sie gegen seinen Mund, wurde kreidebleich, und nur allmählich dämmerte ihm, was da geschehen sein konnte.

»Bruce?«, hauchte er.

Keine Antwort.

»Bruce?« Diesmal rief er den Namen bereits schriller, aber Bruce Talbot antwortete nicht.

Er konnte nicht mehr antworten. Talbot war tot.

Tot! Tot! Es hämmerte in Delanys Kopf, denn allmählich begriff er, was mit dem Mann geschehen war, den er als seinen Kumpan bezeichnet hatte und der nun so leblos und mit starrem Blick vor ihm lag. Dennoch wollte er es nicht glauben, streckte seinen Arm aus, berührte Talbots Schulter und schüttelte ihn.

»Bruce, sag was, verdammt. Los, rede!«

Talbot schwieg.

Delany saß da wie erstarrt. Er stierte auf die Innenwand des Autos, sein Mund stand offen, er merkte nicht einmal, dass aus dem linken Rand der Speichel rann und schräg über sein Kinn tropfte.

Es gab ihn nicht mehr. Und er, Ross Delany, hockte mit einem Toten zusammen.

Der Mann schüttelte sich, als hätte jemand Eiswasser über ihn ausgekippt. Mit einem Toten wollte er nicht zusammensitzen. Das konnte keiner von ihm verlangen. Es musste raus.

Aber draußen lauerten die Katzen.

Delany hatte sich bereits halb erhoben, jetzt zuckte er wieder zurück, und sein Blick flackerte.

Was war richtig, was verkehrt?

Bei einem Toten zu hocken, das konnte man doch nicht von ihm verlangen. So etwas war schlimm, grauenhaft, und er überwand seine Angst. Auf allen vieren kroch er zum Ausgang.

Seine Finger zitterten, als er den von innen angebrachten

Hebel suchte, um ihn herumzulegen. Doch was sonst immer auf Anhieb klappte, damit hatte er nun seine Mühe.

»Geh doch auf, verdammt!«, keuchte er, brach sich einen Nagel ab, schimpfte noch mehr und hatte es endlich geschafft. Da wurde er unvorsichtig, drückte mit der Schulter gegen die Tür, sie klaffte auf, und er fiel ins Freie.

Mit dem Schulterknochen prallte er auf, spürte den Schmerz, schluchzte wieder und drehte sich.

Der Boden war feucht und lehmig. An den festgefahrenen Reifen kroch Delany vorbei und stemmte sich erst dann auf die Füße.

Wankend blieb er stehen.

Sein Atem pumpte, die Augen waren feucht, die Hände bluteten ebenso wie der Nacken, aber er sah keine Katzen, denn ihnen allein galt sein Gedanke. Diese Tiere mit den roten Augen waren für ihn der Horror in Person. Noch nie im Leben hatte er sich vor etwas so sehr gefürchtet.

Sie hatten sich verzogen. Jawohl, sie waren nicht mehr da. Vielleicht hatte der andere Typ auch mit ihnen aufgeräumt. Das wäre stark gewesen.

Aber wie ging es jetzt weiter? Ross Delany wollte so rasch wie möglich weg. Er konnte einfach nicht mehr bleiben. Dieses Haus war für ihn zu einem Hort der Angst und des Schreckens geworden. Ihm fiel ein, dass auch Odgen einen Wagen besaß. Nur parkte der immer an einem anderen Platz. Und ihn zu erreichen, musste Ross Delany um das Haus gehen.

Das wollte er noch riskieren.

Er kannte sich aus, schlug einen Bogen und vernahm plötzlich die Stimmen. Da sprachen ein Mann und eine Frau.

Eine Frau?

Ross Delany blieb stehen. Er schob seine Unterlippe vor, die Augen verengten sich, und er wunderte sich darüber, dass noch eine Person existierte.

Wo war sie hergekommen?

Odgen war nicht verheiratet. Bei ihm hätte es auch keine Frau ausgehalten. Jede wäre bereits nach ein paar Tagen geflüchtet. Sie brauchte nur den Job zu sehen, mit dem Odgen sein Geld verdiente. Da fiel es ihr leicht, für immer zu schwinden.

Der Typ, der ihn gerettet hatte, sprach mit der Frau. Sie standen vor dem Haus. Da die beiden von Ross durch das Gebäude getrennt waren, konnte Delany nichts verstehen.

Wo Menschen waren, gab es auch Sicherheit. Von dieser Voraussetzung ging er aus, und so setzte er sich wieder in Bewegung. Vorsichtig, tastend, denn er dachte immer wieder an die Katzen, die noch in der Nähe lauern konnten.

Vielleicht saßen sie auch auf dem Haus. Er warf einen Blick zum Dach hin. Keine glühenden Augenpaare starrten auf ihn nieder.

Innerlich jubelte er. Dieser blonde Typ hatte sie bestimmt geschafft und …

Jäh wurden seine Gedanken unterbrochen, als er mit dem rechten Fuß gegen etwas Hartes stieß.

Zuerst dachte er an eine aus dem Boden wachsende Wurzel oder an einen Baumstumpf, schaute genauer hin und erkannte etwas anderes.

Es war ein Gewehr!

Ross Delany stoppte sofort. Er wusste nicht, wer es fortgeworfen hatte und ob es geladen war, aber eine Waffe konnte er in dieser Lage immer gebrauchen.

Geschossen hatte er auch schon. Zusammen mit Bruce. Vor Monaten auf einer Schuttkippe, und Bruce hatte sich immer geärgert, dass er besser traf. Ross bückte sich.

Kalt war sein Lächeln, das sein Gesicht erhellte, als er nach dem Gewehr griff. Es ging ihm so, wie es vielen Menschen geht, wenn sie eine Waffe in die Hände bekommen. Das Gefühl der Sicherheit durchströmte ihn, und es vertrieb die Angst aus seinem Innern.

Geschickt stemmte er den Kolben in die Armbeuge, hielt einen Finger am Abzug und war bereit, sofort zu schießen, falls er von irgendeiner Seite angegriffen wurde.

Noch ein paar Schritte musste er gehen, dann war der Blickwinkel so günstig, dass er vor das Haus schauen konnte.

Es war dunkel. Nur durch die offene Tür fiel ein schwacher

Schein. Er reichte aus, um die Szene zu untermalen, und Ross Delany glaubte einen Film zu sehen.

Was man ihm da zeigte, das konnte nicht sein, das war unbegreiflich.

Auf dem Boden lag der blonde Mann. Über ihm stand ein riesiger Kater. Nahe der Tür hielt sich ein Wesen auf, das den Körper einer Frau hatte, aber den Schädel einer Katze.

Eine Katzenfrau!

Ross Delany erlitt einen Schock. Vielleicht trug der daran die Schuld, dass er nicht wegrannte, sondern so reagierte, wie er es von sich überhaupt nicht gewohnt war.

Er hob das Gewehr an, hörte die Frau etwas vom Töten sagen und zielte auf den Riesenkater.

Dann drückte er ab!

Ich hörte den Schuss!

Dass es keine Pistole war, merkte ich am Klang, und ich zuckte vor Überraschung zusammen.

Aber noch jemand zuckte.

Jason, der Kater.

Ihn hatte das Geschoss erwischt. Den Einschlag hatte ich wegen des Schussechos nicht vernommen, doch der Druck von meiner Brust wich, der gewaltige Kater sprang und stieß ein Fauchen aus, das mir Angst einjagte.

Wieder krachte ein Schuss.

Dazwischen hörte ich einen Fluch. Brenda hatte ihn ausgestoßen. Als ich den Kopf drehte, sah ich sie in Aktion. Sie hetzte auf den Mann zu, der eigentlich hätte im Wagen sein müssen, jetzt aber an der Hausecke stand und ein Gewehr in den Händen hielt.

Brenda wollte diesen Mann, der ihre Pläne vorerst zerstört hatte, umbringen.

Dagegen hatte ich etwas. »Lass ihn in Ruhe!«, brüllte ich sie an, jagte vor, zog meine Waffe und sah den Schatten nicht, der von hinten und in einem gewaltigen Bogen auf mich zusprang.

Jason, der Riesenkater!

Und er schleuderte mich mit seinem schweren Körper so hart zu Boden, dass ich mich überschlug.

Dann war er über mir!

Zwei Schüsse hatte er abgegeben. Obwohl er die Kugeln mit seinen Blicken nicht verfolgen konnte, hatte er doch gesehen, dass beide Schüsse Treffer gewesen waren.

Volltreffer sogar!

Der Riesenkater war zurückgewichen, aber die Katzenfrau hatte die Kugel geschluckt, ohne mit der Wimper zu zucken.

Sie hatte sie geschluckt!

Ross Delany formulierte diese Tatsache zu einem geistigen Schrei, der wie ein greller Blitz durch sein Gehirn raste. Er konnte es nicht fassen, nicht begreifen, und er war einfach zu perplex, um noch ein drittes Mal abzudrücken.

Sie kam auf ihn zu.

Seltsam grünlich schimmerte der Katzenschädel. Es war eine schmutzige Farbe, die so wirkte, als wäre Schaum ineinandergelaufen. Die Augen blickten kalt, starr und gnadenlos, der Gang war schleichend, dennoch gespannt und schnell.

Dann sprang sie.

Es war ein Sprung der Superlative. Während der blondhaarige Mann von diesem Riesenkater erwischt und zu Boden geschmettert wurde, griff die Katzengöttin Ross Delany an.

Sie hatte die Arme ausgestreckt, die Finger gespreizt, und diese sah Delany als Erste dicht vor seinem Gesicht erschienen.

Nein, keine Finger.

Krallen!

Lang, spitz, leicht gebogen – und tödlich!

Die ersten Schläge. Unheimlich hart geführt, trafen sie das deckungslose Gesicht des Mannes. Noch nie im Leben hatte Ross Delany einen so großen Schmerz verspürt. Er glaubte, dass ihm die Haut abgerissen würde, sank zusammen und vernahm über sich das schreckliche Fauchen der Katzengöttin, die zur Bestie wurde.

Sie war jetzt mehr Tier als Mensch.

Gnadenlose Hiebe prasselten auf den Mann nieder. Zuerst spürte er sie noch, er sah auch das Blut, dann kam der große, aber nur kurze Schmerz, dem das alles verzehrende Dunkel folgte.

Ross Delany starb vor dem Haus.

Und die Katzengöttin hatte ihr drittes Opfer erwischt. Mit blutigen Krallen fuhr sie in die Höhe, drehte sich um, wollte zu Sinclair und blieb noch in der Drehung stehen.

Ein Ruf hatte sie erreicht.

Ein Befehl!

Hörbar nur für sie. Aber sie kannte die Stimme, die da geschrien hatte.

Osiris rief nach ihr!

»Verdammte und Verfluchte. Du hast meinen Befehl missachtet. Du hast getötet. Zu mir!«

Und Bastet ging …

Der Riesenkater hatte mich mit einer so großen Wucht angesprungen, dass ich durch den Schwung selbst aus der Reichweite seiner Pfoten geschleudert wurde und er damit quasi ein Eigentor geschossen hatte. Bevor er sich herumwerfen und mich packen konnte, hatte ich mich schon zur Seite gerollt, die Beretta in Anschlag gebracht und auf ihn gezielt.

Ich wusste in diesen Augenblicken nicht, aus welchem Grund ich nicht abdrückte, vielleicht tat es mir einfach Leid. Jedenfalls zögerte ich eine Sekunde zu lang, und die reichte dem Kater, um mich zu überlisten. Bisher hatte er sich auf mich geworfen, diesmal machte er es anders. Er kratzte mit den Pfoten und schleuderte mir Dreck ins Gesicht. Für einen Moment war ich blind. Ich hörte nur sein Fauchen, dazwischen das Schreien eines Menschen, und dann griff er wieder an.

Es war wie ein lebendiges, zuckendes, pulsierendes Gebirge, das da auf mich zuhechtete. In meiner Verzweiflung schoss ich ungezielt, zog auch noch den silbernen Dolch und schleuderte ihn ebenfalls.

Ob er getroffen hatte, wusste ich nicht zu sagen. Etwas

streifte mich an der Schulter. Ich vernahm ein jaulendes, hohes, klägliches Schreien, rollte mich herum, säuberte meine Augen von Dreck und Staub und konnte endlich sehen, was geschehen war.

Allerdings hatte sich ein Schleier vor meine Augen gelegt, sodass ich die Szene nur verschwommen mitbekam.

Dennoch war es keine Täuschung.

Der Kater schrumpfte zusammen!

Meine Drüsen produzierten Tränen, die allmählich die Augen freiwuschen, sodass mein Blick endlich wieder klar wurde.

In der Tat hatte es den Riesenkater erwischt.

Auf seine ursprüngliche Größe schrumpfte er zusammen, und seine lauten Schreie wurden kläglicher, wimmernder und qualvoller. Dies zeigte mir an, dass von ihm keine Gefahr mehr drohte. Er hatte mich besiegen und töten sollen, das Gegenteil war eingetroffen.

War ich ein Gewinner?

Ich wusste es nicht. Irgendwie tat mir das Tier Leid, und zum Schluss lag es auf dem Rücken, mit einem silbernen Dolch versehen, dessen Klinge quer durch seinen Körper gefahren war und mit der Spitze am Rücken hervorschaute.

Ich stand auf, zog den Dolch hervor und schaute in zwei völlig farblose Augen. Auch das Fell war nicht mehr so schwarz wie früher. Es nahm allmählich einen grauen Farbton an.

Jason, der Kater und Bote aus einem anderen Reich, würde vergehen.

Obwohl ich ihn auf dem Gewissen hatte, gab ich nicht mir allein die Schuld. Da hatte noch jemand mitgewirkt, und diese Person wollte ich mir holen.

Bastet war verschwunden.

Dafür lag ein Mensch nahe an der Hausecke.

Der zweite Mann aus dem Wagen. Und er sah ebenso schlimm aus wie sein Partner. Nur war Letzterer durch zahlreiche Krallen gestorben, während ihn nur eine Person umgebracht hatte.

Die Rechnung würde ich ihr präsentieren.

Mein Gesicht war hart, als ich mich umdrehte. Es gab für mich nur einen Weg, den sie genommen haben konnte.

Den ins Haus!

Der Mann hatte mir durch sein Eingreifen unter Umständen das Leben gerettet. Hätte er nicht so plötzlich geschossen, wäre der Kampf sicherlich anders verlaufen.

Dass ich seine Mörderin stellte, war ich ihm einfach schuldig.

Dennoch ließ ich mich nicht von Wut- oder Rachegefühlen leiten, sondern ging systematisch und so kalt wie möglich vor. Nur keine Gefühle zeigen.

Die Katzengöttin hatte die Tür nicht geschlossen. Ich sah noch Spuren, im Lichtschein deutlich zu erkennen, und betrat das Haus. Ein großer Schritt brachte mich in die Diele, aber dort brannte kein Licht, dafür aber in einem der vier Räume.

Durch die offene Tür blickte ich in das Innere, ging noch näher heran und glaubte, meinen Augen nicht trauen zu können.

Im Raum verteilt saßen zahlreiche Katzen, die mich an steinerne Denkmäler erinnerten. Sie alle waren nur das Interieur für zwei Dinge, die in die Mystik des altägyptischen Reiches hineinpassten.

Da stand einmal Bastet, die Katzengöttin. Vor ihr und fast so groß wie sie, erhob sich ein Gegenstand, den ich gut kannte, und der auch auf meinem Kreuz seinen Platz gefunden hatte.

Das Allsehende Auge!

Das hätte ich nicht einmal zu träumen gewagt. Das Allsehende Auge stand in diesem Raum, und ich spürte sofort die von ihm ausgehende Austrahlung.

Es war etwas Seltsames, etwas Mystisches, aufgeladen mit einer uralten Magie.

Ein Schauer rann über meinen Rücken. Für mich glich dieses Bild einer Brücke, die das Schicksal geschlagen hatte.

Nur Bastet passte da nicht hinein!

Das Allsehende Auge verbreitete Frieden, wollte den Ausgleich, sonst wäre es nicht auf meinem Kreuz abgebildet worden. Bastet aber hatte gemordet. Wie passte so etwas zusammen?

Hatte Hesekiel, der Erschaffer des Kreuzes, vielleicht nicht richtig überlegt? War ihm ein Fehler unterlaufen, den ich unter Umständen jetzt korrigieren musste?

Noch immer hing die Kette um meinen Hals. Das Kreuz baumelte in Brusthöhe, und ich sah das Dreieck leuchten.

»Da bist du ja«, empfing mich Bastet. Sie hatte diese Worte in meiner Muttersprache gesprochen.

»Ja, ich habe es geschafft.«

»Und Jason?«

»Ihn gibt es nicht mehr.«

»Du hast ihn getötet?«

»Es tut mir Leid, aber es blieb mir nichts anderes übrig.«

Das Fauchen klang wie ein Windstoß. »Du hast ihn umgebracht, Sinclair. Dann bist du ein Mörder!«

Ich lachte bitter. »Was sagst du da? Hast du nicht mehr Personen auf dem Gewissen? Bei dir waren es Menschen ...«

»Die es nicht anders verdient hatten. Ich würde es wieder tun, ich würde es immer wieder ...« Sie stockte mitten im Satz, denn etwas geschah mit ihrem Katzenschädel.

An den Seiten leuchtete er rot auf. Ein rotgelbes Licht zeichnete seine Umrisse genau nach, und in seinem Innern musste er meiner Ansicht nach mit einer seltsamen, mir unbekannten Magie gefüllt sein.

»Nein, nein!«, hörte ich sie noch, bevor auch mein Kreuz reagierte.

Sein Strahl konzentrierte sich, als hätte das Kreuz die Funktion einer Linse übernommen.

Von einem Augenblick zum anderen löste sich der rote Strahl aus meinem Kreuz, und es entstand eine Verbindung zwischen den beiden Allsehenden Augen.

Ich merkte im selben Moment die Erschütterung, die meinen Körper durchraste, fühlte mich leicht und schwebend, wobei die größte Überraschung noch vor mir lag.

Eine fremde Stimme klang in meinen Ohren nach.

Volltönend, dunkel gefärbt. Und diese Stimme stellte sich mit Namen vor.

»Es spricht Osiris zu dir, John Sinclair …«

Ich bekam weiche Knie!

Das konnte es doch nicht geben! Hörte ich tatsächlich die Stimme eines der obersten ägyptischen Götter? Hatte es ihn überhaupt gegeben, oder waren Osiris und alle, die anderen Götter des Guten in Wirklichkeit eine Person, wobei die Völker ihnen nur verschiedene Namen gegeben hatten?

Das schoss mir in diesen Augenblicken durch den Kopf, und ich musste erst einmal tief durchatmen, um es überhaupt fassen zu können.

Osiris merkte es, denn er ließ mir die Zeit, um danach zu sagen: »Ich weiß, dass du überrascht bist, aber ich möchte dir etwas erklären, obwohl ich es nicht gewohnt bin, Menschen Erklärungen abzugeben. Doch du bist ein besonderer Mann. Bastet, die Katzengöttin, hat auf meinen Befehl gehandelt. Sie sollte in diese Welt kommen, um mir zu melden, wie die Menschen mit den bei uns heiligen Tieren umgingen. Es war erschreckend, aber ich nahm es hin, denn ich bin kein Verfechter der Gewalt. Das sollte Bastet auch nicht sein. Nur konnte ich nicht wissen, wie sehr sie sich änderte, als sie in Gestalt dieser Brenda die Erde betrat. Die ließ sich von der Bosheit und dem Hass der Menschen anstecken und beantwortete Gleiches mit Gleichem. Auch sie tötete, obwohl ich es ihr verboten hatte. Ich werde sie dafür bestrafen. Sie wird wieder in ihre Zeit und in ihre Mythologie zurückkehren, aber du kannst sicher sein, dass Bastet für ihre Taten noch büßen wird. Schau genau hin, John Sinclair …«

Und ich sah hin. Mein Blick pendelte sich auf das Allsehende Auge ein, denn dort im Zentrum spielte sich alles Weitere ab.

Es waren keine Arme, die aus dem Allsehenden Auge stießen, sondern leuchtende Strahlen, und sie umfingen wie ein Metall den Körper der Katzengöttin. Für einen Moment strahlte sie ebenfalls heller auf.

Noch einmal hörte ich die Stimme des Gottes Osiris. »Es wird nicht mehr lange dauern, und wir sehen uns wieder. Denk an meine Worte. Das Buch des Schicksals enthält für mich nicht viele Geheimnisse. Dein Weg wird dich nach Ägypten führen. Aber sei vorsichtig. Die Feinde warten …«

Dies war das Letzte, was ich von ihm hörte. Denn in diesem Moment riss die Verbindung.

Für einen winzigen Augenblick hüllte mich Dunkelheit ein. Mir wurde schwarz vor Augen. Schwindel packte mich, und als ich mich wieder gefangen hatte, vernahm ich das Schnurren und Miauen zahlreicher Katzen, die um meine Beine strichen.

Ich stand in einem völlig anderen Raum, obwohl er derselbe wie noch vor Sekunden war.

Die Magie hatte ihn verlassen, die Realität war zurückgekehrt!

Und zu ihr gehörten auch drei Tote!

Ich hatte unsere Mordkommission alarmiert, denn da brauchte ich keine langen Erklärungen abzugeben. Man fragte mich natürlich, wie so etwas möglich gewesen war.

»Katzen«, sagte ich, »es waren Katzen.«

»Die sollte man alle verbrennen!«, meinte ein Beamter.

Ich schaute ihn scharf an und lächelte danach knapp. »Tun Sie es lieber nicht. Es gibt da jemanden, der könnte sich schrecklich an Ihnen rächen.«

Nach diesen Worten ging ich. Um die zurückgebliebenen Katzen würden sich die Leute vom Tierschutzverein kümmern.

Schlimme Stunden lagen hinter mir. Ich hatte ein Problem lösen können, doch das große, das wichtige, das war nach wie vor ungelöst.

Bill und Sheila Conolly!

Meine beiden Freunde, vom Teufel erwischt und in der Hölle verschollen. Mit diesem Gedanken setzte ich mich in meinen Wagen und fuhr nach Hause, wo schon die nächste Überraschung wartete …